MONNAIE DE SANG

Patricia Cornwell est internationalement connue pour sa série mettant en scène le médecin légiste Kay Scarpetta, traduite en trente-six langues dans plus de cent vingt pays. Elle compte plus de vingt-cinq titres ayant figuré en tête des ventes du *New York Times*, avec plus de cent millions de livres vendus à travers le monde. Son premier livre, *Postmortem*, est le seul roman à avoir remporté la même année cinq des plus importants prix récompensant un roman policier, dont celui du Roman d'aventure en France. Patricia Cornwell fut la pionnière du « polar scientifique » grâce à sa grande maîtrise des sciences légales, et à sa connaissance des techniques et des méthodologies scientifiques. Elle est membre du conseil national de l'hôpital McLean, affilié à Harvard. En 2011, elle a été nommée chevalier de l'Ordre des Arts et des Lettres.

Paru dans Le Livre de Poche :

Les enquêtes de Kay Scarpetta

POSTMORTEM
MÉMOIRES MORTES
ET IL NE RESTERA QUE POUSSIÈRE
UNE PEINE D'EXCEPTION
LA SÉQUENCE DES CORPS
UNE MORT SANS NOM
MORTS EN EAUX TROUBLES
MORDOC
COMBUSTION
CADAVRE X
DOSSIER BENTON
BATON ROUGE
SIGNE SUSPECT
SANS RAISON
REGISTRE DES MORTS
SCARPETTA
L'INSTINCT DU MAL
HAVRE DES MORTS
VOILE ROUGE
VENT DE GLACE
TRAÎNÉE DE POUDRE

Les enquêtes de Judy Hammer et Andy Brazil

LA VILLE DES FRELONS
LA GRIFFE DU SUD
L'ÎLE DES CHIENS

Les enquêtes de Win Garano :

TOLÉRANCE ZÉRO
TROMPE-L'ŒIL

JACK L'ÉVENTREUR AFFAIRE CLASSÉE

PATRICIA CORNWELL

Monnaie de sang

Une enquête de Kay Scarpetta

ROMAN TRADUIT DE L'ANGLAIS (ÉTATS-UNIS)
PAR ANDREA H. JAPP

ÉDITIONS DES DEUX TERRES

Titre original :

FLESH AND BLOOD
Publié par William Morrow, HarperCollins Publishers, New York

ISBN : 978-2-253-16403-6 – 1re publication LGF

À Staci

Mais, parce que selon le sage Salomon,
sapience n'entre point en âme malivole
et science sans conscience n'est que ruine de l'âme...

François Rabelais,
lettre de Gargantua à Pantagruel, 1532.

À Kay Scarpetta

De Copperhead

Dimanche 11 mai
(23:43 pour être précis)

Un petit poème que j'ai écrit tout spécialement pour vous.
Joyeuse fête des Mères, Kay !!!

(de grâce, tournez la page…)

La lumière surgit
Et l'obscurité
que tu as engendrée
(& as cru voir)
se dissout, se dissout, se dissout !
Des frag-
ments d'or en éc-
lats
et le bourreau disparaît sans laisser de trace
après les avoir tous pendus
La luxure atteint spontanément son propre niveau Dr Mort
œil pour œil
vol pour vol
rêve érotique de ton souffle agonisant
Quelques deniers pour tes pensées
Garde la monnaie
Surveille l'heure !
Tic Tac
Tic Tac Toc, Doc !

Chapitre 1

12 juin 2014
Cambridge, Massachusetts

Des éclats cuivrés évoquant des échardes de verre aventuriné étincellent au sommet du vieux muret de brique situé derrière notre maison. Je repense aux échoppes en stuc pastel, à leurs toits de tuiles rouges le long du canal du rio dei Vetrai. Je revois les fourneaux rugissants et les cannes à souffler des verriers qui font prendre forme à une boule de pâte en fusion avant le modelage sur des établis de marbre ou de bois. Je m'avance, deux tasses d'expresso sucré au sirop d'agave entre les mains, veillant à ne pas les renverser.

Aussi transparentes que du cristal, elles ont été soufflées à la bouche et leurs anses sont délicatement façonnées. Je me souviens de leur achat sur l'île de Murano, un moment de bonheur. Les arômes d'ail et de poivrons grillés m'escortent dehors. La porte moustiquaire se referme derrière moi dans un léger claquement sourd. Je perçois les effluves des feuilles de basilic frais que je viens juste de ciseler et qui persistent sur ma peau. Ce matin est une perfection. Il ne pourrait être plus grisant.

Ma salade est prête, les sucs, les herbes et épices se mêlent et imprègnent les morceaux de la *ciabatta* que j'ai préparée il y a quelques jours sur une plaque de cuisson en pierre. Ce pain à l'huile d'olive est meilleur un peu rassis lorsqu'on l'utilise pour confectionner une *panzanella*, une salade au pain. Tout comme la pizza, elle fut l'aliment de base des pauvres. Leur bon sens et leur imagination leur permirent de transformer le moindre bout de *focaccia* et les restes de légumes en *un'abbondanza*. Des plats délicieux qui sont autant d'invitations et de célébrations de l'inventivité culinaire. Ce matin, j'y ai ajouté un cœur de fenouil émincé finement, un peu de gros sel et du poivre moulu. J'ai préféré des oignons doux en place des rouges, plus forts, et parsemé le mélange d'un peu de menthe prélevée sous la véranda. J'y fais pousser des herbes aromatiques dans des pots de terre cuite ventrus que j'ai, jadis, rapportés de France.

Je vérifie le gril installé dans le patio. La chaleur ondule en vagues au-dessus. Le liquide d'allumage et un sac de briquettes sont posés à prudente distance. Mon agent du FBI de mari n'a rien d'un cordon bleu mais il sait allumer de bons feux et se montre très précautionneux en matière de sécurité. Les braises recouvertes d'un duvet de cendres blanchâtres sont d'un orange ardent. Encore quelques instants et les steaks d'espadon s'aligneront sur la grille. Mon attention est à nouveau attirée vers le mur, mettant un terme à mes préoccupations hédoniques.

Je comprends soudain ce que je découvre : des pièces de monnaie. Je fouille ma mémoire, tentant de me souvenir si elles se trouvaient déjà là, tôt ce matin, lorsque j'ai sorti à l'aube mon lévrier Sock. Collé à ma jambe, il ne manifestait aucune intention de faire ses besoins et j'étais particulièrement distraite. Une multitude de pensées défilaient dans mon esprit. J'anticipais avec délice le brunch toscan que nous dégusterions avant de monter à bord de l'avion qui décollait de Boston. Une sorte de brume sensuelle s'attardait dans mon esprit. Je m'étais levée, légère et un peu inconséquente, après une nuit durant laquelle seul le plaisir avait eu de l'importance. D'ailleurs, je me souviens à peine avoir sorti le chien. Les détails de ces quelques minutes dans la cour faiblement éclairée, humide de rosée, se sont estompés.

Il n'est donc pas exclu que je n'aie pas remarqué à cet instant les pièces de cuivre étincelantes, ni quoi que ce soit d'autre qui indique une intrusion dans notre propriété. Un trouble s'infiltre en moi et me contraint à des pensées que je refuse.

Tu te crois déjà en vacances alors que nous n'avons pas quitté Cambridge. Tu es plus raisonnable, d'habitude !

Mon Rohrbaugh 9 millimètres bleu acier, fourré dans son holster puis abandonné sur le comptoir non loin de la cuisinière, fait une incursion dans mon esprit. Le pistolet très léger, avec laser de crosse, ne me quitte pas, pas même lorsque Benton est à la maison. Toutefois, ce matin, je n'avais pas la tête aux armes ou à la vigilance. Je me suis dispensée de gérer les arrivées nocturnes dans mon quartier général, enveloppées de discrètes housses noires et transportées dans mes fourgonnettes blanches dépourvues de fenêtres. Cinq cadavres qui attendent en silence leur rendez-vous avec le dernier médecin qui s'occupera jamais d'eux.

J'ai éludé avec soin les réalités morbides, tragiques, dangereuses mais si routinières, et pourtant je suis ordinairement bien plus raisonnable que cela.

Merde.

Cependant, je balaie bien vite ce reproche. Il s'agit d'une plaisanterie. Rien de plus.

Chapitre 2

Notre maison de Cambridge fut construite au dix-neuvième siècle. Elle s'élève en bordure nord du campus de Harvard, au coin de la Divinity School, en face de l'Académie des arts et des sciences. Nous ne comptons plus les gens qui prennent un raccourci en traversant notre propriété. Elle n'est pas clôturée, et le muret constitue davantage une ruine ornementale qu'une barrière. Les enfants adorent l'escalader et se cacher derrière.

Sans doute l'un d'entre eux, un peu désœuvré depuis que l'année scolaire est terminée.

Je foule l'herbe, qui s'allume par instants de taches dorées de soleil, et atteins le banc de pierre qui encercle le magnolia. Benton s'y est installé pour lire le journal pendant que je préparais le brunch.

— Tu as vu ce qui était posé sur notre mur ?

— Quoi donc ?

— Des pièces de monnaie.

Sock s'est étendu de tout son long à ses pieds et me destine un regard accusateur. Il sait parfaitement ce qui l'attend. Lorsque j'ai tiré une valise hier soir et procédé à un inventaire de nos affaires de tennis et de l'équipement de plongée, la consternation l'a envahi. Il s'est réfugié dans cette attitude trop émotionnelle que je connais bien, à ceci près qu'elle me semble encore plus intense aujourd'hui. Quoi que je fasse, je ne parviens pas à le rassurer. Je tends un expresso à mon mari, préparé avec des grains entiers que j'ai moulus peu avant, un stimulant à la fois robuste et suave qui nous donne faim de tous les plaisirs de ce monde.

Il goûte le breuvage avec prudence.

— As-tu vu quelqu'un les déposer ? Lorsque tu as allumé le gril, les pièces étaient-elles déjà là ?

Il tourne la tête et les détaille, brillantes, alignées bord à bord au sommet du mur.

— Non, je n'ai rien remarqué et je n'ai vu personne. Ce qui est certain, c'est qu'on n'a pas pu les poser à cet endroit depuis que je suis sorti. Selon toi, quand les braises seront-elles prêtes ?

C'est sa façon de quémander un petit compliment. Benton ne diffère pas des autres en la matière. Il replonge aussitôt dans l'article qu'il lisait au sujet de l'augmentation spectaculaire des fraudes à la carte de crédit.

Je le rassure :

— Elles sont parfaites. Merci. Peut-être encore quinze petites minutes.

La lumière oblique de cette matinée joue avec sa chevelure argentée, un peu plus longue qu'à l'accoutumée. Une mèche tombe sur son front et ses cheveux rebiquent dans la nuque.

Je contemple les beaux méplats de son visage, les rides de rire et la fossette qui creuse son menton volontaire. Ses élégantes mains effilées m'évoquent toujours celles d'un musicien lorsqu'il tient un journal, un livre, un stylo ou une arme. Le parfum subtil d'humus de son after-shave me parvient lorsque je me penche au-dessus de lui pour parcourir l'article.

Je déguste une gorgée de mon expresso, et mes déplaisants et récents ennuis avec des cybervoleurs affluent.

— Que pourront tenter les banques si ce phénomène s'aggrave encore ? Le monde finira en faillite à cause de criminels que nous ne pouvons ni voir ni arrêter.

Il tourne une page et le papier geint faiblement. Il répond :

— D'autant que l'utilisation délictueuse des *keyloggers*, ces enregistreurs de frappe, a explosé, et qu'elle est de plus en plus difficile à détecter. Quelqu'un se procure ton numéro de carte et effectue des achats *via* des comptes du style PayPal, souvent de l'étranger. Le genre presque intraçable. Sans même évoquer les logiciels malveillants.

— Cela fait pas mal de temps que je n'ai rien commandé sur eBay. Et je ne suis pas inscrite sur des sites de petites annonces, ni sur aucun forum.

Nous avons déjà eu cette conversation plusieurs fois. Mon mari reprend :

— Ce type de situation est exaspérant. Mais d'autres gens prudents se font aussi avoir.

— Certes, mais pas toi.

Je passe mes doigts dans sa chevelure épaisse et soyeuse qui a blanchi avant même que je ne le rencontre, quand il était encore très jeune. Il continue :

— Tu fais plus d'achats que moi.

— Voilà qui m'étonne, avec ton goût pour les costumes élégants, les cravates en soie, et les chaussures de luxe. En revanche, étant entendu ce que je mets chaque jour… Des pantalons de treillis, des blouses, des sabots en plastique de salle d'opération, des boots. Sauf bien sûr, lorsque je suis convoquée à une audience.

— Ah, laisse-moi t'imaginer habillée pour le tribunal. Tu portes une jupe, cette jupe droite à rayures très fines, celle avec la petite fente derrière.

— Et des trotteurs tout ce qu'il y a de convenable.

Il me regarde et j'aime la courbe mince mais virile de son cou.

— Disons que l'adjectif « convenable » est incompatible avec le fantasme qui me traverse l'esprit.

Mon doigt descend de sa deuxième cervicale vers la septième. Je masse avec douceur et lenteur le muscle trapèze. Il se détend et je sens son humeur changer, devenir langoureuse, sous la caresse. Je suis sa plus grande faiblesse, affirme-t-il avec sincérité. Il ajoute néanmoins :

— En réalité, il est impossible de suivre toutes les innovations qui voient le jour en matière de logiciels malveillants, ceux qui enregistrent les frappes de clavier pour les expédier à des pirates. Tu ouvres un simple fichier joint à un mail et tu te retrouves contaminée. Difficile de se concentrer lorsque tu me fais des trucs comme ça…

— De quelle façon un tel logiciel pourrait-il s'implanter dans nos machines avec tous les antivirus, les mots de passe éphémères, les pare-feux que Lucy a installés sur notre serveur et nos messageries ? Mais, j'ai l'intention de t'empêcher de te concentrer. La très ferme intention.

La caféine et l'agave produisent leurs effets. Le souvenir de sa peau, de sa minceur nerveuse alors qu'il me shampouinait sous la douche, massait mon cuir chevelu et mon cou, me caressait jusqu'à ce que je n'en puisse plus, me trouble. Je ne me suis jamais lassée de lui. C'est impossible.

— Aucun logiciel de protection ne peut repérer un programme de piratage tant qu'il ne le connaît pas, Kay.

— Je doute qu'il s'agisse de la bonne explication.

Ma nièce Lucy, une passionnée de technologie, ne tolérerait jamais une telle violation du système informatique de mon quartier général – le Centre de sciences légales de Cambridge, ou CFC. Elle l'a programmé et l'entretient. Au demeurant, selon moi, l'aspect le plus perturbant se résume au fait que je vois bien davantage Lucy en hacker et délinquante informatique qu'en victime.

Benton tourne une autre page du journal. Je dessine du bout de l'index l'arête de son nez droit, la courbure de son oreille alors qu'il suppute :

— Ainsi que je l'ai dit, je pense que quelqu'un a relevé le numéro de ta carte bancaire dans un restaurant ou un magasin. Lucy partage mon opinion.

— À quatre reprises depuis le mois de mars ?

Pourtant, je suis ailleurs, toujours dans notre salle de bains carrelée de faïence biseautée, copiée sur celle des stations de métro. L'eau de la douche dégouline ou cascade. Son clapotis parfois bruyant accompagne nos mouvements.

Benton continue :

— De surcroît, tu autorises Bryce à s'en servir lorsqu'il passe des commandes par téléphone à ta place. Certes, il ne ferait jamais rien d'imprudent, du moins pas intentionnellement. Cela étant, je préférerais que tu évites, dorénavant. Bryce ne comprend pas la réalité de la même façon que nous.

— Il voit pourtant les pires choses chaque jour.

— Ça ne signifie pas pour autant qu'il les comprend. Bryce est naïf et confiant. Bref, à l'opposé de nous.

La dernière fois que j'ai demandé à mon chef du personnel de régler un achat à l'aide de ma carte bancaire remonte à un mois. J'envoyais des gardénias à ma mère, pour la fête des Mères. J'ai reçu le dernier rapport m'informant d'une fraude hier. Je doute fort qu'elle soit liée à Bryce ou à ma mère. Toutefois, si une de mes bonnes actions se retournait contre moi, une telle indélicatesse ne me surprendrait pas, venant de ma famille dysfonctionnelle. En sus des reproches maternels habituels et des comparaisons avec ma sœur Dorothy, peu flatteuses pour moi. Ma sœur serait jetée en prison si le narcissisme triomphant devenait un crime.

La topiaire de gardénias a engendré un affront dépourvu de la moindre considération, au prétexte que ma mère en fait pousser dans son jardin. « Et pourquoi pas offrir de la glace à un Eskimau ? Dorothy m'a envoyé les plus jolies roses du monde, avec des branches de gypsophile », fut l'appréciation de ma mère. Peu importe que je lui aie fait expédier sa plante préférée qui, elle, est toujours en vie alors que les roses coupées de ma sœur doivent être fanées.

J'abandonne mes pensées pour répondre à mon mari :

— C'est très agaçant et, bien sûr, ma nouvelle carte arrivera durant notre séjour en Floride. Je vais devoir partir sans. Pas idéal en vacances !

— Tu n'en as pas besoin. Je t'inviterai partout.

Ce qu'il fait toujours. Je gagne très bien ma vie mais Benton est fils unique et vient d'une famille riche, très riche. Parker Wesley, son père, a habilement investi la fortune héritée de ses parents dans des biens très revendables, et notamment des œuvres d'art prestigieuses. Des chefs-d'œuvre signés Miró, Whistler, Pissarro, Modigliani, Renoir et autre étaient, par intermittence, suspendus aux murs de la maison des Wesley. Il a également acquis des voitures de collection et des manuscrits rares, qui furent tous, un jour ou l'autre, revendus. La seule difficulté consistait pour lui à savoir quand s'en défaire. Benton possède un tempérament assez similaire. Mais son éducation très Nouvelle-Angleterre lui a aussi enseigné une logique implacable et cette détermination yankee inflexible qui supporte l'inconfort et le dur labeur sans sourciller.

Cela ne signifie en rien qu'il ne sache pas bien vivre ou qu'il se soucie le moins du monde de ce que peuvent penser les gens. Benton n'aime pas les affichages ostentatoires, ni le gâchis, mais il fait à sa guise. Je jette un regard à notre élégant jardin. Notre magnifique maison de bois à été récemment repeinte, ses murs de planches horizontales en gris-bleu et ses volets en gris granit. Le toit est couvert d'ardoises sombres. Deux cheminées de brique rouge patinée en émergent. Certaines des fenêtres ont conservé leurs vitres un peu ondulées d'origine. Au fond, nous aurions pu mener une vie parfaite et privilégiée, n'eussent été nos professions respectives. Mon attention est à nouveau captée par les petites pièces de monnaie qui rutilent sous le soleil.

Sock semble figé, étendu sur l'herbe, les yeux ouverts. Il épie le moindre de mes mouvements alors que je me rapproche du muret, environnée par le parfum des roses anglaises, couleur abricot et rose pâle strié de nuances d'un jaune lumineux. Les rosiers grimpants florissant ont conquis presque la moitié du mur de vieilles briques en hauteur. Ce printemps, l'éclatante santé de mes roses thé me réjouit.

Les sept pièces à l'effigie de Lincoln présentent toutes leur face et ont été frappées en 1981, un détail déroutant. Elles ont un peu plus de trente ans et semblent neuves. Peut-être sont-elles fausses ? La date m'interpelle. 1981, l'année de naissance de ma nièce Lucy. Et aujourd'hui, je célèbre mon anniversaire.

Je scrute le mur long d'une quinzaine de mètres et haut d'environ un mètre cinquante. Me vient souvent le sentiment qu'il s'agit d'une sorte de ride du temps, un hublot qui nous connecterait aux autres dimensions, un portail entre *eux* et *nous*, nos vies d'aujourd'hui et le passé. Ce qui reste du mur s'est transformé en métaphore pour résumer nos tentatives afin de nous protéger de ceux qui voudraient nous faire du mal. Impossible souhait lorsqu'on a affaire à un intrus très déterminé. Une étrange sensation me parcourt, très loin dans mon esprit, hors d'atteinte. Un souvenir. Un souvenir enfoui très profond ou indéfinissable. Je m'exclame :

— Mais enfin, pourquoi quelqu'un abandonnerait-il sept pièces, toutes face vers le haut, toutes frappées la même année ?

La surface balayée par nos caméras de vidéosurveillance exclut les coins les plus reculés du mur, qui penche un peu et se termine par des piliers de roche calcaire recouverts de lierre.

Lorsque notre maison fut construite au début des années 1800 par un riche transcendantaliste, la propriété couvrait tout un pâté de maisons et était ceinte par un mur sinueux. Il n'en reste qu'un fragment de briques en ruine et deux mille mètres carrés de terrain, coupé par une étroite allée de pavés qui mène au garage, séparé de la maison, à l'origine une remise à calèches. La vidéo de surveillance ne nous permettra pas de voir la personne qui a laissé ces pièces. Une sorte de malaise m'envahit à nouveau, vestige d'un détail que je ne parviens pas à cerner. J'ajoute au profit de Benton :

— On dirait qu'elles ont été astiquées. Ça paraît d'ailleurs logique, sauf si elles sont fausses.

— Des gamins du voisinage, rien d'autre.

Ses yeux couleur ambre m'étudient par-dessus la ligne du *Boston Globe*. Un sourire joue sur ses lèvres. Il porte un jean, un coupe-vent à la gloire des Red Sox et des mocassins. Il pose sa tasse d'expresso et son journal, se lève et se plante derrière moi. Il enserre ma taille de ses bras, embrasse mon oreille et pose le menton sur mon crâne en chuchotant :

— Si la vie se montrait toujours aussi plaisante, peut-être que je prendrais ma retraite, que j'arrêterais de jouer aux gendarmes et aux voleurs.

— Jamais. Et si seulement tu ne jouais qu'à cela ! Le repas devrait être bientôt près. Ensuite, nous partirons pour l'aéroport.

Il jette un regard à son portable et tape une réponse rapide, un ou deux mots. Je m'enveloppe de ses bras et m'enquiers :

— Tout va bien ? À qui écris-tu ?

— Tout va parfaitement bien. Je meurs de faim. Allez, fais-moi envie.

Je me laisse aller contre lui, bercée par sa chaleur, caressée par le vent frais et les rayons de soleil.

— Nous avons des grillades de steaks d'espadon enduits d'une légère couche d'huile d'olive mélangée à du jus de citron et de l'origan. En accompagnement, ta *panzanella* préférée avec d'excellentes tomates, des oignons doux, du concombre, du basilic, sans oublier ce vinaigre de vin vieilli en fût que tu aimes tant.

Les feuilles du magnolia frémissent et je hume les délicats effluves citronnés de ses fleurs.

— Du corps et du caractère, comme toi. J'en ai l'eau à la bouche.

— N'oublions pas les Bloody Mary, avec un soupçon de raifort, du citron vert fraîchement pressé et du piment habanero pour nous mettre dans l'esprit de Miami.

Il dépose un baiser sur mes lèvres, se moquant de qui pourrait nous voir, et suggère :

— Et ensuite, on prend une douche.

— Nous venons d'en sortir.

— Une autre s'impose. Je suis certain que cela nous fera du bien. Peut-être ai-je un autre cadeau pour toi. Si tu t'en sens l'envie.

— La question est plutôt : si toi, tu t'en sens l'envie.

Il m'embrasse à nouveau, un long baiser intense. J'entends au loin l'écho des pales d'un puissant hélicoptère. Il argumente :

— Nous disposons d'encore deux heures avant de partir pour l'aéroport. Je t'aime, Kay Scarpetta. Davantage chaque minute, chaque jour, chaque année qui passe. Quel sort m'as-tu jeté ?

— De bons petits plats. Je sais me tenir dans une cuisine !

— Le jour qui t'a vue venir au monde est un jour heureux.

— Pas selon ma mère.

Il s'écarte soudain imperceptiblement de moi, comme si son regard venait de surprendre un mouvement. Il cligne des yeux sous le soleil en fixant l'Académie des arts et des sciences qui s'élève un peu au nord de notre maison, séparée de notre propriété par une rue et une haie de maisons.

Je lève à mon tour le visage. Le bruit haché du rotor de l'hélicoptère se rapproche.

— Quoi ?

Depuis notre jardin on aperçoit le toit en métal ondulé de l'Académie. Il émerge des cimes du bois touffu qui l'environne. Son vert m'évoque un cuivre patiné. Les plus grands noms des affaires, de la politique, des sciences ou du monde académique se rencontrent ou donnent si souvent des conférences dans cette institution, que l'on a fini par la baptiser la Maison de l'esprit. Je suis le regard perçant de Benton alors que le vrombissement d'un hélicoptère volant bas se rapproche encore.

— Que se passe-t-il, Benton ?

— Je ne sais pas trop. J'ai cru voir un éclair lumineux là-bas, comme le flash d'un appareil photo, mais en moins éblouissant.

Je scrute la cime des arbres centenaires et les différents angles du toit de métal vert. Cependant, je ne remarque personne, ni rien d'inhabituel. Une seule suggestion me vient alors que Benton expédie un bref texto :

— Peut-être la réverbération sur une vitre de voiture ?

— Non, ça venait des arbres. J'ai d'ailleurs l'impression que c'était la seconde fois, sans certitude. J'ai vu un truc du coin de l'œil. Un scintillement, un éclat de lumière. J'espère juste qu'il ne s'agit pas d'un foutu reporter armé d'un téléobjectif.

Il fixe le ciel. L'hélicoptère produit maintenant un véritable vacarme. Nous voyons apparaître l'Agusta à l'élégant fuselage, bleu marine brillant, orné d'une bande d'un jaune claquant, au ventre plat argenté. Son train d'atterrissage n'est pas sorti. Je sens ses vibrations jusque dans mes os. Sock s'est recroquevillé dans l'herbe, tout contre mes pieds. Stupéfaite, je fixe l'appareil et m'exclame :

— Lucy ! Mon Dieu, mais que fait-elle ?

Ce n'est pas la première fois qu'elle survole la maison, toutefois jamais à si basse altitude.

Les pales en matériau composite brassent l'air bruyamment, agitent la cime des arbres alentour. Ma nièce se maintient à moins de cent cinquante mètres au-dessus de nos têtes. Elle tourne autour de la maison dans un déluge de décibels puis s'immobilise en vol stationnaire, le nez de l'appareil obliquant vers le sol. Je distingue la ligne de son casque et sa visière teintée avant qu'elle reparte. L'appareil perd encore un peu d'altitude et survole l'Académie des arts et des sciences. Il contourne sans hâte le vaste terrain avant de disparaître.

— J'ai l'impression que ta nièce vient tout juste de te souhaiter un heureux anniversaire.

— Ne reste plus qu'à croiser les doigts pour que des voisins ne portent pas plainte auprès de la FAA pour violation de la réglementation sur les nuisances sonores.

En dépit de cette remarque, je suis ravie et très émue par le geste de Lucy. Benton consulte à nouveau son téléphone. Il rétorque :

— Il n'y aura pas de problèmes. Elle pourra toujours incriminer le FBI. Alors qu'elle se trouvait dans cette zone, je lui ai demandé d'effectuer une petite reconnaissance, expliquant qu'elle ait dû voler si bas.

— Tu étais au courant, n'est-ce pas ?

Je pose cette question alors même que je connais la réponse. Il savait précisément à quelle heure ma nièce survolerait la maison. C'est d'ailleurs pour cette raison qu'il traînait dans la cour. Il s'assurait que nous serions dehors pour assister à sa démonstration. Son regard est toujours perdu en direction du bois, du toit vert en cantilever. Il annonce :

— Pas de photographe. Personne équipé d'un appareil ou d'un télescope.

— Tu viens de lui demander de vérifier ?

— Oui et la réponse est « pas de visuel », déclare-t-il en me montrant les trois mots qui se sont affichés sur l'écran de son iPhone, un message de Janet, la compagne de Lucy.

Elles volent souvent ensemble. Leur seul objet ce matin était-il de me souhaiter un assourdissant et théâtral anniversaire ? Une autre pensée chasse la précédente : l'hélicoptère bimoteur de fabrication italienne que pilote ma nièce évoque fortement les appareils utilisés par les forces de l'ordre. Les voisins songeront sans doute que sa présence se justifiait puisque le président Obama est attendu à Cambridge en fin de journée. Il séjournera dans un hôtel à proximité de la Kennedy School of Government, à moins de deux kilomètres de chez nous.

Mon mari reprend :

— Rien de suspect. Si quelqu'un était grimpé dans un arbre ou un truc de ce genre, il avait disparu à son arrivée. T'ai-je dit que je mourais de faim ?

Mon attention est une nouvelle fois attirée vers le mur. Je m'entends répondre :

— Dès que notre pauvre chien tremblotant condescendra à faire ses besoins. Détends-toi encore quelques minutes. Il s'est déjà montré très obstiné ce matin, et ça devrait empirer.

Je m'accroupis sur l'herbe, caresse mon lévrier et m'efforce de le rassurer, quitte à babiller :

— Ce gros machin volant qui faisait tant de bruit est parti et je suis là. Il s'agissait juste de Lucy. Inutile d'avoir peur.

Chapitre 3

Nous sommes jeudi 12 juin, jour de mon anniversaire. Je refuse de me préoccuper de mon âge ou du fait que le temps semble s'accélérer avec chaque nouvelle année. Tant de choses m'incitent à la bonne humeur et à la gratitude. La vie n'a jamais été meilleure.

Dans quelques heures nous partons pour Miami, une semaine de vacances, de lecture, de bons repas, avec autorisation de boire ce qui nous tente, quelques petites parties de tennis et quelques plongées sous-marines peut-être, sans oublier de longues balades sur la plage. J'aimerais que nous allions au cinéma et que nous partagions un seau de pop-corn en regardant le film. J'ai tant envie que nous paressions au lit le matin jusqu'à décider de nous lever. J'ai bien l'intention que ce séjour soit un moment de repos, de jeu et d'insouciance. En cadeau d'anniversaire, Benton a loué un bel appartement sur le front de mer.

Nous en sommes à une étape de notre vie où nous devrions profiter d'un peu de bon temps. Toutefois, je crois avoir toujours entendu Benton tenir un discours similaire. Moi aussi, d'ailleurs. Ce matin, nous sommes officiellement en congé, du moins en théorie. En réalité, une telle chose n'existe pas vraiment pour nous. Benton est analyste de renseignement, ce que les gens appellent toujours un « profileur ». Le FBI ne lui lâche jamais la bride. Quant au poncif selon lequel la mort ne se repose pas, rien ne saurait être plus vrai. Moi aussi, je porte une laisse en permanence.

Les pièces de monnaie scintillent d'un roux ardent sous le soleil matinal. Elles semblent presque parfaites et je ne les effleure même pas. Décidément, je ne me souviens pas les avoir vues plus tôt, alignées avec cette précision géométrique sur le muret, toutes disposées de la même façon. Néanmoins, la cour était encore plongée dans la pénombre lorsque je suis sortie, distraite par mon chien maussade qui refusait de faire ses besoins, établissant une liste des tâches urgentes de jardinage. Une dose d'engrais et d'insecticide s'imposait pour aider les rosiers. Les pelouses profiteraient d'un bon désherbage. De plus, il fallait les tondre avant que l'orage laisse le champ libre à une vague de chaleur, du moins si l'on se fiait aux prévisions météo pour la soirée.

J'ai rédigé mes instructions pour Bryce. Il est chargé de s'assurer que tout sera fait convenablement, pas seulement au CFC mais aussi chez moi. Lucy et Janet s'occuperont de Sock durant notre absence. Notre ruse habituelle est prête. Elle n'est pas imparable, mais quand même préférable au fait d'abandonner Sock ne serait-ce que dix minutes dans une maison déserte.

Lorsque Lucy arrivera, j'entraînerai Sock à l'extérieur comme si nous partions tous deux en promenade. Puis, je tenterai de le convaincre de grimper dans la voiture de ma nièce, en espérant qu'il ne s'agisse pas d'un de ces monstres d'engins, sans banquette arrière, qu'elle affectionne. J'ai insisté pour qu'aujourd'hui elle conduise son SUV, bien qu'il n'entre pas non plus dans la catégorie des véhicules normaux. Rien de ce que possède ma nièce, ancien membre des forces de l'ordre, génie de l'informatique, fascinée par la puissance, ne convient au citoyen lambda. Certainement pas son SUV blindé, qui ressemble davantage à un avion furtif noir mat qu'à une voiture, et encore moins sa Ferrari 599 GTO qui vrombit à la manière d'une navette spatiale. Sock déteste les super voitures et n'aime pas du tout l'hélicoptère de ma nièce. Il s'alarme pour un rien et panique très vite.

Je tente d'encourager mon muet ami à quatre pattes, de le faire sortir de son inertie yeux grands ouverts, ce que j'appelle « faire le mort ».

— Allez, viens. Il faut que tu fasses tes besoins.

Il ne bronche pas, son regard brun fixé sur moi.

— Viens, je te le demande gentiment. Allez, Sock, s'il te plaît. Debout !

Il a l'air bizarre, nerveux, depuis que je me suis levée. Il renifle dans tous les coins, puis se couche par terre, la queue plaquée contre son ventre, son museau effilé entre ses pattes avant, l'air anxieux et abattu. Mon lévrier sent lorsque nous allons le quitter et cette perspective le déprime et me culpabilise, puisque je me fais alors l'effet d'une mauvaise mère. Je me penche vers lui et caresse son poil ras moucheté, frôlant sa cage thoracique. Je prends garde à ne pas lui faire mal aux oreilles, déformées et zébrées de cicatrices, vestiges des maltraitances qu'il a subies lorsqu'il était lévrier de champs de courses. Il se redresse et se laisse aller contre ma jambe. Je m'efforce de le réconforter :

— Tout va bien. Tu vas pouvoir galoper sur des hectares de prairies et jouer avec Jet Ranger. Tu es toujours content d'aller là-bas.

— Faux, il n'aime pas du tout. C'est assez approprié que tu aies un chien qui n'écoute pas et qui te manipule en permanence.

Benton vient de se rasseoir sur le banc de pierre, sous les branches écartées aux feuilles vert sombre et les fleurs de magnolia d'un blanc cireux. Il récupère son journal.

J'entraîne le chien vers son recoin préféré, une zone ombragée par les buis et les arbustes à feuilles persistantes plantés dans un épais paillis d'aiguilles de pin qui embaument.

— Allez, Sock.

Le chien fait la sourde oreille. Je me tourne vers mon mari et poursuis :

— Franchement, son comportement est étrange.

Je jette un regard circulaire, à la recherche de quelque chose qui indiquerait que la situation est anormale. Mon attention est à nouveau attirée par les pièces de monnaie. Un frisson me parcourt. Mais je ne vois personne. Je n'entends rien, hormis la brise qui joue entre les arbres et le son lointain d'un souffleur de feuilles à essence. Des détails enfouis me reviennent lentement à l'esprit. Le tweet avec le lien que j'ai reçu quelques semaines auparavant. Le fichier joint renfermait une note étrange et un poème.

Le compte Twitter était au nom de « Copperhead », et seules des bribes du poème me restent en mémoire. Un truc au sujet de la lumière qui surgissait et d'un bourreau, bref des lignes que j'avais attribuées aux divagations d'un individu instable. Les messages délirants, vocaux ou écrits, ne sont pas chose rare. L'adresse mail et le numéro de téléphone du CFC sont publics. Lucy remonte toujours la trace des communications électroniques indésirables et me prévient lorsqu'elle pense que la ligne jaune a été franchie et que je devrais m'en inquiéter. Je me souviens vaguement qu'elle m'avait informée de la provenance du tweet : un centre d'affaires d'un hôtel de Morristown, dans le New Jersey.

Il faudra que je lui en reparle. Pas plus tard que maintenant, d'ailleurs ! Le cockpit de son appareil est équipé pour le sans-fil et son casque de vol fonctionne en Bluetooth. De surcroît, sans doute s'est-elle déjà posée. Je plonge la main dans une poche de ma veste pour récupérer mon portable. Avant même que je ne puisse sélectionner son numéro, une sonnerie, celle d'un vieux téléphone, m'annonce un appel entrant. Le détective Pete Marino. Le numéro qui s'affiche sur l'écran n'est pas celui de son domicile, mais de son portable professionnel.

S'il voulait simplement me souhaiter un joyeux anniversaire ou un bon séjour à Miami, il n'utiliserait pas son BlackBerry de la police de Cambridge. Marino est très vigilant et n'utilise jamais les équipements du département de police, les véhicules, les ordinateurs ou autre pour motifs personnels. Une des multiples contradictions et ironies de la vie en ce qui le concerne. Il n'était certainement pas aussi scrupuleux durant toutes les années où il a travaillé pour moi. Je marmonne :

— Oh non ! J'espère que ce n'est pas ce à quoi je pense.

La grosse voix de Marino résonne dans mon écouteur :

— Désolé de vous faire un truc pareil, Doc. J'sais bien que vous avez un avion à prendre. Mais faut que vous soyez mise au courant. Vous êtes la première personne que j'appelle.

J'arpente la cour à pas lents et demande :

— Que se passe-t-il ?

— On en a un dans Farrar Street. En plein jour, des tas de gens autour et personne n'a rien vu, rien entendu. Copie conforme des autres. Quant à l'identité de la victime, ça m'emmerde vraiment, surtout avec la visite d'Obama aujourd'hui.

— Comment cela, « copie conforme » ?

— Où vous êtes, là, Doc ?

— Benton et moi sommes dans le jardin.

Je sens le regard de mon mari sur moi.

— Ben, peut-être que vous devriez rentrer, bref pas rester à l'extérieur. C'est de cette façon que ça se déroule. Des gens, dehors, qui s'occupent de leurs petites affaires…

Je regarde alentour, allant et venant, puis exige :

— Quoi ? Quelle copie, quels gens ?

Sock est assis, les oreilles rabattues vers l'arrière. Benton se lève du banc et me détaille. Quel magnifique matin tranquille. Un mirage. Tout est soudain devenu hideux.

— Dans le New Jersey, juste après Noël et ensuite en avril. Le même mode opératoire…

Je l'interromps :

— Attendez. Des précisions, s'il vous plaît. Qu'est-ce qui s'est produit au juste ? Et ne nous lançons pas dans des comparaisons de *modus operandi* avant de connaître les faits.

— Un homicide, à moins de cinq minutes de chez vous. On a reçu l'appel il y a environ une heure.

— Et vous prévenez mes bureaux seulement maintenant ? Ou du moins moi ?

Enfin, c'est insensé ! Il sait bien que plus vite le corps est examiné *in situ* puis transporté au Centre, mieux cela vaut. Nous aurions dû être aussitôt alertés.

— Machado voulait sécuriser la scène de crime.

Sil Machado, un de ses bons amis, est l'enquêteur du département de police de Cambridge.

Pourtant, le grand flic a adopté un ton étrange dans lequel je perçois une trace d'animosité :

— Il voulait s'assurer que le tireur avait dégagé du coin, et qu'il n'allait pas refaire un carton sur quelqu'un d'autre. D'après nos informations, la victime aurait eu l'impression que quelqu'un lui en voulait. Il aurait été nerveux ces derniers temps. *Idem* pour les deux autres cas du New Jersey. Les victimes avaient le sentiment qu'on les surveillait et qu'on les manipulait et tout d'un coup, boum, elles sont abattues. Bon, il y a pas mal de choses à expliquer mais pour l'instant on n'a pas trop le temps. Le tireur pourrait toujours se trouver dans la zone comme nous parlons. Vous devriez rester bouclée à l'intérieur jusqu'à ce que j'arrive. Je serai là dans environ dix minutes.

— Communiquez-moi l'adresse exacte. Je peux m'y rendre par moi-même.

— Jamais de la vie ! Ah, enfilez un gilet pare-balles.

Benton replie son journal et récupère sa tasse d'expresso. Son attitude légère s'est évanouie. La vie va s'efforcer d'avoir le dernier mot. Je le sens déjà. Une expression sombre sur le visage, je le regarde et m'immobilise pour jeter mon expresso dans le paillis. Un geste inconscient. Un réflexe. Cette journée de détente, de désinvolture heureuse, vient de se fracasser contre la réalité.

Bien que me doutant de la réponse, je demande à Marino :

— Et, selon vous, Luke ou l'un des autres légistes ne peut pas s'en occuper ?

Marino ne tient pas à avoir affaire à mon assistant en chef, Luke Zenner. Il n'acceptera pas de transiger et de collaborer avec les autres légistes du CFC. Je tente quand même le coup et propose :

— Nous pouvons également envoyer un de nos enquêteurs. Si cela suffit. Jen Garate pourrait s'en charger et Luke réaliserait les examens *post mortem* immédiatement. Il doit, d'ailleurs, se trouver dans la salle d'autopsie en ce moment. Nous avons reçu cinq affaires ce matin.

— Eh ben, vous en avez six. Jamal Nari, annonce Marino comme si je devais savoir de qui il s'agit.

— Il s'est fait descendre dans l'allée de son parking alors qu'il sortait les sacs de provisions de sa voiture, entre neuf heures quarante-cinq et dix heures. Une voisine l'a remarqué allongé par terre et a aussitôt appelé le numéro d'urgence, il y a une heure et huit minutes.

— Comment pouvez-vous affirmer qu'il a été abattu alors que vous ne vous êtes pas encore rendu sur la scène de crime ?

Je jette un regard à ma montre : 11 h 08.

— Parce qu'il a un joli trou dans la nuque et un autre à la place de son œil gauche, Doc. Machado se trouve sur les lieux et a réussi à contacter la femme de la victime par téléphone. Elle lui a raconté que des trucs vraiment bizarres s'étaient succédé tout le mois dernier et que Nari était assez inquiet, au point de modifier ses petites habitudes quotidiennes, et même changer de bagnole. C'est du moins ce que m'a rapporté Machado.

La voix de Marino est à nouveau teintée d'une certaine hostilité.

Pourquoi cette soudaine inimitié ? Les deux hommes assistent ensemble à des matchs de hockey ou de base-ball. Ils conduisent leurs Harley-Davidson et Machado est en grande partie responsable du fait que Marino m'a donné sa démission. Il a quitté son poste d'enquêteur médico-légal en chef du CFC pour rejoindre les rangs de la police l'année dernière. Je m'efforce toujours de m'adapter à son départ du Centre, et à sa nouvelle manie qui consiste à m'expliquer ce qu'il convient que je fasse. Il est persuadé de la nécessité de ses conseils. Au demeurant, il en fait une nouvelle démonstration en exigeant ma présence sur une scène de crime, à croire que je suis censée lui obéir.

Il poursuit :

— J'ai déjà reçu quelques photos par mail. Ainsi que je l'ai dit, ça me rappelle cette femme qui a été abattue dans le New Jersey il y a deux mois, celle dont la mère a été ma petite copine de fac. Elle s'est fait descendre alors qu'elle attendait sur l'embarcadère de l'Edgewater Ferry, des gens partout et personne n'a rien vu, rien entendu. Une balle dans la nuque, une autre dans la bouche.

En effet, cette affaire me dit quelque chose, et je me souviens qu'on avait d'abord soupçonné une exécution sur contrat, peut-être commanditée par des proches.

Le grand flic enchaîne :

— Et en décembre, y a eu ce type qui sortait de sa bagnole juste derrière son restaurant de Morristown…

Je repense à l'étrange poème que j'ai reçu. Il a été envoyé d'un hôtel de cette ville. *Copperhead*. Je tourne la tête vers les sept pièces de monnaie alignées sur le muret.

— … Sur ce coup, je traînais avec des potes flics dans le coin, en congé. Je me suis donc rendu sur la scène de crime. Le type avait été abattu d'une balle dans la nuque, une autre dans les intestins. Des balles pleines, en cuivre massif, haute vélocité, tellement peu de fragments que les comparaisons de balistique ne font rien remonter de fiable. Quoi qu'il en soit, y a quand même une sacrée concordance entre ces deux affaires. On est presque certains que la même arme a été utilisée, du genre pas habituel.

On. En d'autres termes, Marino est parvenu à s'infiltrer dans une enquête en dehors de sa juridiction. Des meurtres en série, peut-être perpétré par un sniper, du moins est-ce ce qu'il implique. Or il n'y a rien de pire qu'une enquête qui démarre sur des suppositions. Lorsqu'on connaît déjà la réponse, on a tendance à tordre les faits pour qu'ils démontrent la théorie que l'on a émise.

Benton et moi nous dévisageons, puis il consulte son téléphone. Je reprends, à l'intention de Marino :

— Gardons-nous de toute précipitation tant que nous ne savons pas exactement à quoi nous sommes confrontés.

Je suis presque certaine que Benton est en train de parcourir les informations et ses mails pour tenter de comprendre la situation. Il continue à scruter le toit de l'Académie des arts et des sciences, direction dans laquelle il affirme avoir vu une sorte de flash étinceler, un peu moins intense que celui d'un appareil photo. Un éclat de lumière, a-t-il décrit. Une lunette de visée de fusil, l'idée me traverse l'esprit. Je pense à ce Kill Flash, un système antireflet utilisé par les snipers ou les tireurs de compétition.

Du regard, j'indique à Benton que nous devons rentrer à l'intérieur, sans précipitation, comme si tout était normal. Je m'arrête un instant dans le patio, vérifie le gril. Je rabats son couvercle, agissant avec calme, sans aucune nervosité. Si quelqu'un nous surveille ou braque une lunette de visée sur nous, nous ne pouvons pas y faire grand-chose.

Des mouvements soudains, une panique manifeste, ne feront qu'aggraver la situation. Lucy et Janet n'ont rien remarqué de suspect, ni personne lors de leur petite reconnaissance aérienne, mais je ne m'y fie pas trop. Le tireur en question pourrait être en planque quelque part. Peut-être s'est-il dissimulé dès qu'il a entendu l'hélicoptère approcher. Peut-être ce type est-il de retour.

Marino reprend :

— Vous avez déjà entendu parler de Jack Kuster ?

Je réponds par la négative alors que Benton et moi gravissons les marches qui conduisent à l'arrière de la maison, mon lévrier sur les talons.

— De Morristown. Leur enquêteur en chef, et un instructeur super béton en ce qui concerne les armes et la balistique. Un véritable expert. Il pense qu'on pourrait avoir affaire à un fusil 5R, le genre qu'utilisent les snipers ou les tireurs de précision qui fabriquent leur propre artillerie. Mes potes dans le coin m'ont tenu informé. En plus, j'y ai un intérêt personnel.

Marino a grandi à Bayonne, dans le New Jersey. Il adore s'y rendre pour assister à des concerts ou à des événements sportifs proposés au MetLife Stadium. En février dernier, le Super Bowl s'y est déroulé. Il affirme que ses copains de la police du département du shérif de Morris County lui ont obtenu des places.

— On a quelques petits fragments de cuivre sur la scène de crime correspondant à la balle sortie du corps qui a percuté le macadam. Les mêmes.

Je m'inquiète aussitôt et espère avoir mal compris :

— On a déplacé le corps ?

— Mais non, soyez sans crainte, Doc. Personne a rien fait qui fallait pas. Il s'agirait de fragments qui ont coulé avec le sang de sa blessure, sous sa tête.

Benton referme le panneau moustiquaire derrière nous, puis l'épaisse porte de bois, et pousse les verrous. Le téléphone vissé à l'oreille, je m'immobilise au milieu du couloir pendant qu'il disparaît dans la cuisine. J'interromps la communication, quelqu'un tente de me joindre. Je vérifie l'identité de mon nouveau correspondant.

Bryce Clark.

Sa voix se déverse dans mon écouteur. Il parle presque sans respirer :

— Vous souvenez-vous de ce professeur de musique de lycée qui a fait tout ce foin parce qu'il était persécuté par le gouvernement et qui s'est retrouvé à partager une bonne bière et un barbecue avec Obama ? Un véritable connard, ça vous dit quelque chose ? Il vous a mise plus bas que terre devant le Président ? Il vous a littéralement accusée d'être une nécrophile, doublée d'une nazie, qui vendait au plus offrant la peau, les os, les yeux, les foies et poumons des cadavres qu'elle autopsiait…

Jamal Nari. Je comprends soudain. Mon humeur s'assombrit. Bryce reprend :

— Eh bien là, la fosse septique se déverse. Ça s'est propagé partout sur Internet. Ne me demandez pas pourquoi ils ont immédiatement indiqué son identité. Ils ont attendu quoi ? Une heure ? Peut-être qu'il faudrait que vous posiez la question à Marino ?

— Mais de quoi parlez-vous ?

— Je veux dire que l'adresse personnelle de Nari est un secret de polichinelle. Tout le monde sait maintenant où il vit, ou plutôt vivait. C'est évident puisque des équipes de télévisions, dont CNN et Reuters, sans oublier mes chouchous de Good Morning America, y faisaient le pied de grue quand ce désastreux faux pas relationnel est survenu. Celui qui a propulsé Nari à la Maison-Blanche pendant l'apéritif. En tout cas, ils affirment que c'est bien lui. Comment se fait-il que l'info ait été rendue publique ?

Je n'en ai pas la moindre idée.

— Vous comptez vous rendre sur la scène de crime ou dois-je demander à Luke de vous remplacer ? Avant que vous répondiez, vous voulez mon opinion ? Je pense que vous devriez y aller en personne, débite à toute vitesse mon logorrhéique chef du personnel. Ils en sont déjà à relayer des théories du complot par tweets interposés. Attendez… il y a mieux ! Un tweet sur « un habitant de Cambridge possiblement assassiné dans Farrar Street », *retweeté* plus d'un million de fois depuis neuf heures du matin.

Mais voyons, c'est impossible ! Marino a précisé que Nari avait été abattu entre neuf heures quarante-cinq et dix heures. J'indique à Bryce d'envoyer une fourgonnette du Centre sur la scène de crime au plus vite et de s'assurer qu'ils emportent un écran de protection afin de le monter sur place. Je refuse que les gens contemplent la scène et prennent des photos avec leurs téléphones.

— Pas un mot à qui que ce soit, n'est-ce pas, Bryce ? Pas un mot. Prévenez le service de nettoiement. Aussitôt que nous aurons prélevé tout ce dont nous avons besoin, je veux que le sang et les déchets biologiques soient enlevés comme si rien ne s'était produit.

— Je m'en occupe, docteur Scarpetta. Oh, à propos, joyeux anniversaire, cher docteur ! Je comptais y aller d'une petite chanson. Peut-être un peu plus tard… ?

Chapitre 4

Une erreur informatique, une terrible bourde est à l'origine de cette histoire. Jamal Nari avait été confondu avec un suspect lié à des groupes terroristes. Il s'était soudain retrouvé inscrit sur une liste d'interdiction de vol et sous surveillance.

Tous ses biens avaient été mis sous séquestre. Le FBI avait déboulé chez lui avec un mandat de perquisition. Jamal Nari s'y était opposé, pour se retrouver menotté, avant d'être radié de l'enseignement. L'affaire s'est déroulée il y a à peu près un an. Elle s'est répandue dans les médias avant de devenir virale sur Internet. Les gens étaient scandalisés. Nari avait été invité à la Maison-Blanche, ce qui n'a fait qu'augmenter l'indignation du public. J'avais totalement oublié son nom. Peut-être n'avais-je aucune envie de m'en souvenir. Il s'était montré particulièrement insultant avec moi, un véritable abruti prétentieux.

La scène se déroulait au sous-sol de la Maison-Blanche, dans cette enfilade de petites salles que l'on appelle le « Mess », joliment décorées de lambris auxquels sont suspendues des marines. Les pièces sont égayées de vases de fleurs fraîchement cueillies et l'on est servi dans de la porcelaine fine. Je rencontrais le directeur du National Institute of Standards and Technology, le NIST, afin de discuter du manque de cohérence des disciplines de sciences légales, de nos ressources inadéquates et du besoin que nous avions d'un soutien national. Nous en étions à l'*happy hour*. Le Président était apparu et avait offert une bière à Jamal Nari. Celui-ci avait mis un point d'honneur à m'insulter.

Marino m'appelle à nouveau afin de me prévenir qu'il patiente dans l'allée de mon garage.

— Accordez-moi un petit quart d'heure pour que je prenne mes affaires.

Sock enfouit son museau à l'arrière de mes genoux. Je longe le couloir lambrissé le long duquel s'alignent des eaux-fortes victoriennes représentant des scènes de Londres et de Dublin. Je débouche dans la cuisine équipée d'appareils de qualité professionnelle en acier inoxydable et éclairée de lustres anciens en albâtre. Benton se tient debout devant un comptoir et consulte l'un des nombreux MacBook de la maison, parcourant les enregistrements des caméras de vidéosurveillance.

Je me demande soudain si l'antenne FBI de Boston l'a contacté au sujet de Jamal Nari :

— Tu as des nouvelles du Bureau ?

— À cette étape, l'enquête n'est pas encore de notre ressort, hormis si Cambridge fait appel à nous. Marino ne s'y résoudra pas, et nous ne sommes pas d'une grande utilité pour l'instant.

— En d'autres termes, le FBI n'a aucune raison de penser que ce sniper ait quelque chose à voir avec l'arrivée d'Obama aujourd'hui.

— Pas pour l'instant. Il n'en demeure pas moins que les mesures de sécurité vont être renforcées. Il pourrait s'agir de quelqu'un qui cherche à faire une sorte de déclaration islamophobe, ne serait-ce qu'en raison du *timing*. La conférence de presse du Président demain à Boston. Obama a l'intention d'axer son discours sur la haine, sur les menaces qui prennent de l'ampleur au fur et à mesure que nous nous rapprochons du procès de l'attentat du marathon de Boston.

— Jamal Nari n'avait rien d'un terroriste. Si mon souvenir est exact, il n'était même pas musulman.

Mon mari rétorque :

— Tout est affaire de perception.

— Quant à la perception de Marino, elle n'a rien à voir avec la politique ou l'intégrisme religieux. Il pense que cette affaire est liée à celles du New Jersey. S'il a vu juste, le FBI devrait, selon moi, y trouver davantage qu'un intérêt de forme.

— Nous ne savons pas à quoi nous sommes confrontés, Kay. Après tout, il pourrait s'agir d'un suicide. Ou d'un accident. Bref, de n'importe quoi. Peut-être même qu'il n'y a pas eu de tirs. Je n'accorderai aucune confiance aux hypothèses formulées par les uns et les autres tant que tu n'auras pas examiné le corps.

Je couvre la *panzanella* d'un film plastique tout en proposant :

— Tu n'as pas envie de m'accompagner ?

— Ce serait inapproprié.

Sa réponse m'intrigue. Je sens très bien lorsque mon mari me dit ce qu'il a envie que j'entende, pas nécessairement la vérité. Je désigne l'ordinateur posé sur le comptoir et demande :

— Tu as découvert quelque chose ?

— Rien pour l'instant, et ça m'agace. Il est clair que quelqu'un s'est intéressé à notre mur. S'il s'avère que les caméras de vidéosurveillance n'ont rien enregistré, ça prouve que cette personne savait comment approcher et repartir sans passer dans le champ des objectifs.

Je souligne :

— Sauf si ces pièces relèvent de la plaisanterie anodine et que cette personne n'a simplement pas été captée par des caméras dont, par ailleurs, elle ignorait l'existence.

— Une coïncidence ?

À son ton dubitatif, il est évident qu'il n'y croit pas plus que moi.

La salade toscane rejoint le réfrigérateur aux côtés des steaks d'espadon et du pichet de Bloody Mary relevé. Peut-être pourrons-nous déguster ces préparations ce soir, transformant notre brunch raté en dîner. Cependant, j'en doute. Je sais fort bien de quelle manière tourne ce genre de journées. Pas une minute de répit ni de sommeil, et des pizzas à emporter dans la meilleure des configurations. Benton en revient au prof de musique défunt :

— Nos agents ont vraiment fait passer de sales moments à Nari. Peu importe qui a enclenché le processus.

— Cela ne m'étonne pas. Il ne m'avait vraiment pas laissé l'impression d'un homme sympathique ou facile d'accès.

— Si le Bureau se précipite là-bas, sans y avoir été invité, ce sera du plus mauvais effet. Les médias arriveront bien à en tirer un scoop. Des manifestations sont prévues demain à Boston et à Cambridge et une marche doit démarrer de Boylston Street. Sans même évoquer les protestations antigouvernementales ou anti-FBI, et même des flics du coin qui ne sont pas contents de la façon dont nous avons traité cet attentat.

— Parce que vous avez retenu des informations qui auraient pu éviter le meurtre de Collier, l'officier de la police du MIT.

De ma part, il ne s'agit pas d'une question, mais d'un rappel, et mon ton s'est fait très critique.

— Je peux tenter de nous trouver des places sur le vol pour Fort Lauderdale qui décolle à dix-neuf heures.

J'ouvre un des placards proches de l'évier dans lequel je conserve les boîtes de nourriture pour Sock ainsi que ses médicaments et une provision de gants d'examen, car je le nourris à la main. J'en tire une paire ainsi qu'un sac congélation. Je récupère un mètre ruban et un feutre dans un tiroir avant de tendre le tout à Benton en précisant :

— Peux-tu me rendre un petit service ? Les pièces de monnaie. J'aimerais que tu en prennes des photos avec le mètre comme étalon. Peut-être est-ce superflu mais préservons-les quand même, au cas où.

Il ouvre un tiroir et en extrait son Glock calibre .40, pendant que je souligne :

— Si Jamal Nari a bien été abattu, ça signifie que son tueur n'était pas très loin de chez nous ce matin. Ça s'est déroulé à moins d'un kilomètre d'ici. Le fait que tu aies vu une sorte de scintillement entre les arbres me déplaît également. Ajoute à cela que j'ai reçu un message très étrange il y a un mois, dans lequel on mentionnait des pièces. Une des phrases m'incitait à « garder la monnaie ».

— Il t'était destiné ?

— En effet.

— Et c'est seulement maintenant que tu m'en informes ?

— Je reçois plein de messages bizarroïdes. Rien de nouveau, d'autant que celui-ci ne semblait pas très différent des autres. Du moins à ce moment-là. Mais nous devons rester prudents. Avant que tu retournes dans le jardin, ce serait une très bonne idée que l'hélicoptère de la police de l'État fasse une petite reconnaissance dans le coin, vérifie que personne n'est en planque dans les bois, aux alentours de l'Académie, sur le toit ou grimpé dans un arbre. Bref, qu'un individu louche ne rode pas dans les parages.

— Lucy vient de vérifier.

— Eh bien, recommençons. Je peux demander à Marino d'envoyer quelques policiers en tenue ici.

— Je m'en occupe.

— Mieux vaut réserver nos billets d'avion pour demain, Benton. Je doute que nous puissions partir aujourd'hui.

Je grimpe à l'étage. Le soleil filtre par les vitraux français qui se trouvent au-dessus de chaque palier. Ses rayons illuminent les scènes de vie sauvage qui scintillent comme des joyaux. Les rouges et les bleus vivaces ne m'inspirent pourtant aucune joie ce matin. Ils m'évoquent au contraire des gyrophares de véhicules d'urgence.

Je pénètre dans notre chambre du premier étage, ôte ma veste et la jette sur le lit que je n'ai pas encore eu le temps de faire. J'espérais un peu que nous n'en avions pas terminé.

J'aperçois Marino appuyé contre sa Ford Explorer banalisée, bleu marine, depuis les fenêtres qui donnent sur le devant. Son crâne rasé luit sous la vive lumière solaire. Il a chaussé des lunettes Ray-Ban à monture métallique, aussi datées que sa vision du monde. Il ne semble pas particulièrement inquiet qu'un sniper soit tapi à proximité, et patiente au milieu de l'allée de notre garage.

Sans doute était-il de repos lorsqu'il a reçu l'appel. Il a passé son uniforme habituel lorsqu'il se rend dans son club de boxe pour s'entraîner au sac de sable : ample pantalon de survêtement gris, baskets de cuir noir, et je suis presque certaine qu'il a enfilé un gilet pare-balles sous son coupe-vent Harley-Davidson dont la fermeture Éclair est remontée. Je ne vois pas Quincy, le berger allemand que Marino a adopté. Il ne démord pas de sa conviction : Quincy deviendra un jour chien policier. Il accompagne le grand flic sur presque toutes les scènes de crime dorénavant, renifle partout et le plus souvent pisse sur quelque chose de répugnant, voire se roule dedans.

Je passe dans la salle de bains et me rafraîchis le visage avant de me brosser les dents. Je me débarrasse de mon pantalon serré à la taille par une cordelette et de mon pull-over puis contemple mon reflet dans le haut miroir scellé derrière la porte. Belle femme, attirante quoique autoritaire, sont les qualificatifs que m'accordent en général les journalistes. Selon moi, ils font davantage référence à ma personnalité qu'à mon physique. Je suis petite, redoutable, remarquable, assez charpentée, de formes généreuses, menue, de taille moyenne, trop mince, robuste, en fonction des descriptions. En réalité, la plupart des journalistes n'ont pas la moindre idée de ce à quoi je ressemble et se trompent avec une belle régularité en signalant mon âge. La plupart d'entre eux ne comprennent rien à ce que je suis.

J'examine mes fines rides de sourire, le léger sillon qui s'est creusé entre mes sourcils à force de les froncer. Je m'applique à éviter cette mimique qui n'arrange rien. Je discipline un peu mes courts cheveux blonds à l'aide d'une noisette de gel. Une légère touche de rouge à lèvres arrange mon allure. Je m'étale de la crème solaire minérale sur le visage et le dos des mains.

J'enfile un tee-shirt puis un gilet tactique léger, grade IIIA, couleur sable, avec doublure en mailles. Je tire un pantalon de treillis d'un tiroir et une longue chemise bleu marine ornée du sigle du CFC, mon uniforme hivernal lorsque je me rends sur des scènes de crime ou d'accidents. Je comptais passer à ma tenue d'été en coton léger après notre retour de Floride.

Je redescends et récupère ma mallette de terrain en plastique noir robuste, rangée dans le placard à côté de la porte d'entrée. Je m'assieds sur la moquette pour chausser des bottines qui montent au-dessus des chevilles. Je les ai décontaminées au détergent après leur dernière utilisation, un dimanche de la fin avril. Les nuits étaient encore froides, dépassant rarement les quatre ou cinq degrés. Un professeur de la Faculté de médecine de Tufts avait décidé de partir en randonnée à Estabrook Woods. À l'évidence, il s'était perdu et n'avait pas été retrouvé avant le lendemain. Son nom me revient : Dr Johnny Angiers. Grâce à moi, sa veuve touchera son assurance-vie. Je ne puis défaire la mort, mais je peux la rendre un peu moins injuste.

Mallette en main, je descends les marches de briques du perron. Le soleil joue à cache-cache alors que j'avance sous les cornouillers et les amélanchiers en fleur. Les extrémités des branches semblent couvertes de neige. Du gingembre sauvage et de l'osmonde cannelle poussent en dessous. Je débouche sur l'étroite allée de vieilles briques rouges qui mène à notre garage, obstruée par le SUV de Marino. Après un regard pour la cage vide qu'il a installée à l'arrière, je demande :

— Où est Quincy ?

— Je m'exerçais dans ma salle de sport quand j'ai reçu l'appel. J'ai aussitôt enfourché ma moto et j'ai foncé chez moi pour récupérer la bagnole. J'ai pas eu le temps de me changer ni de m'occuper du chien.

— Il ne doit pas être ravi. Sock non plus, d'ailleurs.

D'une pichenette, Marino fait sortir une cigarette de son paquet. Il l'allume à l'aide de son briquet et l'arôme du tabac me parvient.

— Rien de tel après une séance d'entraînement, n'est-ce pas ?

Les reins appuyés contre la carrosserie, il inhale une longue bouffée et rétorque :

— Me cassez pas les pieds avec la clope aujourd'hui. Montrez-vous un peu gentille avec moi.

Je m'installe dans le SUV, continuant par la portière ouverte :

— À cet instant précis, j'en grillerais bien une.

Il aspire à nouveau et le bout incandescent s'allume de rouge braise.

— J'vous en prie !

Une nouvelle secousse et une autre cigarette émerge de son paquet. Son filtre me fait de l'œil. Il semble m'accueillir à la manière d'une amie perdue de vue. Comme au bon vieux temps. J'avoue être tentée. Je boucle ma ceinture de sécurité. Benton apparaît et avance vers nous d'un pas déterminé.

Chapitre 5

Les pièces de monnaie en cuivre étincellent sous le plastique du sac congélation que Benton tient entre les mains. Il l'a scellé d'un ruban adhésif et y a apposé ses initiales. Un nuage de fumée accompagne l'éructation de Marino :

— C'est quoi cette merde ? Qu'est-ce que vous voulez que je fasse de ce truc ?

Benton lui tend le sachet et un feutre en précisant :

— Vous vous en occupez ou alors ça atterrira dans les laboratoires du FBI à Quantico. Avouez que ce serait bête. Je vous ai envoyé les photographies.

— Hein ? Vous passez un entretien d'embauche pour devenir technicien de scène de crime ? Votre boule de cristal n'est plus assez efficace ? Bon, ben, je peux vérifier pour vous faire plaisir. Mais je suis presque certain que le département de police de Cambridge ne recrute pas en ce moment.

Je suis assez irritée que Benton soit ressorti dans la cour, en dépit de mes mises en garde. S'adressant à moi, il précise :

— Il s'agit de pièces authentiques et, en effet, elles ont été polies. Si tu les examines sous une loupe, tu t'apercevras que leur surface est très légèrement piquée. Peut-être ont-elles été ébavurées. Les amateurs d'armes qui fabriquent leurs propres munitions ont souvent recours à un ébavurage en tambour pour polir leurs douilles. Un *tumbler*, quoi. Il faut absolument que ces pièces soient examinées par les labos.

Marino récupère le sachet et marmonne :

— Je comprends pas, là…

J'y vais de quelques mots d'explication :

— Je les ai retrouvées ce matin alignées sur le sommet de notre muret. D'un autre côté, Benton, ça pouvait attendre que nous soyons assurés que tout danger était écarté.

— Oh, mais il n'y a plus personne dans le coin. Un criminel de cette sorte n'agit pas ainsi.

Marino intervient :

— Un criminel de *quelle sorte* ? J'ai l'impression d'avoir raté le premier épisode.

Benton me fixe. Il jette un regard autour de lui avant de tourner les talons pour rejoindre la maison en lâchant :

— Je dois y aller.

Je n'ai alors plus aucun doute qu'il a établi un plan, plan qu'il ne partagera pas avec nous.

Gêné par les volutes de fumée, Marino ferme un œil derrière ses lunettes et appose ses initiales, la date et l'heure sur le sachet. Il tire une dernière bouffée de la cigarette puis se penche pour l'éteindre en frottant le bout incandescent contre une brique avant de fourrer le mégot dans sa poche. Vieille habitude de flic, héritée des scènes de crime, afin d'éviter d'ajouter des déchets que l'on pourrait prendre pour des indices. Je connais bien la pratique. Je m'y suis pliée, moi aussi. Je ne compte plus le nombre de désastres auxquels j'ai dû faire face lorsque j'oubliais de vider les poches de mes pantalons ou de mes vestes avant de les jeter dans la machine à laver.

Marino grimpe derrière le volant de son SUV et balance d'un geste impatient le sachet dans la boîte à gants. Dès qu'il a refermé sa portière, je débite :

— Les pièces doivent être analysées au plus vite. D'abord les empreintes digitales, puis l'analyse ADN et celle des traces. Traitez-les avec ménagement. Il ne faudrait pas que d'autres artefacts, telles des rayures, soient introduits parce que vous les avez secouées dans tous les sens.

— Ah bon ? Franchement, c'est sérieux ? On doit vraiment les considérer comme des indices ? Dans quel crime ? Ça vous ennuierait d'expliquer ce qui se passe ?

Je lui parle du mail anonyme que j'ai reçu le mois dernier, du moins ce dont je me souviens.

— Et Lucy n'a pas réussi à identifier son auteur ?

— Non.

— Vous rigolez, là ?

— Cela s'est avéré impossible.

— Elle n'a pas réussi à pirater le compte dont le message provenait ? Elle baisse !

Marino fait marche arrière dans l'allée pendant que j'explique :

— Il semble que l'expéditeur ait été assez malin pour envoyer son message d'un ordinateur accessible au public dans un centre d'affaires d'hôtel. Elle pourra vous préciser lequel. Je me souviens qu'elle a mentionné la ville de Morristown.

— Morristown ? Bordel de merde ! C'est là qu'une des victimes a été descendue.

Nous débouchons dans la rue et sa tranquillité me frappe. Nous sommes à la mi-juin, il est presque midi. Comment imaginer qu'une chose épouvantable puisse se tramer en pareil jour ? Les étudiants, pour la plupart, sont rentrés dans leur famille pour l'été. Beaucoup de gens sont au travail et d'autres s'attellent à des projets qu'ils repoussent durant l'année universitaire.

Le professeur d'économie qui habite juste en face de chez nous tond sa pelouse. Il lève la tête et nous fait un petit signe amical comme si tout allait pour le mieux dans le meilleur des mondes. La femme d'un banquier, deux maisons plus loin, taille une haie. Le pick-up d'une entreprise de jardinage, SONNY'S LAWN CARE, est garé un mètre plus loin, contre le trottoir. Un jeune homme très mince s'active à proximité. Il porte des lunettes de soleil foncées, un jean trop grand, un sweat-shirt et une casquette de base-ball. Son souffleur de feuilles produit un véritable vacarme. Il nettoie le trottoir et ne nous regarde pas, ni n'a la courtoisie de s'interrompre alors que nous le dépassons. Une grêle de déchets végétaux et de gravillons heurte la carrosserie du SUV, lui arrachant des petits claquements secs. Furieux, Marino enclenche son éclairage d'urgence et balance un coup de sirène. Il braille :

— Connard !

Mais le jeune homme ne bronche pas, comme s'il ne nous voyait pas.

Marino enfonce la pédale de frein. Le SUV s'immobilise et je sens la colère bouillir en lui. Le souffleur est aussi assourdissant qu'un hydroglisseur. Soudain, le jeune homme s'interrompt et le silence retombe. Ses lunettes sombres se tournent vers nous mais sa bouche ne trahit aucune expression. Je tente de me souvenir où je l'ai déjà vu. Peut-être l'ai-je aperçu alors qu'il travaillait dans les jardins voisins. Marino lui hurle :

— Ça te plairait si je faisais la même chose à ta caisse ?

— J'ai pas de caisse.

— C'est quoi ton nom ?

— J'ai pas à vous le dire.

Sa voix trahit une totale indifférence et je remarque alors qu'il porte ses cheveux roux carotte assez longs.

— Ah ouais ? Eh ben, c'est ce qu'on va voir.

Marino descend du SUV et l'inspecte. Il tire son carnet de notes et relève le numéro de plaque minéralogique du pick-up en en faisant une tonne. Il le photographie ensuite à l'aide de son BlackBerry. Les veines de son cou saillent et il menace :

— Si jamais j'ai récolté un pète, je te colle une amende pour destruction de matériel municipal.

L'autre hausse les épaules. Il ne craint rien. En réalité, il s'en contrefiche. Il esquisse même un petit sourire.

Marino réintègre le véhicule et reprend sa route en grinçant :

— Enfoiré de connard !

D'un ton plat, j'observe :

— Bon, vous vous êtes fait comprendre.

— Mais qu'est-ce qui déconne avec les gosses d'aujourd'hui ? Plus personne ne les élève. Ce serait le mien, je lui botterais le cul.

Je me dispense de lui rappeler que son fils unique, Rocco, aujourd'hui décédé, avait fait du crime sa profession. Marino lui a pas mal botté les fesses, avec le résultat que l'on a pu constater. Je remarque pourtant :

— Vous semblez très nerveux.

— Et vous voulez savoir pourquoi ? Parce que je pense qu'on est en train de se cogner un foutu terroriste, à ceci près qu'il est juste derrière nous, maintenant. C'est vraiment mon intuition, et je m'en passerais volontiers. Machado et moi, on se bouffe le nez avec ça.

— Et quand cette intuition s'est-elle imposée à vous ?

— Après le deuxième meurtre dans le New Jersey. Franchement, le fait que Jamal Nari soit le troisième de la liste me file un très mauvais pressentiment.

— En général, les terroristes revendiquent leurs actes. L'anonymat ne les intéresse pas.

— Pas toujours, Doc.

— Et pourquoi pas de simples ennemis ?

J'en reviens à la raison pour laquelle mes vacances sont repoussées et peut-être même fichues. Surtout, je dois convaincre Marino de se concentrer sur l'affaire qui nous attend, et pas sur les éventuels liens qu'il a cru dénicher entre Nari et les victimes du New Jersey, ou le terrorisme ou quoi que ce soit. J'ajoute :

— Il ne semble pas aberrant de penser que Jamal Nari se soit attiré des inimitiés, après toute cette tempête médiatique.

— Pour l'instant, on n'a rien qui puisse corroborer cette hypothèse.

Marino bifurque dans Irving Street. Une brise chahute entre les branches des arbres et les ombres qu'ils projettent sur la chaussée ensoleillée semblent mouvantes. La circulation est particulièrement fluide, deux voitures par-ci, un scooter par-là. Marino colle au pare-chocs d'un camion de chantier, et donne un coup de klaxon, jugeant qu'il n'avance pas assez vite. Le camion se rabat sur le côté pour le laisser passer et le grand flic y va d'un coup d'accélérateur.

Il est indiscutablement de mauvaise humeur, et je doute que sa prise de bec avec Machado en soit l'unique raison. Autre chose se trame. Il se peut que Marino ait peur et qu'il mette un point d'honneur à le dissimuler. Je reprends :

— Cette mésaventure avec le FBI, surmédiatisée, s'est produite il y a à peu près un an. Pourquoi frapper aujourd'hui ? Pas mal de gens ont oublié cette histoire, dont moi.

— Ben, je sais pas comment vous y êtes parvenue après la façon dont il vous a traitée à la Maison-Blanche. Il vous a accusée de vendre des bouts de cadavres, de faire du blé avec vos autopsies et toutes ces conneries. Assez ironique quand on y pense. Il a déblatéré sur votre travail et aujourd'hui, c'est lui qui va en profiter.

— Il vivait seul ?

L'humeur belliqueuse de Marino s'est assombrie.

— Non, un second mariage. Joanna Cather. Une de ses élèves au lycée. Elle y travaille comme psychologue aujourd'hui. Ils ont commencé à sortir ensemble il y a deux ans, lorsqu'il a divorcé. Inutile de préciser qu'elle est beaucoup plus jeune que lui. Elle a conservé son nom de jeune fille après leur mariage, pour des raisons évidentes.

— Lesquelles ?

— Le nom, Nari. C'est musulman.

— Pas nécessairement. Ça pourrait être italien. Il était musulman ?

— Selon moi, c'est ce que les fédéraux ont compris, ce qui explique qu'ils lui soient tombés dessus.

— Ils ont enquêté sur lui à la suite d'une erreur informatique, Marino.

— La seule chose qui compte, ce sont les apparences et les suppositions qu'ils font. Si les gens pensaient qu'il était musulman, ça peut avoir un lien avec le mobile de son meurtre. Ajoutez à ça la visite d'Obama et le fait que Nari avait rencontré le Président à la Maison-Blanche l'année dernière. Depuis l'attentat du marathon, les gens sont devenus ultra-sensibles sur les candidats au djihad ou les ratés qui versent dans l'extrémisme. Peut-être qu'on a affaire au membre d'un groupe d'autodéfense qui dégomme les gens qu'il juge indésirables.

— Jamal Nari était donc musulman, et soudain il se transforme en djihadiste ou en extrémiste qui en veut au pays pour les guerres d'Irak et d'Afghanistan ?

Ses mâchoires se crispent. Je le pousse dans ses retranchements :

— Qu'est-ce qui ne va pas, Marino ?

Il explose à nouveau :

— Je suis pas objectif sur ce coup, d'accord ? Cette histoire Nari me fout en rogne et j'y peux rien. Parce qu'il était ce qu'il était et parce qu'il a reçu une foutue récompense. Un petit voyage à la foutue

Maison-Blanche ? Et puis quoi encore ? Il va faire la couverture de *Rolling Stone* ?

— Ça n'a rien à voir avec lui mais avec les attentats. Ça concerne le meurtre d'un policier du MIT, qui faisait son boulot tranquillement cette nuit-là, assis dans son véhicule de patrouille, alors que vous étiez de repos. Ça aurait pu être vous.

— Connards de terroristes ! Et si les fédéraux avaient daigné nous prévenir qu'ils se trouvaient à Cambridge… ? J'veux dire, une info de cette nature, et plus aucun flic ne reste dans sa bagnole comme un lapin qui attend de se faire descendre. Ça faisait pas six mois que j'avais repris le service et un truc pareil nous tombe dessus. Des gens abattus de sang-froid, ou leurs jambes soufflées par l'explosion. C'est le monde dans lequel on vit aujourd'hui. Je vois vraiment pas comment on peut dépasser ce genre de trucs.

— On ne peut pas. Cela étant, je vous demande de l'oublier pour le moment. Parlons plutôt de l'endroit où vivait Jamal Nari.

Marino regarde droit devant lui et explique :

— Un deux-pièces. Ils ont déménagé après leur mariage.

— Cette partie de Cambridge est chère.

— Ouais, le loyer est de trois mille dollars. Bon, il semble que ça leur pose pas de problème. Peut-être parce qu'il a attaqué l'école pour discrimination après sa mise à pied. Le fric, hein ? Je connais pas le montant du règlement à l'amiable, mais on va trouver. À part ça, il est indiscutable, du moins pour ce que nous savons jusque-là, qu'il se débrouillait financièrement mieux qu'un prof classique de lycée.

— Vous tenez ça de Machado ?

— Je glane des infos de sources très différentes.

— Où se trouvait Joanna Cather ce matin, lorsque son mari est mort ?

— Dans le New Hampshire, selon ses dires. Elle se rendait dans un de ces centres commerciaux de déstockage. Elle rentre.

Renfrogné, il refuse de me regarder. Je lance :

— Saviez-vous que, dès neuf heures ce matin, l'info selon laquelle un homme aurait été abattu dans Farrar Street circulait déjà sur Internet ? Elle a été relayée par tweets interposés avant même qu'il ne devienne une cible.

— Ouais, mais les gens se mélangent toujours les pinceaux quand ils précisent l'heure à laquelle un événement quelconque s'est produit.

— Peu importe ce que les gens mélangent, Marino. Vous devez quand même connaître avec précision l'heure de l'appel au numéro d'urgence.

— À dix heures deux exactement. La dame qui a aperçu le corps affalé sur la chaussée a déclaré qu'elle avait vu la voiture s'arrêter et Nari commencer à en sortir des sacs de provisions aux environs de neuf heures quarante-cinq. Un quart d'heure plus tard, il était allongé sur le sol, à l'arrière de son véhicule. Elle a d'abord cru qu'il avait été victime d'une crise cardiaque.

Je m'obstine :

— Mais comment quelqu'un a-t-il pu le savoir avant même la police ?

— Qui vous a dit ça ?

— Bryce.

— Peut-être qu'il a confondu des trucs. Ce serait pas une première.

Il ralentit à une grosse intersection et je souligne :

— Malheureusement, il nous faut aussi considérer les étudiants. De nos jours, un prof ou un employé de collège ou de lycée peut devenir la cible d'un ado, ou même d'un gamin. Plus ce genre d'histoires se produit, plus il y en aura.

— Non, c'est différent. J'en suis certain.

Un joggeur traverse le passage piéton puis se dirige vers Farrar Street. Sans doute découvre-t-il alors les véhicules des services d'urgence et les fourgonnettes des chaînes de télévision. Il lève la tête vers les hélicoptères qui tournent à environ trois cents mètres au-dessus de nos têtes. Il se ravise et s'élance vers Scott Street en jetant des regards nerveux alentour et derrière lui, avant d'accélérer l'allure. Je reprends :

— Nous devons nous intéresser à ses étudiants et aux élèves avec lesquels sa femme était en contact. Lui avez-vous parlé ?

Marino condescend enfin à me regarder.

— Pas encore. Je sais juste ce que m'a raconté Machado. Selon lui, elle paraissait bouleversée, sous le choc. En d'autres termes, elle a perdu les pédales et ça semblait authentique. Du coup, elle a évoqué un jeune qu'elle aidait, en affirmant qu'elle n'avait aucune raison de penser qu'il ait pu s'en prendre à Nari ou quiconque. Mais bon, le gosse en question aurait un gros béguin pour elle. Ou alors, peut-être que son mari avait été abattu lors d'un cambriolage qui avait foiré. Voilà ses hypothèses.

— Elle a mentionné le fait que Nari avait été abattu ?

— Je pense qu'elle tenait cette info de Machado. J'ai pas eu l'impression qu'elle était déjà au courant.

— Il faudrait s'en assurer.

— Trop sympa de m'aider à faire mon boulot. C'est clair que, sans vous, j'arriverais pas à relier les points !

— Bon, vous êtes en colère contre moi ou contre les terroristes en général ? Pourquoi vous êtes-vous disputé avec Machado ?

Il ne répond pas et je lâche, pour l'instant, le morceau. Je déverrouille mon iPhone et fouille Internet pendant que je demande :

— Jamal Nari est donc allé faire les courses. S'agissait-il d'une occupation habituelle des jeudis matin d'été ?

— Joanna affirme que non. Il faisait des provisions parce qu'ils devaient partir en week-end prolongé à Stowe, dans le Vermont.

Une page Wikipédia est consacrée à Jamal Nari. Je trouve une multitude de références de médias au sujet de son sérieux accrochage avec le FBI et de son invitation à la Maison-Blanche. Nari était âgé de cinquante-trois ans, né dans le Massachusetts, d'une mère native de Chicago et d'un père d'origine égyptienne. Guitariste doué, il avait suivi les cours du prestigieux Berklee College of Music de Boston. Après une carrière de concertiste et des participations dans des groupes, il avait décidé de se poser et d'enseigner. La troupe de son lycée est régulièrement classée dans le trio des meilleures formations musicales de Nouvelle-Angleterre.

Nous nous approchons de la scène de crime et je commente dans un murmure :

— De toute façon, c'est d'ores et déjà un vrai gâchis.

Les hélicoptères des chaînes de télévision 5 et 12 tournoient dans le ciel. Je dénombre au moins douze voitures, banalisées ou non, en plus de plusieurs fourgonnettes et d'autres véhicules, peut-être de reporters. Les médias n'ont guère perdu de temps, non que ce soit étonnant aujourd'hui. L'information est devenue instantanée. De plus en plus souvent, j'arrive sur une scène de crime après eux.

Nous nous garons derrière une des fourgonnettes dépourvues de fenêtres du CFC, serrée contre le trottoir et dont le moteur tourne. Le caducée et la balance de Thémis représentant la justice peints en bleu sur ses portes s'efforcent à la discrétion et au tact. Cependant, rien ne peut atténuer le sinistre présage que représente l'arrivée de l'un de mes véhicules de scène. Personne ne souhaite y assister tant sa signification est évidente.

Marino désigne la voiture garée devant la maison et précise :

— Et brusquement, il s'offre un SUV Honda rouge, flambant neuf. Ça a dû lui coûter un paquet.

Cette histoire de changement de voiture me semble illogique, et je contre :

— Et vous supposez qu'il en a changé parce qu'il se croyait menacé ? Admettons. En quoi acheter un autre véhicule ferait-il une différence ? L'individu qui le pistait s'en serait vite rendu compte.

— Ouais, d'un autre côté, peut-être que ce que je pense a aucune importance. Peut-être que la Galère Portugaise est chargée de l'enquête. Du moins pour cinq minutes.

« Galère Portugaise » est le surnom de Machado.

— Vous devez vous réconcilier. Je pensais que vous étiez bons amis.

— Ouais ? Eh bien, repensez.

Nous descendons de voiture à l'instant où mon équipe de transport, Rusty et Harold, ouvre le hayon arrière de la fourgonnette. Ils en tirent une civière et des piles de draps jetables. Harold m'annonce :

— On a installé la tente de protection.

— Je vois cela. Bravo.

Les quatre larges panneaux de Nylon noir sont attachés à des cadres en PVC par des bandes de Velcro pour former une sorte d'abri cubique d'allure patibulaire, assez spacieux pour me permettre de travailler tout en protégeant le corps des regards indiscrets. Néanmoins, à l'instar de ceux montés en bordures de routes lors des accidents de la circulation pour décourager les curieux, ces refuges temporaires indiquent aussitôt la localisation du carnage et n'empêchent pas les hélicoptères de filmer. En dépit de tous nos efforts, nous n'éviterons pas les gros titres à la dépouille de Jamal Nari.

Harold, un ancien employé des pompes funèbres, toujours vêtu d'un costume-cravate, au point que l'on pourrait penser qu'il dort avec, m'explique :

— Et on a disposé des sacs de sable sur les barres de pieds pour limiter le risque que quelqu'un la renverse par accident.

— Ou alors, si des fois un hélico se rapprochait trop près, renchérit Rusty, lui aussi adepte de l'uniforme vestimentaire, même s'il opte pour un jean-sweat-shirt et serre ses longs cheveux gris en queue-de-cheval.

— Bien, on procède comme d'habitude.

Tous deux doivent garder leurs postes jusqu'à mon signal. Ils connaissent bien notre routine, inutile de la leur rappeler. Il me faut assez de temps pour travailler et réfléchir. Je dénombre six policiers en uniforme dans le périmètre, assis dans leurs voitures. Ils s'assurent qu'aucune personne non autorisée ne se rapproche trop de la scène de crime, tout en surveillant les parages dans l'éventualité où le tueur se manifesterait. Je reconnais deux des techniciens médico-légaux de Cambridge, qui ne peuvent pas faire grand-chose tant que je n'ai pas terminé. Mon regard tombe sur le SUV Ford Explorer de Sil Machado, bleu marine comme celui de Marino, à ceci près que mon ancien collaborateur pomponne et lustre son véhicule de service avec plus de soin.

Machado, encore appelé « Galère Portugaise », est un bel homme aux cheveux noirs. Il est en train de discuter avec une jeune femme brune, très charpentée, vêtue d'un jogging. Ils se tiennent tous les deux sous l'ombre protectrice d'un érable planté devant la maison de style victorien, aux toits à clochetons couverts d'ardoises. La splendide demeure de deux étages a été transformée en appartements. Marino me précise que celui qu'occupait Jamal Nari se situe au rez-de-chaussée, à l'arrière.

Je récupère ma mallette de scène de crime mais demeure immobile derrière le SUV. Je m'imprègne des lieux.

Chapitre 6

Un ruban jaune vif entortillé autour des troncs d'arbres, des lampadaires en fer forgé, encercle le périmètre. Ses grosses lettres noires intiment : POLICE, NE PAS FRANCHIR. Il ceinture la propriété, se faufile entre les barreaux des grilles et interdit l'entrée principale surmontée d'un toit pointu.

La Honda rouge porte toujours sa plaque minéralogique temporaire. Je remarque le hayon arrière ouvert, les briques de lait, de jus de fruits, les pommes, les bananes, le raisin et des boîtes ou sachets de céréales, de chips, de crackers qui parsèment la chaussée. Des conserves de thon ont roulé en bas du trottoir, non loin de mes pieds. Des melons d'Espagne ont éclaté dans leur chute. Leur jus sucré suinte et son parfum me parvient. Un pot de sauce salsa a explosé et l'odeur de tomates épicées monte. Les mouches n'ont pas tardé à être attirées et s'attaquent au festin répandu que le soleil tiédit.

L'ancien jardin du devant de la maison victorienne a été transformé en parking pour quelques véhicules. Un scooter est attaché par une chaîne au pied d'un lampadaire. Deux vélos sont sécurisés à l'aide de câbles d'acier verrouillés autour des colonnes qui soutiennent une large véranda. Une fenêtre en saillie s'ouvre au milieu. Sans doute des étudiants logent-ils ici, en plus d'un professeur de musique âgé de cinquante-trois ans, remarié à une jeune femme du nom de Joanna qui faisait du shopping dans le New Hampshire lorsque la police lui a téléphoné pour lui apprendre l'affreuse nouvelle.

Je me baisse pour passer sous le ruban et m'interroge. Si Nari et son épouse partaient dans le Vermont pour un long week-end, pourquoi cette dernière se baladait-elle dans un centre commercial situé à deux heures de route aller-retour ? Devait-elle effectuer quelques courses ce matin, précisément en raison de leur petite escapade ? Ou alors a-t-elle pris soin de ne pas se trouver à la maison, ou même dans le Massachusetts, à neuf heures quarante-cinq ? Je parviens à hauteur de la tente de protection montée par mon équipe. Le Velcro produit un son de tissu déchiré lorsque j'ouvre le panneau le plus proche de l'arrière du SUV rouge. Je m'assure que les voitures qui ralentissent ou les spectateurs qui se massent sur les trottoirs et dans leurs jardins ne puissent rien voir de ce qui ne les concerne pas.

Je ne pénètre pas aussitôt derrière la barricade que nous venons d'improviser. Je repense à ce que Marino m'a révélé de l'échange entre Machado et Joanna. Elle n'avait aucune idée du mobile pour lequel on aurait pu abattre son mari. Cependant, elle a fait allusion à un lycéen qu'elle tentait d'aider. Elle a également évoqué l'hypothèse d'un cambriolage qui aurait affreusement dérapé. Je suis bien certaine que tel n'est pas le cas.

Je pose ma mallette de scène de crime au pied de la tente. Le soleil est maintenant presque au zénith et illumine l'intérieur. Les remugles ferriques du sang qui s'autolyse me parviennent. Les mouches bleues vrombissent et piquent vers les blessures et les orifices du cadavre pour y pondre leurs œufs.

Il est allongé de tout son long, sur le dos, les jambes étendues, la gauche légèrement pliée. Ses bras reposent un peu écartés des flancs. Il n'a pas trébuché. Il n'a pas tenté de s'agripper à quelque chose lorsqu'il est tombé, ni n'a bougé ensuite. Il ne le pouvait plus.

Une auréole de sérum est en train de se former autour des taches de sang, premières étapes de la coagulation. Ce phénomène est cohérent avec l'heure de la mort qui remonte à environ deux heures. Les modifications *post mortem* ont déjà commencé, quoique ralenties par la température qui approche des vingt degrés, de l'air sec rafraîchi par une brise et du fait que la victime est totalement habillée. Selon moi, sa température corporelle doit avoisiner les trente-quatre ou trente-quatre degrés cinq. La rigidité cadavérique commence de s'installer. Mais mon attention est à nouveau attirée par les traces de sang.

Il a coulé de la blessure de son cou, a suivi la pente douce de l'asphalte et trempé le dos de sa chemise blanche au niveau des épaules, avant de terminer sa course à environ un mètre du corps. En revanche, la blessure au niveau de l'œil ne semble pas avoir beaucoup saigné, hormis en un mince filet qui a taché son col. En réalité, même l'hémorragie provoquée par la plaie à l'arrière de sa tête paraît assez modeste. Le volume de sang perdu est relativement peu important pour des blessures profondes dans les zones très vascularisées. Son cœur a dû cesser de battre assez vite. Peut-être même instantanément.

La clé de la voiture est tombée non loin, à proximité des deux gros sacs en papier marron, à l'enseigne de Whole Foods. Leur contenu s'est renversé. Il les tenait donc entre les mains lorsqu'il s'est écroulé, comme foudroyé. Huit autres sacs de courses sont alignés dans le coffre du SUV dont le plafonnier est allumé. L'importance des vivres ou produits d'entretien pour un simple week-end de trois jours me déroute.

Je découvre des serviettes jetables, des rouleaux de papier hygiénique, des boîtes de film aluminium, des cartons de sacs-poubelle, et une caisse de vodka Smirnoff dont les logements ont été remplis de bouteilles de vin ou de spiritueux. Dans l'éventualité où je découvrirais d'autres sacs déjà rapportés dans l'appartement, cela sous-entendrait que Nari est parti de très bonne heure faire les courses. D'autant que Whole Foods ne vend pas d'alcool et qu'il a donc dû s'arrêter ailleurs.

Il me semble familier. Ce serait sans doute aussi le cas, même si nous ne nous étions jamais croisés auparavant. Je l'aurais vu aux informations. Il est aussi possible que je l'aie aperçu dans le voisinage, bien que je n'en conserve aucun souvenir. Je détaille avec soin le cadavre, observation d'ensemble qui me permet de forger mes premières impressions. Je m'efforce de ne pas repenser à notre déplaisante rencontre à Washington. Pourtant, je revois les sourcils interrogateurs du Président, son sourire sidéré lorsque Nari me chargea.

Il est rasé de frais et ses cheveux gris courts s'éclaircissent. Sa mâchoire supérieure est assez proéminente, soulignant une légère rétrognatie. Nari fait jeune pour son âge. Il est de taille moyenne, mince, avec une couche adipeuse modeste. Du coup, son ventre très replet m'étonne, le genre que j'associe à de gros consommateurs de bière. À première vue, il doit mesurer un mètre soixante-dix et peser dans les soixante-dix, soixante-douze kilos.

La voix teintée d'un accent espagnol de Jen Garate, enquêtrice du CFC, résonne derrière moi. Âgée d'environ trente-cinq ans, aux cheveux longs très bruns, aux yeux bleus et à la peau d'un léger caramel, elle est jolie dans un genre exotique mais un peu trop épanoui :

— Vous avez besoin d'aide, chef ?

Jen Garate affectionne les vêtements serrés qui accentuent ses courbes voluptueuses. Je surprends le regard que lui jette Machado. Il est toujours en train de discuter avec la jeune femme vêtue d'un jogging qui semble agitée, presque excitée. Il se tourne vers moi, prend congé d'elle et nous rejoint. Je précise à l'intention de Jen :

— Je suis prête.

D'un ton ironique, elle me lance :

— On peut dire que vous avez choisi le bon jour pour partir en vacances. J'espérais vous rejoindre plus tôt, mais j'ai été retardée à cause de la gamine noyée.

J'ignore de qui elle me parle et n'ai pas l'intention de le lui demander, pas maintenant. Ça ne l'empêche pas de poursuivre :

— Des vrais petits cons, ces gosses, hein ? L'eau était glaciale et soudain, elle se dit que c'est une super idée de sauter sur la couverture de protection de la piscine comme s'il s'agissait d'un trampoline. Heureusement que nous gardons des combinaisons de plongée à l'arrière des camionnettes. Mais le joint de col n'était pas étanche et il a fallu que je me nettoie.

D'un ton dont j'espère qu'il lui indiquera que je ne suis pas d'humeur pour une petite causette, je coupe :

— Merci de votre aide.

Elle lève la tête et observe un hélicoptère bimoteur au loin, équipé de patins. Je trouve son examen étrange, puis elle déclare :

— Lucy est toujours en vol ?

Comment se fait-il qu'elle sache que Lucy pilote son hélicoptère aujourd'hui ? Elles ne sont pas amies, même pas sur une base de cordialité. Je reconnais le fuselage d'un Eurocopter, peut-être celui des services médicaux. Elle s'obstine :

— Simple curiosité de ma part. Obama nous rend visite aujourd'hui et ça m'étonne qu'elle ait obtenu une permission de vol dans un espace aérien bouclé. Je suppose que vos relations au ministère de la Défense aident, sans même évoquer votre mari.

Je suspends mon geste et soutiens son regard :

— La permission en question dépend de l'accréditation délivrée par l'Administration à la sécurité des transports et sous-entend d'avoir obtenu une autorisation préalable. Je n'ai aucune influence sur l'Administration fédérale de l'aviation et je ne comprends pas trop où vous voulez en venir.

— Oh rien, c'est juste que c'est super cool d'être pilote.

— Je vous rejoindrai au Centre.

C'est le moyen que j'ai trouvé de m'en débarrasser. Elle hésite. Elle est aujourd'hui vêtue d'un pantalon de treillis et d'un tee-shirt à manches longues que l'on dirait peint sur son corps tant il est ajusté. Elle lance un sourire à Machado qui dévore des yeux les courbes qu'elle ne manque jamais de souligner.

Jen accueille avec un égal enthousiasme les regards, qu'ils soient masculins ou féminins. Ma nouvelle enquêtrice en chef est une narcissique superficielle, le genre dont je me serais volontiers passé. Cependant, j'ai dû l'engager en urgence après le départ de Marino.

Elle a fait ses premières armes à New York. Elle est intelligente, d'une indéniable compétence et connaît son métier. Il n'en demeure pas moins que ce fut une erreur de la recruter, erreur qui ne s'est révélée qu'après coup. Je ne peux pas la virer au simple prétexte qu'elle fait tache dans mon équipe, et que certaines personnes ne l'aiment pas. Je ne peux pas non plus lui recommander d'agir ou de s'habiller différemment parce qu'à tous les coups je me retrouverai avec un procès sur le dos. Je la suis du regard alors qu'elle redescend la rue, oscillant des hanches, ses fesses rebondies accompagnant sa démarche chaloupée.

Les yeux de Machado sont dissimulés derrière des lunettes Oakley, le modèle Half Jacket, très en vogue chez les militaires et les flics. Il me jette :

— Salut, Doc !

Comme à son habitude, il est tiré à quatre épingles, avec son pantalon de coton au pli impeccable, sa chemise blanche, sa cravate bleue rayée, et un coupe-vent bleu marine au dos duquel s'étalent en grosses lettres jaunes CAMBRIDGE POLICE. Le coupe-vent est beaucoup trop grand pour lui, fermé de sorte à dissimuler un gilet tactique. De toute évidence, il était de service lorsqu'il a reçu l'appel. Je ne manque pas de remarquer le visage soudain fermé de Marino, la crispation de ses mâchoires, et la façon qu'il a eue de croiser les bras dès que Machado s'est approché. Ce dernier poursuit :

— J'ai cru comprendre que je vous avais foutu en l'air la journée, Doc !

— Je suis bien moins à plaindre que la victime.

— Désolé pour vos vacances.

Je soulève les fermetures en épais plastique de ma mallette de scène de crime et déchire l'enveloppe en Cellophane qui protège une combinaison en Tyvek blanc, avant de rétorquer :

— Avouez qu'étant donné la situation, c'est de bien peu d'importance. Où en est-on ?

— On a pris pas mal de clichés et j'ai fait un petit tour de l'appartement, une vérification rapide pour m'assurer que personne ne furetait à l'intérieur en ayant rien à y faire. La porte était déverrouillée et entrouverte. *A priori*, il avait déjà transporté chez lui trois des sacs de courses. Il a dû se faire descendre au moment où il retournait à son véhicule pour continuer le déchargement.

Machado feuillette son petit carnet de notes pendant que j'enfile la combinaison sur mes vêtements. J'extrais du fond de ma mallette des protège-chaussures et les passe en me tenant sur un pied à la fois. S'habiller sur une scène de crime relève de l'acrobatie. J'ai d'ailleurs vu des enquêteurs chevronnés enfiler les protections à l'envers, voire perdre l'équilibre. Machado jette un regard à la jeune femme avec qui il discutait et précise :

— Cette dame, là ? Elle vit dans l'appartement situé au dernier étage, il s'agit d'une étudiante de Harvard et elle m'a raconté qu'elle travaillait à son bureau lorsqu'elle a vu Nari se garer. Lorsqu'elle a levé les yeux une seconde fois, elle a constaté qu'il était étendu de tout son long par terre.

— A-t-elle entendu des détonations, ou tout autre bruit ressemblant ?

— Pas selon ses dires. D'ailleurs personne n'a signalé de coups de feu dans la zone. On a déjà interrogé le voisinage. Rien d'intéressant jusque-là.

Il jette un nouveau regard à la femme, un peu hébétée, plantée sur le trottoir, et enchaîne :

— Elle s'appelle Angelina Brown, âgée de vingt-quatre ans. Elle prépare un doctorat en sciences de l'éducation.

Marino gribouille des informations sur son carnet, la mine renfrognée comme s'il venait de manger quelque chose qui ne passe pas. Machado embraye :

— Elle a fait un commentaire très intéressant, et c'est clair qu'on va creuser. Son bureau est situé juste devant la fenêtre qui donne sur la rue, avec vue imprenable sur les gens qui passent devant la maison ou qui entrent ou sortent. Elle affirme avoir aperçu un jeune dans le coin. Il est passé avec sa bicyclette à plusieurs reprises devant la maison. Y a pas si longtemps que ça, Joanna Cather était dehors et lui parlait, et puis ils sont rentrés par l'arrière, comme s'ils rejoignaient l'appartement des Nari. Angelina est presque certaine que la voiture de Jamal n'était pas là. Il lui a paru bizarre que Joanna invite un homme chez elle en l'absence de son mari.

Marino continue de consigner les informations dans son carnet :

— On a une description du jeune, son nom peut-être ?

— Plutôt petit, mince, toujours une casquette de base-ball vissée sur le crâne.

Marino commente d'un ton narquois :

— Ouais... bref, ça pourrait coller à une flopée de jeunes mecs dans le coin.

Machado l'ignore et poursuit :

— Angelina lui donne dans les seize ans, approximativement. Vous voyez, le genre qui porte son jean informe au milieu de la raie des fesses pour se donner un look de petite racaille.

Marino réfléchit :

— Ouais, peut-être qu'il s'agit du gamin que Joanna a affirmé aider. Si ça se trouve, elle lui file plus que des conseils.

Le Tyvek émet un gémissement de papier froissé lorsque je m'accroupis à l'entrée de la tente. J'observe :

— Si votre témoin est fiable et que l'individu qu'elle a vu passer devant la maison en vélo est bien le lycéen que Joanna tentait d'aider, cela semble indiquer qu'il n'habite pas très loin d'ici. Sans cela, il aurait probablement un scooter ou une moto.

— Bon, je vais lui parler, jette Marino d'un ton brusque.

Je me retourne et mon regard tombe sur ses énormes baskets noires NBA, la ligue américaine de basket-ball.

Machado rétorque :

— Je t'en prie !

— T'inquiète, j'vais pas me gêner !

Marino tourne les talons et j'entreprends d'examiner les mains du défunt professeur de musique. Je replie ses doigts. La rigidité cadavérique se forme dans les petits muscles. Il est toujours tiède. Je déboutonne sa chemise et découvre des tatouages. Des arbres survolés par des corbeaux sont dessinés sur son sein gauche et son épaule droite porte une sorte de logo en lettres stylisées : *RainSong*. Machado s'accroupit à côté de moi. Je glisse un long thermomètre sous l'aisselle droite du mort. J'en pose un second sur le tiroir supérieur de la mallette et m'enquiers :

— Je suppose qu'Angelina Brown n'a pas précisé si elle avait revu le jeune en question ce matin ?

Machado suit mes moindres gestes et confirme :

— Je le lui ai demandé. Négatif. Bon, d'un autre côté, elle ne passe pas sa vie à surveiller depuis sa fenêtre. En plus, il aurait pu se faufiler par l'arrière de la maison. Du coup, impossible pour elle de l'apercevoir.

— Selon vous, Joanna aurait-elle pu mentir ce matin lorsqu'elle vous a affirmé se trouver dans le New Hampshire ?

— On le déterminera sans difficulté grâce aux antennes-relais qui ont capté le signal de son portable au moment où je lui parlais.

Je retourne le corps sur le flanc. Il repose lourdement mais mollement contre mes genoux pendant que je vérifie l'installation des lividités cadavériques, c'est-à-dire le dépôt du sang sous l'effet de la gravité. Elles commencent à se former au niveau du dos, délimitant des zones d'un rose sombre qui blanchissent lorsque je les presse du doigt.

Je continue :

— En réalité, je me demandais si elle avait pu se trouver dans l'appartement. Aurait-elle pu recevoir un visiteur, alors que son mari était parti faire les courses, puis filer un peu plus tard, de façon planifiée ou innocente, juste avant qu'il rentre ?

Machado me considère et son attention n'est pas feinte.

— Tout à fait. Les antennes-relais confirmeront, le cas échéant, si elle nous raconte des bobards. D'un autre côté, je me demande pourquoi vous posez ces questions, Doc.

— Sans doute parce que j'ai déjà vu des scénarios de ce type. Vous savez, beaucoup de gens n'ont toujours pas intégré que leur téléphone portable pouvait fournir une masse d'informations à ceux qui savent les dénicher. Ils mentent parce qu'ils n'ont pas la moindre idée de la facilité avec laquelle on les coincera.

Machado souligne avec justesse :

— On peut quand même penser qu'elle n'est pas naïve à ce point, après leurs démêlés avec le FBI.

— Votre témoin a-t-elle remarqué la voiture de Joanna ce matin ?

— Eh bien, c'est un point très intéressant. Il s'avère qu'elle roulait dans une voiture de location, aujourd'hui.

— Et pourquoi cela ?

— Je ne sais pas trop, mais je dirais que la chasse est ouverte et que toutes les hypothèses doivent être considérées. C'est du reste la raison pour laquelle nous ne voulons pas que des gens pénètrent dans l'appartement tant que nous n'aurons pas pu le passer au peigne fin. Nous n'attendons plus que le mandat de perquisition.

Il soupçonne l'épouse de ne pas être étrangère au meurtre de son mari. Il n'est guère étonnant que cette idée lui ait traversé l'esprit si tôt au cours de l'enquête. Toutefois, si l'on se fie aux témoignages d'Angelina Brown et à mes premières constatations, Jamal Nari n'a pas été abattu par un adolescent jaloux qui trimbalait un pistolet. Il n'a pas, non plus, été éliminé par un tueur à gages qui l'a dépassé d'un pas placide, l'a mis en joue, pour poursuivre ensuite son chemin.

Si une arme avait été utilisée dans les parages, quelqu'un aurait entendu la détonation. Je soupçonne fortement que Nari a été abattu d'une longue distance par quelqu'un d'expérimenté qui souhaitait faire une démonstration. Je tire une loupe de ma mallette et m'approche de la petite plaie tangentielle ouverte dans sa nuque, au niveau de la ligne d'implantation des cheveux. J'en prends quelques photos. Je fais pivoter lentement sa tête vers la droite et du sang dégouline de la plaie, une plaie d'entrée. Je l'incline encore un peu et braque la lumière d'une torche. Des éclats de cuivre s'illuminent tel de l'or au milieu d'un amas de sang coagulé, de cheveux, et de tissus cérébraux.

Chapitre 7

La seconde plaie d'entrée est située à l'œil. La balle a traversé un des verres des lunettes de soleil que portait Nari. Elles gisent sur la chaussée, le verre gauche éclaté, la monture en écaille de tortue intacte. J'en prends quelques photos.

Des échardes de plastique polarisé parsèment sa chemise blanche et l'asphalte non loin de son visage. Il était déjà à terre lorsqu'on lui a tiré une balle dans l'œil, dans la position exacte qu'il a maintenant. J'abandonne l'ombre fraîche produite par la tente de protection et lève le regard afin de détailler les fenêtres des maisons alentour. J'examine les rangées de petits immeubles de deux étages aux toits plats qui s'élèvent au bout de la rue.

Je replonge dans l'abri de tissu sombre, récupère un double décimètre et un mètre ruban dans ma mallette et photographie la victime sous tous les angles. Je prends note du fait que lorsque la balle a frappé ses lunettes, sa trajectoire et la puissance de l'impact les ont arrachées de son nez. Elles ont atterri à exactement un mètre deux de sa tempe droite. Je palpe le cuir chevelu ensanglanté.

Mes doigts gantés découvrent vite ce que je cherchais : des fractures osseuses dans la zone occipitale, ainsi que des lacérations au point de sortie d'au moins une des balles. En revanche, je ne détecte pas d'œdème à la palpation. Les réponses vitales ont été minimes parce qu'il était déjà mort au moment où il s'est effondré. Le poème anonyme que j'ai reçu, cette référence à un bourreau, fait une nouvelle incursion dans mon esprit.

La mort subite est rare. La rupture de la vertèbre cervicale C2 peut être une de ses causes. Ce genre de dislocation est souvent constaté lors de pendaisons avec importante chute préalable du corps, du haut d'un pont ou d'un grand arbre, par exemple. Il se rencontre aussi dans les accidents de voiture ou de plongée, une hyperflexion du rachis cervical lorsque la tête heurte avec violence le tableau de bord ou le fond d'une piscine. Si la moelle épinière se rompt, le cœur et les poumons s'arrêtent immédiatement de fonctionner. M'adressant à Machado, j'explique :

— Je pense que vous pouvez exclure une exécution perpétrée par un tueur en voiture ou un cambriolage ayant mal tourné, ou tout autre scénario qui implique une arme de poing.

— Selon vous, l'hypothèse d'un agresseur arrivé dans son dos, qui lui tire une balle dans la nuque, puis une seconde dans l'œil alors qu'il est à terre est incohérente ?

— En plein jour et avec des témoins autour ?

— C'est dingue ce que les gens ne voient ni n'entendent, ou ce qu'ils jureraient être une déflagration de pot d'échappement.

— Pas de résidus de tir qui pourraient indiquer un tir à bout touchant ou portant. Si le tueur a utilisé un revolver, on devrait retrouver des douilles.

— Sauf s'il les a ramassées.

— Ça fait beaucoup de gestes suspects dans une rue et en début de matinée.

— Je ne mets pas vos déductions en doute, Doc. C'est juste que je veux être certain de digérer ce que vous me dites. Par exemple, pourquoi pas imaginer que la balle tirée dans la nuque soit ressortie par l'œil ? Dans ce cas, on se retrouverait avec un seul projectile.

— Non. La blessure au niveau de l'œil est une plaie d'entrée. De plus, on ne verrait pas de fragments sous et autour de sa tête s'il avait été abattu d'une seule balle alors qu'il se tenait debout.

— Et donc, la balle – enfin, la première balle – pourrait avoir atterri n'importe où ?

— Nous en saurons davantage lorsque nous aurons transporté la victime au Centre. Cependant, deux trajectoires de projectiles se dégagent de mes premières constatations. La première lorsqu'il se tenait debout et la seconde après qu'il s'est effondré au sol. La seconde balle est ressortie à l'arrière de son crâne, assez pulvérisée. Les éclats d'os ne tiennent plus que grâce au cuir chevelu. Voici le fragment, j'indique en désignant le sang qui a coulé dessous et autour de sa tête. Le projectile s'est désintégré en ressortant et en percutant l'asphalte. En d'autres termes, il était allongé au sol lorsque la balle l'a atteint à l'œil.

Machado acquiesce :

— Un sacré coup de hasard. En plein dans le mille.

— J'ignore s'il s'agissait d'un tir chanceux, si l'on peut dire, mais pour la victime c'était son jour de poisse. Toutefois, il n'a pas souffert. Selon moi, ça équivaut à être foudroyé sans avoir vu l'orage arriver puisque nous sommes confrontés à un tir à distance, le tir de quelqu'un qui savait ce qu'il faisait.

— Quelle distance ?

— À ce stade, impossible d'être plus précise avant d'avoir eu recours à des reconstitutions balistiques. Nous allons nous y employer. En revanche, je vous suggère d'examiner avec attention tous les bâtiments du coin, les toits sur lesquels un tireur aurait pu s'embusquer et se préparer. Le fragment semble en cuivre massif. Si le tueur a utilisé des balles de 9 millimètres en cuivre à pointe creuse, la vitesse initiale aurait été insuffisante pour que le projectile se fragmente de cette manière. Je pense que nous avons affaire à des tirs à grande distance, avec des munitions de gros calibre, donc à un fusil très puissant. De plus ce sniper est très précis et sait exactement ce qu'il fait, j'insiste sur ce point.

Marino nous rejoint. J'aperçois à nouveau ses baskets noires derrière moi. Il braille :

— Ouais, et c'est exactement ce que j'vous disais. Peut-être le même foutu sniper, celui qui a déjà descendu deux personnes du New Jersey.

Le regard de Machado, masqué par ses lunettes de soleil, scrute les maisons alentour. Il détaille un instant le petit immeuble en brique, de style fédéral, juste de l'autre côté de la rue, et souffle :

— Et ça recommence avec ça !

J'interviens en m'adressant à mon ancien enquêteur en chef :

— Vous avez mentionné que les deux victimes avaient été tuées d'une balle dans la nuque, non ?

— En haut, juste en dessous du crâne.

— Et il y a eu un second projectile alors qu'ils étaient déjà à terre ?

— Tout juste, Doc. Le plan d'un terroriste qui veut envoyer un message, bien faire sentir que personne n'est en sécurité, ni en attendant le ferry ni en sortant ses courses de la bagnole.

Je déchire un petit sachet et en tire une paire de pinces fines en plastique avant de reprendre :

— Un individu lié au terrorisme ou alors qui s'amuse en s'entraînant au tir sur cible, mais sur cible humaine. Quoi qu'il en soit, vous avez raison. Le message envoyé signifie que personne n'est en sécurité.

Machado rétorque d'un ton un peu tendu :

— Perso, je m'efforce de garder l'esprit ouvert. Je veux retrouver cet ado, celui de la bicyclette, avant de considérer l'hypothèse d'un meurtre perpétré par un ancien militaire ou autre qui aurait pété un cable.

Marino contre en haussant le volume :

— L'esprit ouvert ? Un vrai gag ! T'as l'esprit aussi ouvert qu'une porte de pénitencier.

La voix de Machado se fait métallique et presque menaçante lorsqu'il jette :

— Fais gaffe ! Si tu te calmes pas un peu, je me débrouillerai pour te faire affecter ailleurs.

— La dernière fois que j'ai vérifié, t'étais pas mon supérieur hiérarchique. Le commissaire divisionnaire et moi, on est potes. On s'est descendu quelques verres au Paddy's, y a quelques soirs de ça, même qu'y avait aussi le *district attorney*.

Leurs chamailleries, voire leurs coups de gueule de mauvais goût, m'agacent et ne font certes pas avancer l'enquête. On pourrait presque croire qu'ils ont complètement oublié cet homme allongé au sol. Il s'occupait de ses petites affaires lorsque quelqu'un a saccagé sa vie et bouleversé les existences de ses proches. J'ai la ferme intention de mettre un terme à leur dispute de la seule façon dont je le puisse : en les séparant. Je repêche un feutre dans l'un des tiroirs de ma mallette de scène de crime.

J'étiquette une petite boîte à échantillons en carton et entreprends de prélever les moindres éclats de cuivre des cheveux, du sang ou des amas de matière cérébrale à l'aide des pinces fines. Le plus gros fragment, de la taille d'une dent de bébé, est incurvé et son bord aussi coupant qu'une lame de rasoir. Je le dépose au bout de mon index et l'étudie à l'aide d'une loupe. Je distingue la marque d'un champ, partiel, et une strie laissée par les rayures du canon de l'arme. Marino s'accroupit à mes côtés, les mains gantées de noir. Je perçois sa chaleur et l'odeur de sa sueur. Il n'a pas eu le temps de se doucher après sa séance d'entraînement. J'intime :

— Direct au labo de balistique. Pourriez-vous demander aux enquêteurs du New Jersey de nous envoyer par mail les photos des deux autres meurtres ?

— Un peu ! Le type à contacter est Jack Kuster.

Machado intervient, de manière assez impolie :

— Qui ça ?

— Oh rien, juste le mec le plus compétent en matière de reconstitution de tirs et qui, en plus, en sait davantage sur les armes que n'importe qui.

Marino devient cinglant et je sens une véritable colère monter entre les deux hommes :

— Trouvez-moi tout ce que vous pouvez le plus vite possible, Marino. Le rapport d'autopsie, les résultats de laboratoire, tout.

Machado se tourne vers moi et me pousse à mon tour dans mes retranchements :

— Et si la balistique n'est pas cohérente ?

— Ce qui m'importe en ce moment, c'est que le *modus operandi* et les blessures sont très similaires. Un tir fatal dans la nuque, suivi d'un second projectile, un acte qui paraît gratuit et peut se révéler symbolique. Dans la bouche, dans les intestins, dans l'œil. À chaque fois, il s'agit de tirs lointains avec des balles en cuivre. Même si la balistique n'est pas comparable, il me semble important que nous comparions nos constatations avec celles de Morristown. Un sniper peut avoir recours à des armes différentes.

Machado ne l'entend pas de cette oreille et argumente :

— Ça m'étonnerait. Si on parle d'un tireur de précision, il utilisera le matériel qu'il connaît très bien et auquel il fait confiance.

Marino grogne :

— Et en avant avec les suppositions !

— Quelle galère, marmonne Machado en hochant la tête d'agacement.

— Quelqu'un doit se démerder pour enquêter avec un tant soit peu d'intelligence avant que ce connard récidive.

— Lâche-moi, mon pote !

Marino retire ses gants et plonge la main dans une poche de sa veste à la recherche de son téléphone :

— J'appelle Kuster.

Je lâche le fragment de cuivre ensanglanté dans la petite boîte en carton. Je scotche le couvercle avec soin et tends l'indice à Machado. Ce faisant, je me suis débrouillée pour qu'il soit maintenant de sa responsabilité d'apporter cette preuve au CFC, ce qui me permet de séparer les deux hommes. Je rappelle à Machado que cet éclat de cuivre doit être comparé, au plus vite, aux profils contenus par la banque de donnés IBIS, qui recense les informations concernant des armes impliquées dans des délits ou des crimes.

Machado hésite et commence :

— Ben, y a un problème. Elle est pas…

Je sais à quoi il fait allusion et cela m'étonne. Liz Wrighton, ma technicienne spécialisée en balistique, est en congé maladie depuis quelques jours, assommée par la grippe. Comment se fait-il que Machado soit au courant ? Je propose quand même :

— Je l'appelle chez elle.

Je veux qu'elle utilise le logiciel IBIS pour numériser les marques présentes sur le fragment puis qu'elle les injecte sur le système américain correspondant, le NIBIN, qui recense toutes les informations balistiques au niveau national. Si l'arme à laquelle nous sommes confrontés a déjà été utilisée pour commettre d'autres crimes, nous aurons une touche en quelques heures. J'arrache mes gants.

La voie nasillarde de Liz me répond :

— Allô ?

— Docteur Scarpetta à l'appareil.

— J'ai entendu parler du meurtre aux informations.

Je jette un regard alentour et commente :

— J'ai l'impression que tout le monde est dans ce cas.

Quelques voisins traînent dehors, sur les trottoirs, ou au beau milieu de la chaussée, et toutes les voitures qui passent ralentissent. Les visages se tournent vers nous, bouche bée. Le halètement des hélicoptères de télévision ne cesse pas un instant et je remarque l'approche d'un troisième appareil. Je précise à l'intention de Liz :

— L'homme a été tué il y a peut-être deux heures. Pourtant les médias étaient déjà sur place avant moi.

— Oui, j'ai vu ça sur Twitter. Attendez, je suis en train de regarder. *Boston.com* affirme qu'il s'agit d'un homicide par arme à feu à Cambridge, dont la victime est Jamal Nari. Un autre tweet rappelle son parcours, vous voyez… et sa petite « causerie autour d'un émincé de porc » avec Obama. Je me contente de citer. Aucune vanne irrespectueuse de ma part.

— Comment vous sentez-vous ? Pourriez-vous passer au Centre ? Je suis vraiment désolée, mais c'est important.

Elle tousse à plusieurs reprises et répond :

— Complètement congestionnée mais pas contagieuse. Je suis à la pharmacie en ce moment même, pour m'acheter d'autres médicaments. Je peux arriver d'ici trois quarts d'heure.

Je jette un regard à Machado et lui indique d'un signe de tête qu'il peut se rendre au Centre. Il rejoint aussitôt son SUV d'un pas vif. J'appelle ensuite mon expert en radiologie, Anne. Je l'informe qu'un corps est en route et que je veux qu'il soit scanné aussitôt.

— Je souhaiterais que vous recherchiez tout particulièrement la fracture du pendu, Anne.

Un silence à l'autre bout de la ligne, puis ma technicienne répond :

— Bien. Euh… je suis un peu perdue. Je croyais qu'il s'agissait d'un meurtre par arme à feu.

— Si je me fie à l'angle de la plaie sur la nuque et à l'absence totale de réponse vitale après le coup de feu, je pense que nous allons trouver une fracture qui implique les 2 *pars interarticularis* en C2. Nous devrions pouvoir connaître l'étendue des dommages subis par la colonne vertébrale en tomodensitométrie. Je pense que la moelle épinière a été sectionnée.

— Je m'en occupe dès que le corps arrive.

— Il devrait être là dans une demi-heure. Si je n'étais pas de retour lorsque vous aurez terminé, voyez si Luke peut commencer l'autopsie.

Anne observe :

— Apparemment, il n'y aura pas de Floride.

— Pas aujourd'hui.

Je mets un terme à l'appel et m'accroupis à nouveau, dans l'intimité assurée par la tente de protection.

J'enveloppe les mains du mort de petits sacs en papier, en réservant un plus grand pour la tête, de sorte à préserver autant que faire se peut les traces. Cependant, je ne m'attends à rien d'extraordinaire en plus du fragment de cuivre. Je ne pense véritablement pas que le tueur s'est approché de sa victime. Je me relève, jette un regard à Rusty et Harold qui se tiennent à l'arrière de la fourgonnette du CFC, et leur fais signe.

Ils foncent aussitôt vers moi en poussant la civière dont les roues métalliques cliquettent. Ils ont posé dessus des draps blancs et une housse à cadavre noire, pliée avec soin. Je range et referme ma mallette. Marino suggère soudain :

— Vous voulez jeter un œil à l'appartement ? Moi, j'y vais. J'veux dire, si vous avez envie de faire votre petite inspection habituelle, entre l'armoire à pharmacie, le réfrigérateur, les placards et la poubelle.

Une autre façon de me dire qu'il souhaite que je l'accompagne, comme sur toutes les scènes sur lesquelles nous avons travaillé.

— D'accord, Marino. Voyons quel genre de médicaments il prenait.

À cet instant précis, un policier en uniforme s'approche et lui tend un mandat de perquisition.

Chapitre 8

Treize heures viennent de passer. Marino et moi contournons la maison victorienne.

Le rez-de-chaussée a été construit en clins, alors que les étages supérieurs et les pignons sont recouverts de bardeaux. Je m'approche et constate que la peinture vert sombre s'écaille et que les tuyaux de descente rouillent. Ce qui persiste du jardin a été délimité par une monstrueuse palissade en bois contre laquelle les troncs massifs des vieux arbres sont coincés. On dirait presque qu'ils tentent une maladroite évasion. J'imagine très bien à quoi devait ressembler la propriété au temps jadis, avant qu'elle soit subdivisée. Il n'en reste qu'une parcelle de terrain sur laquelle s'élèvent, sur trois côtés, des maisons mitoyennes récemment construites, en brique rouge flambant neuve.

Les fenêtres du logement en coin du rez-de-chaussée sont de dimensions modestes, occultées par des rideaux tirés. L'appartement est dépourvu de patio et je remarque l'absence de marquise au-dessus de la porte d'entrée. Ce ne devait pas être une partie de plaisir de se précipiter à l'intérieur sous une grosse pluie, surtout les bras chargés de courses. De plus, en cas de neige ou de verglas, une telle aventure devait vite devenir périlleuse.

Nous avançons, environnés par l'ombre dense et très fraîche dispensée par les arbres. Une odeur puissante d'humus monte de la terre gorgée d'eau dans laquelle s'enfoncent mes bottines.

— Donc, il a emprunté ce chemin-là après s'être garé. Il avait trois sacs de commissions dans les bras, a contourné la maison et est entré chez lui après avoir déverrouillé. Les clés sont sur le comptoir de la cuisine. La porte se ferme avec une poignée de verrouillage et une serrure à pêne dormant.

— Un système d'alarme ?

Marino jette un coup d'œil à son téléphone et répond :

— Il l'a sans doute désactivé en entrant, ou alors le système n'avait pas été branché plus tôt. J'ai demandé qu'on téléphone à la société de télésurveillance pour obtenir l'historique de la matinée. Avec un peu de bol, je devrais recevoir l'info assez vite.

Je saute sur l'occasion. Je veux qu'il m'explique ce qui se passe entre eux :

— Machado vous a transmis pas mal de choses en dépit du fait que vous ne semblez plus en très bons termes en ce moment. Une enquête criminelle n'est vraiment pas le lieu pour des règlements de compte personnels.

— Je suis cent pour cent concentré sur mon boulot.

— Si tel était le cas, je ne me serais pas aperçue du malaise entre vous. Je vous croyais amis.

Il tourne de sa main gantée un bouton de porte en chrome satiné, une insulte faite à la belle porte ancienne en chêne épais. Faisant mine de n'avoir pas entendu ma question, il poursuit :

— Là, elle est fermée, mais quand les premiers flics ont répondu à l'appel, elle était entrebâillée.

Je le suis et referme aussitôt le panneau derrière moi. J'ouvre ma mallette pour en extraire deux paires de protège-chaussures et jette un regard autour de moi avant même d'avancer d'un pas. L'appartement est de surface très modeste et la cuisine fait suite au salon-salle à manger. Les lambris de chêne ont été peints couleur chocolat. Le parquet à larges lattes a été lourdement verni. Des petits tapis de couleurs vives l'égaient. Plantée devant la porte, je prends mon temps. En plus de cette pièce à vivre, l'appartement se compose d'une chambre et d'une salle de bains. Deux fenêtres s'ouvrent en face de moi et deux autres à ma gauche. Leurs rideaux sont tirés. Je n'en ai pas terminé avec Marino.

L'aigreur entre lui et Machado est tangible et je me demande si une femme ne serait pas en jeu. Liz Wrighton me revient à l'esprit. J'en suis assez sidérée, tout en songeant qu'il n'y a, en fait, rien de surprenant là-dedans. Elle est célibataire, âgée d'une bonne trentaine d'années, et séduisante. Lorsque Marino travaillait encore au CFC, ils s'entraînaient parfois au tir ou buvaient un verre ensemble après leur journée. Elle est en congé maladie depuis lundi et, d'étrange façon, Machado le sait.

— Avez-vous précisé à Machado que Liz avait la grippe et était en congé maladie ?

— Il aurait d'abord fallu que je sois au courant.

— S'agit-il d'une réponse affirmative ?

— Nan.

Je lève les yeux vers les deux appliques en bronze brossé, aux verres en forme de tulipe inversée, du bas de gamme, ce que l'on appelle maintenant « d'inspiration antiquaire ». Les ampoules diffusent une lumière violente, le variateur scellé le long du chambranle de la porte ayant été monté au maximum. Je doute fort que Jamal Nari ait eu besoin de cette luminosité presque incommodante lorsqu'il est entré, les bras chargés de sacs, en laissant la porte entrouverte. En revanche, je parierais que Machado a poussé assez loin sa petite visite d'inspection un peu plus tôt, et communique mon sentiment à Marino.

— Savez-vous s'il y avait de la lumière à l'arrivée des premiers officiers de police, ou alors si Machado a eu besoin de s'éclairer ?

Marino parcourt le mandat de perquisition, la bouche serrée de mécontentement. Il jette :

— Je mettrais ma main au feu que c'est lui qui les a allumées pour tout inspecter avant que nous ayons le mandat. Et devinez quoi ? J'vois pas de flingue de sniper porté dessus. Et si on en découvre un dans une penderie ou sous le lit ? Bordel, on pourra pas dire que je le lui avais pas rappelé !

— Attendez, je ne comprends pas. Sous-entendez-vous que Joanna Cather aurait abattu son mari avec un fusil qui se trouverait toujours dans l'appartement ?

— Je sous-entends que Machado est un connard obstiné et qu'il me fout des bâtons dans les roues. Il ne veut pas admettre que nous sommes probablement confrontés à un genre d'arme très particulier, un modèle interdit de vente au public il y a encore peu de temps. Donc, il balaye tout ce que je peux dire. Un fusil R5, comme celui du New Jersey.

Marino récupère de sa main gantée les clés posées sur le comptoir de la cuisine, juste à côté des trois sacs en papier marron de Whole Foods. Il poursuit en m'expliquant le type de stries que laisse le canon sur les projectiles :

— Cinq champs et rayures avec des angles moins marqués. Quand rencontrez-vous ces trucs ?

— Je ne suis pas certaine d'en avoir déjà vu.

— Ben, en ce qui me concerne, j'ai jamais vu aucun homicide dans lequel un fusil à canon R5 a été utilisé, sauf les deux cas du New Jersey. À l'heure où je vous cause, y en a que quelques modèles en vente, sauf si vous les fabriquez vous-même ou que vous les commandez spécialement. Or, la plupart des gens connaissent rien aux canons, d'autant que, souvent, ils pensent même pas que c'est important. Mais c'est pas le cas de notre tueur, parce qu'il est super compétent. Ce mec connaît les armes aussi bien que sa poche.

— Ou alors, il a récupéré une arme de ce type, d'une façon ou d'une autre.

Marino souligne d'une voix forte :

— Faut qu'on cherche tout ce qui pourrait avoir un lien, que tout soit précisé sur le mandat, balles en cuivre, douilles, *tumbler*… N'importe quoi qui vous passe par la tête, caché n'importe où. Il faut qu'on puisse fouiller dans tous les recoins, dont la bagnole de location de la femme. Mais Machado tente de me bloquer. Il me fait, ni plus ni moins, un doigt d'honneur parce que si j'ai raison, ce sera une affaire énorme et que j'en suis chargé, pas lui.

— Normalement, il devrait s'agir de votre enquête commune.

— Ouais, ben, disons que les circonstances sont pas vraiment normales, Doc. Et je dois être l'enquêteur principal sur ce coup. Il a déjà pris une mauvaise direction dans cette affaire.

— Vous espérez qu'on retirera l'enquête à Machado et qu'il sera affecté à autre chose ?

— Peut-être que ça arrivera, et ce serait préférable avant qu'on se retrouve avec un problème encore plus gros sur les bras.

Marino retient des informations. Aussi, j'insiste :

— Quel gros problème ?

— Par exemple, le fait que Machado veuille coller ce meurtre sur le dos d'un ado qui, peut-être, sautait la femme du défunt. C'est pas un jeune qui a fait le coup.

Je sais qu'il biaise et me dissimule la vérité.

Il ouvre sa mallette de scène de crime posée par terre pendant que j'examine la pièce de vie. Un canapé en cuir marron de style Chesterfield et deux chaises. Une table basse. Une télé à écran plat qui a été descellée du mur, tout comme les posters sous cadre de Jimi Hendrix, Santana et Led Zeppelin. Dans un coin trônent trois guitares en fibre de carbone, sur leurs supports. Elles s'irisent parfois, telle des ailes de papillon lorsque la lumière les frôle. Je m'en rapproche.

RainSong.

Debout dans la cuisine, je souligne :

— Il devait vraiment aimer ses guitares pour se faire tatouer leur marque.

Quatre placards suspendus, une cuisinière trois feux, un four, un réfrigérateur. Sur le comptoir, un four à micro-ondes est installé non loin des sacs de courses et des clés que Nari a abandonnés avant de retourner vers sa voiture et d'être abattu. J'enfile une nouvelle paire de gants, puis entreprends à haute voix l'inventaire de ses emplettes :

— Des fromages en tranches, du café, plusieurs pots de sauce marinara, des pâtes, du beurre, différents flacons d'épices, du pain de seigle, du produit vaisselle, des lingettes pour sèche-linge, de l'Advil, de la valériane, de la Ranitidine.

Je trouve aussi des médicaments sur ordonnance et les énumère :

— Du Zomig, de l'Aérius, et du Rivotril qu'il s'est fait délivrer à neuf heures ce matin par la pharmacie CVS, peut-être après ses courses alimentaires, juste avant de rentrer.

Marino tire la poubelle de sous l'évier et j'ouvre la porte du réfrigérateur en commentant :

— Qui fait des courses de cette importance pour un simple week-end ?

Presque rien ne subsiste à l'intérieur, à l'exception de quelques bouteilles d'eau et d'une boîte de levure chimique entamée. Marino brandit le sac-poubelle et acquiesce :

— Ouais, je pense la même chose que vous. Y a un truc qui colle pas. Rien là-dedans, hormis quelques serviettes en papier. Humides. On dirait qu'on a essuyé un machin avec. Vous en tirez quoi, de toutes ces pilules ?

— *A priori*, que le mari, ou la femme, ou les deux, souffrait de maux de tête, voire de migraines, et d'allergies, sans oublier des problèmes d'estomac. Quant à la valériane, on l'utilise en phytothérapie pour lutter contre les spasmes musculaires et le stress. Ça peut aider certains sujets à dormir. Le Rivotril fait partie de la famille des benzodiazépines. On le prescrit, entre autres, comme anxiolytique. Le nom du mari est porté sur tous les flacons, ce qui ne signifie pas pour autant que sa femme n'utilisait pas les médicaments.

Marino se dirige vers la chambre et je lui emboîte le pas. Une autre petite merveille des temps anciens qui fait aujourd'hui peine à voir avec son parquet d'origine repeint en marron foncé. Les moulures de couronnement, dont celles des lambris, ont été peintes d'un jaune insipide. Deux étuis à guitare en plastique dur doublé d'un tissu rouge pelucheux gisent sur le grand lit. Les élastiques d'anciens tickets de bagages pendent de leurs poignées. Mon regard passe des tables de nuit avec leurs lampes de chevet à la porte entrouverte d'une penderie. Au sol s'alignent des valises et une pile de cartons de déménagement scotchés.

Deux ordinateurs portables sont posés sur la commode, leurs câbles branchés sur une prise du mur. Marino frôle le pavé tactile. L'écran de veille disparaît et une fenêtre exige un mot de passe. Il fonce chercher des sacs en plastique et du ruban adhésif dans la cuisine.

Je pénètre dans la salle d'eau et déduis :

— Ils ne comptaient pas simplement partir en week-end. Ils déménageaient.

La pièce est à peine plus spacieuse qu'un placard. L'antique baignoire à griffes de chimère a été équipée d'une douche. Un rideau en plastique jaune suspendu à une tringle circulaire protège le sol des éclaboussures. On a réussi à installer une cuvette de W.-C. et un lavabo dans cet espace restreint, éclairé par une unique fenêtre dont la vitre a été recouverte d'un film dit d'intimité.

— Vous m'avez bien dit qu'ils n'étaient installés ici que depuis quelques années ? Et ils redéménagent ?

La voix forte de Marino me parvient de la chambre :

— Ben, ça m'en a tout l'air !

Je tourne la tête en direction de la porte ouverte et poursuis :

— Les guitares ne sont pas dans leurs étuis. Ça ne me semble pas anodin puisqu'elles sont très importantes aux yeux de Nari. Presque tout le reste est empaqueté, hormis les guitares.

J'entends Marino ouvrir une porte, puis le crissement de cintres sur une tringle. Il complète :

— J'vois que deux étuis, ceux qui sont sur le lit. Pourtant, y a trois grattes.

— Donc, il devrait y avoir trois étuis.

— Nan, et rien non plus dans la penderie.

J'ouvre l'armoire à pharmacie, dont le vieux miroir est piqueté. L'intérieur est vide. Dans le placard scellé sous le lavabo, je découvre des préservatifs non lubrifiés et de l'Imodium. Des boîtes et des boîtes de préservatifs, une quantité très inhabituelle. Pourquoi sont-ils restés derrière alors que tout le reste a été embarqué ?

Les boîtes sont nettement alignées, posées droit, leur marque de face. Aucune d'entre elles n'est ouverte. C'est alors que je détecte une odeur chlorée. Peut-être un produit nettoyant pour salle de bains, remisé dans le placard et qui a été rangé dans un carton ou alors jeté ?

Je m'enquiers :

— Où les locataires vident-ils leurs poubelles ?

— Y a une benne à ordures.

— Quelqu'un devrait vérifier ce qu'ils ont pu jeter.

Je repasse dans la chambre. Je remarque le carton au sommet de la pile. Le ruban adhésif a été coupé. Quelqu'un l'a ouvert. Dessus est écrit SALLE DE BAINS. Je jette un regard à l'intérieur. Le carton est presque vide, à l'exception de quelques articles de toilette qui semblent avoir été mis en désordre. Je détaille les autres cartons, onze en tout, scellés avec du ruban adhésif. Il ne semble pas qu'on les ait fouillés. Le sentiment dérangeant que j'ai éprouvé lorsque j'ai remarqué l'abondance de boîtes de préservatifs et l'Imodium dans le placard de la salle de bains m'envahit à nouveau.

Marino passe les tiroirs de la commode en revue et me lance :

— Faut que vous voyez ça. Dingue, pas croyable ! Un truc bizarre se passait. On dirait qu'ils étaient en train de se barrer vite fait.

— Eh bien, il n'a pas réussi à s'enfuir très loin, je réplique alors que des voix me parviennent de l'extérieur du logement.

Il ouvre un tiroir intégralement vidé de son contenu et essuyé avec application.

— Ben, c'est peut-être la raison. Quelqu'un a décidé de se mettre en travers de sa route.

Je distingue les traces d'essuyage et les peluches laissées par les serviettes en papier, peut-être celles que nous avons trouvées dans la poubelle de la cuisine. Je suggère à Marino de les considérer comme indices. Les voix se rapprochent de nous, assez agressives, celles d'un homme et d'une femme très bouleversée. Je précise :

— Assurons-nous qu'on n'enlevait que de la poussière.

Marino vérifie les tiroirs des tables de nuit, vides eux aussi. Ils ont également été essuyés avec soin.

— Ça, y a pas de doute à ce sujet, Doc ! Ils étaient en train de dégager vite fait d'ici. Et je parierais que quelqu'un qui savait se servir d'un flingue n'était pas de cet avis.

Nous regagnons la pièce de vie et les voix se font encore plus fortes. Celle de l'homme s'élève de l'autre côté de la porte d'entrée et intime :

— Madame, n'avancez pas davantage. Vous ne pouvez pas entrer tant que j'ai pas demandé aux enquêteurs…

La femme crie :

— Mais, on habite ici ! Laissez-moi passer !

La porte s'ouvre soudain et un policier en uniforme s'encadre dans l'embrasure, tentant de barrer le passage à la femme qui se trouve derrière lui. Il répète :

— N'avancez pas, madame.

— Jamal ! Jamal ! Non !

Son hurlement strident ricoche dans le petit appartement tranquille. Elle tente de bousculer le policier, un homme à la carrure impressionnante, aux cheveux gris. Âgé d'une cinquantaine d'années, il a cet air impassible que j'associe aux représentants des forces de l'ordre qui font ce métier depuis trop longtemps. Je tente de me souvenir si je le connais. Je le revois glisser des PV sous les essuie-glaces de voitures mal garées ou récupérer des effets personnels de victimes dans la salle d'autopsie.

— Laissez-moi entrer ! Et pourquoi vous refusez de me renseigner ! Laissez-moi passer ! Mais enfin, que se passe-t-il ? Que se passe-t-il ?

Sa terreur et son angoisse naissent d'un endroit que personne ne devrait jamais être contraint de visiter, un lieu désespéré, qui met en pièces quiconque s'y égare. Il est faux de dire que l'on ne nous impose jamais plus que nous n'en pouvons supporter. À ceci près que ce n'est pas imposé. Cela survient, rien d'autre. Marino jette au policier :

— Ça va, pas de problème. Vous pouvez la laisser entrer.

Chapitre 9

Joanna Cather ne ressemble pas à l'idée que je m'en étais forgée.

Je ne sais pas au juste ce que j'avais imaginé, mais certainement pas cette frêle femme-enfant qui sanglote, au regard terne, empreint de terreur et de chagrin. Elle est jolie, dans le sens délicat et fragile du terme, ce qu'il est convenu d'appeler une poupée de porcelaine. Elle porte un legging noir, des bottes et un long sweat-shirt rose, à la gloire de Coldplay, qui lui descend jusqu'aux genoux. Elle a enfilé une multitude de bagues et de bracelets, ses ongles sont vernis de turquoise et ses cheveux blond paille sont si raides qu'un fer à lisser est sans doute passé par là.

— Vous avez assisté à leur concert de Boston ?

Je désigne son sweat-shirt et elle me regarde, un peu hagarde, comme si elle avait oublié ce qu'elle portait. Je poursuis :

— Je suis le docteur Kay Scarpetta. J'essaie de me souvenir quand ils se sont produits chez nous. Deux étés auparavant ?

Ma référence, un peu désinvolte, au groupe anglais, et cette question au sujet de la date de leur concert, a pour objet de la faire revenir à ici et maintenant ;

une tactique apprise il y a longtemps et que je mets à profit lorsque je suis confrontée à des gens totalement anéantis par le choc, en pleine crise de nerfs, et qui ne pourront pas m'offrir ce que je recherche. Je lance une remarque sans rapport avec la situation, sur la météo, sur leur tenue vestimentaire, ou sur un aspect que nous pourrions partager. Ça marche presque à tous les coups. D'ailleurs, Joanna me considère soudain avec attention. Elle me dévisage. Je suis très consciente de la raideur de mon gilet pare-balles sous ma chemise, de mes mains toujours gantées de nitrile violet, de mes bottines recouvertes de protections bleues en forme de barque. Elle demande :

— Vous êtes médecin ?

Je sens qu'elle commence à me faire un peu confiance et déclare d'un ton cordial mais professionnel :

— Je suis chargée de l'enquête au sujet de Jamal. Les aspects médicaux.

Elle marque une pause et je détecte une sorte de vague soulagement dans son regard alors qu'elle précise :

— En juillet, il y a deux ans. Nous avions des pass VIP pour accéder aux coulisses. On ne les rate jamais.

Le groupe avait donné plusieurs concerts à Boston, une étape de leur tournée. Lucy avait obtenu des places de milieu, juste devant, à la deuxième rangée. Il n'est pas exclu que nous ayons assisté au même concert, non loin de Joanna et de son mari musicien, réunis pour cette euphorie rock.

Le temps d'un clignement de paupières. Un coup de foudre. Une crise cardiaque. Au mauvais endroit. Au mauvais moment.

Joanna bafouille :

— Vous… vous avez vu Jamal. Qu'est-il arrivé ? Il a été abattu ?

— Nous en sommes aux premières constatations, mais en effet. Je suis désolée.

— Premières constatations ? Vous n'en êtes pas certaine ?

— Nous devons l'examiner plus en détail. J'aurai ensuite des réponses auxquelles me fier.

Je me suis rapprochée, comme si je veillais sur elle. Je lui répète que je suis navrée de ne pas pouvoir lui fournir d'autres informations pour le moment.

Je lui présente à nouveau mes condoléances pour cette affreuse perte. Bref, j'y vais de toutes les phrases adéquates et usuelles en pareil cas, et elle fond en larmes. C'est exactement ce que souhaite Marino. Nous reproduisons notre chorégraphie coutumière, celle que nous suivons depuis le début de notre collaboration. Je suis le médecin et mon rôle ne consiste pas à accuser ou à faire souffrir davantage. Plus il la poussera dans ses retranchements, plus elle s'en remettra à moi, avec le sentiment que je suis de son côté. Je sais exactement comment agir sans franchir les limites de ce que je peux dire ou demander. Je sais également me rendre utile tout en demeurant silencieuse.

Marino précise à l'officier de police qui se tient contre le chambranle de la porte d'entrée :

— On s'en occupe à partir de là. Assurez-vous qu'aucun des journalistes présents ne s'approche de la maison.

— Et pour les locataires, on fait quoi ?

L'officier T. J. Hardy, si l'on en croit sa plaque argentée, suit mes gestes pendant que je retire mes couvre-chaussures et mes gants pour les jeter dans un sac-poubelle rouge, posé sur le comptoir de la cuisine et destiné aux dangers biologiques.

Une fois enlevés mes vêtements de protection, je me retrouve en uniforme de terrain d'allure assez officielle avec ses multiples poches, orné des armoiries du CFC. Cependant, cette visibilité n'a rien de menaçant. Je me rapproche de Joanna pendant que l'officier T. J. Hardy explique que les locataires tentent de rejoindre leur appartement.

Son accent du Massachusetts, prononcé mais souple, transforme les *r* en *w* :

— Y en a deux qui viennent de se garer et qui poireautent devant la maison. Ils commencent à s'énerver parce qu'on ne veut pas les laisser rentrer.

Sa voix me permet enfin de le placer. Je me souviens l'avoir aperçu en salle d'autopsie à plusieurs reprises à l'occasion d'accidents mortels de la circulation. J'avais eu la nette impression qu'il s'agissait du dernier endroit où il souhaitait se trouver. Il avait ramassé les effets personnels des victimes et maintenu une prudente distance avec les tables en acier inoxydable. Il détournait le regard, respirait par la bouche à cause de la puanteur qui régnait.

Marino tranche :

— Vérifiez leurs pièces d'identité et escortez-les jusqu'à leurs appartements. Je veux les noms de tout le monde et un moyen de les contacter. Envoyez-moi les infos par mail le plus vite possible. Personne ne s'approche du SUV rouge, ni ne franchit le périmètre qui l'entoure. C'est clair ?

— Compris.

Marino se tourne alors vers Joanna et lui demande :

— Vous êtes garée devant ?

Elle hoche la tête et évite son regard.

— Quel genre de véhicule ?

— Une Chevrolet Suburban de location. On déménage des… trucs. Enfin… on devait déménager certaines choses et il nous fallait un véhicule à grand coffre.

Le regard agrandi et fixe de la jeune veuve se perd vers la pièce.

— Pas de voiture personnelle ?

D'une voix tremblante, elle explique :

— On a revendu nos deux véhicules pour acheter la nouvelle Honda. La rouge.

— L'équipe de nettoiement voudrait commencer à enlever les denrées alimentaires répandues dehors et…

T. J. Hardy jette un coup d'œil à Joanna et cherche ses mots avant de reprendre :

— Et… voyez, bref… commencer à nettoyer un peu.

Marino me consulte :

— On a fini, là ?

Le corps doit déjà être arrivé au CFC mais je ne le mentionne pas. Le sang et toutes les traces organiques de la mort de Jamal doivent être effacés, mais je ne l'évoquerai pas non plus. Je me contente donc de répondre à Marino que l'équipe de nettoiement peut se mettre à la tâche. Joanna pleure en silence. L'officier Hardy ressort de l'appartement. Le claquement sourd du lourd panneau de chêne la fait sursauter et je redoute presque que ses jambes se dérobent sous elle. Son souffle est court, haché, et elle plaque un mouchoir en papier sur son nez et sa bouche. Ses yeux injectés de sang sont maculés par le mascara qui a coulé.

Marino se présente enfin à elle et propose :

— On pourrait s'asseoir et discuter un peu. Le Dr Scarpetta est le médecin expert en chef du Massachusetts et elle travaille également avec le Pentagone.

— Le Pentagone ?

Elle ne paraît pas impressionnée par cette qualité ronflante. Tout juste vient-elle de la terroriser. Aussi interviens-je pour minimiser la portée de l'information :

— Oh, cela signifie juste que je dispose d'une juridiction fédérale dans certains cas.

Le changement de son regard a été instantané. D'un ton sec, elle me lance :

— Quoi ? Vous faites partie du foutu FBI ?

Il a fallu que Marino se vante et je dois maintenant rectifier le tir. J'explique à la jeune femme que je suis réserviste de l'armée de l'air, affiliée au bureau du médecin expert des forces armées. Elle veut savoir ce que cela signifie au juste. Je lui dis que j'aide le gouvernement fédéral sur des questions médicales en relation avec l'armée, mais que je travaille également pour l'État du Massachusetts et que mon quartier général est situé à Cambridge. Plus je lui fournis d'informations, et plus son regard se vide de toute émotion. Elle se tamponne les paupières, n'écoute pas. Elle n'a rien à faire de mon pedigree. Elle ne se sent pas menacée par ma carte de visite et c'est exactement ce que je souhaite. Marino poursuit :

— C'que je veux dire, c'est que vous pourriez pas vous retrouver entre de meilleures mains. Le Dr Scarpetta vous posera probablement quelques petites questions au sujet des ordonnances, ou alors de l'état de santé de votre mari.

À l'entendre, on pourrait croire que je suis leur médecin de famille. Cette manipulation familière a amplement fait la preuve de son efficacité, en dépit du fait que je préférerais m'en passer. Les médicaments sur ordonnance de Nari et ses problèmes de santé n'ont rien à voir avec la cause de sa mort. Un fusil s'en est chargé. Cependant, Marino veut que je sois présente. Si Joanna est consciente qu'il s'agit d'une ruse, rien, dans son attitude, ne le laisse supposer. Elle semble au contraire assommée, comme une personne qui se rend soudain compte que plus rien ne peut plus incliner le cours des événements. Aucune protestation, aucune discussion ne pourra défaire ce qui est fait.

D'un ton morne, elle interroge :

— Où est-il ? Où est Jamal ? C'est quoi cette espèce de grande boîte noire que vous avez montée devant la maison ? Je ne comprends pas. Est-ce qu'on l'a transporté dedans ? Pourquoi m'ont-ils interdit de regarder à l'intérieur ? Est-il là-dedans ? Où est-il ?

Je répète ce que je lui ai déjà dit :

— Il a été transporté jusqu'à mon centre de recherches légales afin d'être examiné. Cette sorte de tente noire avait pour but de nous préserver des regards des passants et de garantir à sa dépouille un maximum de respect. Venez, asseyez-vous.

Je frôle son coude et la dirige avec douceur vers le canapé. Elle s'assied, raide, au bord du coussin, essuyant ses yeux. Sa voix tremble et flanche :

— Qui a fait ça ? Qui peut faire un truc pareil ?

Marino tire une chaise et s'installe juste en face d'elle :

— Eh bien justement, Joanna. Je suis vraiment navré. Je sais à quel point c'est difficile pour vous, mais il faut que je vous pose plein de questions parce que vous allez nous aider à comprendre ce qui est arrivé à Jamal, d'accord ?

Elle acquiesce d'un mouvement de tête. Je m'installe à l'autre bout du canapé. Marino a sorti son calepin :

— Commençons par l'heure à laquelle vous avez quitté l'appartement ce matin, l'endroit où vous vous rendiez et pourquoi.

— J'ai déjà raconté tout cela à l'autre policier. Il m'a affirmé que Jamal avait été abattu alors qu'il sortait les sacs de commissions de la voiture. Que quelqu'un lui avait tiré dessus. Mais vous, docteur, vous dites que vous n'en êtes pas certaine.

— Nous devons l'examiner d'abord afin de nous assurer de ce qui s'est véritablement passé – je biaise en évitant avec soin d'utiliser le terme d'« autopsie ».

Son regard passe nerveusement d'un point à l'autre du salon-salle à manger puis s'arrête sur les trois guitares. Nous fixant d'un air accusateur, elle jette d'une voix soudain suraiguë et forte :

— Qui a fait ça ? Jamal les avait rangées dans leurs étuis. Il faisait très attention à ses guitares. Qui les a replacées sur leurs présentoirs ?

Marino grommelle :

— Intéressant, ça. Il y a deux étuis sur le lit. Où est passé le troisième ?

— Vous n'aviez pas le droit ! Vous n'aviez pas le droit de toucher à ses affaires !

— Nous n'avons pas même frôlé les guitares.

Au moment où Marino prononce ces mots, je repense à Machado.

Mais, c'est insensé, jamais il ne ferait cela. Je détaille à mon tour les guitares, de formes différentes, en fibre de carbone, noires, l'une recouverte d'un vernis mat, les deux autres satinées, décorées d'incrustations en nacre scintillante. Elles sont posées droites sur leurs trépieds, face à nous, un capodastre en caoutchouc bloquant leurs cordes. Arrangées avec soin, précision. Je me lève et m'en approche. Je perçois de vagues relents chlorés, ce que j'ai déjà senti dans la salle de bains. Quelqu'un se trouvait dans cet appartement, quelqu'un qui n'avait rien à y faire. Je file vers la cuisine.

Les serviettes en papier que nous avons retrouvées dans la poubelle ne sentent rien de particulier. L'eau de Javel détruit l'ADN. Un autre produit a été utilisé pour nettoyer les tiroirs. Deux types d'indices différents, deux moyens de les faire disparaître. Peut-être deux personnes s'en sont-elles chargées. Je rejoins mon coin de canapé et jette à Marino un regard qu'il comprend aussitôt. Le tueur de Jamal Nari est peut-être venu dans l'appartement. Je repense à Machado à l'instant où Marino, le visage impavide, demande à Joanna d'un ton dont il a gommé toute irritation :

— Je sais que vous avez discuté avec mon collègue de Cambridge.

Néanmoins, je me doute de ce qu'il ressent. Machado n'aurait jamais dû fournir des informations à la veuve. Il n'aurait jamais dû lui apprendre que son mari avait été abattu. En effet, si elle l'avait mentionné en premier, nous aurions eu un début de piste.

— Vous avez affirmé au détective Machado que vous vous trouviez à Tilton, dans le New Hampshire, dans le centre commercial de déstockage Tanger ?

Elle tremble de tout son corps, peut-être pour une autre raison cette fois-ci, et répond à côté :

— Il a été abattu en plein jour, à proximité de sa voiture ? Personne n'a rien vu, ni tenté de l'aider ?

Marino ne répond pas, il tourne les pages de son carnet de notes. L'agitation la gagne, et sa colère remonte à la surface. Elle s'adresse à moi :

— Quelqu'un a appelé une ambulance ? Quelqu'un a-t-il tenté d'aider mon mari ?

Je choisis mes mots avec soin :

— La blessure a été fatale sur le coup.

— Vous voulez dire qu'on n'aurait rien pu faire. Rien du tout ?

— Votre mari est mort presque instantanément.

Marino reprend :

— Pour tout vous dire, j'espère que vous pourrez nous apprendre quelque chose de nature à nous aider.

— Je n'ai aucune idée de qui a pu faire ça.

Et Marino se décide à jeter un appât pour l'attirer dans le piège :

— Le détective Machado vous a appelée sur votre portable alors que vous étiez en route pour le New Hampshire.

— Non, j'étais déjà arrivée. Je me trouvais chez le maroquinier.

Marino fronce les sourcils, feuillette sèchement son carnet. Il adopte une expression déroutée.

— Au Tanger ou à Merrimack ? Vous savez, ce magasin dans le centre Tanger, ou dans cet énorme centre commercial qui se trouve à peu près à une heure d'ici ?

— Le plus grand, celui de Merrimack. Au moment où le détective a appelé, je me faisais rembourser un sac de voyage dont la fermeture Éclair avait cédé. Je lui ai demandé comment il s'était procuré mon numéro de téléphone en pensant que peut-être la police recommençait à nous harceler.

Marino se penche vers elle, ses grosses mains gantées posées sur ses genoux énormes. Il rectifie :

— Si je me souviens bien, votre mari était concerné par une enquête du FBI. La police n'était pas impliquée. Je vous en prie, Joanna, il est très important que vous compreniez la différence, surtout au regard de votre mauvaise expérience. Nous n'appartenons pas au FBI. Nous ne faisons pas partie de ceux qui vous ont fait subir tous ces trucs.

Les lambeaux du mouchoir en papier qu'elle martyrise tombent sur ses cuisses.

— Rien ne sera plus comme avant. C'est pour ça ? C'est pour cette raison que quelqu'un a pris Jamal pour cible ? Si vous saviez ce qu'on s'est pris dans la figure de la part de plein de gens, des saloperies vraiment haineuses. Par Internet, sur la messagerie. Sur nos voitures, à l'école ou ici.

Marino pousse un peu plus l'appât vers elle :

— Qu'est-ce que vous en pensez ?

Il sait parfaitement bien ce qu'elle a dit à Machado lorsque celui-ci lui a appris l'effroyable nouvelle. Elle lui a parlé d'un étudiant qu'elle aidait et a évoqué un cambriolage qui aurait mal tourné. Des larmes dévalent de ses paupières, le long de ses joues, diluant son maquillage, liquéfiant le mascara sous ses yeux.

— Mais, je ne sais plus quoi penser !

Marino se lève avec lenteur de sa chaise. Il se dirige vers la cuisine, jette un coup d'œil aux sacs de courses. Il tourne la tête vers la porte ouverte de la chambre, vers les bagages, la pile de cartons de déménagement scotchés. Puis il tire son BlackBerry et tape de ses gros pouces protégés de nitrile noir. Son large dos tourné vers nous, il jette :

— C'est quoi déjà, le nom de la maroquinerie ?

Engourdie par le choc, elle le fait répéter :

— Quoi ?

— Le magasin où vous avez rapporté un sac de voyage dont la fermeture Éclair était cassée.

— Euh… Juste un magasin qui vendait des bagages. Je… Je ne me souviens pas du nom.

Il vérifie sur son smartphone, passant en revue les magasins du centre commercial dans lequel elle prétend s'être rendue et énumère :

— *Tommy Bahama* ? *Nautica* ?

— Oui, c'est ça.

— Oui ?

Il revient vers nous, le pas lourd. Ses protège-chaussures produisent un chuintement sur le plancher. Ses pieds paraissent énormes.

Soudain méfiante, elle précise :

— Je veux dire que ça pouvait être l'un d'entre eux.

— Madame Cather, vous ne vous souvenez pas des bagages que vous possédez ? Les valises qui se trouvent dans la chambre sont de marque Rockland. Motif léopard à bordure rose, je suppose donc qu'il s'agit des vôtres. Les autres sont de marque American Tourister, noires, sans doute celles de votre mari.

— Mais comment pourrais-je me souvenir d'un truc pareil en ce moment ?

Elle vient de comprendre qu'elle s'est fait piéger. Marino se réinstalle et la fixe. Le rouge monte aux joues de la jeune femme et son regard plonge vers ses mains. Le grand flic ne la lâche pas pour autant :

— Si vous retrouviez le reçu, peut-être que ça vous rafraîchirait la mémoire ?

— D'accord. Je pense que je l'ai… dans mon portefeuille. Il devrait être là.

Sa gorge paraît desséchée. Ces mots sortent avec difficulté alors qu'elle persiste dans des dérobades qu'elle sait pourtant inutiles.

Je me lève et tire une bouteille d'eau du réfrigérateur que je lui apporte. Marino patiente. Son sac à main est posé à côté d'elle sur le canapé. Elle le fouille, ouvre son portefeuille, malhabile parade. Il n'existe aucun reçu. Inutile de prétendre le contraire.

Chapitre 10

— Savez-vous, même vaguement, ce qu'est une antenne-relais, madame Cather ?

Marino fait défiler les messages sur son écran. Elle n'est plus « Joanna ».

Il vient de recevoir des informations et met une distance entre eux. Sa voix est devenue glaciale. Il joue enfin le rôle qu'il avait prévu pendant qu'il obtient des validations de l'extérieur, des informations défavorables pour elle.

Elle avale une gorgée d'eau, et lui répond tout en me regardant :

— Les antennes-relais ? Oui, je sais ce que c'est. Mais pas grand-chose de plus.

— Voilà qui me surprend. Le FBI n'avait pas mis vos téléphones sur écoute ? Ils n'ont pas vérifié vos itinéraires, plus spécifiquement ceux de votre mari ? Ils n'ont pas pénétré dans vos messageries informatiques lorsqu'ils pensaient que Jamal était lié au terrorisme ?

— Et comment aurais-je pu savoir ce qu'ils faisaient ? Ce n'est pas le genre à vous informer.

— Ils ont dû prévenir votre avocat.

— Jamal devait en savoir plus que moi à ce sujet. C'est après lui qu'ils en avaient. Il s'agissait de son avocat, pas du mien.

Elle a recommencé à pleurer. Pourtant, cette fois, je sens derrière de la colère et même de la rage. Et puis, tout en dessous, se terre un chagrin, un chagrin si violent qu'il la blesse physiquement. Et la peur. Ce qu'elle redoute la pousse à mentir.

Marino continue :

— Il faut que vous me disiez la vérité, quelle qu'elle soit. Mais d'abord, je dois vous réciter vos droits. Je préfère m'en acquitter sans tarder…

Elle me jette un regard stupéfait, comme si je pouvais la sauver de ce qui se prépare.

— Mes droits ? Vous pensez que c'est moi qui ai fait cela ? Vous allez m'arrêter ?

Marino réplique d'un ton plat :

— Juste une précaution. Je m'assure que vous êtes consciente que vous n'avez pas à nous parler. Personne ne vous y contraint. Si vous préférez qu'un avocat soit présent, on en appellera un. Vous pouvez même prendre celui qui a défendu votre mari. Vous voulez lui passer un coup de téléphone ? On s'installera ici tranquillement et on attendra qu'il nous rejoigne, ou alors on peut tous se donner rendez-vous au poste.

Il continue à la baratiner, à lui réciter l'avertissement Miranda. Elle le regarde sans même cligner des paupières, un regard devenu dur et dans lequel je déchiffre la fureur. Elle est déjà passée par là lorsque le FBI a fait une descente chez eux et embarqué son mari, menottes aux poignets. D'un ton soudain devenu calme, inflexible, elle déclare :

— Je n'ai pas besoin d'un avocat. Je n'aurais jamais fait de mal physiquement à Jamal.

Je suis intriguée par cette précision : « physiquement ». Pourquoi a-t-elle jugé important de faire ce distinguo entre des blessures physiques et d'autres ? Je repense à cet adolescent sur sa bicyclette avec lequel elle discutait. Elle enchaîne :

— Nous n'avons pas d'armes. Je ne vois donc vraiment pas pourquoi vous… Sauf que c'est plus simple, n'est-ce pas ? Vous êtes tous les mêmes !

Une expression à la fois hargneuse et amère sur le visage, elle détaille Marino plongé dans la lecture d'un nouveau message qui vient d'atterrir sur son téléphone. Il tape une réponse à son interlocuteur et lâche d'un ton prosaïque :

— Vous ne vous trouviez pas dans le New Hampshire aujourd'hui. Et si on en venait à l'endroit où vous étiez vraiment ?

Avant même qu'elle ne puisse répondre, Marino l'informe qu'il connaît ses mouvements depuis sept heures quinze ce matin, et qu'il possède des preuves. Il peut suivre chaque kilomètre qu'elle a parcouru et chaque appel passé depuis son téléphone portable, dont trois à une société de déménagement. Il s'enquiert cependant :

— Mais bon, je préférerais que vous me donniez les détails. En réalité, je vous accorde une chance de me dire enfin la vérité. Comme ça, j'aurai peut-être une meilleure impression de vous.

— Je suis accusée à tort.

Elle m'a destiné cette déclaration et je sens aussitôt qu'elle ne fait pas référence au meurtre de son mari.

Elle parle d'autre chose. Marino embraye :

— Lorsque le détective Machado vous a contactée, que vous a-t-il dit au juste ?

Le regard toujours fixé sur ses mains jointes posées sur ses genoux, elle répond :

— Il s'est présenté et m'a raconté ce qui s'était passé.

— Et vous lui avez précisé que vous vous trouviez dans le New Hampshire, alors même que c'était faux.

Elle acquiesce d'un mouvement de tête.

— Vous avez menti.

Nouveau hochement de tête.

— Pourquoi ?

Elle lève le regard et s'adresse encore à moi :

— J'ai été accusée injustement. J'ai cru que c'était pour cela qu'il appelait, que la police en avait après moi. Je voulais gagner un peu de temps pour décider de la meilleure réaction. J'ai paniqué.

Marino balaie son argument :

— Mais vous n'avez pas modifié vos déclarations, même après que le détective Machado vous a indiqué la véritable raison de son appel.

Ses pleurs redoublent, et sa voix tremble tant qu'elle s'interrompt parfois :

— C'était trop tard. J'avais déjà menti… J'avais peur. J'avais tellement peur que j'en devenais stupide. Et ensuite… je n'arrivais plus à réfléchir, je ne pensais qu'à Jamal. Peu m'importait le mensonge, ou pourquoi je l'avais proféré. Je suis désolée. Je ne suis pas quelqu'un de malhonnête. Je vous le jure.

Elle plonge la main dans son sac et en tire une lingette. Elle ouvre la pochette et essuie le maquillage qui a dégouliné sous ses yeux, le long de ses joues. L'odeur fraîche du concombre se répand. Elle semble soudain si jeune. On pourrait lui donner vingt ans alors qu'elle en a probablement huit ou dix de plus. Un poste de psychologue de lycée exige un master. Elle a été mariée trois ans. Je calcule qu'elle doit être âgée de vingt-sept ou vingt-huit ans.

Elle me fixe et murmure :

— C'est un cauchemar. Je voudrais tant me réveiller.

Elle détaille les différents achats que j'ai sortis des sacs rapportés par son mari, les denrées alimentaires, les médicaments. Ces derniers retiennent son attention. Je souligne :

— Votre mari est passé à la pharmacie CVS ce matin. Il s'est fait délivrer différents médicaments, notamment du Rivotril.

— Oui, pour le stress.

— Son stress à lui ?

— Et le mien aussi, plus récemment. C'était pour nous deux.

Je formule avec soin ma question :

— Pourriez-vous m'expliquer ce qui se passait avec lui ? S'il était anxieux, stressé, il est important que je sache pourquoi. Une analyse toxicologique nous dira exactement quels médicaments il prenait. Mais des informations là-dessus seraient d'une grande aide.

Le fait que je mentionne une analyse toxicologique semble l'alarmer. À l'évidence, elle n'y avait pas pensé.

— Du Rivotril. Je l'ai vu avaler un comprimé ce matin lorsque nous nous sommes levés. Il a précisé qu'il n'en avait presque plus. Il projetait de s'arrêter à la pharmacie en faisant les courses.

— Aurait-il pu prendre autre chose ?

— Je… Je l'ignore. Je n'ai pas toujours été là… Je suis partie vers sept heures du matin.

Je repense aux serviettes en papier humide que nous avons retrouvées dans la poubelle, aux tiroirs qui ont été nettoyés. Il ne se passe pas une semaine sans que je reçoive des décès liés à l'utilisation d'héroïne. Je demande alors :

— Était-il consommateur de drogue ?

Marino saisit la perche :

— Un chien entraîné détectera la moindre trace de drogue ici. J'en ai un. Peut-être que je devrais aller le chercher.

Si la situation n'était si tragique, je m'esclafferais. Quincy serait incapable de faire la différence entre de l'héroïne et du talc pour bébé. J'envoie un SMS à Anne afin qu'elle vérifie au plus vite si Jamal Nari porte des marques d'aiguilles et si son septum nasal est endommagé. Je lui demande de procéder avec le plus grand soin et reviens à Joanna :

— Votre mari a-t-il déjà pris des antidouleurs prescrits sur ordonnance ?

— Oui, pour son dos. Il a eu un accident de vélo lorsqu'il avait une vingtaine d'années et il en a gardé des disques abîmés.

— De l'OxyContin ?

Elle acquiesce d'un hochement de tête et mes soupçons ne font que croître. Il n'est pas inhabituel que des gens qui abusent de l'oxycodone passent à un opiacé beaucoup moins cher. Au marché noir, un comprimé de quatre-vingts milligrammes peut se vendre à quatre-vingts dollars, alors qu'un sachet d'héroïne vaudra bien moins. Elle reprend :

— Mais il est *clean* et sobre depuis plus de dix ans.

— Cela étant, vous avez mentionné qu'il se sentait particulièrement stressé. Savez-vous pourquoi ?

— Il était en train de me repousser, de m'exclure. Il disparaissait sans me dire où il allait. Et quand il rentrait, il ne me racontait rien.

Son regard n'a pas quitté les boîtes de médicaments alignées sur le comptoir de la cuisine. Marino intervient :

— Est-ce vous qui avez nettoyé l'intérieur des tiroirs ? Ou alors Jamal ?

— Je ne sais pas. Peut-être que c'est lui. Je vous ai dit qu'il devenait paranoïaque. Il s'affolait en prétendant que quelqu'un cherchait à l'atteindre.

— De la coke ? De l'héroïne ? Que prenait-il ?

— Rien. Je vous répète qu'il ne touchait plus à la came.

Marino balance son carnet et son stylo sur la table basse et insiste :

— Rien ? En ce cas pourquoi vous inquiétez-vous que quelqu'un trouve quelque chose ? Et de qui avez-vous peur ?

— De la police. Ça fait des jours qu'on s'inquiète de ça. Aussi, quand le détective m'a appelée, j'ai raconté n'importe quoi. J'étais sûre que la police m'appelait pour ça.

Un texto atterrit sur mon portable.

— Pour « ça » quoi, au juste ?

« D'anciennes cicatrices présentes sur les jambes ont été recouvertes grâce aux tatouages. » Voilà tout ce que peut me communiquer Anne pour l'instant, mais cela me suffit.

Nari avait donc l'habitude de se piquer et a tenté de dissimuler les marques d'aiguilles grâce à des tatouages. À première vue, rien n'indique un usage récent de drogue. Toutefois, cela ne signifie pas pour autant qu'il en avait fini avec cette partie de sa vie. Je tape en réponse :

« L'avez-vous passé au scanner ? »

« Je m'apprête à le faire. »

Marino pousse Joanna dans ses retranchements :

— J'comprends pas trop cette histoire de police.

— Il n'empêche qu'ils nous ont harcelés dans le passé et sans avoir de raison ! Alors, c'est clair qu'ils adoreraient pouvoir nous coller un truc sur le dos cette fois ! Avez-vous la moindre idée de ce que ça représente de subir ce genre de harcèlement ?

Marino insiste sur ce point qui lui paraît crucial :

— C'est le FBI. Pas nous.

Elle s'essuie à nouveau le visage et les effluves de concombre me parviennent. Je me souviens de l'odeur d'eau de Javel et lui pose la question. Son mari ou elle ont-ils utilisé un détergent chloré pour nettoyer l'intérieur des tiroirs ? Elle me répond par la négative. Je lui indique que les serviettes en papier retrouvées dans la poubelle seront analysées par mes labos. Elle semble abattue, découragée, sans pour autant modifier sa réponse au sujet de l'eau de Javel. Elle affirme y être allergique et que ce produit lui donne de l'urticaire. Selon elle, il n'y en aurait jamais chez eux. Elle poursuit :

— Jamal pensait que quelqu'un le suivait, le traquait. Un individu avec des lunettes de soleil et une casquette de base-ball collait à son pare-chocs. Il soupçonnait le FBI. Une nuit, il s'est levé pour aller aux toilettes et il a aperçu un visage derrière la fenêtre. Après cela, nous avons placé un film d'intimité sur la vitre et pris l'habitude de tirer les rideaux.

Marino récupère son carnet et gribouille quelques notes dessus :

— Et quand a-t-il commencé à s'inquiéter de ce genre de choses ?

— Il y a quelques mois.

— C'est pour ça que vous avez décidé de déménager ?

— Non.

Elle nous apprend ensuite que le jeune avec qui elle discutait se nomme Leo Gantz. Il a quinze ans et est en première année à l'Emerson Academy, où Nari enseignait la musique et où Joanna exerce ses talents de psychologue. Joueur de tennis dans la sélection nationale, Leo Gantz bénéficie d'une bourse. Il vit avec un père violent. En janvier, Leo a été convoqué dans le bureau de Joanna en raison de sa conduite. Il avait commencé à introduire de l'alcool dans le lycée et se montrait insolent avec ses professeurs. Début mai, il a été suspendu de l'équipe de tennis après être arrivé à un entraînement fin saoul et avoir envoyé une balle si puissante qu'elle a occasionné un saignement de nez à son entraîneur.

La jeune femme précise :

— Il avait beaucoup trop de temps libre. Il ne s'entraînait plus et l'année scolaire est terminée. Il s'ennuyait, se sentait très seul. Il a commencé à passer et repasser devant chez nous en vélo. Angie…

Marino précise :

— Angelina Brown, la voisine du dessus.

— Oui. Elle pouvait l'apercevoir depuis chez elle. Son bureau est installé face à la fenêtre et elle le voyait aller et venir en vélo.

— Peut-être que c'est lui qui pistait votre mari ? Ça ne vous a pas effleurés ?

— Leo n'a pas son permis de conduire, ni d'ailleurs de voiture.

— Il est déjà rentré chez vous ?

Je lis le texto que vient de m'envoyer notre expert en balistique, Liz Wrighton. Joanna explique qu'elle a toujours discuté avec Leo à l'extérieur. Il n'a jamais pénétré dans l'appartement. Sa voix s'est faite dure.

— J'ai tenté de l'aider.

Je reste impassible, peu désireuse que l'on sente que le message du texto dont je prends connaissance est stupéfiant, à la fois terriblement intéressant et affreux.

Nous avons un candidat qui semble très fiable. C'est la façon prudente que Liz a trouvée afin de me prévenir que nous avons une touche dans la banque nationale de données balistiques, le NIBIN. Une comparaison des images numérisées envoyées par le New Jersey et du fragment que Machado a déposé au laboratoire du CFC montre que les marques du canon abandonnées sur les projectiles sont compatibles. La même arme a été utilisée.

Un sniper. Trois victimes qui, a priori*, ne partagent rien.*

Les yeux de Joanna étincellent de colère :

— Mais, enfin, c'est insensé ! Je n'ai jamais rien fait hormis tenter de l'aider. J'ai essayé de le traiter avec respect, de lui être utile, et voilà comme il me remercie !

Chapitre 11

La Charles River étincelle d'un bleu profond sous le soleil de ce milieu d'après-midi, sa surface à peine troublée par une brise légère. Les sycomores, les saules pleureurs et les poiriers de Chine ont perdu leurs fleurs. Je me souviens lorsqu'elles sont tombées telle une neige légère, recouvrant les trottoirs, parfois balayées par le vent sur les chaussées. Lorsque je me rendais au Centre de chez moi, j'avais le sentiment de conduire environnée par une pluie de pétales qui me ravissait.

De ma vitre de portière, j'aperçois des rameurs, dos inclinés sur leurs longs et fins avirons. Ils fendent l'eau sur des yoles effilées comme des lames. Le DeWolfe Boathouse se trouve à notre droite alors qu'à gauche s'élève l'hôtel Hyatt en forme de pyramide à gradins, puis le Massachusetts Institute of Technology et son gigantesque campus. Nous avons repris le SUV de Marino pour nous rendre au CFC et discutons des signaux de téléphone portable relevés au moment où Joanna Cather affirmait se trouver dans le New Hampshire.

Or, il s'agit d'un mensonge. Elle n'y a pas mis les pieds, du moins pas ce matin. Certes, elle a fini par avouer qu'elle nous menait en bateau. Peu après sept heures du matin, elle est sortie de la zone de couverture de Cambridge. Le signal de son téléphone a ensuite été capté par les antennes-relais enregistrées auprès de la FCC, la commission fédérale des communications, qui se trouvent le long de l'autoroute I90-Est et de Massachusetts Avenue, puis de l'autoroute I93-Sud. Sa destination finale n'était autre que Gallivan Boulevard, à Dorchester. C'est dans ce quartier de Boston qu'elle et son mari avaient décidé de déménager aujourd'hui.

Ils ont loué une maison en bardeaux à un étage, de style colonial, avec une cave en pierre, une véranda, un garage, des pièces parquetées, et un système d'alarme. Marino m'a montré les photographies de l'annonce immobilière sur Internet. Il s'agit d'une belle maison de caractère, construite dans les années 1920. Le loyer se monte à quatre mille dollars par mois, non meublé, hors charges, une somme substantielle pour un couple d'enseignants. Marino a laissé un message à Mary Sapp, l'agent immobilier, en lui demandant de le rappeler aussi vite que possible.

Le grand flic change de sujet et aborde le moment choisi par le tueur pour frapper :

— J'ai une sorte d'intuition. Je pense que le fait qu'ils ont soudain décidé de déménager a servi de détonateur en lui, si j'peux dire. Et la raison pour laquelle ils ont décidé de se barrer vite fait explique également pourquoi Nari a essuyé avec tant de soin les tiroirs. Je pense que l'accusation de Leo Gantz a ouvert une véritable boîte de Pandore, et de plusieurs façons.

Les affirmations de l'adolescent sont désastreuses, quel que soit le tour que prendra l'affaire. Des relations sexuelles consenties. La parole de Joanna contre la sienne. Au moment même où elle nous racontait ce qu'elle a nommé « un énorme mensonge », j'ai compris qu'elle éprouvait des sentiments à son égard. Et pas seulement de la haine.

Marino reprend :

— Nari avait la trouille que la police débarque d'une minute à l'autre en brandissant un mandat de perquisition. Tant qu'ils y étaient, ils pouvaient également chercher la dope.

— Sa femme affirme qu'il s'en était sorti. Les marques d'aiguilles sont anciennes.

— Il pouvait sniffer ou fumer.

— Les analyses toxicologiques nous le confirmeront, le cas échéant.

— C'est clair et net qu'il balisait à l'idée que les flics trouvent une trace d'un truc, et je parie qu'il s'agissait d'héroïne. Les flics en question sont ceux de Cambridge, en d'autres termes votre serviteur. Lors de signalements de rapports sexuels avec un mineur, on nous appelle aussitôt.

Mais le département de police de Cambridge n'a pas été contacté. Le père de Leo, au chômage, a commencé à menacer Nari et sa femme, mais il n'a pas porté plainte.

Je souligne :

— Attendons de voir. Cette histoire tourne autour de l'argent. Le père de Leo a sans doute pensé qu'ils avaient reçu un gros dédommagement après avoir attaqué l'école. Ironie de l'histoire, ils n'ont pas touché un dollar.

J'ai demandé à Lucy de vérifier ce point. Des requêtes ont été déposées dans l'affaire de discrimination dont Jamal Nari aurait été victime de la part de l'Emerson Academy. Des dates ont été proposées pour les dépositions et le procès, l'habituelle partie de « coucou fais-moi peur » dont seuls les avocats sortent vainqueurs. L'information se trouve dans les banques de données légales mais n'a jamais été relayée par la presse. En d'autres termes, si le père de Leo Gantz s'est un peu renseigné, il a pu déduire que Nari et sa femme venaient de recevoir une grosse somme. La nouvelle Honda ne faisait que renforcer cette supposition.

— Bon, si j'avais été chargé d'enquêter sur d'éventuelles relations sexuelles ayant eu lieu dans l'appartement entre elle et Leo, j'aurais fait comme je viens de faire. Vous me connaissez. Je laisse rien au hasard.

Marino regarde soudain dans ses rétroviseurs. De fait, il n'a laissé aucun coussin au hasard. Peu avant que nous quittions l'appartement, il l'a à nouveau passé au peigne fin, examinant sous le matelas, les meubles, sous les tapis, palpant les oreillers, tout ce qui pouvait faire office de cachette. Il a fouillé de fond en comble le SUV Honda et la Suburban de location. En bref, Marino a passé au crible ce qu'il ne pouvait pas embarquer pour le déposer aux laboratoires en cherchant des empreintes digitales ou des traces.

Il a réalisé des écouvillons pour les analyses ADN. Les guitares ont brièvement émis une faible luminescence lorsqu'il les a pulvérisées d'un réactif chimique, ainsi que les deux étuis vides posés sur le lit, le carton au contenu retourné, les boîtes de préservatifs, et le flacon d'Imodium sous le lavabo. Tous ont rendu une luminosité bleu pâle, un faux positif pour le sang, réaction classique du réactif avec l'eau de Javel.

Il lance toujours des coups d'œil dans ses rétroviseurs, une expression de colère sur le visage, et ralentit.

— Que se passe-t-il ?

Il freine encore, au point que le véhicule avance presque au pas :

— J'peux pas le croire. Le même connard !

Je jette à mon tour un regard dans le rétroviseur latéral et reconnais le pick-up que nous avons vu plus tôt, lorsque Marino s'en est pris au jeune homme qui maniait le souffleur de feuilles. Carrosserie grise, du chrome un peu partout, le genre de pick-up extrêmement résistant, un ancien modèle en excellent état.

Il nous double par la droite et je déchiffre son marquage publicitaire de portière HANDS ON MECHANICS, suivi d'un numéro de téléphone. Le conducteur a la peau claire et de courts cheveux bruns. Je ne vois personne d'autre dans l'habitacle, ni ne détecte la présence d'outils de jardinage. Intriguée, je remarque :

— Il ne s'agit pas du gamin que nous avons vu ce matin, celui qui soufflait les feuilles. C'est la même immatriculation ?

— Ouais, j'en suis presque certain.

Marino brandit son BlackBerry et me montre la photo qu'il a prise il y a quelques heures. La plaque minéralogique est identique à celle du pick-up gris qui vient de nous dépasser. Le numéro de téléphone aussi. Le véhicule nous a pas mal devancés. Il se maintient dans la file de droite, son clignotant allumé.

Marino lâche :

— Un de ces marquages publicitaires magnétiques. Le genre qu'on peut enlever. Je vois pas d'autres explications. Celui qu'on a vu ce matin était au nom de l'entreprise Sonny's Lawn Care, avec le numéro de téléphone en dessous. Peut-être que le mec dirige plusieurs boîtes qui se partagent la même ligne téléphonique.

— En ce cas, pourquoi ne pas faire de la pub pour toutes ses activités à l'aide du même marquage ?

— Peut-être que ce petit connard n'a rien à voir avec ça. Peut-être qu'il était juste en train de nettoyer un trottoir non loin du pick-up ?

En effet, ça expliquerait pourquoi l'ado se fichait de la fureur de Marino qui hurlait, prenait une photo de l'immatriculation et le menaçait. Cependant, je ne fais pas part de ma conclusion au grand flic.

— Doc, vous avez déjà vu cette caisse dans le coin ? Je veux dire avant ce matin ?

— Je ne m'en souviens pas, mais ça ne signifie pas grand-chose. Je suis rarement à la maison en journée.

Marino regarde le véhicule gris tourner à droite pour emprunter le Harvard Bridge et je sens qu'il hésite à le suivre. Au lieu de cela nous bifurquons à gauche, dans Audrey Street, et pénétrons dans le parking d'un immeuble du MIT où nous nous arrêtons. Il lâche :

— Bon, c'est probablement que dalle mais je prends aucun risque. Et je veux pas que le conducteur pense qu'il a attiré notre attention.

Je lui rappelle :

— Vous avez ralenti afin qu'il nous double.

— Ouais, mais il peut pas savoir que c'était à cause de lui.

Je n'en suis pas convaincue. L'incident de ce matin est revenu en mémoire à Marino et sa colère s'est aussitôt réveillée. Si le conducteur du pick-up possède un tant soit peu le sens de l'observation, il se sera rendu compte que Marino lui jetait un regard meurtrier et l'injuriait. Néanmoins, je ne commente pas. J'examine les environs, les terrains de sport et le stade de foot du MIT juste devant nous. De l'autre côté de la Charles River se dressent les vieux immeubles de brique rouge sombre aux toits gris de Back Bay.

Au loin, l'horizon de Boston est dominé par la Prudential Tower et son énorme antenne radio qui m'évoque toujours une lance de tournoi. À ses côtés, la John Hancock Tower paraît plus petite. La silhouette des nuages se réverbère dans ses parois de verre. Encore plus au loin, la lumière change, réfléchie par de vastes étendues d'eau. La Charles River se déverse au nord-est dans le port, caresse Logan Airport et les îles barrières avant de se déverser dans les baies et de rejoindre l'océan. Quelle magnifique journée de printemps. Le ciel est d'un bleu parfait et la végétation d'un vert éclatant.

Benton et moi devrions être à bord d'un avion à destination de Fort Lauderdale. Je repense à l'appartement en front de mer qu'il a loué, une surprise pour mon anniversaire. Je connais son goût et l'endroit doit être particulièrement joli. Je m'efforce de repousser ces pensées : rien de bon ne survient lorsqu'on imagine des choses qui ne se produiront pas. Je suis déjà consciente que notre petite semaine d'escapade devra être reportée, ce qui, pour nous, revient à admettre qu'elle est purement et simplement annulée. Lorsque nous prenons un congé, il ne s'agit pas de vacances. En réalité, nous nous accordons le privilège de contraindre les choses affreuses à s'arrêter assez longtemps pour oublier nos inquiétudes et nos tracas.

Je lui envoie un texto. *« Ça va ? En route pour le Centre. Nous devons parler. »*

Marino en est toujours au pick-up :

— J'ai vraiment un pressentiment : y a un truc qui cloche. On se trouve juste à quelques pâtés de maisons de l'endroit où Nari a été abattu, sans même parler du voisinage direct de votre maison, où quelqu'un a déposé des pièces de monnaie sur votre mur, pièces qui pourraient avoir été polies dans un *tumbler* à douilles.

Il appelle le dispatcher et lui demande de vérifier le numéro de la plaque minéralogique.

Marino passe en revue les photographies stockées sur son BlackBerry.

— On va bien voir. Vous pourriez composer le numéro pour moi ? me demande-t-il en lisant celui qui était inscrit sur la portière du pick-up.

— Je n'ai pas trop envie de me servir de mon portable pour cela.

— L'identification de votre numéro est bloquée.

— Peu importe. Je ne veux pas que l'on retrouve des traces d'appel à des numéros qui n'ont rien à voir avec ce dont je suis chargée. Si jamais il y avait un problème, j'aurais du mal à m'expliquer. Et les avocats sont toujours à l'affût de problèmes.

De surcroît et surtout, je ne suis pas l'assistante de Marino, pas plus qu'il n'est mon supérieur ou que je ne suis sa partenaire. Cependant, il semble incapable d'intégrer ce point. Je lui récite donc le numéro qu'il vient de me donner et il le tape. Un téléphone à l'autre bout de la ligne sonne à deux reprises, puis quelqu'un décroche.

Une voix de femme se fait entendre dans le haut-parleur :

— Allô ?

— Je suis bien chez Sonny's Lawn Care ?

— Pardon ? Qui demandez-vous ?

Marino répète et la femme lui indique qu'il s'agit d'une erreur. Il se présente. Elle semble un peu désorientée, pour ne pas dire inquiète :

— La police ? Oh, mon Dieu ! Que se passe-t-il ? C'est au sujet de Johnny ? Pourquoi est-ce la police de Cambridge ? Nous vivons à Carlisle… Enfin, je veux dire que j'y habite. Je ne vis pas à Cambridge, mais à Carlisle.

— Vraiment navré de vous déranger, m'dame. J'me demandais si vous aviez reçu d'autres d'appels de gens qui pensaient téléphoner chez Sonny's Lawn Care ou même Hands On Mechanics. Votre numéro de téléphone est inscrit sur les bannières publicitaires de leurs véhicules.

— Vous devez vous tromper.

— Non, m'dame.

Et il lui donne le numéro de téléphone.

— Je ne sais que vous dire. Nous avons le même numéro depuis plus de vingt ans. Il s'agit de celui de notre domicile… enfin de mon domicile. En réalité, si vous vérifiez dans l'annuaire, vous le trouverez au nom de mon défunt mari. Le docteur John L. Angiers.

Quelques fugaces instants. L'information prend un sens dans mon esprit. Et j'éprouve un véritable choc.

Chapitre 12

La veuve du Dr Johnny Angiers explique qu'elle ne décroche plus lorsqu'elle ignore l'identité de son correspondant. D'un ton étonnamment affable, sans une trace d'agressivité, Marino lui rappelle qu'elle vient juste de prendre son appel.

— En effet, et je ne m'explique pas mon geste. Je pensais à autre chose. J'ai trouvé d'étranges messages sur le répondeur, et peut-être venez-vous de m'en donner la raison. De temps en temps, des appels de gens qui souhaitent que leurs arbres soient taillés ou élagués, ou du gazon semé. Il y a quelques heures, quelqu'un avait une voiture à faire réviser. Lorsqu'il m'arrive de répondre, je leur raccroche au nez.

D'une voix très contrariée, elle poursuit :

— Il va falloir que je fasse changer mon numéro de téléphone, et ça me chagrine. Ça m'ennuie beaucoup. Nous avons celui-ci depuis plus de vingt ans.

— Quand ces appels ont-ils commencé, m'dame ?

— Oh, il n'y a pas très longtemps. Quelques semaines.

— Puis-je vous demander votre nom, m'dame ?

— Sarah Angiers.

Je vérifie le calendrier de mon téléphone. Lundi 28 avril. Je fouille dans mes souvenirs. Il s'agit cependant d'une affaire difficile à oublier. Je l'avais trouvée particulièrement tragique et bouleversante, et j'avais offert à Sarah Angiers tout le temps dont elle avait besoin lorsqu'elle était passée dans mes bureaux afin de discuter du décès de son mari. Grande et mince, elle avait fait l'effort de s'habiller comme si elle se rendait à l'église ou à un concert, dans un joli tailleur austère. Elle avait coiffé avec soin ses cheveux blancs. Je me souviens d'une femme intelligente et lucide, ouverte malgré son épouvantable chagrin.

Lorsque son mari avait décidé de partir en randonnée dans Estabrook Woods, une étendue de collines boisées et indisciplinées de plus de quatre cents hectares, traversées de pistes cavalières, une certaine nervosité l'avait gagnée, de son propre aveu. Elle m'avait alors révélé que son mari pouvait être obstiné, pour ne pas dire difficile, lorsqu'il avait décidé de faire quelque chose. Il adorait suivre ce qu'elle avait nommé « le chemin », un itinéraire qui partait du jardin arrière de leur maison de Carlisle jusqu'à Hutchins Pond, à Concord.

Lorsque j'avais examiné le corps à l'endroit où on l'avait retrouvé dans l'épaisse forêt, je m'étais rendu compte que nous étions très proches de Fox Castle Swamp, c'est-à-dire loin de Hutchins Pond. Le signal du réseau était mauvais, pour ne pas dire inexistant, et les dizaines d'appels que le Dr Johnny Angiers avait tenté de passer à sa femme ou au numéro d'urgence n'avaient pas abouti. Ils apparaissaient bien dans son journal d'appels lorsqu'on avait retrouvé son téléphone.

Il y avait également un texto destiné à sa femme, non expédié. Il y écrivait qu'il avait froid, se sentait épuisé et qu'il venait de trouver un petit coin où s'asseoir. Il était perdu et la nuit tombait. Il l'assurait qu'il l'aimerait toujours. La police ignorait comment le localiser et avait suivi son itinéraire habituel de randonnée, c'est-à-dire à plus de trois kilomètres au sud de l'endroit où on avait découvert son corps.

Selon moi, assez rapidement au cours de sa marche, il s'était senti mal, désorienté. Il avait progressé en direction de Lowell Road plutôt que vers Monument Street. Après avoir enfin compris qu'il s'était égaré, dans l'impossibilité de prévenir quiconque, il s'était installé sur une souche d'arbre, son anxiété et son agitation augmentant au fur et à mesure que le jour déclinait. Avait-il paniqué, alors, son souffle devenant laborieux ? Peut-être avait-il éprouvé des nausées, des vertiges et des douleurs de poitrine ? Une attaque de panique peut ressembler à une crise cardiaque. L'inverse est également vrai.

Lorsque la douleur avait commencé d'irradier de sa poitrine dans ses épaules, son cou, ses mâchoires, Johnny Angiers, professeur de médecine à Tufts, avait très certainement compris la gravité de son état. Peut-être avait-il alors réalisé qu'il allait mourir. On ne lui avait jamais diagnostiqué de coronaropathie, alors qu'il en présentait une avérée. Je relate ces détails à Marino, et mon incrédulité ne s'atténue pas. J'ai presque l'impression de sentir le sol se dérober sous mes pieds et de perdre l'équilibre. Je ne comprends rien à ce qui se passe mais cela me paraît très proche de moi, à l'instar de ces pièces de monnaie déposées dans ma cour ou du pick-up stationné dans ma rue.

— Une des affaires dont je me suis occupée, il y a peu. Et leur numéro de téléphone privé se retrouve sur le flanc d'un pick-up garé ce matin à deux pâtés de maison de chez moi ? Mais que se passe-t-il, à la fin ?

Marino grommelle :

— Rien de bon.

Je lance une recherche sur Google concernant Sonny's Lawn Care et Hands On Mechanics. Il n'existe aucune entreprise de ces noms dans le Massachusetts.

Au moment où j'en informe Marino, le dispatcher revient vers lui.

Elle lui indique que la plaque minéralogique appartient à un pick-up Ford gris F150, un modèle de 1990. Le véhicule est enregistré au nom d'un homme blanc, Clayton Phillip Schmidt, âgé de quatre-vingt-trois ans et habitant *a priori* à Springfield, situé à environ cent vingt kilomètres à l'ouest, à la limite du Connecticut.

Marino l'interroge :

— On sait si le véhicule ou la plaque ont été volés ?

— Négatif, pas de vol signalé.

Il demande aussitôt que les unités qui patrouillent dans la zone soient en alerte et repèrent un pick-up Ford gris, modèle 1990, portant cette immatriculation.

La radio collée contre les lèvres, Marino poursuit :

— Aperçu il y a à peu près dix minutes sur Memorial Drive, en direction de l'est. Il a bifurqué à droite sur Harvard Bridge. Le même véhicule a été vu aux environs de midi dans la zone de l'incident survenu dans Farrar Stret. D'abord, sa bannière publicitaire de portière était au nom de Sonny's Lawn Care, ensuite de

Hands On Mechanics. Recours probable à différentes publicités magnétiques.

Un véhicule de patrouille répond dans l'instant :

— Treize à trente-trois.

Marino réplique :

— Trente-trois.

Une femme policier, la voiture 13, informe :

— J'ai aperçu le véhicule aux environs de midi, au coin de Kirkland et Irving. À ce moment-là, son flanc portait le marquage publicitaire Sonny's Lawn Care.

— En mouvement ou garé ?

— Arrêté sur l'accotement.

— T'as vu quelqu'un dans le véhicule ?

— Négatif.

Je consulte le texto que Benton vient de m'envoyer.

« Rebondissement inattendu. Te dirai lorsque te retrouverai. »

Je le revois dans la cour arrière de notre maison ce matin, après que j'ai découvert les pièces alignées sur le haut de notre mur. Benton a mentionné un éclat de lumière. Je repense à Copperhead, à l'étrange poème que l'on m'a *tweeté* depuis un hôtel de Morristown. Et voilà que maintenant un pick-up affiche le numéro de téléphone d'un défunt dont je me suis occupée – un décès sur lequel je n'ai pas envie que l'on revienne.

Je n'ai certes pas biaisé le rapport d'autopsie concernant Johnny Angiers. Admettons, cependant, que j'aie été assez « ouverte » lors de mon interprétation. En effet, j'ai décidé de déclarer que sa mort était accidentelle, consécutive à une hypothermie. Lorsque sa compagnie d'assurances m'a interrogée, soulignant que mon rapport faisait état d'une rupture de plaque due à une maladie coronarienne, je n'ai pas modifié mes conclusions. Johnny Angiers ne présentait pas de diabète, mais son glucose vitreux était augmenté, une caractéristique typique des morts par hypothermie. S'ajoutaient à cela les modifications dermatologiques, des lésions gastriques, et des dommages aux organes, cohérents avec une exposition à des températures froides.

L'hypothermie pouvait avoir précipité l'arrêt cardiaque. Néanmoins, l'inverse était également envisageable. Il est impossible de discriminer avec certitude. Tant qu'à me tromper, je préférais rester du côté de la compassion. Son assurance-vie ne couvrait pas le décès consécutif à un infarctus du myocarde, même s'il avait été engendré par un accident fatal comme une chute, un accident de voiture, où l'exposition à un froid intense. C'était injuste, inacceptable. TBP est une énorme compagnie d'assurances. Sa réputation – dès qu'il s'agit de trouver des moyens pour éviter de payer les gens traumatisés par la disparition d'un être aimé – est notoire.

Si je n'avais rempli le rapport d'autopsie de cette manière, la veuve de Johnny Angiers aurait été contrainte de vendre leur maison et de mettre un terme à l'aide financière qu'elle apportait à leurs petits-enfants étudiants. Je me sentais parfaitement justifiée d'agir de la sorte. De plus, j'éprouve un profond mépris pour les compagnies d'assurances cupides et sans éthique. Je suis au premier rang pour constater à quel point elles peuvent saccager certaines existences et, malheureusement, mes prises de bec avec TBP ne datent pas d'hier.

Marino tente de joindre un correspondant et atterrit sur sa messagerie. Je réfléchis à haute voix :

— J'espère que ce qui se passe ne lui causera pas d'ennuis. Nous devrions rejoindre le Centre.

Nous sommes toujours garés dans le parking.

— Des ennuis ? Et en quoi un pick-up pourrait-il engendrer des tracas pour Mme Angiers ? C'est pas sa faute.

Je retiens un soupir de soulagement en songeant que je n'ai pas utilisé mon téléphone portable pour composer ce numéro, le sien.

— À cause de la compagnie d'assurances. Attirer leur attention sur elle ou sur son défunt mari pourrait s'avérer risqué.

Je suis bien certaine que TBP sauterait sur l'opportunité d'en tirer un argument en leur faveur, et ajoute :

— La somme prévue par la police d'assurance de son mari lui revient de droit mais, à l'évidence, celle-ci n'a toujours pas été versée.

— Et comment vous le savez ?

— Un de leurs enquêteurs a appelé Bryce l'autre jour. Il souhaitait prendre rendez-vous avec moi pour discuter de l'affaire. En personne, cette fois. Cette initiative de leur part prouve qu'ils tentent toujours de trouver un moyen de ne pas payer.

— Et vous allez accepter de discuter avec eux ?

— Nous n'avons pas encore fixé de date puisque j'étais supposée partir quelques jours. Bryce leur a suggéré des créneaux, mais ils n'ont pas rappelé. Les tactiques dilatoires font partie de leur stratégie habituelle. Plus ils font traîner, mieux c'est pour eux. La seule personne qui soit pressée est celle qui a besoin de l'argent de l'assurance.

— Enfoirés !

Il compose un autre numéro. Une voix masculine résonne aussitôt :

— Alors mon pote, c'est devant ta porte, maintenant ? Dingue !

— Ouais, ça m'en a tout l'air. Vos deux victimes du New Jersey auraient été abattues par l'arme utilisée ici, sans même parler de plein de merdes bizarroïdes. Est-ce qu'on t'aurait rapporté la présence d'un pick-up gris dans les différentes zones concernées, peut-être avec des marquages publicitaires sur les portières ?

Je comprends alors qu'il est en train de parler à l'enquêteur de Morris County, le fameux Jack Kuster.

— Pas un gris. Mais c'est curieux que tu mentionnes ça. On a signalé un camion blanc, le genre sans remorque, que louent Ryder ou U-Haul. Pas de logo dessus. Pas très volumineux, peut-être dans les trois mètres de long. Je pensais te l'avoir dit cette nuit-là, à Sona, quand tu t'es tellement torché. Ah ouais, c'est pour ça que tu ne t'en souviens pas. Je crois que tu buvais de la Blithering Idiot.

Jack Kuster possède une belle voix de baryton teintée d'un fort accent du New Jersey. Il semble très décontracté.

Marino rétorque, pince-sans-rire :

— Non, de la Skull Splitter, j'en suis presque sûr. Et alors, qu'est-ce que tu peux me dire au sujet de ce camion blanc ?

— Il a été repéré à proximité d'un chantier de construction abandonné, la veille du jour où Julie Eastman s'est fait descendre alors qu'elle attendait le ferry à Edgewater. De là, il est reparti en direction du parking du débarcadère.

— D'un autre côté, il doit pas y avoir un seul camion blanc dans tout le New Jersey.

— Juste ! Mais la raison pour laquelle ce véhicule en particulier a été repéré, c'est parce qu'il a percuté une voiture qui reculait et qu'il a quitté les lieux à toute blinde. Il y a deux trucs qui m'ont intrigué après l'homicide. Une écaille de peinture qu'on a récupérée a prouvé que le camion avait été repeint à maintes reprises. Ajoute à ça que son numéro d'immatriculation était attribué à un mort. Du Massachusetts, d'ailleurs.

Marino siffle entre ses dents :

— Oh, bordel ! Un véhicule d'entreprise, je suppose ?

— Non. Privé. *A priori* des plaques volées d'un véhicule non commercial, une Pontiac de plus de trente ans, complètement aplatie au cours d'un accident en novembre dernier, expliquant la mort de son propriétaire-conducteur.

— Quelqu'un a pris une photo du camion ?

— Si c'est le cas, personne ne s'est manifesté. Ainsi que je te l'ai dit, le conducteur de la voiture qu'il a esquintée a relevé le numéro de la plaque et a décrit le véhicule comme un camion de déménagement. Il n'a pas vu le conducteur, juste aperçu une silhouette qui portait une casquette de base-ball et des lunettes.

La voix forte de Kuster résonne dans les haut-parleurs. Marino passe en marche arrière et déclare :

— Bon, ça correspond pas vraiment à notre cas. Sans doute une fausse piste.

— Eh bien, s'il n'y avait pas de fausses pistes, il faudrait que je trouve un autre boulot.

— T'es dans les parages, au cas où la Doc et moi on passerait ? Il faut qu'on compare nos notes et qu'on se creuse les méninges pour déterminer de quelle distance tire ce tordu.

Comme à son habitude, Marino n'a même pas pensé à me demander si j'étais disponible.

— C'est dingue que tu mentionnes ça aussi. J'ai une théorie et le moyen de la vérifier. Surtout maintenant que vous avez récupéré une balle pleine, relativement intacte, liée à votre affaire.

— C'est toi qui me l'apprends. On n'a pas encore eu le temps de retourner au Centre. Ni d'ailleurs d'aller pisser, tant que j'y pense.

Jack Kuster reprend :

— Liz Wrighton m'a envoyé un cliché. Main droite, fusil à canon R5, un tour en trente centimètres, cent quatre-vingts grains, *Ballistic Tip*. Cinq rainures et champs, angles non droits. Comme ça, je pense à un .308, avec un foutu canon de compétition du genre Krieger Match. Bref, pas le genre d'arme avec laquelle tu te balades à la chasse. Difficile de tirer sans trépied. À défaut, tu l'installes sur un monticule de sacs de sable, ou de riz, ou de ce que tu as sous la main.

— Dans notre cas, le gibier, c'est l'homme.

Marino s'arrête à l'intersection d'Audrey Street et de Memorial Drive, attendant une percée dans le flot de voitures pour se faufiler.

— Typique d'un fusil magnum tactique, à ceci près que rien de ce qui me vient à l'esprit n'est typique. Je peux nous réserver le stand de tir et emprunter ce dont nous avons besoin auprès de l'équipe SWAT. L'automne dernier, ils ont récupéré ce qui se faisait de plus récent et de mieux pour le Super Bowl. Ils étaient près à tout installer sur les toits, au cas où. Mais peut-être que tu t'en souviens pas, mon pote, parce que tu t'envoyais des bières et des tequilas les unes derrière les autres en nous racontant tes souvenirs de vieux combattant avec Scarpetta et ceux du lycée, en plus du fait que tu étais remonté contre Machado. Tiens, au fait, où il est passé, celui-là ?

Marino grommelle :

— Il me fout des bâtons dans les roues. Euh… la Doc est à mes côtés, dans la bagnole, et j'ai branché le haut-parleur. On est en route pour la morgue. Donc, si tu pouvais arrêter de parler d'elle…

— Bonjour, docteur, sympa de vous rencontrer. Je faisais référence à une PGF, une arme à précision assistée. Ça peut vous transformer un bleu en tireur de précision. On met à chaque fois dans le mille à plus d'un kilomètre. Malheureusement, les flics et l'armée ne sont pas les seuls à pouvoir se les procurer. Je vous avoue que ça me file des cauchemars. Dans peu de temps, ça pullulera dans les rues.

Marino met un terme à la conversation et jette des regards nerveux autour de lui. Nous sommes assis, à l'arrêt, la circulation est très chargée sur Memorial Drive. Il lance des coups d'œil à la dérobée dans ses rétroviseurs, par les vitres de portières, vers les toits des immeubles et accélère brutalement, franchissant trois files d'un coup vers l'est, salué par une cacophonie de klaxons réprobateurs.

Mon sac à bandoulière s'est renversé et j'entreprends de tout ramasser, en conseillant :

— Et si vous évitiez de nous faire tuer avec cette conduite façon kamikaze ?

Le visage cramoisi, il continue de scruter les environs.

— Ouais, ben pas la peine d'offrir une cible complaisante ! Il faut qu'on voie Jack Kuster demain. On peut pas perdre de temps.

— J'apprécierais beaucoup d'être consultée avant que vous fassiez des plans m'incluant.

Marino enlève ses Ray-Ban :

— Il peut nous aider avec les reconstitutions balistiques. J'en connais pas de meilleur que lui. Ça vous ennuierait de nettoyer mes verres ?

Il balance ses lunettes sur mes cuisses.

Je récupère un mouchoir en papier dans l'une de mes poches et demande :

— Des ennuis avec les forces de l'ordre ? Les autres victimes avaient-elles des raisons de craindre la police ? Des liens avec la drogue ?

Il baisse son pare-soleil et une pluie de serviettes en papier dégringole sur ses genoux.

— Rien, pour ce que j'en sais. Bon, d'un autre côté, il est évident que Nari et sa femme avaient la trouille. Y a de quoi d'ailleurs puisqu'elle risquait d'être accusée de relations sexuelles avec un mineur qui m'a l'air assez gratiné. Quand Machado l'a appelée, elle pensait sûrement qu'on allait l'arrêter.

J'ai entrepris de nettoyer ses verres et commente :

— Selon moi, sa situation pourrait difficilement être pire. Il faudrait que vous les nettoyiez avec de l'eau un peu savonneuse. Les verres sont déjà très rayés. Depuis quand portez-vous ces lunettes ?

Il les récupère et les chausse à nouveau en admettant :

— Faut que je m'en fasse refaire, mais ça me gave de dépenser autant d'argent. Cent cinquante dollars la paire.

Voilà une idée de cadeau pour son anniversaire, le mois prochain. Il fourre les serviettes en papier dans la boîte à gants et j'aperçois les pièces protégées dans leur sachet. Je m'imagine un tireur armé d'un PGF qui utilise des munitions très spéciales, difficile à tracer. Jusqu'à maintenant, nous n'en avons retrouvé que quelques fragments. Une des précisions que nous a donnée Jack Kuster me déroute, puisque je n'avais pas été informée. Il a parlé d'une balle intacte. Luke Zenner en a-t-il retrouvé une dans le corps de Nari ? Ce détail, à peine croyable, me surprend.

Marino mâche un chewing-gum, les muscles de ses mâchoires se contractant à chaque pression. Il mastique bruyamment pour oublier ce dont il a véritablement envie : une cigarette. Du reste, il tapote d'un geste inconscient sa poche de veste à la recherche de son paquet. Je suis presque certaine que dans quelques instants, il tirera une cigarette sans toutefois l'allumer. Au moment où cette pensée me traverse l'esprit, il en porte une à ses lèvres. La sonnerie de son téléphone résonne dans le haut-parleur. Il répond d'un ton bourru :

— Ouais ?

Une voix de femme se fait entendre :

— Mary Sapp à l'appareil. Je suis dans la maison de Gallivan et j'ai trouvé votre message. Un pick-up est garé devant et je me demande si je dois quitter les lieux.

Chapitre 13

Jamal Nari a signé le bail lundi dernier. Il n'a pas discuté le prix demandé mais a réglé trois mois de loyer d'avance. Il a déboursé douze mille dollars afin que lui et sa femme puissent emménager au plus vite.

En général, un locataire sollicite le conseil d'un avocat afin de vérifier son contrat, notamment un locataire qui a l'expérience des négociations et des contraintes et aucune raison de se montrer confiant. Mais Nari était terriblement pressé, selon les dires de l'agent immobilier Mary Sapp, dires qui ont aussitôt modifié notre itinéraire. Marino roule très vite. Il a traversé à toute allure le Harvard Bridge et nous filons sur Massachusetts Avenue. Il vole presque. Lorsqu'une voiture ne dégage pas assez vite de son chemin, il balance un coup de ses gyrophares et enclenche sa sirène.

Peu importe que nous soyons maintenant dans Boston, c'est-à-dire hors de sa juridiction, et qu'il ait omis de le signaler au dispatcher de Cambridge. Il a requis le soutien du département de police de Boston, sans se donner la peine de prévenir Machado, ou quiconque d'autre. Au demeurant, le fait que je doive me rendre dans mes bureaux pour superviser les affaires en cours, et m'occuper de mes propres responsabilités et problèmes ne le concerne pas non plus. Il ne m'a même pas demandé si je souhaitais l'accompagner et j'envoie un message à Bryce Clark pour lui signaler que j'ai été retenue.

La réponse de mon chef du personnel ne se fait pas attendre, et je me passerais volontiers de son humour.

« Oh mon Dieu ! Vous voulez dire kidnappée ? »

« Je suis en compagnie de Marino. Où en est Luke ? »

« A terminé l'autopsie. Il pense que vous ne voulez pas restituer le corps. Je parle de l'homicide de Farrar Street. »

« Conservez le corps au Centre », je réplique, tout en prêtant l'oreille à ce que Marino est en train de dire à Mary Sapp :

— Faut que je vérifie une fois sur place.

Marino a entrepris de rassurer l'agent immobilier. Il lui certifie qu'elle est en sécurité tant qu'elle reste à l'intérieur de la maison. Toutefois, elle ne me fait pas l'effet d'une femme effrayée ou même inquiète pour sa sécurité. Une autre impression me vient. Je la sens théâtrale, charmante et désireuse de se rendre utile. Soudain, l'idée que la situation l'amuse m'effleure.

La bulle grise d'un autre message de Bryce s'affiche :

« Aucun fourgon des pompes funèbres ne s'est présenté, de toute façon. »

Je pense immédiatement à la réponse que je ne taperai pas : *En ce cas, pourquoi évoquer sa restitution ?*

Un autre message de Bryce atterrit. J'en prends connaissance et songe qu'il devrait m'épargner ses opinions personnelles :

« Ai discuté avec l'épouse. Je pense qu'elle est en rupture complète avec la réalité. Elle ne comprend rien, ne sait pas ce qu'elle doit faire, quoi que je lui explique. »

« Vous préviendrai dès que je serai en route pour le Centre. »

Sur ces mots, je mets un terme à notre échange.

— … Sans doute n'y aurais-je pas prêté plus d'attention si je n'avais vu cette histoire partout aux informations.

La voix de Mary Sapp emplit l'habitacle, une voix bien trop guillerette compte tenu des circonstances.

Je n'ai d'ores et déjà pas une bonne impression d'elle.

Marino l'encourage lorsqu'il déclare :

— Moi, je suis content que vous y ayez pensé et soyez assez futée pour rester à l'intérieur de la maison. Vous êtes sûre de la description ?

— Oh, certaine. C'était hier, aux environs de deux ou trois heures de l'après-midi. Je faisais une autre visite de la maison, pour prendre des photographies, quelques notes, afin de m'assurer qu'ils n'endommageraient rien lorsqu'ils passeraient.

— Lorsqu'ils passeraient pour quoi ?

Mary Sapp réplique :

— Elle a apporté des cartons. Parfois, les locataires égratignent ou cognent les murs et ensuite ils prétendent que c'était déjà là avant leur arrivée.

— En d'autres termes, pas le couple, juste Joanna.

— Tout à fait. Lui, je ne l'ai rencontré qu'une fois, lorsque je leur ai fait visiter la maison il y a environ une semaine. Sans cela, j'ai toujours eu affaire à elle.

— Et donc, hier, vous avez vu le pick-up aux environs de deux ou trois heures de l'après-midi.

— À un moment, j'ai regardé par la fenêtre et il passait dans la rue. Un gros pick-up gris avec un marquage publicitaire sur la portière.

— Y a-t-il une raison particulière pour que vous ayez retenu ce détail, m'dame ?

— Eh bien, il roulait si lentement que j'ai pensé qu'il allait se garer devant la maison. Le véhicule d'une de ces entreprises d'entretien de jardins. Et il était à nouveau là ce matin, alors que je discutais avec Joanna.

— Est-elle passée comme ça ou aviez-vous rendez-vous ?

Mary Sapp marque une courte pause puis :

— Nous avions rendez-vous.

Marino suggère :

— Elle transportait d'autres cartons ?

Une nouvelle pause. L'agent immobilier se décide :

— Elle avait déjà presque tout apporté, ainsi que je vous l'ai raconté. Je lui ai conseillé de… remettre à plus tard la fin du déménagement et de ne pas déballer. C'est d'ailleurs ce dont je voulais m'entretenir avec elle.

— En d'autres termes, vous êtes à l'initiative de ce rendez-vous ?

À la façon dont Marino pose sa question, je sens qu'il a une idée en tête.

En effet, si l'agent immobilier avait prévu cette rencontre avec Joanna, l'hypothèse selon laquelle la jeune veuve se serait débrouillée pour quitter la maison avant le meurtre de son mari ne tient plus la route. Néanmoins, ce raisonnement n'empêchera pas certaines personnes de se cramponner à leur théorie, et je me doute de l'identité de celui qui s'y accrochera bec et ongles. Joanna a menti à Machado. Quelles que soient les raisons de la jeune femme, il s'agissait d'une très mauvaise tactique, peut-être la pire imaginable. Les choses se compliquent encore en raison du délabrement des relations entre lui et Marino, et de la rivalité qui existe entre eux. S'ajoute l'histoire de l'eau de Javel.

Quelqu'un a peut-être tenté d'éradiquer des traces d'ADN sur des indices qui semblent mis en scène. Des guitares sorties de leurs étuis et déposées sur leurs trépieds. Des affaires de toilette replacées dans un placard de salle de bains, un carton fouillé. Je n'ai aucun doute que le tueur est à l'origine de ces manipulations. Machado a pris son temps avant de prévenir Marino et mes bureaux de l'homicide. Il est arrivé le premier sur place et a visité l'appartement, peut-être en allumant les lumières. Il a fouiné un peu partout. Il n'aurait jamais dû se livrer seul à cette vérification. Il devait attendre Marino et tel eût probablement été le cas s'ils n'avaient pas été à couteaux tirés.

Mary Sapp continue :

— Je lui ai demandé si elle pouvait passer à la maison. Nous avons décidé de nous rencontrer tôt parce qu'elle m'a précisé qu'ils avaient une journée très chargée devant eux, plein de courses à faire. Sans compter, bien sûr, le déménagement qu'ils prévoyaient toujours…

Qu'ils prévoyaient. Il me semble, en revanche, que tel n'était plus le souhait de l'agent immobilier.

— … Nous sommes tombées d'accord pour huit heures du matin. Elle est arrivée à l'heure. Je lui accorde cela, elle est ponctuelle.

Elle prononce ces mots comme si d'autres caractéristiques de Joanna Cather avaient justifié sa désapprobation. Alors que mes soupçons à propos de Mary Sapp s'épaississent, Marino demande :

— Et pourquoi lui avez-vous suggéré de patienter avant d'apporter d'autres cartons ?

— Des détails. Il nous fallait discuter de détails malheureusement problématiques. J'ai jugé préférable de le faire de vive voix plutôt que par lettre. Avant que j'aie pu commencer à m'expliquer, j'ai revu le même pick-up.

Nous roulons maintenant sur l'I93, et suivons le bord de l'océan. Marino s'enquiert :

— À peu près à quelle heure ?

— Oh, entre huit heures quinze et huit heures trente. Je l'ai remarqué et ai même dit à Joanna : « Cette entreprise doit chercher du travail dans le coin, mais elle fera chou blanc. » Mon agence dispose d'une liste d'artisans très sérieux et, bien sûr, nous en recommandons certains à nos clients.

— Qui était au volant du véhicule que vous avez vu hier et à nouveau ce matin ? Avez-vous reconnu le conducteur ?

— Je ne l'ai jamais vu dans le coin auparavant. Un homme très quelconque qui portait des lunettes à verres foncés. J'ignore de qui il s'agit.

Collé au pare-chocs arrière d'une voiture, Marino balance un nouvel éclair de ses gyrophares. Le véhicule se déporte sur une autre file pour nous laisser passer. Il poursuit :

— Et Joanna ? A-t-elle mentionné avoir aperçu ce pick-up avant ? A-t-elle commenté ?

— Elle a semblé désagréablement surprise. Mais elle s'est écartée de moi durant une minute pour passer un appel. J'ai eu le sentiment qu'elle parlait au mari.

« Au mari », quelle étrange formulation. Elle s'est distancée de Jamal Nari et le dépersonnalise. Mary Sapp possède des informations qu'elle ne tient pas à partager avec Marino, et je ne lui fais aucune confiance.

Nous dépassons des hectares de panneaux solaires et l'énorme tank de stockage de gaz du National Grid peint des vives couleurs de l'arc-en-ciel. Ce repère incontournable de Dorchester est aussi une position de balisage sur la Quarry Route, que Lucy emprunte souvent lorsqu'elle pilote son hélicoptère, notamment pour ses approches vers Logan Airport. Marino continue :

— Et quelle était l'attitude de Joanna ce matin ?

— Un peu affolée, irritable, bref un comportement assez classique lorsque les gens déménagent. Et puis, à un moment donné, elle s'est aperçue qu'il y avait un problème, et son humeur est devenue assez difficile.

L'agent immobilier marque une pause avant de reprendre :

— Pensez-vous que ce véhicule gris ait quelque chose à voir avec ce qui est arrivé au mari ? Que peut-être le conducteur et lui avaient des… relations ?

Je repense à nouveau aux drogues.

Les crimes liés à l'héroïne sont devenus épidémiques dans cette zone de Boston. Marino biaise :

— Madame Sapp, Joanna vous a-t-elle semblée effrayée par quelque chose lorsque vous l'avez vue ce matin ?

Elle hésite avant de répondre :

— Je ne sais pas trop. Non, je ne crois pas.

— Je me demandais, comme ça, si elle ou son mari aurait pu mentionner qu'ils avaient des soucis.

— L'intimité. Cet aspect est revenu à plusieurs reprises. Ils ne voulaient plus que les gens continuent à les ennuyer.

— Continuent ?

— C'est cela.

Elle affirme ensuite qu'elle ne sait pas au juste pourquoi le couple souhaitait déménager en urgence. En revanche, Nari lui a précisé la semaine dernière qu'ils recherchaient un logement plus grand et préféraient ne pas habiter dans la ville où il travaillait.

Mary Sapp décrit Nari comme un musicien populaire, un professeur qui avait fait la une des journaux l'année dernière. Elle répète :

— Leur vie privée et leur tranquillité étaient très importantes à leurs yeux. Il avait été harcelé par certains de ses étudiants et pensait que c'était parce qu'il vivait trop proche de l'endroit où il enseignait.

Néanmoins, elle insiste lourdement sur le fait que si elle avait eu la moindre idée que le couple connaissait des ennuis sérieux, elle ne leur aurait jamais loué la maison et que « cette véritable épreuve ne se serait pas produite ».

Elle précise ensuite qu'elle a eu l'impression que Joanna venait de démissionner de son travail de psychologue scolaire afin de « pouvoir rester à la maison et de fonder une famille ». Le couple ne lui aurait jamais révélé que « leur situation » s'était modifiée et n'avait plus rien de commun avec ce qu'ils avaient annoncé lors de leur première visite de la maison de Gallivan Boulevard. Après que Joanna eut raccroché, possiblement d'avec son mari, la discussion avec Mary Sapp avait viré à l'orage.

L'agent immobilier explique :

— J'ai usé de toutes les précautions de langage possibles pour lui faire comprendre que je ne pensais plus que cette propriété leur convenait. Elle m'a rétorqué que nous avions signé, ses propres mots. Elle a entrepris de déballer des affaires en dépit de mes objections, et m'a menacée de me traîner en justice pour rupture de contrat.

Marino reprend :

— Vous trouviez-vous toujours toutes les deux à l'intérieur lorsqu'elle a reçu l'appel l'informant du décès de son mari ?

— Non. J'avais fini par partir. Cet homme est toujours là, je pense qu'il m'attend mais j'en ignore la raison.

Joanna nous a précisé que le camion de déménagement devait venir prendre leurs meubles à quinze heures afin de les décharger à leur nouveau domicile de Dorchester. Si elle a toujours l'intention de changer d'adresse, elle devrait arriver sous peu. J'ai, cependant, l'intuition qu'elle ne donnera pas suite. Elle n'a même pas encore choisi d'établissement de pompes funèbres, et Bryce a précisé qu'elle était en « rupture avec la réalité ». Si elle est incapable de prendre une initiative concernant la dépouille de son mari, je doute qu'elle assume d'autres décisions importantes. Elle est en état de choc. J'espère qu'elle a de la famille ou des amis.

— Je suis à deux minutes de la maison, m'dame. Restez où vous êtes, d'accord ?

— Il est toujours assis dans son véhicule, garé derrière ma voiture. Sans bouger, au volant. Un marquage publicitaire Hands on Mechanics est collé sur la portière. Je ne vois vraiment pas pourquoi un mécanicien auto patienterait à cet endroit. En plus, c'est vraiment bizarre. Lorsque j'ai aperçu le pick-up hier, il s'agissait d'une entreprise d'entretien de jardins, ainsi que je vous l'ai dit. Peut-être est-il en train de se restaurer ? Impossible d'être formelle, d'où je me tiens.

D'un ton parfaitement calme, Marino conseille :

— Je vais raccrocher, m'dame. Restez où vous êtes. Les portes sont bien verrouillées et le système d'alarme branché ?

Il le lui a déjà demandé et elle a répondu par l'affirmative. Une fois la communication interrompue, il me lance :

— Bon, doit y avoir une explication. S'il vient tout juste de buter Jamal Nari, c'est clair qu'il se baladerait pas dans ce quartier ni ne se garerait en face de chez eux.

— Ce qui est clair, c'est que nous ignorons à quoi nous avons affaire. J'inclus Mary Sapp dans mon propos. Je n'ai pas confiance en elle.

Nous roulons sur la portion de Granite Avenue suspendue au-dessus de l'eau. Celle-ci nous environne et je me sens presque dans un avion. À droite s'étendent Dorchester Bay et sa langue de plage couleur fauve. À gauche, la Neponset River, où mouillent de petits bateaux.

Marino fonce et traverse une intersection zébrée du blanc intense des passages piéton. Personne en vue. Il tourne brutalement à gauche dans Gallivan Boulevard et appuie sur l'accélérateur. Je reconnais la petite maison aux flancs en clins que j'ai découverte sur des photographies d'Internet. Une Mercedes blanche est stationnée juste devant, ainsi qu'un pick-up Ford gris collé à son pare-chocs.

Si le conducteur du second véhicule est inquiet qu'une voiture de police banalisée surgisse juste derrière lui, il ne le montre pas. Les pulsations bleues et rouges des lumières de calandre ne paraissent ni le surprendre ni le déconcerter. Ses lunettes de soleil nous surveillent par l'intermédiaire de son rétroviseur latéral. Il boit un grand gobelet de café. Il ne marque aucune intention de descendre de son véhicule alors même qu'une voiture du département de police de Boston déboule et s'arrête au milieu de la chaussée, juste à côté de nous.

Marino ouvre sa portière en même temps que le policier en tenue du Boston PD et me jette :

— Bon, vous restez tranquillement assise ici. Je vais éclaircir ce bordel.

Du moins a-t-il laissé le moteur tourner. Je baisse ma vitre, peu désireuse d'être surprise et encore moins de me sentir piégée. Je le regarde alors qu'il s'approche du vieux Ford gris. Il a repoussé son coupe-vent Harley-Davidson pour dégager le Sig .40 qui bat contre sa hanche droite. Il tape de l'index contre la vitre du Ford. Le policier en uniforme plonge la main vers son arme et se positionne de façon à avoir un angle différent du conducteur.

La vitre du Ford descend et je peux entendre une voix masculine mal élevée demander :

— Je peux vous aider ?

Marino ordonne :

— Votre permis, votre carte grise et en plus, vous sortez du véhicule.

— J'ai fait un truc qui fallait pas ?

— Ce serait plutôt à moi de vous le demander.

— Eh ben, faisons comme si c'était le cas. Du coup, je peux vous répondre : non. Je n'ai rien fait de mal.

J'ai la déroutante impression d'avoir déjà entendu cette voix auparavant, une voix agressive et déplaisante.

Le policier en uniforme, un jeune homme à peau sombre, aux épaules impressionnantes et dont les biceps semblent serrés par les manches courtes de sa chemise bleue, lance, menaçant :

— Monsieur, merci de descendre de votre véhicule.

La portière côté conducteur s'ouvre enfin et l'homme déclare :

— Ne vous énervez pas et ne faites rien de stupide. Il faut que je récupère mon portefeuille et les papiers de la voiture dans la boîte à gants. C'est ça que je vais chercher, rien d'autre.

Le policier crie presque :

— Monsieur, conservez-vous une arme dans votre véhicule ?

— Non, absolument pas ! Ne me tirez pas dessus !

Chapitre 14

Marino et le policier en tenue, main posée sur la crosse de leur arme, scrutent le moindre mouvement du conducteur.

Je vois ce dernier se pencher sur son flanc droit, fouiller la boîte à gants, et la même pensée tourne en boucle dans mon esprit. Si le pire survenait, je ne pourrais rien tenter, hormis composer le numéro d'urgence. De nos jours, les véhicules de police, dont le SUV de Marino, ne possèdent pas nécessairement de radio. Les membres des forces de l'ordre utilisent le plus souvent leur portable. Marino a embarqué le sien. Je reste avec un iPhone, le gilet pare-balles sous ma chemise, et ma présence d'esprit pour me débrouiller.

Je n'ai pas pris mon .380 et le regrette amèrement, alors que mon regard ne quitte pas l'homme à la peau très pâle qui descend du pick-up, le même que celui qui nous a doublés dans Memorial Drive. Il porte ses cheveux noirs très frisés courts et une barbe de plusieurs jours assombrit ses joues. Les traits grossiers, mince, de taille moyenne, il est vêtu d'un jean et d'une chemise en denim dont les pans flottent sur ses hanches. Le lobe de son oreille gauche est percé d'un petit clou en diamant. J'aperçois sa montre d'allure militaire à cadran rotatif noir avec bracelet en silicone de même couleur. Il n'a pas l'air effrayé le moins du monde. Au contraire, son attitude est un mélange d'insolence et de défi.

Marino vocifère :

— Ôtez vos lunettes.

— Hein… ?

— Enlevez-les.

L'homme les remonte en haut de son crâne et cligne des paupières sous la lumière du soleil. Je remarque ses yeux. Ils sont asymétriques. L'un est un peu plus bas que l'autre et de taille différente. J'appelle Benton.

— Écartez les bras à l'horizontale !

Après cet ordre, Marino s'approche du véhicule gris et jette un regard à l'intérieur en commentant :

— Joli scanner. Portatif, en plus. C'est dans vos habitudes de suivre à la trace la police du coin ? Il est réglé sur quelle fréquence ? Laissez-moi deviner : 131.8.

J'explique à Benton où je me trouve et lui fais un petit résumé au sujet de Machado. Je mentionne l'eau de Javel, et surveille Marino qui plonge à l'intérieur du pick-up pour ramasser le scanner. Benton se rappelle que Machado se trouvait sur la scène de crime environ une heure avant que Marino soit appelé, puis moi.

— En effet, c'est exact.

Mon mari commente :

— Une initiative regrettable, et c'est un euphémisme.

— Le moins que l'on puisse dire.

— Tu as raison de m'avertir, Kay.

— Marino n'est pas objectif. Je ne dis pas qu'il y ait quelque chose…

Benton m'interrompt :

— Je comprends bien, mais il n'en demeure pas moins qu'il y a un problème. Une scène de crime est compromise et il devient parfois impossible d'y remédier.

Nous mettons fin à notre conversation. Marino balance le scanner portatif sur la banquette et souligne :

— BAPERN. En d'autres termes, vous pouvez suivre toutes nos conversations, nos poursuites ou filatures, et nos signalements de connards de votre genre.

Le Boston Area Police Emergency Radio Network est un réseau de communications d'urgence qui relie les forces de l'ordre de différentes localités. Sa fréquence à 131.8 couvre la plupart des départements de police du Grand Boston. Mais qui est cet homme ? Peut-être un journaliste, ou alors un flic. Toutefois, aucune de ces possibilités ne semble cohérente, à moins d'imaginer qu'on lui ait confié une mission farfelue qui exigeait des marquages publicitaires magnétiques sur les portières de son véhicule et une immatriculation attribuée à un habitant de Springfield âgé de quatre-vingt-trois ans.

Le conducteur du Ford gris affirme :

— Je ne fais l'objet d'aucun signalement.

— Faux, depuis quelques minutes.

Il pointe son index vers Marino et proteste :

— Vous n'avez pas de mandat pour fouiller mon véhicule.

— Bras étendus sur le côté, j'ai dit !

L'homme tend les mains devant lui, agite un portefeuille et l'étui qui renferme les papiers du véhicule. Il répète :

— Je n'ai pas d'armes.

— Sortez votre permis de conduire de votre portefeuille.

L'homme s'exécute.

— Les bras à l'horizontale ! Et que j'aie pas à vous le redemander !

L'autre crie, alors même que personne ne le menace d'une arme :

— Ne tirez pas ! N'utilisez pas votre Taser !

Marino ordonne :

— Tournez-vous. Posez les mains sur le capot.

— Inutile de vous montrer aussi désagréable !

Je connais cette voix. Je tente en vain de lui donner un nom. Marino le fouille. Satisfait que son suspect soit désarmé, il récupère son permis de conduire et les papiers du Ford. Il les épluche et communique leurs données au dispatcher. Rand Bloom, âgé de trente-deux ans, habite South Boston. J'entends chaque mot du contrôle grâce à la radio que tient Marino et au scanner du pick-up.

— C'est votre caisse ? demande le grand flic.

Rand Bloom, les reins appuyés contre la carrosserie, les bras croisés, rectifie :

— Non, elle appartient à mon grand-père. Clay Schmidt. Il vit dans une résidence senior à Springfield, mais vous devez déjà le savoir. Pourquoi vous intéressez-vous à moi ?

— Ici, c'est moi qui pose les questions.

— Vous n'avez jamais entendu évoquer le Premier Amendement, au sujet de la liberté de parole ? Peut-être pas, puisque vous ne semblez rien savoir des fouilles illégitimes.

— Ça vous ennuierait pas de me dire ce que vous fabriquiez ce matin à Cambridge et pourquoi vous changez les marquages publicitaires sur votre pick-up ?

Bloom ne paraît pas le moins du monde intimidé et déclare :

— Si, ça m'ennuierait. J'ai pas envie de vous le dire.

Il a l'air de s'amuser comme s'il pensait que la police va se ridiculiser et qu'elle ne tardera pas à l'apprendre. La voix du dispatcher de Cambridge résonne :

— Trente-trois.

Marino répond sans lâcher du regard Bloom contre qui, de fait, n'est lancé aucun mandat d'arrêt. Il a bien été arrêté en mars dernier pour violation de propriété. Une ordonnance restrictive a alors été prise contre lui. Il se prétend enquêteur spécialisé. Je comprends soudain pourquoi cette voix condescendante et teigneuse m'est familière. J'ouvre ma portière et descends du SUV.

Marino me suit du regard alors que je m'approche puis, Rand Bloom me fixe. Il me destine un large sourire, au point que l'on pourrait nous croire amis. Ses yeux asymétriques sont rivés sur moi. Leur teinte d'un noisette tirant sur le jaune m'évoque un serpent ou un chat :

— Quel bonheur de vous voir en chair et en os, docteur Scarpetta. Nous avons déjà eu l'occasion de discuter au téléphone, des conversations très agréables, je dois le dire.

— Je sais qui vous êtes et nos conversations étaient tout sauf agréables.

Marino est totalement abasourdi mais se reprend vite, et demande :

— Vous vous connaissez ? Comment ?

— Monsieur Bloom est un des enquêteurs de la compagnie d'assurances TBP.

Marino ironise :

— Eh bien, nous y voilà ! Je savais bien que vous étiez tout en bas de la chaîne alimentaire, un minus.

S'adressant à moi, Bloom déclare :

— Il semble que nous ayons un nouveau cas malheureux. D'un autre côté, dans votre profession, aucun ne peut être faste.

Je soutiens son regard intense sans répondre. Il poursuit :

— Quelle mauvaise journée. Vraiment très dure. Et ne voilà-t-il pas que vous avez dû annuler vos vacances. Quel dommage. Cependant, sachez que je ne suis pas ici à cause de son meurtre.

Je n'ouvre toujours pas la bouche. En revanche, Marino intervient :

— Ah ouais ? Et selon vous, pourquoi penserait-on que vous êtes dans les parages à cause d'un meurtre ? D'ailleurs de quel meurtre vous parlez ? Son meurtre ? Quel meurtre ?

Bloom continue de me dévisager, immobile. Un cobra prêt à cracher son venin. Il explique :

— Mais qu'est-ce que vous croyez ? On ne parle que de ça aux informations, partout. C'est très triste.

Toutefois, sa mort n'est pas couverte par nous. Aussi déprimante puisse être une telle situation, la vie continue. Du moins pour la plupart d'entre nous. Peut-être pas pour vous, docteur Scarpetta.

— Sa mort n'est pas couverte par vous ? Bordel, mais qu'est-ce que ça signifie ?

Marino s'est rapproché de lui. Ils sont maintenant presque nez à nez.

L'autre ne répond pas. Je remarque les traces de cicatrices sur son visage, la difformité de son œil droit occasionné par d'anciennes lacérations et une orbite fracturée. Ses incisives supérieures ont été remplacées par un bridge, très visible, et de piètre qualité. Il a dû être victime, dans le passé, d'un traumatisme violent avec blessure au visage et à la bouche. Un accident de voiture ou une mauvaise chute. Peut-être une bagarre.

— Votre vie s'arrête lorsque quelqu'un décède, n'est-ce pas, docteur Scarpetta ? Oh, à propos, il fait vingt-sept à Fort Lauderdale, une température idéale avec un bel ensoleillement. En réalité, il s'agit plutôt de North Miami Beach, non ?

Il me détaille de la tête aux pieds et s'attarde sur des points de mon anatomie qu'un homme bien éduqué éviterait. Je sens la fureur de Marino. Bloom poursuit :

— Vous avez vu l'immeuble Haulover Towers ? Je pose la question parce que c'est juste en face de l'anse, après le Haulover Park, d'où le nom. Le parc est ouvert au public. Ça signifie des barbecues jour et nuit, des fêtes, de la musique et plein de petits camions qui vendent de la glace. L'endroit peut devenir extrêmement bruyant. Sans même parler de toute la circulation.

Le regard de Marino passe de mon visage aux messages qui atterrissent sur son téléphone. Son expression vire à l'orage. Il siffle au profit de Bloom :

— Vous pouvez pas fermer votre foutue gueule ?

Mais l'homme continue de l'ignorer. Il me destine ses commentaires :

— En réalité, Joanna Cather et moi avons encore des points à débattre, en rapport avec le procès injustifié que son mari intentait à l'Emerson Academy, des clients de la compagnie qui m'emploie.

Je m'efforce de museler mon indignation.

Je ne montre pas à quel point je suis surprise.

Chapitre 15

Bloom est au courant de la location d'un appartement à Bal Harbour. Comment cela se peut-il ?

Benton ne louerait, ni n'achèterait, un bien à l'un ou l'autre de nos noms. Il utilise toujours une compagnie écran, Limited Liability Companies, LLCs. Mon mari fait partie du FBI, il a été agent secret, témoin protégé. Profileur chevronné, il a tout vu. Il est pathologiquement discret, pour ne pas dire secret, et protège nos vies privées avec une attention maniaque.

Bloom continue :

— Malheureusement, la mort tragique de Jamal Nari ne change rien au fait que lui et sa femme sont des individus cupides et insensés. Je me proposais de la raisonner et n'avais d'autre alternative que de poireauter ici dans l'espoir de lui parler.

Marino s'insurge :

— *La raisonner ?* Vous avez décidé d'avoir une petite causette avec elle, seule, après avoir appris que son mari s'était fait abattre ?

— Joanna ne répond pas à mes appels téléphoniques. Dans le cas contraire, je n'aurais pas à me résoudre à de telles tactiques.

Marino continue de le pilonner :

— Le problème, c'est qu'on vous a vu hier dans les parages. Avant le décès de son mari. On vous a vu passer devant cette maison alors que Joanna se trouvait à l'intérieur tôt ce matin. En plus, moi, j'ai aperçu votre caisse un peu plus tard dans Cambridge, aux environs de onze heures, une heure après la mort de Nari. Vous pouvez m'expliquer ça ?

— Je suis un gars accommodant. Mais je déteste quand les gens me plaquent contre un mur et m'empêchent de rester poli.

— Devenir impoli, c'est synonyme de buter quelqu'un, le cas échéant ? De sorte qu'il ne puisse plus réclamer de dommages à une compagnie d'assurances ?

— Je n'ai rien dit de tel, loin de là.

Marino gronde d'un ton de menace :

— Vous allez foutre la paix à Joanna Cather, et ça commence maintenant !

Mon regard est attiré vers la maison. Quelqu'un nous observe depuis une fenêtre. Puis, la porte principale s'ouvre.

La femme qui sort ne peut être que Mary Sapp. Elle est un peu trop épanouie et mature pour la courte robe verte qu'elle porte. Ses cheveux longs, blond cuivré, contrastent avec ses lèvres soulignées de rouge vif. Elle se protège les yeux de sa main en visière, clignant des paupières dans le soleil descendant. Elle se précipite à nouveau à l'intérieur et rebranche l'alarme. D'où je suis, je peux entendre les bips qui précèdent l'activation du système. Elle réapparaît et referme la porte derrière elle. Elle glisse un petit cadenas coffre-fort sur la poignée extérieure, et ce geste éveille ma curiosité.

Cette habitude n'est guère souhaitable lorsqu'une maison n'est plus sur le marché. S'ajoute sa dangerosité. Ces petits coffres-forts renferment des clés et parfois même les codes de systèmes d'alarme, ce qui permet à d'autres agents immobiliers de faire visiter une propriété sans que l'agence principale à qui on a confié la vente ait besoin d'être présente. Il n'en demeure pas moins que pour un individu bien outillé, les anses peuvent être coupées et le conteneur en métal forcé. C'est exactement ce qui s'est déroulé à Nantucket lors du dernier Thanksgiving, une affaire horrible qui n'a jamais été résolue.

La salariée d'une agence est passée dans une propriété de front de mer pour s'assurer que la violente tempête qu'ils avaient essuyée n'avait pas occasionné de dégâts. C'est alors qu'elle a constaté la disparition du cadenas coffre. Ce détail ne l'a pas émue outre mesure sur le moment. Elle est donc revenue à son bureau pour y prendre un double de la clé et le code du système d'alarme. Lorsqu'elle a pénétré dans la maison, quelqu'un l'attendait. Elle a été sauvagement frappée et poignardée au cours d'une lutte qui a débuté dans l'entrée pour se poursuivre jusqu'au sous-sol, inondé, où son agresseur l'a noyée avant de la pendre à une canalisation. Le meurtre a été assez médiatisé pour encourager la plupart des agents immobiliers du Massachusetts à renoncer à leurs cadenas coffres. Je ne comprends donc pas pourquoi Mary Sapp persiste dans cette habitude, sauf à la croire négligente.

Patty Marsico. Je repense à la victime et revois son visage ensanglanté réduit en pulpe, ses os pulvérisés, ses mâchoires et ses dents brisées, un de ses yeux sorti de son orbite. On aurait pu croire que quelqu'un avait vaporisé du sang partout dans la maison. Un autre souvenir me revient. Une autre hideuse coïncidence. Lorsqu'elles commencent à s'accumuler, incriminer le hasard n'a plus grand sens. J'expédie aussitôt un texto à Bryce lui demandant :

« Patty Marsico, novembre dernier. TBP était-elle la compagnie d'assurances impliquée ? »

Bloom se rebiffe et balance à Marino :

— Vous ne pouvez pas m'interdire de lui parler. Je fais mon travail et vous n'avez aucun droit de m'en empêcher, sauf si je suis coupable d'un crime. Et c'est certainement pas le cas. En plus, vous le savez. Parce que si j'étais coupable de quoi que ce soit, vous m'auriez déjà passé des menottes, en les serrant au maximum, et jeté à l'arrière d'une voiture de police dégueulasse équipée d'une cage.

Il se permet un sourire arrogant qui découvre son bridge trop blanc et chevalin.

— Si, vous êtes coupable ! Coupable d'être un connard. Et j'en ai pas fini avec vous, mais devinez quoi ? On va patienter un peu et puis on continuera cette discussion au poste. Vous avez pas mal d'explications à fournir.

— Je vais vérifier mon agenda et appeler mon avocat.

— Vous pouvez vous la péter tant que vous voulez. Ça vous aidera pas.

Marino bouillonne de rage. Cependant, qu'il laisse Bloom partir, même temporairement, m'indique un certain nombre de choses.

Le grand flic ne veut pas que le département de police de Boston soit impliqué davantage qu'il ne l'est actuellement. Quelles que soient les informations qu'il reçoit en ce moment par texto ou mail, il n'a aucun motif valable pour traîner Bloom au poste en lui collant sur le dos une suspicion de meurtre, ou n'importe quoi d'autre. En revanche, un autre événement prend en ampleur et contribue bien plus à son agitation et à son humeur exécrable qu'un enquêteur d'assurances qui joue les gros malins.

Je me demande ce que Machado est en train de déterrer sur l'affaire Nari, pendant que je regarde Mary Sapp approcher à pas lents le long du trottoir. Elle s'immobilise parfois, plantée sur ses escarpins à talons très hauts, téléphone vissé à l'oreille, nous jouant l'agent immobilier qui a réussi et s'est offert une voiture à cent mille dollars. Elle marque une pause, et demande à son interlocuteur de reprogrammer une visite. Elle consulte sa montre en or. Les diamants du cadran scintillent sous le soleil. Elle fourre ensuite son téléphone dans son sac porté à l'épaule, un sac de luxe.

Je découvre le texto que vient de m'envoyer Bryce. *« Affirmatif. TBP Assurances. Le même trouduc aussi. Rand Bloom, qui m'a téléphoné au moins cinquante fois pour vous parler, et pourquoi vous ne le rappeliez jamais, je me le demande, hein ? Le mari de la victime a traîné l'agence immobilière qui employait sa femme en justice pour négligence ou je ne sais quoi.*

Vous avez dû faire une déposition, ça vous revient ? Pourquoi vous posez cette question ? Oh, laissez-moi deviner. Un autre décès, une autre demande d'indemnisation ? Les jours se suivent et se ressemblent. »

Trop d'informations ! Merde à la fin ! Mon personnel ne parvient pas à se rentrer dans le crâne que tout ce qui est écrit génère une trace. Ces traces peuvent se retrouver devant un jury. Peu importe qu'il s'agisse d'un texto ou d'un Post-it gribouillé. Bryce est sans conteste le pire des contrevenants à mes consignes. Un jour ou l'autre il m'occasionnera des ennuis.

Parvenue à notre hauteur, Mary Sapp demande :

— Tout se passe bien ?

Elle se tourne alors vers Bloom et poursuit :

— Vous souhaitiez me parler ? Nous sommes-nous déjà rencontrés ?

Il se présente, et Mary Sapp n'a pas le temps de travestir sa réaction. Un certain trouble la gagne puis son visage recouvre son impavidité, aidé en cela par son épais maquillage. Elle feint l'indifférence et l'ignorance. Elle semble soudain distraite, comme si un monceau d'obligations l'attendait, et je n'y crois pas. Sans doute est-elle experte dans l'art de faire mousser une propriété banale ou de profiter de la naïveté d'un client. En revanche, c'est une piètre actrice. J'ai l'intuition qu'elle et Bloom ne se sont jamais rencontrés en personne, et qu'elle n'avait pas la moindre idée qu'il conduisait le pick-up gris. Néanmoins, cela ne signifie pas pour autant qu'ils n'ont jamais eu de relations.

— Non, m'dame. Je ne cherchais pas à vous parler. J'attendais quelqu'un d'autre. J'espérais pouvoir m'entretenir avec votre locataire. Mais, puisque vous êtes là, je me permets d'en profiter. Êtes-vous pleinement informée des choses dont vous devriez avoir connaissance ? Bien sûr, ça peut vous être égal de louer une jolie maison comme celle-ci à, disons… une personne de réputation douteuse.

Bloom s'est adressé à elle avec une courtoisie et une suavité qu'il nous avait dissimulées jusque-là.

— La maison est de retour sur le marché.

À la façon dont Mary Sapp l'annonce, il est évident qu'elle a reçu de nouvelles informations.

Bien sûr. Et probablement les lui a-t-il communiquées, par téléphone… Rand Bloom est beaucoup trop futé pour effectuer son sale boulot par mail ou par tout autre moyen repérable.

Marino les pulvérise du regard et s'exclame :

— Jésus ! Vous lui avez parlé, hein !

Mary Sapp détourne le regard et contemple sa voiture, tripote ses clés, passe son sac en crocodile d'une épaule à l'autre. Mais Marino n'en a pas fini :

— Hein, Bloom, vous l'avez appelée ? Vous lui avez déversé des merdes invérifiables pour que Joanna ne soit plus la bienvenue ici ? Quel genre d'ordure fait des trucs pareils ?

L'agent immobilier réplique d'un ton glacial :

— Désolée, mais le bail stipule sans ambiguïté que la location est annulée, sans possibilité de dédommagement, dans l'éventualité où l'on aurait des raisons de soupçonner des activités criminelles.

— Des raisons ?

— C'est ce qui est écrit. À peu près.

Le grand flic s'énerve :

— Et quel genre d'activités criminelles soupçonnez-vous ?

Puis il se tourne vers Bloom, furieux au point qu'on pourrait croire qu'il va le cogner :

— Quelles saloperies lui avez-vous racontées ?

L'enquêteur des assurances croise les bras. Les veines de ses mains saillent. Il est musclé, nerveux, et puissant. Selon moi, un opposant déloyal, le genre à privilégier les coups en dessous de la ceinture. Il explique :

— En réalité, la raison pour laquelle Joanna a démissionné de son travail n'a rien d'une peccadille. Ajoutons à cela les activités extra-professionnelles de son défunt mari.

Marino vocifère :

— Arrêtez vos salades avant que je vous en fasse passer l'envie !

L'attention de Bloom se concentre sur lui. Il semble insensible au visage contracté de colère du flic en uniforme, prêt à bondir sur lui, et offre :

— Je vais vous montrer quelque chose.

Puis, Bloom brame à la cantonade, assez fort pour que les voisins puissent entendre :

— Ne tirez pas. Je sors juste une enveloppe de mon véhicule, d'accord ?

Puis, il hurle :

— Ne pétez pas un câble et ne me tirez pas dessus !

Il plonge dans l'habitacle et en extirpe une enveloppe en kraft avec un luxe de gestes théâtraux. Elle renferme des photos 20 x 30 prises au téléobjectif. On y voit Jamal Nari en survêtement noir, une casquette de base-ball enfoncée bas sur le front. Il sort de son SUV rouge flambant neuf. La voiture est garée sur un parking plongé dans l'obscurité et j'aperçois en arrière-plan une lune à moitié pleine au-dessus des réverbères. Les clichés ont donc été réalisés en début de semaine, il y a quelques jours.

Il s'agit d'une succession très rapide de prises. Nari alors qu'il longe les hauts réverbères, la tête penchée, puis lorsqu'il entre dans un restaurant du nom de Jumpin'Joe's à Revere, une zone célèbre pour ses fusillades en voiture, ses gangs, son trafic de drogue. D'autres images. Il n'y a pas beaucoup de clients à l'intérieur du restaurant, juste quelques-uns qui font la queue. Nari détaille un menu lumineux scellé en hauteur sur lequel s'alignent des photos de burgers, de poulet frit, de sandwichs pour le petit déjeuner. On le voit commander. Il paraît nerveux. Puis la serveuse au comptoir lui tend un grand sac blanc, assez large pour contenir plusieurs repas. Il ressort, s'immobilise devant la portière de son SUV, jette des regards alentour. Ses yeux élargis sont vitreux. Il vérifie ensuite le contenu du sac. Un dernier zoom : Nari tient entre les doigts un petit sachet en plastique transparent renfermant une poudre blanche.

Exaspéré, Marino éructe :

— Et à qui avez-vous montré ça, en dehors de nous ? Pas la police, je parierais. Laissez-moi deviner. Vous lui avez montré à lui, à Jamal Nari, pour le faire chanter !

— Je n'ai pas l'autorisation d'en discuter.

— Vous vouliez vous assurer qu'il laisserait tomber toute plainte et demande de dommages à l'égard de l'école. Je vous suggère de répondre parce que de toute façon je trouverai.

— C'est protégé par le secret professionnel. Et je me fous de ce que vous pouvez découvrir.

Mary Sapp déclare alors à Marino :

— Je suis désolée. Ça m'ennuie vraiment beaucoup de décevoir Joanna, surtout en un pareil moment. Sincèrement, cela me peine.

Et pourtant, je ne sens rien de sincère en elle.

Je repense aux douze mille dollars de dépôt, et je suis bien certaine qu'ils sont perdus pour Joanna. En tout cas, je lui souhaite bien du plaisir pour récupérer l'argent. Entre les honoraires d'avocat et les complications diverses et variées, il serait insensé de lutter. Quel pourcentage s'octroiera l'agent immobilier ? Bloom recevra-t-il une petite enveloppe ?

Mary Sapp continue :

— Vous comprendrez que le propriétaire de la maison ne puisse tolérer, enfin… une situation de cette nature… Peut-être… Enfin, ce serait si gentil si vous pouviez vous assurer qu'elle déménage les cartons qu'elle avait apportés. Il y en a une quantité.

La voix de Marino martèle implacablement :

— Personne ne déménage rien d'ici. Cette maison fait dorénavant partie d'une scène de crime. En réalité, votre pote mister Bloom s'est débrouillé pour qu'on soit forcé de la fouiller de fond en comble. On va devoir tout retourner, d'abord à cause du meurtre de Jamal Nari, mais aussi parce que les photos qu'on vient de nous communiquer suggèrent l'éventuelle présence de substances illicites. Une investigation multijuridictionnelle aussi complexe que celle-ci risque de prendre pas mal de temps. Vous voyez, toutes ces analyses de laboratoire… Oh, ça peut prendre des mois, peut-être même une année, exagère-t-il. Il se peut que vous ayez beaucoup de difficultés à la relouer dans un futur proche.

Il se tourne alors vers l'officier de la police de Boston et s'enquiert :

— Tu pourrais pas demander à deux de vos gars de rappliquer pour sécuriser le périmètre ? Je reviendrai un peu plus tard, ou alors quelqu'un de mon département. On passera la baraque au crible et tout ce qu'elle contient. Notamment avec des vapeurs.

Mary Sapp semble cette fois véritablement inquiète :

— Des vapeurs ?

— De Super Glue.

— De la colle ! Mais il est exclu que vous utilisiez de la colle sur…

— C'est pour les empreintes digitales, m'dame. D'ailleurs, j'vais avoir besoin des vôtres à fin d'exclusion.

— Les miennes ?

— Ben oui, c'est clair qu'on va les trouver à l'intérieur de la maison. Avez-vous passé en revue certaines de leurs possessions ? Je veux dire, va-t-on récolter vos empreintes digitales sur leurs affaires ?

— Pardon ? Je n'aime pas vos insinuations…

Il lui coupe la parole :

— La colle peut faire de sacrés dégâts, mais la poudre à empreintes aussi. Faudra que vous ayez recours à une entreprise de nettoiement spécialisée après notre passage. Et on a besoin d'une clé et du code de l'alarme.

La colère a gagné l'agent immobilier, qui proteste :

— Le propriétaire sera très contrarié ! Il s'agit d'une demeure de grande qualité, en parfait état.

Bloom l'a contactée. Il s'est assuré que Nari et sa femme tomberaient sous le coup d'une rupture de contrat. Son but est évident : amplifier le harcèlement des époux. Les photos qu'il a prises du mari sont accablantes. Si Jamal Nari n'avait pas été abattu, sa vie ne serait que ruines, avec une grosse probabilité de finir en prison pour trafic de drogue. Une façon comme une autre de mettre un terme au procès qu'il intentait.

Bloom se tourne vers moi et déclare :

— Dommage qu'ils n'aient pas accepté ce que nous leur offrions, une offre correcte. Vous connaissez le dicton : ne jamais lâcher la proie pour l'ombre.

Il fait référence au règlement à l'amiable que proposait l'Emerson Academy.

Marino enfonce répétitivement son majeur dans le torse de Bloom et feule :

— Je vais vous dire ce que vous pouvez en faire, de votre proie et de votre ombre !

— Ne me touchez pas.

Marino continue à lui frapper le sternum du bout du doigt :

— Vous et votre proie, vous remontez dans votre caisse et vous vous barrez ! Et si jamais j'apprends que vous continuez à casser les pieds à Mme Cather ou à quiconque impliqué dans cette affaire, je vous fais arrêter pour obstruction à la justice.

— Enlevez vos mains de moi !

— C'est pas ma main, juste un doigt.
Marino le brandit dans un geste éloquent.
Bloom rugit :
— Je vais me plaindre à votre supérieur !
— Te gêne pas, mon pote !

Chapitre 16

Le soleil s'incline sur l'horizon. L'air soufflé par les grilles de ventilation est devenu plus chaud. Marino a opté pour un autre itinéraire dans le but, vain selon moi, d'éviter les embouteillages. Le président Obama a atterri il y a une vingtaine de minutes sur la base militaire aérienne de Hanscom. Son cortège est en route pour Cambridge.

Il assiste à un dîner au Charles Hotel avec des donateurs importants suivi, le lendemain matin, d'une conférence de presse à Boston. La police et l'armée sont sur les dents. Ils ferment certaines voies à la circulation, bloquent des ponts, limitent les couloirs aériens, surveillent les cours d'eau, les terres et les airs. Un essaim d'hélicoptères vrombit au-dessus du port, sillonne la rivière d'amont en aval, des *Black Hawk* de l'armée, des *Chinook* de la Marine et des *Dauphin* des garde-côtes. Les appareils volent bas, lentement, en cercles. J'entends le tonnerre de leurs pales et ressens leurs vibrations. Les alertes d'urgence surgissent sur l'écran de mon portable.

Plus d'un millier de protestataires se sont déjà massés à Copley Square, sur le Common, le plus ancien parc public de Boston, et le long des rues qui convergent vers le lieu où s'est produit l'attentat du marathon de Boston l'année dernière. Il a fait trois morts et plus de deux cent cinquante blessés. Les sentiments islamophobes bouillonnent au fur et à mesure que se rapproche la date du procès fixé à l'automne, et les membres de la Primitive Calvinist Alliance sont arrivés par bus entiers pour prêcher leur message de haine.

Ce sont les extrémistes qui m'inquiètent le plus, les groupuscules de déséquilibrés qui se sentent justifiés par le Tout-Puissant, jubilants et ignobles pendant que des innocents sont abattus ou tués dans des explosions, dans des écoles, des centres commerciaux, en Afghanistan, ou l'année dernière à Boston. Plus les gens détestent, plus leur haine flambe. Ça se répand à la manière d'une peste. Le seul traitement, ce sont l'humanisme et la décence, dont les réserves sont limitées, semble-t-il. Hier, dans son allocution depuis la Maison-Blanche, le Président a exhorté les Américains à ne pas « juger de façon trop hâtive » des groupes humains.

Néanmoins, aucun discours ne peut museler la fureur, et j'ai placé le CFC en alerte dès que j'ai appris qu'Obama venait à Boston. Je ne suis pas alarmiste, et des personnages importants nous visitent fréquemment. Cependant, être prévenue si tardivement s'avère angoissant. En dépit de mes liens avec les médecins experts des forces armées et avec le ministère de la Défense, j'étais encore dans l'ignorance de cette visite il y a deux jours. Mon supérieur hiérarchique absolu, le général John Briggs, m'a appelée mardi, dans la soirée, pour me faire part d'un message émanant du Homeland Security Advisory System, qui évalue en couleur la dangerosité des menaces terroristes. Le risque était élevé, m'a confié le général.

— Nous sommes dans l'orange, Kay. Mais pour la population, nous en resterons à l'habituel jaune.

— Pourquoi ?

— Un rapport confidentiel nous est parvenu de Russie. Ils se sont engagés à détruire al-Qaida après les opérations terroristes à Volgograd, juste avant les jeux Olympiques. S'ajoute ce qui se passe en ce moment en Crimée et la menace que certains de leurs discrets agents des opérations spéciales ne soient corrompus.

— Certains ?

— La crainte, c'est que lorsque Ianoukovitch s'est enfui d'Ukraine, un véritable exode d'agents particulièrement dangereux, qui lui étaient loyaux, aurait pu suivre.

— Aurait pu ?

— Ah, l'ambiguïté habituelle de la CIA à propos de l'argent, des drogues, et de la racaille qui déferlent chez nous. N'oublions pas non plus le problème russe spécifique à Boston.

Il parlait des Tchétchènes accusés de l'attentat du marathon. Les mises en garde de Briggs n'étaient pas surprenantes, mais elles m'avaient paru plus inquiétantes qu'à l'accoutumée.

Alors que je raconte cet appel à Marino, je continue à ressasser les événements de la journée. Me vient le dérangeant sentiment qu'il existe un lien avec tout le reste. Si je ne me trompe pas, nous nous retrouvons avec un très gros problème, peut-être un problème global.

Alors que nous patientons, bloqués dans un embouteillage, il argumente :

— Et les deux affaires du New Jersey ? Quel rapport avec la visite d'Obama ou ce qui se passe en Ukraine ?

— Nous devons découvrir si Bloom entretient des relations avec un groupe extrémiste.

Marino lance des regards noirs aux voitures qui n'avancent pas d'un pouce et ironise :

— Le groupe extrémiste des connards cupides, ça me semble bien cadrer. Ce serait tellement génial si on avait l'hélicoptère de Lucy.

L'itinéraire qu'il a choisi est un véritable labyrinthe, car il se fie à une application de mobile pour éviter les bouchons.

Je ne sais depuis combien de temps nous avançons à la vitesse d'un escargot, pour nous arrêter complètement quelques mètres plus loin. D'abord Chinatown, le North End de Boston, puis nous contournons le TD Garden, fief des Celtics et des Bruins. Les parkings de Nashua Street, bourrés à craquer, s'étendent de chaque côté de la chaussée. Enfin, le barrage de retenue de la Charles River apparaît, ainsi que le musée de la Science dont la façade est drapée de kakémonos annonçant une exposition de « fossiles colossaux ».

Le soleil joue à la surface de l'eau, et les éclats argentés ressemblent à un large banc de petits poissons. Plus loin, les câbles du Zakim Bunker Hill Bridge s'élèvent comme le gréement d'un ancien navire. Je reste sur le qui-vive. Je vérifie dans le rétroviseur latéral que personne ne nous suit, ne relâchant pas ma surveillance. Je ne serais pas autrement surprise que

Rand Bloom fasse preuve d'assez d'audace pour nous pister. J'essaie d'imaginer ce qu'il veut au juste, en plus de mettre les gens mal à l'aise. De les rendre malheureux, de les déstabiliser, à l'image de Joanna Cather, de Sarah Angiers et sans doute de moi, du moins dans son esprit.

Jamais je ne lui offrirai cette satisfaction. Il aurait dû s'en douter – si toutefois il l'ignorait – alors que je me tenais devant lui, soutenant son regard. Il m'a lancé que nous nous reverrions, espérant qu'une telle promesse était de nature à m'effrayer. J'ai souri en lui répondant : « Entendu. » Peut-être aimerait-il une nouvelle injonction du tribunal, ou une nouvelle accusation de violation de propriété, lui ai-je suggéré ? Encore mieux, s'il se montre à mon quartier général, sans invitation, il n'est pas près d'oublier l'accueil que lui réservera mon personnel de sécurité.

Je n'ai pas mentionné qu'il avait tout intérêt à éviter tout accrochage avec mon mari agent du FBI, ou moi, dans le périmètre de notre domicile. Je ne lui ai pas conseillé la plus grande prudence s'il se mettait en tête d'ennuyer ma nièce Lucy, ancien agent du FBI et de l'ATF, virée pour cause d'insubordination, sans oublier quelques vilaines exécutions. Elle se montre particulièrement habile avec une arme. Son ADN ne tolère pas qu'on lui casse les pieds, pas plus qu'il ne l'incite aux remords lorsqu'elle décide qu'une de ses réactions est légitime. L'on peut s'en plaindre ou s'en féliciter, selon les cas.

Nul n'a été besoin que je menace Bloom pour lui faire comprendre mon point de vue. D'ailleurs, il a quitté Gallivan Street dans un crissement de pneus hargneux qui a laissé des marques sur la chaussée. Un signe de faiblesse, je pense. Mais je ne le sous-estime pas. Cependant, il serait bien avisé de m'imiter.

Marino semble si peu troublé par ce que je suis en train de lui dire que je m'obstine :

— Il m'a reconnue aussitôt, mais là n'est pas le point important. J'ai eu le sentiment qu'il s'attendait à me voir en votre compagnie.

— Je comprends pas pourquoi vous vouliez me cacher que vous avez un appart à Miami.

Voilà qu'il nous fait une fixation là-dessus.

— Marino, je vous l'ai répété à plusieurs reprises, je ne l'ai découvert qu'hier.

— Ben, pourtant, ça fait un moment que vous saviez que vous vous rendiez là-bas pour vos vacances.

— En effet, pour mon anniversaire. Je pensais que nous séjournerions à l'hôtel.

Je répète la même chose en boucle.

Marino creuse, à la pêche aux informations. Pourquoi ? Il se comporte d'une façon un peu cavalière. Pourtant, je sens que quelque chose le ronge, en relation avec la Floride où il a brièvement vécu lorsque j'y avais installé mes bureaux, il y a quelques années. À l'instar de pas mal de gens, il ne se souvient que des bons côtés. Je l'écoute et passe en revue les messages envoyés par mon bureau. Ils arrivent si vite que j'ai à peine le temps de les lire. Le plus récent émane de Luke Zenner.

Luke n'a rien remarqué d'inhabituel lors de l'autopsie de Jamal Nari, hormis le contenu gastrique qu'il qualifie d'« intéressant ». Cette particularité a déjà été consignée par mon assistant en chef dans le rapport préliminaire qu'il vient juste de compléter. Il souhaiterait en discuter. Lorsqu'il utilise le terme d'« intéressant », je sais qu'il s'agit d'un euphémisme. Quelque chose de très « particulier » se trouvait dans l'estomac, et je me demande de quoi il s'agit. Luke est beaucoup trop perspicace pour y aller de détails dans une communication électronique, contrairement à Liz Wrighton ou à Bryce Clark.

« Je suis rentrée chez moi, m'a fait savoir Liz. *J'ai le cerveau embrumé, j'arrive à peine à penser, mon nez ne cesse de couler, et je tousse à m'étouffer »*, s'est-elle sentie obligée de décrire, des détails qu'un avocat de la défense adorerait retourner contre elle. Quelle opportunité pour lui si un jury songeait que ma technicienne était incapable de se concentrer alors qu'elle réalisait des analyses balistiques. Bryce ne manque pas à l'appel. Il est impossible ! J'en ai assez qu'il s'adresse à moi sur le mode « la Terre au Dr Scarpetta », qui me fait passer pour une excentrique ou une adolescente.

Deux autres de ses textos se bousculent à quelques secondes d'intervalle. Il accumule les abréviations et j'ai parfois du mal à comprendre la teneur de son message. *« Vs venez bureau auj'd ? »* Puis : *« OK, vs laissez pas choix. Qq mbs de vtr personnel traînent pour surprise. Ont des pâtisseries de Mike's. »* Je réponds :

« Pourquoi ? »

« Hello ? Vtr anni ? »

« C'est très gentil, mais il est inutile que l'on m'attende. »

« Dois leur dire ça ? »

« Bien sûr, Bryce. »

« Vs n voyez pas que blessant ? »

Je murmure pour moi-même :

— Quoi que je fasse !

Marino grommelle :

— Hein ?

Je lui rapporte mon échange avec Bryce et il observe :

— Ouais, j'vois ce qu'il veut dire. Les gens veulent que vous soyez contente qu'ils vous aient attendue. Si vous êtes heureuse, ils sont satisfaits.

Tout en lisant ce qui vient d'atterrir sur mon téléphone, je rétorque :

— Peut-être, mais je vais me sentir coupable. Je suis bien certaine que la plupart de mes employés aimeraient rentrer à la maison, rejoindre leurs amis et leurs familles, profiter un peu de ce qu'il leur reste de journée. Vous savez ce qu'est un « mélange bijouterie » ?

— Ouais, des billes en acier inoxydable utilisées avec un *tumbler*. En fait, ça existe sous plusieurs formes ou tailles. Lucy s'en sert parfois quand elle prépare ses munitions. Pourquoi ?

— Ernie Koppel.

Il s'agit de mon ingénieur chargé de la recherche de traces.

Lors d'une journée normale, en fin d'après-midi, j'ai fini ma tournée des labos, vérifié où en étaient nos différentes affaires. Toutefois, aujourd'hui, je suis coincée dans un véhicule en raison de la visite du président des États-Unis. Sa présence prend des allures de traînée de poudre et se propage où qu'il aille, nécessitant la fermeture d'autoroutes, de différentes artères de la ville, et l'interdiction du trafic aérien sur un vaste espace, qu'il soit privé ou commercial. Il n'en demeure pas moins que la vie ou la mort ne s'interrompent pas pour autant au CFC et les scientifiques, tel Ernie, continuent à me tenir informée. Leurs rapports sont assez squelettiques mais suffisants pour que j'entrevoie les développements que je devrai superviser. Je relate à l'intention de Marino :

— Il a récupéré le fragment et la mystérieuse balle intacte auprès de Liz, avant qu'elle quitte le Centre. Il a comparé les indices aux photographies des cas du New Jersey et trouvé un micropiquage qu'il associe à ce mélange bijouterie. Ledit piquage est comparable dans tous les cas.

Ernie n'a pas utilisé le terme « identique », mais c'est ce qu'il impliquait. Les balles en cuivre qui ont atteint Jamal Nari et celles qui ont tué deux résidents du New Jersey ont été polies dans un *tumbler* – peut-être le même, en utilisant le même « mélange bijouterie ». Le tambour ainsi rempli a tourné durant des heures, voire des jours, générant des frictions qui nettoient les douilles de l'oxydation et les font briller tel un sou neuf. Ernie pense que l'utilisation d'un chiffon a parachevé le nettoyage, bref, un polissage et un lustrage manuels. Cependant, il y a aussi des traces mécaniques très particulières sur la balle intacte qu'il souhaite me montrer.

Je rappelle à Marino :

— Benton a suggéré que les pièces de monnaie pouvaient avoir été nettoyées au *tumbler*.

— Du tape-à-l'œil.

Chapitre 17

— Tape-à-l'œil ?

Marino explique :

— Si on considère le type d'arme qui a été utilisé, rien d'étonnant. Un fanatique qui considère ses munitions faites main à la manière de joyaux. Je connais des mecs de ce genre, des snipers ou des tireurs de compétition, dont Jack Kuster. Ils ne laissent même pas leurs douilles tomber au sol. Ils tirent la culasse pour les éjecter et les récupèrent d'un geste ultra-rapide.

Marino lâche le volant d'une main et mime le geste, comme s'il attrapait une mouche au vol.

D'autres hélicoptères se joignent à la légion des premiers, trois *Super Stallion* triple turbine, sept pales, de véritables monstres. Je réfléchis à haute voix :

— Un perfectionniste, donc.

Marino penche la tête et regarde vers le ciel :

— Y aurait pas une invasion qu'on nous aurait cachée ? On sait déjà que ce type est un perfectionniste.

— Sans doute, mais tout ce que nous découvrons aggrave la situation. Elle prend une tournure bien plus angoissante. Ça m'inquiète beaucoup. Qui est-il et pourquoi ? Qui va-t-il tuer la prochaine fois ?

— Dans des affaires de ce genre, c'est la règle que l'individu soit méticuleux, et même obsessionnel compulsif. Un tireur de précision qui possède peut-être une arme intelligente. Un mec qui s'est équipé de tous les outils qu'on trouve dans une armurerie. Je l'ai déjà affirmé avant ce meurtre. À propos des premiers.

Le ton de Marino est sans appel. Il n'est pas surpris, et ne semble avoir aucun doute. Je m'enquiers :

— Et les fragments récupérés des deux premiers ? Avant Nari, a-t-on pensé qu'un *tumbler* avait pu être utilisé ?

— On avait si peu de matériel à notre disposition.

— Eh bien, si quelqu'un peut le déterminer, c'est Ernie.

Mon ingénieur des traces est un des meilleurs avec qui j'ai travaillé.

— On a eu du bol, Doc. Surtout avec cette balle presque intacte. C'est un peu comme de toucher le loto. Peut-être que c'est votre cadeau d'anniversaire prévu par l'univers. J'essaye de me souvenir de votre âge.

— À votre place, je ne gaspillerais pas mon énergie mentale à cela.

— Non, vous êtes en super forme. Surtout vu que…

— Merci beaucoup pour votre appréciation. Je vais passer sur le « surtout vu que ».

— Non, sans blague. Surtout quand on pense dans quelles conditions vous travaillez. Pas de soleil, mais il fait frais. Peut-être est-ce le résultat d'une exposition constante aux vapeurs de formol. Ça préserve les tissus de sorte qu'ils ne se décomposent pas, pas vrai ? Or, c'est ça la vieillerie, non ? On se décompose peu à peu, des trucs commencent à mourir, la peau, les muscles, les cheveux. Vous connaissez le dicton : « Dès qu'on naît, on commence à mourir. » Qui l'aurait cru ? Qu'une morgue puisse devenir une Fontaine de Jouvence.

Distraite, une sorte d'inconfort m'envahissant peu à peu, je réponds :

— Vous venez de me voler ma vieille plaisanterie. En plus, vous avez réussi à me déprimer.

Je connais bien les aficionados des armes qui nettoient leurs propres douilles avant de les recharger. Lucy, par exemple. Elle a aménagé un stand de tir dans l'une de ses dépendances et prépare elle-même ses munitions dans un atelier qu'elle a équipé et qui ferait envie à nombre d'armureries. Elle y a installé des *tumblers* de différentes tailles. Cela étant, je n'ai jamais entendu parler de quelqu'un qui polirait ainsi des balles. Des douilles de cuivre, oui, mais pas les projectiles en entier, et je me demande comment cette personne y est parvenue. A-t-elle utilisé deux *tumblers*, ou alors poli la cartouche entière après l'avoir manufacturée ? J'envoie un texto à Ernie :

« Il faut que nous parlions. Jusqu'à quand comptez-vous rester au labo ? »

« Un moment. Je passe à l'IRTF. Suis sur une bonne lancée. »

Il va avoir recours à une spectroscopie infrarouge à transformée de Fourier, ou IRTF. La technique utilise différentes longueurs d'ondes et permet d'analyser une trace sur un échantillon. Elle ne détruit pas l'indice, au contraire d'une chromatographie en phase gazeuse. Que soupçonne Ernie ? Peut-être une substance chimique. Je repense à Lucy et à ce que je lui ai appris. Le nettoyant anticorrosion Flitz me suit depuis des décennies. Il s'agit de mon remède contre la rouille, l'oxydation, les dépôts de tartre et les taches. À la maison, je m'en sers pour nettoyer les objets en cuivre ou en terre cuite, sur l'aluminium et même le verre. J'ai vu des bidons de Flitz dans l'atelier d'armurerie de ma nièce. Elle l'utilise lorsqu'elle veut polir quelque chose au chiffon.

Marino en revient à son obsession au sujet de la Floride :

— Miami ? Hum ! J'espère que vous n'allez pas encore nous pondre un plan de génie et déménager à nouveau là-bas. N'empêche, vous auriez dû me dire que vous aviez un appart.

— J'ai pensé qu'il s'agissait d'une station de vacances. Benton s'est occupé de tout. L'appartement devait être une surprise. J'ai vu des photos, c'est tout. En quoi est-ce important ? Selon moi, vous devriez plutôt vous focaliser sur une canaille d'enquêteur d'assurances qui semble devenir le dénominateur commun d'un certain nombre d'événements.

Marino contre :

— Il a rien à voir avec le New Jersey. Avec les autres cas.

— Vous en êtes sûr ? Et les polices d'assurance des victimes ? Ont-elles pu être souscrites auprès de TBP ?

— Écoutez, jusqu'à maintenant, j'ai jamais entendu parler de Bloom. De plus, j'ai jamais entendu mentionner un truc en rapport avec des assurances dans les deux fusillades du New Jersey.

— Vous devriez vérifier.

— C'que je suis content que vous soyez ma partenaire, sans ça je saurais vraiment pas quoi faire !

— Je ne suis votre partenaire que parce que vous m'avez retenue en otage toute la journée.

— Non, c'est Obama.

— Pas ce matin.

— Ouais, mais bon, on bosse bien ensemble.

— Ça a toujours été le cas.

— J'vais fouiner au sujet des cas du New Jersey. Mais, je parierais que Bloom est un clou à la fesse anecdotique, une déviation, en quelque sorte. Il faut pas se laisser embarquer par ça, parce que ça relève pas mal de la coïncidence, selon moi.

Il voulait dire une diversion.

De surcroît, je ne suis pas d'accord avec lui sur ce point. Le fait que Rand Bloom surgisse partout sur notre chemin ne peut se résumer à une succession de hasards. Cela ne signifie pas pour autant qu'il soit un tueur en série, ainsi que je l'explique au grand flic. Cependant, je suis portée à croire que, d'une certaine façon, Bloom devient une sorte de fil rouge. Alors que la voiture s'immobilise à nouveau, je souligne :

— Il faudra sans doute l'aide de Lucy pour comprendre de quelle nature est ce fil rouge.

Marino contre aussitôt :

— C'est mon enquête, et je refuse qu'on lui demande de pirater quoi que ce soit. Prendre Storrow Drive était une connerie.

— Sortir en voiture aujourd'hui était, de toute façon, une erreur.

Il nous a fallu dix minutes pour avancer d'un demi-kilomètre. Je contemple les arbres plantés le long des berges et l'interminable file de voitures qui nous précède. La chaleur monte des moteurs et le soleil se réverbère sur les vitres.

Je m'abstiens de lui faire remarquer qu'il ne se gêne pas pour utiliser ce que ma nièce peut apporter en matière d'informatique, tant qu'il ne se fait pas prendre la main dans le sac, et rétorque, d'un ton assez ironique :

— Jamais je ne lui demanderais une chose pareille. En général, j'évite d'encourager les gens à enfreindre la loi, surtout lorsqu'il s'agit de mes proches.

— Lucy et Janet vous suivraient ?

— Pardon ?

— C'est toujours mieux quand je suis informé de ce que vous comptez faire, Doc. Si vous projetez de prendre votre retraite à Miami, faut m'avertir.

— Ma retraite ?

— Vous pourriez. Benton et vous n'avez pas besoin de bosser pour vivre.

— Je ne suis pas devenue anatomopathologiste et avocate pour l'argent. Ma motivation se trouvait ailleurs.

— Contrairement au commun des mortels, vous et lui n'avez plus à gagner votre vie si vous le décidez. Et je ne parle même pas de Lucy, qui doit être sur la liste Forbes des plus grosses fortunes.

— Je ne crois pas, et ce n'est vraiment pas le genre de choses qui me passionne.

— J'aimerais être riche, même pour une petite semaine. Juste pour savoir ce que ça fait de ne pas s'inquiéter des factures ou alors pour vendre ma moto et en acheter une mieux.

Nous avançons de quelques mètres pour nous immobiliser à nouveau.

— Les aspects fondamentaux sont identiques pour chacun d'entre nous, Marino. La vie, la mort, la maladie, les régimes, les relations, les factures à payer. De plus, si vous avez besoin de quoi que ce soit, vous savez que vous pouvez m'en parler.

— Il ne s'agit pas d'avoir besoin, mais d'avoir des envies. Si j'avais les moyens, je m'achèterais tout de suite un pied-à-terre dans les Keys, un bateau, une remorque sur laquelle je pourrais charger ma bécane. Je voyagerais, je prendrais les choses super cool. Plus rien au-dessus de ma tête, prêt à me dégringoler dessus… si, un parasol !

— Vous vous ennuieriez en cinq minutes.

— Sans doute.

— Marino, je n'ai nulle intention de prendre ma retraite ou de partir où que ce soit, ni aujourd'hui ni demain, et peut-être jamais d'ailleurs. Néanmoins, merci d'insinuer que je suis très remplaçable et vieille. Quel magnifique cadeau d'anniversaire !

— Non, ce que je voulais dire, c'est que vous faites ce métier depuis un sacré bout de temps et que j'vous en voudrais pas d'en avoir marre des cadavres et des sacs à merde qui les ont envoyés sur vos tables. En plus, vous êtes originaire de Miami. Même si vous ne cassez pas votre pipe, vous pourriez préférer finir votre vie au milieu des palmiers et au soleil.

Je ne relève pas le fait qu'il évoque ma mort.

— Certainement pas.

Il s'entête, cependant :

— En plus, vous êtes une bonne copine du chef de Broward County et le siège du comté est Fort Lauderdale. Et puis, vous donnez des cours d'investigation médico-légale là-bas, au moins trois ou quatre fois par an. Vous aimez la Floride du Sud.

— J'apprécie beaucoup d'endroits.

Marino se déporte et se faufile entre deux voitures, comme si cela nous avançait. En réalité, il ajoute à l'exaspération des autres conducteurs. Mon étonnement augmente :

— Mais enfin, pourquoi amenez-vous cela sur le tapis ?

— Au fond, on sait jamais ce que les gens vont faire. Un jour, c'est vos meilleurs amis. Le lendemain, ils vous reconnaissent à peine, ou alors ils passent dans le camp ennemi. Ils vous collent dans une position qui vous interdit de faire un choix juste, si vous voyez ce que je veux dire.

— Non, je ne comprends pas trop.

Il continue sur sa lancée :

— C'est quoi, le pire ? Trahir quelqu'un ou lui permettre de s'en tirer alors même qu'il fait un truc condamnable ?

— Les deux sont « pires ». Vous êtes en train de parler de moi, là, Marino ? J'ai fait quelque chose sans m'en apercevoir ?

— C'est ce que je dis. On ignore qui sont véritablement les gens.

Inutile de lui signaler qu'il vire à l'irrationnel. Il projette sur moi une attitude qu'il reproche à quelqu'un d'autre. Je tente, au contraire, de le canaliser :

— En général, Bloom discute avec Bryce.

— Ça s'est produit à de nombreuses reprises ?

— Vous voulez dire avant que je me décide à le rappeler ? Pas si souvent que cela. Mais il y a eu plusieurs affaires. Johnny Angiers est la plus récente.

Je tente de me souvenir du nombre de fois où j'ai été confrontée à Rand Bloom. Marino questionne :

— Et dans ce cas, la police d'assurance se monte à combien ?

— Pas la moindre idée.

— Assez pour que Bloom mette les bouchées doubles. Ça m'étonnerait pas qu'il y ait un gros paquet de fric en jeu, dans le million de dollars, au pif.

J'en reviens à mes interrogations de tout à l'heure :

— Patty Marsico, le meurtre de Nantucket, lors du dernier Thanksgiving. Son mari a traîné en justice l'agence immobilière dans laquelle elle travaillait. Bloom m'a téléphoné une ou deux fois pour me poser des questions au sujet de son autopsie, questions auxquelles j'ai, dans l'ensemble, refusé de répondre. J'ai aussi été citée à déposer.

— Il était présent ce jour-là ?

Marino continue de forcer le chemin. Il slalome entre les voitures, passe d'une file à l'autre. Des conducteurs manifestent leur agacement à coups de klaxon. Quelques-uns hurlent des insultes silencieuses. Tout le monde ou presque est excédé et d'une humeur de dogue.

— Uniquement les avocats et un chroniqueur judiciaire. Je découvre aujourd'hui seulement à quoi Bloom ressemble.

Je garde pour moi que je l'imaginais plus âgé, fagoté dans des costumes informes de piètre qualité. Un détail émerge :

— Il m'avait déjà harcelée, il y a quelques années, à propos d'une autre affaire. Liberty Wharf. Cet ouvrier du bâtiment.

— Celui qui a fait une chute du dernier étage de cet immeuble de bureaux non loin du Boston Fish Pier ? Il s'est empalé sur des barres d'armature. Il a fallu que j'y aille avec une scie à disque diamant pour le dégager.

Marino lâche cela comme s'il s'agissait d'un souvenir plutôt plaisant.

— Le point litigieux consistait à déterminer si son harnais de sécurité était en cause. Bloom a fait des pieds et des mains pour mettre l'accident au compte de l'alcoolisme chronique de l'ouvrier.

— Bien sûr, la victime devient coupable.

— Son alcoolémie était nulle mais il présentait un foie gras, des lésions du système nerveux et des contusions au sujet desquels je n'ai pas émis de suppositions. Il s'agissait d'un accident, et la compagnie s'est résolue à payer. Là aussi, j'ignore le montant versé.

— Peut-être que vous êtes devenue le cauchemar des assureurs.

— Peut-être, en effet.

— C'est nouveau, non ?

— Si vous le dites.

Ses Ray-Ban éraflées se tournent vers moi. Nous sommes encore à l'arrêt sur Storrow Drive.

— J'veux dire que vous vous montriez plus clinique, avant. Quand on a commencé à bosser ensemble. Vous étiez un peu froide et impersonnelle.

— Je préfère considérer cela comme un compliment.

— Enfin, le genre un brin tatillonne, qui suit scrupuleusement les règles. Vous n'aviez rien à faire des conséquences, vous vous souvenez ?

— Je refusais de m'en préoccuper, Marino.

Il me jette un regard oblique et souligne :

— Même que des fois vous ne lisiez pas les journaux ni n'écoutiez les infos pour connaître le jugement après votre témoignage. Vous répétiez que l'issue du procès et ce que déciderait la compagnie d'assurances n'était pas de votre ressort, que ce n'était plus votre boulot.

— De fait, ça n'en fait pas partie.

— Et donc, vous auriez soudain décidé que ça vous concernait quand même ?

— Peut-être.

— J'me demande pourquoi.

— Persister dans mon attitude passée ne me satisfait plus, Marino. J'en ai assez que des gens s'en tirent à bon compte.

— Ben, on fait la paire, alors. Les gens qui foutent leur merde devraient pas s'en tirer. Et je me cogne de savoir qui ils sont.

À l'entendre, j'ai le sentiment qu'il a autre chose à l'esprit.

Je répète son commentaire comme s'il m'avait amusée, bien que tel ne soit pas le cas :

— Froide et impersonnelle.

— J'avais précisé *un peu*.

— Et vous avez attendu tout ce temps avant de m'avouer cela ?

— Non, je l'ai déjà dit, même derrière votre dos. Vous avez changé.

— J'étais aussi épouvantable à cette époque ?

— Ouais, et j'étais un vrai connard. On s'était bien trouvés.

Chapitre 18

Ses doigts épais pianotent sur le volant. Nous progressons avec une désespérante lenteur, guère plus de cinq kilomètres à l'heure.

Marino ne s'attendait certainement pas à cela lorsqu'il a opté pour un itinéraire inhabituel. Nous empruntons le Longfellow Bridge, plus connu sous son surnom local de pont Sel-et-Poivre, ses tourelles de granit évoquant une salière et une poivrière jumelles. Des voies ferrées rouillées courent en son milieu, flanquées de chaque côté par des bandes laissées à la circulation en direction de l'est et de l'ouest.

L'ouvrage centenaire, succession d'arches d'acier, enjambe la Charles River, liant Beacon Hill, un quartier de Boston, à Cambridge. Le flot de voitures est toujours aussi monstrueux. Cette fois, Obama n'est pas en cause. Aux détours et délais générés par son cortège s'ajoute une voiture accidentée devant nous. La file de droite a été neutralisée. À peu près au milieu des voies qui se dirigent vers l'est, une épave tordue est arrimée par des chaînes sur une dépanneuse.

Les lumières bleues et rouges des véhicules de police pulsent et les hélicoptères des télévisions sont suspendus en vol stationnaire, grosses libellules au-dessus de nos têtes. Trois d'entre eux sont parfaitement immobiles à environ trois cents mètres d'altitude. Le soleil bas est aveuglant et je songe qu'il a pu contribuer à l'accident. Peut-être l'embouteillage et la rage des conducteurs, consécutifs à la visite présidentielle, sont-ils à blâmer.

Je relate à Marino mes conversations avec Bloom :

— Nous avons dû nous entretenir une demi-douzaine de fois au cours des dernières années. Des échanges du même tonneau que ceux que j'ai avec les avocats requins auxquels je dois me frotter. À l'évidence, il s'est fait un devoir d'apprendre le maximum de choses à mon sujet. Par exemple, à quoi je ressemble.

— Pas trop difficile. On vous voit aux infos et vous avez une page sur Wikipédia, qu'il faudrait d'ailleurs corriger. Y a des trucs faux, notamment le fait que vous et moi aurions eu une liaison quand on bossait ensemble en Virginie. J'pense que ça concerne plutôt Benton.

Les rumeurs ne m'intéressent pas, et je ne m'y attarde pas :

— Notre escapade en Floride n'a pas été rendue publique. Pas plus que l'appartement qu'a loué Benton. Comment expliquez-vous cela ?

— Peut-être que Lucy saurait. Bloom a pu accéder à une banque de données. Ou alors un blog dont vous n'auriez pas connaissance. Machado m'a pas donné signe de vie depuis que je l'ai vu ce matin sur la scène de crime…

Son ton s'est fait maussade et je reste silencieuse, attendant qu'il se confie.

— … Et moi qui croyais bien le connaître.

Je sais enfin à qui il faisait allusion un peu plus tôt. L'inquiétude de Marino, dont le prétexte était mon prétendu déménagement avec pour conséquence son abandon, trouve en réalité sa source dans la perte de son meilleur ami. Toutefois, un de ses commentaires m'a alertée. Il a évoqué une trahison, devoir garder le secret lorsque quelqu'un avait commis un acte blâmable. Machado ? Qu'a-t-il pu faire, et que cache Marino ? Je décide cependant de ne pas le contraindre aux confidences. Je ne veux plus paraître froide et impersonnelle, pas même *un peu*.

— Écoutez, j'ignore ce qui a pu se passer mais j'en suis désolée. Vous étiez très proches, et il vous a donné un sacré coup de main lorsque vous avez réintégré la police.

Marino balance d'un ton hargneux, plutôt que de laisser transparaître qu'il est blessé :

— Ouais, ben je peux vous garantir qu'il regrette ! Vous encouragez quelqu'un et tout baigne jusqu'à ce qu'il vous laisse sur le bas-côté. On se baladait sur nos Harley ensemble, on traînait un peu chez Paddy. On regardait des matchs en bouffant des *spare ribs* au barbecue avec des petits pains de chez Sweet Cheeks. On se dégotait des tickets pour les matchs des Sox, des Bruins et puis on allait se détendre dans les restos italiens du North-End : Pomodoro et Assaggio.

La tristesse se peint sur son visage durant un bref instant. Puis, ses traits retrouvent leur dureté lorsqu'il déclare :

— On protégeait mutuellement la peau de nos culs.

— Et ce n'est plus le cas ?

— Maintenant, il en a rien à foutre de moi, et peut-être que je devrais l'imiter.

— Ça fait de la peine de perdre un bon ami.

— Moi, de la peine ? Certainement pas ! Pas même une once. C'est un traître. Quand je pense au nombre de fois où il m'a répété qu'il voulait que je redevienne flic et que comme ça nous serions partenaires ! Il faut toujours faire gaffe à ce que l'on souhaite. Maintenant, il brûlerait des cierges pour que je me fasse virer, ou descendre.

Il se contraint à ricaner.

— C'est donc bien le nœud du problème. Vous l'avez éclipsé ?

J'ai toujours su comment m'y prendre avec lui lorsqu'il était bouleversé. Dès le début de notre relation, je me suis fiée à mes talents relationnels avec lui. *Froide et impersonnelle*. Je tente de faire réapparaître la femme qu'il connaît depuis si longtemps. Je me sens décontenancée soudain.

Il approuve :

— Un peu, que je l'ai éclipsé. Une foutue vérité. Tiens, doit y avoir du chewing-gum dans la boîte à gants.

Je l'ouvre et repousse dans un coin le petit sac congélation qui renferme les pièces de monnaie polies. Elles tintent faiblement.

Ce n'est pas Rand Bloom qui les a laissées sur mon mur. Pas plus qu'il ne m'a *tweeté* un poème de Morristown le mois dernier. Il est trop fruste et maladroit pour se livrer à des stratégies symboliques sibyllines. *Froide et impersonnelle*. Je ne parviens pas à gommer ce jugement de mon esprit. Lorsque j'ai été engagée au poste de médecin expert en chef de Virginie, mon premier emploi important, Marino se qualifiait haut la main comme véritable abruti. Je restais sur ma réserve. Peut-être n'étais-je pas chaleureuse, mais je me montrais juste en toute circonstance. Je pense avoir été cordiale. Je m'efforçais de rester affable, alors même qu'il se donnait un mal de chien pour me pourrir la vie.

Je plonge la main dans la boîte à gants et trouve les plaquettes de chewing-gum. La marque Clove, bien sûr. Il aime les choses rétro. J'ouvre le mince étui rouge et une puissante bouffée du passé me fait cligner des paupières. Les images et les sons de la petite épicerie paternelle de West Flagler, une partie de Little Havana où les immigrés pouvaient vivre en paix. Je porte le paquet de chewing-gums à mes narines et le hume. Épicé, subtilement piquant. Je revois encore l'enseigne peinte à la main en grosses lettres bleues, SCARPETTA'S MARKET.

À l'intérieur régnait en permanence une agréable fraîcheur. Un conditionneur d'air de fenêtre vrombissait du matin au soir et les gouttes de condensation tombaient sur le sol carrelé. Dès que je pénétrais dans la boutique, je ne pouvais m'empêcher de regarder les présentoirs de bonbons et de chewing-gums. Clove, M&M's, guimauve, bonbons fourrés aux fruits. De grands bocaux de verre s'alignaient sur le comptoir en bois, remplis de fins carrés de chocolat noir à la crème de menthe ou de bubble-gums enveloppés de décalcomanies ou de petites histoires drôles.

La sonnerie *Hail to the Chief* du portable de Marino, l'air qui accompagne en général les apparitions du président des États-Unis, retentit. Je l'ai déjà entendue mais ne me souviens plus à quel interlocuteur il l'a attribuée. Au demeurant, je n'y prête pas grande attention. Je revois les mains de mon père, sa peau hâlée, ses longs doigts minces. Il rangeait avec soin les pièces de monnaie dans la caisse enregistreuse plaquée de nickel, une machine du début du siècle, qu'il avait restaurée. Je l'avais vu travailler à son sauvetage durant des mois, étalant ses pièces sur la table de la cuisine, dont ma mère exigeait qu'il la recouvre d'abord des feuilles du *Miami Herald*. Il avait remplacé les touches mécaniques, et doté la caisse d'une sonnette en cuivre qui avertissait dès l'ouverture du tiroir à monnaie.

Plongée dans mes pensées, j'entends à peine Marino :

— Qu'est-ce qui se passe, patron ?

La voix de mon père résonne dans ma mémoire, tous les conseils et les instructions qu'il me donnait afin de vivre correctement, parce qu'il savait qu'il ne tiendrait plus longtemps. Cependant, à l'époque, je n'acceptais pas cette perspective. Jusqu'à ce qu'il décède et sans doute même après. Nous parlions souvent l'italien à la maison. Sa voix paisible de baryton était teintée d'un accent doux et chantant. *Succedono cose terribili.* Il me disait que les choses affreuses se produisent et que personne ne sait jamais qui va franchir le pas de la porte. *Ne tourne jamais le dos, Kay, n'offre jamais une opportunité à un brigand. La vie est courte, ma fille. Elle est précieuse et fragile. Il y a tant de gens qui veulent arracher ce qui ne leur appartient pas. Des gens très malfaisants.*

Io non volevo vivere la mia vita con la paura del male. Je lui répondais alors que je ne voulais pas vivre en craignant le mal. Je ne voulais rien redouter. Il rétorquait qu'il tentait de m'apprendre à me défaire de ma naïveté, à me montrer plus retorse. *Non essere ingenua, devi essere furba*, me conseillait-il. Ce même jour, il avait installé un verrou à clé plate sur le flanc de la caisse enregistreuse. Il la conservait sur une chaîne de montre à gousset, qui retenait aussi un petit canif, et qu'il gardait toujours dans sa poche.

Plus tard, lorsqu'il avait été incapable de travailler, j'avais récupéré la clé. Dans ses moments de lucidité, il me demandait où je la rangeais et si elle était en sécurité. *Si, papà, la terrò sempre al sicuro*. Elle sera toujours en sécurité, aujourd'hui dans ma boîte à bijoux. La tristesse m'envahit. Un ancien souvenir, enfoui dans ma mémoire, à l'instar de l'arôme des chewing-gums de Marino.

— D'accord. C'est lui qui vous l'a communiqué mais il n'a pas jugé important de m'en faire part…

L'échange de Marino me parvient, assez lointain, alors que je revois mon père quand il se tenait à côté de moi. Il avait toujours été très mince, même avant sa maladie, avec de beaux traits et d'épais cheveux blonds ondulés.

Il se cramponnait à ma main et me présentait à certains de ses clients lorsque je l'accompagnais au magasin, parfois les samedis pour lui tenir compagnie et m'acquitter de tâches diverses et variées. Ensuite, lorsque le cancer l'avait cloué au lit, sans possibilité de sortir de chez nous, j'avais pris sa place derrière la caisse enregistreuse après l'école, durant les week-ends, et les vacances d'été. J'avais entrepris d'établir notre comptabilité à l'âge de neuf ou dix ans.

Je déposais de l'argent à la banque, accueillais les camions de livraison, et remplissais les casiers de fruits et légumes frais. J'étais devenue experte dans le débitage et le pesage des viandes et fromages, en matière d'huiles d'olive. Je préparais pâtes et pains maison. Je pense n'avoir jamais réalisé que je n'étais encore qu'une enfant.

La leucémie de mon père m'avait prématurément vieillie. Peut-être est-ce ce qui me rendit impersonnelle et froide. Je regarde par la vitre de la portière sans pour autant voir la légion des voitures qui se suivent pare-chocs contre pare-chocs. Je ne vois que la boutique de sandwichs cubains que mon père adorait, *jamón dulce, ropa vieja* et ragoût de bœuf espagnol. Je lui apportais son repas sur un plateau dans sa chambre. Il était allongé, immobile, les stores toujours baissés, une faible lumière filtrant au travers. Je me convainquais que si je parvenais à le faire manger, il cesserait de perdre du poids. Ses migraines s'atténueraient et sa fatigue s'envolerait si je travaillais assez dur et que je le rendais heureux.

Marino continue sa conversation avec son interlocuteur. Froide et impersonnelle. Une sorte de colère m'aiguillonne.

— Ouais, j'vais me renseigner.

Lorsque nous avons commencé à collaborer, il y a des années de cela, il le pensait, en effet. Cependant, cela me paraît bien plus inacceptable aujourd'hui. Une méchanceté gratuite, pour être franche. Il n'avait pas besoin de me sortir cela, d'autant que je ne suis pas certaine qu'il s'agisse d'une description fiable. J'ai toujours été sérieuse et appliquée. Certes, j'admets avoir un humour assez ironique, que peut-être il ne comprenait pas. Je lui concède même que son évaluation de ma personnalité était assez juste à cette époque. J'avais appris à ne pas m'impliquer émotionnellement. Il m'a fallu du temps pour me débarrasser peu à peu de ce dressage, et je pense y être parvenue. Marino n'essayait pas d'être blessant. En réalité, il ne sous-entendait rien de particulier.

Il me paraît très chaleureux avec la personne à l'autre bout de la ligne :

— Oui, oui, je m'en occupe tout de suite… Parce que je suis assis dans un foutu parking… Non, pas littéralement. C'est quoi cette soudaine urgence ?

Il marque une pause, puis :

— Ouais, il est arrivé sur place environ une heure avant moi. Il y avait déjà quelques uniformes… Non, ils n'étaient pas à l'intérieur avec lui, c'est impossible. Pourquoi ?

Une autre pause, un peu plus longue, puis :

— Comme je l'ai dit, je peux pas l'empêcher de se la péter Ranger solitaire… Ouais, ça m'évoque un peu ça. La toxico confirmera. En effet. De l'eau de Javel.

Il met un terme à sa conversation et me lance :

— Un truc assez bizarre.

Je me rends compte que je tiens le paquet de chewing-gums entre les doigts. Ma colère s'est enfuie, aussi vite qu'elle s'était imposée. Je commente :

— Ils ont l'air desséchés.

Il hausse les épaules :

— Deux, s'il vous plaît.

Je débarrasse les tablettes de leurs enveloppes. Elles sont aussi dures que du carton. Elles craquent sous ses molaires lorsqu'il entreprend de les mâcher. Il ouvre un fichier sur son téléphone, le consulte avec attention durant de longues secondes. Tout en mastiquant, il précise d'une voix maintenant distraite :

— Le commissaire divisionnaire. Vous pouvez prendre un chewing-gum. Il y en a plein d'autres. Je les commande sur Internet.

Il ferme le fichier et lâche son téléphone sur ses cuisses. Je demande :

— Le Ranger solitaire ?

— J'ai pas trop envie de parler de ça. Machado.

Néanmoins, il me raconte que le problème a débuté l'année dernière lorsque le commissaire divisionnaire de la police de Cambridge, Gerry Everman, a déclaré que Marino était l'un des meilleurs détectives que le département ait jamais comptés, et que cette appréciation s'est répandue à la manière d'une traînée de poudre.

Comme si cela ne suffisait pas à attiser la jalousie, le département de police a reçu un nombre exceptionnel de lettres de louanges émanant de victimes et de témoins avec lesquels Marino avait travaillé et, bien sûr, le grand flic n'a pas joué les modestes à ce sujet. Plus Machado montrait son hostilité, et plus Marino se radicalisait. Au bout du compte, une femme s'en est mêlée, au dernier Thanksgiving. Marino résume :

— C'était la fameuse goutte d'eau qui fait déborder le vase.

— Une femme que vous vous disputiez ?

— Non, rien à voir avec moi. Je sortais avec Beth Eastman, jusqu'à ce que sa fille Julie se fasse tuer.

La seconde victime du New Jersey, descendue alors qu'elle attendait le ferry.

— Beth avait déjà été votre petite amie en fac.

— Ouais, c'était pas mal sérieux et tout ça.

— Elle doit être anéantie.

Il parle et mâche son chewing-gum :

— Sa fille était vraiment quelqu'un de bien. Pour en revenir à Machado, on vient de me rapporter une rumeur. Son nouveau truc serait d'intégrer la police d'État. Il veut devenir enquêteur pour le *district attorney* de Middlesex County. Si ça marche, ce sera un bon débarras, mais aussi mon prochain furoncle. Et je parie que c'est une des raisons de son choix. Il va essayer d'écraser Cambridge et d'interférer avec toutes les enquêtes pour homicide qui nous sont confiées. D'ailleurs, il s'y emploie déjà, mais de l'intérieur. Fallait vraiment qu'il soit crétin pour apprendre à Joanna que son mari avait été abattu par balles.

— En effet, pas malin de lui offrir une information de cette importance.

Je repense aux guitares, aux deux étuis alignés sur le lit et à d'autres objets dont nous avons tiré une lueur bleue blanchâtre.

— Et vous savez pourquoi il prend des décisions aussi minables en ce moment ? Parce qu'il veut que les gens soient de son côté, pas du mien. Ça vire à l'obsession chez lui, je veux dire que ça le rend dingue. Si je finis avec une balle dans la tête, vous saurez qui interroger.

— Ça fait deux fois que vous mentionnez cela, Marino. J'espère que vous n'êtes pas sérieux.

Chapitre 19

Nous dépassons la Smart réduite en tas de ferraille sur les voies opposées. Le pare-brise est enfoncé dans l'habitacle et le toit aplati. Des morceaux de plastique et des éclats de verre jonchent la chaussée et je me demande si le conducteur est en cours de transfert vers le CFC. Marino semble désireux d'abandonner le sujet Machado et déclare :

— Autant se trouver dans une boîte de conserve. Je comprends pas pourquoi les gens conduisent ce genre de voiture.

— Ce n'est pas très onéreux.

— Ouais, une vraie affaire si on se fait tuer dedans. Mieux vaut acheter un truc un peu plus grand qu'une boîte à pain. C'est moins cher qu'un enterrement.

Désireuse de m'assurer que Marino prend l'enquêteur d'assurances au sérieux, je souligne :

— Rand Bloom ne nous épargnera rien. La fin justifie les moyens. Je m'attends à d'autres coups sournois. Soyons prêts et proactifs.

— Dès que vous utilisez le mot « proactif » je deviens nerveux.

— Selon moi, il a déterré tout ce qu'il pouvait à notre sujet. Eh bien, rendons-lui la pareille et tâchons de trouver le maximum d'informations sur lui.

Marino contre :

— Nous ? Je pense qu'il faut limiter cela à vous. Je ne crois pas que je l'intéresse.

Je sais ce que je vais faire.

— Il a été victime d'un accident grave, ou alors il s'agit d'une bagarre ?

— Ouais Doc, on dirait qu'il s'est fait exploser la tronche à coups de batte de base-ball. Suffit de prendre un ticket et de faire la queue. À mon avis, tous ceux qui ont eu le malheur de l'approcher ont probablement envie de lui défoncer salement le portrait.

— Voyons ce que Lucy peut glaner.

Si Bloom a été victime d'une agression ou d'un accident, il doit y avoir un rapport de police quelque part, quelques lignes qui mentionnent les faits.

Nous sommes enfin parvenus à l'extrémité du pont, arrêtés cette fois par un feu rouge. Marino marmonne :

— J'pense qu'on a pigé. Bloom se contente de remuer la merde, aussi simple que cela. C'est d'ailleurs pour ça qu'une compagnie d'assurances sordide a recours à ses talents.

Il ouvre un mail auquel est joint un fichier, peut-être ce qu'a mentionné le commissaire divisionnaire un peu plus tôt. Le chef du département auquel appartient Marino laisse fuiter des informations à son profit. Je prends à nouveau conscience de ce que je me suis efforcée d'oublier. Marino est un des meilleurs flics que j'aie jamais rencontrés. Je n'aimerais pas du tout qu'il me tombe sur le poil.

— TBP n'est pas considérée par le grand public comme une compagnie d'assurances sordide, ni même corrompue.

— Hum, juste des sales cons.

Il élargit du pouce et de l'index ce qui vient de s'afficher sur son écran tactile. Je précise :

— Je ne sais pas au juste ce que signifient les initiales. Lorsqu'on fouine un peu sur Internet à leur sujet, ils auraient gagné pléthore de récompenses et ce serait une boîte idéale pour ses salariés.

— Oh, lâchez-moi, là !

Le feu passe au vert et nous redémarrons.

— Il s'agit d'un très gros assureur, qui a pignon sur rue, bénéficie du respect de tous, jusqu'à ce que vous ayez un problème. À ce moment-là, vous apprenez de façon assez brutale jusqu'où ils sont capables d'aller pour que vous ne receviez pas ce que vos primes d'assurance étaient censées garantir.

Marino rejoint Memorial Drive par la gauche et nous voici de retour à Cambridge.

— Archidégoûtant. C'est vraiment le boulot parfait pour un enfoiré qui n'a rien à foutre de personne et pas de conscience.

Il a raison. Le meurtre de Jamal Nari ce matin n'a pas dissuadé Bloom de harceler Joanna. Au contraire, ça n'a fait qu'intensifier son action. Marino poursuit d'un ton assez mystérieux :

— Apparemment, il vise également Mary Sapp. Et même que je me demande s'il n'a pas une autre cible en plus.

— La question demeure. Comment se débrouille-t-il pour obtenir des informations aussi précises sur les gens ? Comment avait-il appris que Nari et sa femme étaient en relation avec Mary Sapp, qu'elle était chargée de louer la maison qu'ils avaient choisie ?

— Il suffit de filer quelqu'un, de se débrouiller pour le rencontrer ici ou là, bref d'être appliqué et concentré sur sa mission. Ensuite, Bloom a laissé fuiter des infos pour que le bail soit dénoncé, grâce à l'aide d'un agent immobilier qui a fait le sale boulot pour lui. La petite mère Sapp est contente de conserver l'acompte et d'éviter des emmerdes. En plus, allez savoir si elle lui a pas graissé la patte.

J'approuve :

— Un individu dans la position de Bloom doit recevoir pas mal de pots-de-vin, en effet.

— Un bon dessous-de-table et un coup de bol : Nari se fait descendre.

Le Charles River Yacht Club s'élève à notre gauche et le campus du MIT à notre droite ; des files de bateaux et de la brique, du granit. Je réplique :

— Joanna perd son époux et, maintenant, elle va aussi perdre la maison. Elle ne pourra pas rester dans leur appartement après ces événements, et elle n'a nulle part où aller.

Les allées « vertes » qui flanquent la rivière, ombragées par de grands arbres luxuriants, sont bondées de joggeurs et de cyclistes. De fragiles esquifs pointillent les eaux bleu sombre et manieurs de rames ou d'avirons s'échinent, impulsent de la vitesse à leurs embarcations. Ils termineront la journée fatigués mais avec civilité, bref, très différemment de nous.

— Une racaille. Un vautour qui s'en prend aux gens déjà à terre.

Marino nous offre un florilège d'appellations graphiques qu'il n'est guère utile de répéter même si, en l'essence, il a raison.

Rand Bloom est un voyou dont le pain quotidien se résume au harcèlement. Certes, nous ne disposons d'aucune preuve qu'il m'ait espionnée. Cependant, je suis certaine que tel fut le cas depuis le décès dans les bois, il y a six semaines, de Johnny Angiers. Cela expliquerait pourquoi Bloom était garé ce matin non loin de ma maison. Je repense à l'éclat de lumière mentionné par Benton alors qu'il lisait le journal dans notre cour.

Il est possible que Bloom en soit à l'origine. Lui, ou l'un de ses sbires, a pu nous espionner, prendre des photographies de mon mari et de moi au cours d'un moment intime pour violer notre vie privée, récolter des informations, nous embarrasser publiquement. L'intention derrière est-elle de me rentrer dans la tête que j'aurais tout intérêt à lâcher le dossier Angiers, contrairement à ce que j'ai fait jusque-là ? Puis une autre idée me traverse l'esprit. Je demande :

— Qu'ont, au juste, révélé ce matin les radios au sujet du meurtre de Nari ?

— L'adresse, et le fait qu'une voisine du couple, Angelina Brown, avait vu un homme étendu de tout son long dans l'allée du parking. J'ai reçu la transcription, si vous voulez jeter un œil. On vient juste de me l'envoyer. Quand on s'arrêtera, je vous transférerai le fichier.

Je ne demande pas qui le lui a envoyé. Au lieu de cela, je m'enquiers :

— Avez-vous écouté les appels sur les fréquences de police ?

— Je me trouvais dans la salle de gym et j'avais pas ma radio. Machado m'a contacté par téléphone. Sans se précipiter, en plus. Pourquoi ?

— Si Bloom surveillait son scanner, il aurait pu entendre les appels après le meurtre et reconnaître l'adresse. Peut-être se trouvait-il à deux pâtés de maisons de là. C'est même un fait établi lorsque nous avons croisé son pick-up.

Marino contre :

— Ouais, mais c'est pas lui qui conduisait. On sait pas où il pouvait être fourré à ce moment-là.

— S'il était garé non loin de ma maison, il aurait pu vous apercevoir lorsque vous êtes venu me chercher. D'autres informations ont-elles été données par radio ?

— Quand je suis reparti de chez moi, j'ai envoyé un message en disant que j'étais 10-8 et que je me rendais à Farrar Street.

— Avez-vous précisé que vous veniez me chercher pour me conduire sur la scène de crime ?

— Non. D'un autre côté, nous étions confrontés à un 10-35, c'était plus un mystère pour personne.

— Un crime important qui sous-entend en général un homicide. Si Bloom a intercepté cette information, il a compris ce qui se déroulait. Il se peut qu'il ait surveillé mon domicile, d'autant qu'il savait que je partais en Floride. Une information précieuse à ses yeux. De cette façon, il peut constater si je me rends sur la scène de crime, ou si je suis trop occupée à autre chose.

Je nous revois, Benton et moi, alors que ses bras m'enveloppaient, qu'il m'embrassait. Mais je n'en fais pas mention. Je repense à ma nièce Lucy, volant assez bas au-dessus de nos têtes pour agiter la cime des arbres et faire vibrer les vitres des fenêtres. Je passe en revue tous les moments intimes dont je refuse qu'ils soient photographiés et rendus publics.

Marino s'étonne :

— Et pourquoi ça vous ennuie ?

— Selon moi, il essaye de trouver n'importe quoi de nature à me faire récuser en tant qu'expert. Inutile d'en faire trois tonnes si vous postez un détail crucial et qu'il devient viral sur Internet. Je ne suis plus utile à personne si on commence à penser que je perds ma crédibilité.

— Si ce que vous dites est vrai, il est plus habile que la foutue CIA.

— Quand même, l'attitude de Machado m'étonne. S'il se sent une telle rivalité vis-à-vis de vous, pourquoi vous avoir téléphoné dans votre salle de sport ?

— Parce qu'il savait qu'il arriverait le premier. Ça lui donnait un sacré avantage dès le départ pour enquêter sur cette affaire. Ça me fait penser au mec qui invite quelqu'un à une réception le plus tard possible, pour l'ignorer ensuite de sorte qu'il se sente vraiment nul. Depuis un moment, il s'ingénie à me traiter comme une merde. Ça lui permet de jouer les gros bras.

Je remarque, toutefois :

— Oui, enfin il vous a quand même envoyé des informations dès son arrivée, du moins au début.

— Pas lui. J'ai pas eu mes informations par son intermédiaire.

Marino ne me confie pas l'identité de son informateur, mais je pense la connaître.

Le commissaire divisionnaire est l'allié de Marino, et cela ne présage rien de bon pour Machado. En outre, j'y décèle autre chose. Gerry Everman a un problème. Utiliserait-il Marino pour s'en dépêtrer ? Mon immeuble de six étages recouvert de titane, surmonté d'un dôme de verre, s'élève juste devant nous. Je me demande vaguement quels sont les membres de mon personnel qui m'ont attendue et comment je vais me débrouiller pour esquiver avec courtoisie les bavardages relationnels et la dégustation de pâtisseries. Le temps me fait défaut. J'ajoute :

— Selon moi, lorsque Bloom a compris que vous vous rendiez à Dorchester et demandiez un renfort au département de police de Boston, il en a déduit que je vous accompagnerais. Il venait juste de nous doubler dans son pick-up. Vous avez ralenti pour lui laisser le passage. Je suis certaine qu'il nous a vus. De surcroît, il a dû vous entendre demander par radio au dispatcher de vérifier sa plaque minéralogique.

Je suis certaine d'avoir raison et le déplore. Tout comme je suis certaine que l'enquêteur d'assurances est impitoyable. Néanmoins, j'ignore l'étendue de son arsenal de coups foireux. Qu'a-t-il photographié d'autre ? Quels autres détails de ma vie personnelle a-t-il pu apprendre et que vais-je découvrir sur Internet ? Travaille-t-il seul ? Qui sont ses acolytes ? Il a suivi Nari et pris des clichés d'un deal de drogue. Peut-être Bloom a-t-il des liens avec le trafic de stupéfiants.

Impossible de déterminer dans quoi il grenouille au juste, mais il est impliqué dans nombre de demandes d'indemnisations en lien avec l'immobilier. Des blessures ou des décès, soit domestiques, soit dans des immeubles de bureaux, ou encore sur des chantiers de construction. Il a déjà conspiré avec Mary Sapp. Quant à Patty Marsico, l'agent immobilier assassinée fin novembre à Nantucket, existe-t-il un lien ? En réalité, tout ce qui nous occupe en ce moment est survenu au cours des sept derniers mois.

Marino quitte Memorial Drive pour suivre la rue qui mène au parking situé à l'arrière du CFC, et s'interroge :

— Et pourquoi Bloom se casserait-il tant la tête ?

— Il veut saper ma résistance. À l'évidence, je représente un ennui majeur à ses yeux, même si les enjeux restent dans l'ensemble obscurs.

— Il peut aussi devenir un gros problème pour nous, d'une façon qu'on n'a pas encore saisie. J'vais vous montrer un truc.

Marino s'approche le plus possible de la haute grille de sécurité noire qui protège l'arrière de mon bâtiment en forme d'obus et son parking. Les toits du MIT hérissés de grosses antennes paraboliques nous environnent. Il passe au point mort.

— Il est de toute évidence au courant, pour le gamin. Vous vous souvenez ?

Il brandit son téléphone sous mon nez. Je contemple la photo d'un jeune homme maigre aux longs cheveux roux, vêtu de noir, un short de tennis, un polo, des baskets et des bandes de poignet. Le cliché l'a saisi au moment où il sautait pour récupérer une balle haute et longue, surveillant le lob de son adversaire avant qu'il touche terre à deux reprises, sans doute une photo d'illustration d'article de journal. Un coup à la Roger

Federer. Leo Gantz. J'ai peine à le croire, au point que je demande, incrédule :

— L'ado que vous avez menacé ce matin ?

— Ouais, celui qui maniait le souffleur à feuilles juste à côté du pick-up de Bloom.

Je repense aux insinuations de l'enquêteur d'assurances lorsqu'il a déclaré à Mary Sapp que « la raison pour laquelle Joanna avait démissionné de son travail n'avait rien d'une peccadille ». À cet instant, il était évident que Bloom avait eu vent des accusations du garçon de quinze ans. Je murmure :

— Mon Dieu ! Il est au courant parce qu'il a dû en discuter avec Leo.

— Tout juste, et les emmerdes commencent à mijoter. Gerry vient de m'envoyer la photo en me demandant si l'ado m'évoquait quelque chose, si je l'avais croisé dans Cambridge. Leo ferait du jardinage pour différents résidents de Somerville, Cambridge, dans votre quartier. Gerry précise aussi que Machado va m'appeler pour me faire une mise à jour, et que l'info en question doit venir de lui.

Cette dernière phrase éclaire enfin la situation.

Le commissaire divisionnaire communique en douce des informations à Marino, tout en insistant sur le fait que Machado doit les lui fournir. Il s'agit d'une machination, d'une vieille ruse bureaucratique. Lorsqu'on veut qu'un individu à problèmes soit débarqué d'une enquête ou même carrément poussé dehors, une des tactiques classiques consiste à en faire le messager de ses propres mauvaises nouvelles, de quoi décourager les hommes sous ses ordres. Quoi qu'il ait pu se produire, Gerry Everman n'a nulle intention de monter au filet, et il ouvre le parapluie. Sil Machado va bientôt démissionner ou se retrouver avec une mise à pied temporaire sur le dos. Cela revient un peu au même qu'être viré, à ceci près que cela ne l'empêchera pas de retrouver du boulot ailleurs. Je parierais même que le commissaire divisionnaire le recommandera chaudement. Marino s'impatiente :

— Bon, vous ouvrez ce machin ou quoi ?

Nous sommes assis devant la grille fermée en acier haute résistance, surmontée de crocs à trois pointes écartées, à l'indiscutable effet dissuasif. J'ouvre ma portière, presque surprise. Ce n'est pas la première fois que j'oublie que Marino n'a plus sa télécommande. Il ne travaille plus pour moi, ne possède plus les clés, son empreinte digitale scannée a été supprimée des serrures biométriques ergonomiques. Je tape mon code. La haute grille noire tressaute et glisse dans son rail. Je réintègre le SUV et admets :

— Je ne me suis pas encore faite à la situation.

— Je vous ai pourtant pas quittée d'hier. Ça fait plus d'un an.

Il adore penser qu'il me manque.

J'ouvre la boîte à gants et en tire le sachet de pièces.

— Sans doute, mais vous avez travaillé pour moi durant plus d'une décennie. Les vieilles habitudes peinent à mourir.

Je n'évoquerai pas davantage la façon dont je me débrouille depuis qu'il n'est plus mon enquêteur en chef.

Jamais je ne lui révélerai que certains matins, je m'arrête encore devant son ancien bureau pour lui demander s'il souhaite une tasse de café.

Il dépasse avec lenteur les voitures des employés, les fourgonnettes blanches et les camions de scène de crime, se gare sur ma place réservée et observe :

— Votre place est libre. Ça vous ennuie pas, hein ?

— Ernie doit analyser ces pièces. Si vous apposez vos initiales sur le sachet, je peux m'en occuper.

— Brillantes comme des sous neufs alors même qu'elles datent de 1981. Je pense qu'on sait pourquoi.

Je contre :

— L'important est de savoir qui.

— Vous avez un feutre ? C'est pas une coïncidence qu'elles affichent toute la même année de mise en circulation.

— Ou alors peut-être est-ce ce que nous sommes censés croire.

Il paraphe le sachet et me le rend. Je contemple les sept pièces, trop brillantes pour être si anciennes. L'individu qui les a étalées sur mon muret sait exactement comment s'en prendre à moi.

Ma place de parking est distinguée par le numéro 1 peint en blanc sur l'asphalte noir et se trouve juste à droite du massif volet roulant de la baie, en acier corroyé gris, sans ouverture. En général, on le relève par temps clément. Juste à côté, une porte normale, elle aussi en acier et sans imposte, offre un passage aux piétons. Je scanne mon pouce gauche pour déverrouiller la serrure biométrique.

Dès que nous pénétrons dans la baie inondée de lumière vive et assez vaste pour y remiser un avion, je détecte l'odeur de la fumée de cigare et celle du désinfectant. Je suis surprise par la Ferrari bleu Tour de France, de la même couleur que l'hélicoptère de ma nièce. Le véhicule est garé au centre du sol en ciment recouvert d'une résine époxy. Je ne l'ai jamais vu auparavant. Cependant, je ne doute pas un instant de l'identité de sa propriétaire. Le processus d'élimination est très rapide lorsque quelque chose coûte davantage que les logements de la plupart des gens. Mais pourquoi Lucy n'a-t-elle pas mentionné cette nouvelle acquisition ? Je l'ai trouvée distante ces derniers temps. Elle fournit toujours le même prétexte : débordée de travail. La plupart de nos échanges récents se sont faits par messageries vocales interposées. Marino plaisante :

— Peut-être un cadeau d'anniversaire pour vous ?

— Elle me l'a déjà offert. Un ouvrage.

Il s'agit d'une première édition du *Flora Italiana* de Gaetano Savi, mais je ne juge pas utile de le préciser.

— Un bouquin ? C'est tout ?

— C'était beaucoup.

Lucy me l'a donné en avance, le jour de la fête des Mères, parce que j'aime les jardins, notamment ceux que l'on peut admirer en Italie. J'ai passé des heures à détailler les splendides illustrations, me remémorant des endroits que Benton et moi avions visités, la Villa Borghèse à Rome, la Villa d'Este et la Villa Gregoriana à Tivoli, les cours dans les Pouilles, bercées par la mer Adriatique.

Le sol antidérapant est humide, et l'odeur de désinfectant prend en ampleur au fur et à mesure que nous traversons la baie. Je complète :

— Mais pas cela, pas une Ferrari. Jamais elle ne m'offrirait cela.

Un joyeux « Re-bonjour ! » résonne à l'autre bout de la vaste baie. Rusty et Harold nous font signe en éteignant leurs cigares avec précaution, de sorte à pouvoir les rallumer un peu plus tard.

— Joyeux anniversaire, chef ! Sauf que vous êtes toujours ici. C'est quand que vous partez en Floride ?

Je lève la voix et elle ricoche en écho dans ce vaste volume vide de ciment :

— Eh bien, je n'en ai pas la moindre idée !

Ils sont assis dans un coin, vers la gauche de la porte qui mène à l'intérieur du bâtiment. Leur petite table est couverte d'une toile cirée jaune et rouge d'inspiration provençale au milieu de laquelle trône un arrangement de tournesols en soie, tentative de reproduction d'une œuvre de Van Gogh, lavable au jet. Je repère la boîte de pâtisseries en carton blanc posée à côté de la cafetière Keurig sur un chariot en acier inoxydable déglingué, dont une roue est irrémédiablement coincée. Un bol contient des sachets d'édulcorants et de crème en poudre, non loin d'un grand évier en inox. Quelques chaises en plastique bleu et un broc à eau équipé d'un filtre parachèvent la zone qu'il est convenu d'appeler « La Morte Café », assez loin de la circulation des déchets biologiques, bien qu'il ne s'agisse pas du meilleur endroit pour conserver des aliments ou des boissons. Mais les gens aiment ce lieu. J'en suis coupable.

Nous mangeons, buvons, fumons ici, laissant pénétrer l'air frais et la lumière du soleil dès que nous le pouvons, lorsqu'il ne pleut pas ou qu'il ne fait pas trop froid. La vie se bagarre pour s'imposer dans cet endroit dédié à la mort. Prendre un petit moment de repos dans la baie de déchargement est une façon de se recomposer après des scènes de crime et les autopsies effroyables. Je regrette de ne plus fumer parce que c'était un moyen pour moi de sortir un peu. Au lieu de cela, je m'offre un café ou un thé. Je discute avec le personnel. Parfois, je m'assieds ici, seule, pour me vider la tête.

— Inutile d'éteindre vos cigares pour moi.

Une tolérance que je répète à Rusty et à Harold à chaque fois, sans succès.

Ils réagissent à la manière d'enfants pris en pleine bêtise.

Chapitre 20

Marino saute sur l'opportunité et allume une cigarette :

— Volontiers, tiens ! Et comment vont Doublepatte et Patachon, aujourd'hui ? On s'ennuie de moi ?

Le grand flic a affublé mes deux employés de ces surnoms discourtois.

Rusty pourrait passer pour un vieil hippie avec ses longs cheveux gris et ses vêtements cool. Certainement pas Harold, toujours tiré à quatre épingles dans son costume-cravate. Pour l'instant, ils sont engoncés dans des tenues protectrices en Tyvek blanc. La civière en inox dite « deux-corps » est poussée contre un mur et les bonbonnes de désinfectant, de détergent et de dégraissant non toxique alignées sur le plateau supérieur. Mon regard se pose sur un long manche en bois terminé d'une tête métallique sur laquelle on fixe une serpillière et un gros bidon jaune équipé d'une essoreuse à rouleaux. Les placards de rangement en mélamine grise sont fermés et brillent de propreté. Les poubelles rouges réservées aux déchets biologiques ont été vidées. Je m'approche de la Ferrari et constate qu'elle a été éclaboussée par de l'eau. De forme particulièrement allongée, quatre places, avec des jantes en titane et des étriers très résistants, son nez est un peu incliné et son coffre spacieux. La calandre et le fameux cheval cabré sont noircis. Je jette un coup d'œil par la vitre teintée et découvre de la fibre de carbone un peu partout et des sièges recouverts de cuir tabac.

Rusty hausse la voix et me précise :

— Quand elle démarre, on croirait qu'elle va passer la vitesse du son. Banquette arrière confortable, six cent cinquante chevaux et quatre roues motrices. Aucun problème pour conduire par temps de neige.

L'idée que se fait Lucy d'une voiture pratique, je suppose. Sans doute pensait-elle l'utiliser pour venir récupérer mon lévrier. J'ai le sentiment que tant de temps a filé, alors qu'à peine six heures se sont écoulées depuis que j'ai perçu une redoutable menace. J'ai l'impression d'être privée de boussole, incapable de prévoir ce qui se passera ensuite, si ce n'est que je dois sans doute faire une croix sur mes vacances en Floride. Nous ne partirons pas ce soir et probablement pas demain matin non plus. Benton ne m'a pas donné de nouvelles depuis mon dernier appel au sujet de Machado. Je me demande ce que fabrique Lucy, et si elle a progressé dans l'analyse des ordinateurs que nous avons récupérés de Farrar Street. Pressentant qu'un problème est survenu ici, je demande :

— Que s'est-il passé ?

Je m'approche de la table devant laquelle Rusty et Harold récupèrent leurs cigares à moitié fumés du cendrier à l'effigie de l'équipe des Bruins. Ils s'exclament en chœur :

— Vous êtes sûre que ça vous ennuie pas ?

— Jamais, et vous le savez. J'aurais bien fumé le cigare mais j'étais certaine d'inhaler.

— On apprend à rouler la fumée dans la bouche, comme pour un grand vin.

— Mais dès qu'il s'agit de fumée, je ne peux plus me contrôler, apprentissage ou pas. Aussi, j'évite. Lucy ne sera sans doute pas ravie que vous ayez aspergé sa voiture. D'un autre côté, elle ne doit pas se garer dans la baie de déchargement. D'ailleurs, pourquoi l'a-t-elle fait ?

Rusty sourit :

— Peut-être parce que vous étiez absente.

— Oh, et je deviens l'adjudant-chef ?

Marino ironise :

— Elle a encore du bol qu'il ne s'agisse que de flotte !

Harold ajoute :

— On lui a dit que c'était pas une bonne idée, mais on lui répète à chaque fois.

Rusty approuve son collègue :

— Elle n'écoute jamais. Bon, mais peut-être que la baie lui paraît banale. Je suis certain que son garage chez elle est aussi vaste. J'espère juste que l'intérieur de sa voiture va pas puer à vomir ses tripes. C'était un vrai cauchemar, ici, ce matin, et y en a qui est tombé à proximité des pneus.

Harold enchaîne, les deux hommes parlent souvent en canon :

— Une housse à cadavres fuyante. Une dame de soixante-treize ans qui a branché un tuyau sur son pot d'échappement et s'est suicidée au CO_2, dans son garage. Elle vivait seule.

— Ah oui, l'affaire de Brookline.

— Elle n'a pas été découverte tout de suite. Rien ne vous donne plus envie de fumer le cigare que l'odeur de décomposition. C'est du pipeau d'affirmer qu'on s'y habitue.

Marino ouvre le carton de pâtisserie et prélève un *cannolo* pour bien montrer qu'il est au-dessus de ce genre de sensibilités :

— Ça m'gêne pas. Beurre de cacahuètes ? Bordel, y en a pas aux éclats de chocolat ?

Rusty déguste à petites gorgées un café dans un gobelet en carton de piètre qualité, des surplus de l'armée que Bryce achète par palettes. Il commente :

— On a déjà eu des problèmes avec cette maison de pompes funèbres. Ils utilisent les housses les plus dégueu que j'ai jamais vues. Elles fuient toutes. Ça dégouline non-stop sur tout le trajet, jusque dans la chambre froide.

— Ça a empuanti toute la baie de déchargement et la zone de réception. Sans même évoquer la chambre froide.

Marino secoue une cendre d'une pichenette et mord dans son *cannolo*. Des miettes de pâtisserie volettent au sol. Il suggère :

— Laissez-moi deviner… Meadows Mortuary ?

Harold poursuit :

— Je sais plus trop quoi faire avec eux. On a même essayé de leur filer des housses à cadavres neuves, mais ils les utilisent pas.

Rusty se tourne vers Marino et lâche :

— Bof, ils les ont sans doute fourguées sur eBay. Toujours la même histoire. Rien n'a changé depuis que t'es parti, sauf que maintenant j'ai plaisir à venir bosser.

Marino mâche son gâteau, se lèche les doigts, les essuie sur son pantalon de sport et le rembarre :

— Ce que vous pourriez faire, c'est bouger vos culs de feignants et transporter ces foutus cadavres. Au lieu de ça, vous glandez ici à boire du café, à fumer des cigares et à bouffer les pâtisseries.

— Les *cannoli* étaient prévus pour la chef. Personne ne se serait déplacé jusque chez Mike pour te faire plaisir.

Je réplique :

— C'est très gentil à vous.

— Rendons à César ce qui lui est dû. C'est Bryce qui a eu l'idée et qui est passé les prendre.

— Et ça me fait vraiment très plaisir. Peut-être un peu plus tard ?

Marino désigne la Ferrari du bout de son *cannolo* :

— Ça lui fait combien de bagnoles ?

— J'ai perdu le compte.

— Je peux vous préparer un café ?

Grâce à cette gentille proposition de Harold, je sais maintenant combien de gens m'ont attendue. Il poursuit, à l'intention de Marino :

— Je parle à la chef, pas à toi.

Je remarque alors qu'il n'y a que quatre *cannoli* dans la boîte, cinq avec celui que Marino est en train d'engouffrer.

— Non merci. Pas tout de suite.

Harold, Rusty et Bryce m'avaient préparé une petite réception et j'en suis émue.

— Je bois pas ta lavasse !

Marino a terminé le gâteau et tire une autre cigarette. Rusty rétorque :

— Ça tombe bien, on t'en offrait pas.

Son complice s'empresse d'y aller de leur éternelle blague :

— Fais gaffe, il va te coller un PV. Il peut même te passer les menottes pour nuisances sonores ou maraudage.

— Monsieur l'agent, pourrais-je voir votre badge ?

— Vraiment, gare où tu colles les pieds. Il est armé.

Le show de Rusty et Harold se poursuit. Marino écrase sa cigarette au sol et souffle la fumée du coin de la bouche en soupirant :

— Ouais, et même que c'est un gros calibre.

Il récupère les mégots qu'il a accumulés dans l'une de ses poches et les jette dans une poubelle. Rusty me renseigne :

— On vient de recevoir deux corps de Memorial. Des accidents de la route, pas très loin d'ici, sur le Longfellow Bridge.

— Oui, nous avons vu l'accident.

Une flamme danse, et Harold allume le cigare de Rusty, puis le sien. Les arômes boisés de cerise noire du tabac des Bahamas qu'ils affectionnent me parviennent. Il reprend :

— Quoi qu'il en soit, j'ai demandé à Lucy de ne pas se garer dans la baie. Imaginez que quelqu'un raye la carrosserie avec une civière ? Le prix que ça doit coûter, une reprise de peinture là-dessus !

— BMS vient récupérer la noyade de Lincoln, précise Rusty.

Il s'agit des initiales de Bean Mortuary Services et les commentaires sarcastiques au sujet du nom ne manquent pas.

— La gamine chahutait autour d'une piscine, dans une grande propriété sans occupants. En plus, elle picolait. Ils s'amusaient à sauter sur la bâche de protection comme s'il s'agissait d'un trampoline, et bien sûr les fixations ont cédé. Elle a perdu l'équilibre et s'est fracassé l'arrière de la tête sur le rebord en ciment. Les jeunes connards qui l'accompagnaient n'ont pas levé le petit doigt pour l'aider. Ils l'ont laissée dans la piscine, sans même se préoccuper de la tirer au sec, et ça c'est un truc que je ne comprends pas. Comment on peut laisser quelqu'un dans une piscine ? Elle avait complètement coulé au fond lorsqu'on est arrivés tôt ce matin, après qu'un agent immobilier l'a découverte.

Incrédule, je vérifie :

— Les jeunes avec qui elle s'amusait n'ont prévenu personne ?

— Apparemment pas. Luke affirme qu'elle a souffert d'un traumatisme crânien fermé auquel elle pouvait survivre. En réalité, la cause de la mort est la noyade.

Rusty se tait soudain. Sa bouche a pris un pli dur et il fixe un point à l'autre bout de la baie. Il resserre le bandana qu'il porte autour du crâne et refuse de rencontrer nos regards. Ils sont allés chercher le corps pour le transporter au Centre et il a du mal à s'en remettre. Il tire sur son bout de cigare et lâche :

— Quatorze ans et personne ne s'est rendu compte qu'elle ne rentrait pas de la nuit chez elle ? Moi, maintenant, je rends les parents responsables de tout.

Je hoche la tête en signe d'approbation :

— Non sans raison.

— Quand j'étais jeune, si je faisais des conneries, j'avais pas le droit de quitter ma chambre.

— Selon moi, ça a dû t'arriver un certain nombre de fois.

— Vous comprenez ce que je vous dis, chef ?

— Absolument. Luke est-il encore présent dans les lieux ? Je n'ai pas vu sa voiture sur le parking.

Marino intervient :

— Anne et lui ont covoituré, ce matin. Et bon, elle se conduit vraiment de façon idiote.

— Elle sait ce qu'elle fait, Marino.

Surtout, elle connaît bien Luke, un très séduisant Autrichien, allergique aux relations durables mais avec une voracité qui ne se dément pas pour les liaisons de courte durée. Rusty me demande :

— Qu'est-ce qu'on peut faire pour vous, chef ? Je suis vraiment désolé que vos plans de congé tombent à l'eau. Si quelqu'un mérite un petit voyage pour se détendre, c'est bien vous et Benton.

— Je vais vérifier le cas Nari avant que nous le laissions repartir. Une entreprise de pompes funèbres s'est-elle annoncée ?

Rusty et Harold repoussent leurs chaises.

— Pas qu'on sache.

— Terminez vos cigares et votre café d'abord.

Je leur souris. Marino et moi nous dirigeons vers la porte qui mène à l'intérieur du Centre. Il m'interroge à voix basse :

— Elle s'est payé une nouvelle Ferrari et elle vous a rien dit ?

— À l'évidence.

— Ça colle toujours bien entre elle et Janet ?

— Pourquoi me posez-vous cette question ?

— Parfois, les gens claquent du fric parce qu'ils sont malheureux.

La sonnerie de son téléphone se déclenche à cet instant.

Je ne rétorquerai pas que, pour ma nièce, s'offrir une voiture de luxe équivaut à l'achat d'un vélo pour quelqu'un d'autre. Les technologies informatiques qu'elle a inventées et vendues lorsqu'elle n'était qu'une adolescente l'ont rendue vraiment très riche. Lucy est un génie. Elle est difficile, idéaliste, généreuse, chevaleresque, et a été virée ou poussée vers la sortie de tous les emplois qu'elle a exercés, hormis celui que je lui ai offert et pour lequel je ne la rémunère pas. Je l'aime de tout mon cœur, à la manière d'une fille, depuis sa plus tendre enfance à Miami, alors que ma sœur Dorothy la négligeait complètement. Tiens, d'ailleurs, je dois rappeler cette dernière. Elle m'a laissé un message hier pour me souhaiter un bon anniversaire. Elle se trompe toujours de date. Marino, l'oreille collée à son téléphone, proteste :

— Quoi ? Certainement pas ! Ouais, elle est à côté, à cet instant même.

Son regard est rivé sur moi et, à son ton tendu, je devine qu'il parle à Machado. Il poursuit :

— Non, t'as pas à la rappeler. Elle se trouve à deux mètres de moi. Et où il est, et toi ?

Il ne parvient plus à juguler sa colère et fait les cent pas :

— Tu les as appelés sans me prévenir avant ? Et tu as pris cette responsabilité tout seul dans ton coin ?

Tu sais quoi ? Tu as complètement pété un plomb. Ou alors, ton encéphalogramme est plat… Pardon ? Tu viens vraiment de dire ça ?

La porte qui mène à l'intérieur de mon bâtiment s'ouvre.

Marino invective son interlocuteur, au rythme des lueurs bleuâtres de son écouteur :

— Ouais, peut-être que je le ferai. Réponds pas à cet appel et, bordel, ne fais plus rien avant qu'on y voie clair.

Lucy paraît, et ce n'est pas pour m'accueillir. Vêtue de son uniforme de vol noir, elle s'active sur son iPad, son beau visage sévère. Avant que je puisse lui demander ce qui se passe, Benton émerge derrière elle, habillé d'un costume anthracite à fines rayures, d'une chemise blanche, et d'une cravate de soie grise. Sans doute travaillaient-ils ensemble dans le laboratoire dédié au cybercrime qu'a aménagé ma nièce. Elle a dû m'apercevoir sur les écrans des caméras de vidéosurveillance. Bryce surgit à son tour.

« Si quelqu'un mérite un petit voyage pour se détendre, c'est bien vous et Benton », vient juste de me dire Rusty, mais ni lui ni Harold ne m'ont prévenue que mon mari se trouvait au Centre. Et il ne s'agit pas d'une visite de courtoisie.

Mon regard passe de l'un à l'autre et je m'exclame :

— Mais, enfin, que se passe-t-il ?

Marino a raccroché et semble sur le point d'exploser :

— Leo Gantz. C'est vraiment du grand n'importe quoi !

Bryce me tend son portable, sur lequel s'affiche l'accroche de Yahoo, et balance d'un ton surexcité :

— Il vient d'avouer le meurtre de Jamal Nari ! On ne parle que de cela. *Un lycéen renvoyé avoue le meurtre d'un professeur de musique controversé*. Bien, nous avons de la compagnie. Harold ? Rusty ? Hello ? Tout le monde bosse ? Un fourgon arrive. La noyade ! Gracie Smithers !

Il enfonce un gros bouton vert scellé au mur. Le moteur électrique se déclenche dans une série de hoquets, et le grand volet à lattes d'acier commence à se soulever.

Benton me révèle :

— Leo Gantz a appelé le département de police de Cambridge puis nous. Malheureusement, il a aussi publié sa confession par tweet.

Incrédule, je vérifie :

— Quand ?

Bryce déborde d'énergie au point que l'on pourrait croire qu'il va se mettre à danser. Il est vêtu de son uniforme habituel : un jean slim, un pull ample, et des baskets de cuir rouge. Il s'exclame presque :

— Il n'y a même pas une demi-heure !

En d'autres termes, à peu près au moment où le commissaire divisionnaire a envoyé à Marino la photo de Leo Gantz en le prévenant d'un appel de Machado. Machado qui, de fait, a mordu à l'hameçon qu'on lui présentait et téléphoné à son ancien ami. Je jette un regard à Benton, tentant de déchiffrer son expression. Lorsqu'elle devient aussi mystérieuse, cela indique qu'il détient des informations que nous ignorons. Tous les engrenages sont en place, la machine s'est mise en branle devant mes yeux, et l'inévitable conclusion à laquelle elle nous conduit m'évoque le jeu de la souricière. Sil Machado est fini, et ça n'a rien à voir avec ce qu'il a pu dire à Marino par téléphone. Cet appel n'avait aucune justification, mais même le grand flic l'ignore.

Bryce débite avec exubérance :

— CNN et Fox ont déjà laissé des messages, en plus du producteur d'un magazine d'information archi-connu sur CBS.

Il brandit à nouveau son téléphone sous mes yeux, son visage juvénile illuminé de bonheur. Mon chef du personnel adore le drame. Il couine presque :

— Non mais, regardez tous ces mails qui s'accumulent ! C'est énorme !

Je tente de le raisonner :

— S'il vous plaît, Bryce, ne discutez pas avec les médias pour l'instant. Ne répondez ni à leurs mails ni à leurs appels.

Me tournant alors vers mon mari, je demande :

— Et donc tu te trouvais au CFC lorsque c'est arrivé ? Pourquoi ?

Comme s'il n'avait pas entendu la question que je viens de lui poser, et que Marino n'était pas planté à côté de moi, il répond :

— Le département de police de Cambridge a requis notre aide. Il y a environ deux heures de cela, la première fois qu'ils nous ont contactés à ce sujet.

Bryce s'exclame :

— Parce qu'ils vous l'ont demandé deux fois ? Les grands méchants agents du Bureau jouent les coquettes, ces temps-ci… ?

J'interroge :

— Ils vous ont contactés à quel sujet ?

— Nous ne discuterons pas de ce point ici.

La voix de Lucy résonne à la manière d'une mise en garde. Quelle que soit l'implication de Benton, elle travaille en collaboration avec lui.

La contre-attaque de Marino ne tarde pas et il aboie, son visage virant au rouge violet :

— Ah, parce que tu es dans le coup aussi ?

Sa fureur le rend dangereux, ce genre de rage qui oblitère le raisonnement. Je regarde derrière lui. Le volet roulant de la baie de déchargement se soulève, révélant le monde extérieur. L'idée qu'il existe d'autres indices informatiques en dehors des ordinateurs que nous avons retrouvés dans l'appartement de Farrar Street me traverse l'esprit. Je repense à ce poème que l'on m'a *tweeté* depuis Morristown. Et puis ce matin, quelqu'un a également posté un message qui faisait allusion au meurtre de Nari, avant même qu'il ne se produise. Des disques durs et des enregistrements de caméras de vidéosurveillance ont été saisis. Sans doute se trouvent-ils à l'heure actuelle dans le laboratoire de Lucy. Ma nièce et Benton ont dû commencer à les examiner.

Je dévisage Marino, espérant qu'il tourne la tête vers moi. D'un geste subtil de la tête, je lui indique : *Non, inutile de réagir de la sorte. Votre guerre avec Machado est terminée.*

Mais il ne peut lire mes pensées. Il ne me regarde même pas.

Chapitre 21

Une fourgonnette à l'impeccable carrosserie d'un noir brillant glisse vers nous.

Bean Mortuary Services vient chercher la dépouille de notre noyée, une adolescente de quatorze ans qui n'aurait jamais dû mourir. Durant un bref instant, je m'interroge sur les amis qui l'accompagnaient et sur la vie qu'ils auront après cette tragédie.

Jadis, les morts stupides me mettaient en colère. Je ne parvenais pas à me défaire de critiques à l'égard des camés ou des alcooliques, de ceux qui trouvaient amusant de se tenir debout à l'arrière d'un véhicule ou de sauter dans un lac ou une piscine sous l'influence de la drogue ou alors qu'ils ne savaient pas nager. Cependant, au fil des années, je suis parvenue à remiser ces émotions dans un coin très profond de mon esprit, d'où elles ne s'évadent plus à la première occasion. Aujourd'hui, la plupart du temps, seule la tristesse m'envahit. Une sorte de gigantesque regret vis-à-vis de ce gâchis. Personne ne commence sa vie en imaginant qu'elle se terminera sur l'une de mes tables d'autopsie. Personne n'intègre cette terrible conclusion lorsqu'il rêve de ce qu'il deviendra ou de ceux qu'il aimera.

Par l'ouverture du volet relevé, j'entrevois le ciel d'un bleu crépusculaire et le parking baigné de pénombre. Nombre de voitures l'ont quitté en quelques minutes. Les gens rentrent chez eux. Les employés sortent rarement de mon immeuble en passant par la baie. Seul le personnel qui s'occupe des autopsies s'y risque. Je suis toujours frappée par le fait que les scientifiques du CFC refusent d'apercevoir un cas sur lequel ils travaillent. Ils ne veulent pas s'approcher des cadavres, ni même connaître les détails des investigations. Ainsi, mon labo d'empreintes génétiques ne veut aucune relation avec le rez-de-chaussée, ce que la plupart d'entre eux appellent encore « la morgue ». Certains l'affublent même du nom d'Enfer.

Benton continue :

— Cette confession est très problématique, quelle que soit la façon dont on la considère. On m'a également demandé de collaborer sur cet aspect.

Les confessions, vraies ou fausses, font partie de son domaine d'expertise. Marino, ulcéré, tempête :

— Machado ! Il peut pas faire ça ! Mais, merde, vous comprenez pas, Benton ? Il peut pas faire un truc pareil, et il faut que vous discutiez avec Gerry.

Je tente de coincer Benton, puisqu'il a adopté une attitude évasive que je lui connais bien :

— On t'a demandé de participer à cette enquête plus tôt ou bien juste à l'instant ?

— Les deux. Machado m'a appelé à titre personnel.

Marino éructe, et répète à juste raison :

— Mais il n'a pas le droit de faire un truc pareil !

De fait, ce serait un peu comme si l'un de mes médecins envoyait des indices aux laboratoires du FBI sans m'en informer au préalable. Marino martèle, criant presque :

— Il faut prévenir le commissaire divisionnaire !

J'interviens en demandant à mon mari :

— Et que t'a-t-on raconté ?

— Ouais, c'est ça, Benton. Qu'est-ce que vous savez au sujet de mon enquête et que j'ignore ?

— Leo Gantz affirme que Nari l'aurait attaqué ce matin. Il l'aurait frappé à la tête avec un trophée de tennis. Leo serait revenu un peu plus tard et l'aurait abattu. Cette scène se serait déroulée dans l'appartement de Farrar Street.

Benton n'a aucune intention de réagir face à la crise de fureur de Marino. Quant à moi, j'ai abandonné toute tentative de lui envoyer des signaux.

La rage de Marino suivra son cours. Puis, il découvrira qu'elle n'avait pas lieu d'être. Mon mari reprend :

— Le point intrigant est que certains des détails n'avaient pas été révélés par les médias. Ainsi, je ne suis pas sûr que le public ait su que Nari avait été tué par arme à feu.

Lucy renchérit :

— L'information ne se trouvait pas sur Internet avant que Leo Gantz la *tweete*.

Je songe aussitôt à Joanna Cather.

Elle sait que nous pensons que son mari a été tué par un fusil. Elle m'a posé la question et je me demande si elle a discuté avec Leo après que Marino et moi avons quitté l'appartement du couple. J'en ai la troublante conviction. Je revois le jeune homme équipé d'un souffleur à feuilles, la colère froide peinte sur son visage, son insolente obstination lorsque Marino l'a menacé.

Leo Gantz semblait s'amuser de cette confrontation. Il se réjouissait de l'attention qu'on lui portait, même négative. Il vient d'en attirer bien davantage, et tous les principaux médias sont sur sa trace. Demain à la même heure, son nom sera sur toutes les lèvres.

Deux hommes soulèvent le hayon arrière de la fourgonnette noire. De son index gauche, Lucy fait défiler les données sur l'écran de son iPad.

— Il a *tweeté* depuis son compte personnel.

Josh et Diego Bean, de vrais jumeaux que je ne parviens jamais à différencier, sont vêtus de jeans, de chemises de coton à col boutonné et de gilets sans manches. Ils ont installé les bureaux de leur établissement de pompes funèbres chez eux, sont disponibles vingt-quatre heures sur vingt-quatre et sept jours sur sept et aiment à se considérer comme des ambulanciers pour les défunts. Il s'agit d'une nouvelle façon d'envisager ce travail, civilisée, un peu minimaliste. Ils sont habillés sans formalisme, simplement équipés de gants et d'un véhicule qui ne ressemble pas à un fourgon mortuaire.

Rusty et Harold sont allés chercher le corps de Gracie Smithers. Bryce a également disparu, propulsé par une autre déferlante d'adrénaline. Je jette un regard à La Morte Café, aux cigares éteints et à la boîte de pâtisseries. Puis, je contemple la Ferrari de Lucy et la fourgonnette noire collée à son pare-chocs arrière. L'absurdité de la vie me donne parfois le tournis.

— L'adresse IP appartient à son réseau sans fil de Somerville, chez lui, précise ma nièce. Si j'en juge par ses tweets précédents, un paquet, Leo Gantz semble être un jeune homme instable, prompt à la colère, insolent, qui déblatère contre tout le monde, même le président des États-Unis et le pape. Je n'exagère pas.

Je remarque que la large chevalière en or, gravée d'un aigle, a quitté son index gauche. Le bijou appartient à la famille de sa compagne depuis plus d'un siècle. Lucy ne l'enlevait jamais. Ma nièce et Janet se trouvaient toutes deux à bord de l'hélicoptère ce matin, lorsqu'elles ont survolé notre maison, et pourtant elle ne porte plus la bague. Sans doute ma nièce a-t-elle rejoint le CFC depuis Norwood Airport, où elle a récemment fait construire un hangar pour y garer son hélicoptère, neuf lui aussi. Je me demande soudain où se trouve Janet et ce qui se passe entre elles.

Je me tourne vers Marino :

— Lorsque j'ai examiné Nari sur la scène de crime, je n'ai pas remarqué de blessures cohérentes avec une altercation survenue quelques heures plus tôt. Ni abrasion ni contusion sur les mains, par exemple. Mais je vais revérifier avec soin.

Benton corrobore :

— Luke n'a rien mentionné de la sorte.

J'en conclus que mon mari a assisté à l'autopsie ou, du moins, s'en est fait communiquer les détails.

Marino réplique avec véhémence :

— Bien sûr, puisqu'y a rien à mentionner ! C'est clair que Leo Gantz n'avait pas l'air blessé quand on l'a croisé dans la matinée, hein, Doc ?

— Il portait une casquette de base-ball, Marino. Elle aurait pu dissimuler une plaie à la tête.

— Ce gosse ment ! Faut aussi que vous l'examiniez. Nari l'aurait frappé au crâne ? Je suis sûr que c'est Leo qui s'est infligé la blessure, du moins si elle existe. Sans doute peu avant de *tweeter* son histoire bidon de meurtre.

— Entendu. Je l'examinerai si c'est utile.

Narquois, il me balance :

— Je requiers *officiellement* votre assistance.

J'ignore la pique qu'il destine à Machado et me contente de préciser :

— Le problème se résume à l'endroit où je pourrai l'examiner.

Marino continue de pourfendre un tigre de papier, une attitude inévitable. Benton n'est pas en position de l'informer que l'enquête sur le meurtre de Jamal Nari a été retirée à Machado. Peut-être à l'instar des autres enquêtes que celui-ci dirigeait, d'ailleurs. Cependant, je parviens enfin à remplir les blancs. Mon mari est familier de la plupart des huiles des départements de police du coin. Il connaît très bien celles de Cambridge. Lorsque Machado a décidé tout seul de solliciter l'aide du FBI dans l'affaire Nari, je suis bien certaine que la première réaction de Benton a été de contacter Gerry Everman, à l'excellente raison que Machado ne devait pas assumer une telle responsabilité. S'ajoute à cela le détail que j'ai révélé à mon mari par téléphone un peu plus tôt : la possibilité que l'on ait eu recours à de l'eau de Javel sur la scène de crime.

Machado a visité l'appartement de Farrar Street alors qu'aucun mandat n'avait été délivré. Il semble que des possessions de la victime aient été altérées, les lieux mis en scène, et il est possible que l'on ait tenté d'éradiquer les traces d'ADN.

— Et pourquoi vous l'attendez pas ? Vous pouvez la conduire ?

Marino parle de moi, et il ne s'agit pas d'une question mais d'une injonction. Il s'obstine à donner des ordres à Benton, dont la répartie n'invite pas à la contestation :

— Ce serait un plaisir mais ça ne fait pas partie du plan. Or nous avons un plan et devons nous y conformer. Je ne l'ai pas mis sur pied, contrairement à votre département.

Marino enrage :

— Machado n'est pas mon foutu département !

— Je peux la conduire.

La proposition émane de ma nièce et je cherche quand je l'ai vue, la dernière fois, en compagnie de Janet.

Marino pointe un doigt accusateur vers la Ferrari :

— Pas avec ce truc. Tu te pointes pas chez les Gantz avec ça.

Il est également exclu que j'arrive dans une fourgonnette du CFC. Les médias et le voisinage croiraient immédiatement qu'un autre meurtre vient d'être perpétré. Les rumeurs enfleraient. Je refuse que ma présence aggrave les choses. Benton tente de rasséréner Marino :

— Calmez-vous un peu, Pete.

Il n'en dira pas plus. Il ne lui expliquera pas qu'il n'a plus besoin de se préoccuper de Machado. Le grand flic intime à ma nièce :

— Tu viens avec moi. Avec tout l'arsenal électronique high-tech que possèdent les gosses aujourd'hui, je veux pas qu'on risque d'oublier une simple clé USB. Alors tu m'accompagnes et on va voir ce qu'on dégote.

Le regard vert de Lucy se durcit. Elle n'a pas du tout l'air heureux, mais acquiesce quand même :

— OK.

L'occasion me revient. C'était il y a quatre semaines, le samedi du week-end de la fête des Mères. J'avais préparé un risotto avec olives kalamata et cèpes et des *tortas fritas*. Un plat végétarien mi-italien, mi-argentin, accompagné d'un délicieux pinot noir d'Oregon. Lucy et Janet avaient passé une longue soirée paisible et tendre avec moi, installées devant le feu de cheminée. Je me souviens de l'odeur du bois qui rougeoyait. Il faisait encore froid dans ce coin de Nouvelle-Angleterre, mais le jardin reprenait sa palette de couleurs et nous faisait profiter de ses effluves floraux. Benton était en déplacement. Lucy, Janet et moi avions discuté des heures, détendues. Ma nièce portait alors la chevalière, sans quoi je l'aurais remarqué.

Elle paraît en grande forme physique mais un peu amincie. Ses cheveux blond cuivré sont repoussés derrière les oreilles, plus longs qu'à l'accoutumée, et un peu en désordre. Lorsqu'elle plonge dans l'un de ses moments sombres, elle ne mange plus assez, oublie d'aller chez le coiffeur. Je suis certaine qu'elle est préoccupée, en plus du fait qu'elle n'aime pas que Marino lui donne des ordres. De toute façon, elle ne fera pas ce qu'il exige. D'ailleurs, sa contre-attaque ne tarde pas :

— Bien sûr, je vérifierai le matériel en sa possession. Enfin du moins, si vous avez un mandat de perquisition.

Elle sait que tel n'est pas le cas.

Marino n'aurait jamais pu en obtenir un aussi rapidement, puisque Leo Gantz a avoué sa culpabilité dans le meurtre de Nari il y a à peine une heure. Je suis restée en compagnie du grand flic tout l'après-midi. Or je ne l'ai pas entendu évoquer une seule fois par téléphone une fouille du domicile de Leo, ou même un interrogatoire. Certes, nous y viendrons à un moment quelconque de l'enquête, mais avec tout ce qui s'est déroulé, nous n'avons pas eu le temps. Lucy poursuit :

— Lorsque vous obtiendrez le mandat, prévenez-moi. Je serai très heureuse de vous aider.

Ma nièce ne veut pas servir d'arme dans la bataille qui oppose Marino à Machado, et je la comprends. Peut-être a-t-elle également appris que l'affrontement en question est terminé, sans gagnant ni perdant au bout du compte. Il ne peut en exister dans ce type de situation. Benton intervient d'un ton qui n'a rien d'accusateur ni de péremptoire :

— Il est important que Machado ne se mette pas en tête d'interroger Leo sans autre témoin.

Mon mari est juste en train de rappeler à Marino que son ancien ami et collègue a requis de façon formelle l'assistance du FBI dans l'enquête sur le meurtre de Nari.

La machine officielle s'est ébranlée. Benton enfonce le clou. Des agents ont été assignés à cette mission et déployés, et les discussions stratégiques sont en cours, précise-t-il. Il s'agit d'un processus presque impossible à arrêter, et Marino ne possède pas ce genre d'autorité. Celui-ci assène :

— Il est complètement imprévisible.

— En ce cas, Pete, ne lui donnez aucune raison d'affirmer la même chose à votre sujet. Il nous a demandé de l'aide dans l'enquête, ainsi que de nous rendre chez les Gantz, et il va bien falloir s'en débrouiller.

Marino semble hors de lui :

— Eh bien moi, je décommande le FBI ! Machado n'aurait jamais dû requérir votre aide sans m'en parler avant.

Benton corrige d'un ton neutre :

— Selon moi, la seule personne qu'il aurait dû contacter est votre commissaire divisionnaire.

— Et donc, les fédéraux vont récupérer l'enquête ? C'est déjà probablement le cas, n'est-ce pas ?

Benton ne répond pas. Il vérifie ses mails, sa boîte vocale, tape un message. Marino fonce tête baissée dans la ruse et s'exclame :

— Mais qu'est-ce qui déraille chez lui ?

— Je vais voir ce que je peux faire, Pete. Nous devons nous occuper de cette histoire.

Benton continue à induire Marino en erreur. La situation est déjà réglée mais Marino reste dans le brouillard.

Sa colère lui interdit de saisir les subtilités, et il doit prendre une décision. Il lui faut décider qui mérite sa loyauté. Je perçois la lutte qui fait rage en lui à son regard, à la façon dont il crispe les mâchoires. Il veut que Machado parte mais se déteste pour cela. Il a le pouvoir de le pousser vers la sortie mais s'échine à persuader le commissaire divisionnaire et Benton de s'en charger, ce qu'ils ne feront pas, du moins pas ouvertement, d'autant que Machado fait déjà partie du passé. Marino doit agir et dire la vérité. C'est ce que

Benton attend. Me reviennent à nouveau ses déclarations sibyllines sur les secrets dont on se demande si on doit les garder et sur le fait que lui et son ancien collègue se protégeaient mutuellement.

Benton souligne avec une feinte hésitation :

— Au demeurant, je n'ai pas souvenir d'une seule occasion où un département de police a sollicité notre aide pour faire machine arrière ensuite. La paperasse est déjà en cours. Des appels ont été passés. C'est extrêmement difficile, et je refuse de créer un précédent. Légalement, veux-je dire.

La porte qui mène à l'intérieur du Centre s'ouvre à nouveau. Rusty et Harold paraissent, chacun d'un côté du chariot sur lequel repose une petite forme dans son cocon noir. Les roues cliquettent lorsqu'ils empruntent la rampe. Mes deux techniciens de morgue accompagnent leur triste chargement comme des porteurs de cercueil. Ils contournent la voiture de Lucy et s'approchent de l'arrière de la fourgonnette. Jen Garate émerge par l'ouverture carrée de la baie. Les jumeaux Bean l'accueillent avec enthousiasme, oubliant à l'évidence la présence de la jeune morte. On pourrait croire qu'ils viennent de se rencontrer par hasard dans un café ou chez l'épicier du coin.

Marino reprend :

— Il veut la jouer de cette manière ? D'accord ! Je lui envoie un SMS immédiatement pour lui dire qu'il a pas intérêt à commencer sans moi, précise-t-il en joignant le geste à la parole. Il a intérêt à attendre que je débarque. Il ne comprend rien à cette affaire et va la planter parce qu'il veut prouver quelque chose.

Les gros pouces de Marino volent sur son portable. Benton prévient :

— À votre place, je ferais attention à ce que j'écris.

— Je l'emmerde !

Jen Garate me regarde et m'adresse un petit signe de la main. Elle lance d'une voix guillerette :

— Bon, je me rentre. Si vous avez besoin de moi, vous savez où me trouver. Joyeux anniversaire ! Les photographies de scène ont été téléchargées si vous voulez les étudier.

Elle fait référence à la noyade de Gracie Smithers. Elle sort et rejoint le parking où est garée sa voiture de sport Scion d'un rouge ardent, et ajoute :

— Mais souvenez-vous que vous n'êtes pas censée travailler aujourd'hui !

J'entends Benton répéter :

— Ça ne nous avance pas, Pete. Un peu de prudence, cessez d'envoyer des SMS.

— Ah bon, vous venez juste de remarquer que ça ne nous avançait pas ? Et encore, vous n'en savez pas la moitié.

Les frères soulèvent la housse du chariot. Rien qu'à la façon dont ils s'y prennent, j'en déduis que Gracie Smithers ne pesait pas lourd et que la *rigor mortis* s'est installée. Ils la déposent avec délicatesse sur une couverture matelassée étendue à l'arrière de la fourgonnette et l'attachent avec des sangles en Velcro fixées au plancher. Ils parlent tous à voix basse, et je ne saisis que quelques mots au vol. Harold s'exclame :

— Oh, nom de Dieu !... Eh bien, ça va en faire des remous.

« Action en justice », « député », « Congrès », me parviennent aussi. Benton reste parfaitement calme à l'égard de Marino qui lâche enfin, en termes clairs, qu'il veut que l'on retire Machado de l'enquête. Il refuse de travailler à nouveau avec lui. Et puis, la vérité sort.

Chapitre 22

Sil Machado a une liaison avec ma technicienne spécialisée en balistique, Liz Wrighton. Mais il y a pire.

Cette relation a altéré leur implication professionnelle, en stricte opposition avec le protocole. On pourrait même considérer leurs arrangements comme délictueux. Liz se débrouille pour faire remonter les affaires de Machado en haut de la pile. Elle se met en quatre pour lui rendre service, et il lui retourne la politesse en lui refilant des informations qu'elle n'est pas supposée détenir, des détails qui pourraient biaiser son objectivité. Marino affirme qu'il le sait de source sûre, et tout d'un coup sa fureur s'éteint.

L'air abattu, il m'avoue :

— J'suis désolé, Doc. J'aurais vraiment préféré que vous l'appreniez autrement.

En réalité, je mettrais ma main au feu qu'il n'avait aucune intention que je l'apprenne, et il a eu tort. Il aurait dû m'avertir dès qu'il a eu vent de cette histoire. Le « problème avec une femme », ainsi qu'il l'a formulé un peu plus tôt, tient en peu de mots : la femme en question travaille pour moi. Or il n'a rien laissé transpirer jusqu'à maintenant. Sa fidélité n'est plus destinée au CFC ni à moi-même. Marino est à nouveau un flic. Il marche, parle, et réfléchit en flic.

— Est-ce exact ?

Pourquoi Benton me pose-t-il cette question, puisque je suis certaine qu'il est déjà au courant ? D'un ton posé qui dissimule ma colère, je réponds :

— C'est la première fois que j'en entends parler.

La fourgonnette noire recule pour sortir de la baie de déchargement en émettant des petits bips. Rusty et Harold nous rejoignent et poussent le chariot. J'enfonce le bouton qui commande le volet roulant. Le moteur vrombit et les lattes d'acier redescendent. L'ouverture carrée rapetisse. Le ciel de ce début de nuit et les véhicules blancs qui pointillent le parking disparaissent. Il est presque dix-huit heures. La plupart de mes employés sont partis. Je ne vois plus que la Ferrari bleue et me souviens de ce que Marino a lâché au sujet des gens qui dépensent de l'argent lorsqu'ils sont malheureux. Que m'a-t-on caché d'autre ?

Rusty et Harold nous dépassent, escortés par le cliquettement des roues, têtes baissées, pour nous laisser seuls. Les connaissant, je suppute qu'ils en ont entendu assez. Ils poussent le chariot à l'intérieur du bâtiment. Je m'adosse contre la porte pleine en acier pour la maintenir ouverte et leur demande de sortir Jamal Nari de sa chambre froide. Ils s'immobilisent non loin de la balance de sol, évitant de regarder Marino, et vérifient :

— On l'amène à votre poste de travail ?

Ils n'approuvent pas ce que vient de faire le grand flic. Sans doute s'agit-il d'une indiscrétion hypocrite et injuste à leurs yeux. À l'instar de bon nombre d'éléments masculins en ce lieu, ils sont un peu amoureux de Liz. Quant à Marino, les rumeurs à son sujet n'ont pas manqué, des rumeurs sérieuses qui ne seraient pas restées ignorées s'il avait été quelqu'un d'autre. Il continuera à être l'enquêteur-star de Cambridge à ceci près que, maintenant, il n'aura plus de contraintes. Je devrai sans doute licencier Liz Wrighton.

— Menez-le en salle d'autopsie. Vous pouvez le laisser sur le chariot. Inutile de l'allonger sur ma table. Je vous rejoindrai dans quelques minutes. Lorsque j'en aurai terminé, je le replacerai en chambre froide, si vous préférez partir.

— Si ça vous pose pas de problème, on se réunit avec notre équipe de bowling ce soir. On est juste à un cheveu de gagner le voyage pour Las Vegas.

Pourtant, ils n'ont pas l'air particulièrement ravis. La scène à laquelle ils viennent d'assister les a un peu éteints et ils n'ont qu'une hâte, partir d'ici. Je souris :

— Eh bien, bonne chance.

Je referme la porte derrière eux alors que Benton demande à Marino :

— Liz Wrighton, vous êtes sûr ?

Je redescends la rampe, et me dirige vers la table recouverte de sa toile cirée provençale rouge et jaune. Ranger et nettoyer me calme toujours les nerfs. Le regard perdu vers l'autre bout de la salle, Marino murmure :

— Ouais, sûr.

— Quel type de relation entretenez-vous avec elle, Pete ? Il est important que je le sache.

Je suis pourtant certaine que mon mari en est déjà informé.

— Néant. Je connais ce genre de femmes, et il est exclu que je coure le risque de merder des affaires ou même de me retrouver en taule.

Je vide le cendrier dans la poubelle, et l'odeur de tabac froid m'écœure un peu.

Benton vérifie :

— Machado affirmera-t-il la même chose ?

— J'm'en cogne. Ce sera pas la première, ni la dernière fois qu'on raconte des bobards à mon sujet.

— Vous pourrez donc nier ses déclarations éventuelles ?

— Un peu ! En plus, il n'a aucune preuve pour justifier ses conneries.

L'eau tambourine avec un son creux sur les parois en inox de l'évier. Je déchire l'enveloppe en cellophane d'un rouleau d'essuie-tout et en arrache quelques feuilles.

— Bien. Un ennui potentiel en moins, se félicite mon mari.

Le silence de ma nièce m'étonne.

Des mails ? Des communications fâcheuses ? Si Marino s'est livré à ce type d'échanges avec Liz, je suis presque certaine que Lucy les aura fait disparaître de notre serveur. Ma nièce est l'administrateur système et protégera Marino. Elle n'hésitera pas à nettoyer les mémoires du téléphone portable du grand flic, le cas échéant. Dans le même ordre d'idées, je ne doute pas un instant qu'elle préservera tout message accablant pour Machado. Lucy défend les siens bec et ongles.

Benton ne semble pas étonné par ce retournement de situation. Il suggère :

— Liz Wrighton a déjà réalisé l'analyse. Refaisons-la de sorte qu'elle ne soit pas citée à témoigner.

Il connaît la réputation de ma technicienne, et sans doute Lucy l'a-t-elle renseigné. Il s'agit du genre d'embrouille qu'elle détecte facilement. Au demeurant, rien ne lui échappe lorsqu'elle décide d'investiguer. Néanmoins, si elle est au courant de cette liaison depuis un moment, elle n'a pas jugé nécessaire de m'en informer. Je lutte contre le déplaisir que me procure cette idée. L'eau, très froide, éclabousse bruyamment les parois alors que je rince le cendrier et le récure du bout des doigts. Je sens le regard de ma nièce posé sur moi.

Ni elle ni Marino ne m'ont mise au courant. Durant un instant, je ne parviens même pas à lever les yeux vers eux. Et puis, la détestable sensation se volatilise. Je sèche le cendrier, le repose au centre de la table dont j'essuie la toile cirée avec des feuilles d'essuie-tout. Je récupère la boîte de pâtisseries et remonte le long de la rampe. Je dévisage ma nièce dont les yeux verts restent indéchiffrables. Rien n'indique qu'elle s'en veut de sa dissimulation. Puis, je tourne la tête vers Marino jusqu'à ce qu'il me rende mon regard. Je veux qu'il se rassure. L'incident est clos.

La colère n'est jamais une bonne option. Ce qui est fait est fait. Il convient de passer à la suite. J'ouvre la porte et m'appuie contre le battant. L'éclairage tamisé qui règne à l'intérieur de l'immeuble filtre et illumine le haut de la rampe. La garde chargée de la sécurité me sourit derrière l'épaisse vitre de son poste de travail. Georgia Cruz est un nouvel élément. Elle est née en Géorgie alors que son père, militaire de carrière, était stationné à Fort Benning. J'apprécie beaucoup cette femme compétente. Elle se penche à nouveau vers son clavier d'ordinateur puis pousse sa chaise à roulettes vers l'imprimante 3D installée dans son cubicule-guérite vitré, à l'épreuve des balles, que les employés appellent l'« Aquarium ».

La voix de Marino a pris une nuance presque désespérée lorsqu'il s'adresse à mon mari :

— Peut-être que vous pourriez faire remonter l'info – le fait que Machado s'est salement compromis – jusqu'à votre agent spécial en chef ? Qu'il appelle Gerry Everman.

Il déteste son rôle de délateur, et je lis presque dans ses pensées. S'il éprouvait déjà des difficultés à travailler en collaboration avec son ancien ami, c'est maintenant totalement exclu. Marino souhaite que Machado dégage des forces de police. Cependant, son commissaire divisionnaire n'a pas à en apprendre la raison par l'intermédiaire de l'agent spécial en chef de la division du FBI de Boston. Quelques mots de Benton suffiraient, et je suis bien certaine que mon mari n'a pas attendu pour les formuler. Je me tiens en compagnie de mon mari, ma nièce et Marino en haut de la rampe en ciment, à proximité de la porte ouverte. Je regarde la souris foncer vers le piège.

Machado tient le rôle de la souris et tout est déjà terminé. C'est ainsi que procède Benton. Un plan simple avec pour résultat qu'un jeune inspecteur plonge après que son collègue l'a lâché. Marino est convaincu de se trouver à l'origine de cet enchaînement. En réalité, le sort de Machado était déjà scellé, il y a sans doute pas mal de temps. Des discussions ont pu avoir lieu bien avant mon appel au sujet de l'eau de Javel. La rivalité entre les deux hommes, ajoutée aux vilains secrets qu'ils partageaient, a explosé et semé la destruction. L'un d'eux devait partir.

Marino m'explique :

— Tout est sa faute, c'est lui qui s'est collé là-dedans. Quand vous avez demandé à Liz Wrighton de revenir ce matin pour examiner le fragment de projectile que nous avions récupéré, il a eu une ultime chance de rectifier le tir et de sauver la peau de ses fesses. En plus, ce ne sont pas les opportunités qui lui ont manqué au cours des derniers mois. J'attendais qu'il se comporte correctement.

Je ne réponds pas mais Lucy intervient :

— D'abord, il n'aurait jamais dû se laisser entraîner dans une telle situation. Liz non plus. Mais elle pense que les règles ne s'appliquent pas à elle. D'ailleurs, c'est le cas de pas mal de gens ces temps-ci.

Venant d'elle, la remarque ne manque pas de sel. Ma nièce n'a aucun respect pour les règles et parvient à rationaliser toutes les entorses qu'elle peut commettre.

— Malheureusement, les gens sont ce qu'ils sont. Quant aux liaisons, ça arrive, réplique Benton, qui parle d'expérience.

Notre relation amoureuse a débuté alors que nous enquêtions sur un meurtre et qu'il était marié. Nous ne nous sommes pas récusés pour autant. Nous ne l'avons même pas envisagé. Nous nous sommes toutefois montrés assez malins pour passer entre les mailles du filet. Il est illusoire d'espérer qu'un être agisse toujours de façon correcte et équitable. En revanche, en ce qui nous concerne tous – Lucy, Benton, Marino et moi –, nous nous serrerons toujours les coudes.

L'humeur de Marino semble soudain s'inverser comme si de rien n'était et qu'il prenait la direction des opérations :

— Faut mettre un certain nombre de choses sur les rails, et je vais vous dire ce qui ne va pas nous arranger : des messieurs Muscle en gilets pare-balles, ou des fédéraux qui sentent l'agent à plein nez. On est dans un truc du ressort de la psychologie, maintenant, Benton ! Un ado de quinze ans avoue un meurtre qu'il ne peut pas avoir commis.

— Il est dans les ennuis jusqu'au cou, Pete. Il a l'habitude de mentir, excelle dans l'affabulation, malheureusement pour lui. Assez classique chez les gamins victimes de maltraitances.

Marino est rougeaud, débraillé avec son coupe-vent Harley trop ample et son pantalon de survêtement. Il offre un saisissant contraste avec Benton, calme, impavide et vêtu avec soin.

Le grand flic demande :

— Et si vous me racontiez ce que vous a confié au juste Machado ?

— Qu'approximativement à huit heures ce matin, Leo s'était battu avec Nari dans l'appartement du couple. Que Leo était revenu plus tard pour l'abattre. Qu'il avait ensuite balancé l'arme dans les égouts. Comme par hasard, il ne se souvient pas quelle bouche il a soulevée.

— Et il y est parvenu sans lève-plaques ? Quoi ? Il a réussi à dégager une plaque en fonte de cinquante kilos du bout de son foutu index ? Enfin, me dites pas que vous y croyez !

— On doit considérer cette confession avec le plus grand sérieux.

Lucy intervient :

— En tout cas, je peux vous dire ce qu'il *tweete*. Il affirme s'être rendu chez Nari pour discuter, offrir son trophée de tennis à Joanna, et que Jamal lui aurait sauté dessus. Il aurait frappé Leo à la tête avec le trophée. Leo serait revenu un peu plus tard et aurait tiré sur le mari. Et nous avons dix tweets relatant la même histoire.

Je remarque :

— L'idéal serait que je puisse examiner ce trophée avant de voir Leo.

Marino grommelle :

— Une invention !

Les images de l'appartement de Farrar Street défilent dans ma mémoire. Je n'ai vu ni trophée de tennis ni signes de lutte. En revanche, la mise en scène des guitares et l'odeur d'eau de Javel sont une évidence dont, selon moi, Leo n'a pas la moindre idée. Qui se trouvait véritablement dans le logement ? Et pourquoi ?

J'envoie un SMS à Anne, et lui demande si elle est toujours dans le Centre. J'aimerais obtenir des détails sur les CT-scans de Nari, savoir si quelque chose lui a paru inhabituel, notamment le contenu gastrique que Luke Zenner a qualifié d'intéressant.

Lucy poursuit :

— Gardez à l'esprit que les tweets de Leo ont été envoyés de chez lui, *via* le réseau sans fil. En revanche, pas celui de ce matin, qui évoquait la mort de Jamal Nari avant même sa survenue. L'adresse IP, dans ce cas, remonte au Sheraton de Cambridge, le centre d'affaires. Le tweet a été envoyé depuis l'un de leurs ordinateurs à neuf heures du matin. Puis, il a été retransmis par tout le monde.

Je prends connaissance de la réponse d'Anne.

Elle s'arrêtera dans l'aire de réception, où je suis toujours adossée contre la porte. J'écoute Lucy expliquer que ce deuxième message provient d'un compte Twitter au nom de Copperhead. Quelque part, je m'y attendais. Du coup, je comprends mieux la présence de mon mari au Centre et ce que lui et Lucy ont pu faire. Celle-ci résume :

— Des ordinateurs de centres d'affaires d'hôtels ont servi dans les deux cas. Du coup, nos recherches se terminent en impasse puisque l'adresse IP et le code d'accès machine appartiennent à une bécane utilisée par les gens qui passent à proximité, dont les clients.

— En d'autres termes, tu ignores l'identité de Copperhead ?

Anne émerge de l'arrondi du couloir. Les pans de sa blouse blanche volettent autour de ses genoux. Un sourire illumine son visage assez quelconque mais plaisant.

— Je sais à qui appartient le compte, tante Kay.

Chapitre 23

Georgia fait glisser la vitre de son cube sécurisé, planté au milieu de l'aire de réception d'un blanc lumineux.

Elle lance quelque chose à Anne qui passe devant elle. Les deux femmes s'esclaffent et Anne lui répond d'un ton goguenard. Je ne saisis pas leur plaisanterie, absorbée par ce que Lucy nous révèle au sujet de Copperhead.

— Le compte Twitter est au nom d'un certain Michael Orland, décédé en février.

Marino est stupéfait et s'exclame :

— Le pianiste ? Je l'ai vu à l'émission de Jay Leno, sur NBC, juste avant qu'il arrête. Il n'y a pas si longtemps que cela. Je suppose que ça aurait pu être enregistré.

Anne nous rejoint et commente :

— Quel dommage.

Lucy précise :

— Le Michael Orland dont je parle était plombier. Quelqu'un a piraté son compte après sa mort.

Je m'étonne :

— Et comment sais-tu qu'il est mort ?

— Par Twitter. Sa localisation, sa bio et ses contacts permettent de déduire sans risque d'erreur que ce

Michael Orland-là était l'un des décès survenus dans un hôpital de Floride en février dernier. En fait, il s'agissait d'homicides. Six patients ont reçu une dose létale de chlorure de mivacurium. Peut-être davantage. Une infirmière a été arrêtée et ils exhument toujours d'autres corps de patients décédés d'un arrêt respiratoire. Il habitait non loin d'ici, à New Bedford, et était en visite à Saint Augustine. Célibataire, sans enfant. Admis à l'hôpital pour une appendicectomie, il est mort peu après. C'est un coup assez classique : personne ne songe à supprimer un compte Twitter inutilisé. Or, certains hackers ont mis au point des logiciels dont la fonction est de repérer les comptes dormants. En général, ça signifie que la personne est morte ou ne s'en rendra pas compte pour une raison quelconque. Le genre de trucs intéressants pour un pirate.

Benton souligne :

— Le pirate en question devait posséder des infos au sujet de Michael Orland. Il devait avoir un motif pour s'intéresser à ce compte en particulier.

Lucy précise qu'il a toujours eu recours au pseudonyme Copperhead et ajoute :

— Les plombiers se servent souvent de cuivre. Qui peut savoir pourquoi il a choisi ce pseudo ?

Anne s'étonne :

— N'a-t-on pas besoin du mot de passe de quelqu'un pour *tweeter* en son nom ?

— Bien sûr, le connaître est la façon la plus simple de procéder. Mais pas la seule. On peut passer par des pages scams, des logiciels malveillants, ou des mots de passe mal sécurisés.

En dépit de sa perplexité manifeste, Anne a l'air heureux. Une petite lueur brille au fond de ses yeux, une lueur que je n'avais jamais remarquée avant. Elle a laissé pousser ses cheveux et un balayage y ajoute une touche de blondeur. Tout doit bien se passer avec Luke. Elle attend mes directives.

— Pourriez-vous afficher les CT-scans de Jamal Nari sur l'écran de mon poste de travail ? Ceux concernant ses blessures et tout autre détail qui pourrait se révéler significatif.

— Oh, il y a en effet des choses significatives. Avez-vous discuté avec Luke ?

— Pas de ces aspects.

Marino demande :

— C'est quoi, les choses significatives ?

— Eh bien, disons que s'il n'avait pas été abattu, il avait quand même de grandes chances d'atterrir chez nous. Souhaitez-vous que je sois plus précise, docteur Scarpetta ?

Pas devant tout le monde. De plus, je préfère découvrir ce à quoi elle fait allusion et y réfléchir seule. Je secoue le petit sac congélation qui renferme les pièces, que je tiens toujours à la main, et précise :

— Inutile. Anne, pourriez-vous trouver Ernie ? Je crois qu'il est toujours au Centre. J'apprécierais qu'il me rejoigne en salle d'autopsie afin que je lui remette ceci. Je suis désolée de vous retenir, d'autant que j'ai appris que vous covoituriez.

Elle jette un rapide regard à l'heure indiquée sur l'écran digital de la porte en inox d'une chambre froide et précise :

— Luke est parti. Un rendez-vous chez le dentiste. Je dois aller le chercher d'ici une heure.

Lucy, son iPad entre les mains, se rapproche de moi.

Elle me montre le compte Twitter piraté de Copperhead, et souligne que l'avatar a récemment été changé au profit d'une empreinte digitale en noir et blanc qui ressemble un peu à celles que nous réalisons sur les cartes décadactylaires. Le plombier de New Bedford avait envoyé un total de trois cent onze tweets au 10 février dernier, jour de son décès. Le compte est ensuite resté inactif durant trois mois environ, jusqu'à ce qu'il soit utilisé pour m'envoyer un poème le jour de la fête des Mères. Un mois plus tard, Copperhead a *tweeté* une seconde fois. L'hôtel Sheraton est très proche d'ici.

Lucy élargit de ses doigts l'avatar et lâche, sarcastique :

— Je ne perdrais pas mon temps avec l'IAFIS.

— Pas de pore, d'arc, de boucle, de verticille, en effet. Absence totale de minuties. Il ne s'agit pas d'une empreinte à l'encre, ni même scannée.

En d'autres termes, aucune caractéristique exploitable par le système d'identification automatique des empreintes digitales ou toute autre banque de donnée. Ma nièce renchérit :

— Un faux « photoshopé », une moquerie qui nous est adressée. Une image, un logo que quelqu'un a traîné dans une fenêtre de navigation jusqu'à son bureau d'ordinateur.

Elle tape les mots clés « empreinte digitale » et « logo ». Une galerie d'images apparaît sur l'écran de son iPad. L'une d'entre elles est précisément l'avatar choisi par Copperhead.

Marino bougonne :

— Et c'est quoi, l'intérêt ? Enfin, du moins si tu penses qu'il en existe un…

— Générique, non identifiable et ça fait marrer quelqu'un.

Benton hoche la tête et approuve :

— Une raillerie. Des persiflages qui s'intensifient.

Marino reporte sa masse sur son autre jambe. À chacun de ses mouvements, le bout de sa basket en cuir effleure la balance de sol et un nouveau poids s'affiche sur l'écran digital scellé au mur. Il résume :

— Selon moi, le seul élément qui ressort, c'est que l'homicide à l'hôpital n'a rien à voir avec les victimes abattues par balles. L'identité du plombier a été volée, un point c'est tout. Inutile de se faire des nœuds au cerveau avec ça.

Benton bémolise :

— Je suis en partie d'accord avec vous. Nous n'allons pas découvrir de lien évident entre le tireur et ce compte Twitter. Il est clair que notre sniper n'est pas mort en Floride. En revanche, apprendre pourquoi et comment le compte Copperhead a été piraté me semble crucial.

Lucy me précise :

— J'ai vérifié toutes les personnes que Michael Orland suivait et tous ses *followers*. Une recherche que j'ai effectuée lorsque tu as reçu ce poème le mois dernier. Je suis parvenue à un total de cent six personnes, approximativement le même nombre que lorsqu'il était en vie. Certains d'entre eux peuvent ignorer qu'il est décédé et d'autres ont peut-être eu des scrupules à ne plus le suivre justement pour ça. D'autant que quelques-uns de ces *followers* sont morts aussi, son beau-père par exemple. Il habitait Worcester et s'est suicidé il y a environ deux ans.

— En ce cas, il a dû atterrir au CFC.

— En effet.

Une déplaisante intuition m'envahit et pourtant, je demande :

— Qui a réalisé l'autopsie ?

— Toi. Ce chimiste qui s'est suicidé au cyanure.

Je me souviens avec netteté de l'odeur d'amande amère qui m'est montée aux narines lorsque j'ai incisé le cadavre.

Benton détaille un peu plus ce à quoi Lucy et lui se sont occupés cet après-midi :

— Nous avons aussi passé en revue les enregistrements des caméras de vidéosurveillance. Nous allons revérifier afin de nous assurer que Leo Gantz n'est pas entré au Sheraton pour se servir d'un des ordinateurs du centre d'affaires.

— Ou d'ailleurs à l'hôtel de Morristown d'où ce poème a été expédié à ma tante. Nous avons également récupéré ces enregistrements.

Je pense à la balle en cuivre, au fragment, aux pièces, piqués d'avoir été polis dans un *tumbler*. Impossible de douter que celui qui a envoyé ces tweets est le tueur qui a utilisé un fusil de précision pour assassiner au moins trois personnes depuis la fin décembre. Sans doute s'est-il trouvé sur ma propriété. Il se peut que je connaisse Copperhead. Marino demande à Benton :

— Mais pourquoi un ado irait avouer un truc pareil ?

— Pour un tas de raisons. Le besoin d'attirer l'attention, par exemple. Je vous conseille de le conduire dans vos locaux, dans une salle d'interrogatoire. Kay et moi vous y rejoindrons lorsque vous serez prêt.

Benton veut étudier Leo Gantz derrière une glace sans tain. Il veut l'observer pendant que j'examinerai ses blessures, sans que l'adolescent s'en rende compte.

Benton y va, à son tour, de conseils à Marino :

— Le mieux est que vous l'abordiez seul, chez lui. Il va être grisé par toute l'attention qu'il reçoit, le système limbique en surchauffe parce que son nom se répand sur Internet. Je ne serais pas étonné que leur téléphone ne cesse de sonner. Mais il va également être terrorisé. C'est sans doute déjà le cas. Ça ne fera que s'accentuer au fil des minutes. Ne le malmenez pas. L'agressivité est une mauvaise tactique avec lui.

— Attendez, là, vous êtes en train de me dire que personne ne s'est rendu à son domicile ? Ni Machado ni vos agents ?

Marino a l'air stupéfait.

— En effet. Nous avons établi un discret périmètre de sécurité autour du voisinage pour nous assurer qu'il ne nous échapperait pas. Nos agents sont indécelables et personne ne s'est approché de leur résidence. Quant à Machado, il est hors jeu. Il ne se montrera plus nulle part.

Marino hoche la tête en signe d'acquiescement mais son regard se fait soupçonneux.

Il comprend enfin. Machado n'a jamais véritablement constitué une menace pour l'enquête. Le grand flic sent qu'il a été manipulé, mais ne parvient pas à déterminer comment, pourquoi, ni même si c'est important. Benton lui offre encore quelques conseils :

— Lorsque vous discuterez avec Leo, montrez-vous amical. Êtes-vous capable de ne pas le secouer ?

Un air renfrogné sur le visage, Marino bougonne :

— Mais qui a dit que je brutalisais les gens ?

— Je vous indique juste la stratégie efficace. Vous devez le traiter en victime. Il réagira dans le bon sens parce qu'il est convaincu d'être incompris et malmené. Dans son esprit, il a tout perdu.

— Un peu qu'il a tout perdu ! Et d'ailleurs, il le mérite.

— Traitez-le à la manière d'une victime, Pete. Même si vous êtes certain qu'il est coupable de quelque chose.

Chapitre 24

La vie au CFC s'écoule en cercles, logique, précise, planifiée. L'image qui me vient est celle d'une clinique accueillante.

La première étape du parcours est donc la large balance de sol jouxtée par une haute tige, une toise horizontale, peu high-tech, qui nous permet de mesurer les corps. Après le relevé des mesures de base, nos cas sont enregistrés au bureau de l'agent de sécurité, où je me tiens en ce moment, la boîte de *cannoli* dans une main, le sachet de pièces dans l'autre. Je passe le bras par l'épaisse vitre entrouverte, dépose les pâtisseries sur le comptoir de Georgia et offre :

— Si ça vous tente, ou alors d'autres gens ?

— Ils s'en sont donné un mal pour aller vous les chercher, avec cette circulation infernale.

— Tout juste, et ce serait dommage de les perdre.

Elle soupire et ouvre le petit carton :

— Je ne veux même pas savoir combien de points-régime ça représente. Demain matin, je me pèse. Pourquoi vous me faites un tour pareil, docteur Scarpetta ? Vous voulez saboter mon programme Weight Watchers ?

— Jamais de la vie !

— J'ai déjà perdu quatre kilos. Encore trois à décrocher.

— Magnifique ! Vous aimez le beurre de cacahuètes ?

Elle grogne :

— Oh non, c'est diabolique !

— Il faut les mettre au réfrigérateur.

— C'est quoi ces pièces de monnaie, tante Kay ?

Je le lui explique. Lucy les récupère, les examine à la lumière et demande :

— Et pourquoi tu ne m'as pas informée ?

— Je viens de le faire.

La colère se peint sur son visage grave.

— Non, je veux dire dès que tu les as trouvées.

Je lui souris :

— Lorsque tu as survolé la maison ? Tu étais un peu occupée, non ?

Elle me restitue le sachet et commente :

— La date à laquelle elles ont été frappées est intéressante.

— Tout juste.

1981. L'année de sa naissance, et je refuse de discuter de cette particularité devant Georgia, ou quiconque. Des enfants du voisinage à l'affût d'une petite plaisanterie ou alors un geste symbolique pour mon anniversaire ? Quand je pense à la légèreté de mon humeur au réveil, ce matin ! Mais tout a basculé, la légèreté a viré à la lourdeur, une lourdeur redoutable. Au fur et à mesure que les heures ont passé, que les événements ont surgi, ces pièces se sont faites incendiaires, et je sais que l'année qu'elles portent ne relève pas du hasard.

Un carnet massif, recouvert de cuir noir, repose sur l'avancée qui court autour du poste de sécurité, juste devant l'épaisse paroi de verre. Nous y consignons à la main toutes les arrivées et les restitutions de corps depuis que le système médico-légal du Massachusetts a été mis sur pied. Les épais volumes remontent aux années 1940 et sont archivés dans des salles dédiées avec des copies de dossiers qui incluent les cartes ADN et jadis les étiquettes que l'on accrochait au gros orteil des défunts. Nous utilisons maintenant des bracelets d'identification RFID dans lesquels sont incrustées des puces créées grâce à l'imprimante 3D. Un scanner portatif nous permet de savoir qui se trouve à l'intérieur de nos chambres froides ou de nos congélateurs.

Benton s'active avec son téléphone, sa laisse électronique. Il passe en revue ce qui vient d'y atterrir. Une mèche de cheveux gris tombe sur son front. Il la repousse dans un geste inconscient. Je lui demande :

— Que souhaites-tu faire ?

— Sans blague ? Je souhaiterais être installé sur notre balcon à Miami, admirer l'océan, déguster un bon verre.

Il me regarde durant de longs instants. Il est élégant, vêtu de ce costume gris, et m'évoque un P-DG ou un ténor du barreau.

— Oh, un programme idéal pour moi !

L'exclamation enthousiaste de Georgia me tire un sourire. Ses cheveux jadis bruns et courts sont devenus blond doré. Elle a opté pour une coupe effilée. Elle est un peu maquillée et puis, il y a ce régime.

Des changements assez rapides, initiés dès qu'elle a commencé à travailler ici, quelques mois plus tôt.

Georgia est une femme d'allure plaisante, assez jolie, d'une petite quarantaine d'années. Elle était auparavant employée à la police des transports. Il faudrait que je sois aveugle pour ne pas remarquer à quel point Lucy semble l'intéresser, alors même que ma nièce conserve avec elle une attitude cordiale mais distante. Un soulagement. Je détesterais que l'une de mes plus récentes recrues soit à l'origine du fait que Lucy a enlevé la chevalière de sa compagne. La saison du flirt semble battre son plein au CFC. Liz avec Machado. Georgia avec Lucy. Luke avec Anne. Jen Garate avec ses insinuations orientées et ses échanges un peu lourdingues qu'elle destine à tous, dont moi. On dirait que mon Centre de sciences légales est soudain devenu le décor d'un feuilleton sentimental. Les gens n'ont-ils plus aucune conscience des limites à respecter ?

Benton s'adresse à ma nièce :

— Si cela ne t'ennuie pas, j'aimerais que nous poursuivions ce que nous faisions un peu plus tôt, jusqu'à ce que Marino nous fasse signe.

— Je serais ravie de t'aider. On peut reprendre où nous en étions.

Je lui lance :

— Non, je souhaiterais que tu restes un moment avec moi !

Nous allons discuter. Et je ne permettrai pas qu'elle se défile. Je parcours les entrées reportées dans le grand carnet et m'arrête sur celle concernant Gracie Smithers, que les frères Bean viennent juste d'emmener. Le descriptif est squelettique : Marblehead Neck – situé à une trentaine de kilomètres au nord d'ici –, sujet de sexe féminin, âgée de quatorze ans, noyade possible. Son corps a été découvert à huit heures ce matin, dans la piscine d'une maison située dans Ocean Avenue. Je précise l'adresse à Lucy.

— Pourrais-tu dénicher quelque chose à son sujet ?

Benton nous dépasse, son téléphone collé à l'oreille. Aussitôt, ma nièce lance une recherche sur son iPad et s'enquiert :

— À quoi penses-tu ?

— Cela me paraît étrange que les jeunes qui l'accompagnaient prétendument se soient volatilisés sans même appeler la police, ou qui que ce soit, pour prévenir qu'elle s'était noyée.

Georgia fouille aussitôt les mémoires de son ordinateur et m'informe :

— Le Dr Kato a déclaré sur son rapport que sa mort était accidentelle, sans réserve, et cette cause a été portée sur le certificat de décès. Rien ne paraît sujet à caution. Manque juste le rapport du laboratoire de toxicologie.

Je murmure pour moi-même :

— Les ennuis ne font que commencer.

Georgia poursuit sa lecture d'écran :

— Selon le rapport de police, la bâche qui couvrait la piscine s'est arrachée de ses attaches et les jeunes avaient bu.

Jen Garate a évoqué l'eau glaciale et sa combinaison fuyante.

Lucy vient de retrouver la propriété en question :

— Elle est sur le marché. Vendue meublée, disponible immédiatement.

— Inoccupée, en d'autres termes, du moins la nuit dernière. Comment Gracie et ses amis le savaient-ils ? On n'utilise pas une piscine privée sans permission lorsqu'on craint de se faire surprendre par les propriétaires.

Lucy vérifie :

— Tu penses qu'il y avait plusieurs amis présents ?

— C'est ce qu'ont insinué Rusty et Harold et, à mon avis, la police les avait renseignés. Jen aussi, peut-être. Quoi qu'il en soit, je n'ai pas de certitude, hormis le fait qu'on a abandonné son corps dans la piscine sans chercher du secours. Comment ses amis sont-ils arrivés et repartis de la maison ? Quelqu'un conduisait-il ?

Lucy me montre un diaporama et commente :

— Peut-être sont-ils du coin.

La maison grise, avec des fenêtres et des bordures de toit blanches et de larges vérandas, paraît avoir été construite au début du siècle. De hautes cheminées de brique surplombent sa couverture d'ardoise. Elle émerge fièrement d'une hauteur rocailleuse. Des marches en bois mènent vers une plage étroite. Une terrasse en granit encercle la piscine à fond noir en forme de L.

La température était très fraîche la nuit dernière, dans les quinze, seize degrés, et il devait faire encore plus frisquet en bordure d'océan. *A priori*, la piscine n'était pas chauffée. Elle avait été traitée pour l'hivernage. La concentration de chlore devait être élevée, incompatible avec une baignade. Mais qu'est-ce qui avait poussé des adolescents à sauter sur une bâche de protection dans l'obscurité ? Rien de tout cela n'a de sens. Je demande :

— Portait-elle ses vêtements lorsqu'elle est arrivée au Centre ?

En quelques clics de souris, Georgia retrouve l'inventaire des possessions de Gracie sur son ordinateur :

— Un jean, un tee-shirt, une seule basket.

— C'est tout ?

— Rien d'autre.

J'écoute Benton qui converse avec l'agent spécial en chef, le directeur de l'antenne FBI de Boston.

— Pas de problème, merci, Marty. Désolé de vous avoir tiré d'une réunion.

Lucy débite :

— Six cent cinquante mètres carrés, avec une ancienne remise à calèches transformée en garage, une piscine d'eau salée, un peu plus de deux hectares de terrain, le tout pour six millions de dollars. Enfin, avant cet accident. Selon moi, ils vont baisser le prix ou alors la retirer du marché. Ça fait très mauvais effet lorsqu'un gosse se noie dans votre piscine.

— J'ai entendu mentionner des poursuites judiciaires et un député. Tu aurais une idée de qui il s'agit ?

— La propriété appartiendrait à Gordian Knot Estates Corporation, la holding personnelle qui concentre les valeurs immobilières de Bob Rosado dans le Massachusetts ainsi que tout ce qu'on ignore d'autre.

Je m'étonne :

— Le député de Floride ? Il possède une maison dans le coin ?

Rosado est chairman du sous-comité de la Homeland Security spécialisé dans la sécurité maritime et celle des frontières. On le voit beaucoup dans les médias depuis qu'il milite en faveur de la construction d'une clôture virtuelle entre l'Arizona et le Mexique, et la controverse fait rage. Il n'a pas non plus été épargné par les scandales.

Lucy énumère :

— Sa femme est originaire du Massachusetts. Il possède des maisons ici, à New York, à Washington, à Aspen, et leur résidence principale est située à West Palm Beach.

Mes inquiétudes ne font qu'augmenter.

Shina Kato est intelligente mais inexpérimentée. Elle n'est pas encore certifiée et son témoignage en tant qu'expert serait rejeté par la cour. Si j'avais été présente ce matin, on ne lui aurait pas confié l'autopsie de Gracie Smithers, ou alors j'aurais supervisé son travail. Luke aurait dû se substituer à moi en la matière, mais sans doute a-t-il été distrait et très occupé. Je parcours à nouveau le registre. Harold et Rusty ont transporté le corps jusqu'ici. Je repère leurs initiales ainsi que celles de Jen.

Je dois examiner les photographies et me plonger dans les dossiers au plus vite. Je sens que de gros ennuis nous pendent au nez. Benton insiste encore sur le fait qu'aucun agent ne doit se rendre chez Leo Gantz. Lucy fouille le Net à la recherche d'autres informations :

— Gracie Smithers est bien citée comme victime de la noyade dans les journaux. En revanche, ils n'évoquent pas *plusieurs amis* qui l'auraient accompagnée. On parle juste d'un prétendu copain, un adolescent dont l'identité n'est pas mentionnée.

— Sans doute parce qu'il s'agit d'un mineur.

— Ils ne le précisent pas, ce qui m'inclinerait à croire le contraire. Je trouve cela assez bizarre que la police ne donne pas son nom.

Benton poursuit sa conversation avec le Bureau. Il annonce que Marino va se rendre au domicile des

Gantz et qu'aucune interférence n'est souhaitable à ce stade.

Ma nièce réfléchit :

— Selon moi, le garçon qui se trouvait avec Gracie Smithers n'est pas mineur et avait une excellente raison de choisir cette maison en particulier… pour ce qu'il avait en tête. On dirait vraiment qu'il y a une ombre très puissante derrière, une ombre qui cherche à étouffer l'affaire. Je ne serais pas autrement surprise si nous découvrions que le jeune type en question n'est autre que Troy, le fils de Bob Rosado. Il a déjà eu des ennuis auparavant : cyber-harcèlement d'une gamine de treize ans. Elle s'est pendue dans sa chambre, et les Rosado ont été poursuivis. Il semble qu'ils soient parvenus à un arrangement. Les faits se sont déroulés à Palm Beach County, il y a cinq ans. À l'époque, Troy était âgé de quatorze ans. Deux ans plus tard, il a été arrêté pour conduite dangereuse. La police a découvert sur la banquette arrière un Rigby .416, avec lunette de visée Swarovski, une arme de safari particulièrement dangereuse qui vaut dans les trente-cinq mille dollars et appartenait à son père. Troy a refusé de descendre de voiture et les flics ont dû utiliser leurs Tasers.

— Il m'a tout l'air de souffrir d'un sérieux trouble du comportement.

Mais Lucy vient de trouver autre chose :

— Et ça ne s'arrange pas !

Chapitre 25

Ma nièce continue :

— Une condamnation pour conduite sous l'emprise de l'alcool ou de stupéfiants en août dernier. Retrait du permis durant un an et obligation de suivre un programme de seize semaines de prévention et de traitement des toxicomanies. Au lieu de cela, il semble qu'il ait été expédié en internat.

— Ça se passait en Floride ?

— Les faits ? Oui. Mais aujourd'hui, il est dans le Massachusetts.

— Il a dix-neuf ou vingt ans mais il est toujours en internat ?

Lucy me renseigne :

— À la Needham Academy, un peu au nord de chez nous. Il s'agit ni plus ni moins d'un établissement peinard qui permet aux gens très riches de dégager leurs rejetons à problèmes. En plus, j'ai l'impression qu'il n'y a fait qu'un passage éclair. Un mois après sa condamnation en août dernier, et une semaine après son admission à Needham, il a été arrêté pour incendie volontaire mais relaxé.

Je suis du regard Benton qui longe le couloir et se rapproche de l'ascenseur. Je sais qu'il nous écoute.

Les moteurs de recherche et d'extraction de données de Lucy dénichent des informations à toute vitesse. Elle lit :

— Un immeuble d'habitation est parti en flammes après que quelqu'un a balancé une fusée éclairante par une fenêtre. Apparemment sans raison, aucun mobile établi. Il y a eu un mort : un homme en fauteuil roulant qui n'a pas pu sortir à temps.

Je me souviens de cette affaire. L'homme a été asphyxié par les fumées. Lucy continue :

— Juste après l'incendie, les Rosado ont mis leur demeure de Marblehead en vente. Troy n'a toujours pas récupéré son permis de conduire. Comment se déplace-t-il ?

— Et pourquoi n'a-t-il pas été inculpé d'homicide ?

— Apparemment, la police n'a pas retrouvé le pistolet de détresse qui avait tiré la fusée. Ils ne sont pas non plus parvenus à mettre en lien Troy et une arme de ce type. À ce sujet, son père est du genre homme de grands espaces, un pêcheur et un chasseur chevronné. Les chasseurs s'équipent assez volontiers d'un pistolet de détresse et il en a probablement un sur son yacht.

— Son yacht ?

— Un très joli bateau.

— Mais où a-t-il gagné tant d'argent ?

— L'immobilier. Ça explique qu'il ait pu entrer dans l'arène politique et s'offrir tous ces plaisirs. La chasse, la pêche, tout ce qu'il veut, dont une ravissante épouse.

Je remarque :

— On l'a beaucoup vu aux informations, mais je ne me souviens pas qu'on ait mentionné son fils.

— Ils ont très certainement une équipe de gestion de crise chargée d'enterrer les détails fâcheux. Il faut vraiment savoir chercher lorsqu'on veut déterrer les informations que je viens de te fournir.

Que je traduis aussitôt par : il faut vraiment savoir pirater. Benton enfonce le bouton de l'ascenseur et les panneaux d'acier poli glissent sans bruit. Il nous écoute. Lucy s'appuie contre l'avancée du poste de sécurité, absorbée par l'écran de son iPad, tout comme Georgia est fascinée par elle. Ma nièce s'exclame :

— J'ai trouvé ! Uber. Troy utilise ce service de voiture à la demande, et d'ailleurs l'application est sur son portable.

— Et comment sait-on tout cela ?

— S'il n'a pas été traîné au pénal, il y a quand même eu une procédure judiciaire. Elle a été vite réglée mais a quand même laissé des traces pour qui parvient à les trouver.

Lucy accède à Bloomberg Law, LexisNexis et peut-être PACER. Si elle consulte aussi des sites sur lesquels elle n'a rien à faire, je refuse d'en être informée.

— Le propriétaire de l'immeuble qui a brûlé et la famille de la victime ont attaqué en justice, mais l'affaire a été immédiatement réglée. Si on se fie à la première plainte, les plaignants ont affirmé que la nuit de l'incendie, Troy avait commandé une voiture grâce à Uber pour se rendre à South Boston sur un terrain de paintball. La voiture l'a déposé là-bas et quelques heures plus tard on l'a aperçu en train de contempler l'immeuble en flammes.

J'ai de plus en plus de difficultés à comprendre cette histoire, et vérifie :

— Aperçu par qui ? Et cette info a également été étouffée ?

Benton retient les portes de l'ascenseur et nous étudie. Lucy parcourt un autre fichier :

— Un pompier l'a remarqué, lui a demandé son identité et ce qu'il faisait là. Dans son rapport à la police, l'homme du feu a précisé que Troy était dans un état d'excitation perceptible en raison de l'incendie, mais indifférent au fait que des résidents pouvaient être blessés ou tués. Lorsqu'il a fait remarquer au jeune homme que certaines de ces personnes venaient de perdre leur logement et tout ce qu'elles possédaient, celui-ci a rétorqué que de toute façon elles n'avaient pas grand-chose à perdre.

Georgia commente d'un ton de mépris :

— Une ordure ! Ils auraient dû le noyer à la naissance.

Ma nièce enchaîne :

— On trouve le texte de la plainte sur PACER lorsqu'on creuse assez dans les sous-ensembles archivés.

PACER, pour Public Access to Court Electronic Records, centralise des données judiciaires. Il s'agit d'un site gouvernemental en accès restreint que la plupart des internautes, non professionnels du droit, jugent de navigation difficile. Toutefois, cela ne devrait pas dissuader un bon journaliste d'investigation. Aussi, je souligne :

— Mais comment se fait-il que personne n'ait découvert cette plainte ? Enfin, Bob Rosado est un officiel du gouvernement fédéral, très connu. Je ne vois pas comment son fils est parvenu à rester sous la ligne de radar. Comment l'expliquer ?

À nouveau, je détecte une lueur de colère dans ses yeux verts lorsqu'elle répond :

— Gestion de crise. Ils doivent avoir un sacré professionnel ! Il faut anticiper quels seront les problèmes et les dégommer avant même qu'ils ne surgissent. Ça sous-entend une surveillance en ligne constante, une permanente évaluation du risque, et tous les coups sont permis pour protéger le client. La personne qui est derrière ce boulot est extrêmement astucieuse. Elle a une grosse influence et une expérience béton. Je la verrais bien fouiner en douce dans les bases de données propriétaire. Le genre de profil qui ne recule devant rien.

Comme toi, je songe, mais biaise :

— Ruses et manipulation. Tout ce dont on a besoin pour y parvenir se résume à deux mots : influence et argent.

Lucy lève son iPad afin que je puisse découvrir la page Facebook affichée sur son écran. Elle commente :

— Avoir un gosse de ce modèle, c'est le cauchemar du politicien !

Troy Rosado est un beau jeune homme, aux cheveux noirs frisés, au large sourire lumineux, mais au regard mort. *Un psychopathe en herbe*, je songe en jetant un œil à mon téléphone sur lequel un SMS de Benton vient d'atterrir.

« Si le père, ou une personne mandatée par lui, cherche à entrer en contact, décline. »

Le FBI doit mener une investigation sur le député Bob Rosado, ou alors ils essaient de coincer son fils.

Georgia ne cesse de dévisager Lucy et lâche :

— C'est vraiment très triste pour cette gamine, et il va y avoir de gros problèmes. Une maison vide, une piscine, et un type bourré de fric ?

Elle est assise très droite, sérieuse et fière de son uniforme bleu marine du CFC. Cependant, Georgia apprécie un peu trop ma nièce. D'un ton indigné, elle poursuit :

— Ce jeune est mauvais jusqu'à la moelle, et les gosses démoniaques sont pires que les adultes. Quelle journée, et ça ne fait que deux heures que j'ai pris mon service ! Des camionnettes de télévision filmaient devant le Centre. Vous pouvez être assurée que maintenant les médias vont fourrer leur nez partout pour glaner des infos sur Gracie Smithers.

Georgia consulte les images envoyées par les caméras de vidéosurveillance qui s'affichent sur l'écran plat installé dans son poste de garde. Sont relayés, entre autres, les points névralgiques de nos installations, notamment l'intérieur de la baie de déchargement, la salle réservée aux indices, et l'aire de réception dans laquelle je me tiens. Elle propose :

— Prévenez-moi un peu avant de partir, afin que je m'assure qu'il n'y ait pas de caméraman en embuscade.

Je repose le grand registre noir sur son comptoir et vérifie :

— Rien d'autre dont je doive être informée ?

— Six nouveaux cas jusque-là, comme vous pouvez le voir, et deux autres viennent juste d'être réceptionnés.

Les victimes de l'accident de voiture. Le Dr Zenner propose de réaliser les autopsies demain matin.

— Parfait.

— Ils sont arrivés juste avant vous. Des jeunes mariés. C'est trop triste.

Elle craque et récupère une pâtisserie qu'elle pose sur une feuille de papier vierge avant de consulter son ordinateur :

— Ah, aussi le grutier d'hier. Il est en attente et Luke n'a pas voulu restituer le corps à ce stade.

— Pour quelle raison ? Un problème avec la toxicologie ?

— Je pense qu'il y a des doutes. Il manœuvrait donc cette immense grue à l'endroit où ils sont en train de construire une tour d'habitation dans Somerville Avenue. A-t-il glissé de l'échelle alors qu'il grimpait dans sa cabine tôt hier matin, ou bien a-t-il souffert d'une crise cardiaque qui expliquerait sa chute ?

Elle récupère du bout de l'index un peu de la ricotta crémeuse qui fourre le *cannolo*, la goûte puis murmure :

— Bon, j'ai cédé. Trop tard pour faire machine arrière.

— Georgia, nous serons en salle d'autopsie. En plus des médias, je vous serais reconnaissante de garder l'œil sur un enquêteur des assurances, Rand Bloom. Il conduit un pick-up Ford gris et adore prendre des photos ou violer les propriétés privées.

Elle griffonne quelques notes puis me fixe, le regard dur et sans concession :

— Oh, je vois de qui il s'agit, docteur. J'ai aperçu son véhicule plusieurs fois dans les parages. L'autre jour, en fin d'après-midi… attendez, lundi, je crois. Il mitraillait les gens qui entraient ou sortaient du Centre. Et lorsque la grille coulissait, il prenait des clichés du parking. Du coup, je suis allée lui remonter les bretelles et lui expliquer ma façon de penser. Un type miteux avec une grande cicatrice et des yeux moches et bizarres. On dirait qu'il a pris un sale coup sur le visage.

Lucy et moi longeons le couloir incurvé et plongeons dans les entrailles de ma sombre Cité d'Émeraude, nom que je lui ai donné en référence à la série *Oz*. Les corps qui nous parviennent sont ouverts et examinés sous toutes les coutures avant d'être suturés. Je lui précise :

— J'aimerais que tu creuses un peu sur ce type.

— Tu veux savoir comment il a été défiguré ? Pourquoi est-ce important ?

— Je veux savoir qui il est au juste et ce qui le motive, en dehors de l'argent. Je ne serais pas étonnée qu'il n'ait pas toujours été enquêteur pour une compagnie d'assurances. Beaucoup de ceux qui atterrissent là-dedans ont commencé leur carrière dans les forces de l'ordre. Il apparaît dans nombre de mes affaires. Johnny Angiers, par exemple, ce médecin que l'on a retrouvé mort à Estabrook Woods. De plus, tu as entendu ce que nous disions au sujet de Leo Gantz. Bloom harcèle Joanna Cather et épiait Jamal Nari au profit de la compagnie qu'il représente. Pour couronner le tout, ajoutons le récent meurtre de Patty Marsico à Nantucket. Son mari a attaqué l'agence immobilière pour laquelle elle travaillait. Et Bloom est également l'enquêteur dans cette affaire.

Un éclairage atténué règne dans la salle aux indices, déserte, dont la porte est fermée et verrouillée. Je remarque les tables recouvertes de papier blanc, les paillasses, les armoires séchantes avec leurs portes vitrées. Un jean, un tee-shirt orné d'un motif bleu et vert et une petite basket, une seule, sont alignés. Que sont devenus la deuxième chaussure et ses sous-vêtements ? Ne portait-elle pas de veste, ou de chaussettes ? N'avait-elle pas de téléphone mobile ?

J'ai presque le sentiment que Lucy lit dans mes pensées lorsqu'elle synthétise :

— Si Bloom a en plus un lien avec le décès de Gracie Smithers, il deviendra clair que quelque chose de très sérieux et de très néfaste se trame.

Je me tourne vers elle. La sensation qui monte en moi me déroute.

— Je sais déjà que c'est très sérieux et néfaste. On dirait pourtant que tu t'y attends, que tu y vois une logique ?

Une ombre trouble son regard, quelque chose de sombre et d'impénétrable. Elle balaie mon inquiétude en répondant qu'elle se sent bien. Rien d'important. Je réplique que tout l'est, puis demande :

— Qu'est-ce qui ne serait pas important ?

— Je refuse de gâcher mon énergie pour ce genre de trucs.

— Quels trucs ?

— D'accord, tante Kay. Plein de choses bizarres sont en train de se produire, et les gens me jettent des regards étranges. J'ai déjà été confrontée à cela, jamais ici toutefois.

Je m'immobilise dans le couloir désert. Le laboratoire d'histologie avec ses microtomes, ses tables dédiées à l'inclusion des tissus biologiques, ses microscopes et ses platines chauffantes est situé juste devant nous. Le personnel est rentré chez lui. En général, les techniciens de laboratoire partent aux environs de dix-sept heures. Lucy et moi sommes seules.

— Quels gens ?

— Lorsque Jen est rentrée de la scène de crime Nari, elle a fait l'un de ses habituels commentaires au profit de Bryce qui, bien sûr, n'a pas pu résister à me le rapporter dans la minute. Il commence à être un peu inconséquent. J'ai l'impression que je lui fais peur.

— Bryce a toujours été inconséquent.

Lucy reprend, obstinée :

— Il faut qu'elle arrête de colporter des rumeurs à mon sujet. Il faut qu'elle arrête de fouiller Google.

Lucy n'a jamais apprécié Jen Garate et n'était pas d'accord pour que je l'engage. Mais son opinion semble s'être radicalisée.

— Es-tu capable d'objectivité vis-à-vis d'elle alors que tu t'es braquée dès le premier jour ?

— Il s'agit d'un tas d'éléments disparates. Des choses qu'on ne peut pas prouver, et il n'y a rien de pire.

— Que quoi ?

— Que lorsque les gens commencent à douter. Qu'ils deviennent paranoïaques. Quoi qu'ils pensent, ils refusent de l'exprimer. Ils s'écartent simplement.

L'agacement me gagne, et je rétorque :

— Pas toi, par-dessus le reste ! Mais qu'est-ce qui ne va pas avec vous autres ? On dirait que mon lieu de travail a soudain perdu son centre de gravité et que mon personnel part dans tous les sens.

La situation était bien plus gérable lorsque Marino me secondait. D'une certaine façon, il faisait office de lest.

Repensant aux réflexions de Jen un peu plus tôt, à son insistance assez déplaisante au sujet du vol de Lucy dans un espace aérien interdit, je tanne ma nièce :

— À quels commentaires fais-tu allusion ? Qu'est-ce qu'on recherche sur Google ?

— Ce matin, elle a demandé où je me trouvais lorsque Jamal Nari a été abattu, et a précisé qu'elle ne m'en voudrait pas de l'avoir *buté* après qu'il t'a insultée à la Maison-Blanche. Bryce a, bien sûr, souligné qu'elle plaisantait.

Lucy s'efforce de paraître peu affectée. La bêtise de certaines personnes me sidérera toujours.

Aucun être sensé n'affronterait ma nièce. Toutefois, plus elle affirme que ces vacheries lui sont indifférentes, plus je suis certaine du contraire. Lucy est patiente, stoïque même. Elle attendra son heure, et un jour tous les Jen Garate de la terre s'en mordront les doigts. Je réplique d'un ton sec :

— Ce genre de conduite n'est pas tolérable. Je ne comprends pas comment elle peut plaisanter sur un homicide, et encore moins impliquer que tu aurais des raisons d'abattre quelqu'un. L'humour m'échappe là-dedans.

— Mais j'ai déjà tué des gens. C'est d'ailleurs pour ça que le FBI et l'ATF étaient ravis de me voir plier bagage. D'autres rumeurs circulent, de l'époque où j'avais mon propre service de sécurité.

Il s'agit d'un euphémisme pour les contrats gouvernementaux paramilitaires que nous n'évoquons jamais.

— Jen connaît ton passé ?

— On trouve des informations sur Internet. Beaucoup plus qu'auparavant. Notamment au sujet de mon passé.

— Pourquoi ?

— Des blogs qui me dépeignent en individu dangereux et déséquilibré.

Je m'étonne. Lucy est en général capable de tout déterrer grâce à un ordinateur.

— Mais enfin, tu dois bien avoir une idée de qui est derrière cela, et pourquoi ?

Elle affirme le contraire. Elle ne sait pas, pas véritablement, pas tout à fait. Elle ne peut rien prouver. Le mot « preuve » revient. Pourquoi a-t-elle besoin de preuves ? Quant au fait qu'elle n'aurait pas le moindre indice, je n'y crois pas. Et l'inverse m'inquiète.

— Soyons honnêtes, tante Kay. Si on établissait une liste, je ne m'en sortirais pas avec les honneurs.

Quelque chose a perturbé son équilibre. Je sens en elle un étrange mélange d'excitation, d'énergie, mais aussi de crainte.

— Si je ne travaillais pas en solo, personne ne m'engagerait, hormis toi. Et tu n'aurais pas dû, nous le savons toutes les deux.

— Personne n'a le droit d'établir quelque liste que ce soit.

— Jen m'a baptisée la Carne, ou la Pirate. Derrière mon dos, bien sûr. Elle affirme que je flique les messageries de tout le monde.

— C'est sans doute vrai. À mes yeux, tout cela se résume à de l'envie et à un esprit de compétition mal placé.

Nous avançons vers le laboratoire d'anthropologie.

Chapitre 26

Les plafonniers sont allumés dans le labo. L'anthropologue médico-légal, Alex Delgado, est penché au-dessus d'une table recouverte d'un drap bleu. Il examine un fémur, taché de zones marron, endommagé, sa tête arrachée, probablement par des prédateurs.

Grand et émacié, Alex est aussi chauve qu'un œuf. Il boutonne toujours sa blouse de labo jusqu'en haut et son long cou maigre en émerge. Il porte des lunettes sans monture, aux verres épais qui lui font des yeux de chouette. Tout en lui est terne, presque poussiéreux et l'on pourrait croire qu'il est en train de s'adapter à son environnement, à la manière d'une mite. Il bouge lentement, de façon mesurée, posée, et dépose le fémur et d'autres ossements dans une boîte en carton de couleur crème.

Lorsque nous parvenons à la deuxième baie vitrée qui ouvre sur son labo, je me rends compte qu'il est en compagnie d'Ernie Koppel. J'ouvre la porte et lance à Lucy :

— Bien. Réglons cela.

Un crâne édenté, dont les orbites vides fixent les nouveaux venus, nous accueille. L'odeur cireuse de mort, un peu rance, qui ressemble à celle du suif ou du suint nous environne. On ne s'en débarrasse jamais. Elle est encore perceptible sur des os vieux d'un siècle.

Je salue Ernie d'un :

— J'allais vous appeler !

— Et je me préparais à vous rejoindre. Est-ce bien votre navette spatiale garée dans la baie ? demande-t-il à Lucy.

— Quelle navette ?

— Je parie qu'elle n'est pas aussi rapide que ma Toyota V4.

Lucy répond d'un ton plat :

— Sans doute.

Pour ma part, je tente de détecter quelque chose d'inhabituel dans le ton d'Ernie.

S'il se méfie de ma nièce, c'est imperceptible. Alex agit comme à son habitude : aussi imperturbable et absent qu'une pierre. Je découvre un feutre sur un chariot où se mêlent pinces de toutes tailles, costotomes, brosses, aiguilles, attelles et scies. Sur des tables gisent des squelettes qu'Alex a tenté de reconstituer, masculins, féminins, jeunes ou vieux, aux crânes épais et rugueux ou fins et petits. J'appose mes initiales et l'heure sur le sachet, vingt heures six, puis le tends à Ernie. La chaîne des indices ne sera pas rompue.

Ernie porte un jean et une chemise à rayures bleues. Il fuit les cravates, sauf lorsqu'il doit témoigner devant la cour. Il est déjà en train d'entretenir son bronzage, en bon adorateur du soleil qui passe chaque long weekend et toutes ses vacances dans le golfe du Texas. Il est né et a été élevé à Galveston, et n'a jamais perdu son accent traînant. Sa carrure impressionnante et son allure très virile semblent presque incongrues pour quelqu'un de sa profession. Certainement pas un cow-boy, selon ses propres mots, mais un astronaute qui explorerait la galaxie de l'infiniment petit où une simple diatomée se transforme en pierre précieuse et un acarien en monstre hideux.

Il m'informe :

— Benton m'a expliqué le tour pourri que vous avez découvert sur votre propriété ce matin, et le fait qu'il soupçonnait l'utilisation d'un *tumbler*.

Je ne peux m'empêcher de le surveiller pour voir s'il exclut Lucy.

— En effet, Ernie, il semble que ces pièces ont été polies. Elles datent d'il y a plus de trente ans.

Il secoue le petit sac transparent devant ses yeux. Les pièces réfléchissent la lumière.

— 1981. Cette date correspond à quelque chose pour vous ?

Lucy est à nouveau plongée dans la consultation de son ordinateur, mais ironise :

— Une mauvaise année. John Hinckley Junior a tenté d'abattre Reagan en mars et six semaines plus tard on a tiré sur Jean-Paul II, place Saint-Pierre. En août de cette année-là, Mark David Chapman a été condamné à la prison pour le meurtre de John Lennon. Deux mois plus tard, le président Anouar el-Sadate a été assassiné durant une parade au Caire. Quatre attentats que le monde n'oubliera pas.

Elle récite les informations alors que je suis convaincue qu'elle ne les lit pas mais qu'elle les connaît par cœur. Tente-t-elle de se moquer d'Ernie ?

Il est parfois ardu de déterminer si elle fait de l'humour ou pas. Cela étant, je ne vois rien de comique dans sa sortie. Son comportement est étrange, différent. Je trouve sa façon de plaisanter acide, peut-être agressive, teintée d'un soupçon de machisme. J'y perçois une nuance de tristesse, aussi.

Alex ouvre la porte vitrée d'un placard en inox qui s'étend du sol au plafond et commente :

— La seule chose dont je me souviens en relation avec cette date, c'est le mariage du prince Charles et de Lady Diana. Ma femme était scotchée devant la télé, les yeux embués.

— Un sacré conte de fées, non ?

Il récupère la boîte en carton beige et les ossements glissent à l'intérieur. Il argumente :

— Vous n'étiez pas encore née, Lucy.

Elle ne rectifie pas, moi non plus. Alex range la boîte dans le placard, referme la porte et poursuit :

— Nous discutions des restes, ceux du début de la semaine, retrouvés dans le puits de cette vieille ferme à North Andover.

Le cas me revient :

— Ah oui, la femme poignardée.

Ernie intervient :

— Un fragment de la lame, la pointe, est resté fiché dans le fémur gauche, en haut de la face interne de la cuisse.

— Si la lame a sectionné l'artère fémorale, cela a pu provoquer la mort. Un temps de survie de quelques minutes, au maximum.

Alex déclare :

— Nous devrions trouver une concordance entre cet éclat de pointe et le reste du couteau. D'un autre côté, je doute que le coupable soit poursuivi. C'est vieux, au moins cinquante ans, si ce n'est plus.

Les deux hommes continuent d'évoquer des détails confidentiels de l'affaire devant Lucy, comme à leur habitude. Je comprends qu'elle soit froissée et blessée par des sarcasmes injustifiés ou des blogs incendiaires. Pourtant, elle a le cuir épais, une véritable armure.

Nous abandonnons Alex en compagnie de ses ossements. Ernie, Lucy et moi longeons le couloir, jusqu'à une portion de mur dégagé, entre un placard de rangement et l'épaisse porte en métal qui ouvre sur la pièce de mécanique.

Ernie désigne l'uniforme de pilote de Lucy et observe :

— Vous avez volé aujourd'hui ? Et quand m'emmenez-vous en balade ?

— Dès que j'aurai terminé de lire le manuel d'instructions.

Mon ingénieur en vient à ce qu'il veut me communiquer :

— Une balle LRX, calibre .380, cent quatre-vingt-dix grains, tirée d'un Winchester Magnum .300, est un truc plutôt inhabituel.

— LRX ?

Lucy m'éclaire :

— Tir à longue distance.

Ernie poursuit :

— Cuivre plein, poli. Quant au matériau bleu que Luke a décelé dans la matière cervicale, il s'agit d'un polymère. Ce n'est pas exactement mon domaine, mais Liz et moi avons discuté.

Ma nièce demande :

— Combien de pétales ?

— Quatre.

— Un R5 ?

— C'est ce qu'a affirmé Liz.

— Ernie, connaissez-vous les Barnes Tipped Triple-Shocks ?

— Je ne suis pas un dingue d'armes à feu.

— Des munitions haut de gamme qui renferment beaucoup de cuivre. La référence ultime dans le domaine. Il y a de cela deux ans, ils ont sorti ce que certains fans enthousiastes ont baptisé une version BC longue distance de leur fameux Triple-Shocks. Cuivre massif avec une pointe balistique en polymère bleu, expansion en quatre pétales au contact. Une mise à mort instantanée, sans bavure, un projectile prévu pour la chasse au gros à longue distance.

Ernie la détaille et je ne parviens pas à déterminer s'il est impressionné ou soupçonneux lorsqu'il ajoute :

— Lions, tigres, ours, c'est cela ? Ne me dites pas que vous êtes chasseuse ?

— Jamais les animaux, rectifie-t-elle avec son humour glaçant.

— Je vois, juste la catégorie bipède et pas mal l'auront cherché ?

— Je ne commence jamais la première, si c'est ce qui vous préoccupe.

— Blague à part, Lucy, je ne vous savais pas si calée en balistique.

— J'ai fait partie de l'ATF.

— Oh, le côté alcool et tabac me va bien. En revanche, les armes ne sont pas mon truc. Je pensais que vous étiez enquêteur-incendies.

Lucy se montre inhabituellement généreuse en détails sur son passé et rétorque :

— J'ai été plein de choses.

Les blogs, les commentaires désobligeants et les ragots qu'elle a pu lire en sont-ils la raison ? Elle tente d'en imposer et ce n'est pas son genre. J'ai l'intuition qu'elle est en compétition avec quelqu'un. Elle continue sur sa lancée :

— J'ai mon propre stand de tir, je prépare mes munitions et, en effet, je sais beaucoup de choses. Cette balle est vraiment puissante, au point de traverser la proie, une très grosse proie, et je parle de cibles beaucoup plus volumineuses qu'un homme. Ma question est donc la suivante : le tueur aurait-il fabriqué une balle spéciale, avec une charge de poudre plus légère, de sorte que ce projectile en particulier reste dans le corps et subisse le moins de dommages possible ?

Surprise, je demande :

— Et pourquoi ?

— Mais parce qu'il ne voulait pas que le projectile ressorte, afin que nous le trouvions.

Ernie renchérit :

— C'est intéressant, ce que vous dites. Il y a le piquage dû à l'utilisation d'un *tumbler*. De plus, la spectroscopie IRTF a détecté des traces de monochlorhydrate d'urée, un sel d'acide organique qu'on trouve dans pas mal de produits antiternissement. Dans ce cas, il a sans doute été utilisé pour le polissage manuel.

Lucy acquiesce :

— Notamment dans le Flitz, très apprécié des amateurs d'armes.

— En effet, et j'en ai trouvé des traces sur le fragment et la balle intacte. Mais il y a plus important encore, et personne n'est au courant, pas même Liz. On ne le voit pas grâce un microscope optique normal parce que la profondeur de champ n'est pas suffisante.

Il a donc examiné le fragment et la balle en microscopie électronique à balayage, ou MEB, et cela ne m'étonne pas d'Ernie. Nous avons la même éthique professionnelle. On trouve des réponses lorsqu'on ne sait pas ce que l'on cherche. Il faut alors avoir recours à tous les moyens à sa disposition pour peu qu'ils soient un tant soit peu logiques. Il tire une feuille de papier pliée de sa poche arrière et demande :

— Vous connaissez les empreintes balistiques ?

J'observe :

— C'est assez controversé, et on a entendu beaucoup de choses à ce sujet ces dernières années. À ce jour, je ne suis pas sûre qu'on les utilise ailleurs qu'en Californie. Un microtimbre est gravé sur le percuteur ou sur toute autre partie d'une arme et il sera transféré sur l'étui ou l'amorce. Le but consiste à obtenir un code microscopique qui peut relier une douille avec le numéro de série de l'arme.

Lucy s'étonne :

— Ah, parce qu'on a une douille ? Je n'étais pas informée. Or, j'ai vu les caractéristiques saisies dans la banque de données et ce qui a été analysé par les labos.

Ernie me tend la feuille de papier et précise :

— Non, nous n'avons pas de douille, ni dans notre affaire du Massachusetts ni dans les homicides du New Jersey. Le microtimbre est une fabrication maison, et on le retrouve sur la balle. Oui, je sais, une feuille de papier, ça fait un peu préhistorique, mais je ne voulais pas envoyer ça par mail.

J'étudie les photos de la balle intacte extraite de la poitrine de Jamal Nari et demande :

— Sur la balle ? Mais comment est-ce possible ?

Du cuivre brillant, quatre pétales aiguisés comme le fil d'un rasoir qui s'évasent en corolle. Et puis une autre photo, la base en cuivre de la balle grossie cent cinquante fois, si graphique dans cette représentation en trois dimensions que j'ai presque l'impression que je pourrais la saisir. Et je comprends pourquoi Ernie s'est montré si prudent.

Un seul chiffre, le 3. J'aperçois les marques microscopiques du graveur qui a entaillé le métal. Rien ne semble coller. Je murmure :

— Il ne s'agit pas d'un marquage automatique. De plus, ça n'a pas été creusé par un laser ou transféré par l'arme. Le chiffre a été gravé par un outil très fin et précis, un outil de joaillier.

Ernie renchérit :

— Gravé, en effet. Puis atténué et poli. On ne le voit pas à l'œil nu, ni même en microscopie optique mais uniquement en MEB. Le chiffre 3 a disparu mais la déformation sous la surface du métal est toujours visible. L'individu a délibérément appuyé avec l'outil de gravure, creusé le chiffre 3 à la base de la balle de cuivre puis l'a effacé, avant d'avoir recours au *tumbler*, puis au polissage. Il a ensuite reformé la munition.

Le regard presque fiévreux, Lucy examine les photos et je sens que son esprit fonctionne à pleine vitesse :

— Les criminels éradiquent les numéros de série sur les armes, sans se douter qu'ils ne disparaissent jamais.

Quelque chose dans son attitude me perturbe. J'ignore quoi. Mais j'ai l'impression d'une ombre épaisse qui se mettrait en mouvement. Comme si une chose énorme et malveillante, enfouie profond, me contemplait de son antre. Elle ajoute :

— Un peu comme les marques d'écriture que l'on retrouve sous la feuille qui a servi à écrire.

Ernie suppute :

— Selon moi, le tueur voulait que nous le trouvions. Mais pas Liz.

— Et comment pouvez-vous l'affirmer ? demande Lucy.

Je perçois une sorte de soulagement en elle. On dirait qu'elle vient de découvrir un élément qui lui faisait défaut. L'ombre en elle se rétracte.

— Parce que la gravure n'est perceptible qu'en microscopie électronique, expliquant que Liz soit passée à côté. Il est de plus en plus évident que nous avons affaire à un individu qui connaît très bien les armes et les analyses balistiques.

L'agressivité de Lucy monte d'un cran lorsqu'elle insiste :

— Et cette personne se serait doutée que nous aurions recours à une MEB ?

— Oui, à cause du piquage. Liz l'a remarqué et m'a demandé mon opinion. Passer les douilles au *tumbler* est une chose, mais qui polit ses projectiles ? Liz a donc détecté des micropiqûres sous son microscope. Elle m'a ensuite demandé si je pouvais confirmer le polissage des balles de cuivre.

Je replie la feuille de papier et vérifie :

— Mais vous ne lui avez pas révélé qu'il y avait une gravure approximativement éradiquée.

— Hormis vous deux, je n'en ai parlé qu'à Benton.

— Pour l'instant, restons-en là.

— Et Marino ?

— Pas aujourd'hui, mais je lui en ferai part, Ernie.

Je sens qu'il n'a pas envie que l'information se répande, ni délibérément ni accidentellement, lorsqu'il approuve ma réserve d'un signe de tête :

— Ça marche. Autre chose ?

— Non merci. Rentrez bien, Ernie.

Nous le suivons du regard. Environné par l'apaisante lumière, il disparaît après un coude du couloir pour rejoindre les ascenseurs.

Lucy commente :

— Il ne sait plus à qui accorder sa confiance.

— Si, à nous.

D'un ton presque péremptoire, elle poursuit :

— Ces événements ont une connotation personnelle. Un sniper particulièrement doué et sophistiqué te balade et veut s'assurer que tu en as conscience. Les tweets, les pièces, le projectile gravé dont il a fait en sorte que nous le récupérions, tout indique la préméditation et un but précis.

— Tu ne cesses d'utiliser le pronom « Il ».

— Par commodité. C'est en général ce que les gens pensent.

— Pas toi ?

— J'essaie toujours de ne pas avoir d'idées préconçues.

— Qui et pourquoi ? Aurais-tu un soupçon, Lucy ?

Nous progressons et dépassons les vestiaires. Sur le mur est scellé un distributeur de solution antiseptique pour les mains.

Je m'arrête et en fais gicler au creux de mes paumes. Je me sens toujours sale lorsque je sors du laboratoire d'anthropologie. D'autres choses concourent sans doute à cette sensation, dont cette conversation. Ma nièce reprend :

— J'ai l'impression que Benton pourrait avoir une idée.

Je frotte mes mains l'une contre l'autre pour les sécher et l'odeur puissante de l'alcool me monte aux narines.

— Mais pas toi ?

— Ses questions, sa façon de rester évasif m'ont surprise lorsque nous travaillions ensemble cet après-midi dans mon laboratoire. Par exemple, il voulait connaître l'efficacité réelle des logiciels de reconnaissance faciale les plus performants, dans le cas où quelqu'un aurait eu recours à la chirurgie esthétique.

C'est pourtant ma nièce que je sens fuyante en ce moment.

Benton n'aurait jamais mentionné cela s'il ne pensait pas que nous connaissions le tireur. Je me contente de répondre :

— Il semble que le gouvernement se soit activé dans cette direction depuis des années, à cause du terrorisme. Le FBI et Benton devraient le savoir, sans même évoquer la Border Patrol qui surveille les frontières et les côtes.

Un individu monstrueux surgi de notre passé. Cette pensée me traverse l'esprit. Mais comment est-elle venue à Benton ? Lucy poursuit sur sa lancée :

— Les fédéraux n'ont pas eu énormément de succès avec les recherches de correspondance dans les bases existantes. Si un portrait biométrique est altéré, tu ne trouveras jamais de concordance automatique dans une banque de données d'images ni dans celles qui centralisent les photos d'identité judiciaire. Quant à l'identification grâce aux rétines et à l'iris, les caméras de vidéosurveillance classiques n'en capteront par les caractéristiques lorsqu'un client pénètre dans le centre d'affaires d'un hôtel ou qu'il s'installe devant un ordinateur public. D'autant qu'il faudrait déjà avoir un scan pour pouvoir établir une comparaison.

Quelqu'un dont nous pensons qu'il a disparu. Je pourrais établir une interminable liste de noms, mais préfère me concentrer sur notre conversation, une priorité. J'inhale avec lenteur. J'essaie de ne pas m'approcher de l'ombre et de ne surtout pas tenter de deviner ce qu'elle dissimule. Néanmoins, j'ai la conviction que s'y terre une menace dont Lucy ne veut rien me révéler. Je m'inquiète :

— As-tu eu l'impression que Benton cherchait quelqu'un en particulier lorsque vous passiez en revue ces vidéos de surveillance ?

— On doit toujours se préoccuper des gens qui n'ont jamais été arrêtés ou de ceux qui viennent d'être libérés de prison. Un truc de ce genre.

— De ce genre ?

Elle ne daigne pas préciser. Je persiste :

— Tu as lâché cela pour voir de quelle façon je réagirais ?

— Je dis juste qu'il convient d'avoir une discussion sur la notion de familiarité, dans le sens de proximité. Un projectile sur lequel est gravé le chiffre 3, pour une troisième victime. L'individu responsable veut que nous sachions que d'autres sont à venir. En d'autres termes, une revanche.

Un frisson me parcourt et je murmure :

— Sept pièces de monnaie. Quoi ? Quatre futures victimes ?

— Lorsque Benton m'a demandé de procéder à une reconnaissance à basse altitude au-dessus de l'Académie des arts et des sciences ce matin, il voulait que je contrôle les arbres. Janet et moi n'avons rien vu de suspect, et certainement pas un tueur armé. Lorsque tu lui as signalé la présence de ces pièces, au moment où vous vous trouviez dans la cour, qu'a-t-il pensé ?

— Il a vu un éclair lumineux, peut-être la réflexion d'une lentille d'appareil photo, peut-être Rand Bloom fouinant dans les poubelles pour trouver de quoi m'embarrasser.

— J'en doute. Comment embarrasser quelqu'un si on ne rend pas publiques les photographies prises ? Je n'ai rien vu sur Internet.

— Pas encore.

Elle réfléchit :

— Une lunette de visée. Selon moi, la personne qui a laissé ces pièces sur le muret voulait te contempler lorsque tu les trouverais.

Nous nous arrêtons devant la salle de radiographie à grandes dimensions. Je cherche Anne du regard.

Chapitre 27

Anne n'est pas installée à sa console. Nous entrons. Je jette un œil au travers de l'épaisse paroi en verre au plomb qui réunit son poste de travail et la pièce dans laquelle est installé le scanneur. Personne.

Les lumières sont éteintes. Le CT-scanner Somatom blanc est faiblement éclairé, avec sa large ouverture et sa couchette inclinée vers le bas. Cette configuration a été développée pour l'armée lors de la guerre d'Irak. Grâce aux images 3D en haute résolution, nous pouvons visualiser l'intérieur d'un corps avant même de l'inciser. Sur l'un des écrans du bureau est affiché le dossier CFC979. Gracie Smithers.

Lucy continue de me raconter ce qu'elle a vu lorsqu'elle a survolé l'Académie des arts et des sciences :

— Si cet individu cherchait une vue imprenable de ta cour, le toit représentait la position idéale. J'avais enclenché la caméra de l'hélicoptère. Nous n'avons distingué personne. En revanche, nous sommes certaines que quelqu'un était en planque là-haut.

J'étudie des prises obliques et axiales des voies respiratoires, des sinus, de l'arbre trachéo-bronchique. Je ne détecte rien d'anormal, hormis des espaces sombres indiquant la présence de gaz et d'écume, rien d'inhabituel lors des noyades.

— Janet t'accompagnait. Ça se passe bien entre vous ?

— Sur un coin du toit au premier étage. Lorsque j'ai zoomé, nous avons aperçu une sorte de casquette et une veste. Quelqu'un se trouvait là-haut, c'est évident. On va bien.

Des plans coronaux des poumons et des voies aériennes distales montrent un excès liquidien. Je fais défiler le diaporama à coups de clics et m'obstine :

— Tu t'es offert une nouvelle Ferrari et tu ne portes plus la chevalière. Tu as minci et aurais besoin d'une bonne coupe de cheveux.

Les sinus maxillaires sont également pleins de fluide, mais je détecte une substance particulaire de forte densité dans le sinus sphénoïdal. Le matériau en question se retrouve autour des cordes vocales, dans les voies aériennes et les poumons.

Du sable.

— Un employé de la maintenance aurait bien sûr pu les abandonner là. Cependant, j'en doute.

Je ne lâcherai pas :

— Je ne t'ai pas vue depuis un mois.

— J'ai été occupée.

— Tentes-tu de m'éviter, Lucy ?

— Et pourquoi le souhaiterais-je ?

Je clique sur d'autres clichés de la tête.

— Lorsque cela t'arrive, ce n'est jamais le signe d'un événement heureux.

Ma nièce détourne à nouveau la conversation :

— Un calot chirurgical et une veste.

— Comment cela, « chirurgical » ?

— La patine du toit est bleu-vert, ce qu'on appelle « vert sarcelle », la même couleur que celle des vêtements chirurgicaux en question, sur lesquels est brodé un caducée.

Je résume :

— Donc, un bon camouflage.

— Surtout si, en, plus il portait un pantalon et une chemise du même vert.

— C'est étrange.

— Pas vraiment, tante Kay. D'une part, cet uniforme se fond dans l'environnement mais, en plus, même si l'individu en question se faisait repérer, personne ne s'en étonnerait puisque beaucoup d'étudiants en médecine et de techniciens se baladent vêtus ainsi. Cette section du toit en cantilever n'est accessible que grâce à une échelle extérieure dont l'utilisation est, *a priori*, réservée aux gens de la maintenance.

— *A priori* ? Cependant, n'importe qui peut y accéder, n'est-ce pas ?

D'autres images défilent sur l'écran, déprimantes et cruelles.

— En théorie. Mais n'importe qui ne s'y risquerait pas.

Les images sagittales révèlent une fracture linéaire de la fosse crânienne antérieure avec une contusion sous-jacente. En revanche, les images axiales posent un véritable problème. Elles sont incohérentes avec ce que je devrais trouver si la blessure à la tête de Gracie Smithers avait été provoquée ainsi qu'on me l'a décrit. Je ne vois pas de traumatisme fronto-basal avec hémorragie sous-arachnoïdienne diffuse.

Utilisation de violence.

— Cette nouvelle voiture roule sans problème par temps de neige et elle possède une banquette arrière, ce dont nous avions besoin.

— Besoin ? Comme dans une Volvo ou une Toyota ?

— OK, le mot est sans doute mal choisi.

— Quoi d'autre ?

— Je ne porte plus la bague parce que le père de Janet souhaitait la récupérer.

— Pas très sympa de sa part.

Elle reporte son attention sur les clichés qui se succèdent à l'écran et demande :

— Que vois-tu ?

— C'est plutôt ce que je ne vois pas.

Je lui explique qu'aucun signe d'une lésion par contrecoup n'est détectable sur le cadavre de Gracie Smithers, contrairement à ce que je devrais constater si elle avait sauté sur la bâche de la piscine, était tombée et que sa tête ait heurté le rebord en ciment.

Je désigne l'absence de zones ombrées sur les CT-scans, et poursuis :

— Pas de saignement dans les lobes frontal inférieur et temporal supérieur. Un choc violent reçu derrière la tête aurait provoqué l'impact du cerveau contre le crâne à l'opposé, c'est-à-dire en zone frontale. C'est le contrecoup. En d'autres termes, on devrait trouver des lésions au site traumatique, à l'arrière, mais également devant.

— Elle ne s'est pas noyée ?

— Si, mais pas dans une piscine, et il ne s'agissait pas d'un accident.

Nous sortons du bureau d'Anne. De retour dans le couloir, je demande à Lucy si le Dr Shina Kato a fait réaliser une alcoolémie. Elle devrait se trouver dans le rapport. Lucy vérifie notre banque de données. Le résultat est négatif et je résume :

— Gracie Smithers n'avait pas bu d'alcool.

Nous dépassons le labo désert et obscur de récupération des tissus biologiques, qui ressemble à une petite salle d'opération. Aucun médecin ne s'y active pour recueillir des organes, des yeux, de la peau, des os donnés à la médecine. J'enfonce le gros bouton d'acier qui ouvre la porte menant au vestibule, un mur tapissé de casiers bleus réservés aux médecins, parcouru d'étagères sur lesquelles s'empilent des vêtements de protection et d'autres consommables.

Lucy remarque :

— Le Dr Kato n'aurait jamais dû réaliser l'autopsie de Gracie Smithers. Je suppose que les autres médecins s'activaient autour des cas jugés plus difficiles. Jamal Nari, la suicidée de Brookline. Elle a récupéré la gamine parce qu'à première vue ça semblait n'être qu'une noyade sans complication.

— Eh bien, c'est faux et il y aura des problèmes. Tu vois ce qui se passe lorsque je ne suis pas là !

— En effet, tu ne devrais jamais partir en vacances, ni d'ailleurs avoir de vie personnelle.

— Dis-m'en davantage au sujet du toit de l'Académie des arts et des sciences.

— Il s'agit d'un toit complexe, un système en cantilever, donc. Des séries de passerelles et de rampes ont été prévues afin que les employés de la maintenance puissent accéder aux différents niveaux de canalisations, de tuyauterie ou d'équipements et aux noues sans devoir marcher sur le métal au risque de l'endommager.

Je m'assure que j'ai bien compris :

— Et donc, tu ne peux grimper dessus que de l'extérieur ?

— Tout juste.

Je tire d'une étagère des protège-chaussures et des blouses de chirurgie du même vert sarcelle que celui qu'elle vient de décrire et suppute :

— Mais tu y es montée.

— Lorsque Benton a vu cet éclair de lumière la première fois, il était environ huit heures du matin.

Elle s'assied sur un banc et enfile les protections sur ses boots. Il est évident que mon mari lui a donné des détails sur ce qui s'est produit. Je précise :

— Et la seconde fois aux environs de onze heures.

— Si quelqu'un se trouvait sur le toit dans le but de t'espionner, ou alors la maison, cette personne a dû s'y installer très tôt, à un moment où il faisait encore très frisquet.

— Il pouvait donc porter une casquette et une veste. Il a aussi pu quitter son poste d'observation pour revenir plus tard.

Jamal Nari a été assassiné aux environs de neuf heures quarante-cinq. Son appartement de Farrar Street est situé à huit cents mètres de mon domicile et de l'Académie. Je vérifie :

— Tu penses que l'individu embusqué sur ce toit était bien le tueur ?

Lucy se relève et passe le tablier par-dessus sa tête pour l'attacher derrière son dos :

— Lorsque je me suis approchée en hélicoptère de la maison, pour te faire un coucou, il a dû m'entendre et redescendre l'échelle. Elle est installée à l'arrière du complexe. Ensuite s'étendent les bois, puis on trouve une rue très passante.

— Et il aurait oublié de ramasser ses vêtements ?

— Ou alors il les a laissés intentionnellement.

J'enfile mes gants.

— Tu as donc récupéré cette espèce de calot et la veste sur le toit pour les apporter au laboratoire des empreintes ADN ?

— Oui.

J'insiste à nouveau pour en avoir le cœur net :

— Parce que tu t'inquiétais que le tireur ait pu s'installer là-haut.

— À ce moment-là, il n'avait aucune intention de s'en prendre à toi ou à Benton.

— Et sur quoi fondes-tu cette conviction ?

Je pousse un autre gros bouton que l'on peut enfoncer d'un coup de coude et les portes en acier inoxydable s'ouvrent sans hâte devant nous.

Lucy me suit dans la salle d'autopsie et embraye :

— Un sniper équipé d'un fusil de précision très lourd, avec un trépied et des sacs de tir ? Ce type d'installation ne peut pas se ranger en deux secondes, ni être monté et descendu d'une étroite échelle en métal. De plus, l'individu en question avait alors toutes les chances de se faire remarquer. Il faut considérer tout cela sous un angle logique.

— Eh bien, alors, aide-moi.

— Un sniper sélectionne un endroit, une cachette. C'est sa première priorité. Une fois qu'il a mené à bien sa mission, il va tout ranger et planquer son matériel, par exemple dans un véhicule ou un endroit discret. Plus tard, il reviendra pour le récupérer. Je parierais qu'il avait une lunette de visée braquée sur toi ce matin, pas un fusil. Ainsi que je te l'ai dit, il voulait te voir découvrir les pièces de monnaie. Peut-être même attendait-il que l'on t'appelle sur les lieux de l'assassinat de Nari.

— Tu continues à utiliser le « il ».

— Par facilité. J'ignore son identité.

Mais la façon dont elle l'affirme me dérange fortement.

— Toutefois, ça pourrait être une femme ?

— Bien sûr.

La désinvolture de son ton m'intrigue.

La porte de la chambre froide s'ouvre. Des volutes de buée nauséabonde libèrent la puanteur de la mort. Anne paraît, poussant une civière sur laquelle est allongée une forme humaine enfouie dans une housse à cadavre noire.

Elle gare le chariot le long de ma table, dans ce vaste espace ponctué d'éviers en inox et de postes de travail.

La lumière naturelle pénètre par des vitrages unidirectionnels. Je bascule les interrupteurs. Les lampes haute intensité du plafond, suspendues dix mètres au-dessus de nos têtes, inondent le grand volume de leur éclairage. Les mains gantées de nitrile violet, je noue ma blouse dans le dos. Mes protège-chaussures ne produisent presque aucun son sur le sol récemment nettoyé à la serpillière.

— Tu peux me sortir le rapport d'autopsie et les photos de Gracie Smithers, s'il te plaît ?

Mon poste de travail est le plus proche de la chambre froide. Sur une paillasse, non loin de l'évier, s'alignent un écran d'ordinateur, un clavier et une souris recouverts d'une membrane qui les protège des projections. Lucy pénètre dans la banque de données du CFC. Des cadrans se forment sur l'écran. Anne déclare :

— Je vous attendais avant d'attaquer quoi que ce soit. D'abord, son tee-shirt était à l'envers. Je l'ai mentionné à Shina lorsque j'ai réalisé le scan.

— Les photos que vous avez laissées sur votre console pour que je les étudie ?

— Oui, en personne. Je ne voulais rien consigner par écrit, ni vous envoyer de mail ou quoi que ce soit. Quelqu'un d'inexpérimenté peut aisément passer à côté des subtilités. Et on ne veut pas que des avocats peu scrupuleux en aient vent.

— Je ne vois rien de particulièrement subtil dans cette affaire.

— Pas pour vous.

Je clique à l'aide de la souris recouverte de sa protection en plastique et d'autres clichés d'autopsie apparaissent. Je commente :

— Écorchures parfaitement visibles sur les deux joues et le nez. Lacérations tout à fait significatives, déchirures de la peau à l'arrière du cuir chevelu, une zone ronde d'approximativement dix centimètres sur dix. Incohérent avec l'hypothèse selon laquelle l'arrière de son crâne aurait heurté le bord arrondi d'une piscine.

Anne renchérit :

— On dirait plutôt qu'on lui a violemment cogné la tête contre une surface plane.

— Exact. Et à plusieurs reprises. On remarque une mince abrasion linéaire du côté droit du cou. On a trouvé un bijou ?

— Rien. Pas même des boucles d'oreilles.

Gracie Smithers était jolie mais il faut maintenant fournir un effort d'imagination pour s'en apercevoir, oublier la vision de la peau égratignée rouge vif, l'intérieur déchiqueté de ses lèvres. Elle a de longs cheveux blonds, des yeux bleus, et porte du vernis noir sur les ongles, un vernis écaillé. Mais où le Dr Kato avait-elle donc la tête ? Un peu plus d'un mètre cinquante, quarante à quarante et un kilos, exsangue après l'autopsie. Des contusions en forme de doigts ressortent sur ses épaules blafardes. Je détecte nettement l'endroit où les pouces de quelqu'un se sont enfoncés en haut de son dos, de chaque côté de la colonne vertébrale. Je découvre d'autres abrasions et hématomes sur ses genoux et ses fesses.

Lucy propose :

— Tu veux que j'appelle Shina ?

Je sens une colère froide m'envahir. Je ne pardonne ni l'incompétence ni la négligence. Néanmoins, je me contrains à répondre :

— Je vais laisser Gracie Smithers me parler.

Me tournant vers Anne, je m'enquiers :

— Et quelle explication a fourni le Dr Kato au sujet du tee-shirt, des blessures, et du sable ?

— Beaucoup de jeunes enfilent leur tee-shirt à l'envers. Ils pensent que c'est cool.

— Et l'absence de sous-vêtements ?

— Certaines adolescentes n'en mettent pas.

— S'agit-il de votre opinion ?

— Non, docteur Scarpetta, mais c'est ce qu'a dit le Dr Kato.

D'un ton impatient, je jette :

— La première chose que j'enseigne à nos étudiants en spécialisation est de ne jamais faire de suppositions !

— Selon elle, les abrasions résultent du contact avec le fond de la piscine.

— Ridicule !

La colère commence à flamber en moi.

Anne résume les conclusions hâtives du Dr Kato :

— La piscine était sale, le filtre, le skimmer, tout avait été éteint ou retiré pour l'hivernage. Il y a aussi le ruissellement de la terre du jardin jusqu'à la piscine. Du coup, de la boue s'est écoulée dedans. S'ajoute ce que nous a rapporté Jen. Le fond de la piscine était tapissé de sédiments qui expliquaient les particules que l'on voit sur les scans. On en a retrouvé dans les poumons. Une sorte de sable, un peu marron. Il y en avait également dans ses cheveux.

— A-t-on conservé un échantillon de ce prétendu sédiment ?

Ma nièce m'éclaire :

— Apparemment pas. Il ne se trouve pas dans la liste des indices confiés aux laboratoires. Je ne vois que des vêtements, une chaussure et des prélèvements pour la toxicologie.

— Impossible donc d'affirmer que les particules qu'elle a aspirées sont identiques au sédiment.

— Sauf si on retourne là-bas et qu'on en prélève un échantillon.

Je fais défiler le rapport d'autopsie à l'écran et grommelle :

— Quelle idiotie !

Les parties génitales ne présentaient aucun signe d'agression sexuelle, mais on n'en remarque pas toujours chez les jeunes femmes en bonne santé après des rapports imposés. Je demande :

— Et l'enquêteur ? Un détective de Marblehead, je suppose ?

Anne hésite :

— Je doute que quelqu'un ait été chargé d'une enquête dans ce cas. Tous sont partis de l'idée qu'il s'agissait d'une noyade accidentelle, en dépit du fait que le nom d'un officiel connu apparaissait.

Lucy renchérit :

— Le député Rosado. Pas de meurtre, ça se règle au civil. Un enquêteur ne se préoccupera donc pas du nom du propriétaire de la maison, ni de qui aura un procès sur le dos.

Je passe ensuite aux rapports d'autopsie de Jamal Nari et conseille :

— Essaie de me dégoter quelqu'un. Bryce pourrait s'en occuper avant que trop de temps se soit écoulé ou que la scène soit encore plus altérée, volontairement. Je modifie la cause de la mort en homicide.

Je repère immédiatement ce que Luke Zenner a jugé intéressant dans le contenu gastrique de Nari. Un amas de formes rondes, assez floues, de la taille de gros grains de raisins, dans le tractus gastro-intestinal. Des douzaines, et cela ne m'évoque qu'une chose.

Je me souviens de l'abdomen distendu de Nari. Anne précise :

— Des préservatifs transformés en grosses gélules. Luke en a compté quatre-vingts pour un poids approximatif de deux kilos deux à deux kilos quatre. Selon lui, ils renferment surtout du liquide. Il faut attendre confirmation du labo de toxico, mais il semble bien que Jamal Nari passait de la drogue.

Lucy s'étonne :

— Et il conduisait avec ce truc dans l'estomac ? Pourquoi prendre un tel risque ? À la moindre fuite, il risquait l'overdose.

Nous récapitulons la chronologie des événements. Nari a donc quitté son domicile tôt ce matin pour faire des courses. Il s'est arrêté chez Whole Foods, puis chez un caviste et à la pharmacie CVS. L'horodatage des reçus retrouvés le confirme. Il est rentré chez lui, a commencé à décharger ses sacs d'emplettes et a été abattu. Lucy observe :

— Déjà, pourquoi entreprendre de décharger alors qu'ils emménageaient à Dorchester dans l'après-midi ?

J'argumente :

— Je pense que sa femme a dû le prévenir que le bail venait d'être dénoncé. Lorsque Joanna Cather est arrivée dans leur nouvelle résidence avec d'autres cartons, l'agent immobilier lui a intimé de cesser son déménagement, et de tout rembarquer. Ensuite Joanna a téléphoné à quelqu'un, probablement son mari. Nous le vérifierons grâce à son journal d'appels, mais il paraît logique qu'elle ait appelé Nari aussitôt.

Ma nièce suit son raisonnement :

— Du coup, Jamal Nari est revenu dans leur appartement de Cambridge. Faut-il en conclure que le tueur aurait raté l'occasion de le descendre s'il avait filé à Dorchester dès après ses courses ?

— Tout à fait ! Cela pourrait donc sous-entendre que le tueur savait que le bail serait dénoncé. À l'évidence, Rand Bloom était au courant, puisqu'il a renseigné Mary Sapp. Il lui a offert les informations nécessaires pour faire valoir la clause de moralité défaillante des locataires. Tu as commencé à inventorier le contenu de leurs ordinateurs portables ?

— À peine.

— Pourrais-tu vérifier s'il a retenu un billet d'avion ? Ça expliquerait sa transformation en mule, contrairement à un simple parcours Cambridge-Boston en voiture.

— Quand avait débuté la digestion ?

Je désigne une zone sur l'écran et explique :

— Les préservatifs sont toujours dans l'estomac. Aucun n'est passé dans l'intestin grêle ou le côlon.

— À ton avis, quand les avait-il avalés ?

— Ça dépend. La digestion ralentit sous l'effet du stress, surtout s'il n'avait rien ingéré ni bu. Il peut également avoir pris des antidiarrhéiques, dont un des effets secondaires fréquents est une constipation.

Je revois l'Imodium dans le placard de la salle de bains et les boîtes de préservatifs non lubrifiés qui émettaient une lueur bleuâtre sous l'effet du réactif pulvérisé. Nari les avait-il rangées dans le carton fouillé ? Quelqu'un les a-t-il replacées dans le placard, alignées avec un soin maniaque, leurs étiquettes toutes tournées vers l'avant ? Et pourquoi ? Peut-être le sais-je déjà, sans vouloir me l'avouer. Tout comme je sais pourquoi les guitares ont été mises en scène sur leurs trépieds. Benton ne cesse d'insister sur la volonté de railleries.

Nari n'a pas chômé ce tôt matin. Il a solubilisé la drogue qu'il avait récupérée chez Jumpin' Joes, ainsi que l'atteste la photo prise par Bloom. Le chlorhydrate de cocaïne est très soluble dans l'eau, tout comme celui d'héroïne. Cela étant, je n'ai jamais entendu parler de mules qui l'ingéraient sous forme liquide. Il a rempli les préservatifs, nettoyé l'appartement et lessivé l'intérieur des tiroirs. Il a sans doute avalé les billes de latex juste avant de monter en voiture. Hormis les courses, il avait autre chose de très important à faire.

Je m'approche de la civière en inox sur laquelle il est allongé. Je n'éprouve que mépris pour ceux qui surveillent, harcèlent afin de priver d'autres gens de ce qui leur revient de droit. Nari a eu, durant des mois, l'impression qu'on l'espionnait, qu'on le suivait. Il a vécu dans la terreur que la police débarque pour arrêter sa femme. Pour couronner le tout, des photos ont surgi, le convainquant qu'il serait accusé de trafic de drogue. Je réfléchis :

— Il est peu probable qu'il ait recommencé à se droguer. Le plus souvent, les passeurs ne sont pas utilisateurs. J'ai le sentiment que tout cela tourne autour de l'argent.

Je baisse la fermeture Éclair en plastique et la housse noire bruisse lorsque je l'écarte.

Chapitre 28

La balle, fleur mortelle de cuivre, étincelle comme de l'or rose. Elle présente peu de dommages. Elle a pénétré dans le corps, traversé la colonne vertébrale et ravagé les tissus mous environnants. Son énergie cinétique s'est vite dispersée. Je repense à l'hypothèse de Lucy :

Une faible charge de poudre.

Après l'avoir extraite du corps, Luke en a pris un cliché grandeur nature, avec pour fond une serviette bleue. La balle affichée sur mon écran est encore une masse solide. Ma nièce a évoqué une munition de chasse, prévue pour le tir à grande distance, appelée LRX.

Benton vient de nous rejoindre alors que Lucy remontait dans son cyberantre. J'explique au profit de mon mari :

— On ne distingue pas la gravure à l'œil nu, ni même à l'aide d'un microscope optique.

Je le sens impatient. Il veut que nous nous rendions au quartier général de la police de Cambridge, mais je ne suis pas prête. Il ignore encore la découverte d'un trafic de drogue et l'incohérence à laquelle nous sommes confrontés : cette balle aurait dû traverser

Nari de part en part en se fragmentant. En effet, peut-être la charge propulsive était-elle modeste. Ou alors, le projectile a pu ralentir après avoir parcouru une distance particulièrement longue. Ou les deux.

— Pas l'ombre du chiffre 3, à moins d'avoir recours à la résolution et à la profondeur de champ d'un microscope électronique à balayage. Impossible de savoir si les balles utilisées dans les deux premiers cas étaient aussi gravées. Il n'en restait plus grand-chose.

— Non.

Anne est intriguée par l'affirmation péremptoire de mon mari :

— Comment pouvez-vous le savoir, puisqu'on n'a récupéré que de minuscules fragments, de la poussière pour certains ?

Benton murmure, plus pour lui-même :

— Parce que ça n'avait pas de sens. 1981 et maintenant le chiffre 3 gravé sur une balle.

Anne réplique :

— Je me demande si cette personne n'est pas déséquilibrée.

Benton détaille la dépouille de Nari engoncée dans son vinyle noir.

— Ou alors, elle cherche à nous désorienter. Balancer des références de sorte que l'interprétation des événements devienne très personnelle alors que lesdits événements ne le sont pas. Une date, un chiffre sur une balle, un certain nombre de pièces alignées sur un mur, et on en arrive au point où l'on ne sait plus si tout cela est voulu, nous cible personnellement, ou si c'est complètement aléatoire. On en vient à penser que l'on déraille.

J'interviens :

— Un coup du hasard ?

— Non. Pas plus d'ailleurs que la trajectoire atypique.

Je frôle le bas de sa nuque, à l'endroit où la base du crâne cède place à la colonne vertébrale. Sa peau est tiède sous mes doigts.

— Invraisemblable, même. La balle est entrée ici et s'est arrêtée là, dis-je en effleurant ensuite le côté gauche de sa poitrine au niveau de la sixième côte.

Les effluves d'humus de son eau de Cologne me rappellent nos brefs instants paisibles du matin, dans notre cour inondée de soleil. Et puis, l'odeur de la mort s'impose à nouveau. Je regarde mes mains gantées de nitrile, ses vêtements chic, son impeccable présentation. Seule une paire de protège-chaussures bleus, passée avant de pénétrer dans la salle d'autopsie, le protège. Benton se sent à l'aise partout, même dans les lieux les plus improbables. Il semble épargné par la hideur de ce qui l'entoure.

— Le trajet de la balle suit un angle aigu vers l'avant. Elle a pénétré le poumon gauche et la paroi thoracique pour terminer sa course sous la peau. Fractures bilatérales des *pars interarticularis* et rupture entre la C2 et la C3 avec section de la moelle épinière. Pas d'œdèmes des tissus environnants. Rien d'étonnant : il n'a pas survécu assez longtemps pour que nous constations des réponses vitales. La cause de la mort est un spondylolisthésis traumatique, bref, la fracture du pendu.

Benton tente de s'imaginer les choses et bute sur le même problème que moi :

— Peut-être que la balle a été déviée et qu'elle a terminé sa course là.

Quelle que soit la façon dont je reconstruis les positions respectives du tireur et de Nari, je ne parviens pas à m'expliquer qu'une balle entre par la base du crâne de la victime et s'enfonce vers le bas avant de terminer sa course sous la peau de la poitrine. J'affiche un autre scan à l'écran et argumente :

— De ce que l'on voit ici, la blessure n'indique aucune sorte de déviation du projectile. Les dommages suivent une ligne assez rectiligne, vers le bas, légèrement sur la gauche de la médiane où la balle s'est arrêtée.

Benton détaille le scan, qui montre le tracé de la blessure, et la présence d'une hémorragie descendante depuis le cou jusqu'en haut du poumon gauche. Il commente :

— De toute évidence, le tireur avait opté pour une position en hauteur. Un toit, peut-être. À ceci près que c'est assez incompatible avec le lieu du meurtre.

J'ouvre un tiroir et en tire une sonde noire de localisation de balle, de soixante-quinze centimètres de long, en réalité une tige en fibre de verre flexible. J'indique ensuite à Anne de nous rapporter des protections en Tyvek. Ce que j'ai l'intention d'entreprendre risque d'être assez salissant. Puis, je me tourne vers Benton :

— Selon moi, il était penché pour récupérer ses sacs de courses à l'arrière de la voiture au moment où la balle l'a frappé. Sans cela, le projectile serait ressorti par la face antérieure de son cou et nous ne l'aurions probablement pas retrouvé, ou alors uniquement des fragments, après qu'il eut terminé sa course contre l'asphalte du parking, un arbre, ou un bâtiment. Charge propulsive légère ou pas. As-tu des nouvelles de Marino ?

— Il se trouve en compagnie de Leo Gantz au poste, presque prêt pour notre arrivée. Il nous faut impérativement comprendre où se trouvait le tireur lorsqu'il a abattu Nari. Il n'y a pas tant de grands buildings que cela dans Cambridge et, en tout cas, rien d'approchant dans Farrar Street. L'immeuble le plus élevé des environs ne dépasse pas deux étages. Je doute que ce soit assez haut.

— Je ne sais pas encore.

— Nous devons en avoir le cœur net parce que je pense que ce tir n'a rien d'un coup de bol.

— Lucy a suggéré que cette balle en particulier avait été fabriquée manuellement, dans l'intention manifeste de demeurer le plus possible intacte et de ne pas ressortir du corps.

Ma révélation ne semble provoquer chez lui aucune réaction.

Anne me tend une combinaison blanche et je m'appuie contre le rebord du chariot pour l'enfiler. Benton lâche alors :

— La fusillade de Miami en 1986. Les fédéraux étaient quatre fois plus nombreux que les suspects. Les deux braqueurs de la banque ont tiré à de multiples reprises avec des balles cent dix grains à pointe creuse qui n'avaient pas assez de puissance d'arrêt. Deux des nôtres sont tombés, cinq ont été blessés parce que nous n'avions pas la puissance de feu nécessaire. De là est né le grand débat sur les munitions légères et rapides par opposition aux lourdes et plus lentes. Le tireur qui a tué Nari comprend le concept et, avec cette balle en particulier, il a réussi un compromis parfait entre les deux. C'est ma théorie.

— Mais la balle retrouvée est de cent quatre-vingt-dix grains, lourde.

— Certes, mais si la charge propulsive utilisée est plus modeste, la balle n'aura pas le pouvoir de pénétration requis pour ressortir du corps. La gravure et cette charge de poudre plus légère diffèrent par rapport aux deux victimes précédentes.

— Tu penses qu'un autre fusil a été utilisé ?

Mon mari me dévisage et rétorque :

— Je pense surtout que le mobile n'était pas le même.

— Le mobile, cette fois-ci, se résume au fait qu'il veut qu'on retrouve une balle, parce qu'il nous envoie un message.

— Du moins te l'envoie-t-il à toi.

Je m'attache alors à souligner l'absurdité de la confession de Leo :

— Eh bien, à moins que Leo Gantz n'envoie des messages et qu'il n'ait accès à un fusil de grande puissance et à des balles en cuivre plein, super ou subsoniques, sa confession va tomber à l'eau. Surtout s'il affirme qu'il est arrivé dans le dos de Nari et qu'il a tiré à bout portant. Je suppose qu'il prétend avoir eu une arme de poing qu'il aurait ensuite jetée dans une bouche d'égout.

— Malheureusement, j'ai vu des aveux encore plus grotesques se terminer en inculpation. La voie de moindre résistance. Les flics adorent les confessions, et certains d'entre eux se foutent qu'elles soient mensongères.

J'écarte davantage les pans de la housse et corrige :

— Pas Marino.

Ses jambes et pieds sont pâles et le froid de la chair morte traverse la fine membrane de mes gants. Je recherche des fractures osseuses, la moindre indication d'hématomes qui pourrait indiquer que Nari et Leo se sont battus. La *rigor mortis* est installée. Je palpe son corps, les tatouages qui dissimulent d'anciennes cicatrices de piqûres. Je remonte des pieds vers les genoux, puis les cuisses. Une surprise m'attend lorsque j'atteins les organes génitaux.

Le piercing en fer à cheval, aux extrémités similaires à celles d'un *barbell*, pénètre par l'urètre et ressort par l'extrémité du gland. Je me demande s'il avait pour but de procurer du plaisir ou de la souffrance à sa femme, et combien de temps il a fallu à Nari pour se remettre de cette implantation.

Je vérifie le rapport rédigé par Luke, et retrouve bien le piercing au chapitre « examen anatomique préliminaire des parties génitales ».

— Je suis contente que Luke ne l'ait pas retiré.

Benton se penche, impavide. Il n'est ni surpris ni particulièrement curieux, et demande :

— Pourquoi cela ?

— Disons qu'il ne s'agit pas d'un effet personnel facile à restituer aux proches. À moins qu'on ne me le demande ou qu'il soit en métal précieux, je le laisse en place.

Anne observe :

— Un autre exemple de l'adage : « L'habit ne fait pas le moine. » Trafic de drogue et piercing corporel. En conclusion, on ne sait jamais à qui on a affaire avant qu'il ou elle atterrisse chez nous.

Je poursuis la palpation en remontant le long du torse. Je vérifie les bras, les mains. Mon index s'attarde sur la plaie d'entrée de la balle qui a sectionné la colonne vertébrale. Une petite plaie, pas plus large qu'une boutonnière, et une vie s'est éteinte. Nari n'a pas su ce qui lui arrivait. Il n'a pas souffert, n'a pas eu le temps d'avoir peur. Je commente :

— Du moins son tueur s'est-il montré miséricordieux.

— Oh, mais là n'était pas son but ! Pas du tout. Il agit de façon pratique, logique. C'est net, efficace et, de surcroît, une éblouissante démonstration de ses talents. Cet individu veut que nous l'admirions et que nous ayons peur.

J'enfonce les doigts dans la zone de la poitrine d'où l'on a extrait la balle intacte, et rétorque :

— Il n'obtiendra ni l'un ni l'autre de moi.

Pas d'œdème, ni de contusion, pas la moindre réponse tissulaire. Nari était déjà mort lorsque la balle a pénétré le poumon et la paroi thoracique. Je récupère un bistouri sur un chariot et coupe le fil de suture qui ferme l'incision en Y. La forte odeur nauséabonde me fouette le visage lorsque je plonge les mains pour extraire un lourd sac en plastique transparent de la cavité abdominale. Il contient les organes qui baignent dans un fluide sanglant. Je le pose dans l'évier. Je me repositionne derrière la tête de Nari, passe mes mains sous ses épaules. Anne m'aide à le basculer sur le flanc.

La sonde en fibre de verre glisse sans difficulté dans la plaie d'entrée. Je la pousse sans hâte, n'hésitant pas à dévier lorsque je rencontre une résistance des côtes. Je ne force surtout pas. Le bout de la sonde ressort enfin par la discrète incision de poitrine réalisée par Luke lorsqu'il a extrait la balle.

J'accompagne le corps afin qu'il repose sur le plateau du chariot et me recule de quelques pas, tentant de trouver une solution cohérente à un problème majeur. La *rigor mortis* est complète. Tenter de la contrecarrer dans les muscles de l'abdomen, du bas du dos ou du pelvis reviendrait à tordre une barre d'acier. Elle se désinstallera progressivement dans quelques heures et aura presque disparu demain matin, mais je ne puis attendre.

— Benton, je vais avoir besoin de ton aide.

Je me tourne ensuite vers Anne :

— Pouvez-vous m'apporter un tabouret et un appareil photo ? Mais d'abord, suturons-le à nouveau.

Chapitre 29

Une demi-heure plus tard, je suis installée dans une Audi R8 noire, avec ses *side blades* en fibre de carbone sur les flancs. Le ronronnement guttural du moteur V10 attire l'attention des piétons et conducteurs qui aiment les voitures puissantes et ne se préoccupent ni de leur prix ni de leur appétence pour l'essence.

La façon extrême de Lucy de se déplacer semble avoir déteint sur Benton. Certes, il a toujours apprécié les voitures exotiques et onéreuses, mais il ne s'était jamais montré ostentatoire, jusqu'au suicide de son patron du FBI l'année dernière. Ni regret ni tristesse. La fin méritée d'une histoire sur laquelle avaient régné les abus de pouvoir et la destruction délibérée d'innocents. Ainsi l'a synthétisé Benton, dont la sympathie a été réservée à la famille du défunt Ed Granby.

L'indifférence absolue de Benton vis-à-vis des raisons qui ont pu inciter l'ancien chef de la division FBI de Boston à verrouiller les portes de son domicile et à se pendre s'est manifestée dans l'intimité. Benton a même fini par être indifférent à son indifférence. Et puis, cette attitude s'est propagée à d'autres aspects de sa vie. Il a décidé de faire ce qu'il voulait. Il allait dire ce qu'il désirait, acheter ce qui le tentait, donner ce qu'il souhaitait et se montrer égoïste si cette attitude se justifiait en toute honnêteté. Au diable les critiques et jugements négatifs !

J'aurais pu y voir une crise de la bonne cinquantaine, mais cette explication aurait manqué de pertinence. Granby a fait preuve d'une pugnacité pathologique afin de pousser Benton vers la sortie et d'effacer tout ce que celui-ci a légué à son domaine de compétences. Il a tenté de le marginaliser, de l'affaiblir, avant de finir une serviette de toilette autour du cou. Justice est faite, une justice à laquelle la plupart des gens aspiraient en secret, même si personne ne l'aurait admis. Benton a été libéré à un point que je n'avais pas imaginé. Les méchants sont rarement punis comme ils le devraient et les gentils ne gagnent que de façon exceptionnelle, puisque les dommages excèdent le châtiment, si tant est qu'il y en ait un. La prison et même la peine de mort ne défont pas un meurtre sexuel ou un meurtre de masse, ni ne ramènent un enfant torturé et tué par un pédophile. J'ai entendu mille fois ces sombres remarques au point de cesser de les écouter. Benton était cynique. Plus aujourd'hui.

Nous roulons dans East Cambridge. Armé et dangereux, son holster d'épaule dissimulé par sa veste, ses yeux protégés de lunettes de soleil italiennes, il conduit d'une main. Le bracelet-montre en cuir noir et titane glisse le long de son poignet lorsqu'il tourne le volant de sa machine grondante pour obliquer à gauche dans Bent Street. Il rétrograde et le moteur rugit tel un dragon.

— Cette foutue puanteur me reste en haut des narines.

Il s'en est plaint à plusieurs reprises depuis que nous sommes partis du CFC. J'ai, à chaque fois, plaisanté :

— Ça fait partie du boulot.

— En général, je ne m'approche pas autant, ni de manière aussi personnelle, d'un cadavre autopsié.

J'y vais d'un commentaire bien banal et pourtant sincère :

— Il ne s'agit pas d'une affaire classique, et tu t'es très bien comporté.

— Ça n'a pas l'air de te gêner. Peut-être que ton odorat a fini par se désensibiliser.

Cela aussi, il l'a déjà dit. Il le répète souvent.

— Bien au contraire, et fort heureusement. Les odeurs ont leur propre histoire qu'il convient d'écouter, mais le secret consiste à les rejeter lorsqu'elles n'ont plus d'intérêt.

— Je n'y parviens qu'avec ce que j'entends ou vois.

Il fait référence à ses propres affaires, les mêmes que les miennes. Cependant, nous les abordons avec un regard différent.

Une différence gigantesque et sinistre. Les monstres qu'il rencontre sont friands de vidéo. Ils enregistrent la souffrance et la terreur qu'ils infligent afin de pouvoir les visionner plus tard en fantasmant. J'en ai vu assez pour être certaine que je préfère la froide tristesse des corps qui ne peuvent plus souffrir. Ne restent que les sensations, une pâleur, des nuances de rouge, de vert, de jaune. Je suis surtout environnée d'odeurs et des sons du métal contre le métal, des roues de chariot qui cliquettent, de l'eau qui clapote sur les tables ou tambourine contre l'acier inox des éviers.

Je me concentre sur les nouvelles plantations d'arbres, leurs feuilles d'un vert tonique, et sur les très hauts buildings en verre et granit qui s'élèvent dans cette partie de Cambridge appelée Tech Square. Benton entrouvre sa vitre, et un air chaud et humide s'engouffre en sifflant.

— J'avoue, je ne suis pas habitué aux mauvaises odeurs. La phantosmie, peut-être ? Je ne suis même pas sûr que ce soit réel.

— Oh, ça l'est ! Les molécules de putréfaction sont aussi volatiles que celles de la pollution et s'accrochent à la vapeur d'eau. Ça produit une sorte de smog.

— Et donc, la buée de la mort m'est montée dans les sinus ?

— Plus ou moins.

— Mon Dieu, j'espère que je ne pue pas.

Je me laisse aller contre lui, et fourre mon nez sous sa mâchoire. L'odeur de neuf des sièges recouverts de cuir noir à piqûre diamant me parvient.

— Une nuance de cèdre, un peu de teck, et juste ce qu'il faut de musc avec un soupçon de cardamome. Bulgari.

Il sourit et m'embrasse. Nous progressons sur Sixth Street. Le jour n'est pas encore tombé, mais une armée de gros nuages gris se prépare à marcher sur nous. La température a augmenté, et il fait chaud. L'été devrait arriver brutalement demain, caractériel, avec des averses soudaines, des changements de vent vers le sud qui pourraient encore faire grimper le mercure d'une bonne dizaine de degrés. Nous avons tant à faire, et la nature conspire contre moi.

Je dois impérativement me rendre à Marblehead avant l'orage et rejoindre le New Jersey demain si possible. Il me faut voir l'endroit où Gracie Smithers est morte avant que les éléments nettoient tout. Quant à la reconstitution de tir, il s'agit de notre dernier espoir de comprendre la physique derrière l'assassinat de Jamal Nari. La mort de la jeune fille paraît plus simple, quoique plus cruelle. Ce qui est arrivé à Nari est stérile, énigmatique, une absence de traces humaines et d'explication.

Je repense à nos efforts de compréhension alors que nous nous trouvions dans la salle d'autopsie, ce que certains pourraient considérer déplacé et morbide, et suppute :

— En réalité, il faudrait se tenir debout sur une haute échelle et tirer vers le bas sur un sujet un peu penché vers l'avant.

— Une très haute échelle.

Le département de police de Cambridge apparaît juste devant nous, un bâtiment de brique rouge et aux vitres verdâtres, éclairé de lampes Art déco. J'ajoute :

— Le tir n'est pas perpendiculaire, plutôt selon un angle de soixante-quinze ou de quatre-vingts degrés.

Benton ralentit encore et le moteur rugit plus fort. Il résume :

— Une chute parabolique.

— Ce qui monte doit redescendre.

— Plus la balle est lourde et la charge propulsive faible, et plus le projectile perdra en vélocité. La pesanteur va l'attirer vers le bas. Un peu comme ces imbéciles qui tirent en l'air. Leurs balles retombent et frappent un pauvre type qui passait par là. La trajectoire est verticale ou presque.

— Le point important, en effet. On ne voit jamais une trajectoire de ce type, sauf si l'agresseur se tient debout au-dessus de sa victime et vise vers le bas. C'est invraisemblable dans le cas de tirs à distance. L'angle de soixante-quinze ou quatre-vingts degrés ne peut être un phénomène accidentel dû à la pesanteur. La moelle épinière a été sectionnée à la base du crâne, exactement comme dans les autres cas dont nous avons connaissance.

— Je suis d'accord, Kay. Mais à quelle hauteur ?

— C'est ce que nous devons découvrir. Là est la clé qui mène à l'identité du tueur. Un individu extrêmement doué pour le tir et qui comprend très bien les mathématiques.

Il passe en première et emprunte la rampe de ciment qui descend vers le parking souterrain du département de police. Il manœuvre avec prudence, afin de ne pas abîmer le nez penché de sa voiture. L'ombre nous environne soudain et l'air qui nous parvient des grilles d'aération est plus frais.

Benton renchérit :

— Exact. La chute de la balle n'expliquerait pas la trajectoire, sauf si le tireur avait effectué le DOPE et que le degré de pente était délibéré.

Le DOPE, terme utilisé par les snipers militaires, signifie Data on Previous Engagement. Cette évaluation prend en compte le type de munitions, l'altitude, la température, le vent, et même la pression barométrique.

— Quelle que soit la position du tireur, il a tout calculé avec précision.

— J'espère que tu n'auras jamais à montrer ces photos au tribunal. Tu serais bonne pour le surnom « Docteur Zombie ».

Jamais je ne manquerais de respect à un défunt, mais la mort se passe de pudeur. La seule façon de préciser l'angle selon lequel Jamal Nari a été abattu sous-entendait de le mettre debout. Je m'y suis résolue. Benton a enfilé une combinaison imperméable de Tyvek. J'ai ensuite passé mes coudes sous les bras de l'homme mort pendant qu'Anne le retenait par les chevilles. Nous l'avons redressé sur le sol, nu, de nouveau suturé au fil blanc. Benton nous a aidées à le maintenir droit pendant que je récupérais un appareil photo et grimpais sur un escabeau.

Le corps était si raide que j'aurais pu l'appuyer contre un mur. C'était, cependant, préférable à un corps souple puisque Jamal Nari pesait soixante-huit kilos sans les organes. Une fois la rigidité cadavérique disparue, il aurait fallu plus de trois personnes pour remettre le défunt sur ses pieds. Néanmoins, ce que dit Benton est fondé. Je ne voudrais surtout pas que ces photos – la sonde noire sortant de la base du crâne telle une flèche en fibre de verre – atterrissent devant un tribunal.

Benton se gare sur un emplacement réservé, à quelques mètres de la Ford banalisée bleu marine du commissaire divisionnaire. Gerry Everman est toujours à son poste à cette heure. Peut-être observe-t-il Leo Gantz par l'intermédiaire de la glace sans tain ?

Soudain, je repense à Machado, espérant que nous ne le rencontrerons pas.

— Je me demande quelle est la meilleure façon de le prendre…

Par « le », Benton sous-entend Marino. Il poursuit :

— La confession de Leo Gantz est, au mieux, une interférence et un emmerdement. Marino va vouloir le libérer, obtenir toutes les informations qu'il pourrait détenir et s'en débarrasser.

Je sors de voiture et remarque :

— J'ai le sentiment que tu ne partages pas son avis.

— En effet.

Nous longeons une haie de motos blanches de marque BMW portant des écussons et équipées de phares et de sirènes.

— Et pourquoi cela ?

Il pousse une porte qui mène à l'intérieur du rez-de-chaussée du bâtiment moderne, à l'origine conçu par une entreprise de biotechnologie qui l'a revendu à la ville. Il biaise :

— La prudence exigerait qu'on le garde bouclé durant un moment.

— Prudent pour qui ?

— Pour Leo, et peut-être est-ce exactement ce qu'il souhaite.

Benton salue d'un signe de tête quatre officiers de police en uniforme qui attendent à côté du mur de granit poli des ascenseurs. Ils sont jeunes, baraqués et musclés, et ont revêtu leur équipement tactique. Leurs visages me paraissent familiers, et pourtant je ne les connais pas.

Ils sont bizarrement réunis à côté de la porte et ne répondent pas au salut de Benton. Leur attention se focalise sur moi, et je prévois ce qui va se produire. Une sorte de malaise m'envahit et ma méfiance croît. Je réalise qu'ils nous attendaient.

— Comment ça va, Doc ?

— Et vous messieurs, que faites-vous ce soir ? Nos rues sont très rassurantes grâce à vous.

— Ben, vous savez qui est en ville.

— Bien sûr.

Ils ignorent totalement Benton.

— Je peux vous demander quelque chose ?

— Je vous en prie.

— Je me suis sorti d'un rhume le mois dernier, mais j'ai le nez toujours congestionné.

Un autre renchérit :

— Moi pareil, et j'arrive pas à me débarrasser de cette toux.

Un troisième intervient en chœur :

— Moi aussi.

Ils me parlent tous les quatre ensemble. On dirait que Benton est invisible. Néanmoins, il reste calme, imperturbable. Rien en lui ne laisse transparaître une quelconque surprise devant cet accueil qui prend des allures de stratagème, ou ces questions médicales de la part d'hommes qui me paraissent en parfaite santé. Le ressentiment et la tension vis-à-vis du FBI ont été palpables depuis l'attentat du marathon de Boston et le meurtre de l'officier Collier de la police du MIT, un collègue proche de la police de Cambridge, puisque son département se trouve dans les limites de la ville. Le FBI est accusé de ne pas avoir partagé des renseignements importants et, si ça n'a rien de nouveau, l'affaire a pris un tour extrêmement personnel, cette fois-ci.

Ils continuent à plaisanter avec moi, un moyen de faire un bras d'honneur à mon mari. Cette comédie lui est destinée, une attitude passive-agressive qui risque de déraper vers l'humiliation. Je suis certaine qu'ils nous ont vus arriver. La voiture de Benton ne passe pas inaperçue. Il suffisait qu'un seul flic nous aperçoive et renseigne les autres pour leur permettre de riposter. Pourtant, je ne leur en veux pas. Benton enfonce à nouveau le bouton d'appel de l'ascenseur. Je le sens tracassé, même s'il s'efforce de ne pas le montrer. Les parois de la cabine coulissent et nous pénétrons à l'intérieur.

— C'était sympa de vous revoir, Doc.

— Soyez prudents.

À l'instant où je pense que nous venons d'éviter le pire, la suite me détrompe.

Un bras surgit brusquement et les parois de la cabine se rouvrent. Le policier en uniforme s'en prend directement à Benton :

— Pardon ? Vous aviez peut-être quelque chose à dire ?

— À quel sujet ?

— Par exemple, pourquoi le FBI pense que c'est OK de ne pas diffuser une information qui pourrait éviter que des flics se fassent descendre alors qu'ils sont assis dans leur voiture de patrouille ?

Benton se laisse aller contre la paroi ouverte, mains dans les poches, détaillant du regard les quatre hommes. Le bras du flic retombe.

Il recule et lâche :

— Et si un jour on apprenait un truc qui pourrait vous servir et qu'on ne vous prévienne pas ? Qu'on voie un peu ce que vous ressentez si l'un de vos foutus agents se fait cribler de balles.

Benton rétorque d'un ton paisible :

— Vous ne ferez jamais ça.

— Ah ouais ? Et pourquoi pas ?

— Parce que vous êtes meilleurs que cela.

— Le FBI devrait s'excuser.

Benton approuve :

— Oui, et à propos de pas mal de choses.

La peur ou l'intimidation ne font pas partie du schéma mental de mon mari. Les portes se referment et il se tourne vers moi :

— Le Bureau ne présentera jamais ses excuses.

— Leur hostilité est peut-être liée à Machado. Qui peut savoir ce qu'il est en train de répandre.

— Non, rien à voir avec Machado. Ils ont été très clairs. On ne peut plus.

— Ils n'auraient pas dû s'en prendre à toi.

Il me détrompe :

— Si, c'est sans danger avec moi parce que je n'irai pas me plaindre de leur attitude. Le commissaire divisionnaire est présent ce soir et ils savent que je pourrais filer directement dans son bureau. Mais ils savent aussi que je ne le ferai jamais.

Chapitre 30

L'ascenseur s'élève et je ne peux m'ôter de l'esprit la confrontation qui vient de se dérouler. Je tente, en vain, de me raisonner. Je ne suis pas une femme pessimiste, mais pas non plus une incurable optimiste.

Le ressentiment vis-à-vis des fédéraux est une histoire sans fin, en ébullition permanente. Lorsque j'ai commencé dans cette profession, aux pics d'inimitié succédaient des accalmies. C'est maintenant chronique. On ne peut se plaindre du Bureau, hormis par l'intermédiaire des médias. Les flics que nous venons de rencontrer n'ont pas cette possibilité, sauf s'ils obtiennent l'autorisation de leur hiérarchie. Or, elle ne leur sera jamais accordée.

Je regarde les témoins lumineux des étages défiler et dis :

— Les terroristes marquent des points lorsqu'ils incitent les gens à agir de manière inadéquate, à détourner ou à abuser ce qu'ils ont juré de protéger. Ça a commencé avec le 11 Septembre, et ça ne fait que prendre de l'ampleur. Notre gouvernement espionne et ment. Ceux qui sont chargés de défendre et d'appliquer la loi l'utilisent à leur avantage.

— Pas tout le monde. Pas nous.

J'insiste :

— Si, sans doute nous aussi. Cependant, ce n'est pas aussi net ni systématique.

— Si nous ne surveillions pas ce qui se passe dans le cyberespace, nous ne pourrions anticiper le prochain développement catastrophique.

Je me souviens à nouveau de ce que Briggs a insinué sur les renseignements recueillis par la CIA, probablement par des agents en Russie.

L'argent, les drogues, et la racaille qui déferlent chez nous.

Benton poursuit :

— Nous contournons ce qui nous barre le chemin.

— Comme Lucy ?

— Il nous faut louvoyer. Nous pouvons apprendre quelque chose de Leo Gantz.

— À quel sujet ? Le mensonge ?

— Kay, Leo a monté un bateau, de façon délibérée, calculée pour se protéger, fuir un danger réel mais inconnu pour l'instant.

— Tu affirmes cela comme si tu le savais de source sûre.

Les battants s'ouvrent et nous sortons de l'ascenseur. J'argumente :

— Il me semble que Leo a engendré le danger qui le menace en envoyant ses tweets pour attirer l'attention.

— Pour l'attention, mais pas pour la raison habituelle. Pour inspirer de la haine, et ça a marché, notamment parmi certains groupes qui applaudissent le meurtre qu'il a prétendument commis.

Les groupes dont il parle sont islamophobes, ironie de l'histoire. On a pris Jamal Nari pour un musulman ayant des liens avec le terrorisme, et c'était erroné dans les deux cas. Un ancien accro à l'héroïne devenu passeur de drogue. Nari n'a jamais été qu'un guitariste talentueux qui ne jouait plus pour les bonnes raisons. Le professeur tourmenté, avec son piercing de pénis et ses vieilles cicatrices d'aiguilles, ne méritait pas la haine. Sa vie, d'une consternante banalité, était une lutte continuelle. Il a été pris en otage par ses propres démons. S'il n'était pas mort ce matin, la fin l'attendait à brève échéance.

Lucy a fouillé les mémoires de son ordinateur portable. Jamal Nari avait réservé un vol pour le Canada qui décollait à midi. Ce n'était pas la première fois. Il avait fait des allers-retours à Toronto, en moyenne deux fois par mois depuis mars. Il transportait certainement des drogues, sans doute un sel de cocaïne solubilisé, facile à reconvertir en poudre, rien à perdre hormis sa liberté et sa vie un jour ou l'autre, inévitablement. Il avait pris l'habitude de faire enregistrer une valise et l'une de ses guitares en graphite. Il l'aimait tant qu'elle avait mérité un tatouage sur son épaule.

Jamal Nari jouait dans des clubs prisés pour leur musique *live*, The Horseshoe Tavern, le Dominion on Queen et le Polyhaus. Pourtant, ce qui le menait n'avait plus rien à voir avec le rhythm and blues, le funk, le rock et ses riffs.

Nari voulait de l'argent. Si j'en juge par le nombre de préservatifs retrouvés dans son estomac lorsqu'il a été abattu, il a pu récolter entre cinquante et cent mille dollars en liquide par mois, rien qu'avec ses petits voyages au Canada. Lucy a suivi sa trace grâce à ses mails. Elle ne parvient en revanche pas à déterminer pourquoi il semble s'être transformé en mule environ trois mois auparavant, si ce n'est que la procédure contre l'école est restée au point mort depuis cette époque. L'affaire continuait à lui coûter pas mal d'argent, sans espoir d'issue. D'une certaine façon, Rand Bloom est responsable du basculement de Jamal Nari dans le crime. Je me demande si son influence n'a pas été le déclencheur.

Benton est toujours irrité par l'odeur qui persiste dans ses narines :

— J'espère que ça va disparaître avant que nous dînions.

Nous longeons le couloir et je propose :

— J'ai quelque chose qui devrait t'aider dès que nous serons arrivés.

Il tire la porte de l'Unité d'Investigation, un grand espace moquetté de gris-bleu, découpé géométriquement de cubicules en *open space*, selon le plan typique en bac à glaçons adopté par les départements de police.

Nous nous immobilisons devant le bureau de réception, désert. D'un côté s'élève une paroi de baies vitrées, et de l'autre une enfilade de portes closes en bois. Certaines des pièces sont trouées d'une fenêtre, d'autres aveugles. Les échos étouffés de conversations téléphoniques ou de frappe de clavier me parviennent. Personne n'est là pour nous accueillir ni ne prête attention à nous. Nous nous dirigeons vers les salles d'interrogatoire.

Benton tape un SMS d'un pouce, puis s'arrête à proximité des salles insonorisées, découpées d'une porte pleine. Je n'entends rien, pas même un murmure.

Une des portes du milieu s'ouvre et Marino paraît, son téléphone à la main. Il referme derrière lui et s'avance vers nous. Ses grands pieds tirent une plainte de la moquette. Il nous fait signe de le suivre jusqu'à son cubicule situé au fond.

Son bureau directorial, ainsi qu'il le nomme avec ironie, n'est guère plus qu'un poste de travail avec un ordinateur, un portemanteau, divers équipements empilés à même le sol et des photos qui se chevauchent sur la cloison de séparation tapissée de tissu. Je remarque qu'il a changé de vêtements : pantalon de treillis, polo et gilet pare-balles noirs. En revanche, il porte les mêmes baskets en cuir noir que ce matin.

Benton lui demande :

— Comment ça se passe ?

Le grand flic semble remonté mais sûr de lui :

— Il ne change pas son bobard d'un iota, sa blessure à la tête est assez moche.

Je vérifie :

— Il l'a fait soigner ?

— Nan.

Mon regard balaie le bureau encombré de Marino, le gros sac à indices en papier marron, les avis de message roses, les piles de dossiers, les tasses à café sales, et le fil du téléphone tirebouchonné au-delà du pensable.

De l'humour de flic. Depuis que Marino travaille ici, il a dû le remplacer pratiquement chaque mois, le câble semblant se tortiller de lui-même dans la nuit. Je doute que cela se reproduise puisque j'ai toujours soupçonné Machado d'être l'auteur de cette blague. Marino reprend :

— Ce gosse est un sacré menteur. J'ai prélevé quelques empreintes digitales et réalisé des écouvillons pour l'ADN. Y a du sang sur le trophée, c'est indiscutable.

Il me tend une paire de gants de latex et en enfile une. Il ouvre la lame de son couteau et tranche le sceau de ruban adhésif rouge qui ferme le sac à indices. Le papier émet un froissement bruyant lorsqu'il plonge sa grosse patte à l'intérieur pour en tirer une large coupe d'argent montée sur un socle en bois de rose, la récompense remportée par Leo Gantz l'été dernier après sa victoire au championnat du Massachusetts. Le trophée est éclaboussé et tacheté de sang sec de couleur rouge-marron. Je distingue des traînées de poudre à empreintes un peu partout.

J'ouvre ma trousse en aluminium luisant, en réalité le matériel d'urgence des techniciens médicaux que j'ai modifié afin d'avoir sous la main les « indispensables » pour l'approche médico-légale. J'ai rarement besoin d'un kit de premiers soins, néanmoins, lorsqu'il m'arrive d'examiner les blessures des vivants, je songe toujours qu'elles pourraient bénéficier d'un peu plus de nettoyage, d'autant qu'il faut ensuite que je refasse leur pansement. Je tends à Benton une lingette alcoolisée et il comprend aussitôt. Il déchire la petite protection et se tourne pour s'essuyer l'intérieur des narines en murmurant une excuse.

Marino jette :

— Qu'est-ce que vous fabriquez ? Oh, je vois ! Je devine d'où vous sortez. Perso, je me fourre une serviette en papier mouillée dans le pif avant de quitter la morgue. Je remonte aussi loin que possible, avant d'atteindre le cerveau. Surtout pas de Vicks, ça aggrave le truc.

Je repêche un mètre souple dans ma trousse et soupèse le trophée. La base en bois de rose est incrustée d'un écusson couleur or qui ressemble à une pièce romaine. L'objet est lourd. Il doit peser dans les quatre kilos et mesurer cinquante centimètres de hauteur. Asséné avec force, il pourrait provoquer une blessure extrêmement sérieuse, ce qui ne fut pas le cas pour Leo Gantz, sans quoi il ne serait pas assis dans la salle d'interrogatoire. Je remarque que l'une des anses en argent est un peu tordue et qu'une zone de la coupe est éraflée et bosselée.

Je repêche mon appareil photo et positionne le trophée sur le sac en papier :

— Avant que j'examine Leo, pourriez-vous me raconter exactement ce qu'il affirme ?

Marino m'étudie alors que je prends des photographies et explique :

— Que Nari a saisi le trophée comme s'il avait l'intention de l'offrir à sa femme et que, soudain, il l'a frappé avec. Leo prétend qu'il n'a pas vu venir le coup, qu'il s'apprêtait à repartir et lui tournait le dos.

J'attrape la coupe par le pied et la retourne pour la brandir à la manière d'une matraque. Je vérifie :

— Il l'aurait frappé ainsi ? Et ce serait donc le socle qui aurait servi d'arme ?

— Ouais, d'après lui.

Je détaille l'anse tordue, les traînées et les taches faites par des mains ensanglantées. La torsion de l'anse aurait pu être provoquée par un choc contre un sol.

— *A priori*, je dirais que le trophée était déjà abîmé. En d'autres termes, la bosse, et l'anse courbée n'ont sans doute rien à voir avec la prétendue attaque.

Je retourne la coupe pour l'examiner sous tous les angles. L'une des arêtes du socle est maculée de sang épais, si sec qu'il s'écaille. Je prends d'autres clichés et demande :

— Combien de fois a-t-il prétendu que Nari l'avait frappé ?

— Une seule.

— Impossible ! S'il avait été frappé avec le socle nous ne retrouverions pas autant de sang sur l'arête, sauf si, bien sûr, Leo était déjà ensanglanté. Regardez ces gouttelettes en forme de larmes qui pointent dans différentes directions. Elles prouvent le trajet, strictement aléatoire. Ce serait assez cohérent avec une éclaboussure d'impact, de vélocité moyenne, provoquée par le socle du trophée heurtant le sang. En d'autres termes, quelqu'un qui saignait déjà. Toutefois, le fait que ce trajet soit contingent est incompréhensible.

Marino résume :

— Parce qu'il a lui-même tartiné le trophée.

— Il a, en effet, pu l'asperger de gouttelettes de sang. Ainsi s'expliquerait la dispersion chaotique.

Je joins le geste à la parole et secoue les doigts comme s'ils étaient ensanglantés avant de poursuivre :

— Et le panache ?

— Comme vous le savez, y avait pas de sang dans l'appartement de Nari, pas même des traces que l'on aurait lessivées. Juste un machin qui évoquait l'eau de Javel sur les guitares et les deux étuis posés sur le lit, sans oublier le reste. Ça a donné une lueur bleutée lorsqu'on l'a pulvérisé, mais pas de la même façon que du sang.

Benton intervient :

— Et chez Leo ?

— J'ai des photos. Et si vous discutiez avec lui ? Ensuite j'introduirai la Doc et peut-être qu'elle arrivera à lui tirer les vers du nez. Moi, j'en ai marre.

Benton fourre la petite lingette dans son enveloppe et la jette dans la corbeille.

Marino ajoute :

— J'ai essayé de la jouer flic sympa, mais je me suis planté.

Benton ne feint pas la surprise puisqu'il s'y attendait.

Marino se tourne vers moi :

— C'est toujours le même petit connard arrogant que ce matin. Quand j'ai essayé de me montrer cordial, il s'est démerdé pour me foutre en pétard.

— Et selon lui, que va-t-il se passer ensuite, Pete ?

— Ben, la Doc va l'examiner. J'espère juste qu'il ne vous reconnaîtra pas.

— Je ne suis jamais descendue de voiture, Marino.

Le grand flic suggère à Benton :

— Peut-être que le mieux serait que vous y alliez en premier. Faites assaut de votre sens miraculeux de la psychologie, de sorte qu'il ne passe pas la nuit en taule.

— Mais il veut passer la nuit en prison. Il veut dégager de la circulation.

— Il a probablement la trouille de son père.

Benton hoche la tête en signe de dénégation :

— Ça n'est pas pour ça qu'il veut rester bouclé.

— Ouais, ben s'il a du bol, peut-être qu'ils l'expédieront au McLean pour de petites vacances.

Situé à Belmont, l'hôpital psychiatrique affilié à Harvard n'est qu'à quelques kilomètres d'ici. Benton y a été consultant. En vérité, ce serait l'endroit idéal pour Leo.

Benton répète :

— C'est ce qu'il cherche. Il obtient exactement ce qu'il veut.

— Alors pourquoi il arrête pas de demander quand il pourra partir ?

Benton souligne le point important :

— Il vous le demande à vous. Toutefois, il veut être bouclé sans rien vous « devoir », si je puis dire.

Marino semble assez mal le prendre et rétorque :

— Et vous vous basez sur quoi pour affirmer ça ?

— Vous lui avez récité ses droits ?

La colère crispe le visage du grand flic qui vitupère :

— Bon, et là, vous me prenez carrément pour un crétin !

— À l'évidence, il a renoncé à se faire représenter par un avocat. Il est pleinement conscient du processus légal et des répercussions de ses aveux.

— Il a insisté sur le fait qu'il n'avait rien à cacher et que donc il avait pas besoin d'un avocat. En plus, j'ai répété à trois reprises qu'il pouvait attendre la présence de ses parents.

— Ce gamin est très intelligent, logique, mais son cortex préfrontal n'est pas encore mature.

— Oh, lâchez-moi, Benton !

— Il n'aime pas les flics mais n'en a pas peur. Il redoute autre chose.

— Comme quoi ?

— La police ne lui fera pas de mal, ne risque pas de le tuer. Autre chose, si.

Marino bougonne :

— J'ai pas la moindre idée de ce que vous êtes en train d'insinuer !

— Leo est impulsif. Il cède à la loi du « fuis ou combats », il veut survivre et vaincre. Il se grise également d'une éphémère notoriété, d'être un héros, alors même qu'il se sent coupable. À cet âge, la probabilité de faux aveux est trois fois supérieure à ce que l'on constate chez l'adulte.

Marino ne s'efforce pas à la diplomatie et son agacement est palpable :

— Les statistiques m'intéressent pas trop en ce moment.

Benton se décide :

— Bon, accordez-moi un quart d'heure.

Chapitre 31

Un papier peint Anna French bleu à motif floral, taché de marron au niveau des plinthes, tapisse les murs de la petite chambre. Le parquet en pin du Nord est très rayé. Des lits superposés sont poussés contre un mur. Leo aurait dormi sur celui du haut jusqu'au moment où il aurait décidé d'investir le sous-sol et son canapé.

Je me suis installée sur le fauteuil de bureau de Marino, qui se penche pour cliquer et faire défiler les photos prises lors de sa visite au domicile des Gantz. Les trois murs – couverts de trophées de tennis, de toutes tailles et formes, en cristal, en argent, en bronze, et de grosses médailles pendues à leurs rubans de couleurs vivaces – me frappent. Tout est abîmé. Des silhouettes de joueurs masculins servent ou frappent avec des raquettes absentes ou cassées. Des zones qui paraissent collantes signalent les endroits où étaient présentées des plaques commémoratives. Des plats et des coupes sont éraflés comme si on les avait attaqués à coups de tournevis.

Je zoome sur le plancher. L'usure normale n'est pas à l'origine des rayures. Je distingue de profonds sillons et demande à Marino des précisions sur l'anse tordue du trophée que je viens d'examiner. Il semble qu'un individu ait délibérément saccagé les récompenses gagnées par Leo. Mon ex-enquêteur en chef a abordé le sujet lorsqu'il s'est présenté chez les Gantz, et lâche :

— Il affirme que c'est lui.

— Leo aurait vandalisé ses récompenses ?

— C'est ce qu'il prétend. Il se foutait en rogne, pouvait plus se contrôler et il bousillait un truc.

— Et vous le croyez ?

— J'sais pas.

— Mais pourquoi irait-il saccager quelque chose qui lui a permis de sortir du rang d'une façon extraordinaire ?

— Peut-être pour donner l'impression que toutes ces récompenses ne représentent rien à ses yeux. Pour jouer les super mecs, alors que c'est une mauviette, un mètre soixante-sept ou un mètre soixante-neuf et cinquante-huit, cinquante-neuf kilos tout mouillé.

Je lui demande ensuite si la famille de Leo était à la maison lorsqu'il s'est présenté.

— Ouais, dans le salon, scotchés devant la télé.

— Quelle attitude ont-ils eue ?

— Effrayés mais peu coopératifs.

— Et la mère ?

— Elle s'était réfugiée dans la cuisine et pleurait. Mais elle a pris la défense de son mari, un bon à rien, un enfoiré teigneux.

— Avez-vous trouvé une arme à feu, ou quelque chose en relation ?

— Le père possède un vieux calibre .38 spécial, non enregistré dans le Massachusetts. Je pourrais le coincer rien que pour ça.

— Chargé ?

— Non. D'ailleurs, j'ai pas retrouvé de munitions.

Je m'enquiers ensuite :

— Leo a-t-il sous-entendu qu'il aurait pu utiliser l'arme de son père pour tuer Jamal Nari ?

— Oh, mais c'est un petit con futé. Il affirme juste qu'il avait un revolver, qu'il a balancé dans les égouts. Il ignorerait le modèle.

— Où prétend-il se l'être procuré ?

— Il l'aurait acheté sous le manteau, dans la rue.

— Il a donc bien précisé qu'il s'agissait d'une arme de poing ?

— Ouais. Il n'a jamais évoqué un fusil. Je crois qu'il a aucune idée de l'arme utilisée.

— Lui avez-vous demandé quel type de munitions il avait utilisé ?

— Là encore, il sait pas. Le flingue était chargé lorsqu'il l'a acheté et le type qui le lui a vendu pour soixante dollars aurait précisé qu'il s'agissait de balles super méchantes qui feraient exploser la tête de n'importe qui comme une pastèque. À ce sujet, bien sûr, Leo ignore qui est le vendeur en question et est incapable de le décrire.

Je conclus :

— Bien, le tableau est clair : un mensonge après l'autre.

D'un clic de souris, Marino ouvre une nouvelle photographie à l'écran :

— Pas de sang visible. J'ai donc passé les salles de bains au Bluestar en me disant que Leo devait s'être nettoyé. Celle-ci, là, fait suite à la chambre avec les lits superposés.

Il clique pour revenir plus haut dans le diaporama afin que je me remette les lieux en tête, puis affiche à nouveau le cliché de la salle de bains.

Le réactif chimique fait émettre au sang invisible une luminescence d'un pâle bleu saphir que je retrouve dans le lavabo, sur les poignées, au niveau du siphon. Des traînées et des éclaboussures ont également viré au bleu fantomatique sur le sol carrelé.

— En effet, Marino, quelqu'un a nettoyé. Mais la question est : qui et quand ? Et devrions-nous croire qu'il a rapporté son trophée de tennis chez lui après les faits ? Sur son vélo ?

Marino affiche une nouvelle photographie. Je perçois les effluves de cèdre et de citron de son eau de Cologne, *Coupable*. Lucy la lui a offerte parce qu'elle aimait l'ironie du nom. Il a dû s'asperger lorsqu'il a changé de vêtements. Il hausse les épaules :

— Ouais, c'est son histoire. Il aurait fourré le trophée dans son sac à dos.

— Et vous l'avez retrouvé ?

— Ouais.

Il me montre les clichés de l'intérieur du sac à dos avant et après la pulvérisation de réactif afin de détecter un transfert éventuel de sang qui ne serait pas visible à l'œil nu. J'observe :

— Pas de luminescence. Il est donc peu vraisemblable que le sac ait transporté un objet ensanglanté.

— Tout juste !

D'autres photographies, celles des machines à laver et à sécher dans le sous-sol, un lave-linge à chargement frontal, puis celles des mains gantées de Marino exposant un débardeur blanc. Le vêtement est taché d'un sang couleur rouille brunâtre aux bords, et maculé de rouge bien plus vif sur le devant. Sur une autre vue, les mains tiennent un short bleu et un large drap de bain, sanglants aussi.

Je commente :

— Le sang a l'air frais.

— Il aurait séché moins vite dans le tambour de la machine, hublot fermé. Mais, ouais, ça ne s'est pas déroulé tôt ce matin, contrairement à ce qu'il répète.

— Et il certifie également qu'il portait un débardeur et un short lorsqu'il a prétendument été attaqué ?

Marino me répond par une autre question :

— Vous vous souvenez lorsqu'on l'a croisé aux environs de midi moins le quart ?

— Il était vêtu d'un sweat-shirt et d'un pantalon.

— Exact, parce qu'il ne faisait pas si chaud.

— Néanmoins, il ne démord pas de son histoire selon laquelle il était habillé de façon très légère lorsqu'il a déboulé dans l'appartement avec le trophée de tennis, aux environs de huit heures ce matin. Je suppose que vous avez amplement souligné que son explication était bancale.

— Grotesque, hein ?

— Le problème, Marino, c'est que les faux aveux ont bien souvent pour conséquence des condamnations fermes. Leo Gantz a peut-être un cerveau encore adolescent, mais il est tout sauf stupide. Pourquoi fait-il cela ?

Marino grommelle :

— Franchement, peut-être que je m'en cogne.

— Vous avez photographié tout le logement ?

— Bien sûr.

— Continuons la visite virtuelle, s'il vous plaît.

Il me montre la cuisine, le salon, un bureau, la chambre des parents avec ses meubles bas de gamme et fatigués, tapissés de couleur sombre. Du désordre, des magazines, des journaux. Des assiettes sont empilées dans l'évier. Je lui demande de revenir à la salle de bains dans laquelle le réactif nous a offert une réponse positive, sans doute du sang.

Je fais défiler les photographies. Je zoome ici et là, m'attachant à la zone de carrelage marron qui se trouve à proximité de la cabine de douche. Les murs sont également carrelés de marron. La cuvette des toilettes et le lavabo sont noirs, des surfaces sombres qui nous sont favorables. La personne qui a nettoyé n'a pas vu certaines des taches de sang et n'a pas totalement effacé les autres.

Les légères traînées bleuâtres et les taches de la taille d'une pièce de monnaie commencent à la porte vitrée de la douche pour s'interrompre au lavabo. Je fais défiler d'autres clichés. J'en agrandis certains, pour mieux étudier les circonférences luminescentes, les bordures des gouttes de sang qui ont été essuyées alors que leur centre était toujours frais. La plupart sont parfaitement rondes parce qu'elles sont tombées à angle droit. Ce profil est cohérent avec un individu debout qui saignerait. Je découvre des empreintes partielles de pieds nus mais également deux empreintes palmaires sur le mur de gauche de la cabine de douche, dont la porte est ouverte. Les angles francs du cadre en métal se découpent et le carrelage intérieur est mouillé.

Je me lève du fauteuil de Marino et récapitule :

— Il ne s'est pas simplement nettoyé dans la douche. C'est là que ça s'est produit.

Je suis l'échange de Benton et de Leo Gantz par l'intermédiaire de la glace sans tain. Ils sont assis autour d'une table de bois, leurs fauteuils ergonomiques en diagonale, évitant de se faire face, un choix destiné à proscrire toute idée de confrontation.

La salle d'interrogatoire est petite, nue. Ils sont seuls, et je n'ai pas le sentiment d'une opposition. L'attitude de Leo ne laisse paraître aucune hostilité. Cependant, il ne se montre pas non plus ouvert ou confiant. Il porte un survêtement voyant, des tennis noires enfilées sans chaussettes, une casquette de base-ball noire, et se laisse aller contre le dossier de sa chaise, les mains agrippant les accoudoirs de son fauteuil. L'une de ses jambes tressaute nerveusement, puis l'autre. Se doute-t-il que leur conversation est enregistrée par une caméra vidéo cachée, et que quelqu'un l'observe et l'écoute de l'autre côté de la paroi ?

La voix de Benton nous parvient, amplifiée par les haut-parleurs scellés aux coins de la pièce d'observation dans laquelle Marino et moi sommes installés.

— Nous allons conclure, mais je dois attirer votre attention sur un point important.

Leo Gantz hausse les épaules. Ses longs cheveux roux en désordre lui tombent en haut du dos. J'aperçois un léger duvet roux-blond au-dessus de sa lèvre, sur son menton et le bas de ses joues. Sa casquette dissimule la blessure supposément infligée par Jamal Nari.

— Hormis les conséquences pour vous, et elles sont fâcheuses, ces faux aveux impliquent que le véritable coupable va s'en sortir. La police va clore l'enquête.

Marino, à califourchon sur sa chaise, me lance de son coin :

— Il en a rien à foutre. Vous croyez que quelqu'un ou quelque chose l'intéresse en dehors de lui-même ?

Leo tourne la tête et j'ai presque l'impression qu'il me dévisage, une impression déroutante. Il répète :

— Je dis la vérité.

Je ne cesse de me seriner que je me suis installée assez loin de la glace sans tain et qu'il ne peut détecter la moindre ombre ou le plus faible changement de lumière provoqués par un de mes mouvements.

Benton contre d'un ton plat :

— C'est faux. Si vous vous retrouvez condamné, le véritable tueur reste en liberté et il sèmera encore la destruction. Tentez-vous de protéger l'assassin de Jamal Nari ?

— Je protège personne.

— Êtes-vous conscient que vous pourriez passer le reste de votre vie en prison, sans possibilité de libération conditionnelle ?

Un autre haussement d'épaules :

— Et ?

— C'est facile à dire aujourd'hui.

La jambe gauche de Leo bat frénétiquement la mesure. Il persifle :

— Ouais, je le dis aujourd'hui.

— Savez-vous qui est le Dr Kay Scarpetta ?

Leo hoche la tête en signe de dénégation. Benton reprend, faisant mine de ne pas remarquer les haussements d'épaules successifs de son vis-à-vis :

— Elle est experte dans les blessures. Ses bureaux sont à Cambridge et vous pourriez l'avoir vue dans le coin.

— Quel coin ?

Benton reste vague :

— Ici ou là.

— Peut-être que je vous ai vu aussi ?

— Possible.

— Vous êtes riche ?

— Nous ne sommes pas là pour parler de moi, Leo.

— Le FBI doit super bien payer pour que vous puissiez conduire une Audi R8. Ou alors peut-être que… Attendez, peut-être que… Ouais, j'ai trouvé ! C'est une voiture d'agent secret et vous sillonnez Cambridge à la recherche de terroristes…

Son ton s'est fait narquois. Il poursuit :

— Peut-être que vous arriverez à les attraper cette fois-ci, avant qu'ils fassent sauter des gens. Mais bon, peut-être pas non plus. Le FBI arrête seulement ceux qui n'ont rien à se reprocher.

— Comme vous ?

— Oh, j'ai fait plein de trucs.

— Je souhaite que vous racontiez au Dr Scarpetta ce qui vous est arrivé, dans le détail.

— Ça fait dix fois que je vous le répète !

Benton sourit aimablement :

— Eh bien, ça fera onze. Le Dr Scarpetta n'est d'aucun bord.

Leo éclate d'un rire moqueur, un rire presque hystérique, et sa jambe tressaute à toute vitesse. Il crache :

— Vous êtes trop marrant !

— Elle a accepté d'examiner votre blessure, qui est impressionnante. Peut-être recommandera-t-elle quelques points de suture.

J'en conclus que Leo a montré sa plaie à mon mari.

— Non, pas de points de suture !

— Alors des agrafes.

— Mon cul !

Benton repousse son fauteuil :

— Attendons son avis. Je vais la chercher.

Chapitre 32

Benton se lève et lisse d'un geste inconscient les plis de sa veste. Leo se laisse aller contre le dossier de son fauteuil, renverse la tête et fixe le plafond pour indiquer qu'il s'ennuie prodigieusement. Mon mari sort et referme la porte de la salle d'interrogatoire derrière lui. Je comprends soudain que Leo n'a pas la moindre idée de ce qui se trame.

Qu'il soit un menteur chevronné ne fait guère de doute. En revanche, il est novice en matière d'enquête criminelle. Il ôte sa casquette et plonge la main dans une des poches de son survêtement pour en tirer un bandana taché de sang. Il se tamponne la tempe gauche, quelques centimètres au-dessus de l'oreille, et vérifie s'il saigne toujours. Puis, grimaçant, il appuie fort sur sa blessure pour être certain qu'elle va saigner de nouveau. Il laisse échapper une longue expiration, se frotte le visage, nerveux, anxieux. Il ignore qu'il a des spectateurs.

La porte de la pièce d'observation s'ouvre et Benton entre. Marino s'informe :

— Alors ? Vous avez eu plus de bol que moi ?

— Je ne sais pas trop ce qu'il vous a raconté, mais il ne change pas un mot de son histoire, quelles que soient les allusions que j'aie pu lancer sur le fait qu'elle ne cadrait pas avec la réalité.

Marino insiste :

— Qu'est-ce que vous lui avez révélé ?

Leo bâille bouche grande ouverte à cet instant précis et pose les pieds sur la table.

— Ce qui compte, ce sont mes questions, Pete. Leo veut que l'on pense qu'il a commis un meurtre. Il veut se sentir puissant parce qu'il est faible. Il a le sentiment de ne pas avoir le contrôle et il souhaite qu'on le boucle. Il est aussi en train de punir quelqu'un.

De l'autre côté de la glace sans tain, Leo rabat la visière de sa casquette sur son front et croise les bras sur son torse comme s'il s'apprêtait à faire une petite sieste.

— Bordel, mais pourquoi voudrait-il aller en taule ? Enfin, il doit quand même se douter que sa petite plaisanterie est allée trop loin.

Benton répète :

— Il a besoin de se sentir puissant et il a peur.

— Peur de quoi ? De rentrer chez lui ? Parce que son père est une ordure et son frère un enfoiré ? Il a davantage peur d'eux que d'aller en taule ? Parce qu'il va être accusé de meurtre et considéré en adulte. On en a déjà bouclé des plus jeunes que lui à Cedar Junction. J'espère qu'il aime graver des plaques minéralogiques.

Cedar Junction est une prison de haute sécurité où aucun adolescent de quinze ans ne devrait se retrouver, et je ne veux même pas penser à ce qui pourrait arriver à Leo là-bas.

Benton approuve :

— Il vit dans un environnement familial violent, mais il y a autre chose. Selon moi, la découverte de l'assassinat de Jamal Nari l'a effrayé.

J'interviens :

— Ça semble assez normal, non ?

— Il ne s'agit pas d'un événement isolé, mais plutôt de déclencheurs multiples, ce qui rend la situation très difficile. Il a été confronté à toute une série de choses, survenues très vite, et il a atterri ici.

Leo se lève à nouveau, regarde autour de lui, s'étire, se gratte la mâchoire. Il récupère une canette de Pepsi sur la table, la secoue pour voir si elle est vide, et l'aplatit d'une main.

Benton continue :

— Là où je veux en venir, c'est que son environnement maltraitant ne date pas d'hier. Son père a été condamné à plusieurs reprises pour conduite en état d'ébriété. Il y a eu des interventions de la police au domicile au fil des ans. Leo s'est habitué à sa famille dysfonctionnelle. Il ne connaît que cela. Mais quelque chose a brusquement changé et, comme je l'ai dit, il a atterri chez nous.

Marino rétorque :

— Ouais, ouais. Ce qui a changé, c'est qu'il a avoué un meurtre qu'il n'a pas commis et qu'il fait la une des médias. Ah, j'oubliais, il a aussi menti au sujet de Joanna Cather. Elle n'a jamais eu de relation sexuelle avec lui et il se tapait de savoir s'il bousillait sa vie.

Benton surveille Leo par l'intermédiaire de la glace. Il lâche :

— Nous ne savons pas ce qui s'est passé entre eux.

— Un peu, qu'on sait ! Rien, il s'est rien passé, point barre ! Encore un bobard qui ne tient pas la route. Il l'aide à porter ses courses dans l'appartement et ils s'envoient en l'air sur le canapé ? Du même tonneau que le flingue qu'il aurait balancé dans les égouts. Il est incapable de fournir des détails parce que c'est que des conneries.

Benton bémolise :

— Il éprouve des sentiments puissants pour Joanna, et cela engendre un conflit intérieur. Il lui a fait du mal alors qu'elle l'avait aidé. Peut-être sa famille l'y a-t-elle contraint, parce que l'argent manquait. Selon moi, Leo se sent en danger.

Marino ne cherche pas à dissimuler son irritation ou sa frustration :

— Mais bordel, comment vous pouvez savoir ce qu'il ressent ?

— Parce que c'est comme cela. Je le sais, même si j'ignore ses raisons. Et je sais aussi qu'il est effrayé.

— Il a la trouille parce qu'il a menti au sujet d'une femme dont le mari vient de se faire descendre. Leo lui a fait des avances, elle l'a repoussé. C'est ça la vérité.

Mais Benton ne lâchera pas :

— Je subodore que la fable de leurs relations sexuelles n'est pas une invention de Leo. Nous devons prendre sa peur très au sérieux.

Du plat de la main, comme s'il frappait une balle de sa raquette de tennis, Leo balance la canette de Pepsi ratatinée dans la corbeille. Il la récupère et recommence, en lift cette fois.

Je m'adresse à Benton :

— Il t'a aperçu non loin de chez nous. Qui peut dire qui d'autre il a croisé ? Rand Bloom, et qui ?

Benton n'en a pas fini avec Marino :

— Vous devriez boucler Leo dans vos cellules, ici.

— Si ça vous fait plaisir ! Perso, il peut pourrir en taule, je m'en cogne.

— Pour quelques jours. Au moins cette nuit. Dans le meilleur des cas, je pourrai le faire admettre demain à l'East House, au McLean. Ils ont un programme pour les ados. Il y sera interné en sécurité, évalué et traité le cas échéant.

— Surtout, Doc, lui annoncez pas qu'il va avoir droit à un hosto peinard, d'accord ? Ne le rassurez sur rien.

Benton me jette un regard pour m'indiquer qu'il est temps, et je récupère ma trousse argentée. Je me tourne vers le grand flic et demande :

— Sait-il que vous avez découvert du sang ?

— Je lui ai dit que dalle !

— Était-il présent lorsque vous avez pulvérisé le réactif ?

— Non, j'avais exigé qu'ils se rassemblent tous dans la cuisine pendant que j'inspectais les salles de bains et la buanderie.

Je sors et Benton pousse la porte de la salle d'interrogatoire.

Je dépose ma petite mallette médicale sur la table, et Leo retire ses pieds pour s'asseoir convenablement. Nous sommes seuls. Nous ne pouvons ni voir ni entendre le monde extérieur, mais l'inverse est faux.

Leo se lève et me dévisage, le regard surpris sous la visière de sa casquette de base-ball. Il s'exclame :

— Je peux pas le croire ! Vous ?

— Je suis le docteur Scarpetta.

Il est si frêle et semble si inoffensif que je reste presque interloquée.

Lorsque je l'ai aperçu avec le souffleur de feuilles ce matin, et même il y a quelques instants au travers de la glace sans tain, il semblait plus grand, plus assuré. Soudain, j'ai devant les yeux un garçon nerveux, mal tenu, perdu. Son attitude de défi n'est qu'une façade derrière laquelle il ne pourra pas se cacher bien longtemps. Les hommes sont ses ennemis, sur le court ou ailleurs. Les femmes appartiennent à une essence différente. Marino était le pire choix possible pour se présenter chez les Gantz. Cela dit, Benton le savait. C'est d'ailleurs pour cela qu'il a encouragé le grand flic à s'y rendre. Mon tour est venu.

Leo déclare :

— Je sais qui vous êtes.

— Nous sommes-nous déjà rencontrés ?

— Je vous ai déjà vue jardiner. Vous avez plein de rosiers. Je sais exactement où se trouve votre maison. Ce type, là, avec son beau costard, l'agent du FBI, c'est votre mari.

— Exact.

— Il conduit sa R8 noire, un V10, avec des roues en titane. Trop cool ! J'étais certain de l'avoir déjà rencontré mais j'arrivais pas à le placer. En fait, je vous ai vus ensemble.

— J'ai l'impression que tu aimes les voitures.

Il ne tient pas en place et accompagne ses paroles de grands mouvements.

— Un peu, et même que je m'y connais super bien. La Ferrari, c'est la vôtre ?

Je souris :

— Je n'ai pas de Ferrari.

Il est surexcité, parle très vite :

— Ouais, mais bon, elle appartient bien à quelqu'un, non ? Un jour, j'ai frappé chez vous pour demander si vous aviez besoin de quelqu'un pour tondre la pelouse, ratisser les feuilles, laver les voitures, n'importe quoi. La Ferrari était garée dans l'allée. J'en croyais pas mes yeux. On voit pas des bagnoles de ce genre dans le coin.

— Je suis désolée, mais je ne me souviens pas t'avoir ouvert.

— C'était pas vous. Une autre dame, jeune, canon.

J'ouvre ma mallette en aluminium et fais mine de réfléchir :

— La description ne ressemble pas à ma femme de ménage.

— Ben, sauf si elle conduit une super géante 595 GTO, douze cylindres, pas loin de huit cents chevaux, grise comme un requin avec des sièges sport en cuir rouge. À part ça, elle était pas aimable.

Je ne précise pas qu'il s'agit de ma nièce, Lucy, et biaise :

— Alors, il ne peut pas s'agir de Rosa.

— Bordel, je veux bien la laver et la lustrer gratos ! Vous êtes sûre qu'elle est pas à vous ?

Le visage vif, assez insolent et imbu de sa personne, il semble avoir oublié pourquoi nous sommes ici.

— Sûre.

— Vous l'avez déjà conduite ?

C'est bien la première fois que l'obsession de ma nièce pour les bolides peut tourner à mon avantage. J'offre :

— Une ou deux fois.

Du moins suis-je familiarisée avec ce genre de machines. J'encourage Leo à penser que nous partageons un point commun.

— Et c'était comment ?

— Une torpille avec des freins impressionnants et pas tendres.

J'enfile une paire de gants de latex.

— Vous êtes passée en manuel Formule 1 ou alors vous êtes restée en automatique ?

Je tire un flacon de Bétadine, un autre d'eau distillée, de la gaze et les aligne sur la table.

— Et que préfères-tu ?

— Oh, pas automatique, jamais ! Un jour, j'aurai une voiture pareille que celle-là. Dès que je deviendrai joueur professionnel et que les contrats publicitaires pleuvront.

— D'abord, il va falloir te tirer des ennuis.

— Et c'est pour ça que vous êtes là ?

J'ouvre une enveloppe de gaze.

— Du moins vais-je essayer.

— Trop tard. Je suis déjà dans les emmerdes.

Il semble fier de lui et commence à flirter. Il poursuit :

— C'est quoi ? De l'iode ? Qu'est-ce que vous allez me faire ?

— Assieds-toi, s'il te plaît Leo, et enlève ta casquette afin que j'examine ta tête.

Il s'exécute, soulevant avec délicatesse la casquette qu'il dépose sur ses cuisses. La zone lacérée est enflée. Du sang suinte, grâce à sa petite manipulation un peu plus tôt. Je sors mon appareil photo et un double décimètre, mais un simple regard m'a renseignée : le trophée de tennis que j'ai examiné ne peut pas avoir occasionné des déchirures parallèles, séparées de deux centimètres et demi et longues de sept à huit. Elles commencent à la tempe et se terminent au début de la courbure du crâne.

Je repousse ses cheveux avec douceur, et remarque que les berges des blessures sont nettes, comme si elles avaient été infligées par une lame. En revanche, il ne s'agit certainement pas d'incisions, et leur profondeur est modeste. Je déclare :

— Ça ne doit pas être agréable. Dis-moi si je te fais mal.

— Ça me gêne pas.

Il se tient droit, immobile. Sa pomme d'Adam monte et descend au rythme de ses déglutitions, ses deux jambes tressautent.

Je verse un peu d'eau distillée stérile sur la gaze et conseille :

— Ça m'aiderait si tes jambes pouvaient rester tranquilles.

— J'aime pas les aiguilles. Je veux pas de points de suture.

Ce qu'il aime et veut n'est autre que mon attention.

J'appuie la compresse humide sur ses blessures et les nettoie du mieux que je le peux. Sa forte odeur corporelle me parvient.

— Je te comprends. D'ailleurs, personne n'aime les aiguilles. Le cuir chevelu est très vascularisé, expliquant que tu as beaucoup saigné.

La question demeure : quand ? Je suis maintenant certaine qu'il n'a pas été blessé à huit heures ce matin. Impossible. Je ne crois pas non plus à une plaie remontant à quelques heures. Les vêtements et la serviette retrouvés dans le lave-linge des Gantz par Marino n'étaient ni secs ni trempés, mais humides.

J'examine de plus près les blessures à l'aide d'une loupe. Je m'assure qu'il n'y reste ni poussière ni débris et commente :

— Tu es courageux mais ça devait être effrayant.

— Un peu que c'est effrayant quand quelqu'un vous attaque tout d'un coup.

— La bonne nouvelle, c'est que les lacérations n'ont pas endommagé l'aponévrose, bref la membrane fibreuse qui enveloppe les muscles.

Ses jambes sont enfin paisibles. Il a posé les mains sur ses cuisses, doigts légèrement écartés.

— Et ça veut dire quoi ?

— Les lèvres des plaies ne vont pas béer, donc les points de suture s'avèrent assez superflus. Tu t'en doutais puisque tu n'as pas jugé utile de te rendre aux urgences. Qu'as-tu fait après le coup ?

— J'ai repris mon vélo pour rentrer à la maison. Il devait être huit heures et demie. Une fois arrivé, je me suis nettoyé.

— Tu as prévenu quelqu'un que tu étais blessé ?

— Non. J'ai pris le flingue et je suis retourné à l'appartement pour tuer M. Nari.

Invraisemblable, mais je ne laisse rien transparaître.

— Plus important, maintenant : as-tu d'autres symptômes ?

— Ouais, du genre : je meurs de faim ! Peut-être qu'on pourrait m'apporter un double cheeseburger, avec plein de fromage. Bon, j'accepte une pizza et un grand Coca.

Je souris :

— Ça doit pouvoir s'arranger.

Je verse de la Bétadine sur plusieurs compresses. L'odeur métallique se répand. Je préviens :

— Ça risque de piquer un peu.

Chapitre 33

Leo ne bronche pas :

— Je sens presque rien.

— Des vertiges, mal à la tête ? Des nausées depuis la blessure ?

Je maintiens la compresse sans appuyer et me demande ce qui l'effraie le plus.

Son père ou autre chose.

— Non, ça va.

— Même pas un petit mal de tête ? C'est assez enflé. Ça m'inquiète un peu. Il faudrait vraiment des examens. Je vais recommander une IRM et un examen complet à l'hôpital McLean. C'est tout près d'ici, à Belmont. Il se peut que tu doives y rester quelques jours afin que l'on s'assure que tout est normal d'un point de vue neurologique.

Marino ne va pas apprécier ce que je viens de dire, tant pis. Mon boulot ne consiste pas à terroriser les gens.

— Eh bien, ça m'élance un peu dans la tempe.

De toute évidence, Leo aime bien l'idée de demeurer dans un endroit sûr durant un moment, et je me souviens de sa proximité avec le pick-up de Rand Bloom.

— Il est crucial que la plaie reste propre si l'on veut éviter une infection. Ce ne serait pas une mauvaise idée de te prescrire un antibiotique. As-tu des allergies à certains médicaments ?

— Quel genre ?

— La pénicilline ou l'un de ses dérivés. Par exemple l'amoxicilline ou l'ampicilline.

— Vous pouvez me prescrire tout ce que vous voulez. Peut-être même rajouter des oxys tant que vous y êtes ?

— Je ne serai pas le médecin prescripteur. Mais je vais passer mes recommandations avant de partir.

— Bon, je plaisantais au sujet des oxys. Merde, ce que vous êtes sérieuse. Ça vous arrive de vous détendre ?

— Tu sais ce que l'on dit au sujet des scientifiques. Nous sommes ennuyeux.

Il me dévisage d'un regard intense et dit :

— Je suis bon en sciences.

Il est excité, et je sens que le transfert s'opère. Leo Gantz tisse un lien avec moi, et mes vieilles interrogations ressurgissent. Suis-je en train de franchir une limite ? Dois-je laisser les choses suivre leur cours par souci de vérité et pour le sauver de lui-même, ou y mettre un terme ?

Je déclare alors d'un ton neutre, comme s'il s'agissait d'un fait établi :

— Bien, et si tu me racontais de quelle façon tu t'es cogné la tête contre le cadre de la porte de la douche ?

L'étonnement se peint sur son visage. Il nie :

— Euh, jamais !

— Est-ce dû à un moment d'étourderie ? Tu t'es cogné alors que tu te penchais à l'intérieur de la cabine pour ouvrir le robinet ?

Il me dévisage avec une sorte de stupéfaction mêlée d'incompréhension.

— Je m'efforce de reconstituer les événements avec ce que tes blessures m'ont appris.

— J'vois pas ce que vous voulez dire !

Je positionne le double décimètre à côté des lacérations et, de l'autre main, prends une photo en expliquant :

— J'ai déjà vu cela. Un risque caché, un défaut de conception. Le cadre en aluminium présente des angles coupants, deux rails parallèles de sorte que le panneau vitré puisse s'y encastrer et que l'eau ne dégouline pas par terre.

— Il m'a cogné la tête alors que je lui tournais le dos. C'est comme ça que j'ai été blessé.

— Oh, tu as bien pris un coup sur la tempe, Leo, mais le trophée n'a rien à y voir. Le championnat de l'année dernière. Bravo, impressionnant !

— J'ai saigné dans la salle de bains parce que je me suis nettoyé chez moi. Après qu'il m'a cogné. Et je suis reparti pour le descendre.

— Tu as fait du jardinage. Tu devais avoir envie de te laver ensuite. Il a fait bien plus chaud et humide dans l'après-midi.

— Et alors ?

Son attitude a radicalement changé. De stoïque et survolté, il est maintenant effrayé, et se tient sur la défensive. Il ajoute :

— Et même si je me suis lavé après le boulot, qu'est-ce que ça change ?

Si son mensonge est découvert, il risque d'être renvoyé chez lui et cette idée le panique.

Je pointe des mèches de ses cheveux et poursuis :

— Si je me fie à la quantité de sang sec sur ton cuir chevelu et dans tes cheveux, je doute que tu te sois douché. Du moins pas après la blessure. Et sans doute pas du tout de la journée.

Il bafouille :

— Vous êtes en train d'essayer de me piéger.

J'imprègne de nouvelles compresses de Bétadine, sans hâte, et argumente :

— Il n'y a aucun piège, Leo. Seulement des preuves. De ces preuves, il ressort que tu t'es trouvé dans la salle de bains, probablement pour te nettoyer après des travaux de jardinage. Tu as commencé ce matin…

— Et comment vous pourriez savoir ça ?

— Parce que je t'ai vu.

— Où ça ?

— Il était presque midi et tu travaillais non loin de chez moi.

Inutile de rester évasive, il sait où j'habite. Je continue donc :

— Tu étais équipé d'un souffleur à feuilles. Tu nettoyais la terre et les résidus de tonte de gazon sur un trottoir, non loin d'un pick-up gris garé là.

Rand Bloom.

— Merde ! Vous étiez avec ce trouduc de détective, celui qui m'a hurlé dessus et qui s'est pointé chez moi. C'est même pas mon pick-up.

Je sais à qui il appartient.

— Je l'ai remarqué. Le conducteur n'était pas à l'intérieur et le détective Marino a pensé qu'il s'agissait du tien. Méprise logique puisque, en plus, tu te tenais non loin du véhicule.

— J'ai pas à répondre à vos questions.

Je jette les compresses et mes gants dans un sac prévu pour les déchets biologiques.

— Mais je n'en ai pas posé.

Je fais rouler un des fauteuils afin de m'installer près de lui, face à face.

Je récupère ma petite mallette et la dépose contre le pied de mon siège, fais mine de réfléchir à haute voix :

— Je me demande qui était pieds nus.

Leo reste muet mais je sens qu'il est de plus en plus bouleversé. Il ne veut pas que je parte. Je m'efforce de parvenir à une décision : jusqu'où puis-je pousser ? Je décide soudain d'aller jusqu'au bout si nécessaire. Marino ou Benton peuvent toujours intervenir, et mettre un terme à notre échange. Mais ils s'abstiendront. Du moins pour l'instant.

— Quelqu'un a marché pieds nus dans la salle de bains où tu t'es nettoyé. Peut-être que le détective Marino te montrera les photographies qu'il a prises, si tu le lui demandes. Nous avons repéré une empreinte partielle de pied entre la porte de la cabine de douche et le lavabo, et également des empreintes palmaires ensanglantées sur le mur.

Je lui communique des informations, une exception puisque je ne m'y résous jamais en circonstances normales. Je souligne un point de l'enquête, alors même que là n'est pas mon rôle :

— On a tenté de nettoyer, mais avec certaines substances chimiques on révèle toujours le sang. Il est très difficile de s'en débarrasser. La police détient des photographies très probantes. Peut-être devrais-tu les regarder.

— J'ai rien à foutre d'aucune photo !

Il est en colère mais masque mal son trouble.

Je n'hésite qu'une seconde avant de franchir irrémédiablement les limites pour obtenir ce que je souhaite :

— Il y a environ trois heures, à dix-sept heures trente, tu as *tweeté* que tu avais assassiné M. Nari. De chez toi.

— Et comment vous savez où j'étais ?

— Un jeune homme de ton intelligence, bon en sciences, a sans doute entendu parler des adresses IP. Dix-sept heures trente, est-ce l'heure à laquelle tu t'es blessé dans la salle de bains ?

— J'me souviens pas.

— Tes blessures paraissent remonter à quelques heures. Mais peut-être sont-elles un peu plus anciennes. Sans doute quatre à cinq heures, mais certainement pas douze. Les gens voudront savoir ce qui est survenu en premier. Les tweets, les appels à la police, ou ta plaie à la tempe. Ils demanderont si ta tête a heurté le cadre de la porte de la douche ou si quelqu'un t'a poussé dans l'intention de te blesser. Peut-être as-tu été surpris alors que tu te tenais là, vêtu d'un débardeur blanc et de ton short, tournant le dos, penché dans la cabine pour ouvrir le robinet. Ceux qui t'interrogeront spéculeront que tu as peut-être exaspéré quelqu'un en confessant un crime aussi sérieux qu'un assassinat.

Sa brute de père n'a pas dû le prendre d'un cœur léger. Peut-être jugeait-il acceptable de faire chanter une psychologue scolaire pour gratter de l'argent. Certainement pas que son fils avoue un meurtre prémédité. C'est un des effets pervers expérimentés par ceux qui encouragent la duplicité et la tromperie. On ne peut contrôler tous les mensonges de l'autre. Je m'imagine très bien la fureur du père de Leo lorsqu'il a appris la nouvelle. Mais quand ? Je l'ignore et les blessures ne pourront pas me renseigner.

Leo me dévisage, les yeux assombris de colère. Et pourtant, des larmes s'accumulent au bord de ses paupières. Il crache :

— Vous n'êtes qu'un foutu flic déguisé en médecin !

Je n'ose bouger.

— Pas du tout. Je n'ai rien d'un flic et suis véritablement médecin, une sorte de spécialiste des actes de violence, des blessures, et des morts qui en résultent. Mais revenons au pick-up gris. Je l'ai aperçu à nouveau, après t'avoir remarqué à proximité ce matin. Il appartient à un enquêteur d'assurances. Peut-être l'as-tu rencontré. Il ennuie pas mal de gens.

— Il ressemble à quoi ?

La façon dont Leo formule sa question me paraît étrange, mais je décris Rand Bloom.

Je ne prononce pas son nom et Leo me dévisage. Je vois le doute puis la peur se succéder dans ses yeux. Puis, plus rien.

— Pas la moindre idée de qui c'est.

Un mensonge criant. Je me lève, consciente de l'effet que mon départ imminent va produire. Je précise :

— Il suit les gens, se gare devant chez eux. Ça peut devenir très intimidant.

Leo hurle presque :

— J'ai tué M. Nari parce qu'il m'avait attaqué !

Je récupère ma mallette d'urgence. Il est temps pour moi de partir. Toutefois, je souligne :

— Tu n'as pas été frappé avec le trophée de tennis mais toi, ou quelqu'un d'autre, l'as maculé de sang, aspergé de gouttelettes afin que l'on gobe ton histoire. C'était futé, assez convaincant. Beaucoup de gens se seraient laissés abuser.

— Vous pouvez pas le prouver !

Je jette un regard au téléphone que j'ai posé sur la table. Un signal d'alerte m'indique qu'un dossier protégé vient de m'être envoyé.

Lucy.

D'une voix forte, accusatrice, Leo répète :

— Vous pouvez pas prouver que c'était moi !

Il va pour dire quelque chose puis se retient. Il se balance sur sa chaise. Je vais partir et, soudain, il me montre sa peur.

Les yeux élargis de terreur, il me supplie presque :

— Ils vont me faire la peau ! Si je sors d'ici, je suis cuit.

La porte s'ouvre pour livrer passage à Marino. Il jette au jeune garçon :

— Personne te fera la peau. Mais maintenant, il faut que je sache de qui tu parles.

Leo secoue la tête, refuse de parler.

— Je ne peux pas te protéger si tu ne me dis rien.

Ils. Le pronom s'imprime en lettres de feu dans mon esprit. Le grand flic insiste :

— Si tu ne nous dis rien, je peux rien faire.

Ils. Il ne fait pas référence à son père. Marino tente un coup de bluff :

— Comme tu le sens. J'te remets en liberté. Tu peux rentrer chez toi et réfléchir. Quand, pour une fois, tu te décideras à dire la vérité, appelle-moi.

Leo me dévisage comme si j'étais la pire des traîtresses :

— Vous avez dit que j'irai à l'hôpital.

Je sors de la petite salle. Il crie dans mon dos :

— Vous l'avez dit ! Vous avez dit que vous vouliez m'aider !

Je me retrouve dans l'*open space* quadrillé de cubicules. Leo hurle des obscénités. Un son violent me fait tourner la tête. Il vient de se lever et balance des coups de pied à son fauteuil qui roule au travers de la pièce et heurte le mur. Marino s'est rué sur Leo pour le maîtriser. L'adolescent pousse des cris perçants, se débat, sa casquette de base-ball vole à terre.

— Lâchez-moi ! Lâchez-moi, je vous dis !

Marino passe derrière lui et l'enserre de ses bras. Il le soulève du sol telle une plume.

Chapitre 34

Les bouleaux se parent de nuances blanc-argent dans la lumière des phares de l'Audi. Les hauts troncs minces, dont l'écorce s'enroule comme du papier, s'inclinent vers l'autoroute depuis leur promontoire rocheux. Leurs silhouettes se dissolvent plus loin, aux flancs des collines boisées que la nuit nous dissimule. Il est presque vingt et une heures trente et la circulation reste fluide alors que nous filons vers le nord en direction de Marblehead. Des nuages menaçants se sont amoncelés dans un ciel couvert. Le vent souffle en bourrasques et le tonnerre éclate à distance.

Leo Gantz a tiré profit d'une blessure en inventant, après coup, la fable d'une attaque avec le trophée de tennis. Il a poussé la supercherie jusqu'à le tartiner de sang. Les angles du socle carré devaient expliquer le profil des blessures qu'il portait à la tempe. Il est très intelligent, réfléchit vite. Néanmoins, une théorie a émergé dans mon esprit.

Il n'a pas été propulsé contre le cadre de la porte de la douche parce qu'il s'était fallacieusement accusé de meurtre, mais l'inverse. Leo a écrit le script d'un drame public après avoir été attaqué alors qu'il allait prendre une douche. Ses tweets, ses appels à la police et au FBI étaient un moyen de punir le diable avec lequel il avait signé un pacte, un diable qu'il pensait connaître.

Son père. Je résume :

— Des années de colère et de ressentiment refoulés. Son père l'a probablement cogné un peu plus tôt aujourd'hui et pas pour la première fois, loin s'en faut. Leo ne l'admettra jamais. Toutefois, il a trouvé un moyen de lui rendre la monnaie de sa pièce, tout en essayant de se protéger.

En général, Benton ne cesse de doubler, de se rabattre, un véritable slalom. Ce soir, il ne lâche pas la file de droite. Il renchérit :

— Il est piégé dans un cercle vicieux dont il ne peut sortir. Il déteste ceux qu'il aime et il aime ceux qu'il déteste. Ensuite, le remords l'assaille, ainsi que le besoin de punir, alors même qu'il cherche désespérément l'attention.

— Le remords et la peur.

— Bon, nous sommes quand même parvenus à le sortir des ennuis de façon temporaire. En revanche, son futur n'est guère prometteur. Leo est son pire danger, bien davantage que ceux qui l'entourent.

L'adolescent a été bouclé dans une cellule du département de police de Cambridge, sous la surveillance d'une garde d'astreinte, une de leurs techniciennes de scène de crime. Il sera transféré au McLean dès demain matin.

Benton ajoute :

— Ça fait longtemps que ça dure, s'en est suivie une escalade, jusqu'au point d'explosion. Le meurtre du mari de Joanna, puis ce qui a pu se produire chez

Leo cet après-midi a mis le feu aux poudres. Ça marche souvent ainsi. C'est la dernière goutte qui fait déborder le vase et plus rien n'arrête l'inondation.

S'ajoutent à cette situation familiale d'énormes problèmes financiers, insolubles, du moins jusqu'à ce que Bloom se manifeste. C'est en tout cas ce que nous croyons. Il n'a pas eu grand-chose à faire, sinon espionner, comme à son habitude, comprendre que Joanna Cather consacrait du temps à Leo et s'inquiétait de lui.

— Leur relation a gagné en intensité lorsque le gamin a commencé à se mettre dans le pétrin.

Le regard de Benton passe d'un rétroviseur à l'autre. Il approuve :

— Les problèmes d'adaptation, voire même les dépressions nerveuses, sont assez habituels lorsque des jeunes changent d'école. Leo est arrivé au lycée à l'automne dernier. Avant ça, il était dans une école publique. Soudain, il se retrouve dans un lycée privé prestigieux grâce à une bourse, et les changements comportementaux ont vite suivi.

Des maisons, vastes pour certaines d'entre elles, pointillent le paysage, en retrait des rails de sécurité argentés, certaines d'entre elles vastes. Elles remontent à une époque où la terre n'avait pas été subdivisée et où, à la place des autoroutes, paissaient des vaches. Benton ne cesse de regarder dans ses rétroviseurs, sans jamais tourner la tête, et ce n'est pas la circulation qui le préoccupe.

— Le tout aggravé par sa famille dysfonctionnelle. Une mère soumise sur laquelle il ne peut pas compter. Un père alcoolique chronique, au point qu'il ne peut plus trouver de travail et que les dettes s'accumulent.

Les phares des voitures qui défilent sur la voie opposée ou qui nous suivent sont aveuglants. J'observe le manège de Benton durant quelques instants, puis me consacre à ce que Lucy vient de m'envoyer. Je continue d'y réfléchir, de m'interroger sur la façon dont les choses se brisent sans espoir de réparation. Les forces de l'ordre en sont un exemple, et la corruption qui règne au sein du ministère de la Justice n'est pas une nouveauté pour nous. C'est là que Rand Bloom travaillait, avant de se recycler en enquêteur pour la compagnie d'assurances TBP.

Benton continue de lancer de fréquents coups d'œil dans son rétroviseur latéral, les deux mains sur le volant, ses index effleurant les manettes de changement de rapports intégrés. Je m'inquiète :

— Nous sommes suivis ?

— Un pick-up, qui apparaît et disparaît, depuis une bonne quinzaine de kilomètres.

— Ne me dis pas qu'il s'agit d'un Ford gris.

Je ne distingue rien d'autre que la lumière éblouissante des phares dans mon rétroviseur et résiste à l'envie de me retourner.

Benton récite le numéro de plaque minéralogique et je suis scandalisée. Bloom recommence son cirque !

— Blanc, rasé de frais, visage mince, une casquette laissant échapper quelques courtes mèches de cheveux clairs. Des lunettes, pas des lunettes de soleil mais de vue. Il nous colle au pare-chocs. Je pourrais le signaler pour conduite dangereuse, mais c'est à peu près tout. S'il s'agissait de Bloom, nous inventerions un délit routier pour le faire arrêter. Cependant, ce n'est pas le conducteur.

En effet, la description de Benton ne correspond pas à l'enquêteur des assurances. Et je sens mon mari déçu. Je contre :

— Oui, mais c'est quand même son pick-up.

— Aucune importance, et je le déplore.

— Il faut faire quelque chose, Benton.

— Je ne peux pas exiger que quelqu'un s'arrête sur le bas-côté. D'autant que je conduis ma voiture personnelle.

— Mais enfin, on est dans le harcèlement, là !

— Impossible à prouver.

La réplique de Benton me remet en tête le « ils » lâché par Leo.

Ils.

Benton suggère alors :

— Essaie de localiser Marino pour lui raconter. S'il veut que la police d'État intervienne, libre à lui, mais j'en doute fort. Nous n'avons aucun motif valable pour arrêter le pick-up, sauf si son vol a été signalé. Et dans ce cas, ce n'est pas nous qui pourrons nous en charger. L'individu au volant le sait très bien. Il se conduit en abruti… rien d'illégal à cela.

Je compose le numéro du portable de Marino. Lorsqu'il me répond, je comprends qu'il est en voiture. Je lui explique notre situation. Il vient de quitter l'immeuble où habite Bloom. Ce dernier ne se trouvait pas chez lui et son pick-up est invisible. Il ajoute :

— Je contacte le dispatcher et vous tiens au courant.

Il ne s'écoule que quelques minutes avant qu'il me rappelle. Le pick-up est toujours derrière nous.

J'enclenche la fonction haut-parleur, volume au maximum, et la voix du grand flic se déverse dans l'habitacle :

— J'ai pas de plan à proposer. La caisse n'est pas signalée en tant que véhicule volé, et Bloom répond pas aux appels téléphoniques. Des gens avec qui il bosse auraient raconté qu'ils n'avaient pas eu de nouvelles de lui depuis le milieu de l'après-midi et que, parfois, il permettait qu'on lui emprunte son pick-up. D'un autre côté, peut-être qu'il s'agit d'une ruse de sa part, pour nous contrer, parce que je suis certain qu'il se doutait qu'on allait l'interroger. Et donc il a filé et nous adresse un bras d'honneur virtuel.

— Il vit avec quelqu'un ?

— Non, seul dans un deux-pièces de Charlestown d'où je sors. Il n'a pas répondu à mon coup de sonnette.

Prise d'un soudain espoir, je demande :

— Et un mandat d'arrestation ? Vous en avez obtenu un ?

La voix de Marino me parvient, à la fois défaite et coléreuse. Lorsqu'il est dans cet état d'esprit, il devient très vite sarcastique :

— Rafraîchissez-moi la mémoire, Doc. Quel délit a-t-il commis au juste ? D'autant que vous précisez qu'il n'est pas au volant du pick-up. En d'autres termes, on n'a aucun motif valable jusque-là. La seule chose que je puisse tenter, c'est de l'interroger lorsqu'il se pointera.

— La police d'État ne peut pas vérifier qui conduit le véhicule ?

— Je vous répète que nous n'avons aucun motif valable. Y a rien d'illégal à conduire le véhicule de quelqu'un d'autre, sauf s'il a été volé. Ses papiers sont en cours de validité et y a aucune accusation, aucune contravention dans les tuyaux. Vous pouvez me croire sur parole, j'ai vérifié.

Je suis terriblement frustrée par le tour que prend cette conversation, et ne peux m'empêcher de vitupérer :

— En d'autres termes, quelqu'un peut nous coller au pare-chocs alors que nous nous rendons sur une scène de crime et personne ne peut intervenir !

— Bienvenue dans mon univers ! Vous êtes vraiment sûre que c'est la même bagnole ?

— Tout à fait. Elle nous suit depuis environ un quart d'heure, mais nous n'avons pas reconnu le conducteur.

— Sans doute une sous-merde avec laquelle Bloom travaille. J'crois que la politique de TBP consiste à suivre les gens, pour tenter de les impressionner et de les mettre à cran. Manque de bol, Bloom n'est pas leur seul enquêteur.

Je mets fin à l'appel et déclare à Benton :

— J'ai l'impression de me débattre au centre d'un énorme nœud de trucs et de machins qui virent au cauchemar.

Il me répond d'un ton calme, si calme que je perçois aussitôt qu'il est passé en alerte maximum et que ça n'est pas le moment de plaisanter avec lui :

— Eh bien, en ce cas, tentons de démêler les fils. Réduisons ce nœud en parties accessibles. Commençons par la relation de Leo avec Joanna, que Bloom doit avoir sur son radar depuis que Jamal Nari a traîné en justice l'Emerson Academy. Il a exigé vingt millions de dollars de dédommagement.

— Une somme insensée !

— Autant viser haut et se contenter de ce qu'on obtient. Tu sais comment les choses se déroulent.

— Oh oui !

Benton ralentit et le pick-up se rapproche de nous, tenace, sans plus chercher la discrétion. On dirait que le conducteur devine qu'il a provoqué en nous la réaction qu'il escomptait. Mon mari poursuit :

— Cela étant, avec un spécimen du modèle de Bloom, il n'y a plus de négociations possibles. Son mode opératoire consiste à saccager encore un peu plus l'opposant pour le neutraliser.

Entre autres choses, Lucy vient de nous informer que l'action en justice a commencé en septembre dernier. La compagnie d'assurances a proposé un règlement à l'amiable d'un montant de dix mille dollars, un montant ridicule qui n'aurait même pas couvert les dépenses d'avocat de Nari à ce moment-là. Le litige a alors suivi un déroulement classique, Nari décidant de traîner l'école devant le tribunal et d'attaquer TBP pour pratiques déloyales.

L'habitacle surélevé du pick-up, par rapport à l'Audi surbaissée de Benton, me fait craindre que nous soyons bientôt écrasés. Mon mari ajoute :

— L'amitié entre Joanna et Leo a offert à Bloom un levier inespéré de contre-attaque.

— Je ne veux même pas penser à ce qu'elle risquait de prendre dans la figure durant le procès. Son mari et elle n'avaient probablement aucune idée de qui ils attaquaient.

Un ancien fonctionnaire corrompu du ministère de la Justice. Ironie de l'histoire, les machinations et ruses de Rand Bloom n'ont rien à voir avec les coups qui l'ont défiguré.

Apparemment, l'incident fut le fruit d'un hasard. Un SDF s'approcha de la voiture de Bloom arrêtée à un feu rouge et le frappa à coups de matraque d'acier, faisant exploser son orbite et sa joue et lui cassant les dents de devant. La scène se déroulait à Washington DC, il y a deux ans. Le rapport fait état d'un agresseur inconnu mais je n'y crois pas un instant. De ce qu'a trouvé ma nièce, Bloom aurait été très vague, pour ne pas dire passif, lorsqu'il fut interrogé à ce sujet. J'en viens donc à penser que quelqu'un a envoyé un vigoureux message à Bloom, message qu'il a reçu cinq sur cinq.

À cette époque, Bloom était avocat au ministère de la Justice, dans le département Public Integrity. Il a été mêlé à une enquête litigieuse qui me donne le tournis. TBP a été soupçonné de violations de la loi d'encadrement des campagnes électorales lors de la réélection du député Bob Rosado en 2008. Un grand jury a même été nommé. Pourtant, il n'y a pas eu de mise en examen, pas même une amende décidée par la commission électorale fédérale, alors que TBP avait déjà été accusée de contributions illégales et de tentatives de corruption auparavant. L'été dernier, Bloom a démissionné du ministère de la Justice pour être engagé par la compagnie d'assurances.

Benton surveille ses rétroviseurs et ralentit encore. Nous roulons maintenant bien en dessous de la vitesse limite.

De ce ton calme, glacé, qui dissimule ce qu'il ressent vraiment, il observe :

— La face cachée de la branche pourrie dont personne ne veut parler. Le département Public Integrity, celui du crime en col blanc, où tout ce que nous investiguons et poursuivons en justice offre l'opportunité d'abus de pouvoir et de rentrer dans les bonnes grâces des grands délinquants. Des analystes spécialisés dans le renseignement criminel deviennent tueurs à gages pour les truands, des ordures telles que Bloom manipulent le système et gagnent beaucoup plus de fric dans le privé. Je suis certain qu'il a veillé à ce que les conclusions des enquêtes ne soient pas défavorables à ses protégés grâce à des promesses et à des ententes occultes avec des groupes d'intérêts influents.

J'approuve :

— Je parierais qu'il s'agit de la tactique classique de la compagnie d'assurances. Et peut-être aussi celle de Bob Rosado. Et nous voilà en chemin vers une de ses maisons pendant que le fichu pick-up de Bloom nous file.

— Ras le bol !

— Ignore-le.

— Je vais te montrer comment j'ignore certaines choses.

Il passe soudain dans la file de gauche, rétrograde, la vitesse chute d'un coup avant qu'il se rabatte juste derrière le pick-up gris. En troisième, le moteur rugissant, il colle de façon menaçante au pare-chocs en chrome brillant. Puis, il enfonce la pédale d'accélérateur, repasse dans la file de gauche et reste parallèle au véhicule. Ma portière fait face à celle de son conducteur durant une ou deux secondes.

— Vas te faire foutre ! grince Benton.

L'Audi file droit devant.

Lancés à cent quatre-vingts kilomètres à l'heure, l'autoroute semble s'ouvrir devant nous, au point que l'on croirait presque que nous sommes seuls sur la voie. Benton rétrograde, ralentit d'un coup. Le moteur proteste et gronde. Le pick-up ne tente pas de nous suivre, du reste, il ne le pourrait pas. Il a disparu à l'arrière et j'ai à peine eu le temps d'apercevoir le conducteur. Un individu de petite stature, plutôt blond, portant d'énormes lunettes à monture rectangulaire. J'ai eu l'impression qu'il souriait et un sentiment dérangeant m'a envahie. S'agissait-il vraiment d'un homme ? Je n'en suis plus certaine.

Benton bougonne :

— Bon, je pense m'être fait comprendre.

Je suis surprise par sa réaction, mais aussi par ce que nous a raconté Joanna Cather lorsque Marino et moi l'avons interrogée.

Durant les mois précédant son meurtre, Jamal Nari a répété qu'un pick-up conduit par un homme à lunettes, portant une casquette, le prenait en filature dès le début de soirée. Le couple a aperçu une silhouette qui les espionnait par la fenêtre de la salle de bains, et a pris l'habitude de baisser les stores. Il ne s'agissait pas de paranoïa de la part de Nari. Selon moi, Rand Bloom n'était pas l'espion en question. Du moins n'était-il pas seul.

Ils.

Benton poursuit :

— Un incessant harcèlement, un bras d'honneur, je suis d'accord avec Marino.

Sa volonté d'expliquer l'illogique ne me convainc pas. Il ne réagirait pas ainsi s'il croyait à ce qu'il dit.

Son vif emportement sur l'autoroute ne cadre pas avec sa discipline habituelle, qui peut devenir inflexible. Je détaille son profil bien dessiné, illuminé par les phares des voitures qui s'écoulent en sens inverse, la ligne dure prise par sa bouche. Je sens qu'il muselle son agressivité. L'espace d'un instant, je perçois sa fureur.

Nous remontons toujours vers le rude North Shore, bifurquant vers l'est en direction de Revere Beach dont l'ancien parc d'attractions, Wonderland, a été transformé en station pour les liaisons rapides de la Blue Line du métro.

Je récapitule les différentes affaires, les cas individuels, distincts, que nous devons isoler pour mieux les comprendre. Patty Marsico, Johnny Angiers, Jamal Nari, Leo Gantz, auxquels s'ajoute aujourd'hui Gracie Smithers, quatorze ans, assassinée dans une des résidences de Bob Rosado. J'examine les moindres détails et tente d'associer les différentes pièces du puzzle. Puis, me reviennent les deux victimes originaires du New Jersey et les tweets dont nous ne parvenons pas à remonter la trace.

L'argent seul ne peut expliquer cette série d'événements. Il doit y avoir autre chose que des dédommagements d'assurance, des extorsions, ou un richissime représentant du Congrès cherchant à protéger son pouvoir et sa position. Je déverrouille mon téléphone et pénètre dans la base de données du CFC. Je retrouve le dossier de Patty Marsico. Je fais défiler le rapport de police, les photographies de scène de crime. Je rappelle à moi les souvenirs que je conserve de son autopsie et de la déposition que j'ai dû faire.

Cette survivante du cancer, âgée de soixante et un ans, en plein milieu d'un divorce, était allée s'assurer de l'état d'une maison du front de mer – que son agence immobilière avait en portefeuille – après le passage d'une forte tempête de nord-est. Les avocats de TBP avaient argué que son meurtre brutal avait été perpétré par quelqu'un qu'elle connaissait, donc que l'affaire relevait du crime personnel. Ils avaient insinué que son mari, dont elle était séparée, avait pénétré dans la maison pour la frapper et la noyer. Il avait ensuite pris son temps pour boire une bière avant de nettoyer les lieux à l'eau de Javel. J'agrandis un cliché du sous-sol inondé. Je détaille le corps nu, suspendu par des fils électriques liés autour des poignets et passés sur une canalisation du plafond. Je me souviens être restée debout dans l'eau, les pieds réfrigérés. Je me souviens avoir flairé le mal.

Je l'ai perçu dans cette maison et plus tard, alors que j'inspectais, en compagnie de Benton et Lucy, les lieux et la plage. Je le sentais toujours lorsque nous sommes repartis vers l'aéroport où nous attendait l'hélicoptère de ma nièce. Rien d'autre qu'une intuition. Je ne me fie pas à ce type d'instincts, sans toutefois les ignorer complètement. Si nous les expérimentons, c'est pour une bonne raison : survivre. Une partie de mon cerveau savait que quelqu'un était au courant de notre présence sur place.

Je rappelle à Benton :

— Les blessures au crâne de Patty Marsico indiquent qu'on lui a cogné la tête sur une surface plane. Il y avait également des bleus en forme de doigts en haut de ses bras et sur ses épaules parce qu'on l'avait agrippée et maintenue au sol pendant qu'elle se noyait dans huit centimètres d'eau. Ses vêtements étaient maculés de sang et trempés, ce qui prouve qu'on les lui avait enlevés après la mort.

— Et le tueur les avait pliés et déposés dans un kayak qui flottait à la dérive dans le sous-sol lorsque nous sommes arrivés. Une moquerie.

Chapitre 35

Je conserve un très vif souvenir de mon inspection des lieux. L'eau avait inondé le sous-sol de la maison à la suite de grandes marées déchaînées. Lorsque je m'étais approchée du kayak bigarré, il avait tangué et s'était éloigné de moi à la manière d'un cheval rétif, ou d'un bateau fantôme.

Le tueur avait déposé le manteau, le pantalon de lin, le corsage et les sous-vêtements de Patty Marsico sur le banc capitonné. En revanche, son sac à main et ses clés se trouvaient toujours au rez-de-chaussée de la maison, sur une console de l'entrée, ses mocassins abandonnés non loin. Elle venait juste d'entrer lorsque quelqu'un l'avait terrifiée au point qu'elle en perde ses chaussures.

Benton reprend :

— La moquerie et une indifférence absolue pour la vie. Terroriser une victime, imaginer la façon dont elle va réagir, et en tirer une satisfaction sexuelle.

— Il n'y avait aucun signe d'agression sexuelle.

— La violence génère la gratification sexuelle. Cela ne signifie pas pour autant qu'il n'y avait pas un autre mobile derrière ce meurtre. J'ai toujours pensé que Patty Marsico représentait une gêne pour quelqu'un.

Il a étudié la scène de crime, enregistré chaque détail en silence, avec cette attitude étrange qu'il adopte en pareilles circonstances. Je réfléchis :

— Son mari ? Voulait-il récupérer l'assurance-vie qu'il perdait après le divorce ? Et il aurait mis en scène son meurtre de sorte que l'on pense à un crime sexuel ? C'est ce que TBP souhaite faire avaler à tout le monde.

— Ce n'est pas ce qui s'est passé. De plus, aucun indice ne prouve la présence du mari à l'intérieur de la maison. C'est d'ailleurs une des nombreuses raisons pour lesquelles il n'a jamais été arrêté. Et puis, il a un alibi : son travail. Au moins une demi-douzaine de ses collègues ont témoigné dans ce sens.

Nous roulons sur North Shore Road et traversons le pont qui enjambe l'eau sombre de la Pines River. La baie de Broad Sound s'étend à notre droite, aussi noire que les confins de l'espace. Le GPS nous indique que nous avons quinze kilomètres à parcourir avant d'arriver à notre destination, c'est-à-dire encore presque vingt minutes de trajet en respectant la limitation de vitesse.

J'en viens à ce qui me préoccupe au plus haut point :

— Gracie Smithers.

Plus détendu, Benton conduit la main gauche posée sur le volant. J'entrelace mes doigts à ceux de sa main droite et sens la tiédeur de sa peau douce, la tension des muscles fins, et la rigidité de ses phalanges. Il me jette de fréquents regards pendant que nous parlons et remarque :

— Je pense la même chose que toi.

— On l'a neutralisée en lui heurtant le crâne avec violence contre une surface plane, puis on lui a maintenu la tête dans l'eau jusqu'à ce qu'elle se noie. Un meurtre mis en scène, qui évoque une véritable embuscade, à moins qu'elle n'ait été enlevée, ce dont je doute.

Les parents de Gracie, à Salem, ne se sont pas aperçus que leur fille avait disparu avant ce matin, de bonne heure, m'a appris l'enquêteur Henderson il y a environ trois heures, après qu'on lui a confié l'enquête. Les Smithers ont alors appelé la police, au moment où l'on découvrait le corps de Gracie à Marblehead, à environ huit kilomètres au sud-est de leur domicile. Un agent immobilier qui visitait la maison Rosado avait remarqué une bouteille de vodka sur le bord de la piscine, dont la bâche de protection était partiellement rabattue.

Henderson m'a révélé que les parents croyaient Gracie endormie dans sa chambre, mais qu'elle s'était faufilée par la fenêtre. Il pense qu'elle avait rendez-vous avec quelqu'un et que cette personne n'est autre que Troy Rosado, dix-neuf ans. Il est connu pour ses bringues au Salem State College, établissement où le père de Gracie enseigne l'économie. Il y a quelques jours, il a aperçu Troy en compagnie de sa fille au distributeur automatique d'argent. Il lui a alors interdit de fréquenter le jeune homme à l'inquiétante réputation.

Comme par hasard, on ne sait pas où se terre le fils du député. Henderson a contacté sa mère. Celle-ci a affirmé qu'il devait rejoindre la Floride demain matin pour un week-end de plongée sous-marine en famille. Elle s'est montrée certaine que si l'enquêteur se donnait la peine de vérifier, il constaterait que Troy est en train de faire ses valises dans sa chambre du quartier réservé aux garçons sur le campus de la Needham Academy. Il les rejoint pour les vacances d'été. Invoquant la sécurité et la vie privée, elle a refusé d'offrir des informations au sujet du jet privé à bord duquel son fils doit voyager.

Nous traversons Swampscott sur la 129, et l'obscurité gagne en densité. Benton récapitule :

— Le point crucial consiste à savoir si le meurtre de Gracie Smithers était prémédité ou si quelque chose a déraillé cette nuit-là. Sa mort résulte-t-elle d'une simple opportunité ? C'est, au demeurant, la question que je me pose aussi pour Patty Marsico.

Je m'imagine les meurtres. Un aspect paraît incohérent : le schéma mental du tueur de Gracie Smithers, un grand adolescent incapable de se contrôler. J'argumente :

— Il a pu se montrer sexuellement agressif avec elle. Les choses ont pu, en effet, déraper. Cela étant, il me semble hautement improbable qu'il l'ait tuée puis qu'il ait trouvé assez de présence d'esprit et de sens de l'organisation pour repousser la bâche qui couvrait la piscine afin de mettre en scène une noyade accidentelle.

Benton caresse ma main de son pouce et admet :

— Je suis assez d'accord. Mais dans ce cas, si une tierce personne a tué Gracie, cela sous-entend qu'elle était présente en même temps qu'eux dans la propriété.

— Et si le mobile derrière n'est pas l'argent, quel peut-il bien être ?

— Une chose de valeur. L'argent vient aussitôt à l'esprit. Toutefois, l'information peut aussi s'avérer un puissant mobile.

— Un témoin involontaire, par exemple ? Se trouver au mauvais endroit au mauvais moment ?

— Tout à fait, Kay. Patty Marsico et Gracie Smithers pouvaient avoir appris quelque chose, même si elles n'en avaient pas conscience.

J'aperçois au loin les lumières clairsemées de Marblehead Neck. Au-delà commence le port, puis c'est la mer. Je m'inquiète de l'obscurité. La lune et les étoiles semblent avoir été happées par les nuages qui s'accumulent. Qu'importe, je ne peux pas attendre jusqu'à demain matin. Si la rumeur se répand que, selon moi, Gracie Smithers a été assassinée, il n'est pas exclu que la scène de crime soit altérée. Du reste, je le redoute déjà. Je dois examiner la piscine d'eau salée et il me faut un échantillon des sédiments qui recouvrent son fond. Je dois battre de vitesse la pluie torrentielle et le vent que l'on nous annonce. De grosses gouttes se sont écrasées sur le pare-brise il y a quelques instants, puis nous avons dépassé l'averse. Cependant, les orages se rapprochent et nous rattraperont bientôt.

Mon inquiétude va croissant alors que je vérifie à nouveau mon téléphone. Joe Henderson est censé nous accueillir et m'a demandé de le prévenir une heure avant notre arrivée. Je lui ai déjà envoyé trois textos et laissé deux messages vocaux, sans réponse jusque-là. Je contacte l'unité d'enquête du département de police, et mon interlocuteur m'apprend que Henderson a fini son service à dix-huit heures.

J'insiste :

— À peu près au moment où je lui ai parlé. Il avait accepté de me rencontrer.

— Sur son temps libre, par courtoisie.

Une remarque que je juge assez peu aimable, mais je ne me démonte pas :

— Vous serait-il possible de le joindre ? L'agent spécial Benton Wesley et moi-même sommes à vingt minutes de chez vous. C'est en référence à…

— Oui, m'dame. Je suis au courant. Vous êtes accompagnée d'un agent du FBI ? Et depuis quand le FBI est-il impliqué dans cette affaire, et pourquoi personne n'a pris la peine de nous prévenir ?

Il ne se montre ni hostile ni grossier, mais en tout cas certainement pas chaleureux.

Je passe sur le fait que l'agent spécial Benton Wesley est mon mari :

— Il se trouve qu'il m'accompagne.

— Patientez un peu. Je vais vérifier si Joe est chez lui. Vous êtes avertie qu'on s'attend à une sacrée saucée ?

— Tout à fait. C'est d'ailleurs pour cela que je dois intervenir au plus vite.

Je l'entends et j'attrape au vol son nom, Freedman, et son grade, brigadier. Il échange quelques mots avec son interlocuteur, et je comprends que Joe Henderson devait « rencontrer le médecin expert en chef à la maison du député où la gamine s'est noyée ».

Je m'échine à suivre sa conversation :

— Bien sûr que je sais. Je pense aussi. Donc, il était à peu près dix-neuf heures lorsque vous lui avez parlé pour la dernière fois et il comptait rentrer dès qu'il en aurait terminé ? D'accord. Ouais, c'est logique. Ah, il vous a téléphoné pendant qu'il achetait un café ? Puisque ça fait plus de deux heures, je parie que cet accro au café a multiplié les allers-retours jusqu'au Starbucks. Je me demande comment il arrive à dormir la nuit.

Je l'entends rire, puis il reprend :

— Ouais, ça, plus les bébés. Merci encore. Désolé de vous avoir dérangée.

Freedman revient vers moi et me prévient que le réseau peut être exécrable dans la région du Neck, ce qui explique peut-être pourquoi je ne parviens pas à joindre l'enquêteur Henderson. Il se peut aussi qu'il soit en train de s'offrir un café et de manger un morceau quelque part. D'un autre côté, un truc a pu survenir et Freedman suggère que, peut-être, Henderson a oublié.

— Oublié ?

— Ben, il a du pain sur la planche. Le boulot d'abord, mais en plus il est entraîneur de foot et lui et sa femme ont des jumeaux de trois mois. Disons que Joe est vraiment un gars super, un de nos meilleurs enquêteurs, mais parfois, il frise le degré zéro d'attention.

— Permettez-moi de préciser un point, brigadier. S'il ne nous attend pas à la maison, nous aimerions explorer les alentours de la piscine et le terrain sans mettre les voisins sur le qui-vive.

— Alors là, pas la peine de vous inquiéter. Le voisin le plus proche est séparé de la maison par environ quatre hectares de terrain. J'étais présent ce matin lorsqu'on a découvert le corps. L'endroit est assez désert. D'ailleurs, je ne comprends pas trop pourquoi vous voulez procéder à cette inspection par nuit noire.

C'est assez reculé sur le Neck, et il peut faire sombre comme dans un four. En plus, s'il y a des éclairs, mieux vaut ne pas rester dans le coin.

— Il est essentiel de faire vite.

— Bon, je vais encore passer la consigne au dispatcher, de sorte qu'on ne vous confonde pas à nouveau avec un rôdeur.

Il plaisante à moitié mais la locution qu'il a utilisée m'interpelle : « à nouveau ».

Joe Henderson a prévenu son brigadier de notre arrivée et l'information a été relayée par radio. Fâcheux, surtout lorsque je repense au scanner portatif que Marino a retrouvé dans le pick-up de Bloom ce matin.

Professionnelle, j'informe Freedman :

— Si l'enquêteur Henderson n'est pas sur les lieux lorsque nous arriverons, j'aimerais que vous envoyiez une autre unité aussi vite que possible.

— D'accord, je viendrai en personne.

D'un ton qui n'a rien de léger, je conclus :

— Merci.

Je mets un terme à la communication et Benton remarque :

— Je n'ai pas l'impression qu'ils prennent ça très au sérieux.

— La plupart des gens penseraient que je peux remettre ma visite au lendemain, si tant est qu'elle soit nécessaire.

— Ça prouve juste qu'ils ne te connaissent pas.

J'ai entendu les rumeurs qui courent à mon sujet et ironise :

— Tous les enquêteurs n'approuvent pas ma vigilance…

Les cancans me reviennent tôt ou tard, le plus souvent relayés par Bryce. Je suis obsessionnelle, un vrai pit-bull, incapable de lâcher le morceau. J'exploite au-delà du raisonnable les moyens de la police et je m'incruste. Je suis le Docteur Mort, le Mordoc, et une engeance.

— … Ajoute à cela qu'il m'arrive de contredire certaines causes de la mort bien carrées, qui arrangent tout le monde, et ça reste en travers de la gorge de certains. La police était satisfaite de la mention « noyade accidentelle » pour Gracie Smithers. Ils ne comprennent pas que le Dr Kato manque d'expérience. Elle n'est pas certifiée et je ne la garderai pas après sa spécialisation chez nous. Mais ça non plus, je ne peux pas le dire. J'ai juste rendu la vie plus dure à tout le monde.

Benton souligne :

— C'est la règle générale lorsqu'on fait les choses convenablement.

Durant les dix minutes suivantes, nous empruntons puis quittons de petites routes secondaires qui mènent à de vastes domaines en front de mer. Les lumières qui brillent derrière les fenêtres ne parviennent pas à trouer l'obscurité. Benton évoque Julie Eastman, cette habitante du New Jersey abattue sur l'embarcadère d'Edgewater Ferry en avril dernier. Il souhaite que je lui raconte ce que Marino m'en a dit.

— Juste qu'il était sorti avec sa mère lorsqu'ils étaient en fac.

— Beth Eastman, la mère donc, vit toujours à Bayonne. Marino et elle échangent parfois sur Twitter.

Il rétrograde et le moteur gronde, une octave plus bas.

— Je suppose que Lucy t'a renseigné. En quoi est-ce important ?

— Si quelqu'un cherchait les relations de Marino, ce ne serait pas bien difficile.

— Communique-t-il avec son ancienne petite amie par messages directs ou par tweets ? Dans le premier cas, ce n'est pas public.

— Un piratage éventuel m'inquiète, Kay. Je soupçonne que nous avons affaire à un individu très doué en informatique, ce qui expliquerait les tweets que nous ne parvenons pas à tracer et peut-être même les fraudes avec ta carte bancaire. C'est récent, au cours des derniers mois, et ça se répète. À chaque fois que tu changes de carte, ça se reproduit. Je ne voulais pas t'affoler, mais je redoute depuis un moment une faille dans la sécurité.

— Lorsque j'ai abordé le problème ce matin, tu l'as balayé.

— Je refusais de gâcher nos vacances.

— Puisqu'elles sont déjà fichues, allons-y !

Benton lâche alors :

— Lucy affirme qu'il est impossible que quelqu'un parvienne à contourner les *firewalls* du CFC. Toutefois, je ne partage pas son optimisme.

— Quand ces doutes ont-ils germé dans ton esprit ?

— Ces dernières semaines. Ils n'ont fait que s'épaissir aujourd'hui.

Me gardant de toute exagération, je rétorque :

— Je me fie à Lucy, dans ce domaine. Je ne suis pas certaine que la NSA parviendrait à s'immiscer dans les défenses informatiques qu'elle a installées.

Lucy n'était encore qu'une adolescente lorsque le FBI l'a recrutée en tant que stagiaire. Elle a grandement contribué au développement de leur réseau d'intelligence artificielle dont le but consistait à traquer les criminels, CAIN. Créer un langage machine à partir de code source lui est aussi naturel que conduire ou piloter de puissantes machines. Protéger son territoire informatique des virus ou logiciels malveillants avec une rare pugnacité est une seconde nature chez elle. Elle prendrait comme une insulte personnelle, une erreur inexcusable, la moindre faille de sécurité. Jamais elle ne le permettrait.

Mon mari remarque :

— On devient vite un peu complaisant avec soi-même.

— C'est le sentiment qu'elle te donne ?

— Lucy ne manque pas de confiance en elle. Parfois à un tel point qu'elle oublie de se montrer objective. Un trait de personnalité classique chez les narcissiques.

Je peste :

— Alors maintenant, ma nièce est narcissique ? Sociopathe et narcissique. Quelle chance pour elle qu'un proche puisse la profiler !

Il répond d'un ton doux :

— Allons, Kay. Elle est ce qu'elle est, ce qui ne signifie pas qu'elle soit mauvaise. Ça implique simplement qu'elle pourrait le devenir.

— C'est le cas de tout un chacun.

— Très juste.

— As-tu formé des doutes au sujet de Lucy, que tu aurais gardés pour toi ?

Me reviennent l'attitude distante de ma nièce, sa paranoïa et la véritable raison qui lui a fait enlever la bague de famille de Janet.

— Je ne sais pas.

Je le contemple et contre :

— Je crois que si.

— Nous avons eu des conversations qui m'inquiètent sur son état d'esprit. Le fait qu'elle pense que des gens ont décidé de lui faire la peau, Jen Garate, par exemple. D'autres…

Mais je n'ai pas l'intention de lui permettre d'éluder, et j'insiste :

— D'autres ? D'autres personnes voudraient lui faire du mal ?

— Des références, des allusions assez perturbantes. Disons que certains événements récents survenus dans sa vie personnelle ont eu un effet déstabilisant.

— Quels récents événements ?

— Ce qui se passe entre elle et Janet, quoi que cela puisse être, en plus du fait que son empire informatique est attaqué et qu'elle refuse de l'admettre. Eh bien, si. Plus elle proteste, plus mes doutes augmentent.

— À quel propos ?

— À propos de l'identité de la personne derrière tout cela.

Je le regarde, abasourdie :

— Suggérerais-tu que Lucy invente, en quelque sorte, ce à quoi nous sommes confrontés ? Les tweets intraçables qui m'ont été envoyés, les fraudes à la carte bancaire ? Tu ne penses quand même pas qu'elle ferait des cartons sur des innocents ?

Sa réponse est évasive :

— Inventer me semble un verbe judicieux. Quelqu'un invente quelque chose.

— Et pour quelle raison ?

— Ces tweets, ces pièces de monnaie et peut-être même les utilisations frauduleuses de ta carte de crédit peuvent être un moyen d'attirer l'attention.

— La balle sur laquelle est gravé un 3 aussi ?

— Tout à fait. La carte de visite d'un individu invisible, et pourtant juste devant nos yeux.

Je scrute son profil, sa bouche au pli sévère. Il est en train d'évoquer une hypothèse que je refuse d'admettre. Je me contente de déclarer :

— C'est le cas de Lucy.

— Je ne veux pas aller jusque-là. Jamais. Mais il est clair que quelqu'un s'intéresse beaucoup trop à nous.

— Est-ce cela qui a justifié que tu te mettes tellement en colère tout à l'heure ? Tu as pratiquement pulvérisé l'arrière du pick-up ?

Les mâchoires de Benton se crispent et il siffle :

— Ça me déplaît. Je deviens très désagréable lorsqu'on s'en prend à nous, et je me fous de l'identité de l'agresseur.

— Et l'autre victime du New Jersey ? Comment rentre-t-elle dans le tableau ?

— Jack Segal.

La propriété de Bob Rosado s'élève devant nous. L'allée oblique sur la droite, presque à angle droit. Elle n'est pas éclairée mais je remarque des lumières allumées dans la maison. Benton poursuit :

— Il ouvrait son restaurant. Il déverrouillait la porte située à l'arrière lorsqu'il a été descendu.

— Marino et lui avaient un lien ?

— Non, mais toi, si.

— Comment cela ?

— Son fils s'appelait Dick Segal.

Le nom ne me rappelle rien de précis, et pourtant je sais que je l'ai déjà entendu. Mon mari m'informe :

— Lorsque tu travaillais pour les bureaux du médecin expert en chef à Manhattan, le fils de Jack Segal, Dick, se serait suicidé. Ça remonte à cinq ans. Il aurait soi-disant sauté du G. W. Bridge, et la famille s'est opposée à l'autopsie pour des raisons religieuses…

L'affaire me revient enfin.

— … Leur rabbin est venu te rendre visite, et lorsque tu as décidé de réaliser l'autopsie en dépit de leur opposition, ça a provoqué pas mal de remous dans la communauté juive orthodoxe.

— Sans la tomodensitométrie, je n'avais pas le choix. C'est la loi. D'ailleurs, bien m'en a pris puisque nous avons découvert que Dick Segal n'était pas tombé tout seul de ce pont. J'ai retrouvé des marques de ligature et plusieurs jeunes de son école ont été soupçonnés, mais jamais inculpés, faute de preuves suffisantes.

— Encore des faits qui pourraient être connus. L'affaire est publique, du moins si tu sais où chercher. Si l'on devait dresser un tableau des concordances, on obtiendrait une toile d'araignée. Kay, efforce-toi à l'honnêteté. Il se peut que tu sois au centre.

Une sourde angoisse m'étreint au point que je ne parviens pas au bout de ma phrase :

— Si tu es au courant de quelque chose que je ne…

— Rien de certain. Mais quelle que soit la vérité, nous allons devoir y faire face. Quelle qu'elle soit.

Il tourne dans l'allée pavée. Une Tahoe noire banalisée est garée à proximité de la maison de deux étages que j'ai vue en photo. L'enquêteur Joe Henderson est donc arrivé et doit être à l'intérieur, un avantage inespéré. En effet, je ne m'attendais pas à ce que nous ayons la possibilité de nous balader à notre guise dans chaque recoin de la propriété du député Rosado.

Nous descendons de voiture. Des sons me parviennent : le gémissement du vent, le claquement léger des portières, le ressac. Un signal d'alarme retentit dans mon esprit alors que des détails attirent mon attention. La porte à l'arrière de la maison est à peine entrouverte. De la lumière filtre et lèche le perron de brique et les marches. Benton tire son pistolet du holster dissimulé sous sa veste. Nul signe de vie. Pourtant, certaines pièces sont éclairées et la Tahoe n'est pas arrivée là par l'opération du Saint-Esprit.

Benton frôle son capot, froid. Un carton de vente à emporter est posé sur la console avant, entre les deux sièges. Deux grands gobelets de café munis de leurs couvercles, des serviettes en papier, des touillettes en bois et des sachets de sucre y sont serrés. Le chargeur de la radio portative est libre et la porte côté conducteur fermée. Benton a pointé la gueule de son Glock vers le sol et s'écarte du SUV, aux aguets, tendu parce que je suis avec lui et qu'il serait imprudent que je reste seule dans la voiture.

Il se rapproche de la porte entrouverte de la maison, aussi silencieux qu'un chat. Les bordures des vieux pavés ont été récemment débarrassées de leurs herbes folles. Le gazon luxuriant des pelouses qui s'étendent au-delà est entretenu avec soin. Benton m'intime de rester derrière lui. Il grimpe les quelques marches. Arrivé en haut du perron, il entrouvre un peu plus la porte du bout de sa chaussure. Il lève la voix et appelle Joe Henderson, à plusieurs reprises. Pas de réponse. Il pousse la porte. J'ai sorti mon téléphone, prête à contacter la police. Benton lève un doigt, et je suspends mon geste.

Il murmure :

— Le dispatcher a déjà prévenu une patrouille.

Je comprends aussitôt. Quiconque surveille les fréquences de Marblehead sait que nous nous rendions ici. Je vérifie l'heure sur mon portable. J'ai appelé l'unité d'enquête il y a vingt-quatre minutes. Avant cela, aux environs de dix-huit heures, j'ai passé un appel pour prévenir Henderson que Gracie Smithers avait été assassinée. Le dispatcher est parvenu à le localiser et lui a transmis mon numéro. Nous avons discuté.

Benton s'est plaqué d'un côté de la porte, son corps s'improvisant armure pour me protéger. Il crie :

— FBI ! Henderson ? Identifiez-vous immédiatement !

Le vent maritime déferle en bourrasques. Il agite les arbres et s'enroule autour de la maison avec un sifflement bas. Le silence. Aucun son humain. Pas âme qui vive. Benton garde sa position, et agrippe la crosse du pistolet à deux mains, son index déjà sur la sécurité de la détente. Le canon est pointé vers l'intérieur de la maison. Il débite d'un ton pressé :

— Appelle les renforts. Indique-leur le numéro de plaque minéralogique de la Tahoe. Vérifions qu'il s'agit bien de celle de Henderson.

J'appelle. Je suis étonnée par la rapidité de ce qui suit, un dispatcher demande des renforts et Benton file un coup de pied dans la porte qui s'ouvre complètement. À l'intérieur, trois mètres plus loin, un peu à gauche, une radio portative gît sur le plancher.

Chapitre 36

Des hectares de jardin de rocaille en terrasses s'étendent à l'arrière de la propriété. La nuit est d'un noir d'encre, une épaisse obscurité trouée par le distant périmètre des pulsations rouges et bleues. Les faisceaux des torches LED haute intensité quadrillent le terrain. Des policiers cherchent Joe Henderson.

Des véhicules, banalisés ou non, sont garés derrière le SUV Tahoe, la voiture de police attribuée à Henderson, et nous ignorons où il peut être. Il ne répond pas à son téléphone. Rien n'indique qu'il s'est avancé dans la maison après avoir ouvert la porte.

Elle a été mise sur le marché meublée. Une demi-heure a suffi pour procéder à une vérification méticuleuse du lieu. Rien n'a été trouvé dans les placards, les penderies, ni effets personnels, ni linge de maison, ni affaires de toilette. Juste des meubles, l'habillage des fenêtres et des bouteilles de bière et d'eau dans le réfrigérateur du bar. Une maison abandonnée, un peu négligée. Les chasses d'eau des toilettes n'avaient pas été tirées depuis un bon moment et l'eau qui s'est écoulée des robinets de l'évier était d'abord couleur de rouille.

Pourtant, quelqu'un y a pénétré un peu plus tôt, une autre personne que Henderson, nous en sommes certains. Les lumières ont été allumées dans le vestiaire, le couloir, le bar et la cuisine. Cette personne a laissé la porte de l'arrière entrouverte, peut-être en repartant. Le détective qui nous accompagne, le brigadier Freedman, nous a affirmé que Henderson n'avait pas l'intention d'entrer dans la maison. Il n'avait pas de clés, et encore moins de mandat de perquisition. Sans doute a-t-il réagi à l'instar de Benton lorsqu'il a vu la porte entrebâillée.

Nous suivons un sentier creusé dans la pierre qui conduit à la mer, lampes torches brandies, et Freedman continue :

— Y a encore deux heures, tout le monde croyait qu'elle s'était noyée, un accident, quoi. On n'avait aucune raison de fouiller la maison ou d'apposer les scellés. Les gamins n'y sont jamais entrés.

Il parle de Gracie Smithers et de Troy Rosado, et je détecte la crainte dans sa voix.

Benton corrige :

— Pour ce que nous en savons. Néanmoins, je parierais que Troy peut y pénétrer s'il le désire.

— Lorsque nous sommes arrivés ce matin après la découverte du corps, la porte de derrière était fermée.

— Et les activations et désactivations du système d'alarme ?

— Ça, c'est sûr que j'ai pas mis les bonnes chaussures !

Freedman est petit, lourd, bâti en tonneau. Les chaussures de ville qu'il porte avec son costume sont assez peu adaptées à notre progression sur un tapis de feuilles glissantes et des rocailles. Il poursuit :

— L'agent immobilier ne s'est pas montrée très coopérative lorsque je lui ai demandé quand elle faisait ses petites inspections de la maison : à peu près quotidiennement, mais pas de façon régulière. Elle passe quand elle est dans le coin parce qu'elle s'inquiète d'un vandalisme éventuel.

J'interviens :

— J'ignorais qu'il y avait ce genre de problèmes dans le voisinage. Marblehead a la réputation d'un endroit calme. Peu de violence, ou de délits concernant des propriétés. Mais vous êtes encore mieux placé que moi pour le savoir.

— Moi, je vous raconte ce qu'elle m'a dit. Quant à l'historique d'activations et désactivations de l'alarme, elle ne peut pas être formelle. Elle ne se souvient pas vraiment combien de temps elle est restée dans la maison, ni à quelle heure, quel jour. Par exemple, l'historique en question indique que l'alarme a été désactivée à vingt-deux heures quinze la nuit dernière, et n'a jamais été rebranchée.

Du coup, je ne crois pas un mot de ce que cet agent immobilier a raconté. Benton me devance, parle peu, mais je sais qu'il écoute. Je m'étonne :

— Et elle prétend ne pas savoir si c'est elle qui a coupé le système hier soir ?

Freedman tente de garder son équilibre. Il avance avec prudence, d'un pas à la fois, semble essoufflé, énervé. Son regard fouille l'obscurité. Il renchérit :

— Elle dit qu'elle ne pense pas. Mais qu'elle a pu oublier. Elle nous fait une amnésie brutale.

Je commente :

— Sa loyauté est réservée aux propriétaires. Selon moi, la dernière chose qu'elle souhaite serait de se les mettre à dos et de perdre sa commission.

J'en suis convaincue, notamment en raison de leur identité.

Et peut-être perdre bien davantage que cela. L'idée me traverse l'esprit. Quel que soit le prétexte avancé par cette femme, il me semble inconcevable qu'elle vienne inspecter la propriété chaque jour, sauf si les visites se succédaient, et tel n'est pas le cas. Freedman nous a confié que fort peu d'acheteurs potentiels se manifestaient pour le domaine Rosado. L'ensemble est beaucoup trop onéreux pour le coin et exige un employé à plein-temps. Du moins est-ce ce que l'agent immobilier lui a dit. Cependant, de sa part, il s'agissait davantage d'une fanfaronnade que d'un dénigrement. Un soupçon me vient.

Nous descendons des marches de pierre peu abruptes, couvertes de mousse et d'une épaisse couche de feuilles mortes. L'escalier traverse des bosquets d'arbres dénudés. Benton demande :

— Sait-elle si Troy est passé ici ? En a-t-elle parlé ? Il est étudiant dans le coin et a eu pas mal d'ennuis.

— Je ne me souviens pas qu'elle l'ait mentionné.

Je lui révèle ce que ma nièce a déterré :

— Son permis de conduire aurait été confisqué. Il a eu recours à un service de voiture à la demande, Uber, pour se déplacer. Il suffit d'avoir l'application sur son téléphone et un numéro de carte de crédit enregistré. Il est assez rare que l'on tombe deux fois sur le même conducteur. Quelle est l'agence immobilière ?

— Une grosse boîte qui a en portefeuille pas mal des propriétés de front de mer ici, à Gloucester, au Cap, et à Boston.

Il me donne alors le nom de la femme à qui il a parlé, qui ne m'évoque rien.

Cela étant, il s'agit de la même agence que celle pour laquelle travaille Mary Sapp. Je suggère alors qu'il serait précieux de savoir qui en est le propriétaire véritable, derrière tous les montages de sociétés possibles. Je rappelle que Bob Rosado est investisseur dans l'immobilier. Il a fait fortune en rachetant des propriétés dévaluées et en les revendant rapidement pour engranger les bénéfices. Il s'est ensuite intéressé à la politique et a décroché son siège de parlementaire au Congrès, tout ça en un temps record.

Freedman éclaire ses pieds du faisceau de sa Maglite et bougonne :

— Ouais, je sais tout sur le membre du Congrès Bob Rosado et son bon à rien de môme. Il y a deux étés de cela, j'ai arrêté Troy qui piquait dans un magasin de spiritueux pas loin de Seaside Park.

La curiosité de Benton s'éveille :

— Et que s'est-il passé ?

— Le père a débarqué, accompagné du *district attorney*.

Je conclus :

— En d'autres termes, il ne s'est rien passé.

— Ils sont spécialistes du coup. En revanche, si Troy a quoi que ce soit à voir avec le meurtre de Gracie Smithers, si un truc est arrivé à Henderson, là je peux vous assurer que l'histoire ne se terminera pas de la même façon. Je le ferai jeter en taule, même si c'est la dernière chose que je peux faire. Mais où il est passé ?

Il fait référence à Henderson. Je me décide à évoquer ce qui me trotte dans la tête :

— Je me demande si les Rosado ont du personnel pour s'occuper de la maison. Quelqu'un dans le coin ou, du moins, qui s'y est installé depuis que la propriété est sur le marché. L'agent immobilier a affirmé que le domaine avait besoin d'un employé. Est-ce parce qu'elle sait que tel est le cas ?

Freedman est de plus en plus contrarié, et m'informe :

— Elle ne l'a pas mentionné, du moins spécifiquement, et j'ai eu l'impression que c'était elle qui s'en chargeait. Je ne comprends pas. Mais où peut-il bien être ? Pourquoi est-ce qu'il a laissé tomber sa foutue radio ? On n'a pas remarqué de signes de lutte. On dirait qu'il s'est volatilisé. Enfin, c'est ahurissant, il sort comme ça de sa voiture et oublie son café ?

L'escalier est bordé de chaque côté de murs montés en pierre brute grise. Leur hauteur augmente au fur et à mesure que nous descendons la colline, et dépasse la tête de Benton lorsque nous parvenons enfin en bas.

La puissante odeur âcre des feuilles en décomposition et du bois mort me parvient. Le vent apporte l'air salé de l'océan qui se précipite sur une grève de rochers, à environ quinze mètres de nous, là où nulle végétation ne pousse. Des galets ricochent et des brindilles cassent dans un bruit sec sous nos pas. Nous laissons derrière nous l'escalier, nous éclairant de nos torches, et tentons de percevoir le moindre signe de Joe Henderson, le plus petit indice de ce qui a pu arriver à Gracie Smithers avant que quelqu'un se débarrasse de son corps dans la piscine. Les ruines d'autres murs, peut-être une ancienne dépendance de la propriété, s'élèvent devant moi, à ma droite. Une autre odeur m'intrigue. J'avance sous le vent et elle prend en ampleur. Du bois brûlé. Le mince pinceau de ma torche balaie des cendres et des bûches partiellement carbonisées dans une petite clairière. Un sable grossier délimite une sorte de feu de camp qui a été utilisé il y a peu. Le sable a été labouré d'un côté.

Des traces et empreintes en forme de main, de chaussures, des traînées. Des gens se sont assis ici, se sont activés, et l'idée d'une lutte s'impose. Je m'approche et la lumière de ma torche arrache un éclat doré au sable. Je m'accroupis et tire une paire de gants de la poche de mon pantalon de treillis.

J'époussette les grains de granit et découvre une fine chaîne en or, un mince collier au bout duquel se balance le nom « Gracie ». Un petit cristal est incrusté dans la boucle du *e*.

— Eh bien, voilà qui répond à l'une de mes questions.

Freedman se penche et étudie la chaîne au creux de ma paume, l'éclairant de sa torche. Il observe :

— Ça prouve qu'elle est venue ici.

— Sans doute s'est-elle assise non loin du feu. Le fermoir est cassé, c'est cohérent avec ce que j'ai remarqué sur les photos d'autopsie. Le côté droit de son cou portait une fine abrasion rectiligne. Le genre de marque que l'on retrouve lorsqu'un agresseur arrache un mince collier du cou de la victime.

J'ouvre ma mallette en aluminium et laisse tomber le bijou dans un sachet à indice avant de l'identifier.

Le brigadier reprend, son regard continuant à fouiller l'obscurité alentour :

— Vous voulez dire qu'on lui a arraché alors qu'elle était en vie ? Pour le voler ?

Benton intervient :

— Quelqu'un souhaitait peut-être un souvenir. Mais en ce cas, pourquoi l'avoir abandonné ici ?

Je suggère :

— La chaînette a pu s'accrocher à quelque chose, par exemple un vêtement, alors qu'elle se déshabillait ou qu'on la déshabillait.

— Selon vous, elle était installée là, peut-être en train de se peloter avec Troy Rosado ?

Le ton de Freedman trahit la colère, la peur aussi. Son malaise augmente de minute en minute. Il tente de se concentrer sur le meurtre de Gracie Smithers mais ne peut s'ôter de l'esprit Henderson, et les choses affreuses qui ont pu lui arriver.

Je remarque :

— Quoi qu'il ait pu se passer la nuit dernière, cela a commencé par un jeu librement consenti. Ce dont je suis certaine, en revanche, c'est qu'elle n'est pas morte ici.

— Il aurait pu l'assommer et la traîner jusqu'à l'eau pour la noyer.

Freedman fouille du regard le sable et les cendres. Il transpire à profusion, et l'attitude de Benton attire mon regard.

Son attention s'est focalisée sur l'horizon assombri, sur les nuages noirs menaçants qui se sont amoncelés au-dessus de nos têtes. Il ne cesse de regarder le ciel ou la mer au loin.

Je prélève un échantillon de sable près du feu de camp, des grains grossiers de granit d'un gris tirant sur le bronze. Je détrompe Freedman :

— Rien ne prouve qu'elle ait été traînée. Le corps ne portait aucune égratignure qui soutienne cette hypothèse.

Je suis certaine que l'on va retrouver des traces microscopiques de bois carbonisé dans l'échantillon, alors même que leur présence sur une plage n'est pas habituelle. Anticiper le pire est devenu un réflexe professionnel chez moi. Je n'en ai même plus conscience. Quelles que soient les informations qui fuitent, le jury posera des questions logiques auxquelles je m'attends. Comment puis-je affirmer de façon péremptoire que le sable qu'a aspiré Gracie provenait bien de la petite plage ? Je m'assurerai qu'il ne peut y avoir aucune confusion, alors que je m'imagine la fragile adolescente de quatorze ans, encore une enfant, et que mon indignation augmente.

— Nous avons assez d'indices probants pour affirmer qu'elle s'est noyée, a inhalé de l'eau et peut-être du sable. Je suggère que l'on demande une recherche ADN sur cet échantillon. À votre place, je n'attendrais pas. Faites-le parvenir au CFC à la première heure demain matin, si possible.

Je tends le sachet de prélèvement à Freedman, mais il m'écoute à peine.

Benton s'est rapproché de l'eau, le faisceau de sa torche lèche le bord, les vagues qui enflent, se soulèvent, et viennent mourir sur le sable marron-gris, pour abandonner derrière elles une écume blanchâtre. J'écoute le vacarme insistant de la marée et explore la plage de ma torche, illuminant le sable, balayant de petits rochers qui deviennent plus gros, d'énormes blocs d'affleurement. Je remonte ainsi jusqu'à une sorte de cuvette naturelle que seule une tempête pourrait remplir. Du verre teinté étincelle cette fois sous le faisceau lumineux.

Des bouteilles de bière, dressées sur leur culot, sont alignées dans une faille de modeste profondeur, leurs étiquettes de face dans une parfaite symétrie. Mes bottes en plastique à épaisse semelle me permettent de grimper sans peine les blocs massifs de granit polis par l'océan. Je compte quatre bouteilles vertes de St. Pauli Girl, la marque que j'ai aperçue dans le réfrigérateur du bar. Juste à côté sont étalées une serviette de plage et une veste en faux cuir incrusté de petites fleurs. La fermeture Éclair en est remontée et le vêtement a été plié avec soin, disposé comme dans la vitrine d'une boutique. J'examine la marque cousue derrière le col sans toucher la veste, taille XS, et prends quelques clichés.

Je crie en direction de Freedman, de moins en moins capable de se focaliser :

— Je peux m'en occuper, sauf si vous préférez vous en charger.

Il me répond sans même tourner le visage vers moi :

— Allez-y, je vous en prie.

Les rafales de vents martyrisent les arbres et apportent avec elles l'odeur de la pluie. Je ramasse la veste et explore ses poches. Benton s'est approché de moi. J'énumère au profit de Freedman qui m'écoute à peine :

— Des clés, de chez elle peut-être. Un portable, un gloss à lèvres, des pastilles à la menthe, un billet de cinq dollars et quelques pièces de monnaie… Et quatre capsules de bouteilles de bière.

Je les fourre dans un autre sachet. Les capsules sont soulevées à l'endroit où le décapsuleur a été utilisé. Là encore, il s'agit d'un indice délibéré.

Je doute que Gracie Smithers ait décapsulé les bières et conservé les capsules. Je n'ai pas non plus découvert de décapsuleur. Je replie la veste et la laisse glisser dans un sac. Son alcoolémie était nulle. Elle n'a pas bu, contrairement à la personne qui se trouvait avec elle, et je soupçonne que cet individu a arrangé avec un soin obsessionnel les bouteilles vides, la serviette de plage et la veste. Les guitares sur leurs trépieds font une incursion dans mon esprit. Je repense au rangement méticuleux des boîtes de préservatifs et du flacon d'Imodium. À nouveau, j'envisage l'intervention d'un employé dont le travail déborderait largement la maintenance des propriétés Rosado. Troy doit faire l'objet d'une surveillance constante. Quelqu'un doit s'assurer qu'il ne se fourre pas encore dans les ennuis. D'une voix forte, afin de couvrir le puissant ressac et les hululements du vent, je lance à Freedman :

— Vous voulez venir voir ?

Il me regarde, et les éclairs zèbrent les montagnes de nuages sombres. Le tonnerre gronde. Il jette :

— Faut qu'on se magne ! Ça va devenir mauvais. Ne nous laissons pas prendre de vitesse par la tempête !

Je prends d'autres photographies et soulève un coin de la serviette, bleu et blanc. Une ancre est imprimée en son centre. Je me demande d'où elle vient. Nous n'en avons vu aucune dans la maison. Je découvre ce qu'elle cachait et une sorte de vide désagréable se crée sous mon sternum, le même que celui que j'ai ressenti lorsque j'ai vu le kayak flottant dans le sous-sol inondé, ou lorsque j'ai découvert les sept pièces de monnaie brillantes, frappées à la même date, sur mon muret.

La tache de sang est large comme ma main, marron foncé. Quelques longs cheveux blonds y adhèrent. Je prends encore d'autres clichés et Benton grimpe me rejoindre. Je lui montre ce que je viens de découvrir, et il n'est nul besoin qu'il me dise que nous sommes confrontés à une autre mise en scène. Certes, le sang et les cheveux sont authentiques. Certes, nous venons sans doute de trouver l'endroit où l'on a heurté avec violence la tête de Gracie Smithers contre une surface dure et plane, une plaque de granit, de forme arrondie. Cependant, tout le reste a été scénographié à l'intention de celui qui le découvrirait. Le message ne fait qu'empirer.

Le regard toujours tourné vers l'océan, Benton murmure :

— C'est comme la cigarette après l'amour. On étale une serviette sur le sang de la victime, on s'installe dessus à côté de sa veste pliée avec soin, on boit une bière, on se délecte de la sensation de bien-être.

— Encore une fois, ça ne m'évoque pas un jeune homme impulsif de dix-neuf ans.

— Bien d'accord ! La scène entre eux s'est vraisemblablement déroulée non loin du feu de camp, où il a arraché sa chaîne de cou. Je pense que Troy Rosado s'est montré sexuellement agressif avec Gracie, une mineure, et cette fois-ci, il risquait de gros, gros ennuis.

— Deux personnes seraient impliquées dans son meurtre ?

— Troy a commencé. Ensuite, quelqu'un de beaucoup plus dangereux, beaucoup plus maîtrisé, a dû nettoyer son bordel, quelqu'un qui est peut-être payé pour cela et y prend plaisir. Un plaisir sexuel.

— Tu penses à Rand Bloom ?

— Pas du tout. Selon moi, le représentant du Congrès Rosado a sans doute engagé un homme de main personnel, son psychopathe de service.

Freedman arpente la plage, et monte le volume de sa radio.

Je tire des écouvillons et un flacon d'eau stérile de ma mallette. Freedman transmet :

— Vingt-sept.

Une voix féminine résonne :

— Allez à neuf !

Freedman se rapproche des marches de pierre qui remontent vers les hectares en gradins de la propriété.

J'écouvillonne le sang et ramasse quelques cheveux à l'aide de pinces en plastique. La voix de Freedman est particulièrement tendue lorsqu'il jette :

— Je change à l'instant. Vingt-sept avec vous !

Je fourre la serviette et les bouteilles de bière dans un autre sac.

Freedman crie presque dans sa radio :

— Affirmatif !

Benton se redresse, son attention toujours attirée vers l'horizon nocturne.

Le tonnerre se rapproche et prend en force. Les éclairs déchirent de gros cumulo-nimbus avec une rage belliqueuse. Nous redescendons vers la plage et je ramasse une poignée de sable au moment où la pluie se décide. Elle tombe soudain, brutale et glaciale. Freedman, radio en main, se précipite pour remonter les marches couvertes de mousse et de feuilles mortes, maintenant trempées et aussi glissantes que du verre. Sans détacher le regard de l'océan, Benton déclare :

— Nous devons découvrir à qui il appartient.

Le bateau mouille à environ sept cents mètres du rivage, sa voile ferlée. Un navire assez grand, d'au moins dix-huit mètres de long. Un peu aveuglée par les éclairs lumineux d'une balise de navigation, j'arrive à peine à distinguer le bossoir en forme de grue, un palan, les coudes de corde qui tombent de la poupe et plongent au gré du puissant ressac.

Benton repousse vers l'arrière ses cheveux trempés, la pluie dégringole sur nous. Il hésite :

— L'océan plutôt qu'un port… quel étrange endroit pour arrimer un bateau. On dirait qu'il remorque un canot. Mais où est-il passé ?

Freedman a grimpé à mi-hauteur de l'escalier. Il se retourne, manque de tomber et hurle :

— La piscine !

Il reprend son ascension quatre à quatre.

Chapitre 37

Il s'agit du dernier endroit où la police aurait songé à chercher, et nul ne pourrait leur en tenir rigueur. D'ailleurs, Benton et moi n'aurions jamais imaginé que le lieu où l'on a découvert le corps de Gracie Smithers ce matin deviendrait une scène de crime pour la seconde fois.

Lorsque nous atteignons la piscine d'eau salée, les policiers ont complètement tiré la bâche vert sombre et l'ont abandonnée sur le pourtour. Ils se tiennent autour du grand bain, quatre officiers en uniforme, deux autres en vêtements civils. Le cadavre surnage dans l'eau boueuse, profonde de quelques dizaines de centimètres, stagnant au-dessus du fond recouvert de sédiments. Je sens que leur humeur a basculé dans la rage, le chagrin, et que leur envie de revanche affleure, prête à exploser.

Un officier, à la voix si tendue que je crains qu'elle ne se brise, crie pour couvrir le vacarme des trombes d'eau qui s'abattent sur nous :

— La bâche avait été complètement tirée au-dessus de la piscine. Je me suis dit que l'agent immobilier avait dû la remettre en place après que la gamine avait été repérée, mais j'ai pensé qu'il valait mieux vérifier quand même.

Freedman se débarrasse à la hâte de sa veste, de son holster d'épaule, et je l'attrape par le bras pour l'empêcher de sauter dans la piscine. Je braque le faisceau de ma torche vers le fond. Les mains du cadavre flottent, ridées, aussi blanches que la craie. La macération de la peau a commencé. Le corps a été immergé durant un moment.

Je me penche et plonge mes doigts dans l'eau. L'eau salée, non chauffée, est glaciale. La bâche fait écran et maintient l'intérieur de la piscine bien au-dessous de la température ambiante. Il est là depuis des heures, sans doute. Probablement trois ou quatre. Le mort est habillé d'un jean et de chaussures de sport enfilées sur ses pieds nus. J'aperçois un peu de la peau pâle de ses chevilles. Sa chemise en jean gonflée forme une sorte de bouée autour de son torse. La lumière de ma torche me révèle la petite pierre claire qu'il porte en clou à l'oreille gauche. La montre au bracelet noir serré autour de son poignet gauche est robuste, de qualité. Ses cheveux sont courts, foncés et frisés.

Je me relève et demande :

— Quelqu'un voit un râteau, un filet, n'importe quoi avec un long manche ?

Tout le monde se met à la recherche d'un outil. Benton reste à côté de moi. Mon regard rencontre le sien. Je reste muette. Inutile de parler, il me connaît. Il sait lorsqu'une chose n'est pas ce qu'elle semble. J'appelle mon unité d'enquête et Jen Garate me répond. Je lui explique que nous avons un autre cadavre, trouvé au même endroit de Marblehead Neck. Je l'informe, non sans hésitation, de l'identité présumée de la victime. Benton m'écoute. Il se recule de quelques pas et tire son portable de sa poche.

Je tente de couvrir l'excitation de Jen :

— J'ai besoin de Rusty et de Harold et d'un véhicule afin de transporter le corps. Au plus vite.

— Oh mon Dieu ! C'est dingue, non ? Qu'est-ce qu'il fichait là-bas ? Un type des assurances ? Oh, je sais ! Les propriétaires ont la trouille d'être poursuivis en justice. Mais qui irait tuer un enquêteur des assurances ? Ça fout les boules. Je vous rejoins !

Elle débite ses phrases à toute vitesse et je tente de la calmer :

— Je croyais que votre service était terminé ?

— Becca a eu un truc inattendu.

Jen m'explique qu'elle a remplacé une collègue pour son service de nuit. Je l'informe que je n'ai pas besoin d'elle, juste d'un moyen de transporter la dépouille au Centre de Cambridge.

— Vous ne voulez pas qu'on examine la scène de crime ?

Son désappointement est si évident qu'il en devient déplacé.

J'observe Benton qui s'écarte, foule l'herbe détrempée, le téléphone vissé à l'oreille. La pluie dévale sur lui alors qu'il s'entretient avec son interlocuteur. Je tranche :

— Je m'en occupe.

Je préviens ensuite Bryce. J'insiste sur le fait que la personne qui sera chargée du transfert du cadavre ne doit pas être seule, à aucun moment, pas même deux minutes. La police doit être présente lorsque le corps sera enlevé. La mission de Bryce consiste à s'en assurer parce que les officiers qui sont présents avec moi sont bouleversés, la tête ailleurs.

— Appelez le dispatcher, contactez un inspecteur si vous pouvez en trouver un, afin que nous soyons assurés que Rusty, Harold, ou autres, soient accompagnés par des policiers armés. C'est non négociable, à la lumière des événements.

Je mets un terme à mon appel.

Je fourre mon téléphone dans une poche. Freedman me tend un râteau à feuilles, équipé d'un filet bleu et d'un long manche en aluminium.

— Qu'est-ce que vous faites ?

Il n'en a pas la moindre idée, pas plus que ses hommes, mais je n'expliquerai rien avant d'être parvenue à une certitude.

— Je vais le tirer vers le petit bassin. Vous avez un truc, n'importe quoi, pour l'étendre dessus ? Je n'ai pas apporté de draps jetables. Je n'étais pas préparée pour ce genre de développement.

Un policier propose :

— On a une bâche.

— Ça fera l'affaire. Si vous pouviez aussi me trouver des serviettes, des linges, que sais-je ? Merci de braquer le faisceau lumineux de vos lampes vers le fond de la piscine pour que je voie ce que je fais.

Je plonge le râteau et le manche argenté semble se courber sous la diffraction de la lumière. Le cadre du filet touche le corps. Je l'aplatis au niveau de la taille et pousse avec douceur. Le corps se déplace sans difficulté. Centimètre par centimètre, je le guide le long du bord, jusqu'au petit bassin. Son épaule gauche frôle enfin le ciment des marches qui permettent de descendre dans l'eau. Rand Bloom est à notre portée. Je me retiens d'annoncer son identité jusqu'à ce que nous le retournions et le tirions de la piscine.

Une voix explose :

— Quoi ?

Une autre enchaîne :

— Mais qui c'est ?

Une troisième résonne en écho :

— C'est pas Joe ?

— Alors, où est-il ? C'est sa voiture. J'y comprends rien !

Je réponds :

— Je ne sais pas à quoi ressemble Joe Henderson, et j'ignore pourquoi sa voiture est là. Mais je peux vous certifier que ce n'est pas lui.

Benton nous rejoint au bord de la piscine. La pluie martèle, le vent ébouriffe nos cheveux trempés et malmène nos vêtements. Du coin de l'œil, je distingue des lumières et me tourne d'un bloc. Un bateau orange des garde-côtes fend les ténèbres. Ses lumières bleues stroboscopiques éclairent la nuit par saccades. Il fonce vers le navire qui se soulève sous la houle.

De l'eau ruisselle sous le corps lorsque nous l'étendons avec délicatesse sur la bâche orange.

Freedman me tend des linges qu'il a récupérés je ne sais trop où. Des chiffons en microfibre, sans doute inutilisables, même pour un véhicule. La pluie débarrasse mes mains et mes vêtements de l'eau salée. Aucun éclairage ne nous aide, hormis celui produit par nos torches. Le visage mort de Rand Bloom paraît encore plus déformé, plus grotesque sous cette lumière crue.

La petite fente verticale de sa chemise en jean correspond à une plaie que j'ai retrouvée au milieu de la poitrine lorsque j'ai défait quelques-uns de ses boutons. Une lame à un seul tranchant, que l'agresseur a fait pivoter. Celui-ci faisait face à Bloom. Un coup efficace : le poignard enfoncé sous le sternum, pénétrant dans les tissus mous, pointé vers le haut pour lacérer le cœur. J'ouvre ma mallette, en extrais des thermomètres et une règle qui servira d'étalon. La température du corps est à peine six degrés plus chaude que celle de l'eau.

Je prends des photographies. Le bateau des garde-côtes reste contre le flanc du navire, moteurs coupés. Ses lumières bleues étincellent. J'appelle ensuite Luke Zenner. En dépit de la pluie qui dévale et tambourine, j'entends de la musique en arrière-plan.

Au loin, la lumière des torches oscille au-dessus de l'eau. Les garde-côtes sont en train de monter à bord. Je commence :

— Je sais que vous n'êtes pas de service.

— Pas de problème.

En réalité, Luke me fait savoir qu'il n'a pas bu et peut travailler. Je lui précise où je me trouve et pour quelle raison.

— J'ai besoin de vous sur ce coup, Luke.

— J'espère que vous filez vers l'aéroport et en route pour la Floride !

— Malheureusement pas.

— Mais vous voulez quand même que je m'occupe de ce cas, cette nuit ?

— Oui. Je me récuse.

— D'accord.

— Il est préférable que je ne mette pas un pied au Centre, pas même en tant que témoin.

Benton est à nouveau au téléphone et nous tourne le dos. Il fixe l'océan tout en parlant.

Luke s'écarte de la source de la musique, me semble-t-il, et s'enquiert :

— Parfait. Je peux vous demander pourquoi ?

— J'ai rencontré Rand Bloom il y a quelques heures.

— Et vous êtes certaine qu'il s'agit bien de lui ?

— Nous vérifierons son identité, mais en effet. J'ai déjà eu des prises de bec avec lui auparavant. Je ne peux pas me montrer objective…

— Pouvez-vous patienter quelques instants, Kay ? C'est Marino. Probablement au sujet de ce meurtre.

J'attends, et observe Benton dans le jardin obscur, sous la pluie battante. Nous sommes tous les deux trempés jusqu'aux os et je ne puis m'empêcher de repenser à la manière dont cette journée a commencé et à la façon dont elle va se terminer, pire encore. Que se passera-t-il ensuite ? Minuit approche et une autre pensée me traverse l'esprit comme mon regard fouille les épaisses ténèbres, détaille les rides que la pluie fait naître sur l'eau stagnante de la piscine. Elle s'abat sur la bâche repoussée et sur la terrasse de granit. Nous avons visité la maison un peu plus tôt. Je demande à Freedman pourquoi personne n'a pensé à allumer l'éclairage extérieur.

Les bras serrés autour de son torse dans le vain espoir de se protéger des trombes d'eau, il répond :

— Ben, on a essayé. Mais il semble que toutes les ampoules extérieures aient été ôtées.

— Ôtées ?

— Je me suis dit que c'était parce que la maison était inhabitée et qu'on ne la faisait pas visiter après la tombée du jour. C'est clair qu'au vu des événements, je ne pense plus la même chose.

Luke reprend la communication.

— Je suppose que Benton a réussi à joindre Marino. Vous voulez impérativement qu'on s'y mette tout de suite ?

— Il s'agit du troisième décès aujourd'hui, décès qui semblent liés, alors oui, en effet.

— Je vous pose la question parce que Marino va me rejoindre au Centre après avoir fouillé l'appartement de Rand Bloom. Il m'a demandé de lui accorder deux heures.

— Précisez-lui qu'il doit chercher des sources d'ADN. Une brosse à dents, par exemple. Il ne peut pas être témoin de l'autopsie. Lui non plus n'est pas objectif. Nous sommes dans le même cas. Il en est presque venu aux mains avec Bloom cet après-midi.

D'un ton qui ne laisse pas place à la discussion, je conclus :

— Je ne veux pas que vous l'attendiez, Luke. D'ailleurs, j'interdis qu'il soit présent.

— Existe-t-il des aspects personnels dont je devrais être informé ? Je ne veux pas me montrer arrogant ou indiscret. Toutefois, si tel est le cas, ça surgira à un moment donné et mieux vaut que je m'y prépare.

— Je ne connaissais pas Rand Bloom à titre personnel.

Je n'ai aucune intention d'admettre que je ne l'aimais pas.

Peut-être même le détestais-je. Benton met terme à sa conversation et me fixe. Je reprends au profit de Luke :

— Selon moi, rien d'épineux dans ce cas. Une plaie provoquée par une lame, sur la ligne médiane au centre de la poitrine, postérieure au sternum. La température de l'eau est de dix degrés cinq, celle de l'air ambiant de vingt-cinq degrés cinq parce qu'il fait beaucoup plus chaud que cet après-midi. Quant à la température corporelle, elle est descendue à vingt-quatre degrés quatre. Il a sans doute refroidi très vite dans cette eau recouverte d'une bâche. À première vue, je dirais qu'il est resté immergé au moins quatre à cinq heures. J'espère que des témoignages nous aideront à préciser quand on l'a vu en vie pour la dernière fois. Marino et moi l'avons remarqué dans son pick-up aux environs de seize heures. S'est-il immédiatement rendu ici après nous avoir croisés ?

— Et la *rigor mortis* ?

— Elle a été retardée par l'eau très froide et commence juste à se former.

Luke remarque :

— Avec une blessure de ce genre, je ne serais pas surpris que nous trouvions une hémorragie interne. Je mesurerai le volume de sang accumulé dans la cavité thoracique et vérifierai avec soin tout indice de noyade.

— Si la lame a pénétré le cœur, ou sectionné un vaisseau majeur, la survie n'a pas excédé quelques minutes. Si vous ne découvrez aucun signe de noyade, ça signifiera sans doute qu'il a été poignardé non loin de la piscine, peut-être même sur la terrasse. Quelques inhalations agoniques, c'est tout.

— Du sang autour de la piscine ?

— S'il y en a eu, il a disparu. On se croirait en pleine mousson, ici.

J'interromps la communication et rencontre le regard de Benton qui se tient à mes côtés. Au loin, le pouls des lumières bleues dessine la silhouette du navire. Je murmure à mon mari :

— Je t'en prie, ne m'annonce pas que nous avons un nouveau cadavre.

— Sur le bateau.

— Qui ?

— Joe Henderson, en vie.

Nous rejoignons au pas de course la voiture dans l'obscurité d'encre. L'eau accumulée en petites mares nous éclabousse.

Mon mari précise :

— Le même individu que celui que nous avons vu au volant du pick-up gris. Pas grand doute à ce sujet, si je me fie aux déclarations de Henderson.

Ce dernier s'est garé aux environs de dix-neuf heures dans la propriété Rosado. Un pick-up gris y stationnait déjà, mais l'enquêteur n'a pas vu trace du conducteur. Il est sorti de sa Tahoe et a remarqué que la porte arrière de la maison était entrebâillée, détail qui avait également attiré notre attention dès notre arrivée. Il l'a poussée en appelant afin de vérifier si quelqu'un se trouvait à l'intérieur, et on l'a aspergé d'un jet de bombe lacrymogène. On lui a plaqué une taie d'oreiller sur la tête, des liens de plastique ultrarésistant ont servi à lui ligoter les mains derrière le dos et le canon d'une arme s'est incrusté contre sa nuque. Benton continue à me narrer ce que les garde-côtes lui ont confié :

— L'agresseur n'a prononcé qu'une phrase : « Inutile de mourir. »

— Masculin ou féminin ?

— Selon Henderson, plutôt masculin, même s'il n'en est pas certain.

— Sur quoi se base-t-il ?

— Une impression.

— Bien sûr, puisqu'il a été facilement maîtrisé. Il part donc du principe que ça ne pouvait être qu'un homme.

Benton plonge la main dans sa poche et la retourne vers l'extérieur parce qu'elle est trempée. Il approuve ma sortie d'un signe de tête. Je demande alors :

— Mais comment son attaquant a-t-il pu lui faire descendre l'escalier de pierre jusqu'à la plage ?

Personnellement, j'en serais incapable dans l'obscurité.

Benton pointe la télécommande et les portières de l'Audi se déverrouillent. Il me rappelle :

— Il ne pleuvait pas à ce moment-là, et la nuit n'était pas encore tombée. La taie d'oreiller n'était pas trouée pour lui permettre de voir. Mais on ne l'avait pas serrée autour du cou, de sorte qu'il puisse respirer et deviner où il posait les pieds.

— Et ceux de son assaillant ?

— Derrière lui. Il n'avait guère d'autre détail à nous fournir, si ce n'est que l'individu lui a pris son téléphone. Le point important se résume à une chose :

quelle que soit son identité, nous sommes face à un sujet qui n'hésite pas à tuer un enquêteur d'assurances et une adolescente de quatorze ans. Il a peut-être descendu trois victimes qui ne se doutaient de rien avec une arme de très forte puissance, mais pas un flic.

J'ouvre ma portière et m'installe :

— Pourquoi ? Henderson a-t-il formulé la moindre hypothèse ?

— Non. On l'a poussé dans un canot équipé d'un moteur hors-bord et conduit jusqu'au navire pour le boucler dans le salon. Il a entendu le canot repartir et s'est débrouillé pour arracher la taie d'oreiller. Selon lui, il serait resté dans la pièce plusieurs heures jusqu'au moment où il a entendu les garde-côtes. Il a commencé à filer des coups de pied dans la porte et à crier.

Je m'interroge :

— Mais pourquoi se donner tant de mal et prendre autant de risques ? Pourquoi ne pas le tuer et abandonner son corps dans la piscine, en compagnie de celui de Bloom, ou alors le balancer dans l'océan ?

Benton pousse le chauffage. Nous sommes gelés en dépit de la remontée du mercure en soirée. Il observe :

— L'individu auquel nous sommes confrontés envoie un message. Il a son propre code et choisit ses victimes.

— Tu y crois véritablement ?

— Je crois surtout qu'il veut que nous le pensions.

J'exprime mes doutes sérieux quant à l'usage du pronom :

— *Il ?* Nous parlons bien de l'individu à la casquette, qui portait des lunettes, celui qui nous filait un peu plus tôt ? Impossible de déterminer son sexe.

— Exact.

Nous demeurons ensuite silencieux. L'eau inonde le châssis de la voiture. Un brouillard commence à se lever, rencontre de l'air plus chaud avec le sol froid.

Une femme, et je refuse d'y penser. Je ne crois pas un instant que Lucy pourrait avoir muté en un monstre effroyable. En revanche, je m'inquiète de ce qu'elle connaisse son identité. Je garde mes sinistres réflexions pour moi. Nous avons rejoint l'autoroute et les essuie-glaces balaient frénétiquement le pare-brise. La sonnerie de mon téléphone se déclenche. Je vérifie le nom de l'appelant :

Bryce Clark.

Avant même que j'aie pu prononcer un mot, il lâche d'un ton pompeux qu'il espère pesant :

— Je pense que c'est à moi de vous l'annoncer.

— Quoi donc ?

— On dirait que vous êtes dans une cuve en métal sur laquelle on frappe avec des baguettes.

— Je vous écoute.

— Les vêtements de chirurgie.

— Eh bien ?

— Ceux que Lucy a retrouvés sur le toit. Vous savez, à l'Académie des arts et des sciences ?

Je répète :

— Eh bien ?

— Eh bien, en raison de l'urgence de la situation… vous voyez, quelqu'un qui vous espionnait peut-être et qui pourrait avoir abattu Jamal Nari… Quoi qu'il en soit, la veste et le calot ont été analysés aussi vite que possible et on a injecté le profil découvert dans la banque de données…

Je l'interromps :

— Quel profil ?

— Celui obtenu grâce à l'écouvillonnage du calot. Ils ont récolté de l'ADN et obtenu un seul donneur. Je ne sais pas comment vous annoncer cela, docteur Scarpetta.

Mes réserves de patience sont épuisées et je ne suis pas d'humeur à supporter son goût du drame ce soir. J'exige :

— Oh, pour l'amour de Dieu, Bryce !

— Avant que vous sautiez aux conclusions, souvenez-vous que Lucy sait comment manipuler les indices sans les contaminer.

Un vertige désagréable me fait fermer les paupières et l'angoisse m'étreint :

— On a retrouvé son ADN sur les vêtements du toit ?

— Oui et non.

Je m'efforce de conserver une voix ferme :

— ADN à faible nombre de copies. Il se peut qu'elle ait soufflé sur les vêtements, ce serait suffisant pour les contaminer. Que voulez-vous dire par oui et non ?

— Des cellules de peau ont été retrouvées sur l'ourlet du calot. Lucy affirme qu'il est impossible qu'elles proviennent d'elle.

— Le moyen le plus simple de résoudre cette énigme consiste à prélever un échantillon buccal de ma nièce et à faire la comparaison de cette manière plutôt que d'utiliser une concordance sur une banque de données.

Bryce réplique :

— C'est ce qu'on a fait, et ce n'est pas son ADN. Voilà ce que je voulais dire par oui et non.

— Je suis vraiment perdue !

— Les deux ADN concordent informatiquement, mais pas lorsqu'on procède à une comparaison biologique, en laboratoire.

— Suggérez-vous que quelque chose dérape dans CODIS ?

— Nous ne sommes pas allés jusqu'à utiliser la banque de données du FBI. Je vous parle de la nôtre. Les ADN de tous les employés du Centre y sont archivés à fin d'exclusion. On pratique ainsi pour que…

À la limite de la grossièreté, je l'interromps à nouveau :

— Je sais pourquoi on fait cela.

— Le profil ADN de Lucy enregistré dans notre banque de données est erroné. Est-ce que vous comprenez où je veux en venir, docteur Scarpetta ?

Je le vois très bien, mais argumente :

— Il ne peut pas s'agir d'un fichier de données corrompu, pas avec un faux positif, une fausse correspondance avec un indice.

En effet, un dossier corrompu n'aurait jamais abouti à une concordance avec les vêtements retrouvés sur le toit, ni d'ailleurs avec rien d'autre. Ce type de données abîmées ne permet jamais une reconnaissance, même fausse, et une autre pensée commence à me trotter dans l'esprit. Si le but de quelqu'un se résume à saboter la réputation de Lucy, ou à lui faire porter le chapeau, ses efforts sont assez limités.

Je reprends :

— Vous voulez dire que quelqu'un a altéré notre banque de données ?

— Lucy jure ses grands dieux que c'est impossible.

— Ça semble pourtant être le cas.

— Elle prétend qu'avec tous les chiffrements… Bon, je ne peux pas vous répéter ce qu'elle m'a expliqué. Allô, quoi ? C'est du chinois. La plupart du temps, je n'ai pas la moindre idée de ce qu'elle raconte. Quoi qu'il en soit, elle affirme de façon catégorique que la seule personne qui pourrait accéder à l'archivage de profils ADN et les modifier de cette manière n'est autre qu'elle-même.

— Ce n'est sans doute pas une affirmation futée de sa part. Et je vous serais reconnaissante de ne pas propager une rumeur de ce genre.

— Moi, propager des rumeurs ?

— Je suis sérieuse, Bryce.

— Vous passerez au Centre demain ?

— Tout dépendra si nous pouvons…

Il me coupe la parole d'un ton bien trop guilleret :

— J'ai vérifié il y a peu. La météo est divine en Floride et aucun des vols au départ de Logan n'a été annulé. Vous pouvez toujours sauter à bord de celui qui décolle à sept heures du matin. D'accord, vous aurez un tantinet de retard, mais vous connaissez le dicton ? Mieux vaut tard que jamais !

Il fait décidément preuve d'un manque de sensibilité étonnant. Je corrige :

— Je ne parle pas de Miami ni de mon anniversaire. Je faisais référence à l'hélicoptère de ma nièce. Nous devons rencontrer Jack Kuster, un expert en armes, dans les bureaux du shérif de Morris County. Il faut que nous parvenions à comprendre comment le tueur s'y prend.

— Avec tous ces trucs merdiques qui planent sur Lucy, peut-être qu'elle ne devrait pas vous accompagner. Enfin, si vous me permettez de mentionner…

— Non, je ne vous le permets pas.

Chapitre 38

Deux jours plus tard
Morristown, New Jersey

Le souffle du rotor agite la cime verdoyante des arbres. Leurs branches épaisses s'inclinent sous les patins de l'appareil. Les feuilles se redressent telles des ailes de papillon, présentant leur face cachée plus pâle. Les collines boisées semblent soudain s'entrouvrir pour nous et nous atteignons le terrain d'aviation.

Samedi 14 juin. La fin d'après-midi est dégagée, chaude. Le front orageux a finalement condescendu à s'éloigner de nous vers quatorze heures. Nous avons été retardés à cause des conditions météo, ainsi que pour des raisons qui ne me convainquent pas et que je ressasse en silence. Je ne cesse de revenir sur la fouille de l'appartement de Rand Bloom. On y a découvert un fusil de sniper équipé d'une lunette de visée particulièrement puissante, des munitions en cuivre plein et un bocal rempli de vieilles pièces de monnaie dont certaines datent de 1981, l'année de naissance de ma nièce.

Les douilles n'avaient pas été chargées à la main. Les balles n'étaient pas polies. Pas plus que les pièces, et l'on n'a pas non plus trouvé de *tumbler*. La porte de l'appartement de Rand Bloom était entrouverte. La serrure avait été forcée par quelqu'un d'habile qui n'a abandonné presque aucune marque. Marino est certain que ce qu'il a retrouvé à l'intérieur a été apporté par cette personne. Le scénario nous est devenu familier, à l'instar des vêtements de chirurgie vert sarcelle découverts sur le toit, ou du profil ADN modifié de Lucy dans la banque de données du CFC.

Si le but est de saboter la réputation de Lucy, les efforts sont assez limités.

Les essais de tir et les analyses nous confirmeront que le fusil n'est pas celui que nous cherchons, mais là n'est pas notre plus épineux problème, Marino en est sûr. Les manipulations diverses et variées sont maintenant opiniâtres, et bien que personne ne se risque à l'énoncer à haute voix, les soupçons à l'encontre de ma nièce s'épaississent. Elle a semblé si différente ces derniers temps. Même Benton le dit, et nous ne sommes pas les seuls conscients de sa conduite étrange et mystérieuse. On ignore la plupart du temps où elle se trouve. Janet l'a confirmé.

Lorsque j'ai discuté avec elle par téléphone il y a quelques heures, elle m'a révélé que Lucy s'était absentée fréquemment ces derniers mois, sans fournir d'explication. Elle a fait de grosses dépenses sans en parler. La Ferrari. Avant cela, elle s'est débarrassée d'un hélicoptère pour en acheter un autre. Janet m'a aussi avoué que le prétexte qu'avait fourni Lucy pour expliquer qu'elle ne porte plus la bague était faux. En effet, le père de Janet l'a récupérée… Parce que Lucy l'a rendue à Janet.

D'autres événements qui évoquent une surenchère s'ajoutent à ces détails. Quelqu'un a trouvé un moyen d'envoyer des tweets intraçables, a utilisé frauduleusement ma carte bancaire et a piraté le système informatique du CFC. Rand Bloom est mort, et ce que nous avons trouvé dans son appartement doit nous inciter à tirer des conclusions hâtives ou nourrir encore davantage nos doutes au sujet d'un ancien agent fédéral, ma nièce. Je tourne le visage vers elle. Elle est maître sur son propre vaisseau, ses compétences en matière de pilotage sont impeccables, son attention aiguisée et totale.

Je ne sais pas ce que je ferais sans elle, si un jour je ne la voyais plus. Si quelque chose survenait… Je refuse de m'appesantir sur cette pensée.

Je lance par l'intermédiaire de mon micro :

— Je les préviendrai que nous passons la nuit ici. Il faut qu'ils remplissent le réservoir avec du carburant Jet-A sans antigel.

Lucy ne répond pas.

Nous tournoyons au-dessus de l'herbe couchée par le souffle produit par les pales, amorçons notre descente. Une manche à air orange se tortille plus bas. Ma nièce réduit les gaz et nous perdons encore de l'altitude pour nous rapprocher des pistes d'atterrissage qui se croisent en formant un X irrégulier. Le temps est calme, à l'exception des bourrasques que nous produisons. Tout est parfaitement paisible à Morristown. Ce n'est pas la première fois que j'y viens, mais je n'avais jamais imaginé auparavant m'y trouver pour cette raison.

C'est un tort, tu aurais dû l'imaginer. La *sotto voce* qui résonne dans un coin reculé de mon cerveau interfère à nouveau. *Si quelqu'un veut vraiment te faire la peau, ça arrivera*. J'imagine une arme pointée vers nous, prête à nous tirer dessus dans le ciel, sans scrupule ni remords, et je pose légèrement la main sur le cyclique, ce que la plupart des gens appellent le « manche à balai ».

Noir, joliment incurvé, il est placé entre mes genoux et contrôle les pales du rotor. La plus infime pression fait grimper ou redescendre l'hélicoptère, le propulse sur le côté ou vers l'arrière. Si je n'étais pas dotée d'un toucher subtil, je ne serais pas assise sur le siège du copilote. Lucy m'aurait reléguée à l'arrière, dans la cabine passager en cuir cognac et fibres de carbone où Marino est isolé.

Je ne peux pas l'apercevoir. Je me suis assurée que je ne l'entendais pas et que lui-même ne pouvait suivre notre conversation. Il n'a rien fait, du moins intentionnellement, pour me taper sur les nerfs. Néanmoins, je ne m'efforce plus de l'écouter avec patience lorsqu'il m'agace. Surtout pas en ce moment. Il a spéculé, lancé des hypothèses non-stop depuis le décollage de Boston. Marino et ses jugements à l'emporte-pièce, ses incessantes questions, et son absence totale de discrétion.

Peu lui importait que Lucy nous entende. En réalité, il n'a pas cessé de s'en prendre à elle, au point que l'on aurait dit que lui balancer des stupidités à la figure le distrayait. Le tueur doit connaître l'un d'entre nous et, d'ailleurs, à ce sujet, où se trouvait-elle hier ? Et que fabriquaient-elles, Janet et elle ? Et quel genre d'arsenal a-t-elle accumulé dans son stand de tir privé ? Et est-ce que je m'étais entraînée au tir là-bas, récemment ? Son humour est d'aussi bon goût que sa tasse à café favorite, noire avec une silhouette dessinée à la craie, comme lors des homicides, et une légende douteuse : MA JOURNÉE COMMENCE LORSQUE LA VÔTRE SE TERMINE.

J'ai écouté sa logorrhée pleine d'entrain jusqu'à ce que nous approchions de l'espace aérien de New York, puis basculé le système intercom au profit exclusif de l'équipage. Il s'en est rendu compte. Je doute, cependant, qu'il l'ait pris contre lui. Il a probablement songé qu'il s'agissait d'un espace aérien très fréquenté. Il sait que je surveille les différents obstacles qui pourraient surgir, les tours de contrôle. Je signale notre présence aux autres pilotes à chaque poste de contrôle des routes aériennes, telles que la Hudson River. Il sait également que je considère de mon devoir de copilote de sélectionner les fréquences radio, de discuter avec le contrôle aérien, de vérifier tous les messages récents que l'ATIS envoie aux aviateurs sur les conditions météo, les vents, les restrictions potentielles ou les dangers, comme un soudain brouillard ou des oiseaux.

Certes, je ne prétends pas être capable de beaucoup plus en matière de pilotage, quoique je sois certaine que je pourrais atterrir en cas d'urgence. Je ne garantis pas que l'hélicoptère s'en sortirait indemne, mais nous, si. Durant tout notre vol, j'ai passé silencieusement en revue toutes les pannes moteur, les rencontres désastreuses avec des oiseaux, tous les pires scénarios et comment j'y répondrais. Cela m'a évité de penser à autre chose.

Des pensées au fond plus faciles.

J'enfonce l'interrupteur de la radio sans perturber le cyclique. Lucy effleure l'herbe. Elle maintient l'appareil à une vitesse de soixante nœuds, sur un cap qui coupera le kilomètre et demi de la bande d'asphalte rainurée devant nous. Il s'agit de la plus courte piste d'atterrissage, sur les deux que possède l'aérodrome. Elle est orientée nord-sud et s'étend à environ soixante mètres au-dessus du niveau de la mer, aussi droite et plate qu'un tapis noir. La chaleur en monte en vaguelettes ondulées qui paraissent presque liquides.

La tour est un petit bâtiment blanc surmonté d'une salle de contrôle qui ressemble à la passerelle d'un navire. J'annonce :

— Niner Lima Charlie, traversons la treize.

Je distingue à peine les silhouettes des techniciens présents par les vitres étincelantes. Le ciel a pris une couleur d'un bleu délavé, comme un vieux jean, ceux que je préfère et porte jusqu'à ce qu'ils tombent en charpie. Le passé continue de se frayer un chemin dans mon esprit. J'ai une sensation d'inévitable, l'intuition d'une tragédie que je ne pourrais enrayer et ma vie défile devant mes yeux alors que je m'y attends le moins. Quelque chose va se produire. Nous aurions dû rester dans le Massachusetts. Nous n'avions pas le temps de venir ici. Notre réaction est bien trop prévisible, et je bouillonne intérieurement.

On te manipule comme un foutu pion.

La voix du contrôleur résonne dans mon écouteur, une voix féminine que j'ai déjà entendue à l'époque où je travaillais à Manhattan et atterrissais parfois dans le New Jersey lorsque survenaient des cas ambigus ou pour lesquels plusieurs juridictions étaient impliquées, en général des noyés emportés par le courant de la Hudson River.

— Roger Niner Lima Charlie.

La voix de Lucy prend le relais dans mon casque de vol :

— Nous avions déjà la permission de nous poser.

— En effet.

— Tu n'avais pas besoin de les contacter à nouveau.

— Roger !

Elle est installée sur le siège de droite. Ses mains effleurent les commandes et le haut de son visage disparaît derrière la visière colorée de son casque. Elle précise :

— Inutile qu'ils pensent que nous avions oublié.

Je ne devine que le bout de son nez mince, la ligne ferme de sa mâchoire et son attitude, très professionnelle et aussi inflexible que l'acier. Le terme « violent » me traverse l'esprit. Un qualificatif assez habituel dans son cas, surtout lorsque les choses deviennent aussi dangereuses qu'aujourd'hui. Pourtant, il y a davantage. Elle s'est repliée sur elle-même et se montre distante. Et il y a autre chose encore, que je ne parviens pas à définir.

Je tente une boutade dans le micro appuyé contre mes lèvres :

— Un peu de redondance ne peut pas nuire.

— Si, lorsque les contrôleurs aériens sont occupés.

— Eh bien, qu'ils ignorent mon message.

Ne jamais lui permettre de m'énerver, principalement lorsqu'elle a raison. Je suis devenue experte à ce jeu.

Aucun aéronef ne s'apprête à décoller. Rien ne bouge, hormis la chaleur ondulante. La tour nous a autorisés, quelques minutes auparavant, à pénétrer dans son espace aérien de classe D, à traverser la piste d'atterrissage active et à atterrir non loin du service aérien Signature. En d'autres termes, mon second appel radio était superflu et Lucy me réprimande. Je laisse filer. Je me méfie de mon humeur. Je ne veux pas être irritée contre elle, ni contre personne, et me rends soudain compte que sous ma colère se terre la peur. Je devrais sans doute m'y intéresser, afin de m'éviter des réactions rageuses.

Je m'échine à prouver que tout cela est ma faute.

Non, c'est faux. Bordel, ce n'est pas ma faute ! Lorsque je décortique les motifs de ma colère, j'en découvre un nouveau. Et tout en dessous se trouve la fureur. Sous la fureur s'ouvre un gouffre sombre dans lequel je ne me suis jamais aventurée. Il s'agit de cette porte interdite qui, si je venais à la franchir, pourrait m'entraîner à des actes que je refuse de commettre.

— Moins on parle aux contrôleurs, mieux on se porte.

Lucy s'adresse à moi comme si je n'avais pas volé avec elle des centaines de fois et qu'elle me considérait telle une vraie novice ! Je fixe la piste et répète d'un ton affable :

— Roger.

Je poursuis ma surveillance de l'espace aérien, cherche du regard d'autres appareils, et surtout, lui. Je pense « lui », et pourtant, je ne sais pas qui ou quoi. Depuis ce matin, la presse a baptisé le tueur du petit nom de Copperhead. Marino l'a laissé fuiter. Ce surnom perdurera, une constante lors de ces grandes affaires qui semblent destinées à n'être jamais résolues. Ou alors bien plus tard. *L'étrangleur de Boston. Le monstre de Florence. Le tueur du Zodiac. Bible John. Le fils de Sam.*

Je vérifie à nouveau l'interrupteur qui commande les communications intérieures afin de m'assurer que Marino ne peut entendre un seul mot de notre conversation. Il adorerait nous espionner durant un échange personnel.

Tu es une mauvaise mère.

On pourrait presque croire que Copperhead a envahi mon subconscient. Il distille des insinuations hideuses.

Le bimoteur de Lucy est aussi stable qu'un roc, suspendu au-dessus de la bande jaune centrale de la voie de roulage qu'elle suit avec la précision d'un équilibriste.

— Il faut que tu te détendes, tante Kay. Fais juste gaffe à ce qui se trouve en face de toi et ne pense pas trop.

— Nous ignorons ce qui se trouve en face de nous. Derrière ou à côté, aussi.

— Voilà que tu repars.

— Je vais bien.

Un mensonge. Ma vigilance est parvenue au point de rupture. Si elle en comprend la raison, Lucy est incapable de ressentir les choses à ma manière. Elle ne perçoit pas le danger de la même façon que le commun des mortels. Elle est imperméable à l'idée que quels que soient sa fortune, son intelligence, son audace, tous ses dons, un jour ou l'autre elle mourra. Nous mourrons tous. Cette certitude familière est un des effets pervers de mon travail d'expert médico-légal et de médecin en chef. Un fardeau que je dois porter. Il y a bien longtemps que j'ai perdu le privilège du déni. Je ne suis d'ailleurs pas certaine d'en avoir jamais joui.

Je sais trop bien que ce qui nous sépare de l'annihilation totale se résume à la pression exercée sur une détente, mille trois cent soixante grammes. Abattus par une balle de cuivre tirée de nulle part. Une pensée nous traverse l'esprit. Puis, plus rien. Nous sommes sur le radar d'un tueur. Il nous épie. Il pourrait être déguisé en n'importe quoi, tapi derrière les arbres, et je scrute les bois épais qui s'étendent derrière les pistes d'atterrissage et les bandes herbeuses qui les délimitent.

Pour une raison quelconque, il a décidé de ne pas presser la détente, du moins pas maintenant. Je n'ai aucun argument objectif pour justifier mes pensées. Cependant, la sensation que j'éprouve est presque physique. Je m'efforce d'y mettre un terme, sans succès, et j'entends à nouveau les sifflements odieux, les murmures implacables.

C'est si drôle de te torturer ainsi.

Une sensation malsaine m'envahit, indescriptible, affreuse, alors que nous volons parallèlement à la piste d'atterrissage, en suivant la bande de roulage Delta à une altitude de neuf mètres, à la vitesse d'une marche vive. Le même scénario. J'ai presque le sentiment de visionner la saisissante vidéo d'un événement déjà survenu. Je me vois dans la ligne de mire d'une lunette de tir à imagerie thermique informatisée qui n'émet pas de lumière visible, ni d'énergie radioélectrique. *POF*. La deuxième vertèbre cervicale est pulvérisée, la jonction crânio-cervicale disloquée, la moelle épinière sectionnée.

Lucy propulse avec douceur son engin volant comme si elle tirait les rênes d'un cheval. Elle se montre d'un calme parfait. Elle ne pourrait avoir l'air plus raisonnable ni plus normale.

Chapitre 39

L'appareil est en vol stationnaire au-dessus du tarmac blanc. Les jets privés et petits avions à hélice déjà garés étincellent sous le soleil.

Les reconstitutions de tir risquent d'être éprouvantes avec cette chaleur. La gélatine balistique va devenir gluante et puer autant que la chair en décomposition. Les mouches, la sueur, les pénibles remugles auxquels s'ajoute ce Jack Kuster, que je n'ai jamais rencontré, un macho, ancien sniper des Marines, cent trois ennemis tués en Irak, si l'on se fie à Marino qui en a dressé un portrait extatique. Et qui a compté les hommes abattus par Kuster ?

Je vérifie les indicateurs et les témoins lumineux des instruments. L'appareil touche le sol avec tant de légèreté que je le sens à peine. Je nous épargne le *bel atterrissage* de rigueur. Ceux de Lucy sont toujours parfaits ou presque, à la manière dont elle réalise toutes choses. Néanmoins, je ne me sens pas d'humeur chaleureuse.

Je préviens la tour de contrôle alors que Lucy guide l'appareil aux pédales, avec autant d'aisance que si elle garait l'un de ses bolides dans un parking.

— Niner Lima Charlie au sol, sécurisé.

La voix familière, un peu lente et imperturbable de la contrôleuse aérienne me parvient en retour :

— Bienvenue, docteur Scarpetta.

Je pourrais la reconnaître rien qu'à son élocution. Je la remercie dans mon langage tronqué de communication radio :

— Merci. Contente d'être ici.

Mon attention est aussitôt attirée vers la cabine passager. À tous les coups, Marino va encore ouvrir sa porte avant l'arrêt complet des pales !

Combien de fois lui ai-je seriné de patienter un peu ! Je l'imagine à l'arrière avec ses écouteurs sur le crâne, la ceinture de sécurité non bouclée – comme d'habitude –, contemplant les bois et collines du New Jersey. Dans cinq minutes, il va se mettre à blaguer, prendre l'accent des Soprano, faire traîner les voyelles et devenir ridicule. Je bascule l'interrupteur intercom en position « Tous ».

Je répète pour la centième fois :

— Restez assis jusqu'à l'arrêt des pales.

Sa grosse voix résonne dans mon casque :

— Naaan, j'ai besoin d'une couupe de ch'euveuuux.

Lucy balance sans prendre de gants :

— Vous êtes chauve. En revanche, vous avez l'air attardé !

— Woh-woh… faut pas utiliser ce mot. Tu vas être privée d'argent de poooche !

Les doigts de ma nièce volent sur les interrupteurs situés au-dessus de sa tête. Les écrans 3D en couleurs de synthèse, de reconnaissance de terrain et de navigation s'éteignent. Lucy poursuit :

— C'est quoi ? Un réflexe pavlovien ? Votre QI s'effondre dès l'instant où vous posez le pied dans le New Jersey ?

— Les gens du coin sont intelligents !

Les moteurs s'arrêtent et elle entreprend de consigner sur un petit carnet l'heure de vol et autres indications. Elle grommelle :

— Je ne parle pas des gens mais de vous !

— J'chais paaas pourquoi j'chuiiis parti…

— Vous n'auriez pas dû. Du coup, on ne vous aurait pas connu.

Elle bascule l'interrupteur de l'avionics master avant que le grand flic puisse l'insulter.

L'ombre des pales qui zèbre le hublot de toit du cockpit ralentit. J'abaisse le frein rotor, retire mon casque de vol pour l'accrocher par la mentonnière. Je déboucle mon harnais et le glisse sous la peau de mouton qui recouvre mon siège de sorte qu'il ne pende pas par la porte, au risque d'abîmer la peinture.

Au loin, après des kilomètres boisés, sur l'autre rive de la Hudson River, s'élève le One World Trade Center au-dessus de la ligne d'horizon de Manhattan. Je ne peux l'apercevoir d'ici. Je ne distingue que le haut du gratte-ciel et sa flèche, un message qui stipule que si vous nous blessez, nous frapperons en retour, plus fort. Nous rebâtirons, plus grand. J'ai suivi la construction au fil des années, rappel du nouvel ennemi haineux auquel je suis confrontée : des kamikazes bardés d'explosifs ou des tireurs embusqués qui ignorent tout des gens qu'ils massacrent dans un building, une salle de cinéma, une école, durant un marathon, ou à proximité de leur véhicule. Je me souviens de ce que John Briggs m'a confié à propos de l'alerte de la Homeland Security. Sa phrase retentit dans mon esprit avec une impérieuse urgence : « Nous sommes dans l'orange, Kay. Mais pour la population, nous en resterons à l'habituel jaune. »

Il faisait allusion à la visite d'Obama et, surtout, aux informations glanées par la CIA, relatives aux événements de Crimée. Il avait mentionné l'argent, les drogues, et des racailles qui déferlaient dans notre pays.

À la lumière des événements qui viennent de se dérouler, je m'interroge sur la signification exacte de son message.

Un mur d'air chaud m'environne dès que je pose un pied sur le tarmac. Marino s'active, ouvre le compartiment à bagages, en tire des mallettes noires. L'une d'entre elles porte l'étiquette : *Indices*. Il descend nos sacs de voyage pour la nuit, puis se retourne dans l'espoir d'apercevoir la voiture censée venir nous chercher au moment où un camion-citerne Shell d'un jaune pétant s'arrête à notre hauteur. Un gamin en descend.

Marino jette à la cantonade :

— Bordel, où est passé Jack Kuster ? Je lui ai envoyé un mail alors que nous étions à trente minutes de vol d'ici, et je veux pas que cette merde poirote sous le soleil.

Son lourd visage s'est empourpré et la sueur perle au sommet de son crâne rasé et luisant. Ses yeux sont dissimulés derrière ses Ray-Ban.

Lucy récupère les pare-soleil roulés, couleur argent, et commente :

— Rien ne risque de fondre ou d'exploser. Hormis vous, peut-être.

Marino geint :

— On pourrait faire frire un œuf sur le tarmac.

Lucy entreprend de dérouler les pare-soleil. En cas de grand vent, ils se débattent avec la fougue de cerfs-volants mais aujourd'hui ils sont dociles.

— Non, vous ne pourriez pas.

Je suggère :

— Pourquoi ne pas tout ramener jusqu'aux services aéroportuaires, en cas de besoin ?

— Certainement pas, Doc !

Il a l'air aigri et irritable, même lorsque son humeur est légère. Son front large est creusé de sillons colériques, les commissures de ses lèvres sont en permanence affaissées. Il remonte ses lunettes de soleil en haut du crâne, cligne des yeux dans l'ombre, sous la queue de l'appareil, pour taper un message sur son téléphone au moment où ma nièce déverrouille le bouchon du réservoir. Ses cheveux d'or rose brillent sous le soleil. Elle a l'air si souple, apte et forte dans son uniforme de vol d'été alors qu'elle contourne son hélicoptère, appose les pare-soleil sur les vitres. Puis elle ferme les portes au moment où le conducteur du camion-citerne, à qui l'on donnerait seize ans, sécurise un des patins de l'appareil avec les câbles de sol. Il lance à ma nièce :

— Salut. C'est le vôtre ?

— Non, je fais partie de l'équipage.

Elle bloque les pneus avec des cales d'un jaune vif.

Marino annonce :

— Kuster se gare.

— Je serai prête quand j'en aurai terminé.

Lucy ne partira pas tant que le réservoir ne sera pas plein et qu'elle n'aura pas la certitude que son appareil est en sécurité et que personne ne risque de le trafiquer.

Elle apporte un soin presque obsessionnel à la fermeture de la cabine, du cockpit, du compartiment à bagages ou à batterie, du capot-moteur. Ces précautions ne sont pas inhabituelles. Cela étant, je sens que sa vigilance a monté d'un cran et je sais qu'elle est armée, un colt .45 dans un holster dissimulé sous son uniforme de vol. J'ai senti sa dureté lorsque je l'ai embrassée à Boston. Je lui ai posé une question à ce sujet. Elle s'est contentée d'un haussement d'épaules pour toute réponse.

La grille de sécurité s'écarte en glissant sur ses rails, et le SUV bleu marine de Jack Kuster s'avance vers nous. Il se gare à respectable distance du camion-citerne. La vitre côté conducteur s'abaisse, et il nous lance :

— Désolé d'être en retard. J'ai été pas mal occupé en cuisine.

Je ne doute pas un instant qu'il a passé la journée à préparer la gélatine balistique. Fabriquer des blocs ou des formes moulées à partir de collagène hydrolysé de peau animale, de tissu et d'os, est une tâche laborieuse.

Il nous faut effectuer un grand nombre de tirs de contrôle avant que la nuit tombe. Nous sommes déjà presque en retard. La journée s'écoule à une vitesse folle. On dirait que tout se ligue contre nous, et je détaille avec attention Jack Kuster, que je ne connais que de réputation, et notamment l'éloge qu'en fait Marino. Kuster descend de son SUV et adresse un grand sourire assuré à ma nièce. Elle ne le lui rend pas. Elle soutient son regard un instant, puis récupère plusieurs mallettes et sacs posés sur le tarmac, les plus lourds.

Comme s'il continuait une conversation, Jack Kuster explique :

— Le plus gros problème consiste à rendre la résistance des os, notamment ceux du crâne. J'ai même pensé à coller un casque de moto sur la tête en gélatine mais, pour le coup, ça deviendrait trop dur. J'y songerai plus tard. Mais là, j'ai renoncé après avoir fait plein de cochonneries. En d'autres termes, il ne nous en reste qu'une pour jouer avec. J'avoue que je me retrouve rarement avec ce genre de situation parce que, en général, on vise le centre, pas la tête.

Je remarque :

— Rien n'est habituel avec ce tueur.

— En effet, il visait la tête, le haut de la colonne vertébrale, sauf à admettre qu'il a un bol pas possible.

Je le détrompe :

— Ça n'a rien à voir avec la chance. Pas trois fois de suite. Peut-être davantage, si certains assassinats ne sont pas remontés jusqu'à nous.

Lucy intervient, et l'on pourrait croire qu'elle détient des informations qui nous manquent :

— Non. En revanche, d'autres ne vont pas tarder. C'est la teneur du message qui nous est envoyé. Le numéro trois sur sept.

À cause des sept pièces alignées sur mon muret. Pourtant, je ne les évoque pas.

Kuster déplace le matériel entassé à l'arrière de son SUV pour faire un peu de place à nos affaires. Il précise :

— Là où je veux en venir, c'est que s'il a fait partie de l'armée, il ne suit pas l'entraînement qu'on lui a dispensé. On vise toujours au centre du corps.

Lucy contre :

— En tout cas, ce n'est pas la tactique des forces spéciales russes. On leur apprend à viser au cou et à la tête.

Kuster la dévisage et s'étonne :

— Ah bon, parce qu'on s'intéresse aux Russes ?

À sa réponse, on croirait qu'elle a discuté avec Briggs :

— En raison des événements là-bas, il y a un véritable exode d'agents des opérations spéciales entraînés en Russie. Ça et des centaines de milliards de dollars d'hémorragie qui assèchent l'économie. Sans même évoquer la drogue.

Benton doit être au courant aussi. Le FBI reçoit des informations de la CIA. C'est probablement grâce à mon mari que Lucy a obtenu les siennes.

Marino pousse sans ménagement des boîtes de munitions et s'adresse à Kuster :

— Tout dépend de l'arme. Y a des tonnes de merde dans les environs que t'avais pas en Irak. Eh ouais, des tonnes de trucs auxquels ils ont probablement fait traverser l'océan, qu'étaient pas en circulation chez nous, en tout cas pas dans la circulation générale.

Kuster rétorque :

— Des flingues intelligents, des fusils de sniper avec lunettes informatisées. Mais on les a déjà ici ! Une tête en gélatine balistique, c'est tout ce que nous avons, et je vous prie encore de m'en excuser. J'ai pensé à acheter une carcasse de porc. Je pourrai toujours m'y résoudre si on a un peu de temps demain, si du moins vous restez dans le coin une journée supplémentaire. Je connais aussi un tas de bars sympas.

J'ouvre la portière arrière et fourre mon sac et celui de Lucy sur le plancher parce que la voiture est bourrée comme un œuf. Je décline la proposition de Kuster :

— Non, pas de carcasse ni rien d'autre. La gélatine ne va déjà pas être une partie de plaisir avec cette chaleur.

Kuster rigole et me jette :

— Une petite nature ?

— Je ne pratique aucun test sur les animaux, morts ou vivants.

— Mais sur les êtres humains, pas de problème ?

— Décédés, oui. Avec consentement écrit.

— Vous obtenez des consentements écrits de défunts ? Ça ne doit pas être simple ! Est-ce pour cette raison qu'ils vous appellent « Docteur Mort » ou « Mordoc » ?

Je n'ai pas la patience en ce moment pour son badinage qui mêle flirt et asticotage, et contre-attaque :

— Et qui donc est « ils » ? Demandez-leur pourquoi ils me surnomment ainsi.

— Vous êtes toujours aussi inamicale ?

— Non.

Lucy lui explique comme s'il n'était qu'un néophyte :

— Il existe maintenant un truc synthétique, sans nécessité de mélange et qui ne pue pas.

Marino, le visage luisant de sueur, éructe :

— Non, ça serait trop simple. Il veut que ça soit répugnant.

Kuster, son attention focalisée sur ma nièce, répond :

— Nous n'avons pas les crédits pour des préparations garanties non dégoûtantes.

— Je vais payer.

Elle s'élance d'une foulée légère sur la piste. De façon incompréhensible, elle semble fraîche en dépit de la chaleur étouffante. Kuster lui crie :

— Je suis trop cher pour vous !

— Pas sur le marché, lui balance-t-elle en retour.

Marino vocifère d'un ton irrité :

— Et c'est reparti !

Mais Kuster n'en a pas fini :

— Combien le kilo ?

— Ce n'est plus de saison.

Elle pousse la porte vitrée qui mène au bureau des services aéroportuaires.

D'une voix lourde de sous-entendus, Marino insiste :

— C'est pas des blagues. Elle est plus de saison.

Jack Kuster ne l'écoute pas.

Plus il flirtera avec elle, plus elle jouera le jeu, mais à sa manière. J'avoue qu'il est assez irrésistible, âgé d'une quarantaine d'années, grand, musclé, vêtu d'un pantalon de treillis couleur désert en coton sergé et d'un tee-shirt beige. Son Smith & Wesson .40 est pendu dans son holster de ceinture. Je ne doute pas un instant qu'on l'ait déjà prévenu qu'il n'avait pas ce qu'il fallait pour faire vibrer ma nièce. Marino a dû y aller d'une nouvelle couche de ses clichés favoris et fournir tous les détails. Peut-être même a-t-il suggéré que divers éléments suspects, des coïncidences troublantes jetaient une ombre sur Lucy. Marino et sa grande gueule.

Il ouvre la porte passager du SUV. On croirait que Kuster et lui sont partenaires et que je me retrouve au rang de civil accompagnateur ! Assise, silencieuse, je boucle ma ceinture. Je ne parviens pas à me débarrasser de mon humeur sombre, sans même la comprendre. Je suis en colère contre Marino. Contre tout le monde.

Kuster appuie son bras sur le dossier du siège et se retourne pour me parler, les yeux dissimulés par ses lunettes de soleil à verres gris. Son élégant visage est hâlé et un léger coup de soleil s'étale en haut de son nez. Il me demande :

— Quoi de neuf ?

Marino répond pour moi :

— Le FBI a retourné de fond en comble la propriété et le bateau de Rosado.

J'expédie un texto à Benton pour le prévenir que nous sommes arrivés à bon port. Un message de Bryce atterrit au même instant :

« Mon mot de passe messagerie ne fonctionne pas. Des problèmes avec le vôtre ? »

« Tout va bien. »

« Vous pouvez demander à Lucy ? »

Marino poursuit :

— Le pick-up gris de Rand Bloom a été retrouvé sur le parking longue durée de Logan. Et tu te souviens du camion blanc dont tu m'as parlé ? Celui qui a percuté une voiture à l'Edgewater Ferry la veille de l'assassinat de Julie Eastman ? Tu m'as dit qu'il ressemblait un peu à un camion U-Haul, le genre sans remorque.

— Tu penses que vous l'avez trouvé.

Il s'agit plus de la part de Jack Kuster d'une affirmation que d'une interrogation. Je me souviens à nouveau du camion blanc de chantier que nous avons croisé lorsque nous nous rendions sur la scène de crime de Jamal Nari.

Le véhicule ressemblait aussi à un camion sans remorque U-Haul. Marino lui a balancé un coup de klaxon et le conducteur s'est rabattu pour nous laisser doubler. Si ça se trouve, le tueur était juste devant nos nez. Aucun doute ne nous a effleurés à cet instant. Il en va de cela comme du reste. On se joue de nous, on nous tourne en ridicule, et nous suivons le plan tracé par le monstre. Nous devons être très distrayants à ses yeux.

Marino continue à informer Kuster des derniers développements, des détails dont je suis déjà certaine qu'ils ne nous aideront pas.

— Ouais, abandonné dans la marina, pas très loin de la propriété Rosado, à Marblehead Neck. Plaques enlevées, rien à l'intérieur hormis une sacrée odeur d'eau de Javel. Ça se sentait à dix mètres.

Kuster résume d'un ton plat :

— Donc le conducteur, sans doute le tueur, l'a lâché. Ensuite, il a tué Rand Bloom, volé son pick-up puis s'en est débarrassé pour, selon toute vraisemblance, se barrer vite fait du coin.

Il a aussi suivi la voiture de Benton, jouant au plus malin avec nous sur l'autoroute.

Il reprend :

— Ça craint pas mal, mais j'étais déjà informé.

S'il était déjà au courant, cela signifie que le FBI l'a contacté. Ma colère prend en ampleur. Ils posent des questions, fouinent partout, et je fixe la nuque de Marino. Qu'a-t-il raconté de façon délibérée, sans réfléchir ? Quelles informations du CFC a-t-il divulguées, sans avoir le bon sens d'anticiper les conséquences néfastes qui pouvaient résulter de ses bavardages ? Le FBI a poussé Lucy dehors dans le passé. Aujourd'hui il n'emploierait pas les mêmes moyens. Le jugement serait beaucoup plus implacable, de nature à la priver de sa liberté, voire de sa vie.

Marino continue, alors que ma nièce émerge du bureau des services aéroportuaires et qu'elle trotte vers nous :

— Trop peu, trop tard, c'est ma définition du Bureau. Encore un gâchis de l'argent du contribuable.

Kuster me demande :

— C'est qui, déjà ? Votre fille, votre petite sœur ? Elle sait vraiment piloter ce gros oiseau toute seule ?

Je ne crois pas un instant qu'il l'ignore. De plus, comment peut-il faire preuve de légèreté en ce moment ? Lucy se glisse à l'arrière du SUV à côté de moi. Je m'adresse à elle :

— La messagerie de Bryce. Il y a un problème ?

— De sécurité. Je t'expliquerai plus tard.

Je jette un coup d'œil à ma montre : 16 h 45. Nous ne disposons plus que de trois heures de jour, au mieux.

Chapitre 40

Le trajet jusqu'au centre d'entraînement et au stand de tir du département du shérif de Morris County va nous prendre trente minutes avec la circulation de cette fin d'après-midi.

J'ai quasiment la sensation de l'écoulement du temps. Celui-ci devient tangible, tel un vent de proue puissant qui nous repousserait vers un passé béant et immuable. Lucy retient quelque chose qu'elle refuse de partager et je sais que, tôt ou tard, j'en apprendrai la nature. Elle est absorbée dans la consultation de son iPad pendant que je m'inquiète de tests et de reconstitutions dont je ne suis même pas certaine qu'ils nous permettront d'arrêter un tueur devenu viral sur Internet. Depuis que nous avons quitté Boston, Copperhead est tendance, nous a informés ma nièce. Je ne peux tolérer l'attention que reçoivent les êtres malfaisants.

Je n'aime pas me souvenir que la plus grande part de mon énergie est gaspillée à construire un dossier au lieu de mettre un terme aux agissements du coupable. Mon travail consiste à me préparer pour des jurés et des avocats, à m'assurer que j'ai exploré chaque molécule et que j'en ai dressé une liste exhaustive. Mais c'est insuffisant, et j'en ai plein le dos de rester prudente. D'ailleurs, je ne suis même pas sûre d'en être encore capable.

Je ressasse mes vaines envies de rébellion et détaille le paysage par ma vitre. Les élégantes anciennes demeures, les haras protégés de jolies barrières, les champs et les parcs avec leurs affleurements de poudingue pourpre. La végétation est luxuriante et leurs ombres tachettent les routes. Nous suivons West Hanover Avenue. Le soleil joue à cache-cache avec nous. Il blesse par instants mes rétines. Lucy s'est plongée dans la consultation d'Internet. Je lui tourne le dos, le nez collé à la vitre.

Tu rends cette affaire trop personnelle.

Je ne cesse de me le seriner, sans résultat. Une bouffée sentimentale me suffoque un instant. Des panneaux peints à la main signalent la vente de produits fermiers, une spécialité du Garden State, et je déglutis avec peine. Des émotions auxquelles je ne m'attendais pas m'étreignent. Si seulement la vie avait pu être différente. J'aimerais tant cueillir des épis de maïs, des tomates, des herbes aromatiques et des pommes. Je voudrais humer leur parfum frais. Au lieu de cela, un brouillard nocif m'environne. La duplicité. Lucy obéit à son propre agenda, et elle a discuté avec Benton.

Elle me ment et lui aussi.

Kuster ralentit alors qu'émerge le complexe tentaculaire. Les laboratoires de sciences légales sont adossés à l'académie d'entraînement, une vaste zone macadamisée au pourtour pointillé de bâtiments incendiés ou criblés de balles, de voitures ou de bus renversés sur le flanc, utilisés pour simuler des scènes d'enquête, des épreuves pour les pompiers, les équipes cynophiles ou d'intervention.

Plus loin s'étendent des hectares herbeux vallonnés, semés de bermes et de miradors. Nous poursuivons en cahotant sur une sorte de chemin de terre étroit. Les pneus soulèvent des nuages de poussière. Les récents orages ont pourtant éclaté d'abord ici. Cependant, on ne s'en douterait jamais. La chaleur soudaine a desséché la terre. Toujours oppressante, en dépit de l'heure, elle frise les trente-deux degrés. Il devrait faire encore plus chaud demain.

Nous nous garons derrière l'un des nombreux hangars de bois aux toits en tôle ondulée. Ils ne protègent rien en dessous, hormis des dalles en béton, des établis de tir en bois brut, des sacs de sable et des chaises pliantes. Nous descendons du véhicule et récupérons notre matériel. Kuster soulève un large étui noir. Celui-ci renferme un PGF, une arme à feu à précision assistée, une application de la technologie des drones avec réglage de détente et lunette informatisée.

Kuster continue ses explications alors que nous charrions sacs et mallettes sous un soleil de plomb pour les déposer sur la dalle ou les robustes établis :

— Le nouveau joujou des équipes d'intervention et d'assaut. Je ne dis pas que le tueur se sert de ce genre d'arme, mais c'est possible.

J'interviens :

— Où se les procure-t-on ?

— La technologie est assez récente. Les acquéreurs sont le plus souvent de riches chasseurs de gros gibier, et aussi les forces de l'ordre, ou l'armée. Mais c'est encore limité. Comptez dans les vingt à trente mille dollars la pièce. En plus, vous êtes aussitôt enregistré. Il s'agit d'une clientèle restreinte. Impossible de se planquer si on devient l'heureux propriétaire d'un de ces bijoux.

— Et quelqu'un consulte la liste des acquéreurs ?

Marino raille, comme à l'accoutumée :

— En avant, les fédéraux ! Leur spécialité, c'est les crayons et les listes.

Kuster ignore les fanfaronnades du grand flic et me répond, en surveillant Lucy du coin de l'œil :

— Je voulais que vous constatiez ce qui est possible. En plein dans la cible à mille mètres, les doigts dans le nez ! Un novice y parviendrait. Même Lucy.

Marino ouvre la mallette de protection qui porte l'étiquette « Indices », et s'enquiert :

— Et où est le piège à balles que tu nous as concocté ?

— Là.

Une autre dalle de béton, découverte celle-ci, a été coulée dans une zone infestée d'herbes folles, un peu en contrebas et à gauche d'où nous nous trouvons. Un bout de tuyau d'acier évidé d'une longueur d'environ un mètre quatre-vingts pour un diamètre de dix centimètres est installé au bord, dans le sens du tir. Il est emmailloté dans une épaisse couche de mousse, le genre utilisé pour l'hivernage des canalisations, et « rempli de bourre synthétique très dense », précise Kuster.

Il ajoute :

— Et je me suis procuré quelques munitions subsoniques pour la faible vélocité. Cartouches Winchester Magnum .300, cent quatre-vingt-dix grains LRX, amorce magnum, dix grains de poudre Alliant Unique. Ce n'est pas ce qui a été utilisé lors de vos affaires, mais ça nous éclairera quand même.

Lucy relève :

— Si, selon vous, le tueur n'y a pas eu recours, pourquoi s'embêter avec ça ?

— D'abord, personne n'a besoin de se déplacer pour la récupérer. Ensuite, la balle reste intacte, son bout ne s'ouvre pas en pétales et, de cette manière, je peux voir les rayures du canon à la perfection. Et si vous vous rendiez un peu utile ? Il y a un mannequin sans tête et une glacière dans le coffre du SUV. Soyez donc une mignonne abeille industrieuse et apportez-moi mon pote Ichabod et la tête en gélatine, sans oublier la boîte à outils.

Il lui fait du charme. Elle ne bronche pas, au point qu'on la croirait soudain sourde. C'est une des manières de Lucy de flirter en retour. J'en conclus qu'elle l'aime bien. J'ignore ce que cela peut signifier au juste, et repense à la chevalière disparue de son doigt. Janet a déjà quitté ma nièce par le passé, et j'espère qu'elle ne récidivera pas.

L'attention de Kuster se reporte sur moi :

— En résumé, nous pouvons tirer des munitions test avec très peu de dommages, les récupérer sans difficulté et observer au mieux les traces de rayures ou de champs. Tout ça pour dire que nous pourrons ensuite utiliser les photos des laboratoires de balistique pour faire une comparaison préliminaire avec le projectile tiré dans le piège pendant que nous sommes ici à dégouliner de sueur. On s'épargne ainsi des heures perdues avec des tirs distants d'un fusil dont on sait déjà qu'il n'est pas celui utilisé pour abattre vos victimes.

Marino, qui semble particulièrement guilleret et imbu de sa personne, claironne :

— Quel foutage de gueule, ce fusil ! Ma question, c'est d'où sort-il, ce fusil ?

Lucy répond :

— Quelqu'un l'a acheté tout prêt, et l'a placé où on l'a trouvé. Il n'a rien de spécifique, ou de customisé. En d'autres termes, un achat en vente libre.

Kuster ironise :

— Attention lorsque vous parlez en faisant celle qui s'y connaît.

Le Remington .308 que Marino a retrouvé dans l'appartement de Rand Bloom, avec canon en acier inoxydable et fût à finition en toile d'araignée vert et noir, est allongé dans la mallette de protection que nous avons apportée. Il le soulève et commente :

— Un R5 canon MilSpec avec frein de bouche. Et une très chouette lunette de tir Leupold Mark 4, mais pas d'encrassement. Bon, je suis d'accord que ce truc est tout neuf. J'pense pas qu'on ait déjà tiré avec.

Lucy s'est rapprochée de l'arrière du SUV et en extrait le mannequin. Elle observe :

— Quelqu'un savait qu'il nous faudrait deux secondes pour déterminer ça.

Quelqu'un. Je ne parviens pas à m'ôter de l'esprit qu'elle a une petite idée de l'identité de ce « quelqu'un ».

Kuster renchérit :

— Ce n'est pas l'arme qui nous intéresse, je peux tout de suite vous l'affirmer. Le canon ne sera pas identique. Cependant, devant un tribunal, il va vous falloir davantage que ma parole ! Je vous offrirai un joli morceau de cuivre que les jurés pourront se passer.

Ses lunettes à verres gris ne lâchent pas Lucy. Soudain, il lui expédie des protections antibruit qu'elle rattrape d'une main.

Elle les fixe au-dessus de ses oreilles. Kuster récupère le Remington. Il fouille dans une mallette Pelican capitonnée de mousse et me tend une caméra vidéo avant de préciser :

— J'ai besoin que vous filmiez cela. S'il y a une chose que je connais, c'est les jurés. Ils aiment les photos et les films. Nous leur montrerons que nous n'avons pas ménagé nos efforts en nous contentant d'un DOPE dans un labo climatisé.

J'allume la caméra et opère les réglages sur lui alors qu'il descend de notre dalle pour rejoindre celle coulée au niveau du sol. Il ouvre le verrou de la culasse, engage une munition – un projectile en cuivre à la pointe de polymère bleu dans une douille de laiton brillant. Il repousse le verrou avec un claquement. Couché sur le ventre dans l'herbe, les fesses calées contre un sac de sable, il insère la gueule du canon dans l'ouverture du tuyau d'acier. La crosse est nichée contre son épaule et sa joue. Il crie :

— Attention les yeux et les oreilles !

Une détonation sèche, puis le silence. La balle de faible vélocité est stoppée par la bourre en synthétique. Elle ne ressort pas du tuyau.

Il jette dans ma direction :

— Arrêt sur image !

Il s'assied et retire son casque antibruit. Il annonce que nous nous interrompons et lève un petit drapeau rouge en haut d'un mât, au cas où d'autres tireurs seraient dans le coin. Personne ne doit plus faire feu. Il poursuit :

— Lucy ? Avec Marino, installez Ichabod en ligne de tir et pensons grand. On débute à mille mètres. Le cas échéant, on pourra raccourcir. Mais, selon moi, notre spécimen tire sur ses proies d'une bonne distance. Éclatons-nous tant que nous avons les arpents du Seigneur à notre seule disposition. En général, dès le crépuscule, on se récolte quelques andouilles qui se la pètent *Zero Dark Thirty*. À ce moment, il vaut mieux décaniller au risque de se faire exploser la tête.

Il se tourne vers moi et s'inquiète :

— Vous n'avez pas enregistré ça, hein ?

Jack Kuster dévisse l'embout à la fin du tuyau et en tire une bourre blanche tel un nuage de coton. Installée dans une chaise pliante, je le contemple. La chaleur m'engourdit comme une douche trop chaude. Mes vêtements de terrain en coton collent à ma peau. J'ai remonté mes manches mais la sueur dévale, plus fraîche, le long de mes bras, de ma poitrine et dans mon dos.

Il a retiré un gros bouchon de bourre et la balle étincelle, avec juste quelques traînées de suie à l'arrière, vestige de la poudre brûlée. Kuster s'exclame :

— Eh bien, eh bien ! Je m'y attendais.

Je suis du regard Marino, Lucy et le mannequin, un torse masculin en plastique de couleur chair, empalé sur une tige brillante jadis attachée à une tête et plantée dans un support. Ils récupèrent la glacière, la grande boîte à outils, leur casque antibruit au-dessus des oreilles. Ils s'avancent en suivant la ligne de tir, le long du chemin de terre desséchée. Le soleil a décliné mais brille toujours avec intensité derrière les lignes à haute tension qui zèbrent l'horizon de noir. Tout est désert alentour, paisible si l'on exclut le lointain bourdonnement de la circulation. En un clin d'œil, Kuster est debout devant moi, la main tendue.

Une imposante balle de cuivre intacte, même sa pointe bleue, se balance au creux de sa paume. En revanche, les traces de rayures ou de champs sont nettement gravées.

— Ça embrouille vos antennes, n'est-ce pas ? Vous n'en croyez pas vos yeux ?

— En effet.

Il tire un iPad de son sac à dos, frappe quelques touches et une photographie agrandie s'affiche sur l'écran. Celle de la balle en cuivre avec ses quatre pétales coupants comme un rasoir, que l'on a retrouvée sous la peau du torse de Jamal Nari. Kuster examine l'image durant de longues secondes puis il utilise le grossissement 10x de la loupe pour étudier la balle qu'il vient de récupérer dans le piège et qu'il débarrasse de filaments blancs. Il me la donne. Elle est chaude et lourde. Il observe :

— Pas même ressemblant. Celle que vous tenez ? Ça n'est certainement pas un taux de rotation 1.10. Je savais déjà, rien qu'en voyant le genre de canon, ce qu'on appelle un « Rem-Tough », qu'il s'agit d'un 11.25. En conclusion, l'arme qui nous intéresse n'est pas un Remington 700, sauf si quelqu'un a changé le canon et opté pour un truc du genre Krieger. Sans même parler des munitions découvertes par Marino dans l'appartement de Rand Bloom. Pas des Barnes. Je vous communiquerai mon rapport. Bon, je suis assez satisfait, sauf si vous et Marino aviez d'autres questions au sujet de ce fusil en particulier.

Je demeure inerte dans ma chaise pliante. Je regarde au loin les silhouettes de ma nièce et du grand flic dans la chaleur qui ondule. Kuster m'examine puis lâche, dépité :

— Inutile de faire étalage d'un tel enthousiasme.

— Je vais m'y efforcer.

— Découragement interdit. C'est en opposition avec le cahier des charges du stand d'entraînement.

J'évite son regard et réponds :

— En réalité, je lutte contre l'idée que nous n'avons pas choisi le bon moment pour venir ici et procéder à ces vérifications. Je lutte contre l'idée qu'il s'agit d'une perte de temps de passer en revue toutes les requêtes d'un procès qui n'aura peut-être pas lieu.

— On va l'avoir, quel qu'il soit.

— On se moque de nous. Nous nous faisons manipuler.

— Je n'aurais jamais cru que vous étiez si défaitiste.

— Je m'efforce également de ne pas penser à la prochaine victime qui va se faire descendre pendant que nous sommes ici, à jouer avec des armes.

— Je n'aurais pas, non plus, supposé que vous étiez aussi négative et cynique.

— J'ignore l'opinion que vous aviez pu vous forger.

— Est-ce quelque chose que j'ai fait ?

— Pas à moi.

Il replace le Remington dans son capitonnage de mousse et referme la mallette en plastique noir avant de remarquer :

— Nous ne jouons pas. Cela étant, je comprends votre sentiment.

Je lève les yeux vers lui, vers ses lunettes de soleil à verres gris, et rétorque :

— J'en doute. Vous saviez déjà que ce fusil n'était pas celui qui avait abattu les trois victimes. Vous connaissiez déjà les réponses à vos questions, avant même de les poser.

— Et vous, ne savez-vous pas bien souvent ce qui a tué quelqu'un avant de l'autopsier ? Rand Bloom, par exemple ? Vous avez repêché son corps de la piscine et vu la plaie abandonnée par la lame du poignard. Aviez-vous véritablement besoin de l'ouvrir pour comprendre qu'il s'agissait d'un coup tournant, porté vers le haut, qui a sectionné l'aorte et le cœur ? Peut-être a-t-il inhalé un peu d'eau avec ses dernières inspirations, mais il n'aurait jamais survécu à un coup ascendant d'une telle force, bien dans le style militaire.

— Je vois que Marino partage pas mal de choses avec vous. À ceci près que je n'ai pas réalisé l'autopsie de Bloom. Ça n'aurait pas été considéré adéquat et impartial.

— Et vous aviez raison au sujet de la cause de la mort.

— En effet.

— Néanmoins, cela ne suffit pas. Encore faut-il le prouver. Ce que nous venons de faire. Je nous aide à monter un dossier solide.

— Je suppose que votre prochaine démonstration se résumera au fait que les victimes n'ont pas été abattues par un tireur au sol, loin s'en faut.

Il ouvre une deuxième mallette Pelican, celle-ci de grande taille et très robuste, et en extirpe le PGF, une arme à feu à précision assistée.

Il s'agit d'un fusil noir, intimidant, avec une large lunette de tir informatisée. Il l'installe sur son bipied et reprend :

— Lorsque nous en aurons terminé, peut-être reviendrez-vous sur votre théorie fétiche.

— Qui est ?

— Que la charge en poudre était si légère qu'il aurait tout aussi bien pu lancer le projectile à la main. Pas vraiment, même si je suis d'accord avec vous : ce connard voulait que vous retrouviez la balle portant un 3 gravé. Les médias ne sont pas au courant, n'est-ce pas ?

— Pour ce que j'en sais.

— Trois de quoi ? Quel objectif s'est-il donné ?

Je revois les sept pièces et songe que quatre autres victimes vont périr. Marino, Lucy, Benton et moi. Puis, je chasse cette pensée. Je regarde Kuster pousser les munitions dans un chargeur.

— Activation sans fil. Des capteurs récupèrent toutes les données environnementales, même la force de Coriolis, tout, à l'exception de la déviation due au vent qu'il faut entrer soi-même. Les infos filent vers un iPad, bien utile lorsque votre complice est chargé des repérages. Toutefois, je suppose que tel n'était pas le cas de notre tueur.

— Notre ? De grâce, évitons-nous le langage relationnel.

— Le point important, c'est que les enfoirés de cette sorte travaillent seuls, hormis s'il s'agit d'une mission de peu d'importance ou, au contraire, particulièrement exaltante.

Il ouvre une autre mallette et en extrait un monoculaire télescopique Swarovski qu'il installe sur un solide trépied Bogen.

Il jette un regard aux lointaines silhouettes de Lucy et de Marino. Elles rapetissent à vue d'œil dans le soleil qui décline, alors que les ombres projetées par les arbres distants s'allongent. Il poursuit :

— Ainsi, au grossissement 60x, vous pourrez avoir une bonne vue de ce qui se passe. Certes, je sais que vous pensez que nous perdons notre temps à faire mumuse avec des armes. D'un autre côté, si vous l'aviez vraiment cru, pour rien au monde vous ne seriez venue. J'ai tort ?

— J'espère que non.

— Vous êtes vraiment en rogne. Je vous comprends.

— Peut-être que je m'en veux.

— Ah oui ! Comment auriez-vous pu mieux anticiper ? Quelles mesures préventives auriez-vous dû prendre afin de vous protéger ainsi que les vôtres ? C'est pour cela que j'ai insisté pour que vous veniez.

Il pousse cinq autres munitions en cuivre plein dans un nouveau chargeur. Je souligne :

— Je n'ai pas remarqué que vous aviez insisté.

— Eh bien, si. Deux personnes sont mortes sur mon territoire, d'abord à Morristown. Maintenant, il y a une nouvelle victime, cette fois dans votre voisinage.

Qui sera la suivante ? À votre instar, je sais ce que je sais. Ensemble, nous en savons bien davantage que n'importe qui. Alors, dites-moi pourquoi vous êtes en rogne et je vous expliquerai pourquoi vous vous leurrez.

— Parce qu'il est en train de s'en sortir.

Kuster contre :

— Non. C'est parce qu'il est en train de triompher de vous, et que vos outils habituels se plantent. La science n'est véritablement efficace que lorsque les indices qui vous parviennent sont fiables. En revanche, s'ils ont été altérés, mis en scène, avec quoi vous retrouvez-vous ? Que dalle. Un peu comme le fusil Remington. Pas d'empreintes digitales dessus. Quant à l'ADN, il n'aura aucune valeur. C'est la même chose avec les balles que Marino a trouvées, ou le bocal de pièces de monnaie. Un gros rien du tout qui bouffe le temps et l'énergie de tout le monde et offre au coupable le loisir de planifier et de se préparer.

— J'ai bien peur que vous n'ayez raison.

— Oh, j'en suis certain, et ça ne fait que commencer, quoi qu'il advienne ensuite.

— D'accord, je suis tout ouïe.

— Cette idée selon laquelle le tueur voulait que vous trouviez une de ses balles, d'où vient-elle ? Pas de vous, d'après moi.

— Il s'agit d'une suggestion de Lucy.

— Elle est subjective.

— Vous pensez donc qu'elle a tort ?

— Non, je pense qu'elle a raison. Mais je pense aussi qu'elle est si tendue qu'elle est sur le point d'exploser. Le principe numéro un dans l'engagement tactique est que si vous n'avez pas un objectif clair et déterminant, l'opération se dilue et part en vrille.

Je reste muette. Je n'ai pas l'intention de partager avec Kuster mes doutes à propos de Lucy. Je crains qu'elle ne soit impliquée émotionnellement et, du coup, peu honnête. Peut-être part-elle en vrille, peut-être agit-elle de façon décousue. Et si tel n'est pas encore le cas, cela viendra.

Kuster murmure :

— Je peux vous aider.

Je soutiens son regard et avoue :

— J'ai besoin de toute l'aide que je peux trouver. Merci.

Il ouvre une autre boîte de munitions et remarque :

— Il n'est jamais superflu d'apprendre des choses, même quand on est le Grand Chef. Je vais vous apprendre à penser à la manière d'un sniper. Vous savez ce que c'est ? Un chasseur. Je vais vous permettre de voir avec ses yeux, avec sa lunette de tir et de ressentir ce que ça fait d'appuyer sur la détente et de regarder un être mourir avant même qu'il ne touche le sol. Et pourquoi vais-je le faire ?

Je me lève et colle mon œil au monoculaire télescopique poids plume avec large champ de vision. J'ajuste la mise au point en vision de près et Lucy semble se tenir devant moi au grossissement 60x. Elle repousse ses cheveux et cligne des paupières sous les rayons obliques du soleil. Nous en sommes à cette heure de la journée où la lumière est encore trop vive pour dédaigner les lunettes de soleil, et plus assez pour les chausser. D'ailleurs, je retire les miennes et Kuster me scrute à la manière d'un tireur d'élite évaluant sa cible. Il enlève à son tour ses lunettes de soleil et je suis surprise par l'intensité du vert de ses iris, presque aussi verts que ceux de ma nièce.

Il poursuit sur sa lancée :

— Je le fais parce que je connais votre espèce. Si vous voyez, si vous sentez intuitivement ce que fait le tueur, vous parviendrez à le cerner. Vous aurez l'esprit bien plus clair que Lucy. J'en suis certain.

Il surveille sa progression à l'aide du monoculaire télescopique. Elle arrache un bout de ruban adhésif argent dont elle entoure le torse du mannequin puis le haut de la tête en gélatine balistique posée dessus. On dirait un énorme glaçon translucide, malgré son aspect gluant. L'ovale conféré par le moule lui donne une vague allure humaine. À l'évidence, l'adhésif ne colle pas sur sa surface et Lucy déchire une autre longue bande argentée. Elle ne cesse de jeter des regards autour d'elle, comme si elle se sentait épiée. La gélatine commence à fondre. Elle deviendra vite visqueuse et prendra la consistance d'une colle malodorante.

Kuster me scrute à nouveau et lâche :

— Ne vous inquiétez pas. Ce test est surtout destiné à l'effet. Vous avez raison, j'ai une assez bonne idée de ce qu'il va donner. Mais, encore une fois, je pense au jury. On va s'exploser Mister Gélatine sur vidéo. Enfin, je vais. J'installerai la caméra sur un trépied. Deux tirs à mille mètres, ça représente environ dix terrains de football. Une munition faible vélocité, une autre normale. Je vais l'atteindre juste ici.

Il frôle sa nuque à la base du crâne et enchaîne :

— Et on verra dans quel état sont les balles et si elles ressortent du bloc de gélatine. Je ne pense pas que mon pote Ichabod puisse tolérer davantage de mauvais traitements. Pour les autres tirs, dont les vôtres, on s'en prendra à des cibles en métal, pour comprendre de quelle façon le PGF calcule le vol des balles. La distance ne me préoccupe pas trop. D'ailleurs, je vous conseille de ne pas vous focaliser là-dessus, en raison de ceci…

Il désigne la photo de la balle affichée sur son écran.

— Ça suggère un angle de tir descendant, à soixante-dix degrés. On parle donc d'un CB avec de troublantes implications. C'est ça le problème que nous devons résoudre.

Le CB, pour « coefficient balistique », est une mesure mathématique. Il rend compte de la capacité d'une balle à surmonter la résistance de l'air durant son vol.

Il ajoute :

— Des implications quant au trajet. On ne pourra sans doute pas réaliser cette simulation, sauf si Lucy nous autorise à tirer de son hélicoptère.

Il tapote le PGF et sourit :

— Avec ça, on y arriverait. Pas besoin d'un gyro-stabilisateur.

D'un ton plat, je coupe son élan :

— Merci de ne pas lancer une telle idée.

— Pourquoi pas ? Quelqu'un le fera bien un jour.

J'abandonne le monoculaire télescopique et fixe Kuster. Il essuie de son épaule la sueur qui trempe son cou et sa mâchoire. J'exige :

— Que vous a raconté d'autre Marino ?

— Que quelqu'un tentait peut-être de la faire plonger, de l'expédier en taule.

Une vague de colère m'aveugle et je répète :

— Peut-être ?

Chapitre 41

Il s'appuie contre le rebord de l'établi et fourre ses mains moites dans ses poches en me regardant.

— Ce n'est pas moi l'ennemi. Je suis de votre côté.

Je tente de repousser la fureur qui m'étouffe et que je refuse de ressentir :

— J'ignorais qu'il y eût des côtés.

— Disons les choses autrement. Si je pensais que Lucy est une ordure, elle ne serait pas ici, sur le stand de tir avec nous. Malheureusement, les fédéraux ne voient pas la même chose, et vous savez ce que l'on dit dans mon boulot. Beaucoup de gens se font avoir parce qu'ils sont trop visibles et qu'ils forment des cibles aisées. Ça ne signifie pas pour autant qu'ils sont coupables.

Ma rage s'apaise un peu. J'en appelle à ma volonté. Je me cristallise sur elle et m'admoneste. Il me faut rester calme. Je demande :

— Dans votre boulot ?

— L'armée. Les flics. L'école de l'adversité. Je sais que vous êtes mariée au FBI.

— Je n'en ai épousé qu'un seul représentant.

— Et je suppose que ce n'est pas de lui que vous devez vous inquiéter.

Je veux en avoir le cœur net :

— Le FBI vous a contacté ?

— Bien sûr. Ne me dites pas que ça vous surprend.

— Benton Wesley ? Avez-vous discuté de ma nièce avec mon mari ?

Kuster retire les mains de ses poches. La sueur dégouline de son menton, et ses yeux verts forment un saisissant contraste avec sa peau hâlée.

— Écoutez, il existe tout un historique derrière tout ça, que vous ne connaissez pas nécessairement. Marino est né à Bayonne et j'ai grandi à Trenton. On se connaît depuis un sacré nombre d'années, et on a passé pas mal de temps ensemble au cours des six ou sept derniers mois. Vous avez sans doute appris qu'il avait renoué avec son ancienne chérie de fac, Beth Eastman. Ils ont commencé à ressortir ensemble, et sa fille s'est fait assassiner alors qu'elle descendait de voiture à l'embarcadère de l'Edgewater Ferry. Julie avait vingt-huit ans. Elle était fiancée et venait juste d'obtenir une promotion à la Barclays.

— C'est affreux. Tous ces meurtres sont épouvantables. Insensés, exécutés de sang-froid.

Kuster continue :

— Ça fait un moment que je me dis que ce tueur possède des informations personnelles sur vous tous. Et puis, les choses ont commencé à s'emballer il y a à peu près un mois. Marino affirme qu'il faut qu'on étouffe ce truc dans l'œuf, qu'on doit construire un dossier béton avant que quelqu'un le fasse à votre place. Il a confiance en moi parce qu'on est amis et qu'il connaît votre nièce depuis sa plus tendre enfance. Il connaît toute sa vie, et il se doute de ce qui se prépare. Le gros problème consiste à savoir si un ancien agent fédéral, une enquêtrice d'élite, j'ai nommé Lucy Farinelli, trouve des pistes et des détails parce qu'elle est experte, ou alors parce que c'est elle qui les a créés. Comme ces tweets qu'on ne parvient pas à remonter. Ou pirater votre banque de données. Ou tirer depuis un point surélevé, par exemple un hélicoptère.

— Et pourquoi ferait-elle ça ?

— Vous avez déjà entendu ce genre d'histoire, si prévisible. Elle fait face à de multiples facteurs de stress, qui s'accumulent dans sa vie, et elle a pété un plomb. J'ai déjà vu ça, et vous aussi.

La vague rageuse se soulève à nouveau en moi. Je contre-attaque :

— Il n'y a pas d'histoire. Quelqu'un cherche peut-être à faire plonger Lucy, mais pas assez pour que ça marche. Rien de ce que vous avez énuméré ne résiste à l'analyse.

— Peut-être, mais on a envoyé des gens en taule pour moins que ça. Ils ont été anéantis. Nous avons eu un cas de ce genre l'année dernière. Vous en avez peut-être entendu parler. Un fermier retourne son champ et découvre les restes d'une jeune fille de vingt ans, disparue de Brooklyn en 2010. Plus il a tenté d'aider les flics, de récolter des informations et de collaborer avec les fédéraux, plus ils ont jugé qu'il faisait un suspect très intéressant. Aujourd'hui, il passe son temps à discuter avec ses avocats. Il est ruiné. C'est devenu un paria et sa femme l'a quitté. Il va peut-être finir par être inculpé, pour un truc qu'il n'a pas fait, juste parce qu'il voulait se conduire de façon correcte. Vous voyez comment les choses fonctionnent ?

Je me rends compte à quel point je suis tendue lorsque je murmure :

— Je sais comment les choses fonctionnent.

Je suis tellement hors de moi que cela m'effraie. Kuster tapote la chaise pliante installée devant l'établi sur lequel est installé le PGF, non chargé :

— Et donc, permettez-moi de vous aider à coincer la véritable ordure. Pour cela, il faut que vous soyez assise ici. Simple comme bonjour, non ? Je veux que vous preniez conscience des choses par vous-même.

Mais je reste debout à côté du monoculaire télescopique fixé sur son trépied.

Il explique :

— Vélocité au canon, vitesse du vent, température, pression barométrique et type de munitions. Le truc génial avec ce bébé, c'est qu'il se charge des maths pour vous, tant que vous rentrez correctement le type de munitions et le vent, variable et minimal en ce moment mais qui se lève. Jeudi matin à Cambridge, au moment où Jamal Nari a été descendu, la vitesse du vent était de dix nœuds, avec des rafales du nord qui montaient à quinze. Aujourd'hui, il s'est inversé. Voilà pourquoi il fait si chaud.

J'incline le monoculaire, jusqu'à trouver les cibles rondes en métal rouge attachées par des chaînes à ce que l'on appelle des « cadres de gong ». Elles sont disposées à des distances qui vont de cent à mille mètres. La dernière que je distingue a tout d'un mirage derrière un mur de chaleur qui ondule en vaguelettes.

La cible ne semble pas plus grosse qu'un point rouge. Je m'efforce de retrouver mon calme. Le FBI a failli casser les reins de Benton, plus d'une fois, et serait ravi de récidiver avec ma nièce. Ma colère est si massive que rien ne semble capable de l'atténuer.

C'est ma famille. Personne ne touche à ma famille.

Kuster poursuit son monologue :

— Le tireur sait ce qu'il fait et il a choisi ses munitions en conséquence. Certaines sont assez glissantes dans le vent mais les LRX 190, c'est la cata. Ça va labourer l'air, la chair, les os, tout ce que ça frappe. Expansion massive. Le trajet de la balle évoque de la gelée.

— Et les subsoniques ?

— Je ne crois pas. On parle alors d'une balle dont la vitesse n'excède pas trois cent soixante-cinq mètres par seconde. En revanche, dans le cas d'une munition plus légère, si. Ajoutez à ça une distance importante, et la vitesse va décroître très vite. La balle perd son énergie cinétique. Si vous calculez bien votre coup, elle reste intacte et on peut la retrouver.

J'ajuste la mise au point du télescope sur Marino et Lucy au moment où ils s'échinent à arrimer la tête de gélatine balistique avec un renfort d'adhésif. Ils ont utilisé un maillet en caoutchouc pour enfoncer la tige d'acier dans la terre puis ont placé de gros cailloux autour.

J'encourage Jack Kuster :

— Allez-y.

Il tire une cartouche d'une boîte et la brandit :

— Disons que l'un de ces projectiles sort de la gueule du canon à sept cent trente mètres par seconde au lieu de huit cent cinquante. En d'autres termes, nous avons utilisé une charge propulsive un peu plus légère. Eh bien, parvenu à mille mètres, ce projectile va ralentir à moins de quatre cent cinquante mètres par seconde, c'est-à-dire conserver une énergie inférieure à sept cent cinquante-six newton par mètre.

— Et en fonction de la cible qu'il frappera, il pourrait n'y avoir qu'une expansion ou des dommages collatéraux très modestes.

Il approuve :

— Notamment dans le cas d'un truc aussi mou qu'une carcasse. Ou alors de la gélatine balistique, contrairement à une cible en dur, plaque de métal ou os. La balle que vous avez récupérée dans la poitrine de Jamal Nari avait heurté quelle épaisseur d'os ?

— Elle a séparé les vertèbres et ensuite poursuivi sa course dans des tissus mous, avant de s'arrêter sous la peau.

— Voici donc un bout d'explication. L'autre consiste à savoir d'où le salopard a tiré.

— Vous le savez ?

Il repêche une petite serviette blanche dans son sac à dos et me la tend. Il hoche la tête en signe de dénégation et précise :

— Non. En revanche, ce dont je suis certain, c'est que lorsque nous en aurons fini, vous ne penserez plus de la même façon.

— De quelle façon ?

— En scientifique. En médecin. À la manière d'une mère ou d'une tante. Je vais vous apprendre à pénétrer dans la tête d'un chasseur de proies humaines.

— Et selon votre expérience, à quoi ça ressemble ?

— À pas grand-chose, si elles ont cherché ce qui leur arrive.

Au loin, Lucy et Marino font pivoter le mannequin, qui se retrouve dos à nous. Ils discutent, et remontent le chemin de terre dans notre direction, chemin trop étroit pour livrer passage à une carriole. Lucy ne cesse d'évaluer son environnement. Je la connais mieux que personne. Elle s'inquiète de ce que nous soyons espionnés, et je suis bien certaine qu'elle a obtenu des informations qui légitiment son extrême vigilance.

Kuster tapote à nouveau la chaise pliante et demande :

— Vous vous décidez à tenter le coup ou pas ?

Je me rapproche de l'établi et m'installe.

La sueur me trempe le visage, me picote les yeux, et je ne parviens pas à trouver une position confortable. J'ai des mains de chirurgien, des mains fiables. Pourtant, elles tremblent alors que je tente de centrer le X bleu du VTH, pour « viseur tête haute » ou encore « visualisation tête haute ». L'arme est lourde, au moins dix-huit kilos.

Je ronchonne :

— Je ne suis même pas sûre d'être sur la bonne cible.

Kuster, non loin de moi, agit comme un guetteur. Les données de la lunette du fusil s'affichent en temps réel sur l'écran de son iPad.

Il s'exclame :

— Exact, vous n'y êtes pas ! La cible à mille mètres est la grosse, plus à gauche.

Deux tirs ont suffi à détruire le bonhomme de gélatine. Kuster a atteint la zone de la nuque où se serait trouvée la C2. À cette distance de mille mètres, la balle avec faible charge propulsive n'est pas ressortie et ne présente que peu de dommages. Elle a décroché d'environ douze mètres durant son vol. En d'autres termes, il a fallu que le PGF vise douze mètres au-dessus de la tête pour atteindre celle-ci. Le projectile propulsé par une charge de poudre plus importante a traversé la cible gélatineuse et nous ne l'avons pas retrouvé. Il s'est sans doute fiché en profondeur dans la terre.

La balle qui a tué Jamal Nari, retrouvée intacte, a dû être chargée avec un peu moins de poudre que d'habitude. En ce cas, Lucy a raison. Il s'agissait d'un choix délibéré. Néanmoins, je ne suis pas impressionnée par sa perspicacité, et me soucie bien davantage de la façon dont une telle idée lui est venue. Elle est avec nous et pourtant ailleurs. Elle se concentre, alors même que son attention s'évade. Son regard ne cesse de scruter son environnement et je remarque les petites inclinaisons à peine perceptibles de sa tête. Sa vision périphérique et son ouïe sont passées en mode alerte. Une pensée sinistre et sombre, que je répugne à entrevoir, tente de s'imposer à moi. Il se peut que ma nièce sache qui est Copperhead. D'ailleurs, peut-être que Benton a lui-même une hypothèse à ce sujet. Pourtant, ils ne veulent pas s'en ouvrir à moi.

Nous venons de passer aux cibles en métal, et Kuster, Marino et Lucy voient la même chose que moi. Ils me préviennent lorsque je suis décalée par rapport au point rouge au loin. Je lève la tête, m'essuie le visage et les mains dans la petite serviette blanche puis étudie la langue terreuse d'herbe desséchée, déserte à l'exception des cibles, des murs d'arrêt, et plus loin des bosquets. Je colle l'œil à l'objectif de la lunette de tir. J'oblique le canon vers la gauche et ajuste à nouveau. J'arrive à voir les petites cibles rouges plantées sur la berme distante de sept cent cinquante mètres et, enfin, je localise la plus lointaine, brun clair, à mille mètres de moi, sorte de vague mirage ondulant. J'ai presque l'impression qu'elle danse.

Je repousse mes sinistres pensées et cette sensation de plus en plus conquérante de désespoir. Nous ne sommes toujours pas parvenus à trouver une explication à l'angle de tir descendant de soixante-dix degrés de la balle qui a tué Jamal Nari avant de terminer sa course sous la peau de son torse. Les ombres se font plus marquées. Elles semblent ramper hors des coins, à la manière d'animaux nocturnes. Le soleil, toujours intense, plonge peu à peu derrière la ligne d'horizon dans un embrasement rose orangé. Je parviens à peine à discerner les cibles de métal rouge alignées comme des sucettes plantées en terre. Je détermine le point blanc de la mire sur la plus lointaine, à gauche, et la balise. Puis, un détail me préoccupe. Je me rends soudain compte que nous expérimentons depuis plus d'une heure et qu'il fera bientôt trop sombre pour que nous puissions poursuivre. Je lance :

— Le vent ! Peut-être que le vent a encore changé.

Il a pris en force. En revanche, la température n'a pas baissé en deçà des trente et un degrés.

— Je pense que quelqu'un devrait essayer.

Je ne songe à personne en particulier en suggérant cela, et tends la main vers ma bouteille d'eau. J'avale une longue gorgée tiède. Il y a maintenant trois hommes sur le champ de tir, des militaires à l'évidence.

Ils sont apparus il y a un quart d'heure. Ils s'entraînent sur une dalle de béton recouverte d'un toit d'acier, une installation réservée aux tirs à courte distance. Les détonations sèches de leur M4 me parviennent en rafales. De temps en temps, je les surprends à nous dévisager, deux hommes et deux femmes avec un fusil qui pourrait bien modifier radicalement la manière dont nous envisageons les armes.

Kuster répète :

— Si vous ne tentez pas l'expérience, vous ne pourrez jamais comprendre comment les choses sont survenues. Vous ne pourrez jamais apprécier la réalité d'un système de tir tel que celui-ci.

Lourdement appuyée sur le sac latéral, je presse la joue contre la crosse. Le fusil me paraît de plus en plus lourd. Je suis fatiguée de me débattre avec. Plus je m'échine, moins les choses fonctionnent convenablement.

Marino observe :

— S'il utilise un de ces trucs, ça ne fait pas tout le boulot pour lui. C'est le point important.

Je réplique :

— À qui le dites-vous !

Kuster annonce :

— Vingt-deux kilomètres cinq à l'heure, de droite vers la gauche.

Je presse un bouton, et entre la vitesse du vent et sa direction. Le gyroscope et l'accéléromètre compenseront le mouvement du canon. Quant à la lunette informatisée, elle se débrouillera de la distance, de la température, de la pression atmosphérique et de l'élévation. Je me bagarre encore contre le point blanc et parviens difficilement à baliser la cible.

Lucy conseille :

— Si ça ne te convient pas, efface les données et recommence.

J'ai presque l'impression que le point blanc sursaute à chacun de mes battements de cœur. Enfin, j'arrive sur la cible et enfonce le bouton situé à côté de la sécurité de la détente.

Kuster me complimente, le regard rivé sur l'écran de son iPad :

— Bien joué. Reculez un petit peu.

J'essaie à nouveau.

— Encore un peu plus. Avancez l'arme un peu plus sur l'établi, triangulez avec votre bras gauche, tâchez de trouver une position confortable, rentrez vraiment dans ce truc. Non, effacez celui-là. On recommence.

J'aligne la cible. Je tremble et ma vision devient floue. Je parviens à maintenir le point blanc au centre de la cible et enfonce à nouveau le bouton.

Kuster s'exclame :

— Magnifique !

Je mets ensuite la cible en ligne de mire. Elle change du bleu au rouge lorsque j'appuie sur la détente, mais le coup ne part pas. Le fusil est en train de calculer les conditions, et de prendre en compte les éventuels mouvements de la cible. Puis, une violente détonation, et la crosse heurte mon épaule.

Kuster désigne son écran et commente :

— Au centre, à environ cinq heures. Le tir est assez précis pour parvenir au résultat attendu. Félicitations, Doc. Vous venez juste d'abattre quelqu'un à mille mètres.

Chapitre 42

Il est exagéré d'affirmer qu'un novice armé d'un PGF peut mettre dans le mille à chaque tentative. La démonstration de Jack Kuster est d'une limpidité confondante. Le tueur ne s'est pas simplement offert la technologie la plus performante en matière d'arme pour assouvir sa folie meurtrière en atteignant des cibles presque impossibles.

L'individu que nous pistons est expérimenté, très compétent, et pourrait utiliser un fusil intelligent avec beaucoup plus de talent que moi. Je suis maintenant bien placée pour savoir que mettre en joue une cible n'a rien d'une plaisanterie. À chaque fois que je parvenais à positionner le point blanc où il devait se retrouver, j'inclinais involontairement l'arme et perdais l'alignement. S'ajoute à cela la difficulté, en apparence insurmontable, du vol de la balle. Nous avons passé plusieurs heures à tirer sur des cadres de gong et à entendre le lointain impact du cuivre contre les cibles d'acier. Kuster m'a permis de vérifier ce que je refusais d'admettre.

Aucun endroit du terrain d'entraînement n'est assez surélevé pour simuler le tir qui a ôté la vie de Jamal Nari, pas même les miradors. Si l'on prend en compte les conditions du matin, Kuster estime qu'il aurait fallu que le sniper se trouve à près de quatre-vingt-dix mètres au-dessus de sa cible. À cette distance, n'importe qui aurait perçu un petit bruit sec au lieu d'une détonation. Il a claqué des doigts pour nous le montrer.

POF. Je l'entends encore.

Jack Kuster a ajouté qu'il serait « crétin » d'écarter l'hypothèse d'un tir depuis un hélicoptère, et c'est un autre argument que le FBI utilisera contre Lucy. Tireuse de précision, experte en armes, elle survolait, de surcroît, l'endroit où Nari a été abattu ce jeudi matin. Une sensation d'extrême urgence m'envahit alors que je glisse ma carte magnétique dans la serrure de ma chambre d'hôtel et pousse la porte. Je lâche mes sacs sur le lit. J'allume et tourne la tête vers le petit bureau sur lequel trône une bouteille d'eau, à peine consciente de l'ameublement très classique et des sièges recouverts de tissu à rayures. Je branche mon ordinateur portable et m'assieds.

J'affiche une carte satellite de Cambridge dont la dernière mise à jour remonte à dix-sept minutes, à vingt heures cinquante. Je trouve rapidement la maison victorienne de Farrar Street, fenêtres éclairées. Les hauts lampadaires de rue sont allumés. Je reconnais le porche, les bicyclettes et un scooter attachés aux piliers par des chaînes, les voitures garées. Le ruban jaune de scène de crime encercle toujours le jardin. Je promène la souris et me déplace vers le nord, vers le chantier de construction au milieu duquel se dresse une immense grue. Son conducteur s'est tué après une prétendue chute, mercredi matin.

La tour, toute de ciment et de verre, bardée d'échafaudages, sort de terre de l'autre côté de la limite de Somerville. Pas grand-chose d'autre. Je fouille Internet à la recherche d'informations. La construction de l'immeuble de luxe de vingt étages, à destination résidentielle, a commencé l'été dernier. L'emplacement choisi est distant d'environ mille mètres à vol d'oiseau de l'endroit où Nari s'est effondré sur le trottoir, le contenu de ses sacs d'épicerie s'éparpillant au sol.

Dans la plupart de ces constructions élevées, une grue à pylône est utilisée. Cette tour ne fait pas exception à la règle. J'évalue sa hauteur entre soixante-quinze et quatre-vingts mètres. La cabine du grutier est arrimée à angle droit du pylône et du porte-flèche. L'unique moyen d'y accéder consiste à grimper l'échelle fixe du mât, protégée dans un cerclage d'acier de sorte à éviter des chutes accidentelles… Notamment lorsque le conducteur est victime d'une embuscade. Je ne me vois vraiment pas commencer ma journée de travail en escaladant un truc pareil, avec mon sac à dos préparé pour affronter les nécessités de mon temps de service. Je pénètre dans la banque de données du CFC et retrouve le dossier, créé il y a trois jours, le 11 juin.

Art Ruiz, âgé de quarante et un ans, blessures provoquées par une force violente auxquelles s'ajoutent des plaies de décélération ainsi que je m'y attends lors d'une chute d'une hauteur importante. J'étudie les photographies du cadavre sur la scène, puis sur la table d'autopsie. Je remarque l'oreille droite lacérée, les fractures ouvertes du crâne, le pelvis ainsi que le bas des jambes écrasés. Les coupures qu'il porte aux mains et ses ongles arrachés m'intéressent ensuite. Ils sont incohérents avec un sujet victime d'un problème cardiaque majeur, tel un infarctus, alors qu'il grimpait à une échelle, puis qui chute, inconscient. Je parcours le rapport rédigé par Jen Garate et remarque que Sil Machado a été affecté à l'enquête.

Ruiz a été découvert par des collègues aux environs de huit heures, le matin du 11 juin. Il gisait sur le dos en bas de la grue à pylône, son jean et sa chemise ensanglantés et en désordre, un bottillon et son casque arrachés, son sac toujours dans le dos, même si ses brides avaient glissé des épaules. Ses bras portaient de multiples abrasions. Des clichés obtenus en tomodensitométrie, je déduis que ses deux épaules se sont déboîtées. Cependant, une autre photo en gros plan de son profil droit et de son front me raconte une histoire bien différente. Je détecte des zones de contusions légères, à peine visibles, d'un rose violacé, un dessin parallèle que j'associe à une semelle de chaussure. J'appelle Luke Zenner.

Lorsque je l'interroge sur les marques retrouvées sur le visage du grutier, il répond :

— Difficile de déterminer avec précision ce qu'il a pu heurter au cours de sa chute. C'est une des raisons pour lesquelles j'ai laissé ce dossier en suspens. Ainsi que vous avez pu le voir, il présente pas mal de plaies non létales, conséquence des chocs contre les barreaux de l'échelle en acier et de son cerclage. J'ai également remarqué un rétrécissement des vaisseaux sanguins, signe sans doute d'une maladie cardio-vasculaire asymptomatique. Ça ne signifie pas pour autant qu'il n'a pas eu le vertige ou qu'il ne s'est pas trouvé mal.

Se taper une ascension très rude de quatre-vingts mètres n'est pas une mince affaire.

Je clique sur une autre carte informatique, celle d'Edgewater dans le New Jersey, et argumente :

— Il aurait aussi pu recevoir un coup de pied. Si quelqu'un se trouvait déjà dans la cabine, cette personne n'a eu qu'à ouvrir la porte lorsque Art Ruiz est arrivé au sommet. Quelques coups violents à la tête et le grutier est propulsé vers l'arrière, contre le cerclage. Il lâche prise, ce qui pourrait expliquer les épaules démises. Son sac à dos s'accroche à plusieurs reprises. Quant aux blessures des mains, elles pourraient traduire le fait qu'il a tenté de se rattraper aux barreaux ou à la cage durant sa chute. Qu'en pense Machado ?

— J'en conclus que vous n'avez pas entendu les dernières nouvelles. Il ne fait plus partie du département de police de Cambridge depuis la fin de l'après-midi. J'ai cru comprendre qu'il avait accepté un poste dans la police d'État.

— Je suis désolée d'entendre cela.

Cependant, cela va simplifier la vie de Marino, et nous tous allons en profiter.

Un autre immeuble en construction, une autre grue à pylône à quelques pâtés de maisons de l'endroit où Julie Eastman a été abattue. Je cherche des rapports officiels, des précisions qui auraient pu être rendues publiques. Je demande à Luke si une cause criminelle à l'origine du décès de Ruiz a déjà été évoquée.

— Pas encore, Kay.

— Et le chantier ? Je suppose qu'il a été fermé aussitôt ?

— Oui, vous savez comment les choses se passent dès que l'OSHA est impliquée.

Je connais, en effet, l'Organisation de la santé et de la sécurité au travail, et poursuis :

— On retrouve un paramètre similaire dans un des assassinats du New Jersey, en lien avec le meurtre de Nari…

— Oh là, un instant ! Ces tirs seraient liés à l'accident du grutier ?

— C'est ce que je pense, Luke. Un chantier non loin de l'embarcadère d'Edgewater Ferry a été fermé deux jours avant que Julie Eastman soit abattue. Il semble que l'OSHA ait reçu des plaintes concernant des entorses aux règlements de sécurité, et les travaux ont été temporairement interrompus en attente des résultats de l'enquête. Ajoutez à cela le meurtre de Morristown il y a six mois. Jack Segal a été tué alors qu'il descendait de sa voiture garée derrière son restaurant, restaurant situé à cinq cents mètres d'un autre chantier équipé d'une grue à pylône.

— Et le chantier en question avait également été interrompu ?

Je réplique :

— À l'évidence. Segal a été abattu le 29 décembre et aucun chantier n'est en activité durant les fêtes de fin d'année. Ils ne démontent pas les grues durant de courtes vacances, et rien n'empêche un individu de monter et de pénétrer dans la cabine.

— Et de faire un carton sur ses victimes.

— Le meilleur affût de chasse, à des dizaines de mètres de hauteur.

Luke est intrigué :

— Mais enfin, qui irait penser à une chose pareille ?

— Un individu mauvais jusqu'à la moelle, retors et dépourvu de peur. Un tueur entraîné, dévoyé, le pire des criminels.

Une heure après cet appel, nous sommes installées au bar de l'hôtel. Je presse une rondelle de citron vert dans mon gin-tonic. Lucy a préféré une bière. Je commence :

— Es-tu toujours convaincue que Copperhead…

— Un pseudo stupide ! Une combine pour attirer l'attention !

— Choisi par le tueur, pas par les médias.

— Exact. Tu pirates le compte Twitter d'un plombier décédé et tu choisis un pseudo, histoire de nous emmerder.

Je suis le raisonnement de Lucy, sans attribuer de genre à Copperhead :

— Comment cette personne a-t-elle procédé ?

— Facile, si tu sais comment extraire des données, accéder aux certificats de décès. En plus, elle peut également nous lancer sur cette piste. Tout est planifié et délibéré.

— Nous ? Spécifiquement ?

Ma nièce ne répond pas, et j'insiste :

— Pourquoi as-tu pensé que cette personne voulait que nous découvrions une balle intacte ?

Cette question m'obsède, et les paroles de Jack Kuster me reviennent à l'esprit.

Lucy se montre subjective. Elle est si tendue qu'elle va éclater. Or, il existe une raison derrière cela. Lucy a toujours de bonnes raisons, et je suis déterminée à découvrir celle-ci. Elle enchaîne :

— Un 3 gravé sur une balle afin que nous pensions que d'autres victimes vont suivre, et que nous nous demandions qui.

Encore quatre à venir. Je déguste mon verre en écoutant le fracas du Midtown Express Train. Le Madison Hotel, construit de brique blanche, est situé à proximité des voies ferrées dans une zone historique de Morristown, à seulement trente ou quarante minutes de route de l'endroit où Julie Eastman a été tuée. Le restaurant derrière lequel Jack Segal a été abattu est encore plus proche. Il y a un mois, le tueur se trouvait dans le centre d'affaires de l'hôtel et m'envoyait un tweet.

Un poème signé Copperhead qui mentionnait un bourreau silencieux et des « fragments » ressemblant à de l'or. Un poème qui disait « tic tac ». Une sorte de nausée m'envahit et je crains un instant d'être malade.

Je biaise afin de provoquer une réaction de ma nièce :

— Une élévation de près de quatre-vingt-dix mètres. Comment l'imaginer dans le coin de Cambridge où Jamal Nari a été assassiné ?

Elle me détaille un instant et souligne :

— Tu poses la question comme si tu connaissais déjà la réponse.

— Peut-être. Peut-être même m'as-tu soufflé l'idée.

— J'en doute.

— Souviens-toi, je cherchais une explication autre qu'un hélicoptère, ton hélicoptère.

— Le plus grand immeuble proche de la maison de Farrar Street n'a pas plus de trois ou quatre étages.

Pourtant, elle évoque ensuite la construction de cette tour dans Somerville Avenue, ce chantier sur lequel s'est tué le grutier.

— Tu y as donc pensé ? dis-je.

Je lui apprends ensuite qu'Art Ruiz a peut-être été poussé de l'échelle de sa grue.

Elle lâche :

— Ça paraît logique.

— Et pourquoi cela ?

Elle se contente de redire :

— Futé de ta part d'y avoir songé, et je suis d'accord avec ta déduction. Une grue, c'est logique.

Une pénombre agréable règne dans le bar aux murs lambrissés et au plancher de bois brut. Un piano patiente à l'autre bout, dans l'attente de son pianiste. Il est presque vingt-trois heures. Nous nous sommes douchées et avons toutes deux opté pour un jean et un polo. Nous avons dîné de salades, sirotant nos consommations à petites gorgées après toutes ces heures caniculaires. La désagréable sensation m'envahit à nouveau, et je décide d'affronter ma nièce à propos de l'hélicoptère, parce que d'autres ne la rateront pas à ce sujet, si ce n'est déjà le cas.

J'avale quelques gorgées de tonic dans l'espoir d'apaiser les manifestations de mon estomac barbouillé, et commence :

— Tu es passée dans le voisinage à bord de ton appareil, jeudi matin, à l'heure où Nari a été abattu.

Elle me corrige aussitôt :

— *Après* son assassinat ! J'ai décollé de Norwood à onze heures huit. Le contrôle aérien m'a enregistrée. Il s'agit d'un fait indiscutable.

— Je ne te soumets pas à un interrogatoire, Lucy. Toutefois, il faut que les choses soient claires. Selon moi, le tireur s'installe en haut d'une grue à pylône. Cela étant, nous ne pouvons pas faire l'impasse sur les hélicoptères.

— Vas-y, interroge-moi. Tu ne seras pas la seule. Je devrais le mettre au présent.

Le tonic n'a pas l'effet escompté, et je me demande ce qui ne va pas. Une serveuse se dirige vers nous, une jeune femme aux cheveux artistement hérissés de gel, vêtue d'un pantalon moulant noir et d'une chemise de coton blanc à plastron. Je poursuis néanmoins :

— Quand as-tu commencé à suivre les fréquences de l'agglomération bostonienne jeudi matin ? C'est ton habitude avant chaque vol. Tu vérifies la météo, le trafic aérien et les avertissements. D'après toi, pouvait-il y avoir un autre hélicoptère dans les parages qui…

Lucy m'interrompt :

— Qui quoi ? Le tueur a basculé les commandes en pilote automatique afin de passer une arme très imposante par sa fenêtre pour tirer ? Ou alors, il avait carrément ouvert sa porte et son complice pilotait pour lui ? Invraisemblable. Ta théorie au sujet des grues est pertinente. Et je te garantis que tu as raison. Encore une fois, c'est logique.

La serveuse destine à ma nièce un regard méfiant, puis se tourne vers moi et me propose dans un sourire :

— Je vous ressers ?

Mon état empire.

— Un petit gin et un grand verre de tonic, s'il vous plaît.

Je sais qu'il s'agit d'une mauvaise idée et que je ferais mieux d'aller me coucher, mais je ne parviens pas à m'y résoudre.

Ma nièce commande à son tour, avec une audace qui me sidère :

— Vous avez de la bière St. Pauli Girl ?

La serveuse semble soudain nerveuse :

— Oui.

— Ah, enfin du sérieux !

Ma nièce l'intimide, et la jeune femme se sauve presque.

J'inspire avec lenteur, dans l'espoir que ma nausée se dissipe, puis m'enquiers :

— Un truc vient de se produire, non ? Comment es-tu au courant pour la bière ?

— Les bouteilles vides alignées sur les rochers, à proximité de l'endroit où on a cogné le crâne de Gracie Smithers ? Tu as pris des photographies et les as téléchargées dans notre banque de données. Tu as également pris pléthore de clichés sur la scène de crime de Patty Marsico à Nantucket. Te souviens-tu de ce qui se trouvait sur le rebord de fenêtre, dans le sous-sol inondé ? Quatre bouteilles de St. Pauli Girl, essuyées avec tant de soin que l'on n'a retrouvé aucune empreinte digitale, l'ADN ayant été détruit par l'eau de Javel. Leurs étiquettes faisaient face. Tu sais qui possède l'agence immobilière, celle que l'ex-mari de Patty Marsico a essayé de traîner en justice ? Gordian Knot Estates, une compagnie montée il y a trois ans par Bob Rosado.

Je termine mon verre, sans ressentir aucune amélioration de mon état, ni aucune aggravation d'ailleurs. Je commente :

— Tu viens de terroriser notre serveuse.

— Je ne voulais pas qu'elle traîne autour de notre table.

— Je ne pense pas que notre conversation l'intéressait. Es-tu décidée à me dire la vérité ? Je sais toujours quand tu retiens quelque chose.

Je frôle mon front et le trouve chaud. Lucy rétorque :

— Mais tu sais tout.

— Nous resterons assises ici jusqu'à ce que tu parles.

— Tu as le visage fiévreux.

Je m'obstine :

— Plus de mensonges.

— Il ne s'agit pas de mensonges. Il s'agit de minutage, de ce moment précis où je me dis que je peux sans danger partager les informations. Jusque-là, je ne suis pas parvenue à cette certitude de sécurité. De plus, je n'étais pas sûre.

— Pourquoi ?

— Peut-être que tu ne seras pas d'accord. Peut-être que tu ne me croiras pas, comme d'autres.

— Quels autres ?

— Marino. Je sais ce qu'il pense.

— Que lui as-tu dit que j'ignore ?

Je soutiens son regard et tente de percer ce qui lui trotte dans l'esprit, des secrets qu'elle refuse de me confier. Cependant, elle n'est pas effrayée, ni en colère. Je ne parviens pas à déterminer au juste dans quel état elle se trouve. Puis, je le sens. Je sens sa présence immobile, en dépit des tentatives de ma nièce pour le camoufler.

Le désir.

Désir charnel, désir de sang, les deux font rage en elle. J'ose :

— La chevalière qui appartient à la famille de Janet. Tu as cessé de la porter et son père l'a récupérée. Pas l'inverse.

Le regard de ma nièce s'assombrit d'une nuance de souffrance. Elle murmure :

— Elle ne devrait pas te parler.

— Tu t'es offert un nouvel hélicoptère il y a quelques mois…

— Je préfère l'Agusta. Il est plus rapide de vingt nœuds.

— Tu t'es également acheté une Ferrari.

— Nous avions besoin d'une banquette arrière. Je parierais que Janet ne t'a pas expliqué pourquoi.

— En effet.

— En revanche, elle aurait dû te parler de cela. Remarque, ça n'a plus trop d'importance. Du moins, une banquette sera-t-elle utile lorsque je viendrai chercher Sock.

— Qu'est-ce qui n'a plus trop d'importance ?

— Il faudra que tu en discutes avec elle.

— C'est à toi que je pose la question.

— Sa sœur souffre d'un cancer du pancréas de stade IV.

— Oh mon Dieu ! Je suis désolée. Vraiment désolée. Puis-je vous aider en quoi que ce soit ?

J'ai rencontré Natalie, et l'issue ne fait guère de doute.

Elle est mère célibataire et s'occupe d'un petit garçon de sept ans. Ce que déclare ensuite ma nièce ne me surprend pas :

— Janet a promis de recueillir Desi.

À l'évidence, la compagne de Lucy souhaitera s'occuper de son neveu. Je sais qu'elle voudrait des enfants, même si ce n'est pas la chose la plus simple à réaliser. Elle est très claire à ce sujet. Cet ancien agent féminin du FBI, devenue avocate spécialisée dans l'environnement, est gentille, posée, et ferait une excellente mère. Lucy est, quant à elle, certaine d'appartenir au modèle des mères épouvantables. Elle a toujours seriné qu'elle ne pouvait pas s'occuper d'enfants.

Je réitère :

— Bien sûr que je vous aiderai. Dans n'importe quel domaine.

Lucy lâche :

— Je ne peux pas. Je n'y arriverai pas.

— Desi t'adore.

— C'est un gamin génial, mais non.

Je suis stupéfaite qu'elle se montre aussi égoïste et froide, et je m'insurge :

— Et tu l'abandonnerais aux services sociaux ? Je peux t'assurer que ça n'arrivera jamais. Le cas échéant, je m'occuperai de lui. Toi, de toutes les personnes qui…

Je m'arrête à temps. Je ne lui balancerai pas que si je n'avais pas été là, m'improvisant mère adoptive lorsqu'elle était enfant, qui peut dire où elle en serait aujourd'hui ?

— Le diagnostic pour Natalie est tombé il y a quelques mois.

Durant un fugace instant, ses yeux vert émeraude se liquéfient. Du moins ressent-elle du chagrin. Du moins ressent-elle quelque chose. Son regard se perd vers le fond du bar, évite le mien. Elle reprend :

— Ça s'était déjà métastasé sur les ganglions lymphatiques et le foie. Elle en est donc au stade IV, et nous nous sommes préparées au pire. J'ai acheté la voiture. J'ai fait tout ce que j'ai pu, et tout se passait bien jusqu'au mois dernier. J'ai alors décidé que c'était non. J'ai dit à Janet que j'en étais incapable. Elle doit faire ce qu'elle croit bien, mais je ne peux pas.

— Bien sûr que si.

— Non, c'est impossible.

— Le mois dernier ? Pourquoi soudain avoir décidé cela ?

Lucy avale une gorgée de sa bière et hésite :

— Je lui ai dit qu'elle ne devait pas rester avec moi. Surtout s'il y a un enfant, ni l'un ni l'autre ne devraient être à mes côtés. Elle refuse de m'écouter, et je ne peux pas m'expliquer davantage.

— Et du coup, tu as enlevé sa bague. Tu veux rompre. Es-tu amoureuse de quelqu'un d'autre ?

— En effet, je veux rompre.

— Et pourtant, vous voliez ensemble jeudi matin pour me souhaiter mon anniversaire. Je sais que tu as mal. Tu l'aimes. Tu n'as jamais cessé de l'aimer durant toutes les années de votre séparation. Vous êtes enfin réunies et tu fais un truc pareil ?

— Mais justement, le passé est le problème. Parce qu'en réalité, rien n'est passé.

Je sens à nouveau cette ombre dangereuse tapie en elle. L'exécrable sensation de nausée me reprend. Je prononce alors des mots qui me semblent peu convaincants, des mots trop faibles, alors que je tente de juguler mon mal au cœur qui s'amplifie :

— Je n'ai pas l'impression que tu veuilles véritablement te séparer d'elle.

— Elle doit quitter la maison. Elle devrait déjà être partie. Je lui ai dit que je lui donnerai tout ce qu'elle veut, mais il faut qu'elle s'écarte de nous tous, aussi loin que possible.

Le visage de ma nièce reste figé. Pourtant, sous sa surface presque minérale, je perçois une passion brûlante.

— Pourquoi « nous tous » ?

— J'étais avec Janet quand tout a commencé. D'abord à Quantico, puis lorsque nous vivions ensemble à Washington DC Janet n'était sur le radar de personne, à cette époque, contrairement à aujourd'hui.

Je peine à suivre son raisonnement, qui paraît dépourvu de logique, et insiste :

— Le radar de qui ?

— Aujourd'hui, elle est dessus, et c'est terriblement dangereux. Rien ne pourrait être plus redoutable, et ça ne peut se terminer que d'une façon. Elle veut que je perde tout ce qui m'importe.

— Janet ne veut rien te prendre.

— Je ne parlais pas d'elle.

Je me sens soudain glacée, malade, et exige :

— Alors, de qui ?

J'enfile ma veste. Je presse les paumes sur mon visage. J'ai si froid que mes ongles ont bleui. Je n'ai qu'une envie, me précipiter aux toilettes. Pourtant, je reste immobile et inspire avec lenteur. En silence, j'attends que mon malaise passe.

Et je la sens à nouveau. Je la vois bouger.

Chapitre 43

La bête énorme est tapie. Lucy lâche :

— La bière. La bière St. Pauli Girl. On ne la trouve pas partout, et peu de clients la commandent dans ce bar.

— Tu connais quelqu'un qui en boit.

Elle acquiesce d'un mouvement de tête, et je peux presque percevoir un changement dans la densité de l'air, dans les odeurs qui m'environnent.

Une odeur de gibier faisandé, mouillé. J'ai conscience qu'il s'agit d'une hallucination olfactive. Un coin très reculé et primitif de mon cerveau a déjà compris ce qui allait surgir, si effrayant que je ne parviens pas à lui donner une forme, à en créer une image consciente.

Lucy jette un long regard à notre serveuse et débite :

— Le dimanche 11 mai, jour de la fête des Mères, tard, à vingt-trois heures trente-neuf pour être précise, cette serveuse en particulier s'occupait d'une femme installée à la table là-bas, à côté du bar.

Elle me désigne une table de coin occupée ce soir par un homme lourd, vêtu d'un costume, qui sirote un whisky. Elle poursuit :

— Cette femme a commandé de la bière St. Pauli Girl, quatre bouteilles sur une période de deux heures.

Lorsqu'on a posé la troisième devant elle, à vingt-trois heures vingt-deux, elle s'est levée pour se rendre aux toilettes. Toutefois, ce ne fut pas son unique arrêt.

Je vois où ma nièce veut en arriver. Je m'accroche à ce qui me reste de résistance alors que la nausée revient en force et ramène une salive âcre dans ma gorge :

— Elle s'est arrêtée au centre d'affaires ?

— Tout juste.

La serveuse apporte la St. Pauli Girl de Lucy, mon gin et une grande carafe de tonic bien frais, avec des chapelets de petites bulles de gaz. Elle dépose les consommations devant nous et ne s'attarde pas. Lucy récupère sa bière et commente :

— Elle craint que je lui fasse des ennuis. Elle se trompe.

Je verse le gin sur les glaçons fondus et remplis le verre de tonic, puis demande :

— Pourquoi aurait-elle des ennuis ?

— Parce que les bières étaient offertes. Une seule, passe encore, mais quatre, cela faisait beaucoup. Elle affirme avoir eu cette générosité parce que la femme lui faisait peur. Elle l'a décrite d'un terme, « bizarre », avec un regard qui filait la trouille. Après avoir vidé chaque bouteille de bière, la cliente la glissait dans un sac fourre-tout. Elle n'a pas demandé de verre et a essuyé la table et sa chaise avant de partir.

— Et pourquoi cela ?

— À ton avis ?

— Elle ne voulait pas qu'on puisse récupérer son ADN ou ses empreintes digitales. C'est la serveuse qui t'a confié cela ? Et quand t'es-tu entretenue avec elle ?

Le gin-tonic me nettoie la gorge du goût de bile.

Une fois installés à l'hôtel, j'ai travaillé sur mon ordinateur. J'ai passé quelques appels, à Luke puis à Benton – qui n'a pas décroché. J'ai pris une douche, me suis changée puis ai rejoint Lucy au bar. À vingt-deux heures quinze. Elle était déjà descendue et avait obtenu les informations qu'elle cherchait. Je comprends maintenant pourquoi la serveuse l'évite.

Elle poursuit :

— Elle a vu les informations, d'autant que les meurtres ici et à Cambridge font la une partout. Je lui ai clairement fait comprendre qu'il serait imprudent qu'elle me cache quelque chose, en échange de quoi, si elle la fermait ensuite, je me tairais. Quatre bières gratos et Carrie, qui lui a fait du gringue, lui a filé un pourboire de cent dollars qu'elle a glissé sous la ceinture de son pantalon.

La bête sort enfin du maquis de mon inconscient, une très ancienne créature. Je bafouille :

— Carrie ? Carrie ?

Un mince sourire glacial joue sur les lèvres de Lucy qui formule :

— Cette fois, elle va perdre pour de bon. Je ne tolérerai aucun dommage collatéral. Ni Janet, ni un enfant, ni personne !

Je sens la haine dans sa voix, mais plus encore.

Je me penche vers elle, et tous les événements se télescopent dans mon esprit. Ils s'imposent soudain avec clarté. Les tirs, les tweets, les pièces de monnaie, Patty Marsico, Gracie Smithers, le bateau, le profil ADN altéré, les indices mis en scène, et maintenant la bière.

— Carrie Grethen.

Le ton plat de Lucy me terrorise encore plus que le nom prononcé.

La bière. La bière. La bière. Le vacarme de ces deux mots dans mon esprit. Dans ce bar. C'est Lucy qui a choisi le Madison Hotel, pas moi, et elle ne voit pas ce qui se passe. Une très ancienne peste, ensevelie depuis des lustres, se réveille soudain. Son envie de meurtre côtoie son désir sexuel. Elle sera infectée, peut-être l'est-elle déjà, peut-être l'a-t-elle toujours été.

Hé Doc,
TIC TAC…
Lucy, Lucy, Lucy et nous !

Un autre poème que l'on m'avait envoyé, celui-ci de Wards Island, dans l'État de New York, le pavillon des femmes du centre psychiatrique médico-légal de Kirby, dans lequel Carrie Grethen a été internée parce qu'elle se révélait trop dangereuse pour être détenue ailleurs. Criminelle mais irresponsable, inapte à subir un procès. Un mensonge. Rien ne pouvait être plus faux. Elle n'a jamais été folle, loin s'en faut, et je me souviens de ce que Benton a dit après qu'elle s'est échappée du pavillon de haute sécurité.

Carrie Grethen n'a pas fini de démolir la vie d'autres victimes.

Mes mains enserrent mon verre. Je déclare d'un ton contraint, choisissant mes mots avec soin, le regard fixé sur Lucy :

— Elle est morte. Nous avons vu, de nos yeux, son hélicoptère exploser dans les airs et s'abîmer dans l'océan après que tu as tiré dessus avec un AR-15 par la porte ouverte de ton appareil.

Carrie Grethen avait pris place dans un Schweizer blanc, incapable de rivaliser avec le *Jet Ranger* de Lucy, et encore moins avec les aptitudes de ma nièce. Mais notre réservoir était presque vide lorsque la mitraillette du pilote du Schweizer – le partenaire de meurtre de Carrie, un certain Newton Joyce – avait criblé de balles nos patins et notre fuselage. Lucy n'avait eu qu'une peur : s'écraser sur une plage bondée, des immeubles d'habitation ou encore des rues passantes. Elle avait donc viré pour se diriger vers l'océan Atlantique de afin que nous puissions nous crasher sans occasionner la mort d'innocents. La scène se déroulait il y a treize ans.

Ma nièce contre :

— Non, Carrie n'est pas morte. Néanmoins, les empreintes digitales ou l'ADN ne te serviront à rien. Ces fichiers n'ont jamais été supprimés de l'IAFIS ou de CODIS, mais elle le sait. Elle est beaucoup trop intelligente pour se faire pincer de cette façon, ni par la balistique ni par l'étude des traces. Nous parlons d'une femme qui m'a aidée à réaliser et à programmer le système informatique du FBI. Ne crois pas une seconde que les moyens traditionnels l'arrêteront.

Rien n'était trop violent, trop monstrueux aux yeux de Carrie Grethen. Elle s'était choisi un partenaire de meurtre, un sadique sexuel qui avait été défiguré, horriblement balafré. Il enlevait les objets de son obsession, les gens qui lui paraissaient beaux. Il leur tailladait le visage. Son congélateur était bourré de ses victimes.

Lucy poursuit, et j'ai l'impression qu'elle se décrit elle-même :

— Pour une Carrie, les sciences légales, c'est un peu les balbutiements des premières enquêtes scientifiques. Rudimentaire et enfantin.

Je revois le petit hélicoptère à moteur à pistons exploser en plein ciel. Une boule de feu puis des morceaux de fuselage qui tombaient en pluie dans l'océan. Il n'aurait pas dû y avoir de survivants. Mais de fait, je n'ai jamais vu Carrie Grethen à l'intérieur. J'ai aperçu le pilote, une furtive image de son visage couturé. Je suis partie du principe que Carrie occupait le siège du copilote. Comme tout le monde. En dépit des recherches, ses restes n'ont pas été retrouvés. Seul un bout de la jambe gauche carbonisée de Newton Joyce est remonté à la surface.

Lucy n'en a pas fini :

— Quantico. La salle du conseil, le Globe and Laurel, les lieux que nous fréquentions alors que nous développions CAIN. C'est ce que nous buvions ensemble, notre bière allemande préférée. Elle savait que je saisirais aussitôt l'allusion. « Tic Tac… Regarde l'horloge, Grand Docteur. »

Copperhead n'est autre que Carrie Grethen.

— Le poème que tu as reçu pour la fête des Mères est écrit dans le même style. « Surveille l'heure. Tic Tac Toc, Doc. » Elle t'a toujours haïe. Elle était jalouse de notre relation et ne supportait pas que tu n'aies pas peur d'elle.

Nous en étions presque venues aux mains lors d'une de nos premières rencontres. Je ne l'aimais pas, vraiment pas, une aversion presque instantanée. Je me souviens être restée en planque devant une boutique qui vendait du matériel d'espionnage, dans un centre commercial de Virginie du Nord. S'il n'y avait pas eu d'autres clients présents dans le magasin lorsque Carrie Grethen y était entrée, un gobelet de café à la main, je suis sûre qu'elle m'aurait jeté le breuvage brûlant à la figure. Je la vois. Je l'entends. Une autre scène défile dans mon esprit, avec autant de netteté que si elle s'était déroulée la veille. Je l'avais entraînée vers un banc désert, à côté d'une fontaine, et l'avais acculée d'une façon qu'elle n'oublierait jamais.

Inutile de faire assaut de charme avec moi. J'ai compris qui vous étiez.

Lucy a commencé son stage au FBI alors qu'elle était encore adolescente. Elle a été affectée à l'ERF de Quantico, un laboratoire de recherches hautement secrètes en ingénierie. Carrie s'est improvisée mentor. Je la revois distinctement, avec ses yeux bleu foncé, virant au violet lorsqu'elle devenait inflexible. Brune, elle possédait une beauté peu commune, de jolis traits. Soudain, le conducteur du pick-up de Rand Bloom s'impose à moi.

Des cheveux courts d'un blond lumineux, sans doute artificiel, de grosses lunettes et une casquette de base-ball rabattue bas sur le front. Il aurait pu s'agir de Carrie Grethen. Et tout d'un coup, j'en suis certaine. Lorsque je l'ai rencontrée pour la première fois à l'ERF, j'ai été incapable de lui donner un âge. Cependant, elle était plus vieille que Lucy, et devrait avoir une bonne quarantaine aujourd'hui. Elle était vaniteuse et très fière de sa petite personne. Sans doute a-t-elle pris grand soin d'elle-même. Elle a sans doute l'air plus jeune que son âge civil, et s'est maintenue en parfaite forme physique. À l'instar de ma nièce. Chacune est la face angélique ou démoniaque de l'autre.

D'une voix dont je sais déjà qu'elle ne traduira pas ma pensée, je reprends :

— D'accord, j'écoute. Je suis sensée et d'esprit ouvert. Je suis tout ouïe. Elle n'est pas morte.

À nouveau, Lucy scrute ce qui se passe autour de nous, comme si Carrie Grethen était entrée dans le bar. Elle admet :

— Je me suis toujours posé des questions à ce sujet. Je devais avoir l'intuition qu'elle n'avait pas pris place à bord de l'hélicoptère.

Ma nausée a disparu. Je demande :

— Alors, qui était-ce ?

— Te souviens-tu de la très forte réverbération sur la verrière de l'appareil ? Newton Joyce a commencé à nous tirer dessus. Peut-être était-il seul, après tout ? Je ne sais pas. Carrie n'était pas à bord et elle n'est pas morte !

Je tente d'écarter cette idée. Pourtant, j'ai tort, et mon attention ne pourrait être plus aiguisée :

— Tant d'années se sont écoulées. Où était-elle passée et pourquoi resurgit-elle aujourd'hui ?

— Elle me répétait qu'elle détestait les États-Unis. Il est clair qu'elle exécrait le FBI et n'avait intégré leurs rangs que pour leur voler des avancées technologiques.

Ma nièce a délaissé sa bière et continue sa surveillance du bar. Elle enchaîne :

— Elle voulait partir en Russie, travailler pour le renseignement militaire là-bas. Carrie éprouvait une admiration sans bornes pour l'URSS, et jugeait sa disparition catastrophique.

— Et tu n'as pas trouvé surprenant qu'une Américaine travaillant à Quantico émette ces jugements ?

Je m'efforce de conserver un ton factuel, de crainte qu'elle ne décèle un reproche. Du coin de l'œil, j'aperçois notre serveuse. Elle récupère ses affaires rangées derrière le bar et je lui fais signe de nous apporter l'addition.

Ma nièce se justifie :

— Je venais de rentrer en fac. Elle était très convaincante et manipulatrice… J'avoue que je la trouvais super. Peut-être que j'avais perdu toute objectivité. J'étais une rebelle. Je détestais les règles.

Certaines choses ne changent jamais. Pourtant, je me contente d'un :

— Intéressons-nous à ce qui s'est passé après son supposé décès dans l'explosion d'un hélicoptère.

Nous nous taisons, le temps que la serveuse dépose l'addition à côté de mon verre et qu'elle reparte d'une allure pressée.

Lucy poursuit d'une voix basse, intense :

— Peut-être Carrie n'est-elle pas partie tout de suite pour la Russie. Cependant, elle y a séjourné au moins durant la dernière décennie, et peut-être plus longtemps. Elle appartenait à un service de renseignements russe réputé pour ses tireurs d'élite. Ils portent des cagoules et aucun insigne qui permette de les identifier sur leur vêtement de camouflage. Elle résidait toujours à Kiev à l'automne dernier.

— Comment as-tu pu… ?

— Lorsque les fraudes sur ta carte de crédit ont débuté, j'ai aussitôt soupçonné que notre serveur était victime d'un piratage. La faille est passée par ta banque. Un pirate a exploité le bug Heartbleed sur la boîte à outils de chiffrement OpenSSL, utilisée par de très nombreux sites pour sécuriser les transactions Internet.

— Dont les achats en ligne.

Elle poursuit sur sa lancée :

— Bryce. Les fraudes ont commencé après qu'il a utilisé ta carte personnelle pour acheter un nouvel ordinateur portable en mars. Carrie a piraté son mot de passe. Le problème, c'est qu'au début je n'avais pas la moindre idée de l'identité du fraudeur. Je me doutais juste qu'il s'agissait de quelqu'un d'ultra-compétent.

— Et les débits continuels sur ma carte ?

Des montants assez modestes, ce qui m'avait étonné.

— Des appâts. Carrie attendait de voir si je changerais le mot de passe de Bryce. Tant que je ne m'y suis pas résolue, elle s'est rassurée. Elle en a déduit que je n'avais pas découvert que la sécurité informatique du CFC présentait une faille. J'ai continué à répéter que tu utilisais ta carte bancaire physique et que quelqu'un récupérait les informations de cette manière pour s'en servir. Je l'ai seriné à Bryce *via* des mails, ainsi qu'à Benton.

— Tu voulais qu'elle prenne connaissance de ces échanges. Tu sais de quelle manière elle réfléchit.

— Ça marche dans les deux sens.

— Une femme qui, un jour, a été ton professeur.

— J'ai dû faire preuve d'une extrême prudence. Il ne fallait surtout pas qu'elle comprenne que je la suivais à la trace à chaque fois qu'elle pénétrait dans notre serveur.

— Tu l'as laissée poursuivre durant des mois. Tu n'as changé le mot de passe de Bryce qu'aujourd'hui.

— Je ne pouvais pas la contrer plus tôt. Pas si je voulais déterminer son identité.

— Mais tu ne l'as pas découverte hier, Lucy ?

— Il fallait que je remonte la piste de Carrie. Je suis assez vite parvenue sur sa messagerie.

Bizarrement, je ne la crois pas.

Elle est obsédée, accro à un jeu auquel seule Carrie Grethen est capable de participer.

Je n'hésite pas à souligner ce que ma nièce s'applique à ignorer :

— À ceci près qu'elle avait infiltré tout ce qui nous concernait. Elle a pu accéder à des documents très confidentiels, des numéros de sécurité sociale, des comptes sur les réseaux sociaux, des données personnelles et des adresses. Bref, des indications qui lui permettaient de se manifester après un décès afin de s'octroyer ce que quelqu'un n'utiliserait plus jamais. Une plaque minéralogique ou un compte Twitter, par exemple.

Les morceaux du puzzle se sont mis en place. Les tweets que j'ai reçus du compte piraté d'un mort, la plaque minéralogique d'un autre défunt utilisée sur un camion, dont le numéro a été relevé sur l'embarcadère d'Edgewater Ferry, la veille du meurtre de Julie Eastman. On vient peut-être de récupérer le véhicule dans une marina de Marblehead Neck. Des items dérobés de morts possédant des liens avec le Massachusetts.

— Comment as-tu pu lui permettre de pénétrer dans notre serveur ? Comment as-tu pu te hasarder à lui offrir ne serait-ce qu'une chance d'altérer nos informations ?

Une telle invasion informatique pouvait virer au désastre absolu, incompréhensible, de nature à justifier la fermeture du Centre.

Elle argumente :

— Bryce n'a pas le niveau d'usager requis pour modifier quoi que ce soit sur notre serveur. Il peut consulter certaines données, sans avoir l'autorisation d'intervenir dessus ou de les supprimer, et j'ai sauvegardé l'intégralité de notre serveur. Je me suis assurée de notre sécurité.

— Ton empreinte ADN a été modifiée. Cela nécessite davantage qu'une simple autorisation de consultation.

— Carrie s'est fait jeter du système et j'ai restauré la banque de données à l'identique.

— En d'autres termes, elle est parvenue à découvrir un moyen d'y pénétrer. Cela pouvait se solder par une destruction terrible. Il me semble que tu as été tellement subjuguée par ta guerre cybernétique que tu as sous-estimé Carrie.

Lucy tourne le regard vers moi. Elle ne répond pas. Que pourrait-elle dire ?

Mais je n'en ai pas fini :

— Où résidait-elle lorsque tout cela a débuté ? Cet espionnage réciproque… Le petit jeu de filature au travers du *cloud* qui lui a permis de pénétrer dans nos mémoires par une porte dérobée…

— Elle n'a quitté Kiev qu'à l'automne dernier.

— Pourquoi, après toutes ces années ?

— Le moment de partir était venu. Ianoukovitch s'apprêtait à fuir l'Ukraine. Elle le savait et refusait de rester dans les parages. C'est la nature de Carrie. Elle peut jouer dans n'importe quel camp tant que ça la sert. Elle aime s'allier avec des hommes de puissance. Les patriarches, les prédateurs, les politiciens puissants.

— À l'image du représentant du Congrès Rosado ?

— Blanchiment d'argent, drogue. Des centaines de millions de dollars sont sortis de Russie. Il les blanchit grâce aux investissements immobiliers. Carrie n'avait aucun lien avec lui du temps où elle résidait aux États-Unis. Elle les a formés il y a trois ans. Rosado a découvert en elle une parfaite gestionnaire de crise. Quelqu'un qui possède une vertigineuse capacité à manipuler Internet, faire disparaître les problèmes. Bref, elle peut réaliser tous les souhaits de son employeur, à ceci près qu'elle a un vice de personnalité. Le même que lorsque je l'ai connue. Elle manque d'indépendance. C'est un parasite, elle l'a toujours été. Elle est faible et finit par bafouer ses propres règles.

En dépit de ce dénigrement, j'ai l'impression que ma nièce fanfaronne. Elle a l'air à nouveau captivée.

Je scrute son visage, à l'affût du moindre signe qui confirme mon intuition, et demande :

— Je suppose qu'elle a changé de nom ?

— Plus personne n'est à sa recherche, si tant est que ce fût un jour le cas. Mais elle a jonglé avec les *alias*, que j'ai tous communiqués à Benton.

— Et donc, il est au courant.

— Du moins maintenant.

— Quant à moi, il est regrettable qu'on ne m'informe de tout cela qu'aujourd'hui.

— Avant qu'elle abatte Jamal Nari et Gracie Smithers, pas une seconde je n'ai pensé qu'elle avait aussi tué Julie Eastman et Jack Segal. Ensuite, tu as reçu ce tweet le jour de la fête des Mères, et je suis remontée jusqu'à cet hôtel.

TIC TAC TOC, DOC. Un style identique au poème que Carrie Grethen m'a envoyé il y a treize ans de Kirby.

Lucy continue à me fournir des informations qu'elle n'a pas obtenues de façon honnête :

— Troy Rosado a conduit Gracie Smithers jusqu'à la maison familiale de Marblehead Neck. Elle s'était faufilée par sa fenêtre pour le rejoindre. Il est allé la chercher grâce à un service de voiture à la demande qu'il a payé par carte de crédit. Ce détail est mentionné dans les mails que Carrie a supprimés. Or, tu le sais, rien ne disparaît jamais tout à fait.

— Elle aussi en est consciente, n'est-ce pas ? Carrie sait les mêmes choses que toi.

— Gracie Smithers ne se doutait pas une seconde que le charmant Troy était une véritable ordure, jusqu'à ce que les choses dérapent alors qu'elle se trouvait seule en sa compagnie sur une propriété abandonnée. Ensuite, Carrie est entrée en scène.

Lucy est bien trop agitée et trop généreuse en précisions qu'elle ne peut pas tenir de source sûre. Je continue pour elle :

— Elle a tué Gracie, puis Rand Bloom. Elle a ensuite enlevé Joe Henderson.

Carrie est toujours le monstre que j'ai connu. Au demeurant, je suis sûre que sa malfaisance a empiré, et Lucy y est encore plus vulnérable que dans le passé. Ma nièce m'apprend :

— Le navire a été volé.

— Je l'ignorais.

Au moment où je prononce cette phrase, autre chose me traverse l'esprit. Ma nièce reprend :

— Il ne nous aidera pas à remonter jusqu'à Carrie. Quant à Gracie, elle ne parlera plus.

Ma question se transforme en menace :

— Lucy, pourquoi sommes-nous ici ? Pourquoi, au juste ? Espérais-tu qu'elle viendrait ?

— Pourquoi remettrait-elle un pied dans cet hôtel ?

— Mais parce que nous sommes là. Parce que tu es présente. Tu veux la revoir.

Lucy récupère l'addition, dépose quelques billets, et je repousse ma chaise.

— Enfin, n'as-tu pas conscience de ce que tu es en train de faire… ?

Je m'interromps net. Elle fixe l'écran de télévision scellé au-dessus du bar, happée par ce qu'elle voit. Elle souffle :

— Mon Dieu ! Incroyable !

Je ne parviens pas à saisir le commentaire du correspondant de la chaîne, mais une prise aérienne montre un grand yacht blanc avec, en arrière-plan, la côte de Floride du Sud. Suivent des photos de Bob Rosado dans le Bureau ovale, le jardin de roses, installé derrière son bureau du Congrès à Washington DC et les immenses grilles en fer forgé de sa propriété de West Palm Beach. Rosado, dont le front s'éclaircit, est un homme d'allure obséquieuse. Lourdement charpenté, il apparaît toujours vêtu de costumes sur mesure bien trop neufs et porte une montre en or tape-à-l'œil.

La bande défilante en bas de l'écran annonce :

Le représentant du Congrès Bob Rosado est décédé. Il faisait de la plongée sous-marine en famille cet après-midi à Fort Lauderdale. Les raisons de sa mort n'ont toujours pas été communiquées par une source officielle, mais des informations suggèrent une possible défaillance de son équipement.

Chapitre 44

De retour dans ma chambre, assise sur mon lit, j'appelle à nouveau Benton. Il ne répond pas sur la ligne de notre domicile et son portable est passé en mode répondeur. Je commence à rédiger un texto, puis me ravise.

Lucy m'a assuré que Carrie Grethen était maintenant dans l'incapacité d'accéder au serveur du CFC. Néanmoins, je ne parviens plus à ajouter foi à quoi que ce soit en ce moment. J'envoie donc à Benton un mail aussi squelettique que possible, *Appelle-moi, s'il te plaît*, puis m'inquiète de ce que l'adresse IP renverra vers cet hôtel. Cependant, Carrie peut déjà savoir où nous passons la nuit. Nous avons correspondu là-dessus par messagerie informatique. J'envoie ensuite un texto à Benton, texto qui reste sans réponse. Lorsque je parviens à joindre Marino, il semble se trouver dans un bar assez bruyant, en compagnie de Jack Kuster, sans doute.

J'attaque :

— Vous avez vu les informations ?

— J'm'apprêtais à vous téléphoner. Donc, ça se serait passé aux environs de dix-huit heures et c'est seulement maintenant, à minuit, qu'on en entend parler ? Bizarre, non ?

— Étant donné son identité, non. Toutefois, j'avoue que son décès relève d'une coïncidence perturbante.

Marino ne me semble pas dans une forme éclatante lorsqu'il répond :

— Peut-être une crise cardiaque. La plupart des plongeurs sous-marins claquent de ça.

C'est faux, mais je n'ai pas l'intention de discuter de ce point. Je l'entends lancer à quelqu'un :

— Ouais, un autre, volontiers. Désolé, Doc. Ce serait chouette que vous soyez avec nous. Y a un karaoké et la récompense a grimpé à cinq cents dollars.

— Vous ne comptez pas chanter, quand même ?

À son débit, je devine qu'il a trop bu.

— Ça prouve que vous m'avez jamais entendu pousser la chansonnette sous la douche. Vous voulez une autre théorie ? Sa bouteille. Peut-être qu'elle a été remplie accidentellement avec un mélange qui renfermait trop d'oxygène. C'est inflammable.

— Les théories qui ne s'appuient sur aucun fait sont inutiles. J'en ai soupé des théories, Marino.

— Ben, c'était juste histoire de causer.

— Je ne parviens pas à joindre Benton.

— J'l'ai pas eu récemment.

Je commence à dire : « Pourquoi vous aurait-il appelé ? », puis m'interromps. Marino ne supporte pas Benton et je me sens très seule.

Il lève la voix pour couvrir le vacarme et propose :

— Vous voulez que je rentre à l'hôtel ? Vous avez l'air secouée.

Je répète :

— Vous ne trouvez pas qu'il s'agit d'une sacrée coïncidence ?

— Hein ?

Sa voix me pulvérise les tympans et je baisse le volume de mon appareil.

— Le fait que Bob Rosado décède aujourd'hui ? Avec tout ce qui s'est passé ? Il était à un cheveu d'être arrêté, son fils aussi.

— Ben, j'sais pas…

— Eh bien moi, si.

Il semble s'écarter. Peut-être est-il sorti pour parler d'un endroit plus calme :

— Un mec de cette sorte ? Les politiciens de son genre sont blindés, et les coïncidences bizarroïdes existent. C'est peut-être ce qu'on appelle un « juste retour des choses ». Vous avez pas l'air en forme, Doc.

— Si, ça va.

— On dirait que vous êtes furax. Faut dire que la journée a été longue et qu'on a sué comme des bêtes.

Je lui demande si Lucy lui a parlé de Carrie.

Il marque une pause puis, impatient, débite avec brusquerie :

— Merde ! Ouais, j'ai discuté avec elle un peu avant que vous descendiez au bar. Elle m'a raconté qu'elle comptait s'entretenir avec une serveuse ou un truc de ce genre. Ça m'amuse pas de dire ça, mais c'est pas vraiment un scoop. Ça frémissait déjà et j'en suis venu à penser que Carrie faisait son retour. Dans l'esprit de votre nièce. Voyez ce que je veux dire ?

— Je le crains.

— Je m'en souviens comme si c'était hier. J'ai pas le bon mot pour le décrire. Un machin hypnotique, genre Sengali.

Svengali, ce personnage de fiction, maléfique et manipulateur, en plus d'être hypnotiseur. Cependant, je ne le reprends pas.

— Ouais, ce truc complètement addictif. Des gens qui vous rentrent si profond sous la peau qu'on ne peut plus s'en débarrasser. Exemple : mon ex-femme, Doris.

Je ne lui ai pas encore présenté mes condoléances, et déclare :

— Je suis vraiment désolée pour Beth Eastman.

— Ma première relation sérieuse. C'est archi-dingue quand on se revoit aujourd'hui. D'un côté, j'aimerais que ça ne se soit pas passé, mais la vérité c'est qu'on peut plus faire machine arrière. Je me souviens encore du bal de fin d'année, voyez, ce genre de conneries… Le truc de Lucy à propos de Carrie est ridicule, quelle que soit la façon dont vous le considériez. Je pense qu'elle devrait consulter un psychiatre et, en tout cas, elle a intérêt à se dégoter un excellent avocat.

Marino bute sur les mots. Je ne réponds pas et il reste silencieux quelques instants, puis poursuit :

— Me dites pas que vous la croyez, qu'il faudrait se mettre en chasse d'un foutu fantôme ?

— Nous n'avons jamais trouvé confirmation matérielle du décès de Carrie. Nous n'avions que les circonstances, et ce long silence qui pourrait s'expliquer si elle avait vécu dans un autre pays au cours des dix dernières années, ou même davantage.

— Ce dont Lucy a besoin, c'est d'un psychiatre et d'un avocat, j'vous dis. Le meilleur qu'elle puisse s'offrir. Je sais que le foutu FBI est en train de renifler sa piste. Un de leurs agents m'a appelé pour me poser des questions mais j'ai rien lâché.

J'entends le claquement de son briquet. Marino, le grand frère *de facto*, l'oncle *de facto* qui a appris à Lucy à tirer, à conduire son pick-up ou une moto pendant qu'elle lui enseignait la tolérance, continue :

— Plein de trucs se passent. Peut-être qu'elle n'arrive plus à aligner deux idées cohérentes. Vous savez, ce problème avec le neveu de Janet. Elles avaient déjà préparé une chambre pour lui mais Lucy ne veut pas de gosses. Bon, d'un autre côté, soyons honnêtes, probablement qu'elle serait nulle avec un gamin.

Les larmes me picotent les yeux. Il était au courant avant moi. Je l'entends tirer sur sa cigarette. Je lui recommande de faire attention à lui et de ne pas rester dans ce bar toute la nuit.

Je reste là, assise sur le bord du lit. Je contemple mon téléphone jusqu'à ce que ma vision se trouble complètement. La route sombre qui séparait les bureaux du FBI des champs de tir m'apparaît alors. Elle débouchait sur une clairière ponctuée de barbecues et de tables de pique-nique ombragés par les épaisses silhouettes des arbres. Le vent humide charriait les odeurs de l'été. Il chahutait entre les feuilles et m'évoquait le bruit d'une ondée. Leurs voix lointaines me parvenaient. J'entendais l'embrasement d'une allumette.

Je ne saisissais pas ce qu'elles disaient alors que je me rapprochais dans l'obscurité et que le bout incandescent d'une cigarette passait de l'une à l'autre. L'académie du FBI. Lucy était presque encore une enfant. Sa voix blessée, tendue d'une attente. Carrie l'apaisait et, pourtant, elle la dominait alors qu'elles partageaient une cigarette. J'avais compris à ce moment précis.

« Pourquoi fallait-il que ce soit toi ? Pourquoi fallait-il que ce soit toi ! »

Je me souviens de ce que j'ai ressenti et de ce qui s'est produit lorsque j'ai dit : « Je t'ai vue dans la zone réservée au pique-nique, la nuit dernière. »

J'avais abordé le sujet lors d'une conversation banale, comme s'il importait peu.

Lucy s'était écriée d'un ton presque haineux : « Alors maintenant, tu m'espionnes. Épargne-moi tes sermons !

— Je ne te juge pas. Aide-moi à comprendre. »

L'enfant que j'avais contribué à élever venait de disparaître. Je ne reconnaissais plus cette Lucy-là. Je m'étais rongé les sangs, me demandant quelle erreur j'avais commise. Qu'avais-je bien pu faire pour qu'une telle situation survienne, pour qu'elle choisisse quelque chose de si dangereux, de si dommageable ?

« Tu ne peux pas me transformer en quoi que ce soit », m'avait-elle lancé. Pourtant, là n'était pas mon propos.

En réalité, mon propos ne varierait pas aujourd'hui. Sa première expérience n'aurait jamais dû être empoisonnée. Après toutes ces années et ce que j'ai ressenti, j'éradiquerais Carrie Grethen de la surface de la terre sans états d'âme. À ma grande consternation, peu m'importerait de la tuer, de la tuer véritablement afin qu'elle soit oubliée à jamais. Peut-être devrais-je avoir honte d'exécrer un être à ce point. Ainsi va la nature humaine. Les gens se ressemblent plus qu'ils ne divergent.

J'appelle le bureau de Benton :

— Désolée de vous déranger. Je suis le docteur Scarpetta.

— Puis-je vous être utile, m'dame ?

— Je cherche mon mari.

— Et qui est-il, m'dame ?

Encore une nouvelle recrue qui assure la permanence de nuit à la réception. Ce même comportement guindé, au point qu'on a le sentiment d'avoir un mur en face de soi, me donne des envies de le piquer avec un aiguillon électrique à bestiaux.

— Je suis le docteur Scarpetta, la femme de Benton Wesley.

— Et que puis-je faire pour vous, m'dame ?

Une colère froide, glacée, m'envahit.

— Je tente de le joindre. C'est important, et merci de cesser avec vos m'dame.

— Je ne suis pas autorisé à donner des informations…

— Je suis le médecin expert en chef, son épouse, et il est crucial que je parvienne à le joindre.

— Avez-vous essayé de lui laisser un message ?

— Non, je suis trop stupide pour ça.

— Je ne voulais pas vous vexer, m'dame. Je fais suivre le message. Je crois bien qu'il n'est pas disponible à l'heure actuelle.

Je fournis des efforts surhumains pour ne pas lui hurler dessus, et parviens à articuler :

— Vous croyez ?

— Lorsqu'il rentrera, je m'assurerai qu'il vous appelle.

— Rentrera d'où ?

— Je suis désolé, mais…

Je lui raccroche au nez et jette mon téléphone sur le lit, où il rebondit. Je me précipite vers le minibar, y découvre une autre mignonnette de gin, mais la délaisse. Au lieu de cela, j'attrape une bouteille d'eau et éteins les lumières. J'attends que tout cela disparaisse à la manière d'un rêve affreux. Inepte espoir.

Chapitre 45

J'allume une lampe d'une chiquenaude et imagine entendre de lointaines détonations. Il ne s'agit pas d'un bruit d'explosion, ni même de claquements violents. Davantage du son plat d'un craquement, comme si je rompais de mes mains une carotte ou une tige de céleri. Je pense à ma cuisine, et me souviens que je ne suis pas à la maison.

J'éteins la fonction réveil de mon téléphone après un sommeil haché. J'ai l'impression de m'être réveillée à chaque heure. J'ai spéculé, tenté de résoudre des problèmes, me suis inquiétée au sujet de Lucy pendant que Carrie Grethen faisait des incursions dans mon esprit à la manière d'une ombre malfaisante. J'ai vu ses yeux et la façon dont ils m'épinglaient. Je sais qu'elle voulait me faire du mal, qu'elle voulait me voir morte. Je m'assieds dans le lit.

Les lumières tamisées lèchent les meubles anciens, les appliques en verre taillé aux nuances ivoire, le papier peint damassé de couleur crème. Je me souviens où je suis. Le Madison Hotel. Ma suite est située au troisième étage, en coin, et donne sur une cour intérieure. Le mince interstice entre les doubles-rideaux au motif floral laisse filtrer une obscurité complète. Je ressens un pincement d'impatience, et ma conscience se fait plus aiguë.

En dépit de mes efforts, les doubles-rideaux ont refusé de se fermer complètement, même après que j'ai poussé une chaise devant eux, et coincé sans ménagement les panneaux d'épais tissu contre la fenêtre. À un moment quelconque de la nuit, ils ont dû s'entrouvrir. Une phrase de Nietzsche me revient alors que je fixe le vide sombre par l'interstice : « Si tu regardes au fond de l'abîme, l'abîme regarde aussi en toi. » Je me lève enfin et replace la chaise où elle se trouvait.

Je n'ai pas peur du noir. Toutefois, je n'ai nulle intention de faciliter la tâche à un espion qui m'épierait alors que je lis ou travaille sur mon ordinateur portable lumières éteintes, ou pire, lorsque je dors. Il suffirait pour y parvenir qu'il ou elle utilise une lunette de vision nocturne haute résolution. De surcroît, Carrie Grethen est de retour. Son indéniable présence m'environne. Lorsque je fais volte-face, elle se décale. Où que je regarde, elle se place derrière moi, à la manière d'une ombre étirée.

Les prédateurs fixent leur proie. Ça commence par le regard.

Benton a tracé ces mots à l'encre sépia sur une feuille de son sobre papier à lettres filigrané. Il porte juste ses initiales *BW* en relief, sans autre information personnelle, ni adresse ni numéro de téléphone. J'ai toujours conservé ce message, le premier qu'il m'ait jamais écrit il y a plus de vingt ans, alors qu'il était marié à une autre femme. Je me sens vide du manque de lui, mais du moins est-il en sécurité. Il m'a envoyé un texto à trois heures du matin pour me prévenir qu'il m'appellerait. J'attends toujours. J'allume la télévision à l'aide de la télécommande.

Les informations ne sont guère différentes des autres jours, les difficultés économiques, la criminalité locale, les désastres du coin. Un petit avion s'est écrasé, on déplore quatre morts. Un incendie s'est déclaré, deux personnes ont été hospitalisées, intoxiquées par les fumées. Je tire mes sacs de la penderie et les pose sur le lit alors que la présentatrice revient sur le décès de Bob Rosado.

« … Sa dépouille a été transportée au quartier général du médecin expert en chef de Broward County la nuit dernière. Nous n'avons toujours pas de détails sur ce qui a pu provoquer le décès du représentant du Congrès alors qu'il faisait de la plongée sous-marine en famille, du pont de son yacht. Le drame s'est déroulé hier, en début de soirée. Peut-être Sue Lander a-t-elle d'autres informations. Sue ? Bonjour. »

Le parking plongé dans l'obscurité, situé derrière les bureaux de mon confrère, se matérialise à l'écran. Les véhicules blancs de scène de crime et les palmiers sont à peine visibles dans l'embrasement des lampes à vapeur de sodium. La correspondante du nom de Sue cramponne son micro d'une main, le visage vide, jusqu'au moment où elle comprend qu'elle passe en direct. Elle commence :

« Bonjour.

— Sue ? Que se passe-t-il en Floride du Sud en ce moment ? Avez-vous de nouvelles informations ?

— Les médias n'ont pas cessé d'aller et venir durant toute la nuit. Vous voyez cependant que tout est redevenu calme. Ce que nous savons, c'est que le docteur Raine a quitté le parking il y a environ deux heures et qu'il n'est pas revenu. »

D'autres plans défilent, dont la silhouette d'un complexe en stuc, à toit plat, de plain-pied. Le lourd volet de la baie de déchargement se soulève en protestant et l'on entend le grondement d'un moteur avant que paraisse un SUV blanc, dont les phares étincellent sur les buissons d'hibiscus. Une meute de correspondants et une constellation de caméras d'épaule s'avancent. Le visage fermé d'Abe Raine apparaît derrière la vitre. Il refuse de regarder quiconque, et ça ne lui ressemble pas. Raine est encore jeune, énergique, un ancien quarterback de l'équipe de Notre-Dame, vraiment pas le genre à fuir une confrontation avec des journalistes, ni personne d'ailleurs.

« Docteur Raine ?

— Docteur Raine !

— Pouvez-vous nous dire ce qui se passe avec…

— Savez-vous ce qui a tué le représentant du Congrès Bob Rosado ?

— Existe-t-il des indications suggérant un homicide ? »

Ils obtiennent pour unique réponse la lumière rubis des feux arrière alors que le médecin expert en chef sort au pas du parking, longe un lac artificiel puis disparaît. La caméra revient dans le studio de Morristown.

« Cela signifie-t-il que le corps du parlementaire est resté là-bas toute la nuit, Sue ? N'est-ce pas un peu étonnant ? »

La voix hors champ de la correspondante répond :

« Ainsi que je l'ai mentionné, la dépouille de Bob Rosado était à l'institut médico-légal il y a encore deux heures. Le communiqué le plus récent que nous ayons eu précise que l'autopsie sera terminée aujourd'hui. »

Terminée ? Quelle étrange façon de le formuler. J'enlève la large blouse de coton dans laquelle j'ai dormi et récupère les vêtements dont j'ai décidé qu'ils étaient adaptés à mon idée du yoga, surtout des étirements et des exercices d'assouplissement. « Mon petit moment personnel », ainsi que je l'ai baptisé. Je pratique les mouvements seule, dans ma chambre, en short moulant et extensible et haut sans manche avec soutien-gorge intégré.

La présentatrice reprend, et son interprétation est loin de me convaincre :

« En conclusion, l'autopsie est encore en cours. Peut-être patientent-ils dans l'attente de nouveaux tests ? »

Je connais bien Raine, et ne crois pas un instant qu'il aurait remis l'autopsie lors d'une affaire de cette importance. Quant au retard, il n'a absolument rien à voir avec quelque test qu'il ait demandé. Plus il attend, plus les médias vont s'agglutiner et plus les rumeurs vont se répandre. Elles n'ont, au demeurant, pas attendu.

Du moins si ce décès dépend de sa juridiction, et ce n'est probablement plus le cas.

J'ai formé le même soupçon hier soir, dès l'annonce du décès de Bob Rosado. Cependant, ce matin il a pris en épaisseur, en certitude. Je m'imagine Raine, bouclé dans son bureau. Je l'entends presque détailler les préparatifs, discuter des stratégies possibles, recevoir des conseils et des ordres. Je parierais qu'il s'est débarrassé du dossier à la manière d'une patate chaude. Il avait au moins une bonne raison de s'y résoudre.

La Sunshine Law de Floride rend accessible au public les dossiers du gouvernement fédéral, par exemple les photographies, les rapports, et toute autre information documentée relative à une enquête médico-légale. Si mon confrère souhaitait garantir une discrétion absolue, il avait un moyen d'y parvenir : requérir l'assistance du FBI et du médecin expert en chef des forces armées, l'AFME. Il pouvait, en toute légitimité, invoquer le fait que Rosado était un officiel du gouvernement fédéral et, par conséquent, pas un problème spécifique de la Floride.

Il aurait pu m'appeler. Cependant, le protocole veut que l'on contacte directement mon patron, John Briggs. Je suppute que les deux hommes ont une petite idée de certains aspects fâcheux. Bob Rosado est mort peu avant que sa réputation soit publiquement souillée par des accusations très graves. Le couperet serait tombé dans quelques heures, quelques jours peut-être. Gracie Smithers et la participation de son fils Troy au meurtre de la jeune fille, le meurtre d'un enquêteur d'assurances, Rand Bloom, lié aux affaires immobilières du parlementaire, et bien sûr l'éventualité d'un blanchiment d'argent, sans oublier la collaboration d'une gestionnaire de crise, une psychopathe du nom de Carrie Grethen que tout le monde croyait morte, à tort.

Gordian knot, un « nœud gordien ». Un nœud impossible à défaire avant qu'Alexandre le Grand trouve la solution et le tranche de son épée, en d'autres termes en trichant. Quel nom évocateur pour une compagnie, et je me demande qui l'a suggéré. Carrie Grethen s'impose encore à moi. Il s'agit d'un nom assez sibyllin, un genre qu'elle doit aimer, un nom qui implique l'utilisation de la violence lorsqu'elle peut être utile ou, dans son cas, lorsqu'elle fait plaisir.

Elle ne travaille pas seule.

Ses « Clydes », ainsi que les appelait Lucy. Carrie s'est toujours associée un partenaire de crime. Temple Gault. Newton Joyce. Sans doute y en a-t-il eu d'autres, mais Troy Rosado pourrait être le candidat le plus récent. Je reviens encore et toujours à ma nièce. Lorsqu'elle a travaillé avec Carrie à Quantico et qu'une relation sentimentale s'est nouée entre elles, elle n'était qu'adolescente, à peu près du même âge que Troy. Une relation qui n'est pas terminée, et peu importent les dénégations de Lucy.

Je me suis installée au bord du lit, mon ordinateur portable sur les cuisses. Je surfe sur Internet dans l'espoir de trouver d'autres précisions sur la mort de Bob Rosado. L'article le plus complet a été publié par le *New York Times*. Les informations télévisées ont déjà relaté la plus grosse part de ce que je lis, hormis quelques détails additionnels fournis par la police et les premiers intervenants, qui ont refusé que l'on cite leurs noms.

Le parlementaire de cinquante-deux ans est mort à dix-huit heures environ, alors qu'il plongeait au-dessus du *Mercedes*, un cargo allemand qui a coulé dans les années 1980. Il a été transformé en récif artificiel, sous trente mètres de profondeur, éloigné de la côte d'à peine deux kilomètres. Bob Rosado avait prévu une plongée assez tardive parce qu'il ne voulait pas nager avec d'autres plongeurs, ni être entouré de leurs bateaux, par envie de tranquillité et pour sa sécurité.

Chairman du sous-comité de la Homeland Security chargé de la sécurité maritime et des frontières, il faisait une cible potentielle pour les cartels de la drogue et le crime organisé. Si ce que Lucy affirme est vrai, Rosado se révèle un criminel d'une envergure bien supérieure à tous ceux qui auraient pu souhaiter sa mort. Je continue ma lecture. On l'a vu s'avancer sur le plongeoir, et sauter dans l'océan. Il a flotté à la surface avec son équipement de contrôle de flottabilité, son gilet stabilisateur gonflé. Puis il a semblé que sa bouteille ne fonctionnait pas. Une soudaine échappée de gaz pressurisé s'est traduite par « plusieurs échos de détonations », qui l'ont propulsé en l'air et fait tournoyer.

Pourquoi plusieurs ?

La question me trotte dans l'esprit pendant que la présentatrice s'attelle aux prévisions météo locales. Cette journée dans le New Jersey devrait atteindre des records de température.

Des détonations, plusieurs ?

J'éteins la télé et parcours le Web à la recherche d'une explication. Je ne découvre rien, hormis des théories et des spéculations échevelées. Il a eu les cervicales rompues. Un joint torique était fautif. Quelqu'un a bidouillé son détendeur au premier étage. Une bombe était lestée à l'extrémité de l'ancre. Un requin l'a attaqué. Son équipement a été saboté par la mafia. Peut-être que sa femme voulait hériter. Je renonce à mes exercices de yoga. Assise sur le rebord du lit, je réfléchis. J'attends que la sonnerie de mon téléphone se déclenche, certaine que cela ne tardera pas.

Le général Briggs est un oiseau du matin. Il se lève le plus souvent à quatre heures. Il devrait déjà être installé derrière son bureau de la base Air Force de Dover, Le Havre des Morts où j'ai passé de longs mois lors d'une formation en radiologie il y a quelques années. À moins qu'il ne soit en déplacement, en Floride par exemple. Je patiente encore quelques minutes, arpentant ma chambre. Personne ne répond dans son bureau. Je tente de le joindre sur son téléphone portable, sans plus de chance. Peut-être est-il toujours à son domicile ? Je compose son numéro privé.

La sonnerie résonne à trois reprises, puis :

— Allô ?

— Ruthie ?

La voix de sa femme me parvient, ensommeillée et surprise :

— Oui ? Oh, mon Dieu, c'est vous, Kay ? Il va bien ?

— Y a-t-il une raison qui vous fasse craindre le contraire ?

— C'est donc que vous n'êtes pas à ses côtés ?

Elle est enrouée et m'évoque une femme qui a beaucoup pleuré.

— Non, Ruthie. Je suis navrée de vous appeler si tôt. Je vous ai réveillée. J'espérais pouvoir discuter avec lui de l'affaire Rosado survenue en Floride.

Sa voix heurtée, déprimée, me parvient :

— Je pensais qu'il était peut-être avec vous.

— Non, j'ai passé la nuit dans le New Jersey.

— Je vois. John est parti là-bas, mais que s'est-il passé au juste ? Je ne sais pas, mais je peux vous assurer qu'il était très stressé. Il a littéralement foncé hier soir, juste après avoir reçu un coup de téléphone.

— Au sujet du parlementaire ?

— Peu avant dix-neuf heures, hier soir.

Au moment où je me trouvais sur le terrain de tir et où Benton ne répondait pas à mes appels.

— En dépit du fait qu'il déteste la CIA, je ne vous apprends rien, puisque leur hobby préféré semble être de le harceler ? Ils le fliquent en permanence, ne cessent de l'accuser de laisser fuiter les informations…

J'ignorais que Ruthie avait des tendances paranoïaques aussi marquées. De fait, elle paraît au bord de la crise de nerfs. Elle poursuit :

— Et vous savez ce que je lui réponds ? Je lui dis : « John, tu crois que tu es différent ? » Une vie de secrets, de mensonges, de menaces d'être enfermé à Leavenworth. Voilà ! Si quelqu'un a mis notre téléphone sur écoute, je m'en moque. Je viens d'avoir cinquante ans, la semaine dernière et… La vie est courte, vous le savez mieux que moi. Lui parlerez-vous ?

— De quoi ?

— Sa tension et son cholestérol ont explosé. Il souffre du syndrome de Raynaud et il a fallu changer son bêta-bloquant parce que son rythme cardiaque avait trop ralenti et que, par moments, il tombait presque dans les pommes. Il ne doit pas plonger ! On le lui a dit de façon formelle !

— Il a l'intention de plonger ?

— Il a embarqué son équipement, alors bien sûr ! Le médecin s'y est opposé mais vous le connaissez. Avec tout ce qu'il voit, tous ces gens qui sont tués, et il croit que ça ne lui arrivera jamais. On s'est terriblement disputés avant qu'il parte. Je vous en prie, Kay, empêchez-le. Je ne veux pas perdre mon mari.

Elle éclate en sanglots.

Chapitre 46

Je fais coulisser la baie vitrée et sors sur le balcon. Le ciment de la terrasse est tiède et sec sous la plante de mes pieds.

Je suis bien placée pour savoir à quel point Briggs peut se montrer obstiné. La plongée sous-marine est hors de question dans son cas, surtout si des recherches épuisantes sont projetées. Dur à cuire, pur produit de l'armée, il est dépourvu de peur. Il se croit invincible. Il est d'une fierté tatillonne et supporte très mal l'avancée de l'âge. Il finira par se tuer s'il ne fait pas un peu attention. Il va falloir que je le manœuvre avec tact.

Un air lourd m'environne, et je pénètre sur l'application météorologique de mon téléphone. Il fait déjà trente degrés, à cinq heures du matin, plus chaud qu'en Floride du Sud, où un agréable vingt-trois degrés règne. Des orages sont attendus dans l'après-midi. Le roulement lointain de la circulation me parvient comme un ressac ou le vent. Une ligne à haute tension grésille. Si l'on a évoqué la nécessité de l'intervention de plongeurs, cela signifie que quelque chose doit être récupéré, et je me demande quoi.

Je me penche pour regarder la piscine illuminée, langue bleue turquoise dans l'obscurité épaisse, trois étages plus bas. Je distingue à peine les larges parasols rouges roulés à la manière de sucettes et les chaises longues blanches alignées les unes à côté des autres qui ressemblent à des touches de piano. Je rejoins la fraîcheur du salon de ma suite et vérifie les vols à destination de Fort Lauderdale. Un direct Virgin America décolle de Newark dans deux heures et demie.

J'ai l'intention de le prendre mais n'en dirai rien à Lucy pour l'instant. Elle insisterait pour m'accompagner et c'est exclu. Elle ferait des pieds et des mains pour que je monte à bord d'un avion privé, et je refuse. Quoi qu'il se passe, elle ne peut plus être impliquée, parce qu'elle l'est déjà trop. Carrie Grethen. Lucy éprouve toujours des sentiments à son égard, de vieux et puissants sentiments. L'amour, la haine, le désir, une exécration meurtrière. Quoi qui prédomine en elle, il s'agit d'une émotion létale, pas seulement pour elle-même mais pour tous. J'enfonce une dosette dans la machine à expresso. J'écoute les gargouillis de l'eau chaude forcée dans les orifices d'injection et me souviens de notre conversation de la nuit dernière, de son regard, et de ce que j'ai perçu. Les effluves du robuste café brésilien s'échappent de la tasse. Je réserve mon vol.

Je préviendrai Lucy lorsque j'aurai décollé. Marino et elles doivent rentrer. Ils doivent rester étrangers à la suite de cette affaire. Je passe un pantalon de treillis et un polo sur mon short et mon haut de yoga. La douche sera pour plus tard, quant au maquillage, je n'en ai pas besoin. Je sais ce que je fais. Je récupère la tasse d'expresso, noir, surmonté d'une écume couleur bronze.

Alors que je m'apprête à rappeler Benton, il est à l'autre bout de la ligne. Il se trouve bien où je le pensais, et pour la raison que je supputais. Bob Rosado a été assassiné. Par balles. Briggs a déboulé aux environs de minuit et réalisé l'autopsie. Une seule explication justifie qu'elle ne soit pas encore « terminée ». Des indices biologiques doivent être récupérés du site de plongée, du fond de l'eau.

Benton poursuit son explication :

— Le fusil a été retrouvé sur le yacht. Un PGF .300 Win Mag avec frein de bouche et des munitions en cuivre plein, des Barnes cent quatre-vingt-dix grains, polies comme des joyaux.

— Des gravures sur les balles ?

— Non.

— Avez-vous retrouvé le *tumbler* ? Une idée de l'endroit où les projectiles ont été fabriqués à la main ?

— Pas encore, mais l'arme appartient à Elaine Rosado. On n'a pas découvert d'empreintes digitales dessus. On l'a écouvillonnée pour l'ADN puis ils l'ont pulvérisée avec un réactif chimique, et un truc a scintillé.

— De l'eau de Javel. Quelqu'un l'a essuyée et s'est assuré que l'ADN serait détruit.

— Il semble que Mme Rosado l'ait achetée pour son mari. Il partait chasser le gros gibier plusieurs fois dans l'année, en Tanzanie, au Monténégro, au Cambodge. À l'évidence, personne ne s'est aperçu que le fusil avait disparu de leur armoire sécurisée, installée dans leur maison de West Palm Beach.

À califourchon sur l'accoudoir du canapé, je demande :

— Que t'a raconté Lucy au sujet de Carrie Grethen ?

— Elle m'a téléphoné hier après t'avoir quittée. De ce que j'ai compris, Carrie se serait associée à Troy Rosado, un grand classique. Elle en a l'habitude. Le mâle pense qu'il domine, grave erreur.

— Marino n'y croit pas.

Benton rectifie :

— Il refuse d'y croire. Revenons un peu en arrière. Selon moi, le fusil a été transporté jusqu'à West Palm Beach hier matin, lorsque Troy est rentré chez lui à bord du Gulfstream de son père. Peu avant le meurtre, l'arme est parvenue sur le yacht où la police l'a découverte la nuit dernière.

— Et les douilles ? Les flics en ont-ils trouvé ?

— Non. Le chargeur est absent, et je suppose que Carrie l'a balancé par-dessus bord. Les Rosado la connaissent sous le nom de Sasha Sarin, nom figurant sur un passeport et d'autres documents volés en Ukraine l'année dernière. Lorsque Troy est rentré hier, un second passager de ce nom était à bord de l'avion.

— Bob Rosado connaissait-il la véritable identité de la gestionnaire de crise qu'il a embauchée ?

Benton affirme :

— Je suis bien certain que non. Il faudrait être gravement fêlé pour employer un spécimen tel que Carrie Grethen.

Je répète :

— *Sarin ?*

Elle a dû juger cette fausse identité extraordinairement amusante lorsque l'opportunité s'est présentée.

Une personne affublée du nom d'un gaz neurotoxique mortel.

Benton continue :

— Les pilotes l'ont décrite comme séduisante, la quarantaine, mince avec des cheveux blond clair et portant d'imposantes lunettes. Lorsqu'elle est montée à bord de l'avion avec Troy hier matin, elle avait un étui à guitare à la main. Le genre que possédait Jamal Nari. Tu te souviens qu'un des étuis avait disparu de son appartement ? Trois guitares mais deux mallettes de protection.

Je suis déconcertée et répète :

— Un étui à guitare ?

— Je suis presque certain que Carrie transportait le fusil dedans. Démonté, il rentre sans problème. Un étui pour guitare RainSong qu'elle a gardé à bord. Un des pilotes l'a remarqué parce qu'il est musicien. Il a précisé qu'elle l'avait attaché avec la ceinture de sécurité sur un siège libre et qu'elle l'avait récupéré dès l'atterrissage. Personne d'autre qu'elle n'a pu le toucher.

Je réfléchis à haute voix :

— Elle se trouvait donc dans l'appartement des Nari. Elle a mis en scène les guitares sur leurs trépieds et a volé un des étuis ?

— Exact.

— Quand ? Pas après qu'il a été abattu. Elle n'aurait pas eu le temps. Si Jamal Nari avait rangé ses guitares avant de sortir pour faire des courses, cela signifie que Carrie a pénétré dans l'appartement alors que lui et sa femme étaient absents.

— Les serrures et les codes de systèmes d'alarme n'ont jamais présenté de difficultés pour elle, Kay. Elle a dû se délecter. Elle s'est promenée dans l'appartement, aux anges, et a ressassé ce qu'elle allait faire. Elle a dérobé quelque chose que sa future victime aimait beaucoup, un souvenir, un symbole de Jamal. Lorsqu'il est rentré chez lui, les sacs d'épicerie dans les bras, il a dû remarquer que ses guitares avaient été replacées sur leurs trépieds et se demander comment une telle chose s'était produite. Sans doute une de ses dernières interrogations.

Benton énumère des enchaînements indiscutables sans passion, certain de ce qu'il avance. On pourrait croire qu'il parle d'une maladie chronique en rémission depuis des années, qui exploserait à nouveau. Il peut prédire sa progression, chacun de ses symptômes, et il faut impérativement que je rejoigne la Floride. Mon anxiété est au maximum alors que j'imagine ce qu'il me décrit, et que je me demande si Carrie Grethen avait l'intention d'assassiner Rand Bloom. Que fichait-il sur la propriété des Rosado ? Devait-il la rencontrer et se connaissaient-ils ?

Durant sa carrière au ministère de la Justice, Rand Bloom s'est assuré que toutes les accusations contre Bob Rosado seraient enterrées. Bob Rosado avait en lui un allié et un protecteur. Toutefois, peut-être Rand Bloom est-il devenu une gêne, un problème.

Il devait être au courant des drogues, du blanchiment de l'argent, si tant est que tout cela soit vrai. Peut-être Rand Bloom en savait-il trop. Peut-être Carrie a-t-elle décidé de s'en débarrasser. Ou alors, plus probablement, l'envie l'a saisie de lui plonger un poignard dans le cœur. C'est également l'hypothèse de Benton.

Il renchérit :

— Elle se sentait d'humeur à tuer, qu'elle l'ait planifié ou pas. En revanche, ça ne la branchait pas de tuer le détective Joe Henderson lorsqu'il s'est montré. Elle a dû juger plus amusant de l'enlever et de le terroriser. De surcroît, elle nous montre qu'elle peut faire preuve de compassion, puisque c'est ainsi qu'elle se voit. Les sujets qui appartiennent à ce profil n'agissent que rarement par opportunisme. Certaines de leurs actions sont prévues, d'autres pas. En revanche, elle a un but. Lucy. Carrie a refait surface pour Lucy.

Cette pensée me met en rage et je siffle :

— Et pour faire quoi ? Qu'est-ce que cette foutue salope veut ?

— Peut-être pense-t-elle qu'elles reprendront leur histoire d'amour, un fantasme tordu.

— Lucy est en danger, un danger extrême.

— C'est notre cas à tous. Peut-être même davantage que Lucy, si tu veux mon avis. Carrie veut la rejoindre et nous lui barrons la route. En réalité, nous nous transformons en armes qu'elle peut utiliser pour blesser Lucy.

— Carrie était-elle à bord du yacht lorsque Bob Rosado a été tué ?

— Ça semble évident.

Je passe dans la salle de bains pour ranger ma trousse de toilette, et Benton continue de me décrire les suites de l'assassinat du parlementaire. Dans la panique et le chaos qui en ont résulté, on ne s'est pas rendu compte immédiatement que Troy manquait à l'appel et qu'il était sans doute parti en compagnie de Carrie.

Je remonte la fermeture Éclair d'un de mes sacs de voyage pendant que Benton poursuit :

— Le yacht est équipé d'un canot pneumatique semi-rigide, un RIB de six mètres de long, qui a également disparu. On suppose que Troy l'a mis à l'eau pour rejoindre le rivage. L'équipage se trouvait dans le poste de timonerie et à la cambuse centrale au moment des faits. Il ne pouvait donc pas voir le pont supérieur, sauf si un des membres avait surveillé cet endroit du yacht sur les écrans de contrôle, et tel ne fut pas le cas. Parvenu sur l'hélistation, le tireur se trouvait à onze mètres au-dessus de la surface de l'eau, et à soixante mètres de l'endroit où Rosado a été abattu.

Je remarque :

— Il doit s'agir d'un très grand bateau.

— Cinquante et un mètres de long.

— Pourquoi l'hélistation ? Qu'est-ce qui justifie qu'on pense que le tueur, la tueuse, ait fait feu de là ?

Benton me renseigne :

— Parce que c'est à ce niveau que le fusil a été découvert. Derrière une écoutille de pont où l'on range le matériel d'aviation, les gilets de sauvage, des casques écouteurs de rechange, des choses de ce genre. Je viens juste de te transférer des images du CT-scanner et la petite vidéo prise par Mme Rosado. Elle filmait la plongée de son mari. Ça ne dure que deux minutes. Elle a éteint la caméra lorsqu'elle a compris que quelque chose n'allait pas.

Je prends connaissance de la séquence pendant que nous discutons. La vaste étendue d'eau déserte, bleu sombre, est ébouriffée de vaguelettes. Un fanion rouge de plongée planté sur un flotteur jaune oscille au gré des ondulations. J'entends des voix en arrière-plan, quelqu'un suggère de couper un autre melon cantaloup. Une femme – Elaine Rosado, je présume – rétorque qu'il n'est pas assez frais et demande un autre Martini à un membre de l'équipage. Elle braque la caméra vers son mari, les images tressautent puis se stabilisent.

Bob Rosado m'apparaît en haute résolution, ses rares cheveux bruns plaqués sur son crâne, ses généreuses bajoues et son menton, halé et ombré d'un duvet de barbe. Les verres ambrés de son masque sont tournés vers la caméra. Il lève l'inflateur de son BCD, son gilet stabilisateur, jusqu'à être satisfait de sa flottabilité. Le roulis est fort et Bob Rosado a placé le détendeur de plongée dans sa bouche.

Sa femme lui crie :

— Ça va, chéri ? Ça a l'air de secouer. Peut-être devrais-tu revenir et boire un verre avec moi !

Elle rit.

Il lève ses mains gantées au-dessus de sa tête et forme un cercle, signal international que tout va bien. Tout se déroule comme prévu, il flotte en surface et s'apprête à descendre en suivant le câble d'amarrage. J'appuie sur « pause » et m'enquiers :

— Avec qui plongeait-il ?

— Le maître-plongeur était parti en éclaireur afin de s'assurer qu'il n'y avait aucun danger autour de l'épave, ni d'autres plongeurs et notamment des pêcheurs au fusil harpon. Ainsi que tu le sais, ce type de pêche est légal en Floride et ils ont déploré des accidents, des blessures sérieuses, voire des décès. Un type s'est fait tuer dans le coin il y a peu.

Je commente :

— Vingt-sept mètres de fond suggèrent une assez longue reconnaissance. Ça implique que Rosado devait rester en surface au moins dix minutes. C'est long, surtout détendeur en bouche. Il allait utiliser pas mal d'air de bouteille.

Je songe soudain que le maître-plongeur n'a peut-être pas souhaité rester dans les parages de Bob Rosado. Un complice de l'homicide ? Je m'en ouvre à Benton, qui déclare :

— Rien ne permet de le penser, et je n'y crois pas. À l'évidence, il s'agissait d'une procédure habituelle de sa part. Il vérifiait les sites pour s'assurer de l'absence de plongeur, de la sécurité en général, sans oublier la visibilité, etc. Il s'agit d'un Australien qui travaille à plein-temps sur le yacht. Il a rempli les bouteilles hier et vérifié l'équipement.

— Quel était le niveau de remplissage d'air dans la bouteille de Bob Rosado ?

— Au début, trois mille trois cents psi.

— Et au moment de son décès ?

— On l'ignore, et tu ne vas pas tarder à comprendre pourquoi.

Je repasse en mode lecture. Rosado flotte, seul. Il consulte l'ordinateur de plongée à son poignet. Sa tête s'incline vers l'avant et à droite puis, son visage disparaît dans l'eau. Il vient juste d'être abattu. Je reviens en arrière et regarde cette séquence à plusieurs reprises en me souvenant de ce que Jack Kuster a répété au sujet des tirs de vérification à mille mètres. S'ils étaient trop éloignés, nous pouvions toujours les « accompagner ». Terminologie de sniper.

Lorsqu'un tireur tente d'atteindre une cible, il se peut qu'il doive faire feu à de multiples reprises, afin de recalculer le DOPE. Chaque balle se rapproche alors de son but ultime. Je regarde les vaguelettes. Je scrute la houle autour de Rosado, l'eau bleu sombre se soulève puis s'aplatit alors que la silhouette humaine s'agite à son rythme, son masque en place, le détendeur dans la bouche. Rosado attend, la tête légèrement inclinée vers l'arrière. Il regarde autour de lui.

Là ! Un clapotis. On dirait qu'un petit poisson vient de percer la surface. Je reviens en arrière et me repasse ces quelques secondes. Un ricochet comme pourrait en provoquer un caillou jeté dans l'eau à proximité du parlementaire, à environ trois mètres. Puis, une autre éclaboussure, un peu plus proche cette fois. Il semble en prendre conscience, se tourne vers la gauche puis s'abat sur l'eau. Trois secondes plus tard, j'entends deux détonations sèches.

Il est littéralement soulevé de l'eau, et tournoie sur lui-même. L'image d'une grenouille désarticulée s'impose à moi. J'étudie cette scène durant un moment. J'agrandis l'image et détecte le panache de sang dans l'eau d'un bleu étincelant alors que son corps est propulsé par le gaz pressurisé qui s'échappe. Le détendeur est tombé de sa bouche, son embout fouette en tous sens, avant que le masque et le gilet stabilisateur soient arrachés. Il coule, la tête penchée, la moitié de son visage emportée par le projectile.

Sa femme hurle :

— Bob ? Oh, mon Dieu ! Bob ! Mais que se passe-t-il ?

L'image et le son s'interrompent. J'ouvre un autre fichier. Il renferme un des scans réalisés par les bureaux du médecin expert en chef de Broward County.

La balle est entrée par l'arrière du crâne, juste à droite de la suture lambdoïde, une petite plaie tangentielle. Le bout de la balle en cuivre plein s'est ouvert à l'impact, s'évasant en quatre pétales qui ont engendré une considérable dévastation tissulaire des lobes occipital, temporal et frontal. Elle est ensuite ressortie du côté gauche de la mâchoire, emportée ainsi que la plupart des dents et la moitié du crâne.

J'observe au profit de Benton :

— Le vol du projectile est descendant, de droite à gauche. Il y a eu au moins quatre tirs. Si tu regardes à nouveau la séquence vidéo, et que tu l'examines avec soin, tu verras que le tireur a tâtonné, si je puis dire. Il a accompagné ses balles, jusqu'à toucher Rosado. Les deux tirs les plus rapides ont atteint la bouteille. Ça ne ressemble pas aux autres cas. D'accord, Rosado formait une cible mouvante, agitée au gré de la houle, mais quand même, les tirs sont dissemblables. Enfin, je crois.

— Troy. Un novice qui n'a pas l'expérience ou les aptitudes pour manier un PGF, ou des armes à feu en général.

— Un vrai stand de tir. Il aura fallu un chargeur presque complet à seulement dix-huit mètres de distance.

— Selon moi, le carton sur la bouteille de plongée était délibéré, de nature à horrifier ceux qui assistaient à la scène et à se moquer de la victime. Une volonté de dégradation. Carrie devait trouver très distrayant de voir Rosado littéralement propulsé en l'air puis tournoyer à la manière d'une toupie. Sans doute a-t-elle conseillé Troy sur la manière de procéder.

— En tout cas, je doute qu'elle soit l'auteur de ces tirs. À cette distance et avec une lunette informatisée, j'opte pour un tireur inexpérimenté, encore plus pathétique que moi hier. Pourquoi avoir tué Bob Rosado ?

Benton me répond par une autre question :

— Pourquoi avoir abattu toutes ces victimes ?

— Comptes-tu plonger ?

— Nous devons tenter de retrouver différentes choses. Son masque, son gilet stabilisateur, la bouteille, le chargeur du fusil et éventuellement des douilles. L'unité de la marine Moose Boat nous accompagnera sur place dès le lever du jour.

Je revois nos sacs de matériel de plongée, nos bagages alignés devant la porte de notre maison depuis jeudi matin et demande :

— En descendant en Floride, as-tu pensé à tout emporter ?

— Oui, je me suis dit que nous laisserions tout ici, dans l'appartement. Du coup, j'ai embarqué aussi tes affaires. Pourquoi ?

— Peux-tu charger mon matériel de plongée sur le bateau ?

— Non, Kay.

— Benton, on ne peut pas laisser John plonger. Lors de son dernier bilan médical, il n'a pas été jugé dans une forme éclatante. Loin de là. Je refuse que quelque chose lui arrive. De surcroît, évitons-nous les complications supplémentaires dans cette affaire si, par malheur, un accident survenait alors qu'il nous aide à récolter les indices.

— Eh bien, bon courage pour l'en empêcher !

— Je vais l'appeler, mais ton renfort ne sera pas superflu. Je suis parfaitement capable de faire ce qu'il convient.

— Il est inutile que tu me rejoignes. Je ne veux pas.

— Des dents et des fragments osseux sont quelque part au fond de l'océan.

Benton s'obstine :

— Je m'en charge. Tu n'as pas besoin de venir.

— Les indices biologiques sont sous ma responsabilité.

— Ah, parce que tu me donnes des ordres, maintenant ?

— Tout à fait.

— Tu penses véritablement trouver quelque chose ? Enfin, nous parlons d'une profondeur d'environ trente mètres…

— En tout cas, je vais essayer. Je file à l'aéroport. Je serai là en début d'après-midi.

Chapitre 47

Quatorze heures
Fort Lauderdale

Ses cheveux argentés, secs et en désordre, sont repoussés vers l'arrière. Il a pris un léger coup de soleil mais la marque en creux abandonnée sur sa peau par le masque de plongée s'est estompée.

Lorsque je pénètre dans la cabine du Moose Boat et lâche mes sacs, Benton est déjà ressorti de l'eau depuis des heures. J'embrasse ses lèvres salées, vestige de l'océan. Derrière lui s'allument des écrans informatiques, dont un traceur GPS qui nous montre où nous sommes par rapport à la côte de Fort Lauderdale, à près d'un kilomètre et demi du rivage. Il est installé sur le siège du capitaine. Les moteurs jumeaux sont coupés. Le bateau se laisse bercer par les flots. J'entends le doux clapotis contre ses flancs.

J'ouvre mon sac sur le sol en fibre de verre et déclare :

— J'ai l'impression que je casse les pieds de tout le monde. Toutefois, je ne pensais pas que vous en auriez déjà terminé.

— Oui, c'est regrettable.

— Je sais.

— Mais nous avons le bateau. De plus, t'attendre est toujours une excellente chose. On va tenter un nouvel essai.

Le regard de mon mari m'évite, et je sais qu'il est préoccupé.

Il a repoussé sa combinaison de plongée noire jusqu'à la ceinture. Les manches sont attachées derrière son dos, une habitude qu'il a prise durant ses remontées en surface, une remontée durable, dans ce cas. Dehors, deux plongeurs de la police boivent de l'eau et mangent des fruits, debout sur la proue. Je sais qu'ils n'ont rien trouvé jusque-là, rien de rien, et je sais également que cet échec était inattendu, pour ne pas dire inexplicable.

Assise sur un banc, je tire de mon sac une combinaison de plongée, des chaussettes, et des palmes, puis demande :

— Comment une bouteille pesant vingt kilos peut-elle disparaître ?

Il m'observe alors que j'enlève mon pantalon de treillis et ma chemise.

— Des tonnes de fer rouillé gisent par le fond.

Je me retrouve avec mes vêtements de yoga. J'ai foncé directement ici depuis l'aéroport. Je farfouille dans mon sac et repêche mon masque. Benton continue :

— À l'évidence, nous ne pourrons pas approcher de l'épave avec un détecteur de métal. La visibilité est à peu près de neuf mètres. Je suis d'accord avec toi. Nous avons fait une recherche circulaire, à trois, ce matin. Nous nous sommes reculés progressivement de l'épave, en nous décalant du point central. Nous avons recommencé jusqu'à nous écarter substantiellement du périmètre envisagé.

Je passe la main dans mon dos afin d'atteindre l'attache et remonte la fermeture Éclair de ma combinaison.

— Il y a pas mal de vase et le sable pourrait avoir tout recouvert. A-t-on pensé à utiliser un sonar ?

— Bien sûr, on a trouvé plein de cochonneries, mais pas ce que nous cherchions. On est arrivés dans le coin aux environs de huit heures du matin. Nous avons abandonné les recherches vers midi. J'ai même soupçonné que quelqu'un pouvait nous avoir devancés, ce matin très tôt ou alors la nuit dernière.

Il passe les bras dans les manches de sa combinaison. Les plongeurs de la police s'apprêtent à nous suivre. D'un ton assez dubitatif, je vérifie :

— Une fouille sous-marine à la nuit tombée ?

— Si on a le bon équipement, pourquoi pas ? Dans un monde parfait, une équipe de plongeurs aurait immédiatement été envoyée sur les lieux, mais avec toute cette agitation, inutile d'y compter. D'ailleurs, cela n'aurait traversé l'esprit de personne jusqu'à ce que Briggs et moi-même ne surgissions. Bon, nous sommes là. Du moins moi.

Le regard de Benton s'allume d'un sourire et il complète sa pensée :

— Quoi que tu aies pu lui dire, tu lui as filé la frousse, et il est rentré dans le Delaware.

— Oh, il ne s'agissait pas de frousse. Toutefois, je lui ai rappelé que le Pentagone ne serait pas ravi d'apprendre qu'il avait mené une recherche sous-marine dans une affaire extrêmement sensible, alors même que son bilan médical était bancal. Il a fini par admettre que le médecin de l'armée lui avait ordonné de ne même pas envisager de plonger, sauf s'il acceptait un pacemaker.

Benton me précède. Nous sortons de la cabine à l'instant où les deux plongeurs de la police sautent du pont. L'un d'eux cramponne un sac de levée dans l'éventualité où ils auraient de la chance et retrouveraient le gilet BCD de Bob Rosado et sa bouteille de gaz, perforée de balles qui doit s'être remplie d'eau depuis le meurtre. Elle est donc maintenant très lourde, et il paraît peu vraisemblable que le courant l'ait emportée. Je pulvérise un peu d'antibuée dans mon masque et vérifie les autocollants d'inspection sur une bouteille remplie, attachée au flanc du bateau. Je dévisse la valve, saluée par le sifflement hargneux de l'air.

Je passe une des lanières de mon gilet autour de la bouteille et l'attache serrée en commentant :

— Bon, je pense que la tentative est désespérée, mais au moins, j'aurai essayé. Je ne t'étonnerai pas en répétant que nous devons nous inquiéter du procès et d'une équipe d'avocats de renom qui va se concentrer sur les fragments manquants de la boîte crânienne, la mandibule, les dents, et affirmer haut et fort que si nous les avions trouvés, l'interprétation des événements aurait été différente.

Benton plonge son masque dans un tonneau d'eau claire et vitupère :

— Quelle connerie !

Je superpose le haut de mon gilet avec le bord supérieur de la bouteille, m'assieds sur un banc et remarque :

— Malheureusement pas. Si j'étais avocat de la défense, c'est ce que je demanderais. Ils vont nous opposer la distance. Au fur et à mesure de leurs plaidoiries, le jury commencera à douter que le projectile ait pu être tiré du yacht et à croire que le sniper a opéré de beaucoup plus loin, depuis un autre bateau, ou alors même depuis une tour du rivage. Ils compareront les données à d'autres et affirmeront que Troy ne peut pas être le coupable.

— Ou alors, ils accuseront celle qui est censée être morte, Carrie.

Je contemple l'eau bleu marine étincelante qui nous environne. Le bateau le plus proche que je parviens à distinguer est au moins à un kilomètre et demi au sud. Je remarque qu'il avance vers nous, avec grande lenteur.

Benton attache son gilet stabilisateur et tire les sangles au maximum. Il souligne :

— Un requin peut avoir bouffé les os.

Je me penche pour chausser mes palmes et contre :

— J'en doute.

— Il n'y a plus rien en bas, et je ne crois pas au hasard en la matière. Ah si, beaucoup de pneus. J'en ai vu une quantité industrielle, ce matin.

— Pourquoi s'en préoccuper ? Du moins si tu penses la même chose que moi.

— Nous savons de source sûre qu'elle se trouvait à bord du jet de Rosado hier matin.

Je rétorque :

— Tu veux dire Sasha Sarin.

— Si elle se sent toujours chargée de la protection de Troy et de sa famille, il aurait été futé de sa part de s'assurer que tous les indices disséminés dans l'océan avaient disparu avant que nous commencions notre exploration.

Je récupère le détendeur, le corps de bouche dans ma main droite, l'ordinateur dans la gauche. J'adapte les valves et serre les connecteurs en haut de ma bouteille avant de répondre :

— Comme également d'essuyer des bouteilles de bière et le fusil, et avoir recours à de l'eau de Javel pour détruire l'ADN ?

— Tout juste, mon Dieu, quand tu sais de qui il s'agit ! C'est sans doute ce qu'elle a fait. Ça colle avec son profil et il n'y a rien pour nous au fond, alors pourquoi se casser la tête ? L'appartement réservé pour ton anniversaire est prêt. Si un jour j'ai été tenté de me défiler d'une mission, c'est bien de celle-ci.

Je relie le flexible basse pression à l'inflateur et rétorque :

— Ce ne serait pas sympa. Nos amis policiers nous attendent.

Je place le détendeur dans ma bouche et aspire. La membrane résiste et s'incurve vers l'avant, exactement ce que je suis supposée obtenir. J'ouvre l'arrivée d'air. Mon attention se perd à nouveau dans cette immensité bleue, attirée par le petit bateau que j'ai remarqué plus tôt. Il semble immobile mais je peux entendre le moteur hors-bord. J'aperçois une silhouette assise à l'arrière. Le fanion de plongée avance sur l'eau. Quelqu'un plonge à la dérive autour du récif artificiel.

Benton suit mon regard et dit :

— Ne t'inquiète pas. Si un plongeur se manifeste, Rick et Sam le feront déguerpir.

— En brandissant leurs badges, sous l'eau ?

— Un truc de ce genre.

— Je fais le tour de l'épave. Je passe en revue le pourtour immédiat et ensuite, on renonce.

— De façon à pouvoir affirmer que tu t'y es collée.

— Ça représente quatre-vingt-dix pour cent du problème, aujourd'hui.

Je fourre la main dans mon sac pour récupérer ma montre-ordinateur, mon couteau à bout émoussé et à la courte lame. Je tente d'encourager mon mari :

— Allez, ça fait très longtemps que nous n'avons pas été partenaires sous-marins !

Je lève mon masque équipé d'un mini-enregistreur et faufile les bras dans mon gilet. Je revérifie mon détendeur principal et celui de secours, afin de m'assurer que l'air me parvient. Je les purge ensuite. J'abaisse mon masque et vérifie une dernière fois tous les ordinateurs. Puis, je me penche pour déloger la bouteille de son support et me lève. J'enfile les gants et avance avec prudence vers le plongeoir, les pieds chaussés de palmes. Je plaque une main sur le détenteur logé dans ma bouche, l'autre contre mon masque. Une grande enjambée me fait basculer dans l'eau.

L'eau est tiède. Je gonfle un peu mon BCD pour pouvoir flotter. Je laisse un maximum de place à Benton pour qu'il me rejoigne, puis nage vers la ligne d'amarre reliée à la balise de plongée. Il saute enfin. Nous nous regardons et hochons la tête de concert. Je fais fuir tout l'air de mon gilet et nous commençons notre descente dans l'eau illuminée par la réverbération solaire. Elle s'obscurcit bien vite et devient plus fraîche à mesure que nous nous éloignons de la surface.

Mon souffle rugit dans ma tête et je me pince les narines, un truc bien connu qui débouche les oreilles. Nous progressons vers le fond. La pression de l'eau, presque froide maintenant, se fait plus marquée. La pénombre marine nous environne. Je cherche du regard les deux plongeurs de la police, Rick et Sam, les bulles signalant leur présence, sans succès. Je vérifie à maintes reprises mon ordinateur et distingue alors la forme du cargo coulé, un énorme rafiot fracassé, ses pans de métal soulevés, qui gît sur le fond vaseux, proue vers le nord. En revanche, je n'aperçois aucune silhouette humaine.

Parvenue à vingt-sept mètres, le large ovale d'une tortue marine sur la coque rouillée me surprend. Un poisson-crapaud dégonfle sa vessie et s'aplatit sur le fond boueux. Un baliste à taches bleues glisse non loin de moi. Sa bouche se ferme rythmiquement en baisers. Ce que je prends d'abord pour un gros caillou se déplace soudain : une conque qui progresse à la manière d'un véhicule brinquebalant.

Une gorgone semble me saluer de ses ondulations. Un mérou tacheté, un loup et un requin plat-nez s'esquivent à notre approche. Benton et moi ne paraissons pas le moins du monde les intéresser. Un banc de poissons-anges jaunes m'environne, leurs yeux semblables à ceux d'un personnage de dessin animé. J'ai presque le sentiment d'être devenue un élément de l'épave lorsqu'un hippocampe fait du surplace au-dessus de ma tête. Les nageoires d'un pteroïs venimeux s'évasent en ailes. Je règle la flottabilité sur ma respiration.

Je me laisse couler en direction des trous noirs béants sur le flanc du navire et glisse par une écoutille, sans doute un jour fermée d'une claire-voie. J'allume ma torche et ce n'est que par réflexe que je m'écarte de l'autre plongeur grâce à quelques battements de palmes. Je ne comprends tout d'abord pas ce que je vois. Un barracuda surgit en zigzaguant de sous lui. Le poisson flotte sur le ventre à l'intérieur de la coque. Pas de bulles. Je braque le faisceau de ma lampe vers ses bras et ses mains, son masque, et me rapproche.

Je frôle son dos, sa combinaison de néoprène, et il se déplace avec lenteur. Ce n'est qu'ensuite que je repère le long tuyau de son détendeur qui se balance mollement et la hampe d'une flèche de fusil de chasse sous-marine qui sort de sa poitrine. Il y a quelqu'un d'autre, sous lui. Le second. Les deux policiers sont morts dans la coque, et je déguerpis à grands mouvements de jambes.

Benton braque sa lampe vers le fond vaseux. Il se déplace quelques centimètres au-dessus. Je cogne du manche de mon couteau contre ma bouteille afin d'attirer son attention. Un petit cognement sec, puis un autre. Il lève le regard. Je pointe d'un geste urgent l'épave, ses ouvertures béantes dans l'eau bleu-vert. Le faisceau de ma lampe est troublé par un voile de particules en suspension. Et puis, j'entends. Une faible et rapide vibration, qui m'évoque le son lointain d'une scie électrique. Je me retourne dans cette direction et le mouvement d'une forme sombre autour de la coque attire mon attention. Je pense d'abord à la visite d'un autre poisson. Impossible. Le son se fait plus proche.

La forme s'avance rapidement vers moi, bien trop rapidement pour une nage naturelle, et je dirige ma lampe sur elle. Un visage avec des yeux fous, encadrés par un masque noir. Elle porte en haut du dos une forme noire qui ressemble à une torpille, un moteur à turbine, qui geint puis s'arrête, puis repart. Je ne distingue le fusil que lorsqu'elle pivote et me met en joue. J'entends un faible écho et la douleur explose.

Épilogue

Une semaine plus tard
Bal Harbour

Je ne parviens pas à déterminer de quel bois tropical est faite la chaise longue double au matelas ivoire, peut-être du teck, mais avec une patine de bois flotté qui me déroute, un peu cérusée, un peu plastifiée. Je suis adossée contre des coussins de couleur vives, au motif inspiré de la peinture cubiste qui me rappelle Picasso.

Installée jour après jour sur la terrasse panoramique qui fait le tour de l'appartement réservé pour mon anniversaire, je regarde l'océan changer de couleur, la forme des nuages qui assombrissent sa surface, les vagues se soulever et s'écraser, parfois avec plus de hargne lorsqu'elles partent à l'assaut du rivage et déferlent, au point qu'on les croirait en colère. Lunettes de soleil sur le nez, je les suis et les écoute durant de longues minutes. Rien ne m'échappe, pas même un hélicoptère qui nous survole, ou un petit avion à banderole qui passe à faible altitude, ou encore les badauds qui défilent le long de la promenade, neuf étages plus bas. Toute à ma contemplation, je parle peu.

Ceux qui m'entourent sont armés des meilleures intentions. Lucy nous a rejoints, puis Marino, et avant-hier, Janet et Desi sont arrivés. Ils me couvent littéralement et refusent de m'écouter lorsque je répète que c'en est assez. On dirait que je suis morte, expédiée dans une autre dimension. Ils réarrangent les serviettes à la manière de linceuls. Ils fourrent des coussins contre mes reins et sous mes genoux. Ils s'inquiètent de mon cou, de mes cheveux, d'un autre chapeau pour me protéger du soleil, et pourquoi pas une manucure. Va-t-on m'exhiber lors d'une veillée mortuaire ? Mon seul copain non invasif est âgé de sept ans et me contemple du haut de son mètre vingt. Desi qui, très tristement, sera bientôt orphelin. Du moins sera-t-il adopté par Janet, l'unique sœur de sa mère, Natalie.

Il a d'immenses yeux bleus, les cheveux châtain clair désordonnés par une myriade d'épis. Né trois mois avant terme d'une mère porteuse et d'un ovule de Natalie, il est très petit pour son âge. Elle se meurt d'un cancer du pancréas dans une unité de soins palliatifs de Virginie et refuse que son fils la voie partir ainsi. La fin approche, quelques semaines au plus.

Janet et Lucy ne tentent pas de l'y encourager, et pourtant elles devraient. Il serait important qu'il voie sa mère, soit à ses côtés à son dernier souffle, et je sais déjà comment les choses vont tourner. Elles vont requérir mon aide jusqu'à ce que je me décide à la leur apporter. Puis, elles affirmeront que j'interfère dans leur vie. La vérité. Je vais interférer, de façon permanente. Autant qu'elles s'y fassent.

Comme à son habitude, Desi est assis au bord de ma chaise. Allongée, je lance :

— Allez, c'est l'heure des jeux !

Il prend si peu de place. Le soleil a semé sa peau de taches de rousseur.

— Où est ta crème solaire spéciale ? Tu te souviens de ce dont nous avons discuté ? Que se passe-t-il lorsqu'on prend des coups de soleil ?

Je remonte l'une de ses manches et attrape le flacon de lotion pour bébé, SPF 50, posé sur la petite table carrée en bois apparemment flotté.

— On attrape un cancer comme maman.

Je sens son petit dos, ses os, lorsqu'il se laisse aller contre moi.

— Ta maman a un autre type de cancer. Mais trop de soleil n'est pas bon, tu as bien raison. Je ne me souviens plus de qui tu es en ce moment. Iron Man ou l'archer Œil-de-Faucon ?

— Oh, c'est bête, ce jeu.

Pourtant, il l'adore.

— Pas du tout. Il faut bien que des super-héros aident les gens.

Soudain très pensif, il rétorque :

— On ne peut pas sauver le monde, tu sais.

— Bien sûr, mais il faut quand même essayer, n'est-ce pas ?

— Tu as essayé et tu t'es fait tirer dessus.

— En effet, c'est le remerciement que j'ai obtenu.

— Ça a dû faire mal. Qu'est-ce que tu as senti ? Personne ne dit comment ça fait, mais c'est pas la même chose que dans un film.

Il repose sporadiquement la même question, et ma réponse est insuffisante :

— Tu as raison.

— Peut-être que ça fait la même chose que quand on reçoit une flèche ?

— Ça semble logique, mais ce n'était pas le cas.

Cette conversation semble importante à ses yeux, et elle revient souvent. Au fond, il ne s'agit pas de moi. Il se blottit contre moi, me rappelant mon lévrier, et insiste :

— Alors quoi ?

J'essaie de trouver une autre description et déclare :

— J'ai eu l'impression de recevoir un coup de poing. Mais avec un poing d'acier.

Je caresse le dos du petit garçon plein de vitalité, chaud du soleil.

— Tu as eu peur de mourir, tante Kay ?

Il m'a donné ce nom d'affection dès son arrivée, et j'en suis heureuse. Son interrogation n'est pas nouvelle, et ce terme « peur » revient très souvent sur ses lèvres. Nous regardons l'océan. Un escadron de pélicans passe, si proche de la terrasse que je les vois épier dans l'espoir de détecter un banc de poissons.

Je lui repose alors la même question, consciente qu'aucune parole ne pourra gommer sa tristesse :

— Selon toi, qu'est-ce que la mort ?

— S'en aller.

— Une bonne façon de le voir.

— Je ne veux pas que maman s'en aille.

— C'est un peu comme de partir en voyage, et ça ne signifie pas qu'elle ne sera plus près de toi. Ça veut dire simplement qu'elle est dans un endroit où nous ne l'avons pas encore rejointe.

— Mais je ne veux pas qu'elle parte.

Je tartine de lotion son bras tendu raide et déclare :

— Personne ne veut.

— On doit être très seul.

J'attaque son second bras et argumente :

— Peut-être pas pour la personne qui est partie. Tu ne trouves pas que c'est une idée intéressante ? Ceux qui restent se sentent seuls, mais pas ceux qui partent.

— Moi, j'aurais eu drôlement peur si quelqu'un m'avait tiré dessus sous l'eau.

Je ne me souviens que de peu de choses. En revanche, je savais exactement ce qui était en train de se produire à cet instant précis.

J'ai entendu l'écho de la détonation, une sorte de crachement sec et l'impact de la flèche qui heurtait ma bouteille et ricochait sur le métal. Je ne pouvais m'enfuir. Je l'ai vue coincer la crosse de son fusil sous-marin contre sa hanche, engager une autre flèche dedans. Le choc contre ma cuisse droite. Elle s'est précipitée sur moi, les vibrations de son engin de propulsion, une sorte de réacteur dorsal poids plume arrimé à sa bouteille, ont pris en ampleur. Elle le contrôlait grâce à la commande qu'elle tenait. Un détail surtout s'est imprimé dans mon cerveau : le visage de Benton, les joues aplaties par la pression. Un visage d'une pâleur de spectre.

Je ne me souviens pas avoir lutté, ni avoir délibérément piétiné le fond de vase pour me dissimuler derrière le voile bourbeux que je soulevais. Je ne me souviens pas l'avoir attaquée avec mon couteau, avoir tailladé son visage de la tempe jusqu'au menton, lacérant sa joue gauche. Et puis, elle a disparu, comme si elle n'avait jamais été là. Je n'ai pas le moindre souvenir de l'onde rouge qui l'a suivie. Rien d'autre. Je n'ai même pas conscience que Benton m'ait aidée à remonter jusqu'à la surface, qu'il ait maintenu le détendeur dans ma bouche. La caméra fixée sur mon masque a fonctionné sans interruption et enregistré la majeure partie des événements. Je ne sais pas ce que l'on y découvrira. Le FBI a récupéré mon masque, ma bouteille, mon couteau. On ne m'a pas montré la liste de ce qu'ils avaient réquisitionné. On ne m'a pas autorisée à visionner l'enregistrement pour des raisons qui me sont inconnues et que même Benton refuse de me communiquer. On m'a finalement laissée avec une sorte de trou noir, comme si Carrie Grethen était à nouveau morte. Et pourtant, on m'a affirmé le contraire.

J'ai presque le sentiment d'écouter des prévisions météorologiques actualisées à chaque heure. La chaleur, le degré d'humidité, le plus récent orage qui se rapproche ou s'écarte et à quoi devons-nous nous attendre et devrions-nous partir. Je la cherche durant ma convalescence. J'établis l'inventaire de mes sentiments, de ce par quoi je suis passée, des détails que je ne partagerai pas avec Desi avant qu'il soit beaucoup plus âgé, peut-être aussi vieux que ma nièce lorsque j'ai commencé à l'avertir de la hideur de la vie.

Pour être franche, ce fut terrible. Un quadriceps lacéré au-dessus du genou et une chirurgie de parage, sans même mentionner des problèmes de décompression alors que les gaz n'étaient plus en solution, migrant vers des parties de mon organisme où des bulles ne devraient jamais se former. Des douleurs sévères d'articulations, comme si je n'avais pas assez mal, et une oxygénothérapie hyperbare dans un caisson de recompression dont je ne garde qu'un très vague souvenir. Une sorte de gaze, une ouate intangible qui est sans doute à l'origine du thème de super-héros que nous brodons avec Desi.

Je pense m'être crue dans une sorte de vaisseau spatial, ou propulsée dans une brèche spatio-temporelle. Depuis que ce petit bonhomme a débarqué, il ne me quitte presque jamais. Je revois Lucy à son âge. Elle scrutait le moindre de mes gestes et me posait, sans relâche, ces questions auxquelles il est si ardu de répondre avec honnêteté.

Je lui demande :

— Et si tu approchais la Ferrari ?

— C'est pas vraiment une Ferrari et tu n'en auras bientôt plus besoin.

Il trottine pour la récupérer.

— Lorsque ma jambe sera remise, ça ne sera plus si agréable pour toi.

— Pourquoi ?

— Parce que je pourrai t'attraper.

Il pousse le déambulateur vers ma chaise longue. Il est assez bien fichu, peint de couleur rouge vif, avec des roues pivotantes noires et des freins à main.

Très amusé, le garçonnet me taquine à nouveau :

— C'est comme pour une vieille personne.

— Pas du tout.

— Une personne estropiée.

— Essaye de trouver un mot plus gentil, Desi.

Il hurle de rire, un rire suraigu d'enfant :

— Une vieille personne estropiée !

— Bien, tu me dois encore un *quarter*.

— On avait un chien avant, et il a été percuté par une voiture. Il ne pouvait plus marcher. Il a fallu le faire piquer.

Il me suit alors que je repasse la baie vitrée coulissante. Je pousse le déambulateur, sautillant sur ma jambe valide. Je m'efforce de ne pas trop plier l'autre, bandée. Desi reprend :

— On devrait piquer cette dame très méchante. Et si elle débarquait ici ?

Le salon, décoré de meubles de couleur terre de Sienne, est désert et paisible. Benton, Marino, Lucy et Janet sont descendus au Taco Beach Shack pour aller chercher notre dîner, puis ils passeront prendre ma mère. Je ne suis pas très heureuse. Ingurgiter de la nourriture de traiteur chaque soir me déprime. Je cherche Sock du regard. Je parie qu'il somnole sur le lit, comme à son habitude. Lorsque tous rentreront, Benton doit le sortir.

Je fais rouler le déambulateur jusque dans la cuisine et ouvre la porte du réfrigérateur. Puis, je me débrouille comme je peux dans l'office en expliquant :

— Tu n'es sans doute pas au courant, mais je suis une très bonne cuisinière. Ça te dirait, des spaghettis avec de la sauce ? Tomate et basilic, un peu de vin rouge, de l'huile d'olive, de l'ail, sans oublier une pincée de piment rouge ?

— Non, merci.

— Je formerai ton nom dans l'assiette avec un spaghetti.

— Non, je ne veux pas.

— Bon, alors ce sera à nouveau des tacos. Avec cette *root beer* que tu aimes tant. Lorsque j'avais ton âge, on buvait ce qu'on appelait de la « bière de bouleau ». Tu en as entendu parler ?

J'extrais de la porte du réfrigérateur une bouteille du breuvage sans alcool à base de racines de sassafras et de réglisse, parfumé de vanille, et propose :

— Je te la sers dans un verre ?

— Non, merci.

Je lui tends la bouteille décapsulée et commente :

— Je savais que tu boirais à la bouteille, mais j'ai préféré demander. Il y avait un endroit dans le coin qui s'appelait Royal Castle. Peut-être existe-t-il toujours sur Dixie Highway, pas loin de Shorty's Barbecue. Il faut absolument que je te trouve une bière de bouleau. Tu sais que nous avons beaucoup de ces arbres en Nouvelle-Angleterre. Il y en a une quantité sur la propriété de Lucy. Leur écorce pèle, comme de la peinture blanche.

— Est-ce que je vais rentrer en Virginie ?

— Tu en as envie ?

— Je sais pas. Je pense que maman va dormir.

— Ce serait sympa, non, si on vivait tous proches les uns des autres ?

— Tu as déjà eu sept ans, tante Kay ?

Il avale une gorgée au goulot et j'entends une clé tourner dans la serrure.

Je souris et réponds :

— En tout cas, c'est ce que ma mère affirme. Tu la connais. La célèbre *granny*.

— Célèbre en quoi ?

— Tu le découvriras assez vite.

— Et qu'est-ce qui s'est passé ?

— Lorsque j'avais ton âge ?

— Oui.

— Eh bien, j'ai grandi jusqu'à une grande désillusion : tu n'as pas envie de déguster mes spaghettis.

— Oh, ne t'inquiète pas, je les goûterai !

Il se rue vers la porte dans un éclat de rire suraigu.

Benton et moi sommes seuls, installés sur la chaise longue double. Le soleil déclinant s'embrase d'orange et de rose au-dessus de l'océan. Il semble fondre dans les nuances de bleu de plus en plus intenses de l'eau qui se soulève avec une certaine langueur. Elle prendra sous peu la couleur d'un velours sombre.

Mon mari me tient la main et déguste un verre de vin rouge. Il me relate les derniers développements, survenus depuis une demi-heure :

— Ce qui suit n'est sans doute pas la meilleure nouvelle, mais je doute que celles à venir soient plus réjouissantes. Si elle a reçu des traitements médicaux, nous ne parvenons pas à trouver d'institutions publiques ou privées qui auraient pu la recevoir en tant que patiente. Elle est assez fière de son physique pour avoir eu recours à la chirurgie esthétique, mais nous n'avons rien trouvé non plus de ce côté. Je doute que l'on parvienne à quelque chose. Elle pourrait être n'importe où à cette heure. Du moins sommes-nous certains que le canot pneumatique à coque semi-rigide que nous avons retrouvé est celui que tu as vu.

— Les plongeurs à la dérive. Il s'agissait d'eux. Juste là, sous notre nez, comme d'habitude. Troy était à bord du RIB et nous savons où elle se trouvait.

Je tends la main vers la bouteille mais il me devance et affirme :

— En effet, nous savons que Carrie plongeait et tout cela n'était qu'une ruse pour nous faire la peau. Ainsi, elle isolait complètement Lucy, une véritable satisfaction à ses yeux.

Il remplit mon verre.

— J'aurais dû poser des questions au sujet de ce foutu canot lorsque je l'ai vu. Pourquoi n'ai-je rien dit ? Qu'est-ce qui ne fonctionne pas chez moi ?

Benton me rassure :

— Voyant la balise de plongée bouger, personne ne se serait interrogé. Juste des plongeurs qui nageaient autour de l'épave. La personne restée sur le bateau les rejoindrait pour les récupérer plus tard. Pas plus compliqué !

— Elle a fait ça parce qu'elle savait que nous regardions. Ensuite, elle a lâché la balise et sa ligne afin que nous ne devinions pas à quel point elle se rapprochait de nous. Elle savait que nous verrions le canot, à une distance rassurante, et nous sommes tombés dans le panneau.

Le vin est très agréable et m'endort.

Benton approuve :

— Un plan méticuleux. Je n'en attendais pas moins d'elle. De plus, un numéro bidon d'enregistrement a été repeint sur la coque, ce qui explique pourquoi la police, ou les garde-côtes, ou même nous, n'avons pas dressé l'oreille. Après l'incident, il semble qu'elle ait abandonné l'embarcation dans une marina de Pompano Beach. C'est là qu'on l'a retrouvée cet après-midi.

— Et aucun signe de Troy ?

— Non. Je suis certain qu'il l'a suivie quelque part. Son nouveau partenaire de jeu.

— Et d'autres gens seront blessés ou tués. C'est ma faute. J'ai vu ce foutu canot. J'aurais dû poser des questions.

— Kay, tu dois cesser de te culpabiliser à propos de tout cela. Il faut que tu arrêtes.

— Je me demande combien de temps il est resté là-bas, dans la marina. Encore un autre truc juste sous notre nez.

— Je l'ignore. Il était amarré à la vue de tous mais, encore une fois, son numéro d'enregistrement a été recouvert d'une peinture en bombe et maquillé. Un bateau cher, un Scorpion. Heureusement, sans quoi nous le chercherions toujours. Je suppose qu'elle s'en est débarrassée très vite après l'incident.

— Peut-être pourrais-tu trouver un autre terme qu'« incident » ? J'ai l'impression que ma vie est réduite à un rapport de police. Et que sommes-nous supposés faire maintenant ? Elle s'est débrouillée pour nous échapper durant treize ans, et ça ne nous a rien appris. Si elle veut à nouveau disparaître, elle sait comment procéder. Elle est plus intelligente que nous.

Je ne me suis pas gavée de tacos, et l'effet du vin se fait sentir.

— Non, c'est faux.

— C'est pourtant ainsi que je le ressens.

Benton se laisse aller contre le dossier de sa chaise longue, et le léger souffle d'air tiède apporte avec lui les effluves de son eau de Cologne. Il argumente :

— Elle va avoir besoin d'argent. Ce qu'elle a pu amasser ne durera pas toujours. Du moins, pas avec son train de vie ou la façon dont elle se déplace. En réalité, il nous faudra toujours être vigilants.

— Si ce n'est pas elle, ce sera quelqu'un d'autre.

— Toujours optimiste !

Il tourne la tête et m'embrasse. Je sens le goût du vin sur sa langue. Je pose ma jambe bandée au sol, en évitant de m'appuyer dessus, et annonce :

— Marino va raccompagner ma mère chez elle. Nous devrions lui dire bonsoir.

Benton passe un bras autour de moi. Je boitille un peu comme il m'aide à rentrer à l'intérieur. Le fichu déambulateur m'attend juste derrière la baie vitrée coulissante. Sock s'est enroulé à proximité et ronflote sur le marbre frais du sol. J'attrape les poignées et fais rouler l'engin en direction de Desi qui lâche un rire strident. Ses petits pieds nus claquent sur les dalles. Il hurle de bonheur lorsque Lucy le pourchasse et le rattrape, puis le soulève vers le plafond. Ses jambes et ses bras gigotent en tous sens. Je lâche au profit de Marino :

— Et elle déteste les enfants !

Le grand flic porte des shorts trop larges, une chemise hawaïenne et des tongs. Il ne s'est pas rasé depuis des jours.

Il fait cliqueter les clés de la voiture entre ses doigts et lâche, sans subtilité :

— Ben, être désigné chauffeur, ça gonfle !

J'entends ensuite le bruit d'une chasse d'eau dans les toilettes situées au bout du couloir. Enfin, après quelques longues secondes, ma mère en émerge. Ses cheveux blancs forment une sorte de halo dans la lumière qui filtre de la salle de bains. Rien d'angélique en elle, toutefois. Elle fait rouler son déambulateur vers moi et assène :

— Voilà ce qu'on mérite lorsqu'on se montre irrespectueuse. Quand tu avais l'âge de Desi, tu rigolais lorsque des vieilles personnes appuyées sur leurs cannes faisaient leurs courses dans l'épicerie de ton père. Et bien voilà, tu es punie.

Bien que consciente que cela ne changera rien, je réplique :

— Je n'ai jamais fait une telle chose ! Ne l'écoute pas, Desi.

Il s'en fiche, absorbé par son jeu avec Lucy, qui s'est métamorphosée en hélicoptère et le fait voler dans la pièce. Janet observe la scène du canapé. Vêtue d'une chemise en coton et d'un pantalon ample, elle est jolie et bien dans sa peau, comme à l'accoutumée. Son regard croise le mien et elle me sourit parce que nous savons toutes deux ce que nous affrontons. Puis, ma mère me jette un regard lourd. Ses yeux paraissent délavés, agrandis par ses verres de lunettes. Elle a renversé de la sauce sur sa robe à motif floral dont l'ourlet paraît irrégulier, tant elle se voûte et se tasse sur elle-même. Elle me fait penser à une arme prête à faire feu. Elle me détaille de la tête aux pieds et balance un autre commentaire :

— Katie… ?

Rien de bon ne se prépare lorsqu'elle m'appelle ainsi. Elle poursuit :

— Dorothy serait enchantée de garder Desi, et je pense que c'est une bien meilleure idée, plutôt que de le laisser grandir entouré de toutes ces femmes. C'est très important, un homme dans les parages. Un garçon a besoin d'une influence masculine.

Dorothy, la mère de Lucy et mon unique sœur, n'est pas présente ce soir. Je ne suis pas certaine qu'elle ait compris exactement ce qui s'était passé. Mais elle sait que j'ai été blessée. Elle m'a juste demandé si je pourrais encore porter des shorts.

Lucy repose Desi. Les joues du petit garçon sont rouges de bonheur et d'excitation. Ma nièce ironise :

— Quelle excellente idée, mamie. C'est vrai qu'elle a fait un super boulot en m'élevant et qu'il y avait tant d'hommes dans les parages que je ne m'en souviens plus !

Ma mère pousse son déambulateur dans sa direction. J'aurai du moins appris une chose après toutes ces soirées, et n'utiliserai jamais mon déambulateur comme une arme.

— Lucy, c'est ta grand-mère qui te le dit : ce n'est pas bien de parler ainsi ! D'ailleurs, tu devrais avoir honte d'être aussi peu vêtue. Ces shorts moulants sont indécents. Tu portes un soutien-gorge, au moins ?

Lucy fait mine de soulever son haut pour vérifier et Marino explose d'un gros rire.

J'interviens :

— Es-tu prête à rentrer, maman ? Marino se fera un plaisir de te déposer.

— Très bien, très bien ! Ça ne fait jamais que trois fois qu'on me le répète. Je sais quand on ne souhaite pas ma présence. À se demander pourquoi tu m'as invitée.

Elle pousse le déambulateur en glissant des pieds. Marino l'attend à la porte, bien trop heureux de la voir disparaître. Il l'encourage :

— Allez, grand-mère, on y va. J'suis votre chauffeur. J'espère que vous n'exigerez pas que je m'équipe d'une de ces putains de casquettes de merde !

— Surveillez votre langage, vous !

Il lui tient le battant et ils passent dans l'entrée. Marino appelle l'ascenseur et braille :

— Il m'a pas paru que vous étiez toujours si farouche avec les gros mots !

Sock s'est levé et tremble de tous ses membres. Mon déambulateur l'effraie. Ma mère se défend :

— Je ne connais même pas de mots aussi dégoûtants.

— Ben, alors comment que vous connaissez leur signification ? Et tac ! C'est pour ça que je suis un enquêteur hors pair !

J'attends qu'ils aient disparu avant de refermer la porte. Lucy et Janet rappellent à Desi qu'il est l'heure de se brosser les dents. Il se précipite vers moi et me serre contre lui puis dévisage Benton d'un air assez dubitatif.

— Bonne nuit, monsieur Bentley. Un jour, je deviendrai agent du FBI.

La petite troupe s'engage dans le couloir. Je me tourne vers mon mari et propose :

— Et si nous finissions la bouteille de vin au lit ? Qu'en dites-vous, monsieur Bentley ?

Je fais rouler le déambulateur et l'image de ma mère, accrochée au sien, s'impose à moi. J'éclate de rire. Un tel fou rire que je m'immobilise. Puis, Benton me guide vers notre chambre. La baie vitrée est grande ouverte et une brise tiède s'engouffre dans la pièce. Une lune énorme et basse se réfléchit dans les vaguelettes. Les bateaux sont de sortie, certains si grands que l'on dirait de petites villes flottantes. Les feux rouges et blancs des lointains avions qui décollent ou atterrissent de Miami scintillent par instants. J'écoute le bruit rythmique du ressac. Il soupire bruyamment, le souffle de l'océan. Sock frémit de crainte et se plaque au sol lorsque je repousse le déambulateur.

Je peste :

— Allons, je ne vais pas te faire mal ! Arrête un peu cette comédie.

Je m'assieds sur le bord du lit et le chien saute me rejoindre. Je me tourne vers Benton et poursuis :

— Désolée de m'être aussi mal débrouillée.

Benton déboutonne sa chemise, arrange les oreillers derrière mon dos et me voici revenue à mon point de départ : une chaise longue double. J'insiste :

— J'ai vraiment honte. Quoi que tu en dises, le fait est qu'elle était à ma portée et que je lui ai permis de s'en sortir.

— Faux ! Tu lui as tailladé le visage, sauvant sans doute nos peaux à tous deux. Tu es l'être le plus parfait que j'aie jamais rencontré. Et tu ne paniques pas. Tu n'as pas perdu le contrôle. Il s'agit de la grande différence entre toi et la plupart des autres. Ne l'oublie jamais.

Il me l'a répété et s'installe à côté de moi en caleçon.

— Je n'ai pas réglé le problème. Rien n'est réglé, Benton.

— C'est le cas pour tout le monde, pas seulement toi. D'ailleurs, peut-être que nous ne réglons jamais rien. Je ne sais pas ce qu'a Sock ce soir. Il est collé à moi.

— Peut-être parce que Lucy s'amusait comme une petite folle de dix ans. Il n'a pas l'habitude d'une telle agitation. Il préfère être entouré de deux vieux croûtons. Je ne citerai pas de nom.

— Je t'aime, Kay.

J'éteins la lampe. Et soudain, j'entends le son.

Pof !

Patricia Cornwell dans Le Livre de Poche

LES ENQUÊTES DE KAY SCARPETTA
(derniers titres parus)

L'Instinct du mal n° 32149

Kay Scarpetta est experte en sciences légales sur CNN et conseillère auprès du médecin en chef de l'institut médico-légal de New York. Le producteur de CNN souhaite que Scarpetta lance une nouvelle émission. Mais cette notoriété accrue semble déclencher une série d'événements inattendus. Alors qu'elle intervient en direct au sujet d'une affaire très médiatisée, la disparition et la mort présumée d'une millionnaire, Kay reçoit un appel surprenant d'une téléspectatrice, qui se révèle être une ancienne patiente de son mari Benton Wesley, et, de retour chez elle, elle trouve un inquiétant paquet. Scarpetta, dont la vie est menacée, se lance alors dans une enquête qui implique un acteur célèbre, qu'on accuse d'un crime sexuel, et sa nièce Lucy, qui aurait eu des liens avec la millionnaire disparue...

Havre des morts n° 32541

À Dover, sur l'unique base aérienne militaire américaine qui reçoit les corps des soldats tués au combat, Kay Scarpetta se forme aux techniques révolutionnaires de l'autopsie virtuelle. elle est très vite mise à l'épreuve : un jeune homme a été trouvé mort près de chez elle, à Cambridge. Crise cardiaque, selon les premières constatations. Mais comment expliquer qu'il ait saigné après son arrivée à la morgue, sinon parce qu'il était encore vivant ? une radiographie en 3D révèle des blessures que Scarpetta n'a jamais vues. Elle se trouve dès lors confrontée à un passé qu'elle croyait enfoui et à un dilemme plus que complexe. Déterminée à conclure avant qu'il ne soit trop tard, le Dr Scarpetta utilise les techniques de pointe apprises au Havre des morts pour confirmer ses soupçons.

Scarpetta n° 31720

Blessé, terrorisé, Oscar Bane exige d'être admis dans le service psychiatrique de l'hôpital de Bellevue. Il prétend avoir échappé au meurtrier de sa petite amie, et ne se laissera examiner que par Kay Scarpetta, médecin légiste expert, l'unique personne en qui il ait confiance. À la demande du procureur, Jaimie Berger, Kay se rend à New York avec son époux, Benton, et sa nièce, Lucy. Une chose est sûre : une femme a été torturée et tuée, et d'autres morts violentes sont à craindre. Très vite une vérité s'impose à Kay : le tueur sait précisément où se trouve sa proie, ce qu'elle fait, et pire encore, il est au courant des progrès de l'enquête. Kay Scarpetta doit affronter l'incarnation du mal...

Traînée de poudre n° 33907

À la suite d'une enquête sur une tuerie de masse, Kay Scarpetta reçoit un appel des plus troublants. Le corps d'une jeune femme a été découvert sur le campus du Massachusetts Institute of Technology à Boston. La victime, jeune et riche diplômée du MIT, est morte moins de deux semaines avant son procès contre la très confidentielle société fiduciaire Double S. Son corps est positionné de manière particulière et recouvert d'un résidu fluorescent de couleur rouge sang, vert émeraude et bleu saphir. Ces deux indices semblent lier l'affaire à une série d'homicides sur lesquels travaille Benton, agent du FBI et mari de Kay. Le Dr Scarpetta est entraînée dans un univers sordide de corruption et de meurtres. Avec, comme seul fil conducteur pour traquer le meurtrier, quelques traînées de poudre.

Vent de glace n° 33322

Une éminente paléontologue disparaît d'un site de fouilles renfermant des ossements de dinosaures au fin fond du Canada. Un message macabre parvient à Kay Scarpetta, lui laissant la détestable impression qu'il pourrait correspondre à cette disparition. Quand elle est appelée peu après à repêcher dans le port de Boston un cadavre de femme, les événements s'enchaînent. Kay Scarpetta se retrouve face à un tueur en série fort intelligent et n'ayant aucune crainte d'être arrêté. Comme les indices semblent établir un lien avec d'autres affaires non résolues, les sciences médico-légales les plus pointues sont sollicitées. La chasse du coupable commence dans la ville de Boston, prise sous un vent de glace.

Voile rouge n° 32891

Kay Scarpetta, bien déterminée à découvrir les raisons du meurtre de son assistant Jack Fielding, se rend au pénitencier de femmes de Géorgie, où une prisonnière affirme détenir des informations sur ce dernier. Elle évoque aussi d'autres assassinats sans relations apparentes : une famille d'Atlanta décimée des années auparavant et une jeune femme dans le couloir de la mort. Peu après, Jaime Berger, ancienne procureur de New York, convoque Kay Scarpetta à un dîner, mais dans quel but ? Kay comprend que le meurtre de Fielding et celui auquel elle a échappé autrefois constituent le début d'un plan destructeur. Face à un adversaire malade et dangereux, elle traverse enfin le voile rouge qui l'empêchait de comprendre.

PAPIER À BASE DE
FIBRES CERTIFIÉES

Le Livre de Poche s'engage pour
l'environnement en réduisant
l'empreinte carbone de ses livres.
Celle de cet exemplaire est de :
600 g éq. CO_2
Rendez-vous sur
www.livredepoche-durable.fr

Composition réalisée par PCA

Achevé d'imprimer en février 2016, en France sur Presse Offset par
Maury Imprimeur – 45330 Malesherbes
N° d'imprimeur : 206303
Dépôt légal 1re publication : mars 2016
LIBRAIRIE GÉNÉRALE FRANÇAISE – 31, rue de Fleurus – 75278 Paris Cedex 06

72/8913/9